# Die stolze Mary

LUCINDA BRANT BÜCHER

*— Die Roxtons – die frühen Jahre —*
DER EDLE SATYR
SEINE HERZOGIN
IHR HERZOG
IHRE GNADEN


*— Roxton-Familiensaga —*
HEIRAT UM MITTERNACHT
HERZOGIN DES HERBSTES
TEUFELSKERL DAIR
DIE STOLZE MARY
DER SOHN DES SATYRS
IN LIEBE
HERZLICHST


*— Salt Hendon-Serie —*
DIE BRAUT VON SALT HENDON
RÜCKKEHR NACH SALT HENDON


*— Alec-Halsey-Krimis —*
TÖDLICHE VERLOBUNG
TÖDLICHE AFFÄRE
TÖDLICHE GEFAHR
TÖDLICHE VERWANDTSCHAFT

# ÜBER DIE AUTORIN

Wenn ich nicht in meiner Sänfte durch das London des 18. Jahrhunderts schaukele oder mit parfümierten Hofleuten mit Schönheitspflästerchen in den vergoldeten Salons von Versailles den neuesten Klatsch austausche, schreibe ich preisgekrönte historische Liebesgeschichten und Krimis (die auch ihre Liebesgeschichten enthalten) aus der georgianischen Zeit. Meine Bücher spielen im georgianischen England des 18. Jahrhunderts, mit gelegentlichen Ausflügen auf den europäischen Kontinent. Ich lege die Zügel bei der französischen Revolution, wo ich ein früheres Leben wegen meines unverzeihlichen hedonistischen Lebensstil als faule Aristokratin beendet habe, nieder.

lucindabrant@gmail.com | lucindabrant.com

pinterest.com/lucindabrant | twitter.com/lucindabrant

facebook.com/lucindabrantbooks | youtube.com/lucindabrantauthor

# ÜBER DIE ÜBERSETZERIN

## SUSANNE DÖRING

BÜCHER WAREN IMMER mein größtes Vergnügen; indem ich sie übersetze, kann ich sie auch mit denen teilen, die lieber auf Deutsch lesen. Ihre Meinung ist mir wichtig, Sie erreichen mich unter:

werrakind@gmail.com

# Die stolze Mary

Ein Liebesroman aus dem 18. Jahrhundert

Buch 4 der Reihe über die Geschichte der Familie Roxton

# Lucinda Brant

Übersetzt von Susanne Döring

Ein Sprigleaf-Buch
Veröffentlicht von Sprigleaf Pty Ltd

*Die stolze Mary*: Ein Liebesroman aus dem 18. Jahrhundert.
Copyright © 2021 Lucinda Brant.
www.lucindabrant.com
Deutsche Übersetzung: Susanne Döring.
Redaktion & Korrektur: Stef Mills.
Titelmodelle: Megan Channell & Paul Marron.
Photographie, Kunst und Design: Sprigleaf & GM Studios.
Modeschmuck: Kimberly Walters, Sign of The Gray Horse
Reproduction und historisch inspirierter Schmuck.



Gesetzt in Adobe Garamond Pro.

Auch als E-book, Hörbuch und in anderen Sprachen.

ISBN 978-1-925614-88-6

10 9 8 7 6 5 4 3 2 1   Broschierte Ausgabe   (s.iii) I

*für*

*Marguerite*
*&*
*Wendy*

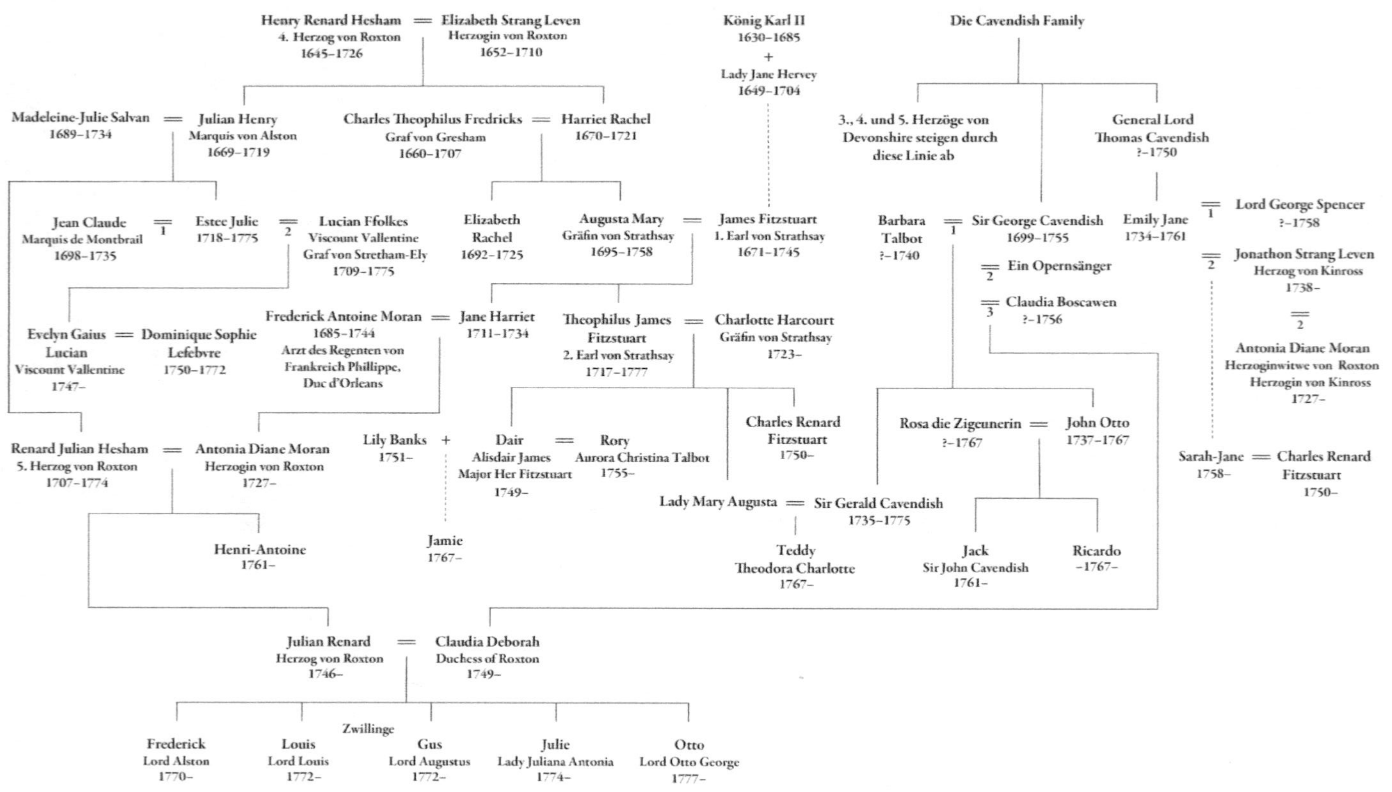

Henry Renard Hesham
4. Herzog von Roxton
1645–1726
=
Elizabeth Strang Leven
Herzogin von Roxton
1652–1710

König Karl II
1630–1685
+
Lady Jane Hervey
1649–1704

Die Cavendish Family

Madeleine-Julie Salvan
1689–1734
=
Julian Henry
Marquis von Alston
1669–1719

Charles Theophilus Fredricks
Graf von Gresham
1660–1707
=
Harriet Rachel
1670–1721

3., 4. und 5. Herzöge von
Devonshire steigen durch
diese Linie ab

General Lord
Thomas Cavendish
?–1750

Jean Claude
Marquis de Montbrail
1698–1735
=
1
Estee Julie
1718–1775
=
2
Lucian Ffolkes
Viscount Vallentine
Graf von Stretham-Ely
1709–1775

Elizabeth
Rachel
1692–1725

Augusta Mary
Gräfin von Strathsay
1695–1758
=
James Fitzstuart
1. Earl von Strathsay
1671–1745

Barbara
Talbot
?–1740
=
1
Sir George Cavendish
1699–1755

Emily Jane
1734–1761

=
2
Ein Opernsänger

=
3
Claudia Boscawen
?–1756

=
1
Lord George Spencer
?–1758

=
2
Jonathon Strang Leven
Herzog von Kinross
1738–

Evelyn Gaius
Lucian
Viscount Vallentine
1747–
=
Dominique Sophie
Lefebvre
1750–1772

Frederick Antoine Moran
1685–1744
Arzt des Regenten von
Frankreich Phillippe,
Duc d'Orleans
=
Jane Harriet
1711–1734

Theophilus James
Fitzstuart
2. Earl von Strathsay
1717–1777
=
Charlotte Harcourt
Gräfin von Strathsay
1723–

=
2
Antonia Diane Moran
Herzoginwitwe von Roxton
Herzogin von Kinross
1727–

Renard Julian Hesham
5. Herzog von Roxton
1707–1774
=
Antonia Diane Moran
Herzogin von Roxton
1727–

Lily Banks
1751–
+

Dair
Alisdair James
Major Her Fitzstuart
1749–
=
Rory
Aurora Christina Talbot
1755–

Charles Renard
Fitzstuart
1750–

Rosa die Zigeunerin
?–1767
=
John Otto
1737–1767

Sarah-Jane
1758–
=
Charles Renard
Fitzstuart
1750–

Lady Mary Augusta
=
Sir Gerald Cavendish
1735–1775

Henri-Antoine
1761–

Jamie
1767–

Teddy
Theodora Charlotte
1767–

Jack
Sir John Cavendish
1761–

Ricardo
–1767–

Julian Renard
Herzog von Roxton
1746–
=
Claudia Deborah
Duchess of Roxton
1749–

Zwillinge

Frederick
Lord Alston
1770–

Louis
Lord Louis
1772–

Gus
Lord Augustus
1772–

Julie
Lady Juliana Antonia
1774–

Otto
Lord Otto George
1777–

# TEIL I

## DER GEIST

# EINS

## GLOUCESTERSHIRE, HERBST 1777

MR. CHRISTOPHER BRYCE SASS AN SEINEM SCHREIBTISCH IM Schreibzimmer des Verwalters und las einen Brief. Wie üblich, wenn er von seinem Anwesen im nächsten Tal zum Landsitz von Abbeywood herübergeritten war, hatte er seinen Rock ausgezogen und an einen Haken hinter der Tür gehängt. Sein Gehilfe hielt das Zimmer immer zu warm. In Hemdsärmeln hier zu sitzen war besser, als zuzusehen, wie der dünne, kleine Mann am anderen Ende des Schreibtisches vor Kälte zitterte.

Unbewusst fuhr er sich mit schlanken Fingern durch die unordentlichen Locken und spürte, wie das Haarband sich unter seinen Fingern löste. Ohne seinen Blick von dem Brief zu nehmen, raffte er sein schulterlanges Haar wieder im Nacken zusammen und band das zerknitterte Stück schwarzer Seide wieder darum. Sein Halstuch war ebenso wie sein Haarband zerknittert, die Leinenfalten lagen lose um seinen kräftigen Hals. Und obwohl er die Sohlen seiner Reitstiefel abgekratzt hatte, bevor er das Haus durch den Dienstboteneingang betrat, war das Leder mit Schlamm und Schmutz bespritzt, weil er sein Reittier zu den Stallungen geführt hatte. Die Stute hatte ein Hufeisen verloren.

Doch es war kein Missgeschick, das an seiner mangelhaften Bekleidung schuld war. Squire Bryce wirkte immer, als hätte er sich in Eile angezogen, sich irgendwelche herumliegenden Kleidungsstücke geschnappt und nie in den Spiegel geschaut, bevor er sich der Welt zeigte. *Ungepflegt* war ein Wort, das den Matriarchinnen des ländlichen Adels oft herausrutschte. Wäre er irgendein anderer Gutsbesitzer im Bezirk gewesen, wäre er nicht so genau unter die Lupe genommen

worden. Doch er war nicht wie jeder andere Squire. Er war der Herr
eines jakobinischen Herrenhauses - eines lokalen Wahrzeichens, in der
Tat - Brycecomb Hall, und besaß mehrere florierende Tuchmühlen.
Auch war er erst vor kurzem – acht Jahre waren für die Bewohner dieser
verschlafenen Ecke der Cotswolds wie gestern – zurückgekehrt,
nachdem er mehr als ein Jahrzehnt im Ausland gelebt hatte. Am wichtigsten war die Tatsache, dass er unverheiratet war.

Es kümmerte die Eltern unverheirateter Töchter wenig, dass Mr.
Bryce auf die Vierzig zuging oder dass er sich beim ersten Kennenlernen
als Enttäuschung erwies. Das lag nicht daran, dass es ihm an einem
Profil gefehlt hätte, das einer Verewigung in Öl nicht würdig gewesen
wäre, denn er sah überaus gut aus. Er hatte eine schmale Nase, ein
entschlossenes Kinn und ein paar glänzende braune Augen, die ein
wenig an einen verirrten Welpen erinnerten. Seine rotbraunen Locken
waren so dicht, dass manche Frau ihn darum beneidete. Gelegentlich
bekamen Jungfrauen bei seinem Anblick weiche Knie. Das geschah
insbesondere, wenn er auf seinem Pferd saß, das Haar windzerzaust, die
langen, muskulösen Beine vorteilhaft in weichen ledernen Reithosen,
die aussahen, als wären sie eher von einem Maler als einem Schneider
angepasst worden, zur Schau gestellt. Mütter tadelten ihre Töchter für
ihr undamenhaftes Starren, seufzten jedoch heimlich darüber, was hätte
sein können, wenn sie im Alter dieser Töchter wären.

Es war nicht Christopher Bryces Aussehen, sondern sein mangelndes
Interesse an seinen Nachbarn, vor allem an ihren heiratsfähigen weiblichen Familienmitgliedern, das der Grund für deren Enttäuschung war.
Dass er gutaussehend und unverheiratet war, machte seine Zurückhaltung nur noch greifbarer. Er ließ sich auch von den Aufmerksamkeiten
der charmantesten Gastgeberinnen nicht beeindrucken, die ihr Bestes
gaben, ohne dass es ihnen gelang, den Squire für ihre unverheirateten
weiblichen Verwandten zu interessieren. Er war nicht unfreundlich, aber
er war auch nicht freundlich. Er mochte lächeln und höflich jede an ihn
gerichtete Frage beantworten, aber er machte keinen Versuch, das
Gespräch fortzusetzen, wodurch es endete, bevor es richtig begonnen
hatte. Das war nicht, was der örtliche Adel von einem Squire von Brycecomb Hall gewöhnt war.

Henry Bryce, der Vater des derzeitigen Squires, war ein überaus
angenehmer Gesellschafter gewesen, und solange seine Frau noch lebte,
waren viele Routs, Jagdpartien und gesellige Zusammenkünfte in dem
jakobinischen Herrenhaus veranstaltet worden. Diejenigen, die alt
genug waren, um die Bryces gut genug gekannt und solche Veranstaltungen besucht zu haben, wussten auch, dass ihr einziges Kind in seiner
Jugend genauso gesellig gewesen war wie seine ältlichen Eltern. Aber all

die Jahre, die der Sohn auf der anderen Seite des Kanals unter diesen Fremden gelebt hatte, hatten ihn verändert.

Christopher Bryce hatte so viele Jahre in fremden Gefilden verbracht, dass seine Nachbarn erwartet hatten, er würde mit einer Fülle von Geschichten über die Menschen, denen er begegnet war, und die Orte, die er besucht hatte ins Tal zurückkehren. Aber Mr. Bryce erzählte weder von sich aus noch auf Nachfragen Anekdoten über seine Reisen. Es war, als wäre er nie weiter fort gewesen als bis Stroud, und selbst heute kam er nur an Markttagen in die Stadt. Seine Gesprächsthemen blieben ausgesprochen provinziell. Das befriedigte die anderen Gutsbesitzer, ärgerte aber deren Frauen, Söhne und vor allem ihre Töchter, die sich nach ein wenig Abwechslung in ihrem täglichen Alltag sehnten. Es blieb der fruchtbaren Fantasie aller überlassen, welche Art von Leben Squire Bryce fern des Tales geführt hatte, über das er auf keinen Fall sprechen wollte.

Und sie stellten sich allerhand vor, in geflüsterten Unterhaltungen, wenn er zufällig auf seinem Ross in den Straßen des Dorfs an ihnen vorbeikam, sie mit einem Nicken grüßte, aber niemals anhielt. Oder wenn er beim sonntäglichen Gottesdienst leise in den Kirchenstuhl der Familie schlüpfte, weder nach rechts noch links sah, und der Pfarrer mitten im Satz innehielt, weil die Gemeinde wie ein Mann verstohlene Blicke in die Richtung von Squire Bryce warf. Selbst die Frau des Pfarrers konnte man zu einer Schar weiblicher Gemeindemitglieder sagen hören, als Mr. Bryce seinen Dreispitz richtete und davon schritt, dass der Squire ein Rätsel wäre. Seine modischen Bemühungen ließen viel zu wünschen übrig, doch ihn in Bewegung zu sehen, war ein erfreulicher Anblick. Seine außergewöhnlichen Körperteile bildeten ein fesselndes Ganzes. Jedes weibliche Wesen nickte zustimmend mit heftigem Herzklopfen.

Denn in lebhaftem Zustand wurde Christopher Bryces wahre männliche Schönheit sichtbar. Die weiblichen Einwohner des Dorfes konnten mit Sicherheit benennen, was genau an den Bewegungen des Squire ihn von anderen Männern unterschied - es lag vornehmlich an der Art und Weise, wie er sich hielt. Er schlenderte oder hüpfte nicht herum wie ein großer Junge und er stapfte oder trottete auch nicht. Er ging nicht gebückt und schob auch die Hände nicht in die Taschen seines Rocks. Er bewegte sich mit einer Eleganz und einer Leichtigkeit, die ungezwungen, aufrecht und unbewusst war. Das unterstrich die unter Ausländern verbrachten Jahre; ebenso wie die Tatsache, dass er nicht mehr mit dem Cotswolds-Akzent seiner Jugend sprach.

Christopher Bryce mochte vorgeben, sich nicht für die Wirkung, die seine Kleidung, seine Persönlichkeit, seine Zeit im Ausland und seine

Haltung auf seine Nachbarn, vor allem den weiblichen Teil davon, hatten, zu interessieren, doch er war sich der Konsequenzen seiner Entscheidungen und seines Handelns für andere sehr wohl bewusst. Daher mochte er den Anschein erwecken, als wäre er völlig in den Brief vor ihm vertieft, aber er hatte die erhobenen Stimmen auf der anderen Seite der Tür gehört, hatte eine recht gute Vorstellung davon, worum es bei dem Lärm ging und wusste, dass sein Gehilfe genügend davon abgelenkt wurde, um seine Berechnungen zu unterbrechen.

Die Feder des kleinen Mannes schwebte über dem Tintenfass.

„Ihr solltet sie besser hereinbitten, Mr. Deed", sagte Christopher, ohne aufzuschauen.

„Wen, Sir?"

„Lady Mary."

Mr. Timothy Deed war skeptisch. Nicht nur, weil er Lady Marys Stimme in dem Aufruhr nicht erkannt hatte, sondern auch, weil in den zwei Jahren, seit er in diesem Haushalt beschäftigt war, die Herrin niemals dem Büro des Verwalters einen Besuch abgestattet hatte. Wenn die befehlsgewohnte kleine Lady Mr. Bryce zu sprechen wünschte, pflegte sie ihn in ihren Salon zu bestellen, was nur richtig und anständig war. Mit Sicherheit verirrte sie sich nicht in den Dienstbotentrakt oder erhob ihre Stimme in schlecht beleuchteten Gängen. Daher zögerte Mr. Deed zu tun, was ihm gesagt wurde, und äußerte seine Überraschung.

„Lady Mary, Sir? Hier? Warum?"

„Das werden wir herausfinden, wenn Ihr die Tür öffnet und sie hereinlasst." Als nach dieser ironischen Antwort Stille herrschte, hob der Squire seine Augen zu dem fragenden Blick seines Gehilfen. Er versuchte es mit einer Erklärung. „Vielleicht habt Ihr vergessen, dass John Twisell, Jethro Tanner und die Blandfords bis heute Zeit hatten, ihre veränderten Umstände zu akzeptieren?"

Bei der Erwähnung der vier Diener, die schon vor dem Tod des Besitzers, Sir Gerald Cavendish, in Abbeywood angestellt gewesen waren, schossen Mr. Deeds Augenbrauen verständnisvoll in die Höhe.

„Und keiner hat sie akzeptiert?"

„Der Tag hat noch ein paar Stunden. Doch wenn ich den Trubel höre, scheint es so."

Mr. Deeds Augenbrauen senkten sich wieder und er knirschte mit den Zähnen. „Dann sind sie nicht nur Faulpelze, sondern auch Narren!"

„Aber wenn man ihnen vielleicht falsche Hoffnungen gemacht hat?"

Mr. Deeds Blick huschte zur Tür. Obwohl sich dort draußen ein zorniger Haufen versammelt zu haben schien, konnte er doch noch immer nicht die Stimme der Herrin des Hauses hören.

„Von Lady Mary?"

Christopher Bryce beantwortete die Frage nicht, aber sein Schweigen sagte alles. Er legte den Brief beiseite und nahm von dem kleinen Stapel neben dem Schreibzeug einen, dessen Siegel noch intakt war. Er war von Seiner Gnaden, dem hochedlen Herzog von Roxton, dem gleichen Korrespondenzpartner, der ihm geschrieben hatte und dessen Brief er gelesen hatte. Dieser Brief war an Lady Mary Cavendish adressiert. Er war sich sicher, dass zwei Briefe in Ton und Inhalt nicht so verschieden sein könnten und es juckte ihn, diesen ungeöffneten in das Kaminfeuer zu werfen. Das tat er allerdings nicht. Stattdessen schob er ihn unter seinen eigenen Brief vom Herzog außer Sichtweite, schüttelte seine Gedanken an diesen Edelmann ab und sah zu seinem Gehilfen, den er dabei ertappte, wie er ihn anstarrte. Er hoffte, dass seine Gesichtszüge seine Gedanken nicht verrieten, als er ruhig sagte:

„Die Tür, Mr. Deed."

Timothy Deed nickte, stellte rasch seine Feder ins Tintenfass und schob scharrend seinen Stuhl zurück. Er zupfte an den Ecken seiner schlichten, gestrickten Weste, als er durch den Raum ging, straffte an der Tür seine Schultern, als ob er sich für das, was dahinter wartete, wappnen müsste, und zog sie dann auf.

Ein Schwung kalter Luft ließ ihn einen Schritt zurücktreten, wozu auch das Geschrei eines Haufens streitender Dienstboten beitrug. Der Lärm hörte fast sofort auf, ersetzt durch das Schweigen ängstlicher Erwartung, was jetzt passieren würde, nachdem Squire Bryce gestört worden war, ohne, dass einer von ihnen die guten Manieren und den Mut gehabt hätte, an seiner Tür zu kratzen, um eine Audienz zu erbitten. Es sagte ebenso viel über den Squire aus wie über sie, dass alle im Raum, außer einer Person, einen Schritt zurücktraten, als Mr. Bryces weicher Bariton aus den Tiefen des Zimmers vernehmlich wurde.

„Mr. Deed! Lasst Mylady nicht warten!"

Erst da bemerkte der Gehilfe, dass Lady Mary die einzige im Raum war, die noch so stand wie zuvor. Sie musterte ihn in der stillschweigenden Erwartung, dass er aus ihrem Weg treten würde, ohne dass sie etwas sagen müsste, und das tat er mit einer Verbeugung auch sofort. Und nachdem sie an ihm vorbei in das Zimmer gegangen war, ohne nach rechts oder links zu schauen, gewann Mr. Deed genug von seiner Gelassenheit wieder, um die Schar niedergeschlagen schweigender Diener aufzufordern, nicht herumzustehen, sondern sich an ihre Arbeit zu machen. Und er tat das mit einem herrischen Winken einer dünnen Hand, bevor er die Tür vor ihrer Nase schloss.

Christopher war auf den Beinen, bevor Lady Mary mit festem Schritt zu seinem Schreibtisch gerauscht kam, die Hände vor ihrer Gazeschürze gefaltet, das Kinn gerade vorgestreckt. Er fragte sich, wie viele Stunden sie damit verbracht hatte, mit sich selbst zu diskutieren, ob sie ihn zu sich bestellen oder zu ihm gehen sollte. Und ihrem störrischen Ausdruck nach zu urteilen, hatte der enorme Schritt, zu ihm zu kommen, einen inneren Kampf epischer Ausmaße erfordert.

Schließlich - und er wusste, dass sie davon absolut überzeugt war - war es nicht richtig und anständig, dass die Herrin des Hauses, noch dazu die Tochter eines Earls, die Schwelle überschritt, die die Herrschaft von der Dienerschaft trennte. Es gab eine angemessene Ordnung im Leben. Alles und jeder hatten seinen richtigen Platz. Und Lady Marys richtiger Platz war ganz oben unter dem Adel - bei denen, die herrschten und Befehle erteilten. Alle anderen - einschließlich Mr. Christopher Bryce aus Brycecomb Hall - gehörten an den Rand dieser eleganten und schillernden Welt, aus den Augen und aus dem Sinn, bis sie benötigt und gerufen wurden.

Und da Christopher Bryce nicht bezweifelte, dass Lady Marys Erwartung, dass diejenigen, die am Rande lebten, auf einen Ruf hin erscheinen würden, für sie so normal war wie das Atmen, war er dazu bereit, ihrer Ignoranz einer aufgeklärteren Weltanschauung etwas Spielraum einzuräumen. Schließlich hielt er sie nicht für von Natur aus intolerant oder unfreundlich. Es war nur die Art, wie sie von ihren adligen Eltern erzogen worden war, eine strenge Erziehung, die von ihrem Leben als Ehefrau eines pompösen, eingebildeten Bigotten noch verstärkt worden war. Doch das hieß nicht, dass er sich dem anpassen oder ihr erlauben würde, sich in seine Entscheidungen einzumischen. Beileibe nicht. Was Lady Mary brauchte und was er ihr nur zu gerne zuteilwerden lassen wollte, war, ihre Ansichten hin und wieder gründlich zu erschüttern.

Doch er war klug genug zu wissen, dass es nicht eine seiner kleinen Erschütterungen war, die sie an diesem Tag an seine Tür gebracht hatte, sondern dass etwas sie sehr verärgert haben musste. Daher ließ er Mr. Deed einen Stuhl holen und wartete, bis sie sich gesetzt hatte. Doch sie ignorierte sein Angebot und kam direkt an seinen Schreibtisch, um ohne Vorrede zu sagen:

„Ist es wahr, dass Ihr vier weitere Hausangestellte entlassen habt?"

„Nein, Mylady. Ich habe sie nicht entlassen."

„Oh?! Ich dachte..." Ihre Schultern entspannten sich und sie stieß einen Seufzer der Erleichterung aus, ohne es zu merken. „Dann muss es ein Missverständnis gegeben haben. Die Blandfords sagten, sie hätten eine Kündigung erhalten und ebenso der alte Jack Twisell und der Tanner-Junge."

„Sie hätten Euch nicht belästigen sollen. Möchtet Ihr Euch nicht setzen, Mylady?"

Wieder ignorierte sie sein Angebot, daher blieben er und sein Gehilfe ebenfalls stehen.

„Das haben sie nicht, Mr. Bryce. Sie haben sich korrekt an Mrs. Keble gewandt, und als sie nicht in der Lage war, eine passende Lösung zu finden, hat sie sich mit der Angelegenheit an mich gewandt, was von ihr durchaus richtig war."

Christophers Augenbrauen hoben sich leicht bei der Erwähnung der Haushälterin. Er hatte Susanna Keble im Verdacht, die Dienerschaft gegen ihn aufzuwiegeln, wann immer sich eine Gelegenheit dazu ergab. Die Frau hatte eine falsche Auffassung von ihrer Autorität. Mrs. Keble lebte in dem Irrglauben, dass ihre außereheliche Affäre mit Sir Gerald - von der er sehr wohl wusste, aber sicher war, dass Lady Mary nichts ahnte - und die Tatsache, dass Lady Mary kein Wort gegen sie hören wollte, ihr eine Sonderstellung und Privilegien in Abbeywood einräumten. Er hatte sie schnell dieser Illusion beraubt. Sie hatte sogar versucht, ihn zu verführen, aber er hatte sich absichtlich blind gestellt für ihre anzüglichen Versuche. Er wäre kein männliches Wesen gewesen, hätte er nicht bemerkt, dass sie hübsch war, doch es war eine spröde Schönheit, die ein kaltes Herz und eine berechnende Veranlagung verbarg. Sie war schlau genug, ihre Machenschaften im Dienstbotentrakt, um seine Autorität zu untergraben, zu verschleiern, und war in seiner Gegenwart immer fügsam. Auch Mrs. Kebles Tage in diesem Haus waren gezählt.

„Mrs. Keble hatte kein Recht, Euch zu belästigen, Mylady", antwortete er gleichmütig. „Es tut mir leid, aber in dieser Angelegenheit gibt es nichts zu diskutieren. Ich kann nicht dazu überredet werden, meine Meinung zu ändern."

Lady Mary blinzelte ihn überrascht an, und dann überraschte sie ihn.

„Warum sollet Ihr annehmen, dass ich hergekommen bin, um Euch zu überreden, Mr. Bryce? Ich habe nie erwartet, bei irgendetwas konsultiert zu werden, das für *wichtig* gehalten werden könnte. Das wurde ich noch nie. Meine Meinung war selten erwünscht und ich nehme Euch davon nicht aus."

*Obwohl ich gehofft hatte - in der Tat, als ich Euch zuerst begegnete, hatte ich gedacht - Ihr wäret anders ...* sagte die Stimme in ihrem Kopf. Sie schüttelte dieses Wunschdenken schnell ab und fuhr fort.

„Wenn Ihr also sagt, Ihr würdet Eure Meinung nicht ändern, werde ich das als gegeben akzeptieren. Sir Gerald hat mich nie um meine Meinung gebeten - er hat mir nur alles *mitgeteilt*. So, wie Ihr jetzt. Aber das bedeutet nicht dass ich, nur, weil ich nichts daran ändern kann, keine Meinung dazu habe, oder Gefühle, oder den Wunsch nach einem anderen Ergebnis."

Diese Rede wurde von beiden Männern schweigend aufgenommen, die unfähig oder unwillig waren, etwas zu ihren Feststellungen zu bemerken, da sie der Wahrheit nichts hinzuzufügen hatten. Doch ihr letzter Kommentar löste eine Antwort von Christopher aus, der leise sagte:

„Wenn es Euch das Herz erleichtert, Mylady, ich habe sie nicht einfach ohne Freunde oder mittellos fortgeschickt. Sie haben Arbeit und Obdach an einem anderen Ort."

„Arbeit und Obdach – *an einem anderen Ort?*", wiederholte sie. „Aber... Die Blandfords waren in Abbeywood, noch bevor ich als Braut hierher kam. Zählt Treue gar nichts?"

„Müsst Ihr mich das fragen? Es ist ebenso wichtig, nützlich beschäftigt zu sein. Was die Blandfords, der junge Tanner und der alte Jack nicht waren. Jetzt werden sie es sein, und gut untergebracht ebenfalls. Bitte setzt Euch, Mylady."

Lady Mary blieb stehen.

„Und die acht Diener, die Ihr entlassen habt, während ich auf der Hochzeit meines Bruders war? Sind sie jetzt ebenfalls anderweitig nützlich beschäftigt und untergebracht?"

„Ja. Sie ..."

„Mrs. Keble hat mir erzählt, Ihr hättet sie in Euren Mühlen angestellt. Stimmt das?"

„Ich bot ihnen eine Anstellung in meinen Tuchmühlen an, die sie akzeptierten. Und Ihr wollt mich bitte entschuldigen, wenn ich Euch berichtige. Diese Männer waren nicht Eure Diener. Sir Gerald hatte sie eingestellt. Die Stellungen, die sie in diesem Haushalt einnahmen, waren unnötig und verschwenderisch. In der Tat führten sie bedeutungslose Leben und ihr Verstand blieb dabei ungenutzt. Leblose Dinge hatten mehr Leben und Beschäftigung als diese Männer. Und Ihr seid Euch sehr wohl dessen bewusst, dass die finanzielle Lage von Abbeywood es sich nicht gut leisten kann, für Unterhalt und Verpflegung solcher Gestalten zu zahlen."

Wieder warf er seinem Gehilfen einen Blick zu. Der ältere Mann hielt sich jetzt an einer Ecke des Schreibtisches fest, um sich aufrecht zu halten, daher sagte er knapper, als er beabsichtigte: „Setzt Euch, Mylady!"

„Ich möchte mich nicht setzen, Mr. Bryce. Und ich verstehe nicht, warum Ihr darauf besteht, dass ich das tue." Sie fühlte sich plötzlich unter dem stetigen Blick des Squire warm werden, schaute sich um und erblickte das fröhlich brennende Feuer im Kamin, dann runzelte sie die Stirn. „Und ich verstehe auch nicht, warum dieser Raum so warm gehalten werden darf, wie die Küche am Backtag, wenn sich dieser

Haushalt, wie Ihr sagt, keine Verschwendung leisten kann. Und sagt mir nicht, dass es hier nicht zu warm wäre, Mr. Bryce, denn Ihr selbst habt Euch ja bis auf Eure ... Eure *Hemdsärmel* ausgezogen, was eine sehr unhöfliche Art ist, Besuche zu empfangen ...“

„Ich hatte keinen Besuch von Euch erwartet, Mylady“, unterbrach Christopher sie kühl, obwohl er sich beeilte, bei ihrem beleidigten Ausdruck über seinen gesellschaftlichen Fauxpas ein Schmunzeln zu unterdrücken. „Vielleicht, wenn Ihr mich von Eurem Kommen benachrichtigt hättet, könnte ich mir die Mühe gemacht haben, meinen Rock wieder anzuziehen, um hier in Erwartung Eures Eintreffens zu schwitzen?“

„Wie witzig Ihr heute seid, Mr. Bryce, wirklich.“

Er neigte den Kopf. „Ein seltenes Vorkommnis, in der Tat, Mylady. Nicht so selten, wie mich auf einer Tanzfläche zu sehen, aber heute ist auch kein Tag zum Tanzen.“

*Oder mich in einem Teich nackt beim Schwimmen zu finden. Obwohl ich vermute, dass ein so sittsames kleines Ding wie Ihr, Lady Mary, beim Anblick so herrlich zur Schau gestellter provinzieller Männlichkeit in Ohnmacht fallen würdet.*

Christopher war kein Mann, der zum Wetten neigte - er war zu vorsichtig mit seinem Geld und noch mehr mit dem, das anderen gehörte - doch er hätte eine hübsche Summe darauf gesetzt, dass Sir Gerald nie so schlechte Manieren oder die Kühnheit besessen hatte, in Anwesenheit seiner Frau sein Nachthemd abzulegen, selbst in den intimsten Situationen, und ihr nackt gegenüber zu treten. Schließlich war die Erfüllung seiner ehelichen Pflichten nur eine der Aufgaben, die Sir Gerald als Baronet zu erfüllen hatte. Das hatte er Christopher nach einer langen Nacht harten Trinkens anvertraut.

Denn Christopher hatte viele solche lange Abende in der Bibliothek seines Nachbarn verbracht und Sir Gerald über seine eigene Wichtigkeit, seinen Platz im „großen Plan der Dinge“ prahlen zu hören, darüber, wie er der Welt sein Zeichen aufdrücken wollte, und wie es die Verwandten seiner Frau beeindrucken und - vor allem den Herzog von Roxton - sprachlos machen würde.

Christopher hatte die Aufgabe gehabt, herauszufinden, wie genau Sir Gerald beabsichtigte, dieses Zeichen zu bewirken; er wusste, dass es mit dem Krieg in den amerikanischen Kolonien zu tun hatte. Der Herr der Spione, Lord Shrewsbury, verdächtigte Sir Gerald des Hochverrats: dass er den Franzosen Staatsgeheimnisse verriet, um deren neuen Freunden, den amerikanischen Patrioten, zu helfen, den Krieg gegen ihre englischen Herren zu gewinnen. Christopher sollte den Beweis für diesen Verrat finden, und verbrachte daher mehr Stunden, als es ihm lieb gewesen war, in der Gesellschaft seines trunksüchtigen Nachbarn.

Informationen aus diesen Gesprächen wurden in Berichten an den Herrn der Spione weitergegeben. Doch es gab einige Details, die Christopher für sich behielt. Details, die er lieber nicht gewusst hätte, intime Details über die Ehe seines Nachbarn und über Lady Mary. Und das bestätigte Christophers private Meinung: Ein so hübscher Rotschopf wie Lady Mary war an den ordinären Sir Gerald verschwendet. Wozu sich lieben, wenn nicht alle Sinne daran beteiligt waren? Mit ihr zu schlafen, hätte eine Ehre und ein Vergnügen sein sollen ...

*Sie zu betrachten, wenn sie ohne Korsett und Hemd dastand, die weiblichen Rundungen ins weiche, gelbe Kerzenlicht getaucht wurden und ihre prachtvolles rotes Haar über ihren Rücken bis zur Taille fiel ... Ihre Hüften sich begehrlich bewegen zu sehen, wenn er ...*

„Mr. Bryce - Mr. Bryce, hört Ihr mir zu?", verlangte Lady Mary zu wissen, trat einen Schritt näher zum Schreibtisch, als er nicht blinzelte oder gleich antwortete. „Ich wusste, dass mein Besuch hier beträchtliche Neugier verursachen würde, aber ich konnte mir keine andere Möglichkeit vorstellen, mit Euch privat zu sprechen, weil ich - Mr. Bryce?" Sie musterte ihn, runzelte die Stirn, als sie erkannte, dass seine Gedanken überall waren, nur nicht in seinem Schreibzimmer. „Seid Ihr sicher, dass es hier drinnen nicht zu warm ist, denn Euer Gesicht ist gerötet und Ihr seht aus ..."

„Nein. Es ist nicht zu warm!", platzte er unhöflich heraus, wobei Lust und Schuldgefühl, verursacht durch eine unerlaubte Sehnsucht, seinen Ton barscher machten, als er beabsichtigt hatte. „Ich darf doch wohl mein Büro so warm halten, wie es mir gefällt *und* in Hemdsärmeln arbeiten - in meinem *Nachthemd*, wenn ich das wünsche?"

„Ja. Ja, natürlich dürft Ihr das", stotterte sie, schockiert von seiner unerwarteten und untypischen Unhöflichkeit.

Doch als sie ihn weiter anstarrte, wuchsen seine Schuldgefühle, und er fragte sich, ob sein Gesichtsausdruck tatsächlich auf eine bizarre Weise sein tiefstes, unerreichbares Verlangen widergespiegelt hatte. So aberwitzig, dass es lächerlich war, und erbärmlich, denn es würde ihr nie in den Sinn kommen, in tausend Monden nicht, dass die Tagträume eines Squires aus den Cotswolds voller lüsterner Gedanken an sie waren.

Doch da auch Mr. Deed ihn anstarrte, als hätte er vorübergehend den Verstand verloren, bot er eine verworrene Erklärung an, eine, die ihm nicht nur erlauben sollte, sein Gleichgewicht von Körper und Geist wiederzufinden, die aber auch - wenn auch nur in seinen Gedanken, die die gesellschaftliche Kluft zwischen ihnen überschritten hatten - die angemessene Distanz, die zwischen ihm als Verwalter und der Tochter eines Adligen wiederherstellen würde; ihre ungleiche Geburt, ihr Rang und seine Stellung forderten es. Daher bezog er sich auf das Offensichtliche, das sie bereits wusste und was mit Sicherheit die sprichwörtliche Steinmauer aus eisiger Freundlichkeit und Formalität, die zwischen ihnen herrschen musste, wiederherstellen würde.

„Ich sollte Euch nicht daran erinnern müssen, dass dieser Besitz sich in einer schwierigen finanziellen Lage befindet ...“

„Ich bin mir der - der *Lage* sehr wohl bewusst, Mr. Bryce. Ihr erinnert mich bei jeder Gelegenheit daran ...“

„... weil Sir Gerald weit über seine Verhältnisse gelebt hat“, fuhr Christopher tonlos fort. „Die Wünsche Eures Ehemannes überschritten sein Einkommen bei weitem. Er gab übermäßig viel Geld für alle möglichen unnötigen Dinge aus - Schnupftabakdosen, Sèvres-Porzellan, teure Uhren - Dinge, die für die effektive Verwaltung dieses Anwesens von keinerlei Nutzen sind. Er unterhielt auch eine große Anzahl von Dienern, die für die unnötigsten Aufgaben angestellt wurden - unsinnige Eitelkeit, die er sich schlecht leisten konnte. Zweifellos wird die neue Steuer der Regierung auf männliche Diener, die den Krieg in den Kolonien finanzieren soll, wenig Einfluss auf die Größe des Gefolges im Hause eines Herzogs von Roxton haben. Die Last solcher Steuern fällt jedoch wie immer auf jene, die sie am wenigsten zu tragen in der Lage sind. Ich weiß, dass Ihr nicht möchtet, dass Euer Neffe einen belasteten Besitz übernehmen muss, wenn er volljährig wird.“

„Mr. Bryce, Ihr habt recht. Ich möchte nicht, dass Jack eine wirtschaftliche Ruine erbt. Und ich brauche auch keine weitere Predigt über Sir Geralds Exzesse. Aber vielleicht solltet Ihr daran erinnert werden, dass als beauftragter Verwalter Ihr Euch um die Kontenbücher zu kümmern, nicht aber ein Urteil über den Charakter meines Ehemannes abzugeben habt. Und ich verstehe auch nicht, warum Ihr ausgerechnet Seine Gnaden von Roxton für Eure besondere Kritik heraushebt. Der Herzog hat Euch gnädig gestattet, zu handeln, wie es Euch beliebt, soweit es dieses Anwesen betrifft, obwohl er, wenn er es wünschte, Euch Eurer Stellung entheben und jemand anderen an Euren Platz setzen könnte.“

Christopher öffnete seinen Mund, um eine Bemerkung zu machen, als der Knall eines Stuhls, der gegen die Wand prallte, seine Aufmerksamkeit auf seinen Gehilfen zog. Mr. Deed taumelte nach hinten, aber Christopher war mit zwei langen Schritten bei ihm und packte ihn an seinem knochigen Ellbogen, um ihn wieder auf die Füße zu ziehen. Rasch stellte er den Stuhl wieder hin und drückte den älteren Mann darauf, ihm leise befehlend, sitzen zu bleiben. Dann kam er zurück, stellte sich hinter seinen Schreibtisch und deutete auf den Stuhl, den er für Lady Mary zurechtgerückt hatte.

„Setzt Euch. Ich bitte Euch nicht darum. Ich bestehe darauf. Und dann darf ich mich auch setzen. Und Mr. Deed darf sitzen bleiben, was die Schmerzen in seinen arthritischen Knien lindert. Ich weiß, dass Ihr nicht *unhöflich* sein wollt. Und Ihr wollt ihm auch nicht die Wärme eines guten Feuers missgönnen, damit er seine Arbeit hier auf dem Anwesen ohne Schmerzen erledigen kann."

Lady Mary war sofort zerknirscht und setzte sich wie befohlen. Sie breitete ihre gesteppten Röcke auf, als sie sich gerade auf den Rand des Stuhls hockte, den Rücken gerade, die Hände im Schoß gefaltet. Ihr Blick und das leise Nicken zu Mr. Deed besänftigten Christopher und er beugte sich in seinem Stuhl vor, die gefalteten Hände auf dem Schreibtisch, und sprach mit ihr, als wäre sie die einzige Person im Zimmer.

„Ich möchte nicht mit Euch streiten, Mylady", sagte er leise. „Aber Ihr seid falsch informiert, wenn Ihr glaubt, dass der Herzog von Roxton irgendwelche Macht über mich hätte. Ich habe die Rolle eines Verwalters übernommen, weil Sir Gerald in seinem letzten Willen und Testament mir diese Pflicht übertragen hat und ich sie annahm. Wenn Ihr wünscht, dass ich dieses Dokument mit Euch durchgehe ..."

„Nein. Nein. Das könnte ich nicht ertragen. Nicht noch einmal. Es ist genug der Demütigung, dass mein Mann es für angebracht hielt, ein so verabscheuungswürdiges Testament aufzusetzen. Dass meine Tochter und ich der Gnade eines Fremden ausgeliefert wurden ..."

Christophers Augen wurden trübe und er lehnte sich zurück.

„Eines Fremden? Nicht ganz. Sicher bin ich als Euer Nachbar in den letzten acht Jahren kein Fremder gewesen? Aber bitte", schnurrte er, nachdem die sprichwörtliche gesellschaftliche Mauer wieder fest an ihrem Platze stand, „sagt mir, in welcher Weise ihr meiner Gnade ausgeliefert seid?"

„Ihr wisst genau, was Ihr getan habt!", erwiderte Lady Mary und musste sofort ihr Gehirn zermartern, um wenigstens ein plausibles Beispiel für die Einmischung des Squire in ihren Alltag zu finden, das sie nicht kleinlich und undankbar klingen lassen würde.

Schließlich hatten sie und Teddy dank seiner Gnade in Abbeywood bleiben dürfen und wenn sie ehrlich war, hatte sich ihrer beider Leben seit Sir Geralds Tod nur minimal verändert. Außer, wenn es um ihre Bewegungsfreiheit - vor allem die ihrer Tochter - ging. Daher klammerte sie sich an dieses greifbare Beispiel, eines, das sie ständig weiter frustrierte und verwirrte.

„Es ist mir ein Rätsel – in der Tat für meine ganze Familie –, warum Sir Gerald *Euch* zum Vormund von Teddy ernannt hat und nicht ein

Mitglied ihrer Familie. Mein Bruder – ihr *Onkel* – wäre eine geeignetere Wahl gewesen. Teddy liebt ihren Onkel Dair, und sie sind einander ähnlich, beide bevorzugen es, im Freien und körperlich aktiv zu sein. Es mag ja sein, dass Dair zum Zeitpunkt von Sir Geralds Tod noch unverheiratet war, aber Ihr seid auch Junggeselle, Mr. Bryce. Und schon viel länger als mein Bruder, der nun geheiratet hat. Und seine Frau, Lady Fitzstuart, ist so nett, wie man sich nur wünschen kann. Ungeachtet seines unverheirateten Zustands hätte er die Gelegenheit begrüßt, Teddys ...“

„Im Moment befindet sich Lord Fitzstuart auf dem Weg nach Barbados. Also ist er nicht nur ein abwesender Ehemann, Ihr wolltet ihn auch noch zu einem abwesenden Vormund machen.“

„Er hat nicht freiwillig seine Braut sitzenlassen, um nach Barbados zu segeln! Wie ich Euch in meinem Brief aus Treat mitteilte: Er ist auf die Suche nach unserem Vater gegangen. Der Earl wird vermisst, seit ein Wirbelsturm die Insel verwüstet hat. Es heißt, es seien Tausende ums Leben gekommen und jedes Gebäude und jedes Lebewesen wäre zu Staub zermalmt worden! Das sind die allerschlimmsten Umstände, und aller Wahrscheinlichkeit nach ist unser Vater - ist unser Vater - *tot*, und er, Dair, er wird die grausame Aufgabe haben, eine verfaulende Leiche zu identifizieren! Und Ihr, Ihr besitzt die *Unverfrorenheit*, zu behaupten, weil er diese seine Pflicht erfüllt, wäre er kein angemessener Vormund für meine Tochter?“

„Ja. Und es tut mir leid“, antwortete Christopher, beugte sich über seinen Schreibtisch und bot ihr sein schlichtes Leinentaschentuch an.

Beim Sprechen war Lady Mary zunehmend aufgebrachter geworden, hatte die Hände unter ihrer Schürze in die Schlitze ihrer Röcke geschoben und ihre beiden Taschen durchsucht, wie er annahm, nach ihrem Taschentuch. Daher war er froh, als sie seines annahm und ihre Augen betupfte. Er hasste es, sie in Tränen zu sehen und verabscheute sich selbst, weil er ihr Kummer bereitete.

„Es war nicht mein Wunsch, Euch zu kränken, nur um klar zu machen, dass Ihr, wenn Major Lord Fitzstuart Teddys Vormund geworden - und jetzt von England abwesend - wäre, Ihr ohne seinen Rat dastehen würdet, wenn Ihr ihn benötigt. Und er braucht diese zusätzliche Belastung, sich um seine Nichte zu sorgen, nicht, während er seine Pflicht seinem Vater gegenüber nachkommt. So kann er wenigstens leichten Herzens sein, wenn er weiß, dass für sie gesorgt wird, und sich auf die bedrückende Aufgabe konzentrieren, die vor ihm liegt. Dass er seine junge Braut einen Monat nach ihrer Hochzeit verlassen musste, ist sicher schon mehr, als ein Mann ertragen müssen sollte.“

Lady Mary nickte, viel ruhiger, das gefaltete Leinentaschentuch jetzt in ihrem Schoß.

„Das ist wahr, Mr. Bryce", räumte sie ein. „Aber wenn nicht Dair, dann hätte Sir Gerald nicht weiter suchen müssen als bis zu meinem Cousin Roxton. Der Herzog ist das Oberhaupt meiner Familie. In der Tat ist er das Oberhaupt einer großen Zahl von Familien, die durch Geburt oder Heirat mit dem Herzogtum verbunden sind. Seit fast zehn Jahren ist er Vormund von Sir Geralds Neffen und Erben Jack. Und er ist ein wirklich großartiger und liebender Papa für seine eigenen Kinder. Sicher müsst Ihr erkennen, dass Roxton genau der richtige Mann gewesen wäre, um zu Teddys Vormund ernannt zu werden."

„Das sehe ich anders, Mylady."

Christopher war dem Herzog nie begegnet und hoffte, dass er nie Anlass dazu haben würde. Bei allem, was Sir Gerald ihm alkoholgeschwängert anvertraut hatte, waren etliche Anekdoten über Lady Marys Cousin gewesen, und keine davon schmeichelhaft. Er hatte erfahren, dass Roxton der Grund war, warum Sir Gerald sich aus der feinen Gesellschaft zurückgezogen hatte. Obwohl er wenig Respekt vor dem Mann hatte – und er war sich sicher, dass die feine Gesellschaft Sir Geralds selbstgefällige Prahlereien nicht vermisste – hatte er einiges Mitgefühl mit dem Baronet wegen seiner schäbigen Behandlung durch den Verwandten seiner Frau empfunden. Sir Geralds vertrauliche Mitteilungen über das laszive Benehmen von Roxton und seinesgleichen waren nicht überraschend, doch Christopher glaubte keinen Augenblick das gemeine Gerücht, dass der Herzog und nicht Sir Gerald der wahre Vater Teddys war. Wenn auch nur aus dem einen Grund, dass er Lady Mary eines Betrugs für unfähig hielt, körperlich oder auf andere Weise. Ihre Arroganz würde es ihr nie erlauben, sich dazu herabzulassen, die Mätresse eines Mannes zu werden, nicht einmal, wenn der Mann ein Herzog war. Das war betrunkenes Geschwätz von Sir Gerald. Allerdings war er sich sehr sicher, dass Sir Gerald völlig nüchtern gewesen war, als er in seinem Testament bestimmt hatte, dass sein einziges Kind, Theodora Charlotte Cavendish, die Jahre bis zu ihrem einundzwanzigsten Geburtstag oder bis zu ihrer Eheschließung, was immer zuerst eintrat, in Abbeywood, unter der Vormundschaft seines Nachbarn, Mr. Christopher Bryce, verbringen müsste, oder sie würde die treuhänderisch verwalteten viertausend Pfund Mitgift verlieren.

„Wenn Ihr die Einladung des Herzogs annehmen und Treat besuchen würdet", argumentierte Lady Mary, „und wenn Ihr Teddy und mir erlauben würdet, Euch zu begleiten, bin ich überzeugt, dass Ihr zustimmen würdet, dass der Landsitz der geeignetste Ort für sie - für uns - zum Leben ist."

„Es steht Euch frei zu leben, wo Ihr wollt, Mylady. Aber Teddy bleibt hier, so wie es Sir Gerald wünschte."

„Wenn Ihr Vater wäret, würdet Ihr verstehen, dass ich *nicht* frei bin, das zu tun. Ich möchte auch nicht frei sein, wenn das bedeutet, mich von meiner Tochter trennen zu müssen. Ich bin ihre Mutter, und selbst Euch ist bewusst, dass ich sie sehr liebe und daher muss ich dort sein, wo sie lebt."

„Dann sind wir uns ja einig, Mylady. Ihr werdet beide hier in Abbeywood bleiben. Und wenn Ihr wünschen solltet, Eure Cousins zu besuchen, seid Ihr frei das zu tun. Nun, wenn das der Grund war, aus dem Ihr gekommen seid, mich erneut zu überreden zu versuchen, Teddy zu erlauben, bei ihren Roxton-Cousins zu leben, dann muss ich Euch ebenfalls erneut enttäuschen."

Er zog den versiegelten Brief der Herzogs von Roxton unter dem hervor, den er gelesen hatte, bevor Lady Mary seinen morgendlichen Zeitplan gestört hatte, und hielt ihn ihr hin. Er hoffte, das würde ihren störrischen Ausdruck und den Widerwillen, den sie bei dem empfand, was sie zweifellos als seine Überheblichkeit betrachtete, ändern. Dann machte er Anstalten, sich zu erheben.

„Dies kam heute, er ist von Eurem hochgestellten Verwandten. Zweifellos enthält er die Nachrichten, die Ihr zu hören erwartet. Mich wollt Ihr jetzt bitte entschuldigen; es gibt einige Personen, die mit mir sprechen wollen."

Es sagte eine Menge über ihre Gedankenverlorenheit aus, dass sie sein Taschentuch mit einem oberflächlichen „Dankeschön" gegen den Brief austauschte, den sie dann in eine Tasche gleiten ließ. Daher wartete er geduldig darauf, dass sie sprechen würde, überrascht von ihrem Mangel an Reaktion. Gewöhnlich, wenn er ihr Korrespondenz ihrer Verwandten überreichte, lächelte sie strahlend und war vor Vorfreude atemlos, wollte so dringend die Nachrichten lesen, dass sie es kaum erwarten konnte, bis er sich verabschiedete, um den Brief allein zu lesen.

Nicht an diesem Tag. Daher wartete er schweigend darauf, dass sie ihm sagen würde, warum sie den Weg zu seinem Büro im hinteren Teil des Herrenhauses auf sich genommen hatte.

„Mr. Bryce, ich hatte gehofft, ganz allein mit Euch sprechen zu können, aber ich möchte auch Mr. Deed keine weiteren Ungelegenheiten bereiten, indem ich ihn zwinge, die Wärme dieses Raums zu verlassen, daher, wenn er mir versichert, dass das, was ich sage, diesen Raum nicht verlassen wird, werde ich es Euch anvertrauen. Ich habe nicht den Wunsch, die Dienerschaft zu verunsichern ..."

„Mylady, Ihr habt meine vollste Verschwiegenheit!"

„Danke, Mr. Deed", stellte Christopher bei diesem Ausbruch seines Gehilfen fest und nickte Lady Mary zu. „Wie kann ich - wie können *wir* - Euch helfen?"

Lady Mary setzte sich sehr aufrecht hin, bevor sie sich vorbeugte, als wollte sie nicht belauscht werden. Ihre violetten Augen weiteten sich und ihre Lippen zitterten. Christopher konnte nicht anders, als sich ebenfalls nach vorne zu beugen, aber sein Blick war nicht auf ihre schönen Augen gerichtet, sondern auf ihre üppige Unterlippe und dieses Zittern. Ihre Stimme war ein Flüstern, und er musste sich anstrengen, jedes ihrer Worte zu hören.

„Mr. Bryce, es gibt - ich meine - ich bin ganz sicher - in Sir Geralds Schlafgemach *spukt* es. Da ist ein - ein Geist!"

# ZWEI

„Ein - ein *Geist*? Ihr habt einen Geist gesehen?"

Christopher widerstand dem Drang, die Augen zu verdrehen und ungläubig zu schnauben. Ein Geist? Gott möge ihm Geduld schenken. Hierfür hatte er seinen morgendlichen Zeitplan unterbrochen. Berichtigung. Er hatte ihn für *sie* unterbrochen. Aber sie redete überspannten Unsinn.

Dennoch, in den Jahren, seit er sie kannte, war *überspannt* kein Wort, das er in einem Atemzug mit der Tochter des Earls of Strathsay erwähnt hätte. Förmlich, und praktisch, ja. Und stolz - oh ja, die Lady Mary war *sehr* stolz. Aber überspannt? Niemals. Also musste es für ihren Glauben an einen Geist eine tatsächliche Grundlage geben, das sagte ihm die Angst in ihren Augen. Sie glaubte es wirklich. Und er glaubte ihr. Er glaubte nur einfach nicht, dass es im Haus spukte.

Daher nahm er sich einen Moment, um seine Fassung wiederzugewinnen, damit er nicht überheblich klänge, und wartete auf eine weitere Erklärung.

Lady Mary fasste sein Schweigen als herablassende Ungläubigkeit auf.

„Ich habe ihn nicht *gesehen*, Mr. Bryce. Ich habe ihn *gehört*."

Mary wusste in dem Moment, als sie das Wort *Geist* aussprach, dass Mr. Bryce ihr nicht glaubte.

Es war nicht so sehr sein Tonfall als die Art, wie er sein kantiges

Kinn hob und seine Nasenflügel bebten, als er die Lippen zusammen-kniff, wie, um sich zu zwingen, nicht zu lächeln. Sie war überrascht, dass er seine Ungläubigkeit nicht durch ein Verdrehen seiner schönen Augen unterstrichen hatte. Es musste ihn seine ganze Selbstbeherrschung gekostet haben, nicht laut herauszulachen.

Doch seine Skepsis schreckte sie nicht ab. Diese hatte sie erwartet; sie wäre überrascht gewesen, wenn er anders reagiert hätte. Sie hatte es selbst nicht glauben wollen. Aber es war die einzige Erklärung, die einen Sinn ergab. Schließlich hatte seit seinem Tod vor zwei Jahren niemand mehr die Zimmer von Sir Gerald benutzt. Und wenn doch jemand sie betrat, waren es Diener, wenn sie beim Herbstputz alles für den Winter vorbereiteten, um alles abzustauben, was nicht von Leinenhüllen bedeckt war und zu überprüfen, dass die Kamine, einer im Schlaf-zimmer und einer im Ankleideraum, nicht von Nagetieren oder Vögeln bewohnt wurden. Und dann wurde die Dienstbotentür, durch die sie gekommen waren, wieder verschlossen und der Schlüssel der Haushäl-terin ausgehändigt. Die Haupttür zum Schlafzimmer, die auf den Flur führte, war verschlossen und dieser Schlüssel war am Tag des Begräb-nisses ihres Ehemanns an Lady Mary ausgehändigt worden. Seitdem hatte sie sie nicht wieder aufgeschlossen.

Der Herbstputz hatte bereits vor einem Monat stattgefunden. Und es gab keinen Grund für einen der Diener, diese Räume wieder zu betreten, und das hatten sie auch nicht getan. Sie hatte die Haushäl-terin befragt. Und ganz sicher würde niemand bei Nacht dort hinein-gehen, als sie die Geräusche gehört hatte. Und das erklärte sie Mr. Bryce, und tat ihr Bestes, so zu tun, als ob sie über Alltägliches spräche und nicht über etwas Überirdisches. Und weil sie so lange wie möglich hinauszögerte, ihm anzuvertrauen, was ihre größte Furcht war.

„Und wo habt Ihr diesen Geist *gehört*, Mylady?"

„Ich war in meinem Schlafzimmer. Die Geräusche kamen aus Sir Geralds Ankleideraum."

„Danke für die Klarstellung. Zu welcher Zeit war das?"

„Nachts. Es war spät."

„Ihr habt nicht vielleicht ... *geträumt?*"

„Nein. Das dachte ich zuerst auch. Ich dachte, ich hätte einen Alptraum. Aber als ich ganz wach war, wusste ich, dass ich nicht träumte, was weit erschreckender war als jeder Albtraum."

„Habt Ihr diese - *Geräusche* - nur dieses eine Mal gehört?"

„Nein. Ich wurde später in derselben Nacht wieder durch ähnliche Geräusche geweckt. Weshalb ich - beschloss, Euch aufzusuchen."

„Glaubt Ihr, was Ihr gehört habt, könnte eine Katze auf dem Dach gewesen sein, oder ein Vogel, der in dem Baum vor Eurem Fenster nistet? Oder eben ein Ast dieses Baumes, der am Fenster kratzt?"

Mary dachte einen Moment darüber nach, schüttelte dann aber den Kopf.

„Nein, Mr. Bryce. Die Geräusche könnten nicht von solchen Dingen verursacht worden sein. Sie waren völlig anders. Und es war eine stille Nacht – es war die ganze Woche windstill. Daher bewegte sich kein Ast und es pfiff auch nichts durch die Fensterritzen."

„Was genau habt Ihr gehört, Mylady?"

„Mein erster Gedanke, als ich noch halb schlief, war, dass Sir Gerald aus seinem Schlafzimmer käme, um mich zu besuchen. Um das zu tun, musste er durch sein Ankleidezimmer gehen, den Raum, der sein Schlafgemach von meinem trennt ...‘"

„Also habt Ihr Schritte gehört?", drängte Christopher sanft, als Marys Stimme verstummte und sie zu ihren Händen hinabsah.

Mary schüttelte wieder den Kopf und hob dann langsam ihren Blick zu seinen braunen Augen.

„Nein. Keine Schritte. Es war das Klappen einer Tür, was mich weckte. Wenn ich zurückdenke, glaube ich, es muss die Tür eines der Kleiderschränke gewesen sein. Und das zweite Geräusch war ein Schlag, wie wenn ein Stuhl umgeworfen wird und auf den Boden fällt. Das hat mich beim ersten Mal aufgeweckt. Beim zweiten Mal war es, als ob jemand oder etwas sich im Ankleideraum bewegte. Nur wurden dieses Mal Schubladen aufgerissen und dann zugeschoben, viele Male, als ob er nach etwas suchte. In meinem halbwachen Zustand nahm ich an, es wäre Sir Gerald - so, wie ich immer wusste, dass er kam - ich war immer wach, bevor er auch nur die Verbindungstür öffnete."

„Weil er gegen die Möbel lief und einen Stuhl umwarf?" Christopher war über diese Offenbarung so überrascht, dass er seine Gedanken laut aussprach. „Aber das war sein Ankleideraum. Sicher kannte er doch seinen Weg und stolperte in seinen Zimmern nicht über Dinge. Oder ließ sein Kammerdiener das Feuer ausgehen und keine Kerze brennen?"

Maria fand seine Fragestellung zu persönlich, erkannte aber, als er weiter die Stirn runzelte, dass er wirklich verwirrt war. Sie war dankbar für sein Unverständnis. Doch irgendwie wünschte ein kleiner Teil von ihr es sich, damit herauszuplatzen, was sie wirklich empfand: Dass er einen Teil der Schuld an der Trunkenheit ihres Mannes auf sich nehmen sollte. In den Monaten vor Sir Geralds Tod, hatte es mehrere Gelegenheiten gegeben, bei denen die beiden Männer bis in die frühen Morgenstunden wach geblieben waren und über ihrem Portwein diskutiert hatten. Und wenn ihr Mann in diesen Nächten nicht übermäßig viel getrunken hätte, wäre er nie in ihre Schlafzimmer eingedrungen, verschwitzt und nach Alkohol stinkend, um zu verlangen, seine ehelichen Rechte auszuüben, ohne Rücksicht auf ihre Gefühle oder ihre Person.

Doch nach einem Moment des Nachdenkens und in Anbetracht ihrer Stellung und der seinen erkannte Mary, dass sie Christopher Bryce zwar eine Mitschuld an Sir Geralds Trunkenheit geben könnte, jedoch nicht an der Erniedrigung, die sie unter den Händen ihres betrunkenen Mannes zu erleiden gehabt hatte. Ihre Mutter hatte ihr am Tag ihrer Hochzeit unverblümt gesagt, dass es ihr Los im Leben sei, eine gehorsame Ehefrau zu sein. Das hieß, die fleischlichen Gelüste ihres Ehemanns mit guter Miene zu ertragen, was auch immer sie sein mochten, und wann immer er sich ihrer Person bedienen wollte. Sie durfte sich nicht beklagen. Sie musste tun, was ihr gesagt wurde. Und vor allem musste sie ihren Abscheu verbergen. Mary hatte keine Ahnung gehabt, wovon ihre Mutter sprach. Und das war auch gut so gewesen. In ihrer Hochzeitsnacht und jeder folgenden Nacht, in der ihr Ehemann sich *ihrer bedient* hatte, hatte Mary die Anweisungen ihrer Mutter befolgt, selbst wenn Sir Geralds Forderungen über das hinaus gingen, wovon sie sicher war, dass von einer Frau erwartet wurde, es zu dulden.

Ihre Witwenschaft verbrachte sie damit, diesen Teil ihres Ehelebens zu einer fernen Erinnerung werden zu lassen. Doch hier saß sie jetzt und musste sie wieder hervorrufen, im Versuch, Christopher Bryce davon zu überzeugen, dass sie glaubte, es würde in Sir Geralds Zimmern spuken. Es half, dass sie die Angelegenheit mit ihm im Büro des Verwalters besprach, was der Grund für ihr Kommen war, und nicht nach ihm geschickt hatte, sodass er ihr in ihrem Wohnzimmer gegenüber gesessen hätte; das wäre viel zu persönlich gewesen. Sie hätte sich sicher ihrem Nachbarn, dem Gutsbesitzer, einem Junggesellen, nicht anvertraut. Doch in seiner Rolle als Verwalter, das wusste sie, würde er die Angelegenheit und sie mit Respekt behandeln, ganz gleich, was er selbst über ihre Ängste denken mochte. Es war seine Pflicht, das zu tun.

Sie hätte nie den Mut gehabt oder die gleiche Behandlung erhalten, wenn sie ihrer Mutter von ihrem Verdacht erzählt hätte, diese hätte sie nur verspottet; ihre beiden jüngeren Brüder hätten sie geneckt; oder ihre Roxton-Cousins nachsichtig gelächelt, als ob sie hohlköpfig wäre. Niemand hätte sie ernst genommen.

„Es gab immer ein Feuer in Sir Geralds Ankleidezimmer und viel Licht. Wie Euch bekannt ist, hat Sir Gerald nie am Wachs gespart."

Das war Christopher sehr wohl bekannt. Sir Gerald hatte ein Vermögen für die besten Bienenwachskerzen ausgegeben. Aber er rätselte noch immer, warum der Baronet in seinen eigenen Räumen herumgestolpert, gegen Möbel gestoßen und zu so später Stunde, unma-

nierlich und laut genug gewesen sein sollte, um damit seine Frau aufzuwecken, wie ein betrunkener, ungehobelter Tölpel bei seiner Rückkehr
aus dem *Bear Inn*. Und warum er in einem solch unpassenden Zustand
in ihre Zimmer kommen würde ...

Und dann wurde es ihm klar.

Die Erkenntnis traf ihn wie eine unerwartete Ohrfeige. Der
stechende Schock beraubte ihn für einen Moment der Sprache.

Alle diese Nächte des Trinkens ... In all diesen Nächten war er überzeugt gewesen, dass er den Baronet auf dem Sofa in seiner Bibliothek
zusammengesackt hatte liegen lassen, um seine schwere Trunkenheit
auszuschlafen, mit einem dröhnenden Kopf aufzuwachen und ohne
Erinnerung an die Nacht zuvor ... Nicht einmal hatte Christopher es für
möglich gehalten, dass der Mann nicht zu betrunken wäre, um wegzu-
torkeln und seine Frau mit seinen amourösen Absichten zu belästigen.

Er war nur auf Sir Geralds gesprächige Vertraulichkeiten konzentriert gewesen, darauf bedacht, ihm das Geständnis zu entlocken, dass er
als Spion für die Franzosen oder die amerikanischen Rebellen verräterische Handlungen begangen hätte. Er hatte keinen Gedanken an Lady
Mary verschwendet - nun, damals nicht. Nicht, weil er das nicht gewollt
hatte, sondern weil es für seinen Verstand und seinen Seelenfrieden
besser war, das nicht zu tun. Und mit Sicherheit hatte er es sich nicht
erlaubt, Gedanken an sie seinen Verstand umnebeln zu lassen, während
er mit ihrem Mann trank. Aber jetzt dies ...

Sie musste das Offensichtliche nicht aussprechen und er würde ihr
nicht verraten, dass er sie vollständig verstanden hatte. Am besten hielte
er sein Gesicht angemessen ausdruckslos. Daher, obwohl er empört,
angewidert und wütend auf sich selbst war, schaffte er es, in ihrem Interesse sein Gesicht und seinen Tonfall neutral zu halten.

„Und als Ihr entschieden hattet, dass Ihr von einem - ähm - *Geist*
geweckt worden wäret, was habt Ihr getan, Mylady?"

Mary war so erleichtert, dass er nicht nach weiteren Erklärungen
über Sir Geralds nächtliches Herumtorkeln bat, dass sie im Gegensatz zu
dem Schrecken und der Furcht, die sie zu jenem Zeitpunkt empfunden
hatte, jetzt energisch sagte:

„Ich habe mein Ohr an die Verbindungstür gelegt und nach
weiteren Geräuschen gelauscht. Ich wollte sicher sein, um Euch präzise
schildern zu können, was ich gehört habe."

„Und was habt Ihr gehört?"

Mary musterte ihn verwirrt.

„Das sagte ich Euch doch, Mr. Bryce. Eine schlagende Tür, ein
Stuhl, der beim ersten Mal umgestoßen wurde, und das Öffnen und
Schließen von Schubladen beim zweiten Mal."

„Ja. Ja. Natürlich, das sagtet Ihr", entschuldigte sich Christopher, dessen Kopf sich noch immer wegen Sir Geralds abstoßendem Verhalten drehte. „Und Ihr seid sicher, dass ihr keine Schritte hörtet, als Ihr das Ohr an die Tür hieltet?"

„Nein. Keinen Schritt. Ich teile Euch nur die Fakten mit. Mir fehlt die Fantasie, um mir so etwas auszudenken! Weshalb ich sicher bin, dass es der Geist von ..."

„Hat die Zwischentür einen Riegel?"

„Ja. Seit Sir Geralds Tod ist sie verriegelt."

„Sie hätte verriegelt sein sollen, als er noch lebte", murmelte Christopher durch zusammengebissene Zähne in sich hinein.

Sofort schaute er Lady Mary an, um zu sehen, ob sie ihn gehört hätte. Sie hatte ihn gehört. Die Röte in ihrem Gesicht und wie sie die Augen aufriss, bevor sie wegschaute, sagten es ihm. Ihm wurde kalt und er warf einen Blick zu seinem Gehilfen. Und natürlich, da saß Timothy Deed, die großen Ohren weit aufgesperrt und den Mund halb offen. Also hatte auch er Christophers gemurmelten Wunsch gehört. Er konnte in ihrer Achtung nur noch aufsteigen. Aber um ihr die Verlegenheit zu ersparen, seine verbale Indiskretion zu betonen, sagte er, nachdem er sich geräuspert hatte, um einen plötzlichen Kloß zu vertreiben:

„Es wird ... am besten sein, den Riegel weiter vorgeschoben zu lassen ... zur Sicherheit. Als Vorsichtsmaßnahme."

„Aber ... Mr. Bryce, wozu soll ein Riegel an der Tür gut sein? So eine Vorrichtung ist doch sicher überflüssig. Das wird ein gespenstisches Wesen nicht davon abhalten, in meinen Raum einzudringen, oder? Er könnte ebenso gut durch die Wand wie durch eine verriegelte Tür gehen."

„Ein Gespenst könnte so etwas, ja", räumte Christopher ein, unterdrückte ein Grinsen angesichts ihre sachlichen Pragmatismus, der für den Moment jede Furcht unterdrückte, die sie beim Eintreten eines Geistes in ihrem Schlafzimmer empfinden könnte. „Doch da dieser ... dieser *Geist* nicht durch die Wand in Euer Schlafzimmer gekommen, sondern auf der anderen Seite der Tür geblieben ist, zweifle ich daran, dass er vorhat ..."

„Wie könnt Ihr Euch da sicher sein? Und woher wollt Ihr seine Absichten kennen?"

Zwei Fragen, die Christopher nicht beantworten konnte. Doch er war sich sicher, was auch immer Stühle in Sir Geralds Ankleidezimmer umwarf und mit Türen knallte, alles Mögliche sein mochte, aber kein überirdisches Wesen. Er hätte ihr eine Vielzahl Alternativen zu der Vorstellung, dass ein

Geist das Ankleidezimmer verwüstete, nennen können, angefangen von einem Fenster, das ein vergesslicher Diener nicht richtig geschlossen hatte, was es den Elementen und vielleicht einem Vogel erlaubt hätte, einzudringen, oder dass dadurch jetzt ein Nagetier oder ein Eichhörnchen in diesem Raum gefangen wäre. Und es gab eine andere Möglichkeit – dass der Geist tatsächlich ein Eindringling aus Fleisch und Blut war – ein verärgerter Diener, vielleicht, der diebische Absichten hatte. Dies war eine weit wahrscheinlichere Erklärung, eine, der er nachgehen würde, die er aber Lady Mary nicht anvertrauen wollte, um ihr keine unnötigen Ängste zu verursachen. Daher seine Frage, ob die Tür verriegelt werden könnte.

Und dann kam ihm plötzlichen ein verwirrender Gedanke.

„Mylady, Ihr sagtet *er*, als ob Ihr die Identität dieses Geistes kennen würdet."

Lady Mary legte den Kopf schräg und musterte ihn, als ob er den Verstand verloren hätte, und als er sie weiter so anschaute, als hätte er keinen Hauch gesunden Menschenverstands, sagte sie mit einem Hauch von Angst in ihrer Stimme:

„Mr. Bryce, ich habe es Euch eben in deutlichen Worten beschrieben. Wer sonst könnte der Geist sein? Ich weiß nicht, warum Sir Gerald plötzlich erschienen ist, doch ich kann mir nur denken, dass sein Geist unruhig ist und erst zur Ruhe kommt, wenn er das gefunden hat, wonach er in seinem Ankleidezimmer sucht."

„Sir Gerald? Ihr meint - der Geist - Ihr glaubt, *Euer verstorbener Ehemann* spuke in diesem Haus?"

„Ja, Mr. Bryce, das tue ich."

Christopher war sich nicht sicher, ob er in Gelächter ausbrechen oder geeignete skeptische Plattitüden anbringen sollte, von denen er hoffte, dass sie ihre Angst zerstreuen würde, also sagte er etwas schroffer, als er beabsichtigte:

„Warum im Namen all dessen, was heilig ist, sollte Sir Gerald von den Toten zurückkommen, und wozu?"

„Wenn ich das wüsste, würde ich Euch dann bitten, es herauszufinden? Aber ich kann an Eurem Gesicht sehen, dass Ihr meint, ich rede völligen Unsinn. Vielleicht wäre es also das Beste, wenn ich den Pfarrer um Hilfe bitte. Er wird mir zumindest glauben und ..."

„Bitte, Mylady. Ich glaube Euch. Und mit dem Pfarrer zu sprechen, könnte erforderlich sein, wenn wir einen Geist hier im Haus exorzieren müssten. Aber vielleicht, und um nicht den Rest des Haushalts durch Gerede über Geister in Aufruhr zu bringen, würdet Ihr mir erlauben, das zuerst zu untersuchen?"

„Danke ... oh ja", antwortete sie mit einem erleichterten Seufzer.

„Ich bin sicher, wenn es jemanden gibt, der Sir Gerald helfen kann zu finden, was er sucht, seid Ihr es, Mr. Bryce."

Er war froh, dass es ihr an lebhafter Fantasie mangelte, denn die Wahrheit könnte sich als weit erschreckender erweisen als der Geist eines betrunkenen Sir Gerald. Als sie sich erhob und ihre gesteppten Röcke ausschüttelte, schob er seinen Stuhl zurück und stand auf, gab aber Mr. Deed ein Zeichen, sitzenzubleiben.

„Ich hoffe, es wird Euch und Eurer Tante keine zu großen Ungelegenheiten bereiten, wenn Ihr über Nacht bleiben müsst", erkundigte sich Lady Mary höflich. „Aber je früher wir wissen, was Sir Gerald will, desto eher wird er in Frieden ruhen können."

„Ja, Mylady. Und nein, es wird keine Ungelegenheiten verursachen. Meine Tante wird es ertragen, einen Abend auf meine Gesellschaft zu verzichten." Christopher fügte trocken hinzu: „Besser, wenn wir den Geist so bald wie möglich zufriedenstellen. Wir wollen ja nicht, dass alle Diener die Flucht ergreifen und sich Arbeit in meinen Tuchfabriken suchen, nicht wahr?"

„Auf keinen Fall! Wie Mrs. Keble dieses Haus ohne genug Hilfe führen will, weiß ich ..."

„Mylady, das war ein schlechter Versuch eines Scherzes", unterbrach Christopher ruhig, unfähig, sein Grinsen über seine Fähigkeit, sie sofort zu reizen, zu unterdrücken. „Alle offenen Stellen in der Fabrik sind derzeit besetzt."

„Oh? Ah! Ja. Es tut mir leid, dass ich Euren Scherz nicht verstanden habe. Aber das sind gute Neuigkeiten für Eure Fabrik. Für Euch, und für dieses Haus. Ich bin sicher, Ihr habt nicht vergessen, dass der Sekretär des Herzogs jeden Tag erwartet wird", stotterte sie weiter, als sein Grinsen breiter wurde und ihre Wangen deshalb vor Hitze brannten. „Und obwohl er seinen eigenen Diener mitbringen wird, sagt Mrs. Keble, sein Besuch werde jede Menge mehr Arbeit für die Küchenmädchen und Wäscherinnen verursachen, ganz zu schweigen von den Männern draußen, die verpflichtet sind, ihm bei seinen Inspektionen überall hin zu folgen."

„Ich hatte es nicht vergessen", antwortete Christopher trocken. Er hielt Roxtons pompösen Sekretär, Mr. Audley, für einen absoluten Langweiler und noch dazu für einen Paragraphenreiter, der sich ständig einmischte. „Wie könnte ich das, wenn der letzte Brief Seiner Gnaden von Roxton eine ausdrückliche Erinnerung an den Besuch seines Sekretärs enthält, obwohl sein untertänigster Diener mir ebenfalls schrieb und der Besuch seit fast drei Monaten in meinem Kalender eingetragen ist."

Christophers Sarkasmus war an Mary verschwendet, die sich plötzlich an den Brief ihres herzoglichen Cousins erinnerte und in die Tasche griff, um danach zu suchen. Sie erbrach das Siegel mit zitternden Fingern und sank zum Lesen wieder auf den Stuhl. Doch bevor sie das einzelne Blatt Pergament entfaltete, erinnerte sie sich an ihre Manieren und schaute zu dem Squire auf.

„Verzeiht mir, Mr. Bryce. Der Brief Seiner Gnaden könnte Nachrichten enthalten, auf die ich warte ...“

„Entschuldigt euch nicht! Lest ihn.“

Mary lächelte und nickte und ließ ihren Blick auf das Pergament sinken. Christopher beobachtete sie. Und Mr. Deed beobachtete ihn. Der Squire war so in ihren Anblick vertieft, dass er, als Mary endlich mit feuchten Augen aufschaute, nur langsam reagierte. Doch seine Geistesabwesenheit blieb unbemerkt, da ihre Gedanken ausschließlich bei ihren Cousins weilten, insbesondere bei der Herzogin. Ihre Freude und Erleichterung für das herzogliche Paar war so groß, dass sie den Squire und dessen Gehilfen an ihrer Freude teilnehmen lassen wollte und unter Tränen verkündete:

„Die Herzogin wurde sicher von ihrem fünften Kind entbunden, und Mutter und Kind geht es bestens. Was für eine Erleichterung ... Roxton schreibt mit aller Begeisterung eines Vaters, dessen vierter Sohn ebenso gut der erste sein könnte! Und ich wage zu behaupten, wäre Otto ein Mädchen, wäre er ebenso erfreut gewesen.“

„*Otto?*“

Christopher verzog das Gesicht und Mary lächelte.

„Otto George Hesham. Otto nach dem verstorbenen Lieblingsbruder der Herzogin“, erklärte Mary. „Und George, nehme ich an, nach ihrem Vater, Sir George Cavendish.“

„Der arme kleine Kerl! Wegen beidem. Es tut mir leid, Mylady, aber auch Ihr müsst zustimmen, dass Otto ein ziemlich unglücklicher Vorname für ein Kind ist. Und den Namen eines solchen Schurken wie Sir George Cavendish einem Neugeborenen zu geben, muss heißen, dass der Herzog Steine im Kopf hat!“

„Ihr seid heute sehr freizügig mit Euren Ansichten, Mr. Bryce“, stellte Mary sittsam fest, stand wieder auf und faltete den Brief zusammen. „Vielleicht vergesst Ihr, dass Sir George nicht nur der Vater der Herzogin von Roxton war, sondern auch Sir Geralds, und damit Teddys Großvater.“

„Daran muss ich nicht erinnert werden, Mylady“, sagte Christopher ruhig. „Er lebte einige Zeit in diesem Haus, als ich noch ein Junge war, und ich erinnere mich gut an ihn, sehr gut. Ihr seid ihm jedoch nie begegnet, nicht wahr?“

„Ich hatte nicht die Ehre, nein. Wenn Ihr mich jetzt entschuldigen wollt, es ist fast schon Zeit, sich zum Diner umzuziehen, und Teddy ...“

„Ich bitte um Verzeihung für meine abfällige Bemerkung über die Auswahl der Namen des neugeborenen Sohns des Herzogs, Mylady, aber nicht wegen meiner Bemerkung über Sir George. Glaubt mir, es ist besser, dass Ihr nie die ... äh ... *Ehre* hattet. Guten Tag."

Er neigte den Kopf und sagte nichts weiter. Als sie sich zum Gehen wandte, nahm er wieder Platz und hob den Brief auf, der vor ihm lag, aber las nichts, zu verärgert war er über sich selbst, dass er sich erneut eine Blöße gegeben hatte, zuerst wegen des Herzogs und dann wegen Sir George Cavendishs.

Mary stand ganze fünf Sekunden dort und fragte sich, was Christopher Bryce über Sir George Cavendish wusste, so düster war sein verschlossener Gesichtsausdruck, entschied dann aber, dass es sie nichts anginge und sie am besten nicht weiter fragen sollte. Nicht zum ersten Mal rätselte sie über die Vergangenheit von Christopher Bryce. Der Mann war ein Rätsel. Ein Guts- und Fabrikbesitzer, der sich dazu bereit erklärt hatte, alle zwei Wochen zwei Tage seiner Zeit zu opfern, um als Verwalter für den Besitz seines Nachbarn zu fungieren. Dass er mit vierzig Jahren noch immer Junggeselle war, obwohl seine Lebenserfahrungen ihm reichlich Gelegenheit gegeben haben mussten, eine Frau zu finden, vergrößerte ihre Neugierde nur.

Wenn schon keine Frau, warum keine Mätresse? Männer konnte sich das in der feinen Gesellschaft durchaus erlauben. Doch sie wusste, dass ein solches Benehmen in dieser provinziellen Ecke von Gloucestershire nicht geduldet worden wäre. Wenn der Squire eine Mätresse hätte - und warum sollte er das nicht? Er war schließlich ein attraktiver Mann - lebte sie nicht in der Nähe, sondern anderswo, vielleicht in Cheltenham, oder noch weiter entfernt, in Bath. Doch da er selten weiter reiste als bis nach Stroud und sein Haus im nächsten Tal mit einer ältlichen Tante teilte, schien das unwahrscheinlich ... Was die vielen Jahre anging, die er auf dem Kontinent verbracht hatte ... Mary war neugierig. Das einzige Mal, dass sie Sir Gerald gefragt hatte, ob ihr Nachbar je seine Reisen auf dem Kontinent erwähnt hätte, hatte dieser süffisant geantwortet, dass das, was er über Squire Bryce wusste, nicht für die Ohren seiner Frau geeignet wäre, oder überhaupt für die Ohren einer wohlerzogenen Dame. Er war sicher, ihre kleinen Ohren würden davon scharlachrot werden.

„Gibt es noch etwas, womit ich Euch helfen könnte, Mylady?", fragte Christopher ausdruckslos, ohne seinen Blick von der eleganten Handschrift des Herzogs von Roxton zu heben.

„N-nein. Ni-nichts", antwortete sie, schrak auf und schüttelte innerlich einen Tagtraum über den Squire mit einer möglichen Mätresse in Bath und zahlreichen auf dem Kontinent zurückgelassen Geliebten ab.

„Da Ihr über Nacht bleiben werdet, muss ich die Haushälterin informieren, dass sie beim Diner ein weiteres Gedeck auflegt - Teddy wird sich über Eure Gesellschaft freuen - und das Zimmer des Verwalters lüften lässt."

Daraufhin sah er sie an. „Vielen Dank, Mylady. Das wäre sehr freundlich."

Sie nickte und er wandte sich wieder seiner Lektüre zu. Sie raffte mit einer Hand ihre Röcke und wandte sich zum Gehen, als die Tür weit aufflog und sie veranlasste, überrascht nach hinten zu taumeln. Die Tür knallte gegen die Holzvertäfelung, der Rock des Squire rutsche vom Haken und auf den Boden, als ein großer, weiß-brauner Drahthaarterrier in den Raum gesprungen kam. Er hatte einen toten Fasan zwischen die Kiefer geklemmt und ließ eine Spur schlammiger Pfotenabdrücke hinter sich.

Mary kannte den Hund. Er gehörte Christopher, dessen ständiger Begleiter er war. Teddy nahm den Jagdhund bei jeder Gelegenheit mit sich in die Felder und den Wald. Doch dieses Wissen hielt Mary nicht davon ab, sich hinter den Stuhl, auf dem sie gesessen hatte, zurückzuziehen. Die Vorstellung, dass der Geist ihres Ehemannes in seinen Räumen spuken könnte, machte ihr Angst, aber ein Hund ohne Leine stellte einen entsetzlichen Schrecken dar. Und obwohl sie wusste, dass dies eine irrationale Angst war, konnte sie sie weder beherrschen noch verstecken. Alle Mitglieder ihrer Familie liebten Hunde - diese treuesten der Gefährten des Menschen - ob es Jagdhunde oder Schoßhunde waren. Und während ihre Familie diese Abneigung tolerierte, tat ihre Mutter das nicht. Sie weigerte sich, jegliche Schwäche bei ihren Kindern zu dulden, und das, obwohl sie wusste, dass Mary als kleines Kind von einem der Terrier der Gräfin gebissen worden war. Er hatte ihre rechte Hand gepackt und nicht losgelassen. Sie trug noch immer die Narben von diesem Zwischenfall. Seitdem scheute sie instinktiv vor jedem Hund zurück, ganz gleich welcher Rasse oder Größe.

Und daher war es nichts, was sie hätte kontrollieren können, als ihr Atem schnell und flach wurde. Sie wollte sich auf den Stuhl knien, die Hände fest um die Rückenlehne geklammert, als ob sie das irgendwie davor hätte bewahren können, dass Lorenzo ihr nahe kam.

Christopher hatte bei dem Knall der Tür den Kopf gehoben. Er erblickte seinen vierbeinigen Freund, sah, wie Mary auf den Stuhl kletterte und stellte sich mit ein paar Schritten zwischen den Stuhl und den Hund, bevor dieser ihr stolz seine Beute präsentieren konnte.

„Es - es tut mir leid", stammelte sie. „Ich weiß, dass er ein guter Hund ist. Ich - ich kann nur nicht ..."

„Atmet ein oder zwei Mal tief durch, dann werdet Ihr gleich wieder

Ihr selbst sein", stellte er über seine Schulter hinweg fest. „Und du, mein Guter", fügte er in völlig anderem Ton hinzu und wandte sich liebevoll an den Jagdhund, als dieser den Fasan vor der Spitze seiner Stiefel ablegte, „hast keine Manieren. Aber ich weiß das Geschenk zu schätzen. Sitz, Lorenzo! Nun, wo mag denn dein Partner bei dieser Missetat sein, frage ich mich ..."

Kaum hatte Lorenzo gehorcht, als ein schmalschulteriges Mädchen mit herzförmigem Gesicht voller Sommersprossen und einem langen, unordentlichen Zopf kirschroter Haare in den Raum geeilt kam. Theodora Charlotte Cavendish – von allen Teddy genannt, außer von ihrer Großmutter, die darauf bestand, sie Theodora zu nennen - war zehn Jahre alt und ein Wildfang. Sie zeigte beim Lachen ihre Zähne und hatte leuchtende braune Augen. Ungeachtet des bemerkenswerten Rottons ihre lockigen Haare ähnelte sie keinem ihrer Elternteile. Darüber waren ihre Verwandten sehr erleichtert, wenn man bedachte, dass ihr Vater auf keine Weise gut ausgesehen hatte, doch auch enttäuscht, denn auch wenn ihre Mutter Lady Mary nicht als große Schönheit galt, ähnelte sie ihrer Cousine Antonia doch genug, um für einen hübschen Rotschopf gehalten zu werden.

Und weil Teddy ein Wildfang war, trug sie einen Reitkittel, der über ihrem Mieder und Hemd geknöpft war, und unter ihren Röcken ein Paar Reithosen, die ihre vernarrte Mutter speziell für sie angefertigt hatte. Und diese, zusammen mit einem dicken Paar gestrickter Strümpfe, waren in Reitstiefel gesteckt, um die Kälte abzuhalten, doch vor allem, damit sie auf Bäume klettern und ungehindert und ohne den Stolz ihrer Mutter zu verletzen im Herrensitz reiten konnte.

Ihre Stiefel waren schlammbespritzt, ihre Rocksaum durchnässt und ihre Hände und das Gesicht hätten eine gründliche Reinigung vor dem Diner vertragen können. Doch trotzdem begrüßten ihre Mutter und Christopher sie mit freundlichem Lächeln, ohne ein Wort über den Zustand ihres Äußeren zu verlieren. Sie ging sofort zu dem Jagdhund und schlang ihre Arme um seinen Hals. Für diesen Beweis ihrer Zuneigung wurde sie mit einem Lecken über ihr Kinn belohnt.

„Kluger Lorenzo! Guter Junge!" Sie sah zu dem Squire auf. „Gefällt dir das Geschenk, das er dir mitgebracht hat, Onkel Bryce? Er benahm sich auf unserem Spaziergang *sehr* gut, bis wir Mr. Owens und seinen beiden Hunden begegneten. Sie trieben Vögel aus der Hecke hinter Elwoods Apfelweinmühle heraus. Da ist ein Graben, so tief wie ein Teich - Mama! Du bist hier!"

Sie sah ihre Mutter, als Christopher zur Seite trug, aber ein Bein dicht bei seinem Hund hielt. Sie fand es seltsam, dass ihre Mutter auf dem Stuhl kniete, aber dann wurde ihr der Grund dafür klar, sie erhob sich und fügte eilig hinzu: „Es tut mir leid, dass ich Lorenzo vorweg laufen ließ. Es sollte eine Überraschung für Onkel Bryce sein. Ich hätte ihn den Vogel in der Küche ablegen lassen sollen. Ich wusste nicht, dass du hier warst, Mama. Ich bin von hinten hereingekommen, wegen des Schlamms ...“

„Du konntest es nicht wissen, Teddy“, unterbrach Mary mit einem Lächeln, als sie von ihrem Stuhl herabstieg und ihre Röcke ausschüttelte, mit einem wachsamen Auge auf Lorenzo, der an der Seite seines Herrn blieb und bei ihrer Bewegung kaum den Kopf drehte. Sie legte einen Arm um ihre Tochter und strich ihr sanft die feinen, lockigen Haarsträhnen aus den Augen. „Du hast gerade noch Zeit, dich vor dem Diner zu waschen und andere Kleider anzuziehen. Das Mieder und die Röcke, die für Onkel Dairs Hochzeit bestimmt waren ...“

„Aber Mama, ich würde viel lieber ...“

„Wir werden heute Abend einen Gast bei Tisch haben und du kannst deine besten Tischmanieren üben, in deinem besten Kleid, als Vorbereitung auf den Aufenthalt bei deiner Großmutter.“

„Einen Gast?“ Teddy runzelte die Stirn. „Aber wir haben nie Gäste.“

„Mr. Bryce wird mit uns speisen.“

Teddy sah schnell auf und ihre Stirn glättete sich.

„Wirklich? Du bleibst? Du bleibst wirklich zum Diner, Onkel Bryce?“ Als Christopher nickte, klatschte sie in die Hände und fragte dann ihre Mutter: „Gibt es einen besonderen Grund, oder bleibt Onkel Bryce hier, damit er den Geist fangen kann?“

DREI

Verblüfft schauten Mary und Christopher einander an. Es
blieb dem Gehilfen des Verwalters überlassen, der vergessen in seiner
warmen Ecke des Büros gesessen hatte, das Schweigen zu brechen.

„Ein Geist, Miss Teddy? Na, wer hat denn solche Geschichten
erfunden, um kleine Mädchen zu erschrecken?"

„Ich habe keine Angst, Mr. Deed", antwortete das Mädchen nüchtern, doch sie konnte ihre Aufregung kaum verbergen, ihre braunen
Augen wurden rund. „Und es *gibt* einen Geist! Er spukt in der Küche.
Das sagen Jane und Jenny. Sie wollen nicht in die Speisekammer gehen.
Mrs. Keble sagt, es würde mehr als ihr Leben auf dem Spiel stehen,
wenn sie nicht aufhörten, sich wie dumme Hühner zu benehmen und
sich um ihre Arbeit kümmern würden. Aber Jenny sagt, nichts wird sie
dazu bringen, dort hineinzugehen. Und Jane sagt, wenn sie es täte,
würde sie ohnmächtig und für niemanden von Nutzen sein. Also wird
*nichts* fertig und die Köchin wollte ihre Haube abreißen und darauf
herumtrampeln, so *wütend* war sie. Mrs. Keble schickte Luke in die
Speisekammer, um die Marmeladengläser herauszubringen, damit Jane
und Jenny sie zählen konnten. Sie haben sie zweimal gezählt. Es war
genau, wie Jane sagte. Es *fehlen* zwei Gläser Marmelade ..."

„Ich hoffe, der Geist war so nett, die Zitronenmarmelade mitzu-
nehmen und die Orangenmarmelade dazulassen", bemerkte Christopher. „Die Zitrone ist viel zu bitter für meinen Geschmack. Die Früchte
wurden wohl zu früh gepflückt, schätze ich."

„Zitronenmarmelade? Ja, sie ist ziemlich bitter... ", sagte Mary und
sah Christopher stirnrunzelnd an. „Wie könnt Ihr Euch um die Bitter-

keit der Marmelade Gedanken machen ...", begann sie und wurde von ihrer Tochter unterbrochen, die kichernd sagte:

„Manchmal bist du doch dumm, Onkel Bryce! Geister können doch nichts *schmecken*, oder?"

Als Christopher das Gesicht verzog und sich an die Nase tippte, als wollte er sagen, ihm wäre genau der gleiche Gedanke gekommen, grinste Teddy, doch Mary, die noch immer die Stirn runzelte, fragte:

„Warum sollte er dann überhaupt Marmelade stehlen?"

„Um Unfug zu machen, sagt Mrs. Keble", antwortete Teddy.

„Es wäre wohl zu viel gehofft, dass sie den Dienern auch gesagt hätte, dass es keinen Geist gibt?", fragte Christopher ironisch.

„Ja, das wäre zu viel verlangt", bestätigte Teddy. „Und die Köchin stimmte Mrs. Keble zu und sagte, sie würde ihr Leben darauf wetten, dass es *auf Abbeywood keine Diebe nicht gäbe ...*"

„Dass es keine Diebe *gibt*", berichtigte ihre Mutter.

„Mylady, ich glaube, Teddy hat nur die Sprechweise der Köchin imitiert, nicht wahr?"

Das Mädchen nickte zustimmend zu der Erklärung des Squire und fuhr dann fort, die für die Cotswolds übliche Redeweise der Köchin nachzuahmen: „Die Köchin sagte, *eine Leiche würde sich nicht vorstellen können, dass es hier in Abbeywood Diebe hätte, also müsste es sich ein Geist sein, der wo sich die Marmelade geklaut hat, nur um Unfrieden zu stiften.*" Sie zuckte die Schultern und grinste. „Also seht ihr, da *muss* ein Geist sein!"

„Dein Onkel Dair wäre beeindruckt, aber deine Großmutter entsetzt", kommentierte Mary.

„Onkel Dair hat keine Angst vor *irgend*etwas", antwortete Teddy und wandte sich stolz an Christopher und sagte: „Ein Kriegsheld hätte keine Angst vor einem Geist, oder?"

„Nein. Hätte er nicht. Aber ich glaube, was deine Mutter meint, ist, dass dein Onkel Dair, da er selbst ein guter Schauspieler ist, deine Nachahmung genießen würde", erklärte Christopher, „aber deine Großmutter nicht entzückt wäre, dich in der Sprechweise deiner - äh - *Untergebenen* sprechen zu hören."

„Untergebenen?" Teddy verstand das nicht und da weder Christopher noch Mary es erklärten, zuckte sie mit ihren Schultern und stellte ohne Böswilligkeit über ihre Großmutter, die Gräfin Strathsay, fest: „Oma ist von allem und jedem entsetzt."

„*Das* ist wohl wahr", seufzte Mary, mehr zu sich als zu den anderen Anwesenden, und fügte hinzu: „Ich weiß nicht, warum er - warum ein Geist die Köchin erschrecken wollen würde."

Sie war von dem Gedanken verunsichert, dass Sir Geralds Geist sich nicht auf sein Ankleidezimmer beschränken würde. Was, wenn sie es recht bedachte, eine dumme Vorstellung war. Geister konnten gehen, wohin sie wollten. Daher war sie umso mehr erleichtert, dass der Squire über Nacht bleiben würde. Mit einem misstrauischen Blick auf Lorenzo, dessen Blick Teddy folgte, als sie herumhüpfte und sich drehte, und der sich aufgesetzt und dann wieder zu den Füßen seines Herrn niedergelassen hatte, streckte Mary eine Hand nach ihrer Tochter aus.

Dass Teddy so gar nicht still halten konnte, erinnerte Mary immer noch an ihren ältesten Bruder Alisdair. Öfter, als sie hatte zählen können, war er von seinen Lehrern geschlagen worden, weil er so unruhig war, aus dem Fenster schaute und sich keine Mühe beim Lernen gab. Dair war im Freien immer am glücklichsten gewesen, war es immer noch, und das galt auch für Teddy.

„Wir haben Mr. Bryces Nachmittag lange genug mit Gerede über einen Marmelade stehlenden Geist gestört. Vielleicht kannst du, während du dich zum Diner fertig machst, dir ein Thema einfallen lassen, was sich besser für die Konversation bei Tisch eignet - etwas, mit dem auch Oma einverstanden wäre. Es wäre eine gute Übung für deinen Besuch bei ihr in Cheltenham, der in ein paar Wochen bevorsteht", erinnerte sie sie sanft. „Meint Ihr nicht auch, Mr. Bryce?"

Mit diesem letzten Satz richtete sie einen vielsagenden Blick auf Christopher und freute sich, als er rasch zustimmte. Sie war jedoch weniger erfreut, als er später am Tisch, nachdem das Tischgebet gesprochen war und Pastinakensuppe und Brot vor ihnen standen, den Suppenlöffel aufnahm und Teddy beiläufig fragte:

„Was hat die Köchin denn sonst noch über den *Geist, der wo sich die Marmelade geklaut hat* gesagt?"

Teddy schluckte eifrig ihren Mund voll Suppe herunter und sah ratsuchend zu ihrer am Tischende sitzenden Mutter. Das Mädchen war sauber geschrubbt worden, bis ihr Kinn und ihre Stirn glänzten, ihr langes Haar ausgebürstet, aus dem Gesicht gekämmt und mit einem blauen Satinhaarband, das zu der Farbe ihrer seidenen Röcke und des bestickten Mieders passte, zusammengehalten. Sie trug neue Satinschühchen und weiße Strümpfe und tat ihr Bestes, gerade zu sitzen, obwohl die Fischbeinstäbchen und die Verstärkung in der Mitte ihres Mieders es ihr ohnehin unmöglich machten, zusammenzusacken.

Als Lady Mary weiter ihre Suppe löffelte und nichts sagte, nahm Teddy dies als ein Zeichen dafür, dass sie die Frage des Squire beantworten durfte. Sie schaute Christopher an, der ihr gegenüber saß, und sagte ernst:

„Er mag auch Essiggemüse."

„Essiggemüse So? Welche Art denn?"

„Art?" Teddy dachte einen Moment nach. „Walnüsse. Es fehlen die eingelegten Walnüsse."

„Eingelegte Walnüsse? Eine ausgezeichnete Wahl. Obwohl ich die eingelegten Gurken der Köchin vorziehe. Ich bin froh, dass er die Walnüsse genommen und die sauren Gurken stehengelassen hat."

Teddy kicherte.

„Es ist wohl ein sehr rücksichtsvoller Geist, nicht wahr, Onkel Bryce?"

„Sehr rücksichtsvoll – mir gegenüber. Aber nicht gegenüber der Köchin, oder Mrs. Keble, oder Jane und Jenny. Im Übrigen, welche Art von Marmelade hat er gestohlen?"

„Erdbeerkonfitüre. Und ein Glas Orangenmarmelade."

„Meinst du, der Geist isst die eingelegten Walnüsse mit oder ohne Erdbeerkonfitüre, oder vielleicht mit der Orangenmarmelade?"

„Eingelegte Walnüsse und Erdbeermarmelade *zusammen?*" Teddy verzog angewidert das Gesicht. „*Iiih*! Das muss doch *grässlich* schmecken."

„Ja. Aber du hast selbst gesagt, dass Geister nicht schmecken können. Woher soll er das wissen?"

„Oh, Onkel Bryce, er muss es nicht schmecken können, um es zu stehlen ..."

„Teddy. Junge Ladys und Gentlemen sagen niemals *iiih* und ganz sicher nicht bei Tisch", predigte Mary ruhig. „Finde bitte nächstes Mal einen besseren Ausdruck für deine Abscheu. Und ein passenderes Thema für den Tisch beim Diner, hoffentlich eines, das deine Großmutter nicht verärgern würde. Jetzt iss deine Suppe, bevor sie kalt wird."

„Ja, Mama. Tut mir leid, Mama", murmelte Teddy angemessen zerknirscht und ließ den Kopf sinken, aber nicht, bevor sie Christophers Augenzwinkern bemerkt und mit ihm ein Lächeln getauscht hatte.

Die drei beendeten schweigend ihre Suppe. Die einzigen Geräusche waren das Ticken der Uhr auf dem Kaminsims, dass Klirren der silbernen Löffel in den Porzellanschalen und das Scharren der Absätze von Teddys Satinschühchen an der Sprosse des Stuhls, als sie die Beine vor und zurück schwang. Ihre neuen Röcke und die ordentliche Frisur gaben ihr den Anschein einer kleinen Dame, doch der Wildfang konnte nicht unterdrückt werden, anscheinend ebenso wenig das Interesse des Squire an einem Gespräch über den Geist.

Er hatte sich ebenfalls Mühe mit seinem Aussehen gegeben. Mary hatte das sofort bemerkt, als er durch die Dienstbotentür in die Halle kam, kurz bevor das Diner gemeldet wurde. Seine Reitstiefel waren von Schlamm befreit und poliert worden. Seine Krawatte war erneut gebunden, um sich richtig um seinen Hals zu legen, und sein Lockengewirr zurückgekämmt und mit einer ordentlichen Satinschleife zusammengebunden. Er trug seinen Rock offen über seinem Hemd und der Weste. Dieser war so geschnitten, dass er vom Oberkörper abstand, um die Weste darunter zu zeigen, und wie bei jüngeren Männern, die modische bestickte Westen trugen, war die Wirkung sehr angenehm.

Bei Männern mittleren Alters, so wie ihrem Ehemann, zog ein solcher Schnitt unerwünschte Aufmerksamkeit auf ihre sich weitende Taille und selten lagen die Silber- oder Hornknöpfe ihrer Westen flach, oft waren sie gar nicht geschlossen. Sir Gerald, wie viele wohlhabende Männer mittleren Alters, hatte einen Bauch gehabt, ein Beweis für ein Leben voll guten Essens, viel im Hause gebrauten Apfelwein und einen sitzende Lebensweise, ein Erfolg ihrer verschiedenen Unternehmungen, ob sie kaufmännisch, gewerblich, industriell oder in der Landwirtschaft stattfanden.

Mr. Christopher Bryce jedoch entsprach nicht diesem Bild. Obwohl er im mittleren Alter war, verfügte er nicht über diesen sprichwörtlichen Bauch. Eigentlich hatte er die Gestalt und die Haltung eines jüngeren Mannes. Wenn nicht die Fältchen gewesen wären, die mit dem Alter um seine Augenwinkel und an beiden Seiten seiner geraden Nase aufgetaucht waren, hätte man ihn für einen Jahre jüngeren Mann halten können. Ein ernsthafter jüngerer Mann, sicher, einer, der bei ihr und seinen Angestellten ernst war und sich bei den meisten gesellschaftlichen Anlässen sehr zurückhielt, doch der selten, wenn überhaupt, ernst war, wenn er sich in Gesellschaft ihrer Tochter befand.

Mary bemerkte sein Augenzwinkern und das Lächeln, das er mit Teddy wechselte und beschloss, sich blind zu stellen. Weit davon entfernt, sich zu sorgen, dass das ihre mütterliche Autorität untergraben könnte, fand sie das Band zwischen den beiden bezaubernd. Sir Gerald war bitter enttäuscht gewesen, eine Tochter und nicht den ersehnten Sohn zu bekommen, und hatte Teddy als Ärgernis behandelt. Christopher Bryce wiederum war nie abweisend gewesen oder hatte den Eindruck erweckt, dass Teddys Leben, weil sie ein Mädchen war, weniger wert wäre, als wenn sie als Junge geboren worden wäre.

Und auch darin war der Squire untypisch. Während die ersten Familien des Tales Sir Gerald ihr Beileid ausgesprochen hatten, weil er keinen Sohn bekommen hatte und Mary sogar versichert hatten, inständig für sie zu beten, dass sie bei der nächsten Schwangerschaft einen gebären würde, hatte Christopher Bryce Teddys Geschlecht nie mit einem Kommentar bedacht. Er behandelte sie so, wie sie war. Sie war ganz einfach Teddy. Allein dafür war Mary bereit, sein unverblümtes, diktatorisches Auftreten und seine dickköpfige Weigerung, Teddy ihre Roxton-Cousins besuchen zu lassen, zu dulden.

Was die Tatsache anging, dass Teddy Zeit in seiner Gesellschaft verbrachte und er an ihrem Tisch speiste, begrüßte sie auch das, obwohl ihre Mutter über einen solchen gesellschaftlichen *faux-pas* entsetzt gewesen wäre. Wie anders doch ihre Erziehung gewesen war! Die tief verwurzelten gesellschaftlichen Gesetze ihrer Kindheit hatten dazu geführt, dass sie in Gegenwart ihrer Mutter oder gesellschaftlich höher Gestellter instinktiv fügsam war, und selbst im Alter von dreißig Jahren wurden ihre Entscheidungen davon beeinflusst. Sie hatte nie ein falsches Wort bei Tisch oder in Gesellschaft gesprochen, wenn ihre Mutter anwesend war, aus Angst, verspottet zu werden.

Sie war entschlossen, dass ihre Tochter keine dieser Ängste oder Vorurteile haben sollte, die man ihr eingeprägt hatte. Teddys Leben sollte anders sein. Daher war sie glücklich, den Squire und ihre Tochter scherzen zu lassen wie zwei Kumpane in der Taverne, während sie sich mit der Rolle der interessierten Zuschauerin und gesellschaftlichen Schiedsrichtern begnügte. Sie hörte zu, als die beiden zwischen Bissen von gebratener Forelle und gegrilltem Fleisch mit frischem Gemüse plauderten, in ihren violetten Augen stand ein Licht und ein Lächeln lauerte unter ihrem höflichen Benehmen als Gastgeberin. Beide hatten ihrem Wunsch Folge geleistet und Christopher hörte zu, wie Teddy über die Flucht und das Wiederauffinden von Will Bisleys preisgekröntem Schaf schwätzte, was der Köchin, die Wills Cousine war, einen Monat lang Sorge bereitet hatte. Und dann kehrte das Gespräch zu dem Geist und den fehlenden Lebensmitteln zurück. Mary fragte sich warum. Es musste einen guten Grund für ihn geben, das zu tun. Christopher Bryce wurde nicht von seinen Launen bestimmt.

„Hat unser Geist noch etwas aus der Speisekammer geklaut?", spekulierte Christopher, während er sein Weinglas nachfüllte. „Oder war das sein erster und einziger Besuch in der Küche?"

Teddy beugte sich vor und sagte mit verschwörerischer Aufregung: „Es ist nicht das erste Mal! Ein Laib Brot wurde gestohlen. Kein ganzes Brot. Nur, was vom Abendessen übrig war. Die Köchin hatte Brotpudding daraus machen wollen."

„Brot?", fragte Mary und sah sich von ihrer Tochter und dem Squire ignoriert, obwohl er ihr einen Blick zuwarf.

„Sonst noch etwas?", fragte Christopher Teddy beiläufig, als er an seinem Glas nippte.

„Zwei Flaschen Holunderblütenwein. Luke sagt, eine, aber Jane ist sicher, es wären zwei."

„*Zwei* Flaschen Holunderblütenwein?", wiederholte Christopher ehrfürchtig und lehnte sich zurück. „Gut!"

Teddy runzelte die Stirn. „Gut? *Verfl...*" Sie schluckte den vulgären

Ausruf rasch herunter und fügte mit einem Blick auf ihre Mutter hinzu: „Aber du magst Holunderblütenwein doch nicht einmal, Onkel Bryce.“

„Das stimmt. Ich hoffe, der Geist nimmt den *ganzen* Holunderblütenwein mit. Besser das, als den guten Bordeaux, den wir trinken.“

Mary fühlte sich plötzlich unbehaglich. „Ich bitte um Verzeihung, Mr. Bryce. Ich hätte Euch fragen sollen ... ich dachte - nachdem Ihr hier zum Diner bleiben würdet - würdet Ihr nichts dagegen haben, wenn ich mir die Freiheit nehme, eine Flasche heraufholen zu lassen.“

„Es war nicht als Kritik gedacht, Mylady“, sagte Christopher leise. „Ihr könnt zu jeder Mahlzeit Wein trinken, wenn Ihr das wünscht.“

Teddy wurde neugierig. „Warum musst du Onkel Bryce um Erlaubnis bitten, Mama? Es ist unser Keller.“

Mary warf Christopher einen Blick zu und sagte dann:

„Nein, Teddy, das ist er nicht. Alles, vom Zuckerlöffel bis zum Besen im Stall gehört Sir Geralds Erben, deinem Cousin - Sir John Cavendish. Ich habe schon früher mit dir über ihn gesprochen - über Jack“, erklärte Lady Mary. „Wir leben hier mit Erlaubnis seines Vormunds. Und eines Tages, wenn er alt genug ist, um die Verwaltung von Abbeywood zu übernehmen, wird er einen Teil des Jahres hier leben, und zweifellos den Rest des Jahres in London.“

„Können wir hier bei Cousin Jack bleiben?“

Als Christopher an seinem Wein nippte und sich nicht die Mühe machte, eine Bemerkung zu machen, sagte Mary: „Ich glaube nicht, dass er das wollen würde, Teddy. Er wird seine Braut mit hierher bringen und ich schätze, bis dieser Tag kommt, wirst auch du verheiratet sein, daher wirst du ein eigenes Haus haben ...“

„Aber ich möchte Abbeywood nicht verlassen, *niemals*. Und das werde ich auch nicht“, stellte Teddy energisch fest. „Er kann mich nicht dazu zwingen! Dies ist *mein* Heim, nicht *seines*. Außerdem, wo wirst *du* dann leben, Mama?“

„Ich? Oh, darüber habe ich noch nicht viel nachgedacht, Teddy“, antwortete Mary obenhin und lächelte. „Wir müssen uns noch keine Sorgen machen. So viele Dinge können in ein paar Jahren geschehen.“

Das war eine Unwahrheit. Sie hatte während ihrer Zeit als Witwe über wenig anderes nachgedacht. Doch dies war weder die Zeit noch der Ort, um über ihre Zukunft oder die ihrer Tochter zu diskutieren. Daher war sie verärgert, als Christopher eine unverblümte Bemerkung machte, und noch überraschter über die Antwort ihrer Tochter.

„Deine Mutter hat recht, Teddy. Aber wenn du das hohe Alter von einundzwanzig Jahren erreichst und noch immer unverheiratet sein solltest und Sir John sich hier niedergelassen hat, bin ich sicher, dass dein

Onkel Dair dich in Fitzstuart Hall willkommen heißen würde, wenn du dort leben wolltest. Nicht wahr, Mylady?"

Teddy verzog den Mund und rümpfte nachdenklich die Nase. Dann schüttelte sie den Kopf. „Nein. Ich möchte nicht bei Onkel Dair leben. Ich liebe ihn, aber ich möchte hier bleiben. Wer würde sich um meine Hühner kümmern? Und in Fitzstuart Hall gibt es keinen Puzzlewood. Und du und Mama lasst mich *überall* hin reiten. Und was ist mit Lorenzo und dir, Onkel Bryce, und Kate und Carlo und Silvia? Wie sollte ich euch alle von so weit her besuchen? Nein. Ich will hier bleiben, weil es der schönste Platz in ganz England ist, nicht wahr, Onkel Bryce?"

„Ja ... in der ganzen Welt", antwortete Christopher sanft.

Mary lächelte Teddy an, überhaupt nicht überrascht, dass ihre Tochter vehement für diese malerische Ecke Englands schwärmte. Sie hatte sich selbst als Braut aus dem Kutschenfenster heraus in die Cotswolds verliebt, als sie hier und da einen Blick auf den Flickenteppich grüner Hügel mit kleinen Waldstücken und Hütten aus honigfarbenen Steinen, die sich an die Hänge schmiegten, erhascht hatte. Sir Gerald hatte dem Kutscher befohlen, sie durch das Dorf zu fahren, wo die Dorfbewohner sich vor ihren Häuschen an einer hügeligen, krummen Straße aufgereiht hatten und knicksten oder ihre Kappen zogen, alle eifrig darauf bedacht, einen Blick auf die junge Frau ihres Herrn zu werfen.

„Ja. Es ist idyllisch - selbst im tiefen Winter. Es gibt keinen schöneren Ort im Königreich, an dem ich mit dir sein wollte, Teddy. Aber du wirst noch viele, viele Jahre nicht daran denken müssen, hier fortzugehen", versicherte Mary ihr. „Und selbst, wenn du fortgehen würdest, auch nur für eine Weile, sagen wir, um zur Schule zu gehen, könntest du zurückkehren. Genauso, wie du es tust, wenn du Oma in Cheltenham besuchst. Mr. Bryce hat seine Kindheit und Jugend hier verbracht, genau wie du, und dann ging er eine Zeit lang weg, kehrte aber zurück. So war es doch, nicht wahr, Mr. Bryce?"

„Ja, Mylady."

Teddy war nicht überzeugt.

„Onkel Bryce ist zurückgekommen, weil er konnte. Er ist ein Junge und sein Vater hat ihn Brycecomb hinterlassen. Mädchen erben keine Häuser. Sir Gerald hat uns nichts als einen großen Haufen Schulden hinterlassen. Oma sagt das. Sie sagt, wir wären eine Last, Mädchen wären nichts als eine Last für ihre männlichen Verwandten."

Mary wusste mit bedrückender Sicherheit, dass ihre Mutter diese Meinungen geäußert hatte. Sie hatte sie oft genug gehört. Die Gräfin von Strathsay war am Boden zerstört gewesen, als Mary, ihr Erstgeborenes, nicht der Sohn und Erbe war, den der Earl of Strathsay brauchte, und sie ließ Mary ihre Enttäuschung nie vergessen. Für Mary war Teddys Geburt ein Segen und eine Entschädigung für eine lieblose Ehe. Teddy sollte nicht wie sie Stunden in steifen Stofflagen und Fischbeinstäbchen verbringen, ein Buch auf dem Kopf balancierend, um ihren Rücken und ihre Schultern gerade zu halten, ohne Rücksicht auf ihre Gesundheit oder Freude.

Mary war fest entschlossen, dass Teddys Kindheit anders sein sollte. Wenn es Teddy glücklich machte, auf Bäume zu klettern und im Herrensitz zu reiten und den ganzen Tag im Freien zu sein, dann würde sie als ihre Mutter ihr Bestes tun, um dafür zu sorgen, dass sie diese Dinge tun konnte. Und der beste Ort dafür war hier, versteckt in der Wildnis der Cotswolds, wo es wenige Nachbarn und noch weniger Besucher gab und niemand sie für ihre Art der Erziehung oder ihre Tochter dafür, dass sie sie selbst war, verspotten konnte.

Und nun saß Teddy da, in ihrem Stuhl zusammengesunken, soweit es möglich war, in einem fischbeinverstärkten Korsett zusammenzusinken, und mit einem Ausdruck von Furcht auf dem Gesicht, so anders als das glückliche Kind, das sie gewesen war, während sie über einen diebischen Geist in der Speisekammer diskutierte, und das nur, weil ihre Oma sie mit Gerede darüber, Abbeywood verlassen zu müssen, verunsichert hatte. Zum ersten Mal seit sie die Existenz eines Spuks zu erwähnen gewagt hatte, wünschte Mary, der Geist würde an Ort und Stelle auftauchen, um Teddy von unnötigen Sorgen abzulenken.

Der Squire schien ihre Gedanken gelesen zu haben, denn er schaffte es schließlich, das Gespräch wieder auf den Geist zu lenken, aber nicht, bevor er nicht Teddy selbst etwas versprochen hatte.

„Dein Vater hat mich zu deinem gesetzlichen Vormund ernannt, Teddy. Das heißt, niemand kann dich hier ohne meine Erlaubnis wegbringen. Und deine Oma, oder dein Cousin Jack oder dein Onkel Dair können mich zu nichts zwingen, was du nicht willst. Fühlst du dich damit besser?"

Teddy nickte, aber sie schien nicht ganz überzeugt zu sein.

„Kann Mama auch hier bleiben?"

„Selbstverständlich."

„Oma sagt, wenn Mama einen neuen Ehemann findet, wird er sie hier wegholen."

Mary schluckte, ohne in Christophers Richtung zu sehen; dass er eine solche Frage gestellt bekam, noch dazu in ihrer Gegenwart, bereitete ihr Unbehagen. Doch sie wollte ihre Tochter nicht weiter durch Gerede darüber, das einzige Heim, das sie je gekannt hatte, verlassen zu müssen, beunruhigen, daher sagte sie so beiläufig wie sie konnte, in der Hoffnung, unbeschwert zu klingen:

„Liebe Güte, von was hatte Oma denn da wieder geträumt, als wir sie zuletzt sahen?"

Teddy beugte sich vor und sagte vertraulich zu Christopher: „Onkel Dair sagt das *ständig* über Oma." Dann lehnte sie sich wieder an die Stuhllehne und sagte zu ihrer Mutter: „Oma hat Onkel Dair gesagt, dass du nicht dauerhaft eine Last sein darfst - und dann hat sie zu ihm gesagt, er soll aufhören, mit seinem Hin- und Hergehen Löcher in den Teppich zu treten. Aber er sagte, da der Teppich ihm gehörte, könnte er so viele Löcher hineinlaufen, wie er wollte. Und dann nahm er mich zum Ausreiten mit, was ihn in bessere Laune versetzte."

Mary streckte ihre Hand nach ihrer Tochter aus, und als sie ihre Finger über ihre legte, drückte sie sie sanft.

„Teddy, Oma sagt diese Dinge, weil sie sich um uns sorgt und möchte, dass alles so ist, wie sie es für richtig hält. Aber manchmal - *meistens* - wenn etwas oder jemand nicht ihren Erwartungen gemäß ist, wird sie unangenehm. Vor allem, wenn sie nichts anderes hat, worüber sie nachdenken kann. Verstehst du das?"

„Ich - *glaube* schon ... Also Oma hat nichts Besseres mit ihrer Zeit zu tun, als sich zu sorgen und sich über Dinge zu beschweren, die sie nichts angehen, wie Onkel Dair sagt."

„Ja. Ja, das stimmt."

„Also musst du dir keinen neuen Mann suchen?", fügte sie eifrig hinzu.

Mary unterdrückte einen Seufzer und lächelte, hob ihr Weinglas und nippte daran, um vorsichtig eine Antwort zu formulieren. Ironischerweise hatte ihre Mutter in diesem Fall recht. Die Gräfin hatte sie von Buckinghamshire bis nach Hampshire gequält. In einer Kutsche eingesperrt war der perfekte Ort und die Reise zu Dairs Hochzeit die perfekte Gelegenheit für ihre Mutter, ihr eine Predigt über ihre Pflichten zu halten, ihr zu sagen, sie sollte aufhören, selbstsüchtig zu sein und stattdessen an die Familie, ihren guten Ruf und Teddys Zukunft denken. Sie musste unbedingt wieder heiraten. Zwei Jahre in der Wildnis von Gloucestershire waren Zeit genug, um zu trauern. Und Mary war kein junges Mädchen mehr. Bald würde jede Schönheit, die sie besaß, ganz verblassen und kein Mann würde sie wollen.

Die Gräfin schlug vor, dass vielleicht ein älterer Mann, der bereits Kinder hatte, ihr einen Antrag machen könnte. Und wenn sie großes Glück hätte, würde ihr neuer Ehemann nicht mehr fähig sein, in ihr Bett zu steigen und nur Gesellschaft in seinem Alter wünschen. Aber das bezweifelte ihre Mutter. Männer waren Bestien, ihre fleischlichen Gelüste mehr die eines ...

Mary hatte aufgehört zuzuhören, obwohl sie dem Drang, zur Landschaft hinauszuschauen, widerstand und ihren Blick fest auf die müden Züge ihrer Mutter gerichtet hielt. Zum hundertsten, wenn nicht zum tausendsten Mal fragte sie sich, was ihren Vater geritten hatte, ein derart bigottes Geschöpf zu heiraten. Aber an einem Punkt hatte ihre Mutter recht. Sie musste ihre Pflicht gegenüber ihrer Familie und Teddy erfüllen und wieder heiraten. Sie wusste, dass sie Roxton nur um Hilfe bitten müsste und er würde ihr eine beliebige Anzahl passender Bewerber zur Auswahl suchen. Sie mochte mittellos sein, aber sie war immer noch die Tochter eines Earl und die Urenkelin Charles des Zweiten. Und für den Adel war Abstammung wichtiger als alles andere.

„Vielleicht wird Jack nicht gern herkommen und hier wohnen wollen, wenn wir jetzt einen Geist hier herumspuken haben?", schlug Christopher vor, um die Stimmung aufzuhellen, den Blick fest auf Teddy gerichtet. Er hatte Mary nicht mehr angeschaut, seit das Mädchen erwähnt hatte, dass ihre Mutter heiraten müsste. „Vor allem, wenn er darauf aus ist, die Speisekammer zu plündern. Sehen wir mal ... was hat unser gespenstischer Freund bisher mitgenommen. Sag mir, ob auf meiner Liste etwas fehlt: Erdbeermarmelade, eingelegte Walnüsse, ein Glas Zitronenmarmelade, den Rest eines Brotlaibs, und *zwei* Flaschen Holunderblütenwein." Als Teddy nickte, dass er alles Fehlende richtig aufgelistet hatte, fügte er zufrieden hinzu: „Ich würde sagen, das ist der Beginn eines Festmahls, vielleicht ein Picknick." Er beugte sich vor, sah nach rechts und nach links und flüsterte laut: „Glaubst du, dieser Geist wird uns zu dem Picknick einladen, wenn wir ein Rad von Abbeywoods Käse und etwas Aufschnitt mitbringen?"

Teddy beugte die Schultern vor, schmunzelte und nickte heftig.

„Ich schätze, Ihr sähet es auch gern, wenn wir Teller, Messer und Servietten dazu gäben, nicht wahr, Mr. Bryce?", fragte Mary mit einem kleinen Lächeln, riss sich aus ihrer Gedankenverlorenheit und war froh, an einem Gespräch teilzunehmen, das sich wieder mehr dem Absurden zuwandte.

„Können wir das machen, Mama? Und einen Korb, in den wir alles packen können!"

„Eine großartige Idee, Teddy", stimmte Christopher zu, und fügte hinzu - wobei diese Worte seinem Mund entschlüpften, bevor er sorgfältig überlegt hatte: „Es ist offensichtlich, dass du nicht nur die herbstliche Schönheit deiner Mutter geerbt hast, sondern auch ihre Großzügigkeit."

Daraufhin folgte eine schwere Pause im Gespräch, da nichts mehr zu sagen blieb, nachdem bereits zu viel gesagt worden war. Das Schweigen zwischen den Erwachsenen wurde peinlich. Christophers Kehle brannte. Mary holte tief Luft, das Gesicht unerklärlich warm. Beide bemühten sich bewusst, den anderen nicht anzusehen, und waren sich dennoch der Anwesenheit des anderen intensiver denn je zuvor bewusst. Und beide erkannten, dass gerade etwas Bedeutendes geschehen war, das jetzt nun nicht mehr ignoriert oder rückgängig gemacht werden konnte.

# VIER

*HERBSTLICHE SCHÖNHEIT?* WOHER WAREN DIESE SCHWACHEN Worte gekommen? Und warum diese Worte? Hätte er nach all diesen Jahren keine besseren finden können? Wie hatte er zulassen können, so unbedacht zu sein - zu plappern wie ein Schuljunge im blauen Rock? Er, der in ihrer Gegenwart immer auf der Hut gewesen war, manchmal so sehr, dass es am besten gewesen war, überhaupt nichts zu sagen. Wie beim ersten Mal, als er sie gesehen hatte. Es war Herbst gewesen, so wie jetzt. Die Blätter hatten sich bereits gefärbt. Sie trugen nicht länger verschiedene Grüntöne, sondern zeigten sich in lebhaftem Gelb, Orange und tiefem Rot. Einige waren bereits herabgefallen. Andere klammerten sich noch an die Zweige, Teile des Waldes waren im schwindenden Licht mit feurigen Blitzen übersät. Er hatte ein dunkelrotes Blatt von jenem Tag aufbewahrt, weil es die gleiche Farbe wie ihr prachtvolles Haar hatte. Er hatte es zwischen den Seiten der Familienbibel der Bryce gepresst.

Sir Gerald hatte ihn einige Monate nach seiner Rückkehr vom Kontinent nach Abbeywood eingeladen. Kate war gerade angekommen und steckte knietief im Stroh der auszupackenden Kisten. Doch sie hätte ihn niemals hierher begleitet, auch wenn sie ebenfalls eingeladen gewesen wäre. In Wahrheit würde Kate die Sicherheit und Anonymität von Brycecomb Hall nie wieder verlassen. Und dort, im Foyer von Abbeywood, stand Lady Mary, um ihn zu begrüßen, das Haar ebenso frisiert wie jetzt: ein dicker Zopf, der wie ein Band um ihre Haare gelegt war, der Rest wurde in einem Netz in ihrem Nacken aufgefangen.

Er erinnerte sich, wie er über die Steinplatten gegangen war, um sie zu grüßen, wie sein Atem langsamer geworden und sein Herzschlag in den Ohren gedröhnt und damit Sir Geralds überschwängliche Vorstellung übertönt hatte. Und wenn ihre rothaarige Schönheit seinen Atem stocken und sein Herz schneller hatte schlagen lassen, ließen ihn ihre violettblauen Augen - in der Farbe der wilden Glockenblumen - seine Manieren völlig vergessen und sie offen anstarren. Als er später an diesen Augenblick zurückdachte, war es nicht so sehr ihre ungewöhnliche Farbe gewesen, sondern die Art, wie sie bei seinem Anblick dunkler geworden waren. Dieser Blick, dieser schweigende Austausch, dauerte nur ein paar Sekunden, doch er hatte in diesem Moment gewusst, so sicher, wie er seinen Namen kannte, dass zwischen Lady Mary Cavendish und ihm eine dauerhafte Verbindung entstanden war.

Beide hatten seither nie wieder von dieser ersten Begegnung gesprochen. Es war, als wäre es nie geschehen, und wenn man die Kluft zwischen ihren ungleichen Lebensumständen bedachte, war es am besten so. Sie war die Urenkelin eines Stuart-Königs und eine Cousine zweiten Grades des Herzogs von Roxton. Er war ein Landedelmann aus den Cotswolds mit einer so üblen Vergangenheit, dass, hätte Sir Gerald etwas davon geahnt, er Christopher niemals sein Haus hätte betreten lassen, geschweige denn, ihn Lady Mary vorgestellt hätte. Von allen anderen Überlegungen abgesehen, blieb die unüberwindliche Tatsache, dass sie verheiratet war.

Dennoch, jenes erste Zusammentreffen und die Gefühle, die es geweckt hatte, blieben ständig unter der Oberfläche ihres täglichen Umgangs miteinander: unterdrückt. Brodelnd. Unerlaubt. Unvergesslich. Unleugbar. Und nun dies ...

WIE KONNTE ER ES WAGEN, EINE SO PERSÖNLICHE BEMERKUNG ZU machen. Er hatte kein Recht dazu. Er hatte sie in eine unangenehme, peinliche Lage gebracht. Er war hier als Verwalter des Besitzes, also war er ein Diener, ein wenig bessergestellt als die Haushälterin. Und wenn er kein Verwalter war, dann war er ein kleiner Landadliger, mit einem kleinen Besitz im benachbarten Tal. Und wenn er nicht Landwirtschaft betrieb, war er im *Handel* tätig - ein Fabrikbesitzer, ein Tuchfabrikant noch dazu. Eines würde Christopher Bryce niemals sein: ihr gesellschaftlich ebenbürtig. Die gesellschaftliche Kluft zwischen ihnen war so groß, dass er genauso gut auf der einen Seite des Atlantiks und sie auf der anderen sein könnte, und niemals sollten sich die beiden treffen.

Die Gesellschaft könnte die Tochter eines Squire oder eines Kaufmanns in ihre Reihen aufnehmen, wenn sie in den Adel einheiratete (obwohl dies das Kichern hinter dem Rücken des armen Mädchens nicht aufhalten würde), aber dies galt nicht umgekehrt. Töchter aus adligen Familien heirateten nicht unter ihrem Stand. Dies verursachte die Art von Skandal, von der eine Frau sich niemals erholte, und ihre Familie könnte diesen Flecken auf ihrem Namen nie entfernen. Solche unwürdigen Ehen waren nicht unbekannt. Es hatte Fälle von Entführungen und heimlichen Ehen gegeben, aber solche Vorkommnisse verursachten Skandal, gebrochene Herzen und Verbannung. Diese abtrünnigen Töchter von Adligen wurden zu Ausgestoßenen ihres Standes. Sie hätten genauso gut Lepra haben können. Für Mary war eine solche Ehe undenkbar.

Marys Mutter fand es demütigend genug, dass Christopher Bryce über die täglichen Ausgaben ihrer Tochter entschied, aber dass Sir Gerald sein eigenes Kind, ihre Enkelin, die Tochter einer Lady, zum Mündel eines solchen Mannes machte - das war eine Schande. Und der Bauerntölpel besaß die Unverschämtheit, einem Herzog - keinem geringeren als Roxton - den Zugang zu seiner eigenen Nichte zu verwehren. Für wen hielt sich der Emporkömmling?

Mary, die durch die ständigen Beschimpfungen ihrer Mutter und den Widerstand ihrer Roxton-Cousins dagegen, dass ein Fremder Vormund Teddys war, emotional aufgewühlt worden war, hatte ihnen zugestimmt. Sie hatte Christopher öffentlich verleumdet, ihn einen Unhold und Rohling genannt. Vor ihrer Mutter, dem Herzog von Roxton und ihrer Cousine, der Herzogin von Kinross, hatte sie ihn beschuldigt, kompromisslos stur, kaltherzig und selbstherrlich zu sein. Er hielt ihre Tochter in Abbeywood gefangen und da sie Teddys Mutter war, sie selbst ebenfalls. Sie konnte es kaum erwarten, dass Teddy einundzwanzig wurde. Oder noch besser, vor ihrem einundzwanzigsten Geburtstag verheiratet, damit die Vormundschaft von Mr. Christopher Bryce zu Ende wäre. Und wenn Jack volljährig würde, könnte er eine passendere Person als Verwalter benennen, und Mr. Bryce würde in sein Tal auf seinen Besitz zurückkehren und dort bleiben, ohne dass es länger nötig wäre, dass er mit ihnen oder ihr oder Abbeywood etwas zu tun hätte.

Als sie ruhiger war und wieder dem böswilligen Einfluss ihrer Mutter entzogen, fort auch von ihren Roxton-Cousins - die alle so arrogant selbstsicher von ihrem Platz in der Welt überzeugt waren - und sie in die Ruhe ihres Tales, nur mit der Gesellschaft ihrer Tochter zurückgekehrt war, bereute sie ihren Ausbruch. Ihre Anschuldigungen gegen Mr. Bryce waren emotional aufgeladene Beschimpfungen, von denen sie wünschte, sie hätte sie nie ausgesprochen.

Im Idealfall hätte sie es vorgezogen, wenn der Herzog von Roxton

Teddys Vormund gewesen wäre. Immerhin war er Teddys Onkel. Aber wenn nicht der Herzog, um ehrlich zu sein, war sie zufrieden damit, dass Mr. Bryce es war, denn Teddy liebte ihren Onkel Bryce genauso wie ihre wahren Onkel, Marys Brüder Dair und Charles.

An diesem Abend saß Christopher Bryce nicht als Verwalter an ihrem Tisch, sondern als Squire Bryce, ihr Nachbar und Teddys gesetzlicher Vormund. In diesen Rollen war es für ihn gesellschaftlich völlig akzeptabel, hier zu sein, und bis vor wenigen Augenblicken hatte er seine Rolle gut gespielt. Tatsächlich hatte er in all den Jahren, in denen sie sich gekannt hatten, nie Fehler gemacht und war im Umgang mit ihr nie von allem gesellschaftlich formal Zulässigen abgewichen. Und jetzt hatte er mit einem Satz alles geändert. Sie würde sich in seiner Gesellschaft nie wieder unbefangen fühlen ...

„MAMA IST NICHT HÜBSCH, ONKEL BRYCE. SIE IST SCHÖN", verkündete Teddy in der schweren Stille, während sie sich eine große Portion Apfelknödel nahm. „Onkel Dair sagt, ich würde sicher genauso werden wie sie, aber das sollte ich ihr nicht sagen, weil kleine Brüder ihre großen Schwestern gern necken, nicht ihnen Komplimente machen. Ich habe Onkel Dair gesagt, dass er überhaupt nicht klein ist und dass Mama und ich keine Geheimnisse voreinander haben. Oma sagte, es ist eine Schande, dass ich mit meinen schrecklichen roten Haaren und Sommersprossen wie Mama aussehe, weil sie sich nie ändern werden, egal wie alt ich werde oder wie viel Zitronensaft aufgetragen wird. Daher wäre es nur gut, dass ich mächtige Verwandte hätte, die sich um meine Interessen kümmerten ... Manchmal, eigentlich *meistens*, habe ich keine Ahnung, wovon Oma redet! Aber du magst unsere roten Haare und findest die Farbe nicht schrecklich, oder, Onkel Bryce?"

„Ja, das tue ich und nein, das tue ich nicht", antwortete Christopher, ohne zu zögern und hielt seinen Blick fest auf Teddy gerichtet. „Ohne sie wärest du doch nicht du selbst, oder?"

„Und Mama wäre nicht Mama. Aber ich glaube, du hast das nur erfunden, als du gesagt hast, Sommersprossen wären die Rubinküsse, die die Feen hinterlassen hätten."

„Oh? Aber was für eine schöne Vorstellung!" Mary lächelte, schüttelte ihre Nachdenklichkeit ab, entschlossen zu vergessen, dass das unachtsame Kompliment des Squire je ausgesprochen worden war. „Ich habe Sommersprossen noch nie in so entzückender Weise beschreiben hören."

„Das Lob gebührt nicht mir, Mylady. Ein Kobold sagt etwas Ähnliches im *Sommernachtstraum* des Barden, und ich habe mich nur daran erinnert ..."

„Weil du rotes Haar und Sommersprossen magst", stellte Teddy fest. „Mr. Shakespeare muss sie auch gemocht haben."

„Ja. Ja, so ungefähr", murmelte Christopher und fand die Apfelknödel vor sich plötzlich hochinteressant.

„Nach der Süßspeise ziehen Teddy und ich uns gewöhnlich in den Salon für eine Partie Goose zurück, oder sie liest mir vor, während ich sticke." Sie schaute ihre Tochter an. „Aber vielleicht würdet Ihr heute lieber Kegeln im Foyer spielen?"

„Dürfen wir? Wirst du mit uns Kegeln spielen, Onkel Bryce?"

„Ja. Das würde mir gefallen", antwortete er. Er legte seinen Löffel weg und schaute endlich Mary wieder an. „Mylady, ich darf Euch untertänigst um Verzeihung für mein indiskretes Geständnis von vorhin bitten. Ich hatte nicht vor, Euch zu beleidigen oder Euch Unbehagen zu bereiten. Aber ..."

„Es ist nicht wichtig, Mr. Bryce."

„... da es ein Kompliment war, kann ich es nicht zurückziehen. Das geht nicht."

Mary schob ihren Stuhl zurück und stand auf. Christopher und Teddy taten es ihr nach. Sie legte ihre Serviette auf den Tisch, strich die Vorderseite ihres Damastkleides glatt und sah erst dann den Squire an. Sie hob leicht den Kopf und sagte in einer majestätischen Weise, die ihrer Mutter, der Gräfin, gefallen hätte: „Da Ihr Gast an meinem Tisch seid, Mr. Bryce, werde ich Euer Kompliment annehmen. Das ist alles, was ich je über diese Angelegenheit zu sagen beabsichtige." Sie streckte ihre Hand nach ihrer Tochter aus und sagte in völlig anderem Ton: „Während die Kegel vorbereitet werden, lass uns am Kamin im Foyer Tee trinken, ja?"

SIE TRANKEN TEE UND ASSEN LEBKUCHEN VOR DEM GROSSEN Kamin in der langen Halle und spielten eine Runde Goose - weil Onkel Bryce zum Abendessen geblieben war und drei Spieler viel besser waren als zwei. Und während sie das Brettspiel spielten, legten zwei Dienstmädchen den größeren der beiden türkischen Teppiche an ein Ende des langen Raums, wo an der Wand eine Reihe von Gemälden weniger wichtiger Cavendish-Vorfahren hingen. Dann stellten sie die neun hölzernen Kegel an das eine Ende dieses Teppichs und die drei abgeflachten Holzbälle an das andere. Eines der Hausmädchen blieb bei den

Kegeln, um sie nach dem Umfallen wieder aufzustellen, während die andere sich darum kümmerte, die Holzkugeln wieder zu den Spielern zurückzubringen.

Teddy und Christopher spielten drei Runden, wobei Mary mehr als glücklich war, Zuschauerin zu sein und die Punkte zu zählen. Jeder von ihnen gewann eine Partie und in der dritten sah sie, wie Christopher absichtlich seine Hand verdrehte und seine Kugel weit neben einem Kegel vorbeischießen ließ, den er leicht hätte umwerfen können. Das gab Teddy die Gelegenheit, das Spiel zu gewinnen, und da sie eine unermüdliche Spielerin war und unbedingt gewinnen wollte, nahm sie sich Zeit, ihren Wurf zu planen, bevor sie die Kugel rollen ließ. Sie warf den verbleibenden Kegel um und alle in der Halle applaudierten, Christopher machte eine prachtvolle Verbeugung vor ihr und erklärte sie zur Siegerin.

„Ihr habt sie gewinnen lassen", stellte Mary ein wenig später fest, als sie und Christopher allein geblieben waren, nachdem das Kindermädchen Teddy geholt hatte, um sie zum Schlafengehen fertig zu machen, und die inzwischen verstrichene Zeit es dem Paar erlaubte, wieder zu einem Anschein leichter Höflichkeit zurückzukehren.

„Ich habe ihr die Chance gegeben, zu gewinnen. Das ist ein Unterschied."

Mary saß mit ihrer Stickerei auf dem Schoß und ihrem Nähkorb zu ihren Füßen am Feuer und versuchte, eine Nadel einzufädeln, während Christopher neben dem riesigen Kamin stand, sie beobachtete und eine frische Tasse Tee trank. Keiner hatte gesprochen, seit Teddy ihnen eine gute Nacht gewünscht hatte. Doch beide waren sich des anderen sehr bewusst, was das Einfädeln der Nadel fast unmöglich machte. Sie legte ihre Hände in ihren Schoß und sah zu ihm auf.

„Danke. Und danke, dass Ihr euch über den Geist lustig gemacht habt, damit sie keine Angst haben würde, heute Abend ins Bett zu gehen."

„Aha. Ich hätte wissen müssen, dass Ihr meinen listigen Plan durchschauen würdet."

„Nicht von Anfang an", gestand sie. „Aber all das Geschwätz über die kulinarischen Vorlieben des Geistes war ziemlich absurd und ich fragte mich ..."

„Und jetzt, nachdem Ihr von den Diebstählen aus der Speisekammer gehört habt, haltet Ihr es für wahrscheinlich dass es ein Geist ist, der auf der Suche nach Nahrung in der Küche herumstreift?"

„Aber ... sicherlich könnte es ein Zufall sein, dass ich Geräusche in Sir Geralds Zimmern höre und die Köchin behauptet, dass es ein Geist sein muss, kein Dieb, der aus der Küche gestohlen hat?"

„Ich glaube nicht, dass es ein Zufall oder ein Geist ist.“

„Was glaubt Ihr dann, Mr. Bryce?“

Christopher trank seinen Tee aus, stellte die Teetasse auf die Untertasse und platzierte beides auf dem Kaminsims.

„Dass, wer immer auch in Sir Geralds Zimmern ist, weit eher irdisch als überirdisch ist und in der Tat ein Dieb, der es nicht nur auf Lebensmittel abgesehen hat.“

Mary setzte sich etwas aufrechter hin. Schrecken klang aus ihrer Stimme. „Ein - ein Dieb? Da ist ein *Dieb* in Sir Geralds Zimmern?“

Christopher fand es ironisch, dass sie sich mehr über die Möglichkeit aufregte, dass der Eindringling eher ein Bösewicht als ein Gespenst sein könnte, aber er schaffte es, ohne sich zu verraten, zu sagen:

„Ja, Mylady. Ein hungriger Dieb.“

„Warum?“

Einer seiner Mundwinkel zuckte.

„Selbst Diebe brauchen Nahrung.“

„Liebe Güte, Ihr seid heute witzig, Mr. Bryce“, erwiderte Mary. „Warum sollte ein Dieb beschließen, sich ausgerechnet unter allen Zimmern in Abbeywood die meines Mannes auszusuchen, um sich zu verstecken? Es gibt andere Schlafzimmer, weit von meinem entfernt, die sich besser eignen würden. Vor allem, wenn er mitten in der Nacht genug Lärm verursacht, um mich aufzuwecken! Was sicher seine Absicht, sich zu verstecken, zunichtemacht. Euer Verdacht schließt aber nicht die Möglichkeit aus, dass wir zwei Eindringlinge haben. Einen überirdischen in Sir Geralds Schlafzimmer und den in der Speisekammer, der auf alle Fälle zumindest einen sehr irdischen Magen hat!“

Christopher unterdrückte ein Schmunzeln, mehr wegen ihrer Empörung als wegen ihrer Theorie, und neigte seinen Kopf. „Das ist eine Möglichkeit, wie ich zugeben muss, Mylady. Aber nicht sehr wahrscheinlich. Wie gesagt, ich glaube nicht an Zufälle. Jedoch warum dieses Individuum ein besonders lärmender Dieb ist, weiß ich auch nicht besser als Ihr.“

So viel stimmte. Was er nicht verriet, war seine ziemlich sichere Annahme, dass der Dieb sich Sir Geralds Zimmer nicht zufällig ausgewählt hatte. Es musste sich etwas von bestimmtem Wert unter Sir Geralds persönlichem Besitz befinden, was der Dieb haben wollte oder was Unbekannte ihn zu suchen geschickt hatten. Was auch immer der Dieb suchte, Christopher fragte sich, ob es etwas mit Sir Geralds Beteiligung an einem Spionagering zu tun hatte, der von Stroud aus operierte.

Der Herr der Spione war überzeugt, dass Sir Gerald der Hintermann dieses Spionagerings von Stroud war. Christopher war skeptisch. Nicht, dass Sir Gerald nicht zu Verschlagenheit fähig gewesen wäre. Durchaus.

Der Mann hatte den einheimischen Adel, seine Frau und seine Gläubiger darüber getäuscht, dass er ein großes Vermögen besäße. Er hatte auch Gentlemen von Vermögen und Stand in Gloucestershire davon überzeugt, dass er durch seine Ehe mit der Tochter eines Earls und durch seine Geburt als Mitglied der Familie Cavendish wichtige Verbindungen innerhalb der Regierung und politischer Kreise hätte, die bei der Durchsetzung der Pläne und Anliegen der örtlichen Landadligen behilflich sein könnten.

Aufgrund dessen wurde Sir Gerald zum High Sheriff von Gloucestershire „erhoben". Ein Amt, das er mit aller Großspurigkeit, die er zustande brachte, ausfüllte, wie Nachbarn Christopher anvertraut hatten. Und da die Männer von Gloucester sprichwörtlich zurückhaltend waren, musste Sir Gerald als High Sheriff unerträglich gewesen sein. Was Christopher sich fragen ließ, warum sie ihn überhaupt ertragen hatten.

Die guten Leute von Gloucester konnten nicht wissen, wie Christopher wusste, dass Sir Geralds aufgeblasene Arroganz eine heiße Luftwolke war, die ein Gewitter von Lügen verbarg. Sir Gerald war bis über die Halskrause verschuldet und hatte seit vielen Jahren fern eines jeden gelebt, der irgendwelchen politischen oder gesellschaftlichen Einfluss gehabt hätte. Er durfte keinen seiner wohlbeschuhten Füße in die Häuser der hochrangigen Verwandten seiner Frau setzen, geschweige denn in die von deren einflussreichen Freunden und Verwandten.

Und aus diesem Grund hatte Shrewsbury geglaubt, dass Sir Gerald reif wäre, umgedreht zu werden und sein Land zu verraten - er brauchte Geld und hatte das Bedürfnis, sich wichtig zu fühlen. Für die Franzosen zu spionieren war eine lukrative Angelegenheit, vor allem jetzt, seit Louis' Regierung kurz davor stand, offen ihre Unterstützung für die amerikanischen Rebellen zu erklären. Doch all die Stunden, die Christopher in Sir Geralds Gesellschaft verbracht hatte, hatten nur dazu geführt, ihm den starken Eindruck zu geben, dass der Baronet seinem König äußerst treu ergeben war. Nicht nur das, Sir Gerald verabscheute die Franzosen außerdem mit einer an eine Manie grenzenden Leidenschaft, und das kam von seinem Hass auf die halbfranzösischen Cousins seiner Frau, die Herzöge von Roxton. Sir Geralds Hass auf den Herzog von Roxton und seine Familie war so groß, dass Christopher glaubte, der Mann hätte alles in seiner Macht Stehende getan, um den Untergang dieser Familie zu bewirken.

Es war Christophers Überzeugung - und das hatte er Shrewsbury auch gesagt - dass Sir Gerald, wenn er an einem Spionagering beteiligt wäre oder irgendetwas mit Verrätern an seiner Majestät und der Regierung zu tun hätte, es nur so sein könnte, dass er im Glauben gehandelt hatte, der britischen Sache zu dienen, wenn er in der Tat unwissentlich dem Feind half. Sir Gerald hatte nicht den Verstand, um ein erfolgreicher Verräter zu sein, geschweigen denn der Gründer eines ausgeklügelten Spionagenetzwerks. Shrewsbury hatte Christopher beauftragt, Beweise beizubringen, um seine Anschuldigungen zu untermauern und herauszufinden, wer Sir Geralds Kontakte gewesen waren. Christopher glaubte auch, dass einer dieser Kontakte in diesem Moment in Sir Geralds Privatzimmern versteckt war und die eingelegten Walnüsse der Köchin genoss.

All dies wollte er Lady Mary gegenüber nicht erwähnen, obwohl er wünschte, ihr genug anvertrauen zu dürfen, um ihre Angst, dass Sir Geralds Geist zurückgekommen wäre, um sie heimzusuchen, zu zerstreuen. Und wenn der Dieb aus der Speisekammer in der Tat ein im Solde Frankreichs stehender Verräter wäre, würde er sich schnellstens um den Schurken kümmern. Doch einstweilen lenkte er das Gespräch von den Geistern ab und auf ein Thema, von dem er sicher war, dass es ihre Aufmerksamkeit ablenken würde.

„Darf ich fragen, was Ihr stickt?"

Mary war verblüfft über die Frage. Kein Mann, der kein enger Verwandter war, hatte jemals genug höfliches Interesse gezeigt, um ihr eine solche Frage zu stellen, und ihr Ehemann in all den Jahren ihrer Ehe sicherlich nicht. Sie war so entzückt, dass sie strahlte.

„Oh! Ja! Ja, natürlich dürft Ihr fragen", wiederholte sie mit aufrichtiger Wärme. Sie hielt den Stickrahmen an seinem Griff hoch, damit er ihre Stickerei sehen konnte - das halbfertige Blatt mit seinen Wellen und Wirbeln. „Dies ist eines von drei Bärenklaublättern."

Er sah genauer hin. „Und wenn ich mich nicht irre, ist die gelbe Blume eine Wiesenbutterblume, die weiße eine Erdbeerblüte, und da ist auch eine Ranke von feinem Efeu."

„Ihr kennt Euch mit gestickter Flora aus, Mr. Bryce!"

„Nur wenn sie mit so großer Sorgfalt gestickt wird, Mylady. Aber ich meinte auch - was ist das Kleidungsstück, das Ihr bestickt?"

„Wenn es genäht ist, wird es die Taufkappe eines Kindes sein."

„Darf ich?"

Er streckte die Hand aus und nachdem sie die Nadel in der rosa Seide festgesteckt hatte, gab sie ihm den Stickrahmen. Er ließ seine schlanken Finger leicht über die Stickerei gleiten, musterte ihre Handarbeit, hielt dann bei dem metallischen Faden des unfertigen Bärenklaublattes an und schaute auf.

„Mir scheint, diese exquisite Pracht ist nicht für irgendein Kind gedacht."

„Ihr habt recht, Mr. Bryce. Dieses Häubchen ist für das Kind meiner herzoglichen Cousine, das im neuen Jahr erwartet wird.“

„Cousine Herzogin? Also nicht das neueste Kind der Herzogin von Roxton?“

„Nein. Nicht für Baby Otto. Die Roxtons verwenden immer noch das Häubchen, das ich für die Taufe von Frederick gestickt habe - ihrem ersten Kind und ihrem Erben. Sie haben dann beschlossen, es auch für die nächsten Kinder zu benutzen. Das ist etwas, worauf ich sehr stolz bin“, fügte sie in eiliger Begeisterung hinzu, als ob sie ihre Arbeit über das Banale hinausheben müsste.

„Und das solltet Ihr auch. Ihr seid sehr geschickt und die Schattierung Eurer Stiche ist unvergleichlich.“

„Oh! Ich dachte ...“

„Dass ich als Mann wenig Verständnis für die Sorgfalt und Aufmerksamkeit und die feine Arbeit, geschweige denn die Liebe, die in solchen Handarbeiten steckt, haben würde?“

„Ja“, gestand sie schuldbewusst und errötete, weil sie nicht umhin konnte, von seinen Worte tief berührt zu sein. „Ich dachte immer - nur für mich, natürlich - dass ich eine recht gute Stickerin wäre, viel besser mit Nadel und Faden als jedes meiner Kindermädchen. Aber niemand außer meiner Familie hat das je gesagt. Und ich dachte, ihr Lob käme mehr aus einem Gefühl von Pflicht und Höflichkeit heraus, nicht, weil sie meine Stickerei für überdurchschnittlich hielten.“

„Ihr stellt Euer Licht unter den Scheffel. Um solch schöne Blumenmuster herzustellen, muss man nicht nur sehr viel Können mit langen und kurzen Stichen haben, sondern auch Verständnis für die Abstufung der Farbtöne. Ihr braucht außerdem die Fähigkeit, Farben zu mischen, um Eure Kreationen so natürlich wirken zu lassen. Nicht wahr?“

Sie nickte, unfähig, ihr Erstaunen über sein Wissen auszudrücken, von dem sie angenommen hatte, dass es nur von ihrem Geschlecht für Interesse war und verstanden wurde.

„Liege ich richtig in der Annahme, dass Ihr das Muster aufgezeichnet habt, bevor Ihr begonnen habt?“

„Ja, natürlich. Ich zeichne alle meine Muster.“

„Dann seid Ihr nicht nur eine geschickte Stickerin, sondern auch eine Künstlerin.“

„Eher eine Kopistin als eine Künstlerin. Ich kann nur wiedergeben, was ich sehe. Mir fehlt die Fantasie, um Bilder zu erfinden.“

„Dann räumt wenigstens ein, dass Ihr auch gut zeichnen könnt. Und was Ihr gezeichnet habt, dann mit Nadel und Faden malt.“

„Mit meiner Nadel und dem Faden malen ...“, wiederholte sie und lächelte zufrieden bei seiner Beschreibung. „Das ist sehr wahr. Vielen Dank.“ Sie nahm ihren Stickrahmen zurück und legte ihn in ihren

Schoß. „Darf ich also annehmen, dass Ihr in Eurem Leben schon viele Stickereien zu sehen bekommen habt?"

„Möglicherweise mehr als jeder lebende Mann, außer der Handvoll, die sich dafür entscheiden, selbst zu sticken."

„Ihr meint Handwerker, die das als Arbeit tun, um etwas zu verdienen, nicht wie ich, um mir die Zeit zu vertreiben und Geschenke für Familie und Freunde anzufertigen."

„Das natürlich. Aber nein, ich meinte Gentlemen, die nur zur Entspannung sticken."

Mary beugte sich ungläubig vor. „Verzeihung, wie bitte? Ein Gentleman, der *stickt*? Das glaube ich Euch nicht!"

„Oh, aber das müsst Ihr. Ich habe sie an großen Stickrahmen und Rahmen aus Elfenbein und Holz gesehen, so wie dem Euren. Ein paar stricken oder häkeln auch." Als Mary ihn weiter mit offenem Mund ungläubig anstarrte, fügte er mit einem Lächeln hinzu: „Meine Tante kann meine Behauptungen bestätigen, und wenn ihre Augen nicht so schwach geworden wären, würde sie zweifellos meine Beurteilung Eurer Fähigkeiten teilen."

„Und wo habt Ihr und Eure Tante solche Weisheit in der Kunst der Stickerei erworben?"

„Hier und - äh - dort. Aber größtenteils dort."

„Auf dem Kontinent?"

„Ja."

„Ihr müsst eine ungewöhnliche Menge an Stickereien begutachtet haben, um so etwas über meine zu sagen - wenn Ihr es überhaupt ernst meint."

Ihr verständnisloses Stirnrunzeln erinnerte ihn so sehr an ihre Tochter, dass er schmunzelte. Er war so sehr darauf bedacht, sie von seiner Aufrichtigkeit zu überzeugen, dass er wieder in seiner Wachsamkeit nachgelassen hatte, dieses Mal in Bezug auf seine Vergangenheit - das erste Mal, dass er seit seiner Rückkehr in dieses verschlafene Tal so offen darüber gesprochen hatte.

„Aufrichtig? Bei Euch - immer. Und ja, Ihr könnt mir glauben, wenn ich Euch sage, dass ich eine große Menge von Stickereien untersucht, bewertet, gelobt, kommentiert und konstruktiv kritisiert habe, wenn ich darum gebeten wurde. Daher erkenne ich schöne Stickereien, wenn ich sie sehe."

Mary lächelte schwach. Manchmal konnte sie sich selbst überraschen, wie jetzt, als sie hörbar verschmitzt murmelte: „Lauter Stücke, die Eure Tante angefertigt hat, sicherlich."

Er lachte laut über ihren Scherz.

„Wenn es nur wahr wäre! Das hätte mir viel Zeit und Mühe erspart.

Aber ich bereue nichts davon", fügte er ernst hinzu. „Denn dieser Weg hat mich hierher gebracht - und zu Euch ..."

„Mr. Bryce, welchen Weg Ihr auch einzuschlagen gewählt habt, geht niemanden etwas an außer Euch selbst", unterbrach sie, Hals und Wangen brandrot wie ihre flammenden Zöpfe. Sie senkte den Kopf. „Es steht mir sicher nicht zu ..."

„... und zu Teddy. Ich habe keine eigenen Kinder, aber zumindest habe ich das Privileg, für Theodora ein Onkel zu sein, und dafür werde ich Euch immer Dank schulden."

Sie schaute zu ihm auf, alle Verlegenheit war bei der Erwähnung ihrer Tochter verflogen.

„Mir? Es war Sir Gerald, der Euch zu Teddys Vormund bestimmte, nicht ich. Und ich sollte *Euch* danken, Mr. Bryce. Ich glaube, das habe ich noch direkt getan, und das war nachlässig von mir. Ich muss Euch danken, für alles, was Ihr für sie getan habt und dafür, dass Ihr Euch für sie interessiert."

„Dazu besteht kein Grund, Mylady. Ich genieße Teddys Gesellschaft um ihrer selbst willen. Sie erinnert mich daran, wie es ist, jung und sorglos zu sein. Sie genießt jeden Tag und sie empfindet tiefe Liebe für das Tal. Wir sollten uns alle bemühen, wie sie zu sein. Die meisten von uns verlieren das mit dem Älterwerden aus dem Auge."

Mary seufzte, ohne es zu merken. „Ja. Und es gibt diejenigen, die es in keinem Alter sehen."

Seine Lippen zuckten. Er lächelte fast, beherrschte aber seine Gesichtszüge, um ernst zu bleiben.

„Verzeiht, dass ich das sage, Mylady, aber Sir Gerald hatte wenig Zeit für irgendjemanden außer sich selbst. Ichbezogenheit macht einen blind für die unzähligen Möglichkeiten, von denen man umgeben ist."

Mary hatte gar nicht an ihren Ehemann gedacht, sondern an ihre Mutter, aber sie stimmte ihm zu. Das sagte sie jedoch nicht. Sie hob überrascht eine ihrer Brauen. „Für Euch hatte Sir Gerald jedoch viel Zeit, Mr. Bryce."

*Weil er diese Zeit damit verbrachte, über sich selbst und sein Unglück, ob echt oder eingebildet, zu schwadronieren, und ich seinem egoistischem Geschwafel zuhörte, weil es von mir verlangt wurde, nicht, weil ich es wollte*, hätte Christopher antworten mögen. Stattdessen antwortete er ruhig und ignorierte die Kritik in ihrem Ton:

„Wir haben diese Zeit damit verbracht, unsere gemeinsamen Interessen an der Landwirtschaft zu diskutieren, Sir Geralds belastende Pflichten als High Sherriff von Gloucestershire und darüber hinaus das Projekt des Stroudwater Schifffahrtskanals, bei dem Sir Gerald und ich beide investiert haben."

Marys Mund war zu einem dünnen Strich zusammengepresst, und obwohl sie nicht wirklich die Augen verdrehte, war Christopher sich sicher, dass sie das innerlich sehr wohl tat. Ihre höfliche Bemerkung, die ihre Langeweile verbergen sollte, betonte das nur für ihn, und er konnte ein lautes Lachen nicht unterdrücken, als sie sagte:

„Wie faszinierend. Jetzt verstehe ich, warum Ihr beide Euch nie von Portwein und Kamin losreißen konntet." Als er lachte, fügte sie mit brennenden Wangen hinzu: „Glaubt Ihr, ich scherze, Mr. Bryce?

„Darf ich offen sprechen, Mylady?" Als Mary, plötzlich vorsichtig geworden, nickte, fügte er ohne Emotionen hinzu: „Als ein Nachbar zum anderen ..."

„Ja. Natürlich."

„Ich denke, dass Ihr gut darin seid, Euer wahres Gesicht hinter einem Schleier der Höflichkeit zu verbergen. Warum sagt Ihr nicht, was Ihr denkt: Dass Ihr froh wart, nicht die Langeweile von Gesprächen über Wollerträge, Stoffunterschlagung, die schlechten Gesetze und das Fortschreiten des Kanalbaus ertragen zu müssen."

„Aber das habe ich überhaupt nicht gemeint", widersprach Mary empört. Als jetzt Christopher seine Brauen hochzog, als müsste er überzeugt werden, erklärte sie: „Ich würde gern über eines oder alle dieser Themen diskutieren, wenn ich die Gelegenheit hätte, mehr darüber zu erfahren. Ich nehme an - nein! Das ist nicht wahr. *Ich weiß*, dass Sir Gerald mich für unfähig hielt, irgendein wichtiges Thema mit einiger Tiefe zu erfassen. Und das ist wahr, weil ich selbst für weibliche Verhältnisse eine absolut unzureichende Bildung genossen habe. Das wurde mir sehr klar, als ich, etwas älter als Teddy es jetzt ist, bei meinen Roxton-Cousins lebte. Je mehr Zeit ich in der Gesellschaft meiner Cousine Herzogin verbrachte, desto mehr wurde mir klar, wie unwissend ich war."

„Cousine Herzogin? Diejenige, die im neuen Jahr einen hohen Erben gebären soll?"

„Ja. Genau diese. Sie ist meine Cousine ersten Grades, obwohl sie ungefähr zwanzig Jahre älter ist als ich. Ja, Mr. Bryce, Ihr rechnet völlig richtig in Eurem Kopf. Sie wird mit fast fünfzig wieder Mutter. Obwohl das nicht ihre erste Schwangerschaft ist. Sie hat zwei Söhne aus ihrer ersten Ehe mit dem alten Herzog von Roxton."

„Der jetzige Herzog ist ihr Sohn?"

„Ja. Ich habe einen komplizierten Stammbaum, nicht wahr?", antwortete Mary mit einem Lächeln über seine Überraschung und fügte hinzu: „Ich freue mich darüber und für sie. Ihre Gnaden hatte eine ungewöhnliche Erziehung - ihr Vater war Arzt und als sein einziges Kind wurde sie wie ein Junge erzogen - was ihr die Fähigkeit verleiht, über alle möglichen Themen zu reden und das in drei oder vier Sprachen. Sie kann auch Latein und Griechisch lesen und hat nie Angst, Fragen zu stellen."

Christopher verzog das Gesicht.

„Aber sie ist doch keine ordinäre weibliche Pedantin, oder?", fragte er, mehr um Marys Unzulänglichkeitsgefühle zu lindern als um ein Urteil über eine adlige Dame zu äußern, die er nicht kannte, oder auch nur, was das anging, sich gegen eine angemessene Erziehung von Frauen im Allgemeinen auszusprechen.

„Nein. Nein. Gar nicht! In der Tat ist sie das entzückendste weibliche Geschöpf, das es gibt. Eure Bemerkung über das Jungbleiben im Herzen passt genau auf sie. Denn sie ist so lebhaft, gutherzig und umwerfend schön, dass ich, wenn ich als Kind in ihrer Gesellschaft war, es so empfand, als wäre ich in der Gegenwart einer guten Fee. Die Jahre, die ich bei den Roxtons verbracht habe, waren die bezauberndsten meines Lebens."

„Ihr habt beim alten Herzog und seiner Herzogin gelebt?"

„Als ich zwölf Jahre alt war, nachdem sich meine Eltern einander dauerhaft *entfremdet* hatten und mein Vater auf die Bahamas gezogen war. Dair und Charlie wurden nach Harrow geschickt, und weil die Gesundheit meiner Mutter so schlecht war, hielt man es für das Beste, dass sie einige Zeit fortging, um sich an - an ihre *neue Situation* zu gewöhnen. Sie ging einige Zeit nach Cheltenham, wo niemand sie kannte. Sie gewöhnte sich an den Ort und reist seither jedes Jahr mit großem Aufwand dorthin. Teddy sagte mir, Oma wäre die Königin der Cheltenhamer Gesellschaft."

„Ja", sagte Christopher mit einem übertriebenen Seufzer in der Hoffnung, Mary zum Lächeln zu bringen. „Das hat Teddy mir auch erzählt."

Aber Mary lächelte nicht. Sie fühlte sich unbehaglich und sagte entschuldigend: „Ich vermute, Teddy hat Euch sehr viele Dinge erzählt, die man besser nicht wiederholt."

„Oh, keine Sorge, Mylady. Was Teddy mir erzählt, bleibt hier drinnen", sagte er und tippte sich an die Schläfe. „Es ist nicht meine Sache, die vielen Maximen der Gräfin zu wiederholen - niemandem gegenüber." Als Marys Schultern hinabsackten und sie ängstlich dreinblickte, fügte er sanft hinzu: „Es wäre wohl nicht falsch von mir anzunehmen, dass, auch wenn Teddy Euch sehr vermissen würde, wenn man Euch trennte, Ihr nicht dasselbe Gefühl von Verlust empfandet, als ihr zu den Roxtons geschickt wurdet?"

Mary holte tief Luft und nickte. Sie wollte sich nicht verstellen und er bot ein sehr williges Ohr und sie brauchte einen Vertrauten - später würde sie sich fragen, ob ihre Müdigkeit eine Rolle dabei gespielt hatte, ihre Zunge zu lösen - und sagte mit untypischer Offenheit und mehr Gefühl, als sie beabsichtigt hatte:

„Mr. Bryce, diese vier Jahre mit Cousine Herzogin und *M'sieur le duc de Roxton* waren die glücklichsten, die ich je erlebt habe. Die Zeit, die ich in ihrer Gesellschaft verbrachte, haben mir die Augen für eine mir bis dahin unbekannte, in jeder Hinsicht völlig andere Lebensweise geöffnet. Außer bei der Geburt meiner Tochter bin ich nie wieder so glücklich gewesen ...“

Ihre Stimme verklang, sie war verunsichert, dass es ihr so leicht fiel, dies ihm gegenüber zuzugeben, nachdem sie das bei Sir Gerald nie getan hatte, ganz sicher auch nicht ihrer Mutter gegenüber, und sich selten jemandem anderem aus ihrer Familie offenbart hatte. Als sie kurz darüber nachdachte, war der einzige Mensch, mit dem sie so frei und offen gesprochen hatte, der alte Herzogs von Roxton gewesen, der eine Art und Weise hatte, kommentarlos zuzuhören und ohne seine Gedanken zu verraten. Ganz ähnlich, wie Christopher Bryce es jetzt tat - er sah sie eindringlich an, verriet aber keineswegs, was er dachte.

Ebenso, wie Teddy zuversichtlich redete und nie von ihrem Onkel Bryce verspottet wurde, wenn das Mädchen über alle möglichen Dinge schwatzte, hatte der alte Herzog ihr zugehört, als ob ihre Konversation das Interessanteste wäre, das er je gehört hätte. Natürlich staunte sie jetzt, wenn sie daran zurückdachte, über ihre eigene naive Tapferkeit, besonders bei einem so alten und beeindruckenden Aristokraten. Es gab sogar Zeiten, in denen sie schwatzte und ihn zu Cousine Herzogin hinüberblicken sah, die sich in ihrem Lieblingssessel zum Lesen zusammengerollt hatte. Das Paar tauschte dann ein Lächeln und sie, ein Mädchen von zwölf, hatte die unglaubliche Kühnheit, *ihn* zu fragen, ob er *ihr* zuhörte. Der alte Herzog ließ sich nie ertappen, und obwohl er nur Augen für seine Frau hatte, war er in der Lage, den letzten Satz zu wiederholen, den sie ausgesprochen hatte. Und dann bat er sie, doch bitte weiterzusprechen, da ihre Konversation höchst erbaulich wäre. Natürlich erkannte sie Jahre später, dass er ironisch sprach, und dass sein geheimnisvolles Lächeln und der Ausdruck in seinen Augen, wenn er seine Frau ansah, voller Liebe und völliger Hingabe war.

Ihre Eltern hatten einander niemals so angesehen und selbst, wenn sie verliebt gewesen waren, musste das vor ihrer Geburt gewesen sein. Sie war in einem Haushalt aufgewachsen, in dem ihre Eltern kaum miteinander kommunizierten, so groß war der eisige Hass zwischen ihnen. Und auch Sir Gerald hatte sie nicht mit Liebe und Hingabe angesehen, da er sie nicht geliebt hatte. Doch um ihm gegenüber gerecht zu sein, hatte sie ihn auch nicht geliebt. Ihre Ehe war arrangiert worden. Sie hatte sein Angebot angenommen, um dem Elend bei ihrer Mutter zu entkommen. Wenn die Roxtons in England und nicht im fernen Konstantinopel gewesen wären, hätte sie vielleicht nicht das Bedürfnis gehabt, eilig in die Ehe zu fliehen. Sie hatte sich so verzweifelt gewünscht, mit ihnen auf ihre Reise auf den Kontinent zu gehen, und sie hatten sie auch mitnehmen wollen. Doch ihre Mutter hatte den alten Herzog angefleht, dass sie es nicht ertragen könnte, allein gelassen und von ihrer einzigen Tochter getrennt zu werden. Trotz Marys Protesten hatte der alte Herzog der Gräfin ihren Willen gelassen. Bevor ein Jahr vergangen war, hatte Mary einen Heiratsantrag von Sir Gerald Cavendish angenommen.

Sie bezweifelte, dass jemals ein Mann sie so anschauen würde, wie der alte Herzog von Roxton die Cousine Herzogin angesehen hatte. Als er starb, war ein Teil des Herzens ihrer Cousine mit ihm gestorben. Doch ihre Cousine hatte schließlich wieder geheiratet, einen Mann, der sie ebenso ergeben liebte, und jetzt erwartete sie ihr erstes Kind. Und sie saß hier als Witwe, gerade dreißig geworden - sie hatte sich nie verliebt; nie die Liebe und Hingabe eines guten und würdigen Mannes kennengelernt, geschweige denn von zweien; nie einen Mann leidenschaftlich geküsst, geschweige denn, die Intimität erlebt, die zwischen zwei Liebenden möglich war ...

*Bitte lass mein Herz nicht schrumpfen und sterben, meine Hoffnung nicht verdorren, meine Fähigkeit zu lieben nur auf meine Tochter beschränkt sein.*

Warum war sie plötzlich so elendig egoistisch? Ihre Mutter predigte ihr, dass sie an Teddys Zukunft denken müsste. Die Ehre und der Stolz ihrer Familie verlangten, dass sie eine weitere arrangierte Ehe einginge. Frauen ihres Standes hatten eine höhere Berufung und eine Pflicht ihren Ahnen gegenüber. Leidenschaft war vergänglich; Liebe verblasste. Liebesehen waren für andere - Leute niederer Geburt, und Emporkömmlinge, die aus den Nichts aufsprossen. Sie gehörte zum Adel. Sie hatte königliches Stuart-Blut in ihren Adern. Sie war ...

*Sie wiederholte die Sentenzen ihrer Mutter wortwörtlich ... Oh Gott, wurde sie wie ihre Mutter? Bitte, lieber Gott, nur das nicht -*

„Mylady. Hier. Nehmt das."

Mary blinzelte Tränen von ihren Wimpern und schaute hinab, wo sie ein weißes Leinentaschentuch in ihre Faust zusammengeknüllt fand. Sie fragte sich, was sie damit anfangen sollte, bis ihr klar wurde, dass sie noch immer nicht klar sehen konnte, dass ihre Sicht von Tränen geblendet war und dass diese Tränen über ihr erhitztes Gesicht gerollt, hinab und auf ihre Stickerei getropft waren.

# FÜNF

Mary schoss auf die Füsse, betupfte hastig ihre Augen und befleckten Wangen, beschämt über ihr Verhalten. Sie vergaß den Elfenbein-Stickrahmen in ihrem Schoß, bis der Schoßständer auf dem Boden klapperte. Christopher hob ihn auf und legte ihn neben ihren Stuhl auf ihren Nähkorb. Und als sie mit seinem feuchten Taschentuch in der Hand dastand, und dies schon das zweite Mal war, dass er es ihr hatte geben müssen, nahm er es ihr sanft ab und schob es in eine Tasche seines Rocks.

„Verzeiht mir, Mr. Bryce. Ich weiß nicht, was über mich gekommen ist", sagte sie mit ruhiger Stimme. Sie schluckte und strich über ihre gesteppten Röcke, dann verschränkte sie die Hände etwas zu fest vor sich. „Es war unbedacht und ..."

„Bitte, Mylady. Es gibt keinen Grund für Erklärungen. Erinnerungen können einen bisweilen überwältigen ..."

„Ich möchte darüber nicht weiter sprechen", sagte sie mit einem gebieterischen Schnüffeln und sah überall sonst hin als zu ihm. „Wenn es Euch recht ist, ich bin sicher, Ihr habt noch etwas zu erledigen und ich muss mich zum Schlafen umziehen. Wenn Ihr mir sagen wolltet, was ich tun soll. Ich würde gerne meinen Teil dazu beitragen, diesen - diesen Dieb zu fangen."

Christopher starrte sie an, die Lippen zu einem dünnen Strich zusammengepresst, und nahm sich einen Moment Zeit, um seine

Gedanken zu sammeln. Er wusste, dass dieser Augenblick intimer Ungezwungenheit vorbei war und er wusste, wann er den Mund zu halten hatte. Er konnte auch warten, warten und nochmals warten. Hatte er nicht bereits acht Jahre gewartet? Sechs davon ohne jede Hoffnung, und dann nach dem Tod ihres Mannes zwei weitere Jahre, in denen sie über den Moment ihrer ersten Begegnung nachdenken und erkennen konnte, dass es das Schicksal war, das ihn zu ihr geführt hatte.

Kate beschuldigte ihn, rührselig zu sein. Sie hatte ihn gewarnt, dass Lady Marys steifnackiger Stolz und sein eigener die Mühlsteine um ihrer beider Hals wären, die sie ertrinken lassen würden, bevor eine glückliche Lösung für ihre missliche Lage gefunden werden könnte. Nicht, dass die *Stolze Mary* - wie Kate sie neckend nannte - die geringste Ahnung von seinen Gefühlen für sie hatte, oder? Auch das ließ nichts Gutes für die Zukunft hoffen. Kate kannte die Roxtons und ihr Milieu viel besser als er. Er mochte ein Jahrzehnt in der Gesellschaft der seidenbekleideten Schultern des italienischen Adels verbracht haben, aber dort war er nicht Christopher Bryce von Brycecomb Hall gewesen, nicht wahr? Er war einfach als „Cristoforo" bekannt gewesen, und in seinem gewählten Beruf war das alles gewesen, was nötig war.

Der englische Adel war anders als im Ausland. In der italienischen Gesellschaft konnten gutaussehende und versierte Männer eine bestimmte Position im Haushalt eines Adligen einnehmen, ohne dass Fragen gestellt wurden. Cristoforo wurde akzeptiert, weil er vom Ehemann anerkannt wurde und sich um die Frau kümmerte. Aber hier, hier auf englischem Boden, der Heimat seiner Geburt, war er für immer von seinen familiären Umständen und seiner provinziellen Erziehung geprägt, unabhängig davon, wie er sein Leben und sich selbst im selbst auferlegten Exil auf dem Kontinent verändert hatte.

Christopher wollte nicht hören, was Kate zu sagen hatte, aber er wusste, dass sie recht hatte. Hatte sie schließlich nicht das Gleiche mit ihrem eigenen Leben getan? Doch wenn es um Lady Mary ging, konnte sie keinen Rat erteilen. Er verstand Mary besser als jeder andere, besser als ihre Familie oder ihr Ehemann, besser als Kate, die sie noch nicht kennengelernt hatte, und ganz sicher besser als die Gräfin von Strathsay.

Er musste sie nur davon überzeugen, einen anderen Blick auf sich und die Welt zu gewinnen - sich ihrer adligen gesellschaftlichen Rüstung zu entledigen und all den erstickenden Regeln, die sie einengten, wenn sie sich in der feinen Gesellschaft bewegte - um zu sehen, dass die Mary, die hier im Tal lebte, die echte Mary war.

Die echte Mary genoss ihre Bienenzucht, ihre Käseherstellung und ihre Stickerei. Sie war eine gute und loyale Ehefrau gewesen, wenn auch für einen eingebildeten, pompösen Ehemann, der ihre Hingabe nicht verdiente. Die wahre Mary unternahm lange Spaziergänge über Berg und Tal und erfüllte ihre Aufgaben und Pflichten als Frau des Gutsbesitzers mit Würde und Hingabe. Sie schickte nicht andere, um das für sie zu tun, sondern besuchte selbst die Kranken und Gebrechlichen, die Alten und die Allerjüngsten unter den Pächtern ihres Mannes, brachte ihnen Körbe mit Essen, hörte sich ihre Geschichten und ihre Klagen an, als hätte sie alle Zeit der Welt.

Die Mary, die er kannte, sagte ihrer Tochter, wie schön und klug sie war, dass sie alles erreichen könnte, was sie sich in den Kopf setzte und ließ sie den Wildfang sein, der sie war. Teddy glaubte ihrer Mutter und so war sie ein glückliches, selbstbewusstes, zufriedenes Kind. Mit zehn Jahren war das alles, was zählte. Und was war mit Marys eigenen Fähigkeiten und ihrer Schönheit? Sie war so zurückhaltend und unbeholfen wegen ihrer rothaarigen Schönheit, dass er ihre Befangenheit zuerst für Arroganz gehalten hatte. Bis sie eines Tages eine impulsive Bemerkung über ihre Cousine und eine gemeinsame Großmutter väterlicherseits mit den brennenden Locken machte, die beide so außergewöhnlich schön waren, dass sie als die Unscheinbare in der Familie angesehen wurde. Er hatte ungläubig geschnaubt. Sie hatte es ernst gemeint und war daher gekränkt gewesen.

Kate hatte gelächelt und ihm zugestimmt, und sein Gesicht war vor Verlegenheit purpurrot geworden, dass er sich erlaubt hatte, seine Gefühle so überschwänglich in der Öffentlichkeit zu zeigen. Doch Kate verstand es. Obwohl der Verlust ihrer Sehkraft bedeutete, dass sie seinen Gesichtsausdruck nicht sehen konnte, waren die Aufrichtigkeit und die Liebe in seiner Stimme laut und deutlich zu hören. Doch befürchtete sie, dass ihm die Zeit davonliefe, weil sie Mary davonlief. Die Roxtons und die Strathsays würden Mary niemals erlauben, für immer Witwe zu bleiben. Sie war immer noch hübsch, immer noch fruchtbar und somit immer noch heiratsfähig, und so war sie eine Bereicherung für ihren politischen und gesellschaftlichen Fortschritt. Sie würden sie mit einem Adligen verheiraten, der sie und Teddy weit weg von ihrem Tal bringen würde. Er sollte sich am besten einen Plan einfallen lassen, und zwar bald, oder Mary und Teddy würden bald auf immer für ihn verloren sein. Wenn er überhaupt eine Chance hätte. Hatte er einen Plan?

„MR. BRYCE? EUER PLAN?", FRAGTE MARY IHN EIN ZWEITES MAL, als er nicht antwortete, sondern sie nur weiter anstarrte. „Ihr müsst eine Vorstellung davon haben, wie Ihr beabsichtigt diesen Dieb zu fangen, und ich sollte ihn kennen, damit ich helfen kann."

„Ja, ja, durchaus, Mylady", sagte er mit einem Nicken, schüttelte innerlich Kates wohlgemeinte Ratschläge für eine Zukunft ab, die so wahrscheinlich schien, wie die Kuh aus dem Lied von Mother Goose, die über den Mond springen konnte. „Nachdem ich beide Türen verschlossen habe, die Zutritt zu Sir Geralds Zimmern gewähren und der Eindringling daher nicht durch die Dienstbotentür oder auf den Flur entkommen kann ..."

„... Vorausgesetzt es ist ein Dieb und kein Geist."

„Ja. Vorausgesetzt, es ist ein Dieb und kein Geist", wiederholte er geduldig. „Ich möchte warten, bis ich Bewegung in Sir Geralds Zimmern höre. Ich werde den Dieb dann überraschen, indem ich durch die Verbindungstür in Eurem Schlafzimmer eintrete und ihn mit Gewalt festhalte."

Lady Mary riss die Augen auf. „Ohne jede Hilfe? Solltet Ihr nicht mehrere Diener bei Euch haben, für den Fall, dass dieser Dieb versucht, Euch zu überwältigen?"

„Und diese Männer mit mir in Eurem Schlafzimmer warten lassen? Nein. Ich würde es hassen, Euch das anzutun. Und ich würde es vorziehen, so wenig Leute wie möglich etwas über diesen Dieb hören zu lassen, je weniger, desto besser. Außerdem", fügte er hinzu, trat zurück und breitete seine Arme aus und drehte sich langsam um, damit sie ihn genau betrachten konnte. „Sehe ich so aus, als ob ich ihre Hilfe brauche?"

Mary musterte ihn von oben bis unten mit dem Ernst eines Menschen, der einen preisgekrönten Hengst betrachtet, den er zu kaufen beabsichtigt: Der Squire war nicht sehr groß, aber doch von überdurchschnittlicher Größe, seine Brust und die Schultern waren breit, seine Schenkel fest, seine Füße lang und wenn er seine Hände zu Fäusten ballte, war sie sicher, dass er leicht ein Loch in eine Wand schlagen könnte. Trotz seiner Sportlichkeit hatte er eine schlanke Gestalt und durch seine schmale Nase und die intelligenten Augen eines Mannes aus guter Familie wirkte er nicht wie ein Schläger. Sie schüttelte zustimmend den Kopf und musste lächeln, als er die Brauen hob, als würde er ein Ausrufezeichen hinter seine Frage setzen.

„Ihr werdet jedoch leider die Unannehmlichkeit meiner Gesellschaft in Eurem Schlafgemach ertragen müssen", entschuldigte er sich, und sein Lächeln erstarb. „Wenn es eine andere Möglichkeit gäbe ..."

Mary senkte ihre Wimpern und hoffte, nicht zu erröten, obwohl sie die Hitze in ihre Wangen steigen fühlte. Sie schluckte, brachte es aber, während sie seinem Blick begegnete, fertig, gelassen zu sagen:

„Das ist eine kleine Unannehmlichkeit, wenn das Ergebnis wie gewünscht ist, Mr. Bryce. Ich habe vor, die Nacht auf dem Sofa in meinem Ankleideraum zu verbringen ...“

„Ich würde Euch nicht Eures Bettes berauben wollen, Mylady. Ich ...“

„Bitte, macht Euch meinetwegen keine Gedanken“, unterbrach sie ihn abrupt, um diese Diskussion zu beenden. Sie schenkte ihm ein Lächeln, mit dem sie zu zeigen hoffte, dass sie ungerührt war. „Ich verlasse mich darauf, dass Ihr diesen Dieb so schnell wie möglich dingfest macht ... Und dann, was habt Ihr dann vor, mit ihm zu tun?“

„Ihn einsperren, bis er dem Richter übergeben werden kann.“

Was Christopher nicht sagte, war, dass er, wenn der Dieb eingesperrt war, beabsichtigte, selbst festzustellen, ob der Schuft wirklich ein Spion war, und sollte dies der Fall sein, jede mögliche Information aus dem Teufel herauszubringen, bevor er ihn Shrewsburys Handlangern übergeben würde, die ihn unter dem Deckmantel ihrer Arbeit für den örtlichen Richter zur Befragung durch den Herrn der Spione selbst wegbringen würden.

„Vielleicht kann ich Euch behilflich sein, Mr. Bryce?“

Er versteckte seine Überraschung hinter einem ausdruckslosen Lächeln und schaute sie an, von den hochhackigen Pantoletten bis zu der kleinen Haube mit Spitzenkante, die hübsch auf ihrem Kopf befestigt war. Sie war gerade zwei Zoll über fünf Fuß groß, mit Handgelenken, die ungefähr so dick waren wie ein Besenstiel. Wenn nicht das wohlgefüllte Dekolleté in einem Fischbeinkorsett gewesen wäre, das ein Gegengewicht zu den Reifröcken um ihre Hüften bildete, hätte sie so zerbrechlich wie eine Eierschale gewirkt. Wie glaubte sie wohl, helfen zu können ... Doch er wollte ihre Begeisterung nicht dämpfen oder sie verängstigen, indem er darauf hinwies, dass jeder Mann außer vielleicht dem Arthritis geplagten Mr. Deed sie leicht mit einer Hand um ihren Nacken würde überwältigen können. Stattdessen sagte er ernst:

„Vielleicht könnt Ihr das, Mylady. Aber erst, wenn ich den Schurken fest in der Hand habe. Dann werde ich Euch durch Sir Geralds Ankleidezimmer hindurch rufen, damit Ihr die Tür zur Dienstbotentreppe aufschließen könnt, die zur Küche hinabführt. Ihr könntet mir dann auch den Weg mit einer Kerze leuchten, oder es Eure Zofe tun lassen ...“

„Nein! Ich werde es tun. Ich habe vor, Betsy zu Bett zu schicken, bevor Ihr kommt. Ich möchte nicht, dass sie sich ängstigt und herumschreit ...“ Ihr Blick flackerte zu seinen Augen hinauf. „Oder Fragen stellt, die ich nicht beantworten möchte.“

„Sehr weise, Mylady“, antwortete er und wusste, dass sie damit den Umstand meinte, ihn, einen Mann, in ihrem Schlafzimmer zu haben, ohne eine Erklärung für ihre Zofe. Seine Anwesenheit würde bei der

Dienerschaft Gerede verursachen, und darüber hinaus im Dorf und der Umgebung. Wenn er etwas über die Gewohnheiten der scharfzüngigen Mrs. Keble wusste, dann, dass sie die Quelle von unbegründeten Gerüchten war, die im Tal bereits über den Squire und die verwitwete Lady Mary kursierten. „Am besten haltet Ihr Eure abendliche Routine ein, damit Betsy nicht misstrauisch wird."

Mary holte tief Luft und nickte.

„Wenn Ihr mir eine Stunde geben wollt und dann über die Haupttreppe heraufkommt, den Gang entlang zu meinem Wohnzimmer, ich werde die Tür dort angelehnt lassen. Es wird genug Licht da sein, dass Ihr den Weg in mein Schlafzimmer finden könnt. Die Verbindungstüren stehen offen, außer der, die in Sir Geralds Räume führt, die, wie ich Euch sagte, verriegelt ist, sodass Ihr keine Probleme haben solltet, den Weg zu finden."

CHRISTOPHER GING AM FUSS DER GROSSEN TREPPE AUF UND AB und überprüfte die Zeit auf seiner silbernen Taschenuhr, um sicherzustellen, dass die Stunde, um die sie gebeten hatte, wirklich vergangen war. Und gerade, als er einen Fuß auf die unterste Stufe setzen wollte, eine brennende Kerze auf ihrem Leuchter in der Hand, tauchte die Haushälterin aus der Dunkelheit auf, um zu fragen, ob er, da er über Nacht blieb, seinen Hund bei sich in seinem üblichen Zimmer behalten wollte oder ob dieser zu den Ställen hinausgebracht werden sollte.

Seine Antwort war knapper als gewöhnlich in Anbetracht seiner Nerven bei dem, was er zu tun plante. Er sagte ihr, Lorenzo würde in seinem Korb in seinem Zimmer bleiben. Dann fragte er nach Lukes Verbleib, der mit der Betreuung des Hundes beauftragt worden war, bis Christopher nach ihm schicken würde. Mrs. Keble wusste es nicht, würde es aber herausfinden. Dann verweilte sie noch, mit einem vielsagenden, listigen Blick auf seinen gestiefelten Fuß, der auf der Stufe stand, als ob sie sagen wollte, dass es dem Verwalter nicht zustünde, diese Treppe zu benutzen.

Christopher entließ sie ohne Erklärung und wartete, bis sie durch die Dienstbotentür verschwunden war, was sie langsam und mit einem Blick über die Schulter sowie einem schlauen Lächeln tat, als sie die Tür schloss. Dann lief er die Treppe, zwei Stufen auf einmal nehmend, hinauf. Er schlüpfte in Lady Marys Wohnzimmer, bevor ihm auffiel, dass er seit dem ersten Stock nicht einmal bewusst geatmet hatte.

Und Lady Mary hatte recht. Er fand sich problemlos in ihren Zimmern zurecht. Das zu ihrem Schlafgemach gehörende Wohnzimmer war erstaunlich karg möbliert, obwohl er sich sicher war, dass Bilder an den Wänden hingen und diese Wände mit hübschen Tapeten verkleidet waren, die zu den Vorhängen passten. Nicht überraschend war, dass es kalt und dunkel war. Kein Wandleuchter brannte und es gab kein Feuer im Kamin. Einen kurzen Moment lang fühlte er sich schuldig, weil es seine Bestimmungen über die Sparsamkeit zum Besten des Besitzes waren, die dafür sorgten, dass nur Räume, die den größten Teil des Tages oder der Nacht in Benutzung waren, Wachs, Kohle oder Feuerholz bekamen, und auch diese Mengen waren abgemessen. Der nächste Raum, der ein Ankleidezimmer zu sein schien, war schwach beleuchtet, doch auch hier war kein Feuer im Kamin, denn auch dieser war leer. Daher war der Raum so kalt wie das Wohnzimmer.

Seine Nervosität darüber, in ihren Zimmern zu sein, wurde durch ein Stirnrunzeln, warum Lady Mary kein Feuer hatte, abgelöst. Und so bemerkte er nicht, dass dieser Raum nicht leer war. Er hatte den Teppich auf dem Weg zum Schlafzimmer schon halb überquert, als er bemerkte, dass er nicht allein war. Er wirbelte herum und erstarrte. Lady Mary saß an ihrem Frisiertisch. Ein kleiner Kandelaber aus vier Kerzen beleuchtete Gläser und verschiedene Toilettenartikel sowie den Spiegel. Aber sie saß von ihrem Spiegelbild abgewandt, sah ihn seine Richtung und bürstete sich die Haare. Sie hatte die Fülle über ihre linke Schulter nach vorne geworfen. Indem sie die dichte Mähne etwa fünf Zoll vor ihrem Ende zusammenhielt, bürstete sie alle Knoten aus.

Sein Blick folgte der Bürste mit dem silbernen Griff auf und ab, als sie weiter die seidigen roten Strähnen mit langen, gleichmäßigen Strichen kämmte. Er fürchtete sich davor, irgendwo anders hinzuschauen. Dennoch erhaschte er einen Blick auf schlanke Knöchel in weißen Strümpfen, wusste, dass sie ein weißes Nachthemd mit einer kleinen Spitzenbordüre am Saum trug, und darüber ein fellgesäumter, seidener Morgenmantel mit Dreiviertelärmeln und umgeschlagenen Fellmanschetten. Dieser Morgenmantel war offen und hing lose über ihre Schultern. Ein weißes Nachthäubchen und einige Haarnadeln lagen neben dem Leuchter auf dem Frisiertisch.

Als sie ihn erblickte, war sie überhaupt nicht nervös. Sie legte die Bürste fort und huschte auf bloßen Füßen zu ihm herüber, ohne den Morgenmantel über ihren Brüsten zusammenzuhalten. Er schluckte schwer und dachte, er könnte an seiner trockenen Zunge ersticken.

„Mr. Bryce, endlich seid Ihr da. Gut", zischte sie flüsternd. „Ich hatte Euch vor zehn Minuten erwartet. Habt Ihr Euch verirrt?"

Er schüttelte den Kopf. Statt sie zu fragen, ob sie irgendwelche Geräusche aus Sir Geralds Ankleidezimmer gehört hätte, schluckte er wieder, um seine Zunge zu lösen, und krächzte unhöflich: „Habt Ihr ein Feuer in Eurem Schlafzimmer?"

Mary blinzelte kurz abgelenkt zu ihm auf. „Feuer?"

„Es gibt kein - es gibt kein Feuer im Wohnzimmer oder hier - hier in Eurem Ankleidezimmer. Gibt - gibt es eins in Eurem Schlafzimmer?"

„Nein. Nein, da ist keins."

Sie runzelte die Stirn und fragte sich, warum er ihr eine solche Frage stellen würde. Sie verwechselte das unterdrückte Verlangen, das sich in seinen dunklen Augen widerspiegelte, mit Missbilligung und dachte, er erwarte von ihr, dass sie für jeden Brocken Kohle und jedes Scheit Brennholz Rechenschaft ablegen müsste.

„Ihr könnt über die zugewiesene Menge von Kohle entscheiden, Mr. Bryce", stellte sie fest, plötzlich verärgert, „aber wenn Ihr das festgelegt habt, kann ich beschließen, wie ich meinen Anteil verwende, wie es mir beliebt, nicht wahr?"

„N-natürlich. Ich fragte nur, weil ..."

„Keine Sorge. Ich verschwende meine Zuteilung nicht. Obwohl, warum Ihr annehmen solltet, ich ..."

„Dessen bin ich mir sicher, Mylady. Es war nicht als Kritik gemeint."

Alle Hitze schwand aus ihrer Stimme. „Oh? Nicht? Warum fragt Ihr dann?"

„Weil die Tage kürzer und kälter werden und wenn Ihr kein Feuer habt, um die Kälte aus dem Raum zu vertreiben, besonders hier, wo Ihr - wo Ihr - Euch *anzieht* - und auf jeden Fall, wenn Ihr - wenn Ihr - *badet* - könntet Ihr Euch eine böse Influenza holen."

„Unter den gegenwärtigen Bedingungen habe ich hier jeden dritten Tag ein Feuer."

„Jeden dritten Tag? Und im Schlafzimmer ...?"

Sie presste die Lippen zusammen und sagte dann, ohne ihn anzusehen: „Ich brauche kein Feuer. Die Daunendecke und die Vorhänge um das Bett wärmen mich gut genug."

„Nicht im Winter, da reicht das nicht!"

„Ich versichere Euch, dass ich es mehr als bequem habe. Außerdem habe ich ausgesprochen warmes Blut, daher kann ich die Kälte besser aushalten als die meisten Leute."

Sein Blick huschte über sie, von den bestrumpften Füßen über das dünne Nachthemd, und er wäre bereit gewesen, ihr zu glauben, wenn ihm nicht ein wichtiges Zeichen verraten hätte, dass ihr ganz sicher nicht so warm war, wie sie vorzugeben versuchte. Ihr Nachthemd war aus durchscheinender weißer Baumwolle, und als sein Blick einen kurzen Moment auf ihren Brüsten geruht hatte, war deutlich zu sehen, dass ihr weit kälter war, als sie zugeben wollte. Wieder fand er seine Kehle unerklärlich trocken, aber es gelang ihm, in einem gleichmäßigen Ton zu sagen:

„Ihr müsst hier drinnen ein Feuer haben, und auch in Eurem Schlafzimmer, jeden Tag. Was auch immer Ihr mit Eurer Zuteilung von Kohle gemacht habt, Ihr solltet dafür sorgen, dass sie gerecht verteilt wird, damit auch Eure Bedürfnisse berücksichtigt werden."

Marys Stirnrunzeln kehrte zurück. Da sie sich gezwungen fühlte, ihre Handlungen zu rechtfertigen, schlich sich eine schuldbewusste Gereiztheit in ihre Stimme.

„Ihr werdet mich nicht überreden, meine Entscheidung zu ändern, Mr. Bryce. Ich versichere Euch, dass ich es mehr als bequem habe. Wenn mir heute Nacht ungewöhnlich kalt ist, dann deshalb, weil ich auf Euch gewartet habe und wir uns jetzt unterhalten, wenn ich mich normalerweise schon in mein Bett gekuschelt hätte. Und Betsy benutzt den Bettwärmer, um die Kälte aus den Laken zu vertreiben, damit sie zumindest warm sind, wenn ich hineinschlüpfe."

Er hatte eine plötzliche Offenbarung. „Ihr habt Teddy Eure gesamten Kohlen überlassen, nicht wahr?"

„Ja. Natürlich. Was, glaubt Ihr, hätte ich damit tun sollen? Verkauft im Tausch gegen Silbergarn oder - oder ein Bündel Haarbänder? Ich bin weder so frivol noch so albern, wie Leute Eures Standes anzunehmen scheinen, dass dies die vorherrschende Eigenschaft von Frauen meiner Geburt ist ..."

„Ihr müsst Euch nicht schuldig fühlen. Oder, wie Ihr es so richtig ausdrücktet, Euch vor mir rechtfertigen. Aber was ich sagen möchte, ist, dass Ihr auch nicht unter Unannehmlichkeiten und Beschwerlichkeit leiden müsst. Wenn Ihr Euren Stolz heruntergeschluckt hättet und zu mir gekommen wäret ..."

Sie schnappte empört nach Luft. „Mein-meinen - *Stolz*?"

„... hätte ich gerne Teddy Zimmer - und Eure - mit mehr Kohle und Brennholz versorgt."

„Das - das würdet Ihr tun?"

Er lächelte dünn über ihren Unglauben.

„Ich mag streng sein, aber ich bin nicht ungerecht und auch nicht grausam. Ich würde nicht wollen, dass eine von Euch friert oder sich erkältet." Sein Lächeln wurde schief. „Und anders als die Mär von *Leuten meines Standes* - was Ihr damit auch immer meinen mögt, Verwalter oder Squire - neige ich nicht dazu, eine ganze Gesellschaftsschicht nach den verschwenderischen Frivolitäten und dem übermäßigen Konsum eines angeberischen Verschwenders zu beurteilen.

Obwohl ich das willig tun würde, wenn Ihr das leuchtende Vorbild wäret."

„Mr. Bryce, ich hatte Euch gebeten, meinen Mann nicht als ... Oh?!", fügte sie überrascht hinzu, als sie seinen letzten Satz gänzlich erfasste. Sie holte Luft und machte unbewusst einen Schritt nach vorn. „Ihr würdet was? Ich dachte nicht, dass Ihr ... ich wollte nicht, dass Ihr *mich* für verschwenderisch hieltet. Dass ich *nicht* sparsam sein könnte. Ich - wir - Teddy und ich - haben unser Bestes gegeben, um ..."

„Wo sind Eure Pantoffeln, Mylady?", platzte er heraus und erschreckte sich selbst mit diesem Ausbruch. Es war überhaupt nicht das, was er sagen wollte, aber ihre Nähe beraubte ihn der Fähigkeit zum Denken.

Lady Mary war verwirrt. „Meine ... *Pantoffeln?*"

„Ja. Ja, Eure Pantoffeln. Ihr solltet zumindest versuchen, Eure Zehen warm zu halten, indem Ihr Schuhe tragt."

„Unter normalen Umständen würde ich das. Aber diese Umstände sind doch alles andere als normal, oder? Sie klappern, vor allem auf dem Holzboden. Ich dachte, wenn Ihr wollt, dass wir den Dieb fangen, müssten wir so leise wie möglich sein. Wenn ich meine Pantoffeln trage und Ihr Eure Reitstiefel, würde der Dieb mehr als ein Paar Schritte in meinem Schlafzimmer hören und Verdacht schöpfen, wir könnten etwas planen, und zu fliehen versuchen ..."

„Der Himmel möge ihn vor solchen Gedanken über uns bewahren, Mylady", spöttelte Christopher, fand seine Selbstbeherrschung wieder und unterdrückte ein schiefes Lächeln angesichts ihrer unverblümten Naivität.

Hatte sie ehrlich nicht darüber nachgedacht, wie unpassend es war, dass er zu dieser späten Stunde in ihren Räumen war, außer, was ihre Dienerschaft und dieser Dieb denken könnten? Er hätte dankbar dafür sein sollen, dass sie ihn nicht für fähig hielt, ihr Vertrauen auszunutzen, aber ihm kam die niederschmetternde Erkenntnis, dass dies daran lag, dass sie, außer in seiner Doppelrolle als Verwalter und Nachbar, überhaupt nicht an ihn dachte. Ebenso wie sie nicht darüber nachdachte ob das Pferd in ihrem Stall, das sie zum Markt trug, Hengst oder Wallach war, solange es seine Aufgabe erfüllte.

Das war vielleicht auch gut so, denn gerade jetzt, als sie sich vorbeugte und leicht an seinem Rock vorbeistreifte, hätte es auch gut ein Brandeisen sein können, das durch seine Kleider bis auf seine Haut drang. Seine Muskeln spannten sich an, all seine Sinne erwachten von dieser kaum spürbaren Berührung ihrer vollen Brüste an seinem Körper. Und wie reagierte er? Er hatte gerade wie ein Holzblock dagestanden und die Qual ihrer Nähe ertragen, ohne sich zu bewegen, über den

Verbleib ihrer Schuhe geplappert und ohne das zu tun, was er am meisten wollte: Sie in seine Arme zu ziehen und sie zu küssen.

„Er könnte sehr leicht aus dem Fenster springen", fuhr Mary fort. Ihre Empörung war so akut, dass sie sich seiner zusammengebissenen Zähne nicht bewusst war oder wie er seine Finger bewegte, und sie hörte seine Worte mit Sicherheit nicht. Aber sie bemerkte es, als sich sein nachsichtiger Ausdruck sich bei ihrer Erwähnung des Fensters in einen Ausdruck der Verwirrung verwandelte. Sie lächelte selbstgefällig. „Aha! Ihr habt den Baum vergessen, nicht wahr, Mr. Bryce?"

„Aus dem Fenster springen?", wiederholte Christopher, unterdrückte seine Gedanken und runzelte die Stirn. „Der Baum ...?"

„Die Äste des Baums vor dem Fenster meines Schlafzimmers reichen bis zu Sir Geralds Ankleidezimmerfenster. Es ist eine sehr robuste alte Buche und leicht zu erklettern. Teddy hat es getan und mich fast zu Tode erschreckt, indem sie an meinem Fenster erschien und mir von einem Ast aus zuwinkte. Wie Ihr Euch vorstellen könnt, bin ich fast von meinem Stuhl gefallen! Aber ich habe mein Bestes getan, zu lächeln und zu winken, weil sie so zufrieden mit sich selbst wirkte und ich nicht das Herz hatte, sie an Ort und Stelle auszuschimpfen."

„Natürlich würdet Ihr das nicht tun", antwortete er mit einem Lächeln. „Bitte fahrt fort, ich bin an Eurer Theorie interessiert."

„Ich bin zu diesem überraschenden Schluss gekommen, als ich meine Haare ausbürstete - das ist die Zeit, zu der ich über meinen Tag nachdenke und mir manchmal Gedanken kommen - und versuchte mir vorzustellen, wie der Dieb, wenn er kein Geist ist, in Sir Geralds Räumen kommen und gehen konnte, ohne dass jemand etwas merkte. Er konnte nicht den Dienstbotenaufgang benutzen, das würde auffallen. Und er konnte nicht den eigentlichen Korridor nehmen, weil ich den Schlüssel zu dieser Tür habe. Und selbst wenn er dieses Schloss öffnete, würde er immer noch ein enormes Risiko eingehen, gesehen zu werden. Außerdem scheint er am meisten an der Küche interessiert zu sein um Essen zu bekommen, also wäre der Dienstboteneingang oder der Baum die logischste Wahl, meint Ihr nicht?"

Christopher verschränkte die Arme und nickte. „Nur weiter, Mylady."

„Nun... Ihr hattet in Eurem Büro erwähnt, dass das Fenster in Sir Geralds Ankleidezimmer angelehnt sein und dass möglicherweise ein Vogel oder ein Eichhörnchen oder ähnliches hereingekommen sein könnte und die Geräusche verursacht hätte, die ich gehört habe. Aber was ist, wenn das Fenster geschlossen, aber nicht verriegelt war und niemand es seit Sir Geralds Tod überprüft hat? Es wäre leicht zu erreichen für jemanden, der von draußen über den Ast rutscht. Und es würde nicht viel Kraft kosten, um das Fenster hochzuschieben und auf das innere Fensterbrett zu klettern.“

Christopher starrte sie an und dachte über das nach, was sie gerade vermutet hatte, dann hellte ein Lächeln sein Gesicht auf und seine Augen funkelten vor neuer Erkenntnis. „Ja. Beim Jupiter, ich glaube, Ihr habt recht! Das Fenster ... warum habe ich nicht daran gedacht? Natürlich! Er hat das Fenster benutzt, um zu kommen und zu gehen, wie es ihm gefällt. Ihr seid klug.“

„So?“, erwiderte sie erstaunt. Noch nie hatte jemand sie klug genannt.

In seinem Lächeln lag solch aufrichtige Wärme, dass sie sich fragte, warum er damit so sparsam umging. Verschwunden waren die strengen Falten um seinen Mund und er schien viel weniger unnahbar. Genau, wie wenn er mit Teddy sprach. Doch was sie bislang nicht bemerkt hatte und was ihr jetzt auffiel, war, wie unglaublich gut er aussah, wenn er unbefangen war.

Obwohl das nicht unbedingt ganz der Wahrheit entsprach. Sie und jede andere Frau im Umkreis von fünfzig Meilen waren sich Mr. Bryces guten Aussehens durchaus bewusst. Was sie zu ignorieren entschlossen war, so wie bei ihrer ersten Begegnung, waren die Gefühle und Empfindungen, die er in ihr hervorrief. Daher zwang sie sich, das Pulsieren, das von seinem Lächeln tief in ihrem Inneren ausgelöst wurde, nicht zu beachten, dieses Pulsieren, das unerträglich wurde, wann immer sie sich empörende Gedanken erlaubte, wie es wäre, ihn zu küssen.

„Ich glaube ... ich denke ... jetzt ist mir wirklich kalt“, murmelte Mary und zog den fellgefütterten Morgenmantel über ihren Brüsten zusammen und verschränkte die Arme, dann drängte sie sich mit vorgebeugten Schultern an Christopher vorbei und eilte mit gesenktem Kopf in ihr Schlafzimmer.

# SECHS

Christopher folgte ihr und brachte den Leuchter mit,
denn er vermutete, dass das Schlafzimmer kalt und dunkel war, und so
war es auch. Das einzige Licht kam vom Vollmond, der durch das
unverhängte Fenster schien und durch die Äste der alten Buche drang,
und den Fenstersitz und den blanken Holzfußboden beleuchtete. Er
stellte den Leuchter auf den Nachttisch und ging, um zum Fenster
hinauszuspähen.

Tatsächlich reichte ein dicker Mittelast der Buche mit vielen
Zweigen vom Ankleidezimmer entlang des Fensters dieses Schlafzimmers bis zum Fenster von Sir Geralds Ankleidezimmer. Er war dick
genug, um leicht das Gewicht eines Kindes tragen zu können und er
nahm an, auch das eines gelenkigen Erwachsenen, der fähig wäre,
heraufzuklettern, ohne anhalten zu müssen, um nach Luft zu ringen
oder den Anblick der sanften Hügel zu bewundern.

Er wandte sich vom Fenster ab und wieder zum Bett. Die Samtvorhänge waren an der zum Fenster gewandten Seite zugezogen, um jede
Zugluft abzuhalten, doch die Decken waren unberührt. Dann erinnerte
er sich, dass Mary gesagt hatte, sie wollte auf dem Sofa in ihrem Ankleidezimmer schlafen. Jetzt stand sie drüben an der Verbindungstür mit
einem Ohr am Türblatt, um auf ein Lebenszeichen aus Sir Geralds
Ankleideraum zu lauschen, geisterhaft oder irdisch.

Christopher verweilte länger als höflich am Fußende des Bettes. Er
konnte nicht anders. Er wurde von einem Schauer der Erinnerung
gelähmt. Die kunstvoll geschnitzten Bettpfosten aus Mahagoni, die
Samtvorhänge, die gesteppte Damastdecke und die Federkissenbank

ließen ihn in ein früheres Leben zurückkehren, ein Leben, das er viele hundert Meilen entfernt in den italienischen Staaten geführt hatte, in vielen Betten wie diesem, mit vielen verschiedenen Frauen. Ein Leben, das er weit hinter sich gelassen hatte und an das er sich nicht erinnern wollte.

Es war keineswegs so, dass jenes andere Leben mit unangenehmen Erinnerungen erfüllt gewesen wäre, weit gefehlt. Er dachte gern, dass er seine Pflichten zur beiderseitigen Zufriedenheit aller Parteien erfüllt hatte. Und er war gut bei dem gewesen, was er tat, sehr gut. Doch die Wahl seiner Beschäftigung - in Ermangelung eines besseren Wortes - war ihm durch seine Armut aufgezwungen worden, und durch seine nicht vorhandene Selbstachtung. Er war so tief gesunken, dass es keinen anderen Ort mehr gegeben hatte, an den er hätte gehen können, nicht einmal die Gosse. Also hatte er es nicht abgelehnt, als man ihm anbot, sich als Cicisbeo ausbilden zu lassen. Innerhalb eines Jahres verwandelte er sich und hatte seinen ersten Auftritt im Salon eines *Lucchesi Conte*. Und so begann sein drittes Leben als Kavalier, als Spion für die Engländer, während er Lügen kaufte und verkaufte, Lügen erzählte und eine Lüge lebte.

Und jetzt war er hier, in einem völlig anderen Schlafzimmer, dem Schlafzimmer der sehr schönen, aber auch hochanständigen Lady Mary Cavendish, und versuchte, nicht an das zu denken, was sich in diesem Bett zwischen Ehemann und Ehefrau abgespielt hatte.

Es ging ihn nichts an, und bis heute hatte er nicht darüber nachgedacht. Das wäre nicht höflich oder gut für seine geistige Gesundheit gewesen. Er hatte nur gehofft, dass der eingebildete Sir Gerald im Schlafzimmer weniger egoistisch und genauso besorgt um die Bedürfnisse seiner Frau wie seine eigenen wäre. Aber jetzt, da er wusste, dass der Mann die schlechten Manieren hatte, betrunken in ihr Bett zu kommen, konnte er eine Vermutung in Bezug auf den Rest riskieren - der Baronet war bei seinen fleischlichen Wünschen genauso egoistisch gewesen wie bei allem anderen in seinem Leben. Und das brachte sein Blut zum Kochen. Die Fäuste geballt, um seinen aufsteigenden Zorn zu unterdrücken, drehte er dem Bett den Rücken zu und schritt zur Tür hinüber, wo Mary ein Ohr an das Türblatt gedrückt hielt und auf Geräusche aus dem Nachbarzimmer lauschte. Je schneller er aus ihrem Schlafzimmer verschwand, desto besser wäre es für seinen Seelenfrieden.

Er legte eine Hand an die Tür, um den Riegel zurückzuschieben, der erstaunlich weit oben am Rahmen angebracht war - da warf sich Mary auf ihn.

. . .

„NEIN! LASST DAS!", ZISCHTE SIE, AUF ZEHENSPITZEN, IHRE Finger krallten sich um sein Handgelenk, um ihn davon abzuhalten, den Riegel zurückzuschieben. „Ihr habt kein Recht dazu - kein Recht, diesen Riegel zu berühren!"

Christopher leistete keinen Widerstand. Er schob den Riegel wieder vor. Doch er rührte sich nicht von der Stelle, wo Mary zwischen ihm und der Tür stand. Er sah verwirrt auf sie hinunter und sagte ruhig: „Ich wollte die Tür nicht ohne Eure Erlaubnis öffnen, nur den Riegel lockern."

Verlegen von ihrem ungewöhnlichen Ausbruch senkte sie das Kinn, bevor sie den Mut aufbrachte, in seine braunen Augen aufzublicken. „Verzeiht mir. Natürlich würdet Ihr dies nicht ohne meine Zustimmung tun. Es ist nur ... nur so, dass diese Tür seit zwei Jahren nicht geöffnet wurde und ich - ich den Entschluss fasste, sie zu verriegeln - sie tatsächlich selbst verriegelt habe - was mir eine gewisse Befriedigung verschaffte ... also sollte ich es sein, die sie *ent*riegelt."

Christopher war sich nicht sicher, was sie mit Befriedigung meinte oder warum es für sie so wichtig war, dass sie diejenige war, die es öffnete, aber er warf einen Blick auf den gepolsterten Tritt neben dem Bett, den er als die einzige praktische Hilfe erkannte, die er leisten konnte.

„Möchtet Ihr, dass ich den Schemel hole, damit Ihr es jetzt tun könnt?"

Mary wusste nicht warum, aber bei seinem Angebot traten ihr plötzlich Tränen in die Augen. Sie schnüffelte und schimpfte sich innerlich für ihre Rührseligkeit aus, die Hände fest vor ihrer Brust zusammengepresst. Vielleicht war es eine Kombination aus der Kälte, weil sie in bestrumpften Füßen in einem Raum ohne Feuer stand, und der Tatsache, dass der Squire so nahe bei ihr stand, dass sie an der Tür gefangen war, die sie benommen machte und ihr heiß werden ließ. Doch es war das Pochen tief in ihrem Innersten, das durch seine Nähe zu neuem Leben erwachte, das sie am meisten aus dem Gleichgewicht brachte.

Normalerweise ließ sie sich nicht von ihren Emotionen überwältigen. Laut ihrer Mutter war es ein Zeichen eines schwachen Charakters, Gefühlen und dem Herzen zu erlauben, den Verstand zu beherrschen. Eine Adlige, die Menschen niederen Ranges ein Beispiel geben, ein Beispiel *sein* musste, war über solches Verhalten erhaben. Vor allem durfte man sich und seinen Ehemann nicht in Verlegenheit bringen. Nun, niemand konnte ihr vorwerfen, Sir Gerald oder ihre Familie während der zehn Jahre ihrer Ehe in Verlegenheit gebracht zu haben. Selbst jetzt als Witwe, war sie sich bewusst, dass sie jederzeit ihre Emotionen und die Lage, in der sie sich befand, unter Kontrolle haben musste ... Also warum ließ der Squire und seine Nähe sie sich plötzlich lächerlich verletzlich fühlen?

„Der Fußschemel ...?", wiederholte Christopher, als das Schweigen zwischen ihnen sich ausdehnte. Als sie zu ihm aufsah, fügte er hinzu: „Wozu braucht Ihr ihn?"

„Fußschemel ...?" Mary schob ihre durcheinandergebrachten Gefühle beiseite und runzelte die Stirn. „Ich dachte, das wäre offensichtlich. Meine Größe. Oder sollte ich sagen, mein Mangel daran. Ich bin nicht groß genug, den Riegel zu erreichen, nicht einmal mit Absätzen."

„Ha. Das wird mich lehren, begriffsstutzig zu sein! Ich meinte: Warum ist der Riegel außerhalb Eurer Reichweite angebracht, sodass Ihr einen Schemel braucht?"

„Damit ich ihn nicht erreichen konnte", antwortete sie unverblümt.

Er unterdrückte ein Grinsen über ihre übliche Offenheit, war aber immer noch verwirrt. „Damit Ihr ihn nicht erreichen konntet?"

„Um korrekt zu sein, es gibt zwei Riegel. Einer hier, einer dort drüben an der Tür zu meinem Ankleidezimmer."

Er sah über seine Schulter, doch da die Tür zum Ankleideraum offenstand, war der Riegel nicht zu sehen. Die Schlaufe jedoch schon, sichtbar am Türpfosten angebracht, und in ebenso unerreichbarer Höhe wie dieser hier. Er war verwirrt.

„Ich verstehe nicht ..."

„Warum solltet Ihr?", unterbrach Mary und schnitt ihm das Wort ab. „Ihr wart Sir Geralds Freund und Nachbar, nicht seine Ehefrau. Wenn Ihr jetzt bitte zurücktreten würdet, damit ich Luft bekomme ... mir ist etwas schwindelig ..."

Christopher ignorierte ihre Bitte. Der Grund für die Riegel dämmerte ihm. Er war entsetzt.

„Er - er hat Euch hier *eingesperrt*?"

Mary holte tief Luft und sprach dann in der Art ihrer Mutter, als würde sie einen Untergebenen mit begrenzter Intelligenz belehren.

„Mr. Bryce, ich erwarte nicht, dass Ihr das versteht. Aber als ich Sir Gerald heiratete, tat ich dies mit dem Wissen, dass ich ihn als meinen Ehemann im Guten wie im Schlechten akzeptierte. Ich war entschlossen, in jeder Hinsicht eine gute Ehefrau zu sein... Ich bin kein Feigling, und ich glaube, ich habe meine Pflichten als Ehefrau nach besten Kräften erfüllt. Warum ich mich jedoch Euch gegenüber rechtfertige, weiß ich nicht! Und jetzt - jetzt bin ich Witwe und kann eine Tür offen halten, genauso wie ich diese Tür gegen Diebe und - und Geister und jeden anderen, wenn ich es wünsche, verriegelt halten kann. Ich habe die Wahl. Und es ist meine Wahl, und nur ich darf sie treffen."

„Ja. Ja, natürlich", antwortete Christopher, ohne zu zögern und versuchte, seinen Ekel vor Sir Geralds Verhalten zu verbergen und ihre Herablassung zu ignorieren, da er die aufsteigende Panik in ihrem Tonfall wahrnahm.

Zu entdecken, dass Sir Gerald betrunken in die Zimmer seiner Frau kam, war schockierend genug - zu wissen, dass er die Tür verriegelt hatte, damit sie seinen Liebesgelüsten nicht entkommen konnte, war ungeheuerlich. Er wusste nicht, was er sagen sollte, was nicht banal klingen würde, aber ihm blieb eine Rede erspart. Die Worte blieben ihm im Hals stecken, als Mary bei einem dumpfen Schlag aus Sir Geralds Ankleidezimmer seinen Arm umklammerte und mit großen Augen zur Tür starrte. Beide drückten schnell ein Ohr an das Türblatt und drängten sich nebeneinander, um zu lauschen. Aus einer Minute wurden drei, die Stille dehnte sich.

Wie lange sie auf ein Geräusch wartend an der Tür lehnten, daran konnte sich später keiner von ihnen erinnern. Es war lange genug, dass Marys Augenlider herab sanken, sie war von Müdigkeit überwältigt, trotz der Kälte, die ihr bis auf die Knochen drang. Christopher erlaubte sich, sie zu mustern, während er weiter auf jedes Lebenszeichen aus dem jetzt unheimlich stillen Nachbarzimmer lauschte. Sein Blick wanderte über die Fülle von Locken, die über eine Schulter bis zu ihrer Taille in einer Woge von feuerähnlicher Farbe über das Weiß ihres Baumwollnachthemdes hingen. Er hatte immer eine Vorliebe für Rothaarige gehabt. In den norditalienischen Staaten stachen solche Schönheiten wie Leuchtfeuer unter dem Volk hervor. Sie hatten ihn geblendet, angezogen, einige hatten ihn verbrannt, ähnlich wie eine Flamme die Motte. Doch dieser Rotschopf hier vor ihm war ganz anders als die kupferhaarigen Sirenen in Italien, die sich der Wirkung bewusst waren, die sie auf Männer hatten. Er hätte alles gewettet, was er besaß, dass Lady Mary Cavendish die Anziehungskraft ihrer feurigen Schönheit auf Männer im Allgemeinen und ganz besonders auf ihn nicht bemerkte. Sie wäre schockiert gewesen, davon zu erfahren und zu wissen, dass er ihre Motte und sie seine Flamme war.

Während er sie bewunderte, dachte er, er sollte wieder aus dem Fenster schauen, es vielleicht sogar öffnen, um zu sehen, ob er herausfinden konnte, ob Sir Geralds Ankleidezimmerfenster tatsächlich geöffnet war. Denn wenn der Dieb über den Baum kam und ging und das Fenster hochgeschoben war, bestand die Möglichkeit, dass er ausgegangen und noch nicht zurückgekehrt war. Aber die besten Pläne gehen oft schief, egal wie gut überlegt sie sind. Das Leben pflegte bisweilen, einem überraschende Gelegenheiten über den Weg zu schicken, die man ergreifen musste, weil man fürchtete, es könnte keine zweite geben. Das waren Christophers Gedanken, als er seinen Augenblick nutzte – und sie

hatten wenig mit der verriegelten Tür zu tun. Später würde er sich über
seine Unverschämtheit wundern.

ER MUSSTE EBENFALLS EINGEDÖST SEIN, DENN MARY SCHÜTTELTE
seinen Arm, ein Leuchten des Triumphs in ihren violetten Augen.

„Mr. Bryce?! Habt Ihr das nicht gehört?", zischte sie. „Es waren defi-
nitiv Möbel, die bewegt wurden! Einen dumpfen Schlag hätten wir für
alles Mögliche halten können, aber dies nicht! Ich weiß nicht, ob es ein
Geist oder ein Dieb im Nebenzimmer ist, aber zumindest wisst *Ihr* jetzt,
dass ich mir das Ganze nicht eingebildet habe!"

Als Christopher ihren Triumph akzeptierte, indem er zurücktrat, um
eine Verbeugung vor ihr zu machen, die eines osmanischen Potentaten
würdig gewesen wäre, reagierte Mary, indem sie eine Hand auf ihren
Mund legte, um sich vom Lachen abzuhalten. Sie war so in diesem
Moment gefangen, zwischen Nervosität und Erregung bei der Aussicht,
einen Geist zu entdecken oder einen Dieb zu fangen, dass sie sich
impulsiv zu ihm beugte und flüsterte:

„Das war in der Tat eine angemessene Anerkennung. Aber da sie
weit von Demut entfernt war, frage ich mich doch, ob Ihr Euch nicht
nur über mich lustig macht?"

„Mich über Euch lustig machen, Mylady? Wie könnt Ihr das glauben?", fragte er und zog eine Augenbraue hoch.

„Oh, Ihr tut es doch!", hauchte sie in gespieltem Ärger und gab ihm
einen spielerischen Stoß, als ob sie ihn zur Seite schubsen wollte, wie sie
es bei ihren Brüdern zu tun pflegte, besonders bei Dair, wenn er sie
neckte. „Ich kenne diesen Blick! Ich lasse mich nicht hinters Licht
führen!"

Er fing ihre Finger ein und drückte ihre Hand an seine Brust, und
sie ließ es geschehen, betrachtete ihn mit einem fragenden Lächeln ob
seiner impulsive Geste, ohne jedoch im Geringsten davon beleidigt zu
sein. Er wollte sprechen, vermochte es aber nicht, und schüttelte den
Kopf über seine emotionale Schwäche, wenn es um sie ging. Denn es
war das erste Mal, dass sie sich unbefangen gab und ihm die wahre Mary
zeigte, ihre verspielte Seite, von der er gewusst hatte, dass sie existierte -
er hatte sie viele Male im Umgang mit ihrer Tochter gesehen, doch bei
ihm war sie niemals so gewesen.

„Ich würde nie ... könnte nie ... ich möchte ...", murmelte er, unfähig, einen ganzen Satz zustande zu bringen.

„Ihr möchtet, Mr. Bryce?", fragte sie leise, alle Verspieltheit war
verschwunden. Sie hatte ihn noch nie nervös erlebt, und ganz sicher

fehlten ihm bei ihr oder Teddy nicht die Worte, ganz gleich, wie zurückhaltend er anderen gegenüber sein mochte. „Was möchtet Ihr?"

Hatte sie wirklich keine Ahnung? Der Mangel an Argwohn in ihrem Gesichtsausdruck ließ ihn innehalten und sich fragen, ob er es aussprechen dürfte. Doch er war kein unbedarfter Junge. Und er hatte immer gewusst, was er zu Frauen sagen sollte; er war mit der Kunst des Flirtens bestens vertraut. Doch jene Frauen und jene Welt schienen jetzt ein ganzes Leben lang her zu sein. Und bei Mary würde seine Flirtkunst niemals helfen. Er musste aufrichtig sein. Schließlich, nach ungezählten Sekunden, sagte er es.

„Euch. *Ich will Euch.*"

„Mich?"

„Ja."

Sie beugte sich näher, von seiner Wärme angezogen, schaute ihm in die Augen und suchte nach einer Spur von Unaufrichtigkeit. Sie war so nahe, dass ihre Brüste leicht an seiner Brust vorbeistrichen und als sie ihren Kopf hob und ihre Nase auf Höhe seiner Krawatte kam, nahm sie den leichten Pfeffergeruch seiner warmen, bloßen Haut unter dem Ohr an seinem unrasierten Kiefer wahr. Er ließ sie innehalten und tief einatmen. Sie war von ihrer Reaktion eher überrascht als schockiert und wagte es, sich dieser neuen und verlockenden Erfahrung hinzugeben.

Instinktiv wusste sie, dass sein Duft angenehm und durch und durch männlich, authentisch war. Das dies seine Essenz war, keine Gemisch aus einer Flasche. Dass er immer da sein würde, auch wenn er sich wusch und schrubbte. Er war so berauschend und sie bedurfte dessen so sehr, dass sie ihre Augen schloss, um ihn besser aufzusaugen. Und als die Zeit langsamer lief und sie sich diesen Augenblick genießen ließ, erwachte dieses gewisse Etwas tief in ihr zum Leben und wollte sich dieses Mal nicht unterdrücken lassen. Die Kontrolle über ihre Gefühle und der Zwang, anderen ein Beispiel zu geben, zerplatzten wie eine Seifenblase. Ihr überwältigender Wunsch war es, ihren Körper fest an ihn zu drücken. Und sie, die niemals einen Mann geküsst oder den Wunsch verspürt hatte, das zu tun und nur einmal einen verstohlenen, ungeschickten Kuss mit ihrem Cousine Evelyn geteilt hatte, als sie beide vierzehn Jahre alt waren, wollte diesen Mann küssen - verzweifelt.

Und dann tat er das Natürlichste von der Welt. Er nahm sanft ihr Gesicht zwischen seine Hände und küsste sie.

Es war ein vorsichtiger, sanfter Kuss, aber es war alles, wovon Mary geträumt hatte und noch mehr. Und sie wollte mehr. Sie kam ihm entgegen, Mund und Körper pressten sich an seine, als ihre Arme sich hoben, um sich um seinen Nacken zu legen und festzuhalten. Sie konnte nicht atmen. Sie glaubte, ihre Knie würden nachgeben. Ihr Kopf begann sich zu drehen. Trotz all dem fühlte sie sich lebendiger als je zuvor.

Er zog sie an sich und ließ eine Hand unter ihren Morgenmantel gleiten, um sie in ihr Kreuz zu legen, seine Finger zupften ihr Nachtkleid hoch, bis es schief hing und ihre nackten Beine über ihren kniehohen Strümpfen entblößte, während er sie weiter fest an sich gedrückt hielt. Und die ganze Zeit küsste er sie. Und als sein Mund sich über ihrem öffnete und sie seine Zunge fühlte, schnappte sie nach Luft und zuckte zurück, doch nur für einen Moment, nur lange genug, um in seine Augen zu sehen und ihm einen Augenblick der Überlegung zu geben: Dass sie noch nicht geküsst worden war, nicht so, nicht richtig, vielleicht niemals zuvor.

Er fragte sich, ob er sie schockiert hatte und aufhören sollte. Sicher, in ihren Augen stand Überraschung. Er zögerte. Er würde sie nicht weiter küssen, wenn das nicht ihr Wunsch wäre. Er hätte vorsichtiger sein und langsamer vorgehen sollen. Doch da sie dreißig Jahre alt war, hatte er erwartet, dass sie einige Erfahrungen mit einem leidenschaftlichen Kuss haben würde. Aber ihre Reaktion ließ das Gegenteil vermuten. Noch ein Grund mehr, den ungeschickten Sir Gerald zu verabscheuen. Er drückte sanft seine Lippen auf ihre Stirn, bevor er sie leicht von sich abhielt. Dies war nicht die Zeit oder der Ort, um mit ihr zu schlafen. Das müsste bis zu einem anderen Tag warten ... Was hatte er sich nur gedacht? Sicher nicht mit seinem Gehirn ...

Doch ihr Zögern dauerte nur einen Moment. Ein neues, völlig anderes Leuchten ersetzte ihren anfänglichen Schock, funkelte in ihren schönen Augen und ließ Farbe in ihre Wangen strömen. Sie stellte sich auf Zehenspitzen und murmelte, während sie an der Vorderseite seiner Weste zog, damit er blieb, wo er war, und sich nicht wegbewegte:

„Mehr. Ich will mehr. Ich will - ich will Euch auch."

Er brauchte keine weitere Ermutigung.

Was auch immer geschah, was auch immer im Nebenzimmer vor sich ging, war höchst gleichgültig.

Er zog sie wieder in seine Arme und sie bot ihm ihren Mund. Er hatte acht lange Jahre darauf gewartet, sie zu küssen, und sie hatte ein Leben lang auf einen solchen Kuss gewartet. Wie lange sie so blieben, wussten sie weder noch kümmerte es sie. Im Griff einer alles verzehrenden Leidenschaft wurden Zeit und Raum irrelevant. Alles, was in diesem Moment zählte, war, ihn zu genießen, und das so lange wie möglich. Er, der in seiner Vergangenheit mehr Frauen gehabt hatte, als er zählen wollte, hatte nie eine Frau so sehr begehrt, wie er sie begehrte. Und sie, die nie verstanden hatte, was es hieß, einen Mann bis zum Wahnsinn zu begehren, begehrte diesen Mann jenseits jeder

Vernunft. Bald wurden beide von ihrem quälenden Verlangen überwältigt.

Er warf seinen Rock ab und sie löste sich aus ihrem seidenen Morgenrock, beide Kleidungsstücke wurden zertreten, als sie, ohne ihre heißen Küsse mehr als nötig zu unterbrechen, zu ihrem Bett hinübertaumelten. Mit einer schnellen, leichten Bewegung hob er sie auf seine Arme, schwang sie herum und trug sie auf das Himmelbett. Und als sie auf die Kissen und in selige Vergessenheit von allem und jedem als ihnen selbst fielen, streiften Marys bestrumpfte Füße den Rand des silbernen Leuchters, den Christopher auf dem Nachttisch abgestellt hatte. Der Leuchter und seine vier Kerzen, die den Raum in ein schwaches Licht tauchten, fielen um, prallten dann auf dem Boden auf. Die Kerzen brannten noch und der dünne, türkische Wollteppich fing Feuer und begann zu schwelen.

Es sagte viel über die völlige Versunkenheit des Paares aus, dass das Klirren des schweren Silberleuchters und die plötzliche Dunkelheit um sie herum ihnen nicht sofort auffiel. Und als sich herausstellte, dass etwas nicht stimmte, doch nicht genau, was, war es der starke Geruch von brennender Wolle - die den gleichen scharfen Geruch verströmte wie brennende Federn - der sie aus ihrer ungezügelten Leidenschaft riss und sie sich trennen und handeln ließ.

Christopher rappelte sich aus dem Bett auf. Er sah, was geschehen war, hob den Leuchter und die vier Kerzen auf, von denen drei noch brannten, und stellte sie wieder auf den Nachttisch, und all das, ohne Wachs über sich zu gießen und seine Haut zu verbrennen. Als das Licht wieder schien, drehte er sich um und sah, dass ein kleines, schwarzes Loch im Teppich schwelte. Er drückte schnell seine Absatz in den Teppich, um das Feuer daran zu hindern, sich auszubreiten.

„Verdammt! Verdammt noch mal!", knurrte er.

Dann fluchte er leise und strich sich die zerzausten kastanienbraunen Locken aus den Augen. Seine Flüche hatten nichts mit dem beschädigten Teppich, aber alles mit der Störung zu tun. Die Enge zwischen seinen Schenkeln war so unangenehm, dass er tief Luft holte und versuchte, seine Beherrschung wiederzufinden. Er rückte seine Hose zurecht, ließ aber sein Hemd darüber lose hängen, um sich einen Anschein von Schicklichkeit zu geben. Er glättete seine zerknitterte Weste und starrte auf den Teppich, die Hände in die schlanke Taille gestützt, rang nach Atem und fragte sich, wie er, ein Mann von vierzig, es sich hatte erlauben können, jeden Sinn für Anstand zu verlieren. Es sah ihm so gar nicht ähnlich. Zweifellos hatten zu viele, ungezählte Jahre der Abstinenz, ihre Rolle gespielt…

Doch er tadelte Mary - für sein Zölibat und seine Lust. Als er endlich seine Beherrschung wiederfand, sah er zum Bett und die Hitze strömte wieder zwischen seine Schenkel, sodass er kurz mit einem Stöhnen seine Augen schließen musste.

Mary hatte sich auf die Knie erhoben und beobachtete ihn. Ihr Nachthemd war von einer Schulter gerutscht und hatte ein Stück runder, alabasterweißer Brust freigelegt, die Kante des Spitzenkragens spannte sich fest und über den dunkelrosa Schimmer des Warzenhofs. Und mit ihrem prachtvollen Haar, das in unordentlicher Fülle über ihre Schultern fiel, gerötetem Gesicht und leicht geöffneten Lippen war sie so unermesslich schön, dass sein Unbehagen unerträglich wurde. Er schaute in ihre Augen - große violette Augen, die ihn verständnislos anblinzelten. Sie ließen sein Herz rasen und seinen Kopf sich drehen.

Bevor er etwas sagen oder tun konnte, erwachte sie zum Leben, rutschte über die Matratze und schwang ihre bestrumpften Beine über den Rand. Als sie versuchte, ihr Nachthemd auf die Schulter zu schieben, während sie es gleichzeitig über ihre nackten Schenkel zog, beugte sie sich vor und fiel vom Bett. Es hätte komisch sein können, wenn sie nicht Gefahr gelaufen wäre, sich zu verletzen.

Christopher fing sie auf, bevor sie flach auf ihr Gesicht fiel, hob sie auf und stellte sie auf die Füße. Aber er ließ sie nicht los.

„Langsam, oder Ihr könntet mehr als Euren Stolz verletzen.“

„Verletzen? Meinen - meinen *Stolz* verletzen?“ Sie trat zurück, warf die Last ihres langen Haares über die Schulter zurück und funkelte ihn an. „Ich weiß nicht, wo Ihr Eure Ideen hernehmt über ...“ Sie brach ab, der scharfe Geruch versengter Wolle drang in ihre Nase. Sie verzog das Gesicht und runzelte die kleine Nase, bevor sie über seinen Arm auf den türkischen Teppich spähte. „Oh nein! Er ist ruiniert!“

Er brach in Gelächter aus. „Oh, mein Schatz, der Teppich ist unsere geringste Sorge!“

„Mr. Bryce! Wie ich schon sagte: ich weiß nicht, was Ihr ...“

„*Mr.* Bryce?“ Er verzog das Gesicht und strich sanft eine lange Strähne verwirrter roter Locken von ihrem Hals und über ihre Schulter. „Sicher könntet Ihr mich doch hier, in der Vertrautheit Eurer Zimmer, mich beim Vornamen nennen?“

„Nein, das geht nicht. *Insbesondere* nicht hier, in meinem - meinem Zimmer.“

Er zog eine Braue hoch.

„Auch nicht, nachdem wir uns geküsst haben?“

„Nein! Es - es wäre nicht richtig, wenn ich Euch - Euch - *Christopher* nennen würde.“

Seine Finger lagen noch an ihrem Halsansatz, einer strich leicht über die Rundung ihres Halses. „Ich habe so lange darauf gewartet, dass Ihr es sagt, dass ich mir fast wünschte, es wäre mein wahrer Name ...“

Mary zog sich aus seinem Griff zurück und schaute zu ihm auf, für einen Moment von ihrer gegenwärtigen seltsamen Situation abgelenkt. „Christopher ist nicht - ist nicht *Euer Name?*“

„Es ist nicht der Name, den ich bei der Geburt erhalten habe, den ich in den ersten drei Monaten meines Lebens hatte, aber Christopher ist der einzige Name, auf den ich jemals gehört habe.“

Ihre Unbeholfenheit und ihr Schock wurden zu Neugier.

„Warum benutzt Ihr Euren Geburtsnamen nicht?“

„Weil dieser Name Cavendish ist.“

„*Cavendish?* Das ist kein Vorname.“

„Und doch ist es meiner.“

Er hatte diesen Teil seiner Vergangenheit niemals jemandem gegenüber offenbart, und ihn nie geschrieben. Er hatte immer den Namen Christopher verwendet, weil er immer geglaubt hatte, dass dies sein Name wäre. Das hieß, bis Sir George Cavendish ihm ein beträchtliches Vermächtnis auf den Namen Cavendish Bryce hinterließ und seine Eltern keine andere Wahl hatten, als ihm die Wahrheit zu enthüllen. Eine Wahrheit, die ihm unbekannt gewesen war und von der er nichts wissen wollte, die ihn auf der Suche nach Antworten auf den Kontinent schickte. Doch er wollte, dass Mary die Wahrheit erfuhr - alles davon - und dies war der erste Schritt.

Er wusste, dass die Stammbäume der Familie ein beliebtes Gesprächsthema bei Tee und Kuchen waren, nicht nur für die, die durch Geburt oder Heirat mit dem Adel verwandt waren, sondern für jede Familie, die Anspruch darauf erhob, etwas Besseres zu sein. Und die Cavendishs waren eine der vornehmsten Familien, Mary war nicht nur durch Heirat mit einem Zweig dieser berühmten Familie verwandt, sondern ihre Schwägerin, die gegenwärtige Herzogin von Roxton, war eine geborene Cavendish. Und woher wusste er dies und mehr über Marys Verwandtschaft? Kate war eine Expertin für adlige Stammbäume, denn sie war einmal ein Teil dieser Welt gewesen und führte daher noch immer eine Korrespondenz mit vielen titeltragenden und einflussreichen Leuten. Und wegen ihrer Sehschwäche war es Christophers Aufgabe geworden, ihr diese Briefe vorzulesen, daher wusste er eine Menge über Marys Verwandte und ihre Beziehungen.

Er konnte nicht anders, als über Marys sich vertiefendes Stirnrunzeln zu lächeln, nicht überrascht, dass sie Interesse zeigen würde und den Namen Cavendish interessant genug finden würde, ihre Verlegenheit über das, was gerade zwischen ihnen geschehen war, zu vergessen.

Zweifellos durchforschte sie in Gedanken einen umfangreichen Stammbaum und versuchte festzustellen, zu welchem Zweig er gehörte.

„Habt Ihr ihn erhalten, weil die Familie Eurer Mutter entfernt mit den Cavendishs verwandt ist?"

„Nein. Nicht die Familie meiner Mutter." Er hob ihren Morgenmantel auf, schüttelte ihn kurz aus und hielt ihn ihr hin. „Besser, Ihr haltet Euch warm."

Sie erlaubte ihm, ihr in den Morgenmantel zu helfen, noch immer abgelenkt durch diese neu erworbene Information über seinen Namen. Sie wartete nicht darauf, dass er ihre Frage beantwortete, und stellte eine andere, als sie sich zu ihm umdrehte. „Ist es, weil Ihr ein entfernter Cousin von Sir Gerald seid?"

Er zog den Morgenmantel zurecht, um ihn richtig ihre Schultern bedecken zu lassen, dann fasste er nach dem linken und rechten Vorderteil, um sie über ihrer Brust zu kreuzen. „Cousin? Nein. Und nicht so entfernt."

Unbewusst zog sie den Morgenmantel enger um sich und verschränkte die Arme. „Was meint Ihr dann damit: *nicht so entfernt?*"

Er fragte sich, wie er sich am besten erklären konnte, als er seinen Gehrock aufhob, der ebenfalls in einem zerknitterten Haufen auf dem Teppich gelandet war. Er schüttelte ihn aus und strich die Arme und Taschenklappen glatt in der Hoffnung, ein paar der Falten zu beseitigen. Und als er ihn überzog, kam Mary ihm schnell zu Hilfe, damit er den zweiten Ärmel fand. Dann tat sie für ihn, was er für sie getan hatte - richtete den Sitz des Rocks auf seinen Schultern - als wäre es das Natürlichste auf der Welt für sie. Doch ihre Hilfe bei einer solch häuslichen Kleinigkeit verblüffte ihn. Es war so unerwartet und bot ihm doch eine Ahnung einer Zukunft mit ihr, von der er oft geträumt hatte, dass er nur einen Dank murmeln konnte.

Als sie wieder vor ihm stand und schweigend und erwartungsvoll auf seine Reaktion wartete, fand er endlich seine Stimme wieder.

„Ich habe Cavendish-Blut. Aber die - die *Beziehung* ist - ist - *kompliziert ...*"

„Kompliziert?"

„Ja. So kompliziert, dass es eine Geschichte für einen anderen Tag ist... Und an einem anderen Tag werdet Ihr genug Kohle und Brennholz für beide Räume haben."

Bei seiner Erwähnung von Kohle verschwand ihr Grübeln über seinen Namen und wurde von Empörung abgelöst.

„Wenn ein Kuss alles war, was es brauchte, um ein gutes Feuer in beiden Räumen zu haben, ist es ein Wunder, dass Ihr nicht früher versucht habt, mich zu küssen."

Es war als Vorwurf gedacht. Es bewirkte jedoch nur, dass Christopher leise in sich hineinlachte.

„Ich wünschte, das hätte ich. Vor acht Jahren - an jenem Tag, als wir einander unten im Foyer vorgestellt wurden. Euch zu küssen war mein erster Gedanke. Den zweiten könnt Ihr erraten ...“

Mary runzelte die Stirn und verstand es nicht. „Zweiten? Erraten? Was?“

Er verschränkte die Arme und schüttelte schmunzelnd den Kopf. „Das ist eines der Dinge an Euch, die ich so anbetungswürdig finde. Keine Ausflüchte.“

Während er sprach, war Mary die Bedeutung seines zweiten Gedankens schließlich klargeworden und sie errötete rasch. Nicht so sehr, weil er mit ihr schlafen wollte, sondern weil sie, wenn sie ehrlich zu sich war, jetzt erkannte, dass diese warme kribbelnde Pochen irgendwo tief in ihrem Inneren zum Leben erwacht war, als sie ihn zum ersten Mal erblickte. Sein zweiter Gedanke war ihr erster gewesen. Sie war von diesem Eingeständnis so schockiert, dass sie es hinter Ärger verbarg.

„Ich habe Euch keine Erlaubnis gegeben, mich - mich *anzubeten*, Mr. Bryce! Ich ... ich ...“

„Und doch habt Ihr mich Euch küssen lassen ...?“

Sie schmollte. „Das habe ich nicht getan!“

Er runzelte die Stirn und legte den Kopf schief. Innerlich lachte er immer noch. „Nein? Ihr habt recht. Wenn ich zurückdenke, habt Ihr das nicht getan, nicht wahr?“

„Nein! Das habe ich nicht!“

Er tippte mit einem Finger auf seinen Mund, seine Schultern bebten vor Lachen. Er fand ihren verlegenen Trotz entzückend. „Meine liebe Lady Mary, senkt Eure Stimme oder Ihr könntet den Geist wecken.“

Sie verzog ihr Gesicht, kam aber seiner Aufforderung nach. „Ich wusste, dass Ihr mir nur zum Schein geglaubt habt! Ich wette, dass Ihr nicht glaubt, dass da ein Dieb ist, noch weniger ein Geist!“

„Aber - aber ich versichere Euch, ich ...“

Er sagte nichts mehr, schluckte den gesamten Rest seines Satzes herunter, als er in der Pause zwischen den Worten ein ganz leises Geräusch vernahm, ähnlich einem Kratzen auf Holz. Mary hörte es auch und warf einen Blick auf die Tür und zurück zu Christopher.

„Habt Ihr gehört ...“

„Ja. Ja“, unterbrach er sie im Flüsterton, alle Fröhlichkeit war verflogen.

Zusammen schlichten sie an die Tür, als erwarteten sie, von einem Lebewesen überfallen zu werden, und legten ihre Ohren an das Türblatt. Sie mussten nur ein paar Augenblicke warten, bis das gleiche Geräusch erneut zu hören war. Jemand oder etwas schabte mit Fingernägeln an der Holzverkleidung entlang. Dass Mary und Christopher es beide hörten, war offensichtlich, als sie einander mit weit aufgerissenen Augen und geöffneten Lippen anstarrten. Keiner von ihnen sprach und beide atmeten flach, als ob sie das, was auch immer auf der anderen Seite der Tür war, nicht auf ihre Anwesenheit aufmerksam machen wollten. Obwohl sie beide den gleichen Gedanken hatten - dass ihr erhitzter Wortwechsel, ganz zu schweigen von dem Fall des Leuchters auf den Boden hätte laut genug sein müssen, um sowohl einen Dieb wie auch ein Gespenst zu warnen.

Und als sie einander ansahen, sich fragend, ob die Geräusche weitergehen würden oder vielleicht etwas anderes sie zum Handeln veranlassen würde, geschah das Unerwartete. Die Überraschung fuhr ihnen derart bis in die Knochen, dass sie es zuerst nicht für real hielten. Und das war es auch nicht. Es konnte einfach nicht real sein.

Eine Stimme auf der anderen Seite der verriegelten Tür zischte durch die Verkleidung.

„Mary? Mary! Bist du das?"

# SIEBEN

Die Zeit blieb stehen. Mary und Christopher holten gleichzeitig erschrocken Luft, starrten zuerst die Tür und dann einander an. Beider Gesichtsausdruck spiegelte jeweils die Schockstarre, die der andere empfand. Doch keiner von ihnen erhielt eine Gelegenheit zu sprechen, als dieser geteilte Moment von der Stimme auf der anderen Seite der Tür unterbrochen worden, die jammerte:

„Mary, sei ein gutes Mädchen und lass mich rein. Ich bin bis auf die Knochen durchgefroren!“

Statt zu tun, was die Stimme verlangte, trat Mary eilig zurück, um so weit von der Tür fortzukommen, wie es ihr möglich war, bis ihr Fuß sich im Stoff ihres Morgenmantels verfing und sie nach hinten taumelte und hart gegen ihr Bett stieß. Mit schneeweißem Gesicht, schnell und flach atmend, glitt sie zu Boden. Sie zitterte von Kopf bis Fuß und funkelte Christopher an.

„Jetzt *müsst* Ihr mir glauben! Es ist ein Geist!“

„Das werden wir bald genug herausfinden“, antwortete er ruhig, obwohl er untypisch fassungslos war, weil das Gespenst oder der Dieb oder wer sonst es war, Lady Mary so vertraulich angesprochen hatte.

Er war hin und hergerissen, ob er den Riegel zurückschieben und ein für alle Mal feststellen sollte, ob es Sir Geralds Geist oder ein Dieb war, oder ob er hinüberstürzen und Mary in seine Arme schließen sollte, um ihr Zittern zu beruhigen. Doch sein praktisches Wesen setzte sich durch und er entschied sich für Ersteres. Sicher wäre es ihr jetzt gleichgültig, wer den Riegel zurückschob.

„Nein! Wartet!“, zischte sie, erwachte zum Leben und kehrte an

Christophers Seite zurück. Sie holte tief Luft und straffte ihre Schultern. „Wenn wir die Tür öffnen, öffnen wir sie gemeinsam. Ich möchte nicht, dass Teddy ihre Mutter für einen Feigling hält. Außerdem ... ich hatte gerade einen lächerlichen Gedanken ... Wenn Geister Erdbeermarmelade nicht schmecken können, können sie auch bestimmt keine Kälte empfinden und *bis auf die Knochen durchgefroren* sein, oder?"

„Ha. Genau!" Christopher grinste. „Genau die Antwort, die Teddy geben würde! Also seid Ihr bereit, dass ich die Tür öffne?"

Mary nickte, obwohl sie ihre Furcht herunterschlucken musste.

„Denkt an die Erdbeermarmelade", flüsterte Christopher, als er den Riegel zurückschob und dann den Türknauf drehte.

Instinktiv lehnte sich Mary an seine Schulter und trat mit ihm von der Tür weg, als er sie in das Schlafzimmer öffnete. Einen Moment lang bewegte sich keiner von ihnen, dann warf zuerst Christopher einen Blick ins Nachbarzimmer, Mary folgte ihm, beide schwiegen und blieben hinter der Tür, als ob sie ein Schild wäre, der ihnen Schutz vor welcher Gewalt auch immer bieten könnte, die tief im Ankleideraum hinter der Schwelle lauern könnte. Doch da kam kein plötzlicher Lichtblitz. Kein Schwall kalter Luft. Und kein Laut. Es herrschte tödliche Stille.

Sir Geralds Ankleidezimmer lag im Dunkel. Es war unmöglich, weiter als ein paar Fuß zu sehen. Zu ihrer Rechten war ganz schwach Kerzenschein zu sehen. Das Fenster, wenn der Dieb denn durch dieses in den Raum eingedrungen war, war zur Linken, und da es keinen Luftzug aus dieser oder einer anderen Richtung gab, nahm Christopher an, es wäre fest verschlossen und die Vorhänge vor der Nacht zugezogen. Also wo befand sich der Besitzer der Stimme? Könnte sie einem überirdischen Wesen gehören, wie Mary vermutet hatte?

Beide waren verwirrt. Beide empfanden ein falsches Gefühl der Erleichterung, dass sie nicht direkt mit einem schwebenden Gespenst konfrontiert worden waren, oder mit einem Dieb, der eine Waffe schwang und Forderungen brüllte.

„Wartet. Wir brauchen Licht", flüsterte Christopher. „Ich hole eine Kerze."

Mary nickte und schaute über ihre Schulter, wo sie sah, wie er ans Bett trat, um den Leuchter zu holen. Sie drehte sich wieder zu der offenen Tür um, und da sah sie es groß aus der Dunkelheit ragen.

Eine ganz in Weiß gehüllte Gestalt glitt auf sie zu. Sie machte kein Geräusch auf den Dielen und schien zu schweben. Sie hielt eine einzelne Kerze vor der Brust, das grell gelbe Licht schien nach oben unter ihr Kinn und erhellte ein langes, hageres Gesicht, aus dem starre Augen sie direkt ansahen. Der Kopf war von einem Heiligenschein aus silbernen

Haaren in wilder Unordnung umgeben. Die Gestalt hatte einen Arm in einem wogenden weißen Ärmel ausgestreckt, und ein gekrümmter Finger winkte ihr.

Marys Blick wandte sich von den wilden Augen ab und an dem ausgestreckten Arm entlang, um dann auf dem winkenden Finger liegenzubleiben. Zwei Finger der linken Hand, Mittel- und Ringfinger, waren Stümpfe. Dieser makabre Anblick ließ sie erstarren. Doch weit davon entfernt, sich abzuwenden und zu fliehen, als die Gestalt sich weiter näherte, blieb sie starr vor Angst in der Tür stehen. Ein kleiner Teil von ihr war gefasst genug, um Christopher zurufen zu wollen, dass sie die ganze Zeit Recht gehabt hatte - hier war der Beweis, dass ein Geist Sir Geralds Ankleideraum heimgesuchte! Und Neugierde hielt ihr Entsetzen in Schach. Das Gespenst war auf keinen Fall das ihres toten Ehemannes. Aber wer war es dann? Und warum bewohnte es die Räume ihres Mannes? Und woher kannte es ihren Namen? Das war die schrecklichste Frage von allen. Und dann sprach es und bestätigte ihre schlimmsten Befürchtungen.

„Dem Ausdruck auf deinem süßen Gesicht nach zu urteilen, muss ich einen entsetzlichen Anblick bieten. Auf diese Weise ohne Vorwarnung zu erscheinen, ist unverzeihlich, aber eine Notwendigkeit, *ma chérie*. Du wirst es verstehen, wenn ich es dir erkläre. Es war Zeit zurückzukehren.“

„Erklären? Zurückkehren?“, wiederholte Mary verblüfft.

„Nennt Euren Namen, Sir!“, forderte Christopher und stellte sich neben Mary in den Türrahmen, hielt den Leuchter hoch, um die verhüllte Gestalt besser betrachten zu können.

„Mary weiß, wer ich bin.“

„Bleibt, wo Ihr seid!“, befahl Christopher und schaute Mary fragend an.

Aber sie sah die Gestalt an und dann zu Christopher auf und hob ihre Schultern und schüttelte den Kopf, als wollte sie sagen, dass sie keine Ahnung von der Identität des Gespenstes hätte.

„*Mon dieu*“, murmelte die Gestalt. „Ich muss wirklich einen traurigen Anblick bieten, wenn meine liebste Cousine mich nicht erkennen kann ...“

„Ich wiederhole, gebt Euch zu erkennen!“

Das Gespenst war auf Christophers Befehl hin stehengeblieben, aber jetzt trat es einen Schritt näher und starrte Mary an. Zu ihrer beider Überraschung entschied es sich, sie auf Französisch anzusprechen.

„*Chérie*, wenn ich bei Tageslicht durch deine Haustür hätte kommen können, hätte ich das gerne getan. Glaube mir, ich bin die letzte Person auf dieser Erde, die dir Schmerz und Leiden zufügen möchte. Ich hatte gehofft - es war mein tiefster Wunsch -, dass Zeit und Umstände mich nicht so sehr verändert hätten, dass *du* mich nicht erkennen würdest? Aber jetzt ... jetzt, nachdem ich dein süßes Gesicht zum ersten Mal seit sieben Jahren sehe, ein Gesicht, das noch immer so schön und mir noch immer so lieb ist, wie an dem Tag, als wir uns in Paris vor all diesen Jahren trennten, fürchte ich, dass ich meine Rückkehr zu lange aufgeschoben habe ..."

In der folgenden Stille sah Christopher Mary um Erklärung bittend an, aber sie ignorierte ihn und näherte sich der Gestalt ohne Angst und schaute ihr fest ins Gesicht.

War das ein Gespenst oder ein Mann? Es hatte ein starkes kantiges Kinn und Wangenknochen, die etwas zu sehr hervorstachen, als hätte es seit Monaten keine anständige Mahlzeit mehr genossen. Eine Narbe teilte die linke Augenbraue, hatte das Auge knapp verfehlt, und statt wie zu erwarten blass zu sein, war die Haut auf Gesicht und Händen zu einem warmen Karamellton gebräunt, als ob es viele Jahre in einem wärmeren Klima verbracht hätte.

Doch erst, als sie ihm in die blauen Augen sah, blaue Augen, die mit Trauer und Furcht gefüllt waren, und der Mund sich zitternd zu einem zögernden Lächeln verzog, wurde Mary die Identität des Gespensts mit Sicherheit klar. Doch das Erkennen vertiefte nur ihre Verwirrung. Unwillkommene Tränen stiegen auf.

„Evelyn? *Eve*? Bist - bist du es wirklich?"

„Ach, *ma chérie* ... du kennst mich *doch*!" rief das Gespenst und öffnete seine Arme weit, um sie zu umarmen.

„Bleibt zurück! Bleibt zurück, sage ich!", forderte Christopher und schwang den Leuchter, als wäre er ein Schwert.

Die Vernunft sagte Christopher, hier war Fleisch und Blut in ein Nachthemd gekleidet, das mehrere Größen zu groß für diesen abgemagerten menschlichen Körper war. Ein winziger Zweifel ließ ihn sich jedoch fragen, ob das Übernatürliche ihnen tatsächlich einen Streich spielte, als Mary ihr Gesicht mit den Händen bedeckte und dann schnell ihre Augen trocken tupfte, bevor sie ausrief:

„Wie kannst du hier sein? Warum bist du hier? Du bist tot. Du bist *gestorben*. *M'sieur le duc* erhielt die Nachricht - deine Eltern - wir - *wir alle* - haben um dich getrauert! Und tun es noch. Evelyn, du bist für uns seit fünf langen Jahren tot."

„Ja. Und ja, ich war tot. Es tut mir leid, aber ich bin zurückgekehrt - von den Toten zurückgekehrt -, weil ich einiges wieder gut zu machen habe."

„Von den Toten zurückgekehrt ...?"

Da war Mary sich sicher, dass die Gestalt vor ihr ein Geist sein musste - der Geist ihres längst verlorenen Cousins Evelyn Gaius Ffolkes, Viscount Vallentine und Erbe des Earls of Stretham-Ely, dessen gefolterter und aufgedunsener Körper vor fünf Jahren aus dem Fluss in Riga gefischt worden war. An seiner Hand war ein Ring, ein Familienerbstück, gefunden worden. Als der Herzog dieses Beweisstück erhielt, gab es ein Begräbnis und ein leerer Sarg wurde im Roxton-Mausoleum beigesetzt.

Und erst vor drei Monaten, bei ihrem jüngsten Besuch bei ihren Roxton-Cousins, um die Hochzeit ihres Bruders zu feiern, hatte sie das Mausoleum besucht. Nach dem Hochzeitsfrühstück hatten Mary und ihre Cousine, die Herzogin, Sträuße weißer Rosen an dem marmornen Grabmal niedergelegt, Mary hatte eine einzelne Rose auf dem leeren Sarg Evelyns hinterlassen, mit einem Gebet für seine arme, gequälte Seele, in der Hoffnung, dass er jetzt Frieden gefunden haben würde.

Doch jetzt sollte sie glauben, dass dieser „Mann", der vor ihr stand, ihr Cousin war, der gekommen war, um Wiedergutmachung zu leisten? Wofür?, fragte sie sich. Und warum jetzt? Und warum hier, bei ihr? Er konnte nicht aus Fleisch und Blut sein, oder? Er musste ein Geist sein, nicht wahr? Es war alles zu viel. Mary war überfordert und emotional ausgebrannt, holte noch einmal tief Atem, bevor ihre Knie nachgaben, sie zusammenbrach und auf den Boden niedersank.

„ICH WERDE NIE OHNMÄCHTIG. ICH BIN KEIN SCHWÄCHLING", murmelte Mary benommen.

„Nein. Nein, das seid Ihr nicht", stimmte Christopher zu, der einen Becher Wasser hielt. Er hatte sie aufgefangen, bevor sie in einer tiefen Ohnmacht auf den Boden fiel, dann zurück in ihr Schlafzimmer getragen, um sie dort sanft auf ihr Bett zu legen. „Ich habe Euch noch nie ohnmächtig werden sehen."

„Nein. Nein, das habt Ihr nicht ..." Sie setzte sich auf, und er half ihr, indem er ihr Kissen in den Rücken stopfte, um es ihr bequem zu machen, bevor er ihr das Wasser reichte. Sie trank und begegnete Christophers Blick. „Ist er - Evelyn ist kein Geist, nicht wahr?", fragte sie rhetorisch.

Christopher stellte den Becher beiseite und ergriff ihre Hände. Sie zitterte und zwar nicht vor Kälte. Es war der Schock. Alles, was er über die Identität des Fremden im übergroßen Nachthemd wusste, war, dass er behauptete Marys lange verloren geglaubter Cousin zu sein, ein Cousin, den Mary und ihre Familie für tot hielten, und dass sein Name Evelyn zu sein schien.

Christopher war genauso verwirrt wie Mary, aber um ihretwillen behielt er seine Gedanken und Ansichten für sich. Alles, woran ihm wirklich gelegen war, war, sie nicht noch mehr aufzuregen, als sie es schon war. Er drückte ihre Finger und als sie in seine Augen schaute, konnte er sehen, dass sie, ebenso wie er, den Kopf voller Fragen hatte und immer noch versuchte, das alles zu verstehen.

„Nein. Kein Geist", antwortete er und fügte mit einem kleinen Lächeln hinzu, von dem er hoffte, dass es ihre Stimmung aufhellen würde: „Aber Euer Cousine ist eine Art Dieb - Marmelade und eingelegte Walnüsse ..."

Mary lächelte, getröstet von seiner ruhigen Stimme und ihren kalten Fingern, die in seinen Händen erwärmt wurden, die überraschend groß und glatt waren. Sie saßen da und sahen einander an, nur für ein paar Sekunden, als ob sie die einzigen beiden Menschen im Zimmer wären; es war unnötig zu sprechen, um sich zu verständigen, denn ihre Gedanken waren die gleichen - wie sehr sie ihren flüchtigen, leidenschaftlichen Kuss genossen hatten und wie dieser eine Kuss alles zwischen ihnen verändert hatte. Obwohl im Moment keiner von beiden erörtern wollte, in welcher Weise, aus Angst, diesen Augenblick zu ruinieren. Dann veranlasste eine Bewegung hinter Christophers Schulter Mary dazu, ihm ihre Finger zu entreißen und ihr Gesicht wurde heiß und rot.

Christopher stand mit einem Stirnrunzeln vom Bett auf und zog die Bettdecke hoch, um sie warm zu halten.

„Ich werde Betsy anweisen, Euch eine Tasse warme Milch holen zu lassen -"

„Tee für mich", sagte Evelyn, der Geist, lebhaft und schob sich an Christopher vorbei, um seinen Platz auf dem Bett einzunehmen, mit einer Vertrautheit, als wäre er dazu eingeladen worden. Über seine Schulter hinweg sagte er zum Squire: „Und Ihr holt die Milch und den Tee. Niemand darf wissen, dass ich hier bin." Und in der Erwartung, dass Christopher seiner Forderung sofort nachkommen würde, wandte er sich wieder zu Mary und sagte in verschwörerischem Vergnügen: „Sollen wir uns über unserer Milch und dem Tee Klatsch erzählen? Ich selbst kann ein oder zwei nette Skandale berichten, aber ich verlasse mich darauf, dass du mir sagst, was in der Stadt los ist. Es wird sein wie in alten Zeiten!"

Dann stieß er ein so lautes, schrilles Lachen aus, dass Christopher zusammenzuckte. Aber Evelyns seltsame Zuneigung erweckte Mary zum Leben, als ob sie ihn zum ersten Mal wirklich sah, und sie warf ihre Arme um seinen Hals, so überwältigt von Emotionen, dass sie die Worte kaum herausbekommen konnte.

„Oh, Eve! Eve! Du bist es *wirklich*!"

„Natürlich bin ich es, *mon petit lapin*. Nun, ein Schatten meiner Selbst, aber trotzdem noch ich." Er entzog sich sanft ihrer Umarmung, packte ihre Schultern und blickte in ihre feuchten Augen. „Keine Tränen, Mary, Liebes", murmelte er und küsste ihre Stirn. „Ich flehe dich an. Nicht von dir ...*"

Mary lächelte und nickte und schnüffelte. Hier war ihr liebster Cousin, den man für tot gehalten hatte, wieder! Er hatte auch recht. Er war ein Schatten seines früheren Selbst, geisterhaft in seinem Aussehen, mit einer Mähe von wilden Haaren, die sich vorzeitig silbern gefärbt hatten. Aber seine blauen Augen waren genauso durchdringend, und das rätselhafte Lächeln, das immer seine wahren Gefühle – wenn auch nicht vor ihr – verbarg, war ganz und gar seines.

Als Kinder waren sie Vertraute gewesen. Er, ein einziges Kind, verwöhnt und zart und ein genialer Musiker. Sie, das einzige Mädchen in einer Bande von rauen Brüdern und Cousins, das nie in ihre Spielen und Plänen miteinbezogen wurde. Da sie im gleichen Alter waren, war es nur natürlich, dass sie sich zueinander hingezogen fühlten. Und während die Jungen zum Reiten, Jagen, Schießen gingen oder sich nur auf Treat herumtrieben, blieb Mary im Haus bei ihrer Stickerei oder ihren Aquarellen, übte sich darin, eine Lady zu sein, weil das die Töchter eines Earls eben taten und weil die Jungen sie nicht wollten. Evelyn jedoch pflegte umzukehren und ihr Gesellschaft zu leisten. Sie versteckten sich dann in einem der vielen unbenutzten Räume in dem palastartigen Heim des Herzogs von Roxton und verbrachten den Tag dort - Evelyn spielte auf seiner Bratsche, Mary stickte, und war die erste, die seine Kompositionen hören und loben durfte.

Solche wundervoll sorglosen Tage blieben für sie immer eine unauslöschliche Erinnerung.

Sie legte eine Hand an Evelyns Wange und zog die Umrisse seines hageren Gesichts nach, bei der Berührung stiegen ihr Tränen in die Augen, Tränen, die alles vor ihren Augen verschwimmen und sie eine überwältigende Emotion herunterschlucken ließen, weil er tatsächlich in Fleisch und Blut und lebendig vor ihr saß!

„Oh, Eve, warum hast du mir nie eine Nachricht geschickt? Warum hast du deine untröstlichen Eltern nicht wissen lassen, dass du am Leben bist? Wie konntest du zulassen, dass wir so trauern? All die Jahre... all diese Tränen...*"

„Glaube mir, *ma chérie*, es gab viele, *viele* Male, dass ich schreiben wollte. Aber ... so war es besser. Besser, dass niemand die Wahrheit erfuhr. Besser, dass ich - *tot blieb*."

Mary konnte es nicht glauben.

„Sicher kann doch nichts so furchtbar sein, dass du es vorziehen würdest, für deine Familie tot zu bleiben - für mich - für alle, die dich lieben?"

Evelyn schnaubte, zuckte die Schultern und hob eine Hand. Da es die mit den beiden verstümmelten Fingern war, diente das nur dazu zu betonen, wie tief er im Leben gesunken sein musste, wenn er es vorzog, für seine Familie tot zu bleiben. Er wandte seinen Blick von ihren durchdringenden, tränengefüllten Augen ab und schüttelte den Kopf.

Mary hielt den Atem an, fragte sich, was er ihr gleich anvertrauen würde. Doch der Moment verstrich und er ergriff ihre Hand und küsste sie, sagte mit einem gezwungenen Lächeln und einem Zwinkern in den Augen:

„Jetzt bin ich zu Hause. Das ist alles, was zählt ... Bitte, *ma chérie*, trockne diese schönen Augen und freue dich für mich – für *uns*."

Mary nickte und lächelte und wischte sich rasch ihr Gesicht mit ihrem zitternden Handrücken ab, woraufhin Christopher einschritt und ihr sein Taschentuch hinhielt. Sie nahm es, ohne ihn anzusehen. Vielleicht hatte sie vergessen, dass er noch im Raum war, da ihre Aufmerksamkeit sich so völlig auf Evelyn konzentrierte.

„Ich *bin* glücklich. Und du hast recht. Alles, was zählt, ist, dass du lebst und wieder zu Hause bist. Es ist - es ist, als würde ein Traum wahr!"

„Ja. Ein Traum, der wahr wird, *ma chérie*", antwortete Evelyn leise, nahm das Taschentuch und tupfte ihre nassen Wangen trocken.

Christopher wollte dem Eindringling das Leinenquadrat aus den Fingern reißen. Stattdessen machte er auf dem Absatz kehrt und verließ das Zimmer, um Brennholz, heiße Milch und Tee zu holen.

# ACHT



Evelyns Anweisung, seine Anwesenheit geheim zu halten, wurde ignoriert. Christopher war kein Lakai, und Marys Cousin hatte ihm keine Befehle zu erteilen. Was tat der Mann hier, in einem abgelegenen Haus, Meilenweit von anderen entfernt, versteckt vor allen, sogar vor den Dienern? Und warum hatte er sich entschieden, jetzt und gerade hier von den Toten aufzuerstehen? Der Zeitpunkt seines wundersamen Wiedererscheinens hätte nicht schlechter gewählt sein können. Christopher hatte endlich seine Zurückhaltung Lady Mary gegenüber aufgegeben und ihre Reaktion war alles gewesen, was er sich hatte erhoffen können. Doch sie hatten sich kaum geküsst, und ihm wurde keine Zeit gegeben, seine Gefühle zu erklären, als sie von Evelyn unterbrochen wurden. Christopher hegte diesen nagenden Verdacht, dass der Mann durch die Wand gelauscht haben könnte, und seine Unterbrechung absichtlich genau auf diesen Zeitpunkt gelegt hatte. Was Christopher jedoch am meisten störte, war die offensichtlich herzliche verwandtschaftliche Zuneigung zwischen Cousin und Cousine. Doch er hatte keine eifersüchtige Natur, daher freute er sich für Mary und ihre Familie, dass ihr Cousin tatsächlich noch lebte und es ihm gut ging und sie so glücklich war, ihn zu sehen.

Er weckte ihr schlafendes Dienstmädchen, und als Betsy in die Küche kam, hatte Christopher das schlummernde Feuer zu neuem Leben geschürt, den Kessel auf den Herd gestellt, ein Teetablett vorbereitet und die silberne Teedose aus dem verschlossenen Schrank geholt. Es gab eine dazu passende silberne Teekanne, Sieb und Zuckerdose, doch diese waren weggepackt worden, zusammen mit dem Silberbesteck, den Tellern und Kelchen, bis zu dem Zeitpunkt, wenn Sir Jack Cavendish volljährig werden würde. Lady Mary durfte die Teedose und das zweitbeste Tee-Service aus blau-weiß gemustertem Worcester-Porzellan benutzen. Es hatte zu ihrer Mitgift gehört und war bei der Heirat in das Eigentum ihres Mannes übergegangen. Und nach seinem Tod, zusammen mit allem anderen, wurde es zum Eigentum seines Erben; Lady Mary hatte keinen Anspruch auf irgendetwas, weil Sir Gerald ihr in seinem Egoismus nichts hinterlassen hatte.

Christopher hielt es für herzlos von Sir Gerald, seiner Frau nicht zumindest die Teedose und das Worcester-Teeservice vererbt zu haben, ganz zu schweigen von einem Einkommen, von dem sie hätte leben können. Er wünschte, es stünde ihm frei, es ihr zu geben, nicht, weil es teure und kunstvolle Beweise für ihre Stellung in der Gesellschaft waren, sondern weil sie ihr einmal gehört hatten und etwas Persönliches waren, das Teddy würde erben können.

Als er Teetasse und Untertasse, Milchgießer und Zuckerdose herausholte, blitzte eine Erinnerung in ihm auf, wie Lady Mary fröhlich ihrer kleinen Tochter zeigte, wie man die Zuckerzange benutzte, um ein Stück in den milchigen Tee gleiten zu lassen, ohne dass es spritzte. Das kleine Mädchen hatte die pummelige Hand um die Zange gelegt und mit der geduldigen Anleitung ihrer Mutter war sie fähig, einen kleinen Brocken Zucker auszuwählen. Und als dieser mit einem Blubb in ihren milchigen Tee fiel, hatte Teddy entzückt gekichert und sich um Anerkennung heischend nach ihrer Mutter umgeschaut. Mary hatte gelächelt und ihre Tochter auf den rotblonden Kopf geküsst und ihr gesagt, wie großartig sie mit der Zange umgegangen wäre. Sir Gerald, der anwesend gewesen war, hatte nur gebrummt und seine Zeitung an seine Brust gedrückt, um eine Tasse Tee von seiner Frau anzunehmen, kein Wort der Ermutigung oder Anerkennung für die Bemühungen seiner kleinen Tochter. Es bewies, wie sehr Teddy ihre Aufmerksamkeit auf diese Aufgabe gerichtet hatte, dass ihre Zungenspitze in ihrem Mundwinkel zu sehen war. Das tat sie noch immer, wenn sie sich auf etwas konzentrierte, ob es beim Satteln ihres Pferdes war oder wenn sie schrieb und sich dabei bemühte, ihre linke Hand nicht durch die Tinte zu ziehen und sie zu verwischen. Das war eine Eigenart, die sie von ihrem Vater geerbt hatte, was seine Gleichgültigkeit nur um so beklagenswerter machte.

Und dennoch, wären Gäste dort gewesen, die Sir Gerald hätte beeindrucken wollen, wusste Christopher, dass der Baronet mit Komplimenten und großzügigen Mengen an Tee und Kuchen überschwänglich gewesen wäre. In all seinen Jahren in Abbeywood machte sich Sir Gerald nicht die Mühe, seine offenherzigen Nachbarn kennenzulernen, die alle

Tee als Getränk der Wahl von Stadtmenschen mit mehr Geld als Verstand stirnrunzelnd betrachteten; und in Sir Geralds Fall fehlte es sowohl an Tee wie an Verstand.

Es war nicht verwunderlich, dass in einer Grafschaft, wo vom Arbeiter bis zum Herrn Apfelwein getrunken wurde, Tee und alles, was dazu gehörte, von freien Bauern mit verächtlichen schiefen Blicken betrachtet wurde und von ihren Frauen mit begehrlichen Seitenblicken. Abfällige Meinungen wurden laut und stolz bei einem Abendessen verkündet, an dem Christopher teilgenommen hatte. Jeder war der Meinung, dass übermäßiges Teetrinken zu unnötiger Verschwendung und Trägheit führte. Ein gewisser Baronet, der unter ihnen lebte, wurde als Paradebeispiel dafür genannt. Dieser Baronet prahlte mit seinen Beziehungen zur Aristokratie und bewahrte seinen Tee in einer silbernen Dose auf, um Himmels willen!

Erst als Christopher hinter vorgehaltener Hand hustete, erinnerte sich die versammelte Gesellschaft zu spät daran, dass er dort saß – möglicherweise Sir Geralds einziger Freund auf der Welt. Die Unterhaltung brach plötzlich ab. Mit einem Kopfschütteln über die Erinnerung an diese verdutzten Gesichter um den Tisch des Pfarrers herum öffnete Christopher die Teedose mit einem Doppelschlüssel, den er an einer Kette in seiner Westentasche aufbewahrte. Lady Mary hatte den anderen an ihrem Gürtel. Das war nicht immer so gewesen.

Die beiden Schlüssel hatten sich früher in der Obhut der Haushälterin befunden, der Sir Gerald die Zubereitung seines Tees anvertraut hatte. Christopher hatte ihr fast unmittelbar nach dem Tod ihres Herrn beide Schlüssel abgenommen, weil Mrs. Keble sich nicht nur für ihren eigenen Bedarf unerlaubt Tee aus der Dose nahm, wann immer sie wollte, sondern es die Anschuldigung gab – wenn auch ohne schlüssige Beweise, aber Christopher glaubte es durchaus –, dass sie gebrauchte Teeblätter und sogar Teestaub an Markttagen zu ihrem eigenen Vorteil an Dorfbewohner verkauft hatte. Und die Menge von Tee, die Sir Gerald getrunken hatte, bedeutete, dass die Menge benutzter Teeblätter, die die Haushälterin verkauft hatte, Mrs. Keble einen beträchtlichen Nebenverdienst ermöglicht hatte.

Es war für Christopher unerklärlich, dass die Frau erwartet hatte, die für den Haushalt verfügbare Menge an Tee würde die gleiche bleiben wie zu Sir Geralds Lebzeiten, und dass sie ihre unrechtmäßigen Geschäfte ungehindert weiter betreiben könnte. Als Christopher daher die Schlüssel beschlagnahmte, alle silbernen Gegenstände einsammelte und in einer Kiste einschloss und alle Teevorräte direkt an sich liefern ließ, war Mrs. Keble empört. Er hatte gehofft, sie würde so beleidigt sein, dass sie aus eigenem Antrieb kündigte oder auch eine unvorsichtige Bemerkung machen, die ihre unrechtmäßigen Geschäfte offenlegte.

Doch Mrs. Keble hatte sich als schlauer erwiesen, als ihm zunächst klar gewesen war. Als sie ihn nicht mit ihren Reizen verführen konnte, versuchte sie, ihn zu erpressen und drohte, mit ihren Anschuldigungen zu Lady Mary zu gehen. Mylady würde es sehr interessieren zu erfahren, dass der Squire Tee, die Kleidung und Postgebühren Lady Marys aus seiner eigenen Tasche bezahlte. Das entsprach durchaus der Wahrheit, aber wie die Haushälterin das herausgefunden hatte, nachdem es ihm gelungen war, es vor dem Herzogs von Roxton, dem zweiten Testamentsvollstrecker des Nachlasses, geheim zu halten, war ihm ein Rätsel. Er wollte nicht, dass Mary entdeckte, dass er ihr Wohltäter war oder dass sie viel ärmer war, als ihr oder ihrer Familie bewusst war.

Sir Gerald hatte seine Frau und sein Kind absolut mittellos hinterlassen. Es gab keine finanzielle Unterstützung für sie. Es gab nur Schulden, und so viel davon, dass nur durch Christophers Großzügigkeit, der dem Anwesen eine beträchtliche Summe lieh, die aus dem Ertrag des Besitzes aus Wolle und Getreideverkäufen zurückgezahlt werden sollte, verhindert wurde, dass Haus und Teile des Ackerlands sofort verkauft werden mussten, um Sir Geralds Gläubiger zu bezahlen.

Kate hatte ihm vorgeworfen, sein Herz über seinen Kopf herrschen zu lassen. Es gab keine Garantie dafür, dass Lady Mary ihn wegen seiner Bemühungen je als etwas anderes betrachten würde als lediglich einen Nachbarn. In der Tat nahm die *Stolze Mary* ihm seine Überheblichkeit übel, vor allem seine unbeugsame Weigerung, Teddy ihre Roxton'schen Verwandten besuchen zu lassen. Christopher hatte das Gespräch abrupt mit einem ungewöhnlichen Temperamentsausbruch beendet, und es waren Dinge gesagt worden, die besser nicht ausgesprochen worden wären. Er hatte das Anwesen nicht nur für Mary, sondern auch für ihre Tochter und für Sir Geralds Erben Jack gerettet. Sie waren die unschuldigen Opfer eines Mannes, für den die sieben Todsünden eine Lebensweise dargestellt hatten. Die Konsequenzen eines solchen Lebens für andere musste er nicht näher erläutern, da Kate als ehemalige Anhängerin von mindestens fünf dieser Sünden sich dessen nur zu gut bewusst war.

Er hatte sofort um Verzeihung gebeten, weil er so verletzende Worte ausgesprochen hatte, und sie hatte sie bereitwillig gewährt. Das hatte ihn sich nicht weniger schlecht fühlen lassen und er brauchte einige Zeit, bis er sich selbst verzeihen konnte.

„Onkel Bryce, hält der Geist dich auch wach?"

Christopher wurde von Teddy aus seinen Gedanken gerissen. Sie stand in der Küchentür, einen gesteppten Morgenrock über ihrem Nachthemd, das Nachthäubchen aus Spitzen hing schief. Ihr schläfriges Kindermädchen stand hinter ihr, mit einem Kerzenleuchter, eine Hand leicht zur Beruhigung auf die Schulter des Mädchens gelegt. Sie sagte ihr, sie sollte sich ans Feuer stellen, um sich zu wärmen, während sie ihr einen Becher Milch heißmachte.

„Mr. Bryce hat die Milch schon auf dem Tisch für uns bereitgestellt", fügte sie fröhlich hinzu und machte sich daran, einen kleinen Topf mit Milch zu füllen.

„Besser, Ihr wärmt die ganze Milch auf", sagte Christopher. „Betsy wird gleich hier sein." Er musste nicht hinzufügen, dass die Milch für Lady Mary war. Er fing den vielsagenden Seitenblick des Kindermädchens auf Teddy auf, der ihn warnte, dass das Kind unruhig war, und er vermutete, dass sie aus einem schlechten Traum erwacht war, da sie den Geist erwähnt hatte. Er hob zum Zeichen seines Verständnisses leicht die Brauen in Richtung des Kindermädchens, bevor er sich an den Tisch setzte.

Er winkte Teddy zu sich und sagte lächelnd: „Wärest du enttäuscht, wenn ich dir sage, dass es keinen Geist gibt?"

Teddys kleine Hand krampfte sich in seiner zusammen. „Kein Geist? Ehrlich?"

„Ehrlich."

„Aber ... wie - wie kannst du dir da sicher sein?"

Christopher hörte den Unterton von Unsicherheit und sah ernst aus. Er antwortete nicht sofort. Er wollte ihr das Gefühl vermitteln, dass er ernsthaft über ihre Frage nachgedacht hatte. Er war auch überrascht über ihre Veränderung seit dem Abendessen, als sie mit ihm gelacht hatte und ihn wegen der möglichen Anwesenheit eines Geists in der Küche und dessen Vorliebe für Erdbeermarmelade geneckt hatte. Der Gedanke, dass ein Geist im Haus umgehen könnte, musste ihr auf dem Herzen gelegen haben, als sie allein im Dunkel ihres Schlafzimmers lag; und wer wusste, was die Hausmädchen und die Köchin in ihrer Gegenwart über den Geist gesagt haben mochten, woran sie sich beim Einschlafen erinnerte.

„Ehrlich gesagt, ganz sicher sein kann ich nicht. Geister können überall sein. Die Leute werden dir sagen, dass es im Puzzlewood spukt, doch wir sind schon so oft hindurch geritten und sind noch nie einem Geist begegnet ..."

„Aber wir reiten im Tageslicht, Onkel Bryce. Und Geister kommen nur nachts heraus."

„Ach ja, das tun sie wohl. Aber nicht hier, nicht in diesem Haus, Tag oder Nacht. Niemand hat tatsächlich einen Geist gesehen, sie haben nur angenommen, dass es einen gibt, weil sie nicht erklären können, wie einige Dinge aus der Speisekammer verschwunden sind."

Teddy kam näher, damit sie flüstern konnte. Ihre Stimme zitterte vor Furcht. „Erdbeermarmelade mochte Papa am liebsten."

Christopher erschrak. „So?"

Teddy nickte. „Ja. Er behielt alles für sich. Niemand anders durfte sie essen. Nicht einmal Mama."

„Verstehe." Christopher lächelte. Insgeheim kochte es in ihm angesichts eines so egoistischen Verhaltens, was ihn aber nicht überraschte. Es war typisch für Sir Gerald. „Aber du und deine Mutter bevorzugt doch Orangenmarmelade, also hatten alle das, was ihnen am besten schmeckte, nicht wahr?"

„Ja. Schon. Aber Mama und ich mögen auch Erdbeermarmelade." Sie zog plötzlich die Schultern hoch und sagte in einem verschwörerischen Flüsterton zu Christopher: „Die Köchin hat mir hier in der Küche einen Löffel davon gegeben. Aber ich sollte es Papa nicht sagen. Und das habe ich auch nicht."

Christopher fragte sich, wohin dieses Gespräch führen würde und hätte nicht über das überrascht sein sollen, was Teddy als nächstes sagte, und doch war er es und hätte sich selbst treten können, weil er selbst nicht früher daran gedacht hatte.

Sie sah über ihre dünne Schulter, und da war Jane, die mit schläfrigen Augen aus der Spülküche kam und ihre Haube gerade festband, um das Kindermädchen abzulösen, das die Milch im Topf rührte. Betsy, die ebenfalls erschienen war, war direkt zum Herd gegangen, um sich um das heiße Wasser für die Teekanne zu kümmern. Zufrieden, dass niemand sie hören würde, wandte sie sich wieder zu Christopher und sagte ernst:

„Ich weiß, dass es sich nicht gehört zu lauschen. Mama hat mir gesagt, ich sollte meine Ohren zumachen und mich anstrengen, nichts zu hören. Aber manchmal ist das sehr schwierig, wenn die Diener reden, als wäre ich überhaupt nicht hier."

„Ja, ich verstehe dein Problem. Wenn man etwas einmal gehört hat, ist es schwierig, es wieder zu vergessen."

Teddy nickte. „Das finde ich auch. Aber ich möchte Mama nicht enttäuschen. Ich kann dir aber sagen, was ich nicht vergessen kann, nicht wahr, Onkel Bryce?"

Christopher lächelte. „Ja. Was immer du willst."

Das Mädchen nickte erneut, seufzte leicht und gestand: „Die Köchin sagt, sie würde auf das Grab ihres zweiten Sohnes Timothy schwören, *dass der Geist, der im Haus umgeht, der tote Herr ist*. Das war Papa, nicht wahr? Die Köchin sagt, dass die verschwundene Erdbeermarmelade beweist, *dass er es sein müsste*. Sie sagt, seine Seele findet *keine Ruhe*, und kann nicht ruhig bleiben, wegen - wegen dem, was er sich selbst angetan hat."

„*Sich selbst* - angetan?"

„Ja. Papa spukt im Haus, weil er keinen Frieden finden kann. Denn das sind doch Geister, nicht wahr? Die Seelen toter Menschen, die auf der Erde wandern müssen, bis sie für ihre Sünden gebüßt haben. Erst dann dürfen sie in den Himmel. Die Köchin sagt, dass jeder Mann, *der sich das Leben nimmt*, kein Christ ist und am Kreuzweg begraben werden müsse. Sünder sind nicht auf dem Kirchhof begraben. Und Sünder kommen nicht in den Himmel. Die Köchin sagte, *Papa hätte sich selbst getötet und das wäre eine Sünde*, also sollte Papas Grab am Kreuzweg sein. Aber die Köchin sagt, er hätte ein christliches Begräbnis erhalten, weil er *nicht zu den gewöhnlichen Leuten gehörte, sondern ein Baronet* war.

„Das stimmt nicht, Teddy. Nichts davon", unterbrach Christopher sie. „Der Tod deines Vaters war ein Unfall. Er starb, als er stolperte und seine Muskete losging, und der Schuss traf ihn selbst. Das ist eine traurige Tatsache, aber nichtsdestotrotz eine Tatsache. Sir Gerald hätte sich niemals selbst getötet." Davon war er durchaus überzeugt; Der Mann war ein Egoist und viel zu feige gewesen, um jemals sein eigenes Leben zu beenden. „Und der Pfarrer hätte nie zugelassen, dass dein Vater ein christliches Begräbnis bekäme, Baronet oder nicht, wenn er für einen Moment geglaubt hätte, er hätte sich das Leben genommen. Pfarrer Sanders ist nur Gott verantwortlich und niemandem sonst."

„Also konnte Oma den Pfarrer nicht dazu bringen, Papa unter Christen zu begraben, um ihren guten Namen zu retten, obwohl er es nicht verdient hatte, dort zu sein?"

„Sie hätte versuchen können, den Pfarrer dazu zu überreden", erklärte Christopher und behielt seine Gesichtszüge unter Kontrolle, obwohl er über Teddys naive Vermutung lächeln wollte, dass die Gräfin von Strathsay allmächtig war. „Aber Pfarrer Sanders würden nicht tun, was gegen sein Gewissen und gegen Gottes Willen ist. Ich bin mir sehr sicher, dass er das deiner Großmutter gesagt hätte, wenn sie tatsächlich mit ihm darüber gesprochen hat. Mir ist jedoch nicht bekannt, dass sie das getan hätte."

Teddy seufzte leicht und lächelte. Das ängstliche Runzeln ihrer sommersprossigen Stirn verschwand.

„Ich bin froh. Ich mag Pfarrer Sanders."

„Ich auch."

„Also ist der Geist nicht Papa?“

„Nein. Tatsächlich gibt es keinen Geist.“

Teddy sah gleichzeitig enttäuscht und erleichtert aus. „Aber wenn es keinen Geist gibt, wer hat dann Papas Marmelade genommen und den Holunderblütenwein getrunken?“

„Eine sehr gute Frage. Was wäre, wenn ich dir sagen würde, dass die Lebensmittel und der Wein nicht gestohlen, sondern von einem sehr hungrigen Besucher verzehrt wurden?“

Teddys Augen weiteten sich. „Einem Besucher? *Hier?* Aber niemand kommt uns besuchen. Mama und ich müssen immer die Besuche machen.“

„Nun, dieser Besucher ist hier, um deine Mama zu sehen und dich kennenzulernen.“

„Mich?“

„Ja. Aber leider wirst du warten müssen, um ihn zu sehen, möglicherweise bis zum Abendessen morgen.“

„Oh?“ Teddys Schultern sackten herab. „Er wird nicht beim Frühstück sein?“

„Ich glaube nicht. Er hat eine lange Reise hinter sich, daher bezweifle ich, dass er wie wir anderen schon bei Sonnenaufgang aufstehen wird. Was auch gut ist, weil Kate uns beide zum Mittag erwartet. Du würdest sie doch nicht enttäuschen wollen, nicht wahr?“

Teddy schüttelte den Kopf, lächelte dann und sagte vertraulich: „Ich habe eine Überraschung für sie.“

„Ja? Gut. Kate mag Überraschungen.“

Teddy wollte mehr über den Besucher wissen. „Ist der Besucher ein Freund von Mama?“

„Ja. Ich denke, er ist vielleicht sogar ein lange verlorener Cousin.“

Teddy war fasziniert und alle Ängste, die in der Dunkelheit ihres Bettes über den Geist ihres Vaters, der das Haus heimsuchte, hervorgerufen wurden, wurden von ihrer Neugier besiegt.

„Ein lange verlorener *Cousin*? Kennt Oma ihn?“

„Da bin ich mir sicher.“

„Und Onkel Dair und Onkel Charles auch?“

„Ich bin sicher, deine Onkel kennen diesen Cousin seit so vielen Jahren wie deine Mama.“

„Also ist dieser Cousin von Mama der hungrige Besucher, den wir für einen Geist hielten?“

„Ja. Ein Cousin, der Erdbeermarmelade genauso gern mag wie dein Papa.“

Teddy stieß einen Seufzer der Erleichterung aus, den Christopher ignorierte und sagte: „Die Köchin und Jane und Jenny *und* Luke werden sich sehr freuen zu hören, dass doch kein Geist da ist."

Zu diesem Zeitpunkt betrat ein kräftiger Junge mittlerer Größe aus dem ummauerten Gemüsegarten die Küche. Es war Luke und er trug eine Ladung Brennholz. Christophers treuer Hund war ihm auf den Fersen. Als er Lorenzo sah, hatte sein Herr eine plötzliche Idee. Er wandte sich an Teddy und sagte mit einem Blick auf ihr Kindermädchen, das mit einer Tasse heißer Milch an den Tisch gekommen war, um sicherzugeben, dass sie zuhörte.

„Ich frage mich, ob du mir den Gefallen tun würdest, heute Nacht auf Lorenzo aufzupassen? Luke und ich müssen ein paar Feuer machen und ..."

„Oh, ja! Ja, bitte!", unterbrach Teddy ihn aufgeregt und fiel auf die Knie, um Lorenzo um den Hals zu fallen, als er ihre Hand anstupste. „Er darf bei mir schlafen!"

„Also Miss Theodora, ich weiß nicht, ob es eine gute Idee ist, dieser Tier ...", begann das Kindermädchen, wurde aber von Christopher unterbrochen.

„Am Fuß deines Bettes. Nicht unter der Decke. Sonst wird er erwarten, dass ich ihm das auch erlaube." Er nickte dem Kindermädchen kurz zu, erhob sich dann, schob den Stuhl wieder an den Tisch und sagte so beiläufig zu Teddy, als ob es ein Scherz wäre: „Natürlich weißt du, dass Geister sich nicht viel aus Hunden machen?"

Teddy, die Lorenzo streichelte, sah schnell mit großen Augen zu ihm auf. „Wirklich? Haben - haben Geister Angst vor Hunden?"

„Es scheint so. Ich habe noch nie gehört, dass ein Geist in einem Haus spukt, in dem ein Hund ist. Ah! Was ist das denn?", fügte er mit einem Lachen hinzu, überrascht, als Teddy ihre Arme um ihn warf und ihn umarmte.

„Danke, dass du Lorenzo bei mir bleiben lässt", murmelte Teddy und drückte die Wange an seinen Gehrock.

Christopher erwiderte ihre Umarmung, ließ sich dann in die Hocke nieder, ergriff ihre Hand und sah ihr in die Augen.

„Bei Lorenzo und bei mir bist du immer in Sicherheit, Teddy. Das weißt du doch, nicht wahr?" Als sie nickte, tätschelte er ihr leicht die Wange und sagte lächelnd: „Und du tust mir einen Gefallen, wenn du dich um ihn kümmerst. Jetzt ab ins Bett und sieh zu, dass du deine Milch austrinkst. Wir wollen früh am Morgen losreiten und ich habe keinen Zweifel, dass Lorenzo dich noch vor deinem Kindermädchen aufwecken wird."

„Ist das wahr mit den Geistern und den Hunden, Sir?", fragte Betsy in die Stille, die Teddys Abgang folgte. Sie goss kochendes Wasser über die Teeblätter in der Porzellanteekanne, wechselte einen Blick mit Jane, die das Feuer schürte, und Luke, der das Brennholz in die Kiste geworfen hatte. Beide Diener warteten auf weitere Anweisungen von Christopher, der tief in Gedanken am Tisch stehengeblieben war.

„Ich habe keine Ahnung …", antwortete Christopher und riss sich aus seinen Gedanken.

Diese waren wieder zu der überraschenden Wendung der Ereignisse im oberen Stockwerk zurückgekehrt, zu dem Kuss mit Mary, gefolgt von dem unerwarteten Auftauchen ihres Cousins. Er spürte, dass zwischen Mary und ihrem Cousin etwas war, das tiefer ging als die Verwandtschaftsbande von Cousins. Es erfüllte ihn mit der Angst, dass die Zeit nicht mehr für ihn arbeitete und dass dieser Cousin seine Pläne für die Zukunft, eine Zukunft, von der er immer geträumt hatte, sie mit Mary zu teilen, sehr gut stören könnte. Er wünschte, es wäre ein Geist gewesen, der das Haus heimsuchte. Ein Geist wäre seine geringste Sorge gewesen.

CHRISTOPHER VERSICHERTE DEN DIENERN, DASS DER GEIST tatsächlich ein Gast war, der einen ausgeklügelten Streich gespielt hatte. Der fragliche Gentleman war ein Cousin Lady Marys und ein Exzentriker. Er fügte hinzu, dass er sich überhaupt nicht wundern würde, wenn er etwas geistesschwach und kindisch wäre, Eigenschaften, die bestimmten Personen innerhalb des Adels eigen waren. Vorzutäuschen, ein Geist zu sein und die Speisekammer nach Essen zu durchsuchen war sicher ein Beweis dafür. Christopher versicherte ihnen, dass solche Possen nicht wieder vorkommen würden. Und sie sollten sich keine Sorgen machen, dass der Gentleman wieder in die den Dienern vorbehaltenen Räume des Hauses eindringen würde. Lady Mary wüsste ihn zu behandeln und er würde sich ihren Wünschen fügen.

Jane nickte heftig, die Augen vor neuem Wissen weit aufgerissen, glücklich, den Anweisungen des Squires Folge zu leisten. Weder sie noch Betsy und Luke machten den Eindruck, dass sie Christophers Erklärung für unzureichend hielten oder dass sie überrascht waren, dass der Geist tatsächlich ein Gast war. Luke grunzte verständnisvoll, was alles war, das Christopher sich erhoffen konnte - das war ein so ausgiebiger Kommentar, wie es bei einigen Männern in dieser Ecke Englands üblich war.

Luke folgte Christopher mit Brennholz die Hintertreppe hinauf und ging den Gang entlang zu Sir Geralds Ankleidezimmer. Nachdem der Junge mehrere Kerzen entzündet hatte, um Licht zu schaffen, machte er sich an die Arbeit am Rost eines Kamins, der seit über zwei Jahren nicht mehr benutzt worden war. Christopher warf einen Blick in die lautlose Stille, wo alle Anzeichen des früheren Bewohners entfernt worden waren. Die Reihe von Mahagoni-Kleiderständern war mit Staubhauben bedeckt, und die Pflöcke in der gegenüberliegenden Wand, wo früher Röcke, Hemden und andere Kleidungsstücke gehangen hatten, um Falten auszuhängen und vor dem Tragen gelüftet zu werden, schienen seltsam fehl am Platze.

Der Frisiertisch war leer. Alle kristallenen Salbentöpfe, Pomaden, Bürsten aus Wildschweinborsten, goldene Schnupftabakdosen und Etuis waren fort. Alles, von silbernen Schuhschnallen bis hin zu Leinenhemden, Reithosen aus vielen Stoffen, verzierten Westen und Gehröcken für jede denkbare Jahreszeit und Gelegenheit, war gezählt, gereinigt, gefaltet, gruppiert und sorgfältig in Kladden notiert worden. Die persönlichen Gegenstände von Sir Gerald Cavendish waren dann sorgfältig in Truhen, Schränke und Kisten verpackt worden. Dieses wertvolle Inventar gehörte jetzt Sir Jack Cavendish, der, wenn er volljährig würde und sein Erbe antrat, mit dem Nachlass seines Onkels nach Belieben verfahren konnte. Einstweilen blieb Christopher der Verwalter.

Einiges seiner sorgfältigen Arbeit war von Lady Marys Cousin ruiniert worden. Es war leicht zu sehen, wo er die Ruhe dieses stillen Ortes gestört hatte. Die Staubdecke auf einer der kleinen Kommode war zurückgeschlagen und mehrere der Schubladen herausgezogen und offen hängen gelassen worden, der Inhalt durchwühlt. Ein Stuhl war vor dem Frisiertisch weggezogen worden und hatte Spuren in der leichten Staubschicht, die die Dielen bedeckte, hinterlassen, als er an die Chaiselongue gezogen worden war, um dort als Tisch zu dienen. Auf dem gepolsterten Sitz stand ein offenes Glas mit eingelegten Walnüssen und der Rest eines Stück Brots. Krümel umgaben den Stuhl, und neben einem Bein standen zwei leere Flaschen Holunderblütenwein.

Die Staubhülle, die die Chaiselongue bedeckt hatte, war zurückgeschlagen worden und auf dem Sitz waren Kleider aufgestapelt. So, wie sie zurechtgelegt waren und eine Höhle formten, sah es aus, als wäre Lady Marys Cousin unter diesen Haufen gekrochen und hätte versucht, sich in der Nacht warm zu halten.

Der Raum war so kalt wie ein Eishaus, und der Eindringling hatte es wohl trotz der auf ihm angehäuften Kleidungsschichten unmöglich gefunden, warm zu werden. Christophers Mundwinkel zogen sich nach oben. Gut. Er genoss die Vorstellung, wie Marys Cousin mit klappernden Zähnen und zitterndem Körper hier lag. Dem Mann sollte es ungemütlich sein. Christopher fragte sich, wie er zu diesem Unbehagen beitragen konnte, um ihn so schnell wie möglich loszuwerden. Gleich am nächsten Tag, wenn es nach ihm ginge.

Er ließ Luke am Kamin und ging weiter in Marys Schlafzimmer mit einem Eimer Kohlen, Brennholz und einer brennenden Kerze. Er machte sich an die Arbeit am Kamin, ein Ohr auf das Gespräch gerichtet. Mary und ihr exzentrischer Cousin waren genau dort, wo er sie zurückgelassen hatte; sie saß auf ihrem Bett, sie an den Haufen Kissen gelehnt, ihren pelzgefütterten Morgenmantel fest um sich gewickelt, und er ihr gegenüber, wobei die gesteppte Bettdecke um seine gebeugten Schultern gezogen war. Sie schwatzten wie zwei liebe alte Freunde, die nach Jahren wieder vereint waren, und genau das waren sie. Nur dass es sich nicht um zwei Frauen in intimen Gesprächen handelte, sondern um einen Mann mit unklaren Motiven und eine Witwe, die bis zu dieser Nacht keinen anderen Mann als ihren Ehemann in ihrem Schlafzimmer gesehen hatte und jetzt den Mann am Kamin geküsst hatte und sich in ihrem Bett mit dem anderen unterhielt!

Christophers Kopf drehte sich bei dieser Änderung der Umstände. Umso mehr, als Mary sich in einem so freien und lockeren Gespräch befand, das von Lachen unterbrochen war, dass er sich fragen musste, ob er sie überhaupt kannte. Noch überraschender war, dass das Gespräch ausschließlich in französischer Sprache geführt wurde.

Aber warum sollte er überrascht sein? Er wusste, dass sie Französisch sprach. Alle ihre Roxton-Verwandten sprachen es. Und er hatte gehört, wie Mary mit ihrer Tochter diese Fremdsprache sprach, als Lehrerin mit ihrer Schülerin, wobei jeder Satz mit Bedacht konstruiert und ausgesprochen wurde. Aber es hatte nichts von der Lebhaftigkeit, Spontanität und Intimität gegeben, die sie jetzt im Gespräch mit ihrem Cousin zeigte. Die französische Sprache gab ihrer ausgesprochen weiblichen Stimme ein zartes Timbre. Und als er weiter am Kamin hockte, darauf wartete, dass das Feuer richtig brannte, gewöhnte sich sein in Sprachen geschultes Ohr an die Sprache und das Gespräch und sein anerkennendes Lächeln wich einem Stirnrunzeln besorgter Nachdenklichkeit.

# NEUN

Mary konnte es nicht glauben. Sie setzte sich auf.

„Ein Agent der Krone? *Du?* Ein - ein *Spion*?“

„Ich *war* ein Agent der Krone, Liebste. Zuerst in den italienischen Staaten, dann in Istanbul und einige Jahre lang in St. Petersburg. Aber wie ich deinem Bruder sagte, war ich des Spiels müde geworden und wollte nur noch nach Hause zurückkehren.“ Als Mary ihn anblinzelte, aber keinen Kommentar von sich gab, war Evelyn an der Reihe, sich aufzusetzen. Er legte überrascht eine Hand an seinen Mund, die blauen Augen weit aufgerissen, dann lachte er und griff nach ihrer Hand auf der bestickte Bettdecke. „Verflixt! Jetzt habe ich die Katze aus dem Sack gelassen, nicht wahr? Du hattest keine Ahnung, dass Dair ein Agent ist.“

„Ein Kriegsheld, ja. Aber ein Spion, nein“, gestand Mary. „Aber die Offenbarung überrascht mich nicht. Er war immer jemand, der sein Leben leichtsinnig aufs Spiel setzte, obwohl er das nie mit dem Leben anderer tat. Doch ich bin sicher, dass er das von jetzt an nicht mehr tun wird. Ich hoffe ernstlich, dass er als verheirateter Mann zweimal nachdenken wird, bevor er sein Leben in Gefahr bringt ...“

„*Dair* - verheiratet? Na! Na! Ich bin immer wieder erstaunt! Vor sechs Monaten stolzierte er als Pirat durch die krummen Gassen in Lissabon, ein Mädchen an jedem Arm. Dieser schlaue Hund!“ Evelyn musterte Mary. „Er ist nicht in etwas hineingeraten, aus dem er sich nicht retten konnte - oder schlimmer noch, hat sich für einen dieser Eiszapfen entschieden, die eurer Mutter gefallen würden?“

„Nein. Nicht Dair. Er hat ein unglaublich süßes Mädchen geheiratet

und beabsichtigt, ein Gutsbesitzer zu werden und sein Vermögen zu
verwalten."

„Lieber - Gott! Der Mann hat sich verliebt?"

„Ja, bis über beide Ohren. Rory ist entzückend."

„So?" Evelyn war skeptisch. „Ich frage mich, was Shrewsbury davon
halten wird - wenn er zwei seiner besten Agenten innerhalb weniger
Monate verliert."

„Ich möchte annehmen, dass Lord Shrewsbury recht zufrieden ist",
gab Mary gutmütig zurück, konnte aber ein verschmitztes Lächeln nicht
unterdrücken. „Schließlich hat Dair *seine* Enkelin geheiratet."

Evelyn schnaubte überrascht und lachte laut darüber. „Was hat er?
Hölle und Teufel! Aber wie überaus passend! Ich kann es kaum erwarten, ihm zu gratulieren."

„Ich wünschte, er wäre hier und du könntest das tun. Mein armer
Bruder war erst einen Monat verheiratet, als er gezwungen war, seine
Braut zu verlassen und nach Barbados zu segeln. Die Insel wurde von
einem Wirbelsturm verwüstet. Die meisten, wenn nicht alle Bewohner,
Landbesitzer wie Sklaven, sind umgekommen, Vater war unter ihnen.
Der Familienring - Feuer und Eis der Strathsays - wurde als Beweis
geschickt, dass er zusammen mit seiner Mätresse, ihren Kindern und
seinen Sklaven gestorben wäre. Der Ring hätte ausreichen sollen, aber
Dair, Roxton, *Mme la duchesse* und natürlich Mama wollten unwiderleg-
bare Beweise für Vaters Tod und ..."

„Wer könnte es ihnen übelnehmen?", unterbrach Evelyn sie, jetzt
ziemlich gedämpft. „Dair kann sein Leben nicht weiterführen, ohne sich
seiner Erbschaft sicher zu sein." Er zuckte mit den Schultern und wirkte
verlegen. „Das Letzte, was er braucht, ist, dass dein Vater von den Toten
zurückkehrt. Nicht, dass ich deinem Vater den Tod wünsche", fügte er
rasch hinzu, falls er sie gekränkt hätte. Doch dem war nicht so. Mary
war bemerkenswert gefasst, daher drückte er ihre Hand und fragte nachdenklich: „Du glaubst nicht, dass dein Vater tot ist, *ma chérie*?"

Sie schüttelte den Kopf, schnüffelte, brach aber nicht in Tränen aus.

„Ich glaube es, und scheine die einzige zu sein, die sich dessen sicher
ist." Sie drückte ihre freie Hand an die Brust. „Ich weiß es, Eve. In
meinem Herzen weiß ich, dass mein Vater in diesem Wirbelsturm ums
Leben gekommen ist. Ich wünsche ihm nicht den Tod. Aber ... für Dair,
für Charles, für meine Mutter ist dies das einzige Ende, das ihr zukünftiges Glück sicherstellen kann. Dair kann den Titel erben und sein
neues Leben als Earl of Strathsay mit seiner Braut beginnen. Charles
kann seinen Kopf wieder hochhalten, nicht länger mit der Schande
belastet, einen Vater zu haben, der Sklaven besitzt. Egal, dass er selbst
des Hochverrats beschuldigt wird! Und Mutter wird endlich guten

Grund haben, todunglücklich zu sein. Graue Trauerkleidung wird perfekt zu ihrer nüchternen Persönlichkeit passen."

„Liebe Güte! Kein Wunder, dass Dair direkt zu den Inseln gesegelt ist! Aber was ist mit dir, *ma chérie*? Du sagst, es wäre das Beste für deine Brüder und deine Mutter, aber für dich …?"

Mary ließ die Hand ihres Cousins los, lehnte sich gegen den Stapel aus Federkissen und erwiderte seinen Blick. Ihrer Stimme war die Emotion anzuhören. „Ich sagte dir, als wir Kinder waren, dass Vater für mich an dem Tag gestorben ist, als er seine Familie verließ, und dazu stehe ich."

„Ich erinnere mich", sagte Evelyn leise. „Wir lagen unter dem Kronleuchter im Salon von *M'sieur le duc*, wie wir es immer taten. Erinnerst du dich? Ich habe dir jedes Wort geglaubt. Es war meine liebe Maman, die mir in ihrer gewöhnlich kryptischen, aber doch so dramatischen Art klarmachte, dass der Earl nicht wirklich tot, sondern ein Ungeheuer erster Klasse und daher für seine Familie tot wäre. Ich hatte keine Ahnung, wovon sie sprach. Wer hatte das bei ihr schon? Außer *mon père,*, der mir das zufällig erklärte, wie er es immer tat. Ah! *Mon père*", murmelte er mit einem tiefen Seufzer. „Ich vermisse ihn so sehr… Aber! Wir haben nicht über meinen Vater gesprochen, sondern über deinen", fügte er hinzu und fasste sich genug, um zu lächeln.

„Ich würde lieber von deinem sprechen", antwortete Mary leise. „Dein Vater war ein solcher *Gentleman*, Eve. So eine freundliche und liebevolle Seele. So ein guter Ehemann und Va …"

„Mary. Nein! Noch nicht." Evelyns Stimme war angespannt, aber eindrücklich. Doch er konnte seinen Kummer nicht verbergen. „Ich kann noch nicht über - über *ihn* oder - oder über *sie* sprechen … noch nicht."

„Na gut. Aber wenn du es möchtest, kannst du mit mir über alles sprechen, was du willst. Ich bin für dich da - immer."

„Ja, das weiß ich. Das warst du immer."

„Dann sag mir, was dich hierher gebracht hat."

„Ich dachte, es wäre an der Zeit, nach Hause zu kommen …"

„Dummchen! Nicht nach England. *Hierher*, nach Abbeywood, zu mir."

„Ich hatte ein höchst aufschlussreiches Gespräch mit deinem Bruder, als ich in Lissabon war", erwiderte er und wich der Frage aus. „Es gab eine Menge Dinge über die Familie, die ich noch nicht wusste, nicht zuletzt, dass Roxton und Deb jetzt vier Blagen haben …"

„… fünf. Ich bekam heute einen Brief, der mir die Ankunft eines kleinen Ottos mitteilte."

„Otto?" Evelyn grinste. „Wie passend! Wie viele Jahre war ich fort?"

„Sieben. Fünf davon ohne ein Wort an uns", antwortete sie, hielt aber ihre Stimme frei von Vorwurf.

„Mary, ich habe eine Frage, die ich dir stellen möchte. Nicht heute Abend. Liebe Güte! Der Schock, den ich dir versetzt habe, ist ohnehin groß genug, wie ich einfach vor deiner Tür aufgetaucht bin, von den Toten auferstanden, ohne ein Wort der Vorwarnung. Aber ich wollte, dass du weißt, dass ich mit Dair über deine Situation gesprochen habe, und er weiß, dass ich es ernst meine. Aber ich - wir - müssen warten, bis ich mich mit Lord Shrewsbury getroffen habe. Ich hatte gehofft, er wäre bereits hier?"

Mary erstarrte. Sie hatte ihn gerade fragen wollen, was er mit ihrem Bruder über sie besprochen haben könnte, aber die Erwähnung des Herren der Spione Englands ließen sie sich auf naheliegendere und weltlichere Sorgen konzentrieren.

„Lord Shrewsbury? Hier? Ich kann Lord Shrewsbury nicht beherbergen, Eve! Ich habe nicht die Mittel dazu. Auch nicht die Dienerschaft und das halbe Haus ist abgeschlossen und unter Staubhüllen begraben, und oh! Ich wünschte, du hättest mich benachrichtigt."

Evelyn schüttelte lachend den Kopf. „Meine liebe Mary, nichts davon wird Shrewsbury das Geringste ausmachen, und es ist mir sicher egal ..."

„Oh, aber du bist es gewöhnt, von der Hand in den Mund zu leben, und das an den scheußlichsten ausländischen Orten, aber dies hier ist immer noch mein Heim. Mama wäre entsetzt zu erfahren, dass ich Lord Shrewsbury unter solch beschränkten Umständen empfangen habe! Und ich kann unsere Nachbarn nicht zum Diner mit uns einladen, weil ich nicht die Mittel dazu habe, obwohl ich sicher bin, dass seine Lordschaft jeden Abend ein formelles Diner und gute Gesellschaft bei Tisch erwarten wird."

*Ma chérie*! *Mary*! *Hör zu*", forderte Evelyn sanft und rutschte über das Bett, um sich neben sie zu setzen. Er strich ihr zärtlich eine lose Locke von der erhitzten Wange und sah ihr in die Augen. „Beruhige dich. Shrewsbury kommt zu einem privaten Besuch hierher. Deine Nachbarn brauchen nichts davon zu wissen. In der Tat, je weniger darüber gesprochen wird, desto besser. Vielleicht kommt er sogar unter falschem Namen, wie ich es schon früher getan habe, um keine Aufmerksamkeit zu erregen. Wenn bestimmte Leute entdecken würden, dass ich hier bin oder hier war, würde es unseren Feinden einen Hinweis geben, dass vielleicht der Herr der Spione Englands die Lage mit Frankreich nicht völlig unter Kontrolle hat, mit dem wir, wie ich leider sagen muss, uns wohl bald im Krieg befinden werden. Obwohl diese Neuigkeit zwischen uns bleiben muss, niemand sonst ..."

Mary starrte ihn erstaunt an. „Glaubst du, dass irgendjemand hier an diesem abgelegenen Ort irgendeine Vorstellung davon hat, mit wem wir uns jetzt im Kriegszustand befinden, noch viel weniger, mit wem wir Krieg führen könnten ...“

„Es mag dich überraschen“, warf Evelyn geduldig ein, „aber eure stille Ecke Englands ist eine wahre Brutstätte der Intrigen und dies ist einer der Gründe für Shrewsburys Besuch.“

„Nun, ich weiß nichts über Spione und Spionage oder über Kriege, was das angeht. Niemand erzählt mir etwas!“, sagte Mary mürrisch. „Doch was ich weiß, ist, dass Lord Shrewsbury ein gutes Diner erwarten wird, ganz gleich, ob er einen privaten Besuch macht, einen falschen Namen verwendet oder seine Ankunft mit Trompetenschall verkündet! Und Männer können nicht nett sein oder wichtige Dinge besprechen, wenn sie kein gutes Diner hatten.“ Sie errötete und lächelte, als Evelyn laut auflachte. „Vielleicht würde sich, wenn die Franzosen und die Engländer sich zum Essen zusammensetzten, alles von selbst regeln.“

„Oh, meine liebe Mary! Und ich schätze, der Krieg in den amerikanischen Kolonien läuft auf eine gute Tasse Tee hinaus - oder dessen Mangel?“ Er küsste ihren Handrücken und sagte vernünftiger: „An dem, was du sagst, mag etwas daran sein ... Du warst immer die besonnenste von uns Cousins.“

Mary lächelte. „Mit besonnen meinst du einfallslos - nein! Ich werde nicht zulassen, dass du mich für etwas anderes hältst. Es stimmt. Ich bin vernünftig. Jemand muss es ja sein. Ich kann also nicht leugnen, dass ich erleichtert bin, dass seine Lordschaft privat zu Besuch kommt. Meine Mittel sind begrenzt und jeder Penny wird gezählt.“ Sie errötete verlegen, als sie zugab: „Du musst wissen, dass Sir Gerald seinen Besitz mit unbezahlten Schulden hinterlassen hat. Obwohl Teddy und ich immer noch unter diesem Dach leben, tun wir dies dank der Güte des Verwalters für das Anwesen.“

„Das weiß ich, *ma chérie*. Dein Bruder hat es mir gesagt. Es wird dich nicht überraschen, wenn ich dir sage, dass ich, ebenso wie der Rest der Familie, Sir Gerald für deiner absolut unwürdig hielt, in jeder Hinsicht. Warum deine Mutter eine so beklagenswerte Verbindung befürwortete ...“

„Er - er war ein Cavendish und Deborah seine Schwester“, entgegnete Mary mit leiser Stimme.

„Ja. Und sie ist die beste aus dem ganzen Haufen! Zweifellos ähnelt sie ihrer Mutter. Ihr Vater, Sir George, war allen Berichten zufolge ein Mistkerl, der seine Bastarde über die ganze Nachbarschaft verteilte.“

Mary runzelte die Stirn. „Wie - woher weißt du das, Eve? Sir George verbrachte die meiste Zeit außerhalb von Abbeywood in London. Sir Gerald sagte, sein Vater sei selten hierhergekommen."

„Tatsächlich?" Evelyn zuckte die Achseln und warf abwehrend eine Hand hoch. „Etwas, das ich vor langer Zeit gehört habe... Nehmen wir an, es war nur Klatsch. Aber was ich, ohne zu zögern sagen werde, ist, dass die einzige gute Entscheidung, die Sir Gerald jemals in seinem Leben getroffen hat, darin bestand, dich zu heiraten!"

„Und ich verdanke ihm Teddy."

„Ach ja! Deine Tochter." Als Mary nickte, wobei plötzlich Tränen in ihren Augen standen, drückte er sanft ihre Hand. „Reden wir nicht mehr über Schulden und die Toten. Ich kann meiner Cousine und ihrer Tochter alles geben, was ich zu bieten habe. Ich hänge nicht von einem geizigen Verwalter ab. Ich bin überrascht, dass Roxton das zulässt."

„Gemäß den Bedingungen von Sir Geralds Testament kann er wenig dagegen tun."

„Das muss dem berühmten Herzog in der Tat ein Dorn im Auge sein", murmelte Evelyn trocken. Er tätschelte Marys Hand und sagte hörbarer: „Aber ich bin hier und werde etwas unternehmen. Dieser Verwalter wird es mir nicht verwehren. Ich werde ihm erklären ..."

Mary kicherte unwillkürlich. „In diesem Nachthemd, nehme ich an?"

„Ha. Ich muss dir sagen, dass ich meinen Kammerdiener und meine Kleidung nur einen Tagesritt hinter mir gelassen habe. Aber ich wollte dich so unbedingt sehen, dass ich es nicht abwarten konnte, daher bin ich vorausgeritten. Ah! Deine Milch und mein Tee sind da", unterbrach er sich, als Betsy das Tablett mit dem Teeservice und Marys Becher heiße Milch auf den Nachttisch stellte und dazu unbeholfen knickste.

„Oh! Der Tee! Ja!", sagte Mary ein wenig atemlos, raffte schnell den Morgenmantel um sich und rutschte vom Bett. Sie entließ Betsy und sagte, sie würde erst am Morgen wieder gebraucht, ohne ein Wort über ihren Besucher zu verlieren.

Betsy knickste erneut, ging aber nicht sofort. Nach dem, was der Squire in der Küche erwähnt hatte, hatte die Neugier überhandgenommen. Sie warf einen Blick auf den Cousin ihrer Herrin und erstarrte vor Schreck Das lag nicht an der wilden, grauen Mähne des Gentlemans, oder auch seiner hageren Erscheinung, was sie am meisten verschreckte, sondern die Tatsache, dass er mit gekreuzten Beinen im Nachthemd mitten auf dem Bett ihrer Herrin saß, als hätte er ein Recht dazu. Für ein einfaches Landmädchen, das noch nie in einem Dorf gewesen war, das größer als Bisley war, und das mehr als nur ein wenig Ehrfurcht vor ihrer Herrin als Tochter eines Grafen hatte, war die Tatsache, einen Fremden zu sehen, der nicht der Ehemann Myladys war, es sich aber inmitten der Kissen bequem machte, genug, sie stumm und starr werden zu lassen.

Es sagte viel über Marys Zerstreutheit und die Tatsache, dass sie erwartete, Betsy würde tun wie geheißen, ohne Fragen zu stellen, dass sie sich daran machte, Evelyn eine Tasse Tee einzuschenken, ohne sich bewusst zu sein, dass die Schuhe ihres Hausmädchens noch immer am Boden festzukleben schienen.

Es blieb daher Christopher überlassen, der am Kamin geblieben war, Betsy mit einem leisen Wort in ihrem Rücken an ihre Pflichten zu erinnern. Dies betonte nur, dass auch er noch im Schlafzimmer verblieb, wenn er eigentlich hätte gehen sollen, sobald das Feuer gut brannte. Betsy machte einen hastigen Knicks und huschte davon, um zusätzliche Bettwäsche und Decken für die Chaiselongue in Sir Geralds Wohnzimmer zu holen. Was Christopher anging, würde er nirgendwo hin gehen, solange Evelyn noch in Marys Schlafzimmer weilte. Er würde dafür sorgen, dass die Verbindungstür geschlossen und verriegelt wäre, bevor er sich in das karge Schlafgemach des Verwalters am anderen Ende des Hauses begab.

CHRISTOPHERS GESICHTSAUSDRUCK ERWIES SICH ALS WEIT offenes Fenster zu seinen Gedanken, und daher bemerkte Evelyn beiläufig, jedoch herausfordernd, als er seine Teetasse von der Untertasse hob: „Soll ich mich selbst vorstellen oder wirst du die Ehre haben, mich deinem leuchterschwingenden Ritter zu präsentieren, *chérie?*"

Erst da wurde Mary klar, dass Christopher noch im Zimmer war. Sie hatte seine Anwesenheit ignoriert und dachte, es sei einer der Diener, der sich um das Feuer kümmerten. Die Erkenntnis, dass es Christopher war, rüttelte an ihrer Gelassenheit. Das freudige Wiedersehen mit Evelyn hatte es ihr ermöglicht, ihr früheres, ungewöhnlich ungestümes Verhalten, einen leidenschaftlichen Kuss mit dem Squire zu teilen, einfach in den Hintergrund zu rücken. Was hatte sie sich bloß dabei gedacht? Was hatte sie dazu gebracht, ihre Erziehung zu vergessen und ihre Abwehr fallen zu lassen, um in seine Arme zu sinken wie ein übermütiges, vernarrtes Mädchen aus dem Schulzimmer? Solange sie verheiratet war, hätte sie das Undenkbare niemals getan, warum hatte sie dann als Witwe ihre Vorsicht völlig in den Wind geschlagen? Aber dieser Kuss ... Sie hatte so etwas noch nie erlebt. Die dabei in ihr erweckten Gefühle und Empfindungen, waren so überwältigend gewesen, dass sie von akuter Verlegenheit überwältigt wurde. Sie war nervös und unfähig, einen zusammenhängenden Satz zustande zu bringen. Und zum ersten

Mal in ihrem Leben ignorierte sie die guten Sitten und was richtig war, senkte den Kopf und eilte murmelnd in ihren Ankleideraum.

„Du brauchst Kleidung, Eve ... ich brauche meinen Gürtel ... da ist ein Schlüssel zu einem Schrank ...“

Christopher drehte sich um, um ihr zu folgen, aber Evelyn stoppte ihn mit einem einzigen harten Satz.

„Ihr geht nirgendwo hin, *Silvanus*. Wir müssen reden.“

# ZEHN

„ICH, SIR", KNIRSCHTE CHRISTOPHER DURCH zusammengebissene Zähne, als er sich zu dem Besucher umdrehte, „bin Squire Bryce von Brycecomb Hall. Und Ihr seid?"

„In der Tat?", sagte Evelyn mit einer beiläufigen Unverschämtheit, die Christophers Nackenhaare sich sträuben ließ. Er ignorierte die Frage und nippte ungerührt an seinem Tee und fuhr mit demselben leichten, arroganten Ton fort, der einen Unterton von Bedrohung enthielt. „Ihr mögt sehr wohl Squire Bryce von Backwater Hall sein, aber ich bin sicher, dass Ihr Euch, im Dienste Eures Landes, als der römische Gott von Wald und Herden maskiert ... Silvanus ist besonders treffend, wenn man an Eure landwirtschaftlichen Aktivitäten denkt. Wenn ich falsch liege, solltet Ihr mich unbedingt korrigieren."

Als Christopher stumm blieb, lächelte Evelyn zufrieden und musterte den Squire offen über den Rand seiner Tasse hinweg. Und wenn er Christopher allein nach seiner provinziellen Bekleidung beurteilt hätte, würde er ihn als unter seiner Würde abgetan haben. Doch an diesem Mann waren Feinheiten, die Evelyns Aufmerksamkeit erregten. Denn als Christopher Mary während ihrer Ohnmacht aufgefangen und dann mit ihr gesprochen hatte, während sie sich auf ihrem Bett erholte, hatte Evelyn beide, insbesondere Christopher, beobachtet. Es war etwas Fesselndes an dem schönen Gesicht, das es unvergesslich machte. Vielleicht waren es die Augen des Mannes. Sie waren intelligent und fürsorglich und zeigten eine gewisse traurige Zurückhaltung. Und dann war da die Art und Weise, wie der Squire sich bewegte, mit einer Anmut und Leichtigkeit, die sich gewöhnlich auf dem glatten Parkett eines Ballsaals der feinen Gesellschaft zeigte, nicht im Schmutz eines ländlichen Misthaufens. Was die schlanken Finger anging, gehörten sie auf die Tasten eines Klaviers oder die Saiten einer Bratsche, wie früher Evelyns, bevor seine verstümmelt worden waren, weil er der Kaiserin aller Russen in die Quere gekommen war. Doch es war, als der Squire sprach, dass Evelyn davon überzeugt wurde, dass er das Glück hatte, genau über den Mann gestolpert zu sein, den er aufzusuchen hatte. Denn der Squire hatte nicht nur eine angenehm sanfte Stimme, sondern sein Akzent gehörte jemandem, der mehr Zeit entfernt von seinen Wurzeln als in ihrer Nähe verbracht hatte.

Es half ausgesprochen, dass Evelyn bei diesem Treffen die Oberhand hatte, denn er kannte den Namen, unter dem Shrewsburys Agent in diesem Teil des Landes operierte und er wusste genug über dessen Hintergrund, dass Christopher auf Fragen nur schließen konnte, dass er diese Informationen von Shrewsbury selbst erhalten hatte. Es kostete ihn nichts, den Codenamen des Agenten zu verwenden, und brachte ihm alles ein, als Christopher, ohne die Anspielung zu verneinen, sich unabsichtlich verriet.

„Ich frage noch einmal: Und ihr, Sir, seid?", fragte Christopher mit einem arroganten Heben seines Kopfes.

Evelyn stellte seine Teetasse beiseite und sprang vom Bett. Er machte eine große Geste, indem er seine Arme nach links und rechts ausstreckte, als er auf ihn zukam, und dröhnte in einem Bariton: „Ich bin Apollo, Gott der Sonne und der Musik, oh, würdiger Silvanus!"

Diese Ankündigung wurde von einem schrillen Lachen begleitet, das Christopher mit einem wütenden Schritt direkt vor Evelyns Brust brachte. Er wollte den Mann für einen Narren halten, doch ein Blick in die durchdringenden blauen Augen, und er wusste, dass das Gegenteil der Fall war. Er unterdrückte seine Gereiztheit und sagte mit beherrschtem Zorn, wobei er seine Stimme senkte, da er nicht wollte, dass Lady Mary ihn aus dem Ankleidezimmer hörte:

„Merkt Euch: Ich bin keine von Shrewsburys Marionetten, und werde auch nicht Eure sein, wer auch immer Ihr sein mögt - Lady Marys lang verlorener Cousin, Spion oder Shrewsburys machiavellistische Marionette!"

„Also *habt* Ihr von Eurem Platz am Kamin gelauscht und versteht also fließend Französisch? Aber natürlich tut Ihr das. Und sprecht es vermutlich auch wie ein Eingeborener. Welch ungewöhnlich gebildeter Squire Backwater Ihr doch seid, wirklich!"

„Genug, um zu erkennen, dass Ihr höchst unklug und unnötig Euch selbst und Lord Fitzstuart als Spione gegenüber Lady Mary verraten habt."

„Also hat meine liebe Cousine keine Ahnung, dass auch Ihr ein Spion seid?"

Christopher schnaubte, aber seine Antwort verzögerte sich, da Mary aus ihrem Ankleidezimmer kam und ihre Chatelaine in der einen und einen kleinen Messingschlüssel in der anderen Hand hochhielt. Ihre Wangen waren leicht gerötet und in ihren violetten Augen stand ein Funkeln, das Christophers Mund weicher werden ließ. Beide Männer traten auseinander und versuchten, so zu tun, als hätten sie sich nur unterhalten. Aber sie hätten sich keine Sorgen zu machen brauchen, denn sie war in Gedanken weit fort und tat ihr Bestes, nicht in Christophers Richtung zu sehen, sondern sagte zu Evelyn:

„Ich war sicher, dass ich den Schlüssel zu Sir Geralds Frisiertisch in dem Emailledöschen hier aufbewahrt hatte", wobei sie mit der Chatelaine klapperte, bevor sie die Hand sinken ließ, die goldene Kette der Chatelaine, die normalerweise an ihr Mieder gesteckt war, sicher um ihr Handgelenk gewickelt. „Wenn du mir nur einen Moment Zeit lassen willst, werde ich die Schubladen öffnen und den Schlüsselbund finden, der die Kisten öffnet, in denen ..." Sie hielt bei einem plötzlichen Gedanken inne und wandte sich abrupt zu Christopher und sagte, ohne ihm direkt in die Augen zu sehen: „Mr. Bryce, ich gehe davon aus, dass Ihr nichts dagegen einzuwenden haben werdet, wenn ich die Kiste öffne, in der Sir Geralds Hochzeitskleidung aufbewahrt wird, denn ich bin sicher, dass darin einige Kleidungsstücke verpackt sind, die für meinen Cousin reichen würden, bis sein Gepäck und sein Kammerdiener ankommen?"

„Keine Einwände, Mylady. Wenn ich Euch Hilfe anbieten darf ..."

„Nein! Ich brauche keine. Danke", erwiderte sie fest und ohne ein weiteres Wort oder einen Blick zu einem der Männer ging sie weiter in Sir Geralds Ankleidezimmer, wo zum ersten Mal seit zwei Jahren Licht und Wärme herrschten.

Christopher beobachtete, wie sie mit gerade aufgerichtetem Rücken und hoch erhobenem Kopf fortging. Es war die Tatsache, dass ihre Wangen apfelrot waren und sie seinem Blick nicht begegnen konnte, die ihm ihre Gedanken verriet. Sie dachte an ihren Kuss, und das machte sie in seiner Gegenwart befangen. Er wünschte ihren lange verlorenen Cousin tausend Meilen weit fort, damit er ihr hätte folgen, ihr seine Gefühle erklären, ihr beteuern, dass sie aus tiefstem Herzen kamen, und sie wieder hätte küssen können. Stattdessen wandte er sich an Evelyn und ertappte ihn bei einem halben Lächeln, das ihn seine Nackenhaare aufstellen ließ.

„Um Eure Frage zu beantworten: Nein, sie weiß es nicht, weil ich kein Spion bin", bemerkte er. „Ich habe mich bereit erklärt, eine

Aufgabe für den Herrn der Spione zu erledigen, und nur diese eine: Festzustellen, ob Sir Gerald ein Verräter war. Das war der Mann nicht. Ein eingebildeter Narr, ja. Aber kein Verräter."

„Tatsächlich?", antwortete Evelyn, als ob er ihm keinen Glauben schenkte. „Aber sicher ist doch die Tatsache, dass er Informationen an andere weitergab, Informationen, an denen die Franzosen sehr interessiert waren, um sie für die Sache der amerikanischen Patrioten zu bekommen, eine verräterische Handlung, und deshalb war er ein Verräter?"

„Nicht, wenn er glaubte, der englischen Sache damit zu dienen. Nein."

„Der englischen Sache damit zu dienen?", wiederholte Evelyn mit einem affektierten Stutzen, das einem Schauspieler alle Ehre gemacht hätte. Er legte seine Hand auf die Brust. „Ich verstehe nicht, was Ihr damit meint, Mr. Bryce von Backwater Hall ..."

„Es ist *Brycecomb*", betonte Christopher. „Und Ihr, Sir, habt eine äußerst aufreizende Art und Weise, Eure Intelligenz zu verbergen!"

Evelyn stieß wieder sein typisch schrilles Gelächter aus. „*Mon Dieu*! Ihr habt die Silberzunge eines Anwalts, das steht fest!", rief er auf Französisch aus, bevor er auf Englisch und in völlig anderer Stimme hinzufügte, während er an Christopher herantrat, um nicht belauscht werden zu können: „Dies ist weder der Ort noch die Zeit für weitere Diskussionen. Seid versichert, dass Shrewsbury morgen oder übermorgen hier sein wird, und er - *wir* - Eure volle Unterstützung erwarten werden..."

„Deren könnt Ihr Euch sicher sein. Denn das wird das Ende meiner Beteiligung an diesen Mantel und Degenspielchen sein, denn ich eigne mich nicht für solche Täuschungen."

Evelyn legte den Kopf schief, ungerührt von dem wütenden Ärger des Squire, und sinnierte: „Wirklich nicht? Und dennoch hätte ich gedacht, in Anbetracht Eurer Geschichte und Eurer früheren ... äh ... *Beschäftigung*, würde Verstellung die zweite Natur eines Mannes Eurer - langsam!", schnaubte er, als Christopher eine Handvoll seines Nachthemds packte und es fest in seiner Faust ballte, um Evelyn an sich zu ziehen.

„*Eine Kunst, in der Ihr ein ausgesprochener Experte seid, nicht wahr, Ihr Speichellecker,*" knurrte Christopher in tiefsten Cotswolds-Akzent, der ihn dreißig Jahre zurückversetzte und ihn zu seinen Ursprüngen zurückwarf. Mit einem verächtlichen Stoß ließ er Evelyn los.

Eine angespannte Stille herrschte im Schlafgemach, unterbrochen vom Knistern der brennenden Holzscheite und dem Kratzen und Knarren der Schubladen, die im Nebenzimmer geöffnet und geschlossen wurden. Dann erwachte Evelyn zum Leben, zupfte an der Vorderseite seines Nachthemds, um die Falten zu glätten, die Christophers Finger in das Leinen gedrückt hatten und sagte mehr zu sich selbst, aber doch hörbar:

„Tsk! Tsk! Gerry muss mit den Jahren zugenommen haben! Ich meine, er war teigig und dick schon zu Anfang, aber das hier ist ... *erschreckend.*"

Christopher runzelte die Stirn und atmete ruhiger nach seinem ungewöhnlichen Ausbruch, der ihn wütend auf sich selbst zurückließ.

„Der Mann aß ebenso zu viel, wie er zu viel ausgab: Als ob es am nächsten Tag noch genug Zeit wäre, sich um seine wachsenden Schulden und seine Gesundheit zu kümmern; ohne Rücksicht auf Konsequenzen. Hätte er sich nicht zufällig selbst erschossen, würde die Zeit dafür gesorgt haben, dass sein Herz vorzeitig den Dienst aufgab."

„Arme Mary." Evelyn seufzte traurig. „Sie war an einen solchen Trottel verschwendet. Die Familie mochte ihn nie." Er schaute Christopher unter seinen Wimpern hervor an. „Es muss doch eine Erleichterung für Euch gewesen sein, als er sich erschoss ...?"

„*Was?*"

„Na ja. Sehen wir den Tatsachen ins Auge. Wenn Ihr ihn nicht zwangsweise vollgestopft habt, um sein Ableben zu beschleunigen, hätte es noch einige Jahre dauern können, bis sein Herz versagte. Wie lange wäret Ihr bereit gewesen zu warten? Oder seid Ihr so hartnäckig loyal und entschlossen, wie Euer männliches Kinn es andeutet?"

„Ich habe keine Ahnung, was Ihr damit ..."

„Oh! Ich denke doch, Silvanus!", sagte Evelyn wie ein Lehrer zu einem unartigen Schuljungen und drohte ihm mit dem Finger. Er zog an der Vorderseite des Nachthemdes, so dass es sich bauschte und ging im Sprechen rückwärts zum Bett, wobei er mit einem Auflachen sagte: „Lieber Gott! Der Mann war ungemein dick, korpulent, fettleibig, wie immer Ihr es nennen wollt, und Ihr müsst Euch gefragt haben, wann er endlich einen Herzschlag erleiden würde, um Euch von *Eurem* Elend zu erlösen."

„Ich sage es noch einmal, Sir. Ich habe keine Ahnung, wovon Ihr sprecht oder wohin dieses absurde Gespräch führen soll. Aber wenn Ihr glaubt, ich hätte je gedacht ..."

„Oh! Oh ja! Oh ja!", verkündete Evelyn und kam am Bett zum Stehen. Er ruckte mit seinem Kopf über die Schulter zur Matratze und steckte die Zunge in die Wange, bevor er mit einem unanständigen, schiefem Grinsen sagte: „Gerry muss ein verschwitzter Speckberg gewesen sein, ganz gleich, wie man es betrachtet. Mir schaudert bei dem Gedanken an eine solch zarte Schönheit, die von einem ungeschlachten Berg korpulenten Fleisches ins Bett gezerrt ..."

Christopher erwachte zum Leben und stürzte sich auf Evelyn. „Genug von diesem schmutzigen Geschwätz!"

Aufjaulend riss Evelyn das Nachthemd hoch und sprang auf die Matratze, krabbelte hinüber und lachte hämisch. „Ich wusste es. Ich wusste es!" zischte er laut. „Ich wusste es vom ersten Moment an, als ich Euch meine Cousine anschauen sah! Hey! Ho! Squire Backwater hat *Gefühle* für Lady Mary!"

„Mr. Bryce! Mr. Bryce?" Es war Mary, die ihn aus dem Nebenzimmer rief.

Christopher hatte schon einen Stiefel auf dem Bett und eine Hand ausgestreckt, um Evelyn zu packen, der immer noch lachte und auf der Matratze auf und ab sprang, ohne Angst um sein Leben zu haben oder dass seine feine, gerade Nase von dem größeren, stärkeren und wütendem Squire gebrochen werden könnte. Beim Klang von Marys Stimme erstarrten beide Männer, als wären sie zwei kleine Jungen, die beim Spielen von den Schritten ihrer Großmutter überrascht worden wären. Sie warteten einen Augenblick, um zu hören, ob sie ihrem Ruf etwas hinzufügen oder schlimmer noch, zurück ins Schlafzimmer kommen würde.

Doch als sie das nicht tat, erwachten beide wieder aus ihrer Erstarrung, Evelyn, um zwischen den Kissen auf die Knie zu fallen, noch immer kichernd, und Christopher, um vom Bett zu springen und an seinem Rock zu zupfen, beschämt, dass er sich wie ein Schuljunge aufgeführt hatte. Doch was ihn beunruhigte und überwältigte, war, dass dieser dünne Kerl mit seinem aufreizenden Lachen und den leuchtend blauen Augen zu viel sah, er war kaum so lange in seiner Gesellschaft gewesen, wie man brauchte, um sich die Stiefel anzuziehen und hatte bereits seine Gefühle für Mary entblößt, wie man den Schorf einer nie heilenden Wunde abkratzt und sie wieder blutig werden lässt.

„Fort mit Euch, helft meiner Cousine, während ich mir eine zweite Tasse Tee und ein Nickerchen gönne", befahl Evelyn mit einem lässigen Winken und einem lauten Gähnen. „Es ist verdammt eisig in diesem Haus und eine zitternd durchwachte Nacht ist genug. Aber denkt an Eure Manieren. Sie ist eine Dame, sowohl von Geburt als auch dem Ruf nach, und Ihr seid ihr Diener, ganz gleich, ob Ihr Euch für ihren Ritter haltet. Nein! Sagt nichts! Lady Mary wartet!"

Christopher starrte Evelyn an, als wäre er wirklich verrückt. Innerlich kochte er noch immer. Er holte tief Luft, schluckte und sagte sehr leise: „Es ist mir gleich, wer Ihr seid - der König von Polen, soweit es mich angeht - oder dass Ihr der Cousin Lady Marys seid. Aber merkt Euch: Wenn Ihr je wieder unvorsichtige oder unflätige Bemerkungen über ihre Ehe macht, werde ich Euch jeden guten Zahn in den Hals schlagen. Verstanden?" Als das Schweigen sich dehnte, machte Christopher einen Schritt mehr auf das Bett zu. *„Haben Eure Majestät das verstanden?"*

Evelyn kuschelte sich in die Kissen und zupfte ein langes, rotes Haar von der Vorderseite seines Nachthemdes. Er begegnete Christophers unbeirrtem Blick und nach einem Moment zuckte er mit den Schultern und sagte mit einem Schmollen, das so gar nicht zu dem harten Glitzern in seinen Augen zu passen schien: „Ausgezeichnet, werter Squire."

Mit einem knappen Nicken wandte Christopher sich auf dem Absatz ab und verschwand in Sir Geralds Ankleidezimmer.

Und da war Luke, der einen Leuchter hochhielt, um Licht auf eine große Kiste zu werfen, die aus einem säuberlich arrangierten Stapel unter einer Staubhülle gezogen worden war, jetzt jedoch eine unordentliche Masse in einer Ecke bildete. Mary beugte sich über die verschlossene Kiste, ins Kerzenlicht getaucht. Sie wackelte mit einem Schlüssel im Schloss, ihre langen Haare fielen ihr über eine Schulter auf den Boden. Sie hatte noch nie schöner oder unerreichbarer ausgesehen.

# ELF

„Oh! Da seid Ihr ja, Mr. Bryce", verkündete Mary überrascht, als er neben ihr auftauchte. Sie schaute nicht auf. „Ich scheine Schwierigkeiten zu haben, den Schlüssel ins Schloss zu stecken."

„Lasst mich das anschauen."

Er beugte sich vor und sie richtete sich sofort auf und trat beiseite, um Luke einen Wink zu geben, dass er näher kommen sollte, um Christopher mehr Licht zu geben. Er arbeitete einige Augenblicke schweigend an dem Schloss, bis sie sagte, als hätte er sie um eine Erklärung gebeten:

„Evelyn und ich sind Cousins. Ich glaube, wir sind beide durch den vierten Herzog von Roxton verwandt, der Evelyns Urgroßvater war, und mein Ururgroßvater. Der jetzige Herzog ist sein Cousin ersten Grades, und mein Cousin zweiten Grades."

„Der Schlüssel klemmt im Schloss", antwortete er, als hätte sie nichts gesagt. „Ich brauche wohl einen Moment. Ich will keine Gewalt anwenden, damit der Schlüssel nicht bricht."

„Vielleicht ist es nicht der richtige Schlüssel. In der Schublade lagen mehrere."

„Das macht Euch zu Cousins zweiten Grades."

„Cousins zweiten Grades? Oh? Ja. Ja, ich denke, Ihr habt recht ..." Sie spähte über seine Schulter, um zu sehen, was er tat. „Er - Evelyn - brannte mit einem Mädchen durch, das die Familie für höchst unpassend hieß - einer Französin. Tochter eines Steuereinnehmers. Sie starb im Kindbett. Sie war sehr jung und sehr hübsch ... Eine solche Tragödie ... Die Nachricht ihres Todes war das letzte Mal, dass ich von ihm hörte."

„Es muss geschmiert werden", stellte Christopher fest und stand auf. „Etwas Schmalz sollte helfen", sagte er zu Luke und nahm ihm den Leuchter ab. „Bitte Jane darum." Er stellte den Leuchter auf die Kiste und wartete, bis Luke durch die Dienstbotentür verschwunden war. „Lasst mich sehen, welche anderen Schlüssel wir haben." Als er sich umdrehte, ertappte er Mary dabei, wie sie ihn anstarrte. Er lächelte vor sich hin, als sie schnell wegschaute. Er sah zu, wie sie in der Kommodenschublade stöberte. „Tut mir leid wegen seiner Frau."

„Ich wünschte, mein Bruder hätte mir erzählt, dass Evelyn noch lebt. Ich kann nicht verstehen, warum er solche Neuigkeiten für sich behalten und der Familie verschweigen sollte."

„Vielleicht wurde ihm das befohlen?", riet er. Als sie sich von der Schublade abwandte, mehrere Schlüssel in der Hand, und wartete, dass er fortfahren sollte, fügte er hinzu: „Er ist ein Spion, ebenso Euer Cousin, daher sind beide gezwungen zu tun, was ihnen gesagt wird."

„Das ergibt einen Sinn", sagte sie, als ob ihr dies nie in den Sinn gekommen wäre, und schaute ihn endlich an. „Dair liebt Risiken und ist ein ausgezeichneter Soldat." Plötzlich fiel ihr etwas ein. „Vielleicht musste Evelyn sich aus Staatsraison tot stellen?" Sie reichte ihm die Schlüssel. „Sie haben alle Anhänger, bis auf einen."

„Danke. Ja, vielleicht hatte Euer Cousin solche Befehle", stimmte er gleichmütig zu und unterdrückte ein Lächeln über ihren Ernst. Ein schnelles Urteil über Cousin Evelyn sagte ihm, dass der Mann das tat, was für Evelyn das beste war, und nichts anderes, und die Staatsraison mochte der Teufel holen, und dass ihr Cousin völlig anders war als ihr heldenhafter Soldatenbruder. Doch er behielt diese Einschätzung für sich. „Ich bin sicher, er wird Euch so viel er darf erzählen, irgendwann. Obwohl ... vielleicht möchte er die Vergangenheit vergangen sein lassen und sich einfach auf seine Zukunft konzentrieren. Männer, die mit solchen Täuschungen leben, haben Geheimnisse, die sie besser für sich behalten. Vielleicht würde Euch nicht gefallen, was er Euch zu erzählen hätte."

„Die Wahrheit ist Lügen und Täuschungen immer vorzuziehen, Mr. Bryce."

„Ich erlaube mir, anderer Meinung zu sein, Mylady. Die Wahrheit führt manchmal zu Enttäuschung und gebrochenen Herzen, vor allem, wenn der Empfänger solcher Wahrheiten schlecht gerüstet ist, mit einem derartigen Geständnis umzugehen. In diesem Fall wäre es am besten, die Person in seliger Unwissenheit zu belassen."

„Ich habe ihm bei der Flucht geholfen", platzte sie mit einem schuldbewussten Erröten heraus.

Christopher war für einen Moment überrascht und fragte sich, warum sie das Bedürfnis hatte, ihm das zu sagen. Dann erkannte er, dass sie seine Erklärung als Kritik an ihr missverstanden hatte und wusste, dass dies der Fall war, als die Antwort auf seine einfache Frage gerechtfertigt war.

„So?", fragte er schlicht.

„Ja", stellte Mary trotzig fest, überzeugt, dass er ihr nicht glaubte. „Ich bin konventionell und ganz sicher keine - keine *Rebellin*. Ich habe zwischen meinen Eltern genug grausame, giftige Bemerkungen austauschen hören, als ich jung war, um mir ein Leben zu wünschen, in dem ich immer kämpfen müsste. Aber das bedeutet nicht, dass ich müßig danebenstehen, stumm bleiben oder mich ducken würde, wenn ich dazu aufgerufen bin, dem, was ich für richtig halte, meine Stimme zu leihen oder einer würdigen Sache zu dienen. Bis heute hat meine Familie keine Ahnung, dass ich Evelyn bei seiner Flucht half. Ich half Dominique - seiner zukünftigen Braut - aus dem Haus ihres Vaters zu entkommen, um zu Evelyn zu gehen. Und ich habe meinen Schmuck verpfändet, damit sie genug Geld hatten, um über die Grenze in die Schweiz zu gelangen."

Christopher legte die Schlüssel beiseite, nachdem er einen ausgewählt hatte, von dem er glaubte, dass er besser zu der benötigten Kiste passte. „Das war bewundernswert von Euch. Doch in diesem Fall, da es eine heimliche Heirat war, die von den Eltern beider Partner nicht gewünscht wurde, wäre es nicht klüger gewesen, sich nicht einzumischen?"

„Sie hatten niemanden, an den sie sich wenden konnten. Und ich wollte ihnen helfen. Er ist mein Cousin, und Dominique hatte es verdient, dass Eve sie heiratete."

Unbewusst huschte Christophers Blick zu der offenen Tür zu Marys Schlafzimmer, als ob er erwartete, ihren lang verlorenen Cousin mit einem trotzigen Grinsen am Türpfosten lehnen zu sehen. Das tat er nicht. Christopher begegnete Marys Blick.

„Also war es keine Liebe. Er hat sie ruiniert." Es war keine Frage und er war von ihrer Antwort nicht überrascht.

Mary nickte mit niedergeschlagenen Augen. „Ja. Und es hat gleichzeitig seine Freundschaft mit Roxton und dessen Frau zerstört, und er wurde von der Familie verstoßen." Sie lächelte schwach und zuckte die Schultern. „Um die Wahrheit zu sagen, hatte ich nichts dabei zu befürchten, Evelyns unerwünschte Ehe zu unterstützen. Zufällig hatte Roxton - nun, damals war er noch nicht der Herzog, aber er ist es jetzt - gerade in jener Woche meinen Ehemann wegen eines unverzeihlichen Verstoßes ins Exil geschickt. Das hieß, dass auch ich in die Verbannung musste."

„Aha. Ich wusste nicht, dass es Euer herzoglicher Verwandter war, der sich so sehr bemüht hatte, Sir Gerald auf Abstand zu halten. Mir wurde gesagt, es wäre umgekehrt gewesen."

Mary riss die Augen auf. Sie wusste sofort, was er meinte. „Dass Sir Gerald Abstand von *meiner* Familie halten wollte? Aus welchem Grund sollte er das tun?"

Christopher zögerte, nicht weil er es ihr nicht sagen wollte, sondern weil er jetzt erkannte, dass das, was Sir Gerald ihm einem seiner spätnächtlichen betrunkenen Bekenntnisse anvertraut hatte, höchstwahrscheinlich falsch oder nur eine Version der Wahrheit war. Er hatte keine Lust, Mary zu verärgern, aber er wollte sie auch nicht anlügen, also sagte er einfach:

„Er deutete an, dass er die - *Aufmerksamkeit*, die der Herzog Euch zukommen ließ - nicht mochte, dass es bei ihm und ich nehme an, bei Euch, ein Gefühl des Unwohlseins erzeugt hätte."

Mary starrte ihn aus großen Augen an. Dann wurde sie empört.

„Die er mir zukommen ließ - die ihm missfiel - die er mir zukommen ließ - *Aufmerksamkeit* von - von *Roxton*?" Als Christopher nickte, errötete sie. „Aber - das ist *völliger* Unsinn. Cousin Julian - Roxton - hat noch *nie* eine Frau auch nur von der Seite angesehen, am allerwenigsten *mich*. Er ist völlig in die Herzogin vernarrt. Sie lieben sich sehr. Warum sollte Sir Gerald eine solch lächerliche Anschuldigung gegen meinen Verwandten aussprechen, noch dazu Euch gegenüber?"

Christopher nahm sich einen Moment Zeit, um ihr zu antworten.

„Lasst mich Euch versichern, dass er es mir unter dem Siegel größter Verschwiegenheit gesagt hat ..."

„Das tröstet mich nicht, Mr. Bryce. Dass er es überhaupt gesagt hat, ist höchst kränkend."

„So?"

„Ja! Sehr sogar. Warum solltet Ihr etwas anderes annehmen? Sir Gerald beschmutzte nicht nur den guten Namen des Herzogs, sondern auch meinen und ich bin seine Frau. Und das tat er - *Euch* gegenüber."

„Ich frage mich, was Euch mehr kränkt, Mylady?"

„Es ist erstaunlich, dass Ihr ihm geglaubt habt!"

„Verzeiht mir, dass ich das Offensichtliche erwähne, aber Sir Gerald legte großen Wert auf seinen Namen, seine adligen Beziehungen und die Euren. Und ich habe genug Briefe mit Seiner Gnaden von Roxton gewechselt, ganz zu schweigen von den Besuchen seines hochmächtigen Sekretärs, um ein wenig über den Mann hinter der Feder zu wissen. Ich glaubte Sir Gerald, weil ich wusste, dass es etwas Gewaltiges brauchen würde, um Euren Ehemann von diesem herzoglichen Busen zu reißen."

Marys ungläubiger Zorn war so groß, dass sie alle Klugheit vergaß, die ihr riet, Abstand zum Squire zu halten, und direkt vor ihn trat und ihm in die Augen sah. „Ihr kennt mich ebenso viele Jahre, wie Ihr meinen Ehemann kanntet, länger in der Tat, wenn wir diese zwei Jahre meiner Witwerschaft hinzuzählen, und obwohl Ihr mich kennt, wollt Ihr meinen Ruf beschmutzen und glauben, dass es eine unmoralische Verbindung zwischen mir und einem hohen Cousin gäbe, den ich wie einen Bruder, wie meine eigenen Brüder liebe und respektiere?"

„Solche Arrangements sind im Adel keine Seltenheit."

„Nein, aber auch nicht so weit verbreitet, wie manche annehmen. Das beklagenswerte Verhalten meines Vaters einmal beiseitegelassen, nehmen die Mitglieder meiner Familie die Ehegelübde *sehr* ernst."

Christophers Augenbrauen hob sich von selbst. „Tatsächlich? Selbst der geehrte Vater des gegenwärtigen Herzogs?"

Mary verdrehte die Augen und schnaufte, als wären dies so alte Geschichten, dass es ihre Zeit nicht wert war, eine Erklärung abzugeben. Aber sie tat ihm den Gefallen, ironisch zu fragen: „Und was wisst Ihr über *M'sieur le duc de Roxton*, Mr. Bryce?"

Christopher legte die Hände hinter den Rücken. „Dass sein besudelter Ruf schwarz genug war, um einen Tintenfleck über die gesamte Karte Europas zu werfen."

„Niemals besudelt, Mr. Bryce. Da irrt Ihr Euch. Ja, er hatte jede Menge Mätressen und viele beiläufige Liebschaften und ja, es spielte für ihn keine Rolle, wer davon wusste, aber *M'sieur le duc* war in jeder Hinsicht ein Ehrenmann. Und als er sich verliebte und meine Cousine heiratete, gehörten sein Herz und sein Bett absolut nur noch *Mme la duchesse*. Sie liebten einander innig. Und wenn Ihr glaubt, der Sohn ähnele seinem Vater, dann habt Ihr damit insoweit recht, als der gegenwärtige Herzog seiner Frau ebenso treu ergeben ist. Wenn Sir Gerald irgendetwas Gegenteiliges angedeutet hat, wollte er Euch täuschen, und das ist unverzeihlich. Es tut mir leid. Können wir es jetzt mit dem Schlüssel noch einmal versuchen?", fragte sie und wollte an ihm vorbeigehen. „Ich bin plötzlich müde und es ist sehr spät und Luke hätte längst mit dem Schmalz zurückkommen müssen, nicht wahr? Vielleicht solltet Ihr nachschauen gehen, was ihn aufhält?"

Christopher rührte sich nicht.

„Es war nicht Sir Gerald, der mir von *M'sieur le duc* erzählte, sondern meine Mutter. Sie verteidigte ihn ebenso, wie Ihr es tut, wenn auch nicht mit der gleichen leidenschaftlichen Überzeugung. Sie fand auch gute Worte für den Sohn."

„Eine vernünftige Frau. Vielleicht hättet Ihr ihrer Meinung mehr Gewicht beimessen sollen, Mr. Bryce."

„Ja. Doch zu meiner Verteidigung, ich habe niemals *Euren* Ruf beschmutzt. Nicht einen Moment habe ich geglaubt, dass Ihr freiwillig Roxtons Aufmerksamkeiten ermutigt hättet, sondern dass er versucht hätte, Euch zu verführen und Sir Gerald es deshalb für angebracht hielt, die Beziehungen abzubrechen."

Mary war verwirrt. „Warum sollte er mich verführen wollen?"

Es war eine einfache Frage, die eine einfache Antwort erforderte. Er wusste durch ihren früheren Reaktionen, insbesondere auf seinen Kuss, dass sie keine Ahnung von ihrer inhärenten Anziehungskraft hatte. Er gab Sir Gerald die Schuld für ihren Mangel an körperlicher Erfahrung, was ihn sich wieder über das ungehobelte Verhalten des Mannes im Schlafgemach wundern ließ, aber er ließ sich davon nicht entmutigen. Er wusste, dass es an eben diesem Mangel an Bewusstsein lag, dass sie und ihr lang verlorener Cousin so gemütlich beieinander auf dem Bett gesessen hatten und sie sich nichts dabei dachte. Er wusste auch, dass der einzige Weg war, absolut aufrichtig zu ihr zu sein, so viel Verlegenheit ihr das auch bereiten mochte. Er musste sich an den Glauben klammern, dass ihr Kuss ihre Gedanken für Möglichkeiten geöffnet hatte, Möglichkeiten mit ihm.

„Warum? Weil Ihr sehr schön und begehrenswert seid."

Mary wurde blass, und dann überflutete Schamesröte ihr Gesicht. Sie war völlig unsicher und verwirrt.

„*Ich?* Schön und- und be-*begehrenswert?*"

„Ja. Ich würde jeden Mann fordern, der etwas anderes sagen wollte."

In all ihren dreißig Jahren hatte nichts und niemand sie darauf vorbereitet. Ihre Mutter hatte ständig über ihr Aussehen geklagt und einmal laut vor einem Raum voller Frauen, die Tee tranken, gejammert, dass sie mit einer Tochter geschlagen wäre, die „ein kleiegesichtiger, rothaariger Dummkopf" war. Es hatte nicht geholfen, dass ihre Cousine ersten Grades, die Herzogin von Roxton und Kinross, eine gefeierte Schönheit war. Und daher hatte sie mit achtzehn angenommen, dass Sir Gerald ihr wegen ihrer Abstammung und ihrer verwandtschaftlichen Beziehungen einen Antrag gemacht hätte, trotz ihres unscheinbaren Aussehens.

„Ihr sollt mir keine solch *hohlen* Komplimente machen, Mr. Bryce!"

„Wir haben dieses Thema bereits erörtert. Es ist Christopher. Und an meinen Komplimenten ist nichts Hohles. Ihr seid schön und Ihr seid begehrenswert. Und das ist die Wahrheit."

„Aber wie Ihr selbst sagtet, wenn die Wahrheit zu Enttäuschung und Herzschmerz führt, sollte sie besser unausgesprochen bleiben."

„Ha. Das wird mich lehren, zu ehrlich zu sein", antwortete Christopher mit einem tiefen Seufzer vorgetäuschten Bedauerns, obwohl seine Lippen sich zu einem Lächeln verzogen. Aber als Mary nicht merkte, dass er sie neckte und immer wieder ihre Hände rang, verging sein Lächeln und er fragte sanft: „Wollt Ihr mir sagen, warum ein solches Kompliment, das Ihr zweifellos oft von anderen erhalten habt, Anlass zur Enttäuschung und Herzschmerz gibt, wenn es von mir ausgesprochen wird?"

Mary schüttelte den Kopf und war nicht in der Lage, in wenigen Sätzen eine Erklärung zu formulieren, die er verstehen und die ihn nicht zutiefst beleidigen würde. Ihre Mutter hatte ihr das so oft gepredigt, dass es für immer in ihrem Kopf festsaß - für Mitglieder des Hochadels waren Landadlige kaum besser als Untergebene. Ein Verwalter musste ebenso ignoriert werden wie ein Diener, und ein Squire, ein kleiner Landbesitzer, hatte Anspruch auf ein widerwilliges Nicken als Anerkennung seiner freien Existenz als Eigentümer, aber die Unterhaltung hatte sich auf Belangloses wie das Wetter und den Zustand der Straßen zu beschränken. Komplimente von gesellschaftlich unter ihr Stehenden waren kriecherisch und mussten vermieden und entmutigt werden und um des eigenes Wohles willen durfte man ihnen nie glauben.

Doch in den acht Jahren, seit sie Christopher Bryce kannte, war er nie unaufrichtig gewesen. Eher im Gegenteil. Er war unverblümt bis zur Grobheit. Also glaubte sie ihm, als er sagte, er fände sie schön und begehrenswert. Daher, fand sie, musste sie ebenfalls aufrichtig zu ihm sein.

„Mr. Bryce, ich habe noch nie zuvor ein solches Kompliment von einem Mann erhalten."

Zwischen seinen dunklen Brauen entstand eine scharfe Falte. „Noch nie?" Er war so ungläubig, dass er seinen Gedanken aussprach. „Aber wie ist das möglich?"

Sie war überglücklich über seine tief empfundene Verwirrung, die die Aufrichtigkeit seines Lobes bestätigte. Als sie seinem Blick begegnete, wurde sie von einem Glück erfüllt, dass sie nie zuvor gekannt hatte, ein Glück, dass sie sich schwindlig fühlen ließ, als ob sie auf einer Schaukel säße und am höchsten Punkt in der Luft schwebte; ihr eigenes Herz klopfte heftig.

Sie wollte ihm danken und hatte das plötzliche Bedürfnis, ihm sanft die dunkelroten Locken, die sich aus dem Band in seinem Nacken gelöst hatten, zurückzustreichen, sich auf Zehenspitzen zu stellen und ihre Lippen auf seinen Mund zu drücken, um das Runzeln auf seiner Stirn zu glätten. Vielleicht würde er sie dann in die Arme nehmen und so küssen wie bei diesem ersten Mal, mit Leidenschaft und seiner Zunge und - *Nein*!

Sie musste mit diesem verträumten Schulmädchen-Unsinn sofort aufhören. Sie war dreißig Jahre alt, nicht siebzehn. Nur weil ein gutaus-

sehender Mann sie attraktiv fand, hieß das nicht, dass sie dahin-
schmelzen und jeden Sinn für Perspektive verlieren durfte. Es gab keine
Zukunft mit einem Squire in der Wildnis der Cotswolds. Nicht, dass er
ihr eine angeboten hätte, nur einen Kuss, noch dazu einen verstohlenen.
Sie war Lady Mary Fitzstuart Cavendish, und sie muss sich der kalten
Realität stellen, dass sie wieder, und gut heiraten musste. Dazu musste
sie ihren makellosen Ruf und ihre Beziehungen einsetzen und Titel und
Vermögen heiraten, denn sie war mittellos und hatte eine Tochter, deren
Zukunft von ihr abhing.

Sie ließ ihren Blick mit einem niederschmetternden Atemzug der
Realität sinken, und als er nur dastand und sie ansah, geriet sie in Panik
und platzte heraus:

„Versteht Ihr denn nicht? Ihr solltet - *dürft* - mir keine solchen
Komplimente machen. Das habt Ihr noch nie getan und ich frage mich,
warum Ihr es jetzt plötzlich tut. Vielleicht ist es meine Schuld, weil ich
Euch bat, wegen meiner unvernünftigen Angst, dass hier ein Geist
spuke, in mein Schlafzimmer zu kommen. Und mich in meinem Nacht-
gewand zu sehen, hat Eure Sinne entflammt. Und Männer können nicht
für ihr Verhalten verantwortlich gemacht werden, wenn eine Frau sie
durch unüberlegte Handlungen ...“

„Redet keinen solchen Unfug, Mary!“, knurrte er und die Worte
kamen ihm über die Lippen, bevor er Zeit hatte, seinen Zorn zu zügeln.
„Ich werde Euch nicht erlauben, Euch selbst, mich oder unsere Gefühle
zu erniedrigen. Ich bin kein Tier und Ihr seid keine Dirne. Beileibe
nicht. Meine Absichten Euch gegenüber waren immer ehrenhaft. Ich
gebe zu, dass ich die schlechten Manieren hatte, wie ein übereifrigen
Schüler zu handeln und Euch zu küssen. Aber um ehrlich zu sein, war
ich nie mehr erleichtert als in dem Moment, als Euer Cousin als der
spukende Geist erschien. Ich sagte Euch, dass ich Euch begehre - das tue
ich. In jeder Weise. Ich möchte Euch küssen, mit Euch schlafen, aber
vor allem möchte ich ...“

„Ihr seid sehr schnell dabei, mir zu sagen, was *Ihr* wollt, Mr. Bryce“,
unterbrach Mary und hoffte, dass Empörung ihn ein für alle Mal zum
Schweigen bringen würde. „Ihr küsst mich, sagt mir, Ihr möchtet mit
mir schlafen, dass Eure Gefühle aufrichtig sind, aber Ihr habt nicht
einmal gefragt, was *ich* will.“

„Ich war so darauf bedacht, Euch die Aufrichtigkeit meiner Gefühle
darzulegen, dass ich mir keine Zeit genommen habe, daran zu denken
...“, antwortete Christopher sofort zerknirscht. „Verzeiht mir. Mehr als
alles andere möchte ich wissen, was Ihr wollt.“

Marys Ärger verflog sofort, weil sie keine Antwort auf ihre eigene

Frage hatte. Sie blinzelte verblüfft und er musste ein Lächeln unterdrücken, obwohl er mit einem Hauch von Verschmitztheit sagte:

„Bitte, lasst Euch Zeit."

Das reizte sie und sie sagte knapp: „Da kein Mitglied meiner Familie, ganz zu schweigen von meinem Ehemann, *mich* je gefragt hat, was ich will, werdet Ihr mir verzeihen müssen, wenn ich nicht in der Lage bin, *Euch* sofort zu antworten. Aber eines weiß ich, Mr. Bryce, nämlich, dass Ihr mich sehr in Unruhe versetzt. So sehr, dass ich … mich lieber nicht so *fühlen* möchte, wie Ihr es verursacht. Es verwirrt mich und - und macht mir Angst, und es ist …"

Christopher legte den Kopf schief und verschränkte die Arme.

„Und *welche* Gefühle rufe ich da hervor, Mary?"

„Ich sagte es doch gerade! Ich weiß es nicht! Ich bin - ich bin - verwirrt. *Ihr* verwirrt mich völlig! Und ich wage es nicht, über meine Gefühle nachzudenken, was auch immer sie sein mögen. Gefühle führen nirgendwo hin. Es ist ein Weg, den ich nicht gehen kann …"

„Aber wenn wir diesen Weg *zusammen* gehen würden?"

Mary starrte ihn traurig an. „Oh, aber versteht Ihr nicht? Das ist unmöglich! *Unmöglich.*"

„Nichts ist unmöglich, wenn zwei Menschen verliebt sind."

„Verliebt …?" Mary blinzelte und wurde aus einem unerklärlichen Grund von Traurigkeit überwältigt. Tränen stiegen auf, aber sie weigerte sich, sie laufen zu lassen. Ihre Stimme war nur ein heiseres Flüstern. „Das dürft Ihr nicht sagen. Das wisst Ihr nicht."

„Für meinen Teil weiß ich das sehr wohl", antwortete er ruhig, obwohl seine Kehle brannte und er das Bedürfnis verspürte, schwer zu schlucken. „Ich bin mir sehr sicher, dass ich mich auf den ersten Blick in Euch verliebt habe. Niemand war überraschter als ich, dass es mich in meinem Alter so schwer erwischt hatte. Doch es war nichts, was ich hätte kontrollieren können. Und jeder Tag seither hat diese Überzeugung nur bestärkt, ebenso wie meine Liebe zu Euch. Ich hätte nie gedacht, dass ich die Gelegenheit haben würde, Euch meine Gefühle zu gestehen, da Ihr verheiratet wart. Und ich hielt es nicht für angemessen und wollte nicht zu eifrig erscheinen, dass ich es Euch im ersten Jahr Eurer Witwenschaft gesagt hätte. Aber jetzt, fast zwei Jahre nach Sir Geralds Tod, hoffe ich, dass wir …"

„Bitte! Bitte! Sagt nicht mehr!"

Christopher hielt abrupt inne, als sie rasch Tränen aus ihren Augen wischte und ihn nicht anschauen wollte.

„Aber sicher wusstet Ihr von meinen Gefühlen?"

Mary schüttelte heftig den Kopf, die Augen niedergeschlagen. Sie hatte es nicht gewusst, aber immer gehofft, dass es wahr war. Und wenn sie sich selbst gegenüber ehrlich war, hatte sie davon geträumt, ihn sich erklären zu hören. Warum fühlte sie sich dann jetzt, nachdem er ihr gesagt hatte, dass er sie liebte, nicht überglücklich, sondern unglaublich elend? War es, weil ihr noch nie jemand gestanden hatte, sie zu lieben? War es, weil sie ihn ebenso liebte, aber es ihm nie sagen durfte, weil ihr ungleicher Stand bedeutete, dass sie nie diesen gemeinsamen Weg gehen könnten, von dem er sprach? Es war alles zu überwältigend und ihr Kopf begann zu schmerzen.

„Mylady? Mary?" Als sie zu ihm aufblickte und er sicher war, dass er ihre Aufmerksamkeit hatte, trat er einen Schritt näher und sagte mit einem sanften Lächeln: „Bitte macht Euch keine Sorgen mehr. Ich werde Euch heute Nacht nicht weiter drängen. Ihr hattet genug emotionale Aufregung, nachdem Euer Cousin buchstäblich von den Toten zurückkehrt ist. Das verstehe ich. Ich habe meinen Eltern Ähnliches angetan ..."

„Ihr habt - was?", fragte Mary, die sich vorübergehend aus ihrer Verwirrung löste.

„Nach einer langen Abwesenheit im Ausland zurückzukehren erfordert Anpassung auf allen Seiten", antwortete er, ohne ihre Frage direkt zu beantworten. „Alle brauchen Zeit, um sich wieder aneinander zu gewöhnen. Doch ich wage zu hoffen, dass ich mich in nicht allzu ferner Zukunft Euch wieder nähern und ganz bescheiden hoffen darf, dass, wenn Eure Gefühle mit den meinen übereinstimmen, wir einen Weg finden könnten ..."

„Mylady?"

Es war die Haushälterin.

Erschrocken fuhr das Paar auseinander und schaute weg, zuerst zum Boden, dann umher, und wandte sich schließlich der Dienstbotentür zu.

Mrs. Keble stand direkt in der Tür, Luke im Rücken. Ein heimliches, fast wissendes Lächeln hob ihre Mundwinkel. Christopher hatte keine Ahnung, wie lange sie dort gestanden hatten und ob er und Mary belauscht worden waren. Aber als Mary mit einem tiefen Atemzug an ihm vorbeiging und die Haushälterin ihm einen selbstgefälligen Triumphblick zuwarf, wusste er, dass sie einen Logenplatz für sein Geständnis gehabt hatte.

„Oh! Gott sei Dank, dass Ihr kommt, Mrs. Keble", sagte Mary und räusperte sich. „Mein Cousin ist gerade in der Nacht angekommen und ohne seinen Diener und sein Gepäck, also müssen wir ihm in der Zwischenzeit etwas zum Anziehen suchen. Diese Kiste enthält Sir Geralds Hochzeitskleider und ich bin mir sicher, dass sie ausreichen würden ..."

Christopher hörte auf zuzuhören, seine Ohren summten vor Verlegenheit und verpasster Gelegenheit, als er sich wieder der Aufgabe widmete, einen Schlüssel zu entfernen und einen anderen hineinzuschieben, bevor er es endlich schaffte, die Kiste mit Kleidungsstücken zu öffnen, die seit zehn Jahren nicht mehr das Tageslicht erblickt hatten. Dann trat er beiseite, damit die beiden Frauen den Inhalt der Kiste vorsichtig auspacken konnten. Mrs. Keble hatte das Kleiderbuch mitgebracht und machte sich daran, die Kleider zu markieren, die Mary für ihren Cousin auswählte. Daher dauerte es nur ein paar Minuten, bis das Gleichgewicht des Hauses wieder zu seiner alltäglichen Normalität zurückfand. Es war, als wäre nie über einen Geist gesprochen worden, als ob Christopher und Mary sich nie geküsst hätten und er ihr nie seine Gefühle gestanden hätte.

Er hörte die Worte von Lady Marys und Mrs. Kebles Gespräch über die notwendigen Vorbereitungen für die Ankunft weiterer Gäste in den folgenden Tagen. Schlafzimmer, die lange verschlossen gewesen waren, mussten gelüftet, Matratzen und Teppiche ausgeklopft, Staub gewischt, die Möbel poliert und neue Kerzen in alle Wandlampen gesteckt werden. Schornsteine müssten überprüft, das silberne Geschirr herausgeholt und das beste Sèvres-Porzellan ausgepackt und für die Dauer des Aufenthalts der Gäste verwendet werden.

Da Abbeywood ihren Cousin beherbergen würde und Lord Shrewsbury jeden Tag eintreffen könnte, wäre zusätzliche Hilfe erforderlich, um den Komfort zu gewährleisten, den diese Adligen und ihr Gefolge gewohnt waren. Lady Mary schlug mehrere Namen von Mädchen im Dorf vor, die zur Hilfe in der Küche und in der Wäscherei geholt werden könnten. Christopher nickte zustimmend. Mrs. Keble fügte hinzu, dass vielleicht jetzt nicht der beste Zeitpunkt sei, die Blandfords, den alten Jack und den jungen Tanner zu entlassen, die ihre jeweiligen Positionen im Haushalt gut kannten und keine weiteren Anweisungen benötigen würden. Blandford würde sogar die Rolle des Butlers übernehmen können, denn zu Sir Geralds Zeit war er der zweite Butler gewesen. Lady Mary sagte, Mrs. Kebles Vorschlag wäre ausgezeichnet. Beide Frauen wandten sich dann an den Squire, um seine Zustimmung zu erhalten. Christopher gab sie ohne Fragen oder Widerspruch. Dann entschuldigte er sich und ging in das Zimmer des Verwalters im hinteren Teil des Hauses, wo er sich erschöpft auf das Bett legte. Aber er schlief nicht.

# ZWÖLF

Der Blick auf Brycecomb Hall vom Kamm aus versäumte es
nie, Christophers Puls zu beruhigen und ihm ein Gefühl der Zufriedenheit zu geben. Das jakobinische Herrenhaus aus Guiting Yellow Stone
stand stolz in einer gepflegten Parklandschaft am Fuße des Hanges.
Welliges Ackerland, durchzogen von alten Hecken und Trockenmauern,
erstreckte sich hinter dem imposanten Torhaus des Anwesens, übersät
mit Wollschafen, Bauernhöfen mit der unvermeidlichen Apfelweinkelterei und Gruppen aus Eiche, Ahorn, Esche, Ulme und Buche. Durch
diesen Flickenteppich floss an einer Seite der hohen Trockenmauern des
Anwesens ein sich schlängelnder Fluss mit Wasser, so klar wie poliertes
Glas. Steinerne Weberhütten säumten eines der Ufer; hinter ihnen am
Hang des Hügels hing bunt gefärbtes Tuch auf Spannhaken. Eine neu
erbaute Tuchmühle, eine von dreien im Bezirk, und eine alte Getreide-
mühle nutzten die Kraft des Flusses, um große Wasserräder anzutreiben,
und sie alle gehörten dem Squire von Brycecomb Hall.

Direkt bei Sonnenaufgang, wenn der Nebel noch tief im Tal hing
und diese magische Landschaft verdeckte, waren nur die Türmchen von
Brycecomb Hall über den Wolken zu sehen. Ihre Spitzen stachen in den
Morgenhimmel und dienten als Landmarke für Reisende zu Pferd und
zu Fuß, um ihren Weg zu finden. Christopher brauchte keine solche
Landmarke, denn die Landschaft war ihm so vertraut wie die Linien in
seiner Handfläche.

Das Anwesen war seit der Zeit Henry Tudors das Heim der Bryces
gewesen, und das Haus mit seinen zweiflügeligen Fenstern, verzierten
Giebeln und fantasievollen Türmchen, das zu Zeiten des ersten König

Charles' erbaut worden war, bildete das Zeugnis für die Fähigkeit der Familie, Zeiten politischer Umwälzungen zu überleben und ein blühendes Anwesen als Squires klug zu bewirtschaften. Christopher war hier geboren worden, und hier wollte er den Rest seiner irdischen Existenz verbringen.

Er war in dem jakobinischen Herrenhaus als Einzelkind älterer Eltern aufgewachsen und besuchte mit anderen Jungen aus dem Dorf und den umliegenden Bauernhöfen, die als intelligent genug angesehen wurden, um Lesen, Schreiben und Rechnen ein wenig Griechisch und Latein zu lernen, die örtliche Blue Coat-Schule. Und dann wurde er gegen seinen Willen weit fort nach Harrow geschickt, um unter den Söhnen von Gentlemen zu leben. Was jene Jahre erträglich gemacht hatte, war das Wissen, dass er am Ende jedes Trimesters nach Hause zurückkehren durfte. Seine Eltern wünschten sich, er würde zur Universität gehen, um seine Ausbildung zum Gentleman abzurunden, aber alles, was er sich jemals gewünscht hatte, war, von seinem Vater die Verwaltung des Gutes zu lernen, damit er es verstünde, wenn der Tag käme, dass er in seine Fußstapfen treten musste und ein Squire werden würde, auf den sein Vater stolz sein könnte. Er hatte das Tal nie wieder verlassen wollen.

Und dann, als Christopher achtzehn Jahre alt war, starb Sir George Cavendish, der örtliche Magistrat dieses malerischen Stücks der Cotswolds, ein Baronet, Cousin eines Herzogs und entfernter Verwandter von Christophers Vater. Sein Tod veränderte Christophers Leben für immer.

Sir Gerald war nicht nur ein entfernter Verwandter von Squire Bryce, sondern auch sein Nachbar. Der größte Landbesitzer im Bezirk, und sein Gut mit dem bescheidenen Namen Abbeywood teilte sich eine Grenze mit dem Land der Bryces im Kessel des Tales.

Christopher war Sir George bei verschiedenen Gelegenheiten begegnet, wusste, dass er ein paar Söhne in seinem Alter hatte, die meist in London lebten und dass er zum dritten Mal verheiratet war, mit einer Lady, die London ebenso vorzog. Doch der Baronet genoss das Landleben. Obwohl er den größten Teil seiner Zeit im fernen London verbrachte, verpasste er nie die jährliche Jagd auf Brycecomb.

Als Christopher fünfzehn war, lud Sir George die Familie Bryce ein, ein paar Tage auf dem Gut Abbeywood zu verbringen. Der Baronet hatte Gäste aus London zu einer vierzehntägigen Hausgesellschaft eingeladen. Seine Familie blieb in London, möglicherweise, weil er seine neueste Mätresse mitgebracht hatte. Zunächst weigerte sich Christophers Mutter, die Einladung anzunehmen. Sie wollte keine Zeit mit solch unmoralischen Leuten verbringen! Christophers Vater erklärte ihr, dass sie es müsste und sie sollte diese Londoner und ihre Manieren einfach ignorieren. Sie müssten an „den Jungen" und seine Zukunft denken. Seine Eltern hatten einen hitzigen Streit, ihren ersten.

Seine Mutter war während des gesamten Besuches unglücklich, während sein Vater sein Bestes tat, um umgänglich zu sein und den Ernst seiner Frau durch seinen Übereifer, es seinem Gastgeber recht zu machen, auszugleichen. Eines Abends beim Essen legte Sir George großen Wert darauf, „den Jungen" hervorzuheben. Erst als sein Vater ihm einen Stoß versetzte, wurde Christopher klar, dass Sir George von ihm sprach. Sir George sagte ihm, er solle aufstehen, damit jeder ihn gut sehen könne. Widerstrebend tat Christopher dies und jede Dinerkonversation erstarb. Über die Spitzen gefalteter Fächer und durch erhobene Augengläser musterten die Gäste Christopher, während Sir George alle dazu ermutigte, ihm zuzustimmen, dass „der Junge" zu einem feinen Jüngling herangewachsen war und seinen Eltern Ehre machte.

Christopher war nicht an solche unerwünschte Aufmerksamkeit gewöhnt, setzte sich, ohne die Erlaubnis dazu zu haben und ging wieder daran, zu essen, was auf seinem Teller war. Sein Vater stieß ihn erneut an, entschuldigte sich bei Sir George, aber der Baronet ging mit einem Abwinken über den Mangel an Manieren „des Jungen" hinweg und befahl allen, weiter zu essen. Als die Gespräche beim Abendessen dort weitergingen, wo sie aufgehört hatten, wagte Christopher es, von seinem Teller aufzublicken, und bemerkte zum ersten Mal eine elegante Londoner Lady in blauer Seide, die ihm direkt gegenübersaß. Er war nicht sicher, was an ihr war, das ihn dazu veranlasste, sie anzustarren. Sie war wunderschön, aber nicht in der ersten Jugendblüte, und viel zu sehr mit Farbe und Seide geschmückt, als dass ein Junge, der zwischen den einfachen, ungeschminkten Frauen des Tales aufgewachsen war, deren beste Sonntagskleider im Haushalt dieser Londoner Lady nicht für das niedrigste Hausmädchen für ausreichend gehalten worden wären, sie für etwas anderes als übertrieben herausgeputzt hätte halten können. Aber Christopher hatte ein Gefühl tief in seinem Inneren, dass sie etwas Besonderes war. Er wusste, dass er sie anstarrte, aber er konnte nicht anders. Sie lächelte ihn an. Er erwiderte das Lächeln. Aber dann füllten sich ihre Augen mit Tränen und er senkte sofort seinen Blick, unbeholfen und unbehaglich. Er sah sie nicht wieder an.

Viel später, während die Gäste Karten spielten, ging er davon und fand sich in einer Galerie wieder, an deren Wänden Gemälde berühmter Cavendish-Vorfahren zu sehen waren. Hier stolperte er über seine Mutter und die elegante Londoner Dame in einer hitzigen Auseinandersetzung. Seine Mutter schüttelte den Kopf. Die elegante Londoner Dame flehte sie an, die behandschuhten Finger fest um die geschlossenen Stäbchen eines Fächers geklammert. Sie schien völlig aufgelöst. Doch seine Mutter blieb entschlossen. Er hatte sie nie so entschlossen und unnachgiebig erlebt, und das bei dieser Frau, die gesellschaftlich deutlich über ihr stand und der sie daher eigentlich hätte gehorchen müssen. Er stand da und schwankte zwischen Fortlaufen und Vortreten. Und dann spürten die beiden Frauen die Anwesenheit eines Dritten und erblickten ihn. Das Gesicht der Londoner Dame hellte sich auf. Sie lächelte. Sie packte eine Handvoll ihrer üppigen Röcke und eilte ihm entgegen. Doch seine Mutter ergriff schnell ihren Arm und hielt sie auf. Ein neuer Streit entbrannte. Christopher fühlte sich angesichts einer so emotionalen Szene verlegen und floh.

Seine Mutter erwähnte diesen Vorfall oder die Londoner Dame nie wieder und es gab keine weiteren Besuche mehr auf Abbeywood. Er sah Sir George wieder, bei der Jagd und im Dorf, aber nur ein paar Mal vor dem Tod des Baronets. Er hinterließ Christopher die erstaunliche Summe von fünftausend Pfund. Dieses Vermächtnis war ein neues Kodizill seines Testaments. Christopher war verwirrt, ebenso wie Sir Georges Erben. Christophers Eltern und ihre Anwälte waren es nicht. Bei dem Kodizill war ein Brief, adressiert an einen Cavendish Bryce, von Sir George. Der Brief enthielt Neuigkeiten, die ein ganzes Leben verändern konnten.

Christopher weigerte sich, den Inhalt des Briefes zu glauben. Aber sein Vater bestätigte, dass es wahr war, und seine Mutter weinte. Christopher war nicht Christopher Bryce, Sohn von Henry Christopher und Sophie Ellen Bryce, sondern Cavendish Bryce, leiblicher Sohn von Sir George Cavendish und der modische Londoner Lady, die ihm beim Abendessen gegenüber gesessen hatte und mit der seine Mutter vor all diesen Jahren gestritten hatte. Er erfuhr jetzt, dass sie auch die jüngere Schwester seiner Mutter war.

Christopher (er würde nie den bei Geburt erhaltenen Namen tragen) wurde mitgeteilt, dass seine leibliche Mutter mit einem adligen Marineoffizier verheiratet war. Sie hatte Sir Georges Kind empfangen, während ihr Ehemann, der Admiral, auf See gewesen war. Infolgedessen gab es keine Möglichkeit, das Kind als das ihres Ehemannes auszugeben. Um einen Skandal zu vermeiden, verbrachte sie die letzten Monate ihrer Schwangerschaft in den Cotswolds, im Heim ihrer Schwester Sophie und ihres Schwagers Henry, und gebar ihr Kind dort.

Die feine Gesellschaft hatte keine Ahnung, dass aus ihrem Ehebruch eine faule Frucht entstanden war. Doch Sir George war durchaus bekannt, dass er einen Bastardsohn hatte und erfreut, dass der Junge so nahe an seinem Besitz aufwuchs. Christophers leibliche Mutter stillte ihren kleinen Sohn drei Monate lang, war dann gezwungen, ihn

endgültig aufzugeben und nach London und in ihr Leben dort zurückzukehren. Ihr verständnisvoller, aber unnachgiebiger Ehemann, der alles
über den Ehebruch seiner Frau und die Geburt des Kindes wusste, war
von seiner Dienstreise zurückgekehrt und wartete darauf, sie zu Hause
willkommen zu heißen.

Christophers Eltern taten ihr Bestes, um zu erklären, dass er mehr
Glück gehabt hatte als die meisten außerehelich geborenen Kinder.
Seine Tante und sein Onkel liebten wie ihr eigenes Kind und hatten ihn
adoptiert. Er würde Brycecomb Hall erben und Squire Bryce werden.
Sir George hatte sich für sein Wohlergehen interessiert und ihn nach
seinem Tod zu einem reichen Mann gemacht. Was könnte er sich mehr
wünschen, fragten sie sich?

Aber welcher achtzehnjährige Junge, der in einem festen Glauben
aufwächst, nur, um diesen zerstört zu sehen, der den Mann verehrte,
den er für seinen Vater hielt und die Frau liebte, von der er geglaubt
hatte, sie hätte ihn geboren, hätte solche Neuigkeiten problemlos verarbeiten und weiterleben können, als wäre nichts geschehen?

Christophers Welt lag in Trümmern.

Er wollte nicht hören, was seine Eltern - die jetzt nicht mehr seine
Eltern waren - zu sagen hatten. Er wollte nichts mit diesem Paar zu tun
haben, das sich an der Vertuschung der Affäre und der Geburt eines
Bastardkindes beteiligt hatte und das ihn sein ganzes Leben lang angelogen hatte. Er war nicht der Sohn eines Squires und er war nicht der
Sohn eines Baronets. Er gehörte weder in die eine noch in die andere
Welt. Er wusste nicht mehr, wer er war. Doch eines wusste er - er war
ein Bastard, die faule Frucht einer illegalen Affäre zwischen zwei Ehebre-
chern. Und er erinnerte sich gut an die Sonntagspredigt des Pfarrers, die
die Gemeindemitglieder vor den Übeln der außerehelichen Unzucht
warnte - dass ein Bastard und die Kinder eines so abscheulichen Wesens
und deren Kinder bis auf zehn Generationen hinaus kein Anrecht auf
das Königreich des Himmels hätten.

Christopher lehnte seine Eltern ab und er lehnte Sir Georges Erbe
ab. Er verließ das Tal mit ein paar Pfund in der Tasche, obdachlos und
mit gebrochenem Herzen.

Seine Eltern erzählten denen, die sich erkundigten, dass ihr Sohn auf
der Grand Tour sei und in ein paar Jahren zurückkehren würde, sobald
er etwas von der Welt gesehen hätte. Sie hörten vier lange Winter lang
nichts von Christopher, und dann mussten sie sich mit zeitweiligen
Briefen und dem Wissen zufrieden geben, dass er am Leben und gesund
war. Sie vermuteten, dass er das Leben eines jungen englischen Gentlemans im Ausland führte, Ruinen, Museen und Kathedralen besuchte

und in Begleitung anderer englischer Reisender war. Christopher ließ sie in diesem Glauben.

Die Wahrheit sah völlig anders aus.

Er zog es vor, nicht an die ersten Jahre im Ausland zu denken und an das, was er getan hatte, um zu überleben. Zu der Zeit, als er wieder regelmäßig an seine Eltern schrieb, hatte er sich vom Sohn eines Squires in „Cristoforo" verwandelt, den begehrten Cicisbeo vieler verheirateter Frauen, der sich in den Künsten eines Gentleman im Verhalten, im Tanz und gefälliger Konversation bestens auskannte. Er entdeckte, dass er ein angeborenes Talent für Musik hatte und begann, Mandora zu spielen, und dass er ein Ohr für Sprachen hatte. Woher diese Gaben kamen, wusste er nicht, obwohl er vermutete, dass seine wahren Eltern musikalisch und sprachlich begabt waren. Und es gab noch ein anderes Talent, mit dem sie ihn sicher gesegnet hatten und auf das der als Schürzenjäger bekannte Baron stolz gewesen wäre. Sein Ruf als rücksichtsvoller und versierter Liebhaber ließ ihn zum anerkannten Cicisbeo der Contessa Maddalena De Nobili aufsteigen, der Frau eines der bedeutendsten Adligen der Republik Lucca.

Und während er Teil dieses De-Nobili-Dreiecks aus Ehemann, Ehefrau und Cicisbeo war, wurde Cristoforo vom Herren der Spione Englands rekrutiert, um über die ersten Familien Luccas zu berichten. Die Agenten des Herrn der Spione in Florenz versicherten Christopher, dass seine Eltern nie herausfinden würden, dass ihr Sohn so tief gesunken war, der Hurenbengel einer verheirateten ausländischen Dame zu werden. Ganz gleich, dass ein Cicisbeo eine respektierte und anerkannte Stellung in der italienischen Gesellschaft ausfüllte, die Engländer würden dies nie verstehen und daher würde Christopher für sie niemals etwas anderes als eine hochklassige männliche Hure sein.

Doch solange er regelmäßig Bericht an den Florentiner Agenten des Herrn der Spione erstattete, würde die englische Regierung sich dankbar erweisen und Christophers Leben, gleich, wie er es zu leben gedachte, könnte ungehindert weitergehen. Christopher wollte sich an solcher Hinterhältigkeit nicht beteiligen. Doch wie der englische Agent ihm unverblümt sagte, war Christophers ganzes Leben eine Täuschung. Und wenn er nicht kooperierte, würden nicht nur seine Adoptiveltern leiden. Die adlige Dame, die ihn geboren hatte, würde öffentlich beschämt werden und ihr Ehemann, der Admiral, würde infolgedessen sein Kommando und seinen Einfluss in der Admiralität verlieren, ganz zu schweigen von dem daraus entstehenden Skandal, der das Paar zu Ausgestoßenen der guten Gesellschaft machen würde. Sir Georges Erben, die nichts von der Existenz eines Bastard-Halbbruders wussten, würden sich ebenfalls schämen, von ihrem berühmten Verwandten, dem

Herzog von Devonshire, gemieden werden und empört darüber sein, dass ihr Vater einem Bastard ein Vermögen hinterlassen hatte. Christopher würde nicht die Ursache für die Disharmonie und den Ruin von mindestens drei guten Familien sein wollen, oder? Das wollte Christopher mit Sicherheit nicht.

Dann erhielt er eines Tages von seiner Mutter die Nachricht, dass ihre Schwester, die Frau, die ihn geboren hatte, jetzt Witwe wäre. Die Lady war wegen ihrer Gesundheit ins Ausland gezogen und teilte ihre Zeit zwischen einer Villa in der Küstenstadt Livorno und als regelmäßiger Gast des britischen Konsuls in Florenz - und sie wollte ihn kennenlernen. Die mittelalterliche, von einer Mauer umgebene Stadt Lucca lag nur dreißig Meilen von ihrem neuen Heim entfernt. Christopher reagierte nicht auf diese Neuigkeit. Soweit es ihn anging, brauchte oder wollte er nur eine Mutter, und diese lebte im fernen Gloucestershire.

Erst zwei Jahre später, als er gerade neunundzwanzig geworden war, fand Kate ihn. Zu dieser Zeit endete seine Abmachung mit dem Conte und der Contessa De Nobili, daher verließ er Lucca und zog bei ihr ein. Sie hatten ein Jahr zusammen, bevor ihn die Nachricht erreichte, dass seine Mutter erkrankt wäre.

Er kehrte rechtzeitig ins Tal zurück, um seine Mutter in den letzten Stadien ihrer Krankheit zu pflegen. Sein Vater, jetzt alt, grau und gebeugt, konnte ohne seine „geliebte Sophie" nicht leben und starb nur sechs Monate nach dem Tod seiner Frau. Es war die Meinung des Arztes - und der Pfarrer und dessen gute Frau stimmten zu - dass das Paar glücklich und in Frieden gestorben war in dem Wissen, dass ihr Sohn entschlossen war, die Verantwortung als Squire von Brycecomb Hall zu übernehmen. Nach dem Tod seiner Eltern wusste Christopher, dass er das Tal nie wieder verlassen wollte. Dies war sein Zuhause.

Nachdem er um seine Eltern getrauert hatte, schickte er nach Kate. Mit Kate kamen Fran, Carlo und Silvia. Brycecomb Hall war wieder ein fröhlicher Ort, wenn auch einer, der von Möbeln und Dekorationsgegenständen aus dem Ausland, den herrlichen Aromen der italienischen Küche und einer Menagerie zahmer Tiere und Vögel, die einen Besuch wert waren, erfüllt war.

Teddys erster Besuch in Brycecomb Hall ereignete sich ohne das Wissen ihrer Eltern. Sie war sechs Jahre alt. Sie folgte Christopher eines Morgens auf ihrem kleinen Pferd nach Hause. Und bei jedem Besuch seither wurde sie gleichmäßig begeistert und liebevoll begrüßt, als wäre sie Jahre, nicht Tage, fortgeblieben und ihre Gesellschaft schmerzlich vermisst worden.

„Ach! Du bist jedes Mal größer, wenn ich dich sehe, *cara ragazza*!", rief Silvia aus, als sie Teddy an ihren großen Busen zog und sie auf den Kopf küsste. „Und schöner, immer schöner!"

„Ersticke das Kind nicht, Silvia!", beschwerte ihr Mann sich gutmütig. Er beachtete seinen eigenen Rat jedoch nicht, umarmte Teddy liebevoll, bevor er sie laufen und herumhüpfen ließ. „Ja! Ja! Viel größer, *sei una bella ragazza*! Silvia! Was stehst du noch da? Hole dem Kind etwas zu essen. Es ist halb verhungert."

„*Sto bene, grazie, signore Mansi*", antwortete Teddy mit einem Lächeln und einem spontanen Knicks.

Sie sah sich zu Christopher um, um zu sehen, ob sie den Satz richtig gesprochen hatte. Er zwinkerte ihr zu und Teddy wurde erneut von dem Paar umarmt und geküsst und beglückwünscht, bis Christopher die ausführliche Begrüßung unterbrach.

„Ich bin am Verhungern. Was gibt es zum Diner?", fragte er auf Italienisch. „Ich hoffe, es ist Farro, gefolgt von Kanincheneintopf?"

„Natürlich. Und *tortelli lucchesi*", antwortete Silvia selbstzufrieden. „Ich mache doch immer all Eure Lieblingsgerichte, nachdem ihr anderswo dieses *insipido cibo inglese* essen musstet."

„Silvia, du bist für immer mein Engel." Christopher küsste seine Fingerspitzen und fügte auf Englisch hinzu, als Carlo ihm half, seinen Umhang abzulegen, damit Teddy das Gespräch verstehen konnte: „Teddy hat etwas Besonderes für Mylady mitgebracht, aber vielleicht könnte sie zuerst ein paar deiner köstlichen Kastanienkekse haben und einen Milchkaffee in der Küche?"

Silvia und Carlo wussten, was er meinte. Er wollte mit Kate reden, ohne dass das Kind dabei war.

„*Sì*! Aber natürlich!", rief Silvia aus, half Teddy aus ihrem Umhang und gab ihn Carlo.

Sie strich über die Ärmel der taillierten Wolljacke des Mädchens und kniff ihr liebevoll in die gerötete Wange. „Wir werden auch einen Knochen für deinen pelzigen Bruder finden, eh?", sagte sie mit einem Blick zu Lorenzo, der gehorsam auf der Strohmatte gleich hinter der Tür lag, aber mit gespitzten Ohren dem Gespräch folgte. Einen Arm um Teddy gelegt sagte Silvia zu Christopher, da die Müdigkeit in seinen Augen ihr Sorgen bereitete: „Diese hohe Dame dort hinter dem Berg hält Euch zu lange fern. Ihr seid müde. Ihr braucht Schlaf ..."

„Das reicht, Silvia!", warnte Carlo und schüttelte Christophers Umhang aus, um ihn dann an einen Pflock hinter der Tür neben Teddys wollenes Cape zu hängen. „Es geht uns nichts an, wenn die Witwe einen guten Mann nicht erkennt, wenn er vor ihr steht."

„Was mich fernhielt, war ein Geist", sagte Christopher gelassen und schnaubte beim Gedanken an Evelyn, verwirrt, was die Absichten des Mannes gegenüber Mary betraf. Er grinste, als die Augen des Paares vor Schrecken weit aufgerissen wurde. „Kein echter Geist. Und sagt nichts. Das Kind hatte letzte Nacht einen Albtraum über den Geist seines Vaters." Auf Englisch fügte er zu Teddy gewandt hinzu: „Möchtest du deine Überraschung Kate vor oder nach dem Essen geben? Deine Entscheidung."

„Danach. Wenn wir im Salon Kaffee trinken."

„Sehr gut, im Salon beim Kaffee", erwiderte Christopher ernst und unterdrückte ein Lächeln, dass Teddy, obwohl sie ganz ernst war, nicht umhin konnte, als ihren Satz mit einem entzückten Hochziehen ihrer Schultern zu unterstreichen. Und dann fand er heraus, warum, als sie hastig hinzufügte:

„Nachdem du für uns auf der Mandora gespielt hast!"

„Ach! Muss ich?"

Teddy nickte. „Ja, du musst."

„Na gut. Aber wenn ich das tue, musst du die Schritte tanzen, die ich dir beigebracht habe - oder hast du sie vergessen? Es ist eine Woche her, dass du zuletzt hier warst."

„Nein! Nein! Ich habe sie nicht vergessen, Onkel Bryce. Ich habe mit Mama geübt."

Christophers Augenbrauen hoben sich. „Mit deiner Mama? Sie weiß, dass ich dir das Menuett beigebracht habe? Und sie hat mit dir geübt?"

Teddy nickte aufgeregt. „Aber Mama hat versprochen, kein Wort zu sagen. Sie sagte, sie wäre in der Tat überrascht, wenn der Tag kommen würde, an dem ich mit dir das Menuett tanzen würde." Naiv fügte sie hinzu: „Mama sagte, sie fand es erstaunlich."

„Das bezweifle ich nicht", murmelte Christopher.

„Dummchen! Nicht, dass du nicht wüsstest, wie man tanzt, Onkel Bryce, denn Mama sagt, du hättest eine sehr gute Haltung", versicherte Teddy ihm rasch und dachte, er glaubte ihr nicht. „Mama war erstaunt, dass du *mich unterrichtet* hast."

„Ach! Ich verstehe. Sollen wir Kate bitten, die Mandora zu spielen, während wir unsere Schritte üben? Ist dir das recht?" Als Teddy nickte, sagte er lächelnd: „Jetzt musst du mich für kurze Zeit entschuldigen."

„Bring das Kind in die Küche und füttere sie und ihren pelzigen Bruder, ich bitte dich, Silvia!", beharrte Carlo.

Silvia zuckte gutmütig die Achseln und drückte Teddy wieder an sich, küsste ihre Schläfe und sagte auf Englisch: „Komm, Kleines, sieh, was Silvia für dich in der Küche hat. Und ich werde Carlo bitten, Euch einen sehr starken Kaffee zu bringen", sagte sie mit einem traurigen Kopfschütteln zu Christopher, bevor sie ihre Hände hob und Hand in Hand mit Teddy in Richtung Küche ging. Lorenzo trabte neben ihnen her.

Carlo hastete Christopher nach, als er durch die getäfelte große Halle mit ihren großen hängenden Wandteppichen und dem riesigen Kamin ging. *„Signore! Signore!"* zischte er in einem derart lauten Flüstern, das Christopher am Fuß der Eichentreppe stehenbleiben ließ. *„Signore*, die Herrin, sie hat einen ihrer schlechten Tage. Ich dachte, das solltet Ihr wissen. Heute ist ein sehr schlechter Tag, einer der schlimmsten seit langer Zeit ..."

Christopher blickte die Treppe zur Galerie hinauf und sah dann zu Carlo hinunter. Er runzelte die Stirn. „Gibt es etwas Bestimmtes, das ich wissen sollte?"

Carlo schob stirnrunzelnd die Unterlippe vor. „Vier – fünf Briefe. Sie kamen nur wenige Stunden, nachdem Ihr fortgeritten wart, um bei der feinen Dame hinter dem Hügel zu bleiben ..."

„Das war ein schlechter Zeitpunkt."

„Ja. Ein sehr schlechter Zeitpunkt. Die Herrin hat jede Stunde gezählt, seit Ihr fort wart. Es fällt ihr immer schwerer, wenn Ihr sie verlasst."

„Entgegen ihrer Behauptung verlasse ich sie nicht. Sie weiß, wie ihr alle, dass ich nur je zwei Nächte in vierzehn Tagen auf Abbeywood verbringe. Und in diesen zwei Jahren hat sich daran nichts geändert. Nur waren es diesmal drei Nächte, aufgrund unvorhergesehener Umstände."

„Der Geist?"

„Ja. Der Geist."

Carlo zuckte die Achseln. „Das wird sie nicht glauben. Nicht dieses Mal. Dieses Mal ist es sehr schlimm."

„Wenn ich ihr ihre Briefe vorgelesen habe, wird sie wieder fröhlicher sein. Bring die große Kaffeekanne und mache den Kaffee stark. Und behaltet Teddy ein wenig länger bei euch als gewöhnlich. Ich sollte mich bemühen, ihr wenigstens einen ganzen Brief vor dem Essen vorzulesen."

Carlo verneigte sich und faltete die Hände vor seinem Bauch. *„Sì, Signore.* So soll es sein! Teddy kann mit Carlo Boccia spielen."

Christopher tätschelte dem älteren Mann liebevoll die Schulter. „Danke. Und, Carlo. Lass Teddy gelegentlich gewinnen ..."

„Ach! Ich muss sie nicht gewinnen lassen. Sie schlägt Carlo fair und ehrlich. Bei meiner Ehre!"

KATE WAR IN IHREM SCHLAFZIMMER, ZUSAMMENGEROLLT AUF DEM Fensterplatz, gebadet im Licht und der Wärme des Herbstsonnenscheins, der durch die zweiflügeligen Fenster fiel. Sie war noch nicht angekleidet, ihr taillenlanges, grau meliertes Haar hing zerzaust und lose über ihre Schultern, ungebürstet, seit sie früher an diesem Morgen aufgestanden war. Sie trug eine pelzbesetzte Morgenjacke über den Schultern, die jedoch nicht zugebunden war und ein enganliegendes Samtoberteil und gesteppte Röcke aus reichem Burgunder und Silberfaden enthüllte.

Angesichts ihrer gegenwärtigen Stimmung war er überrascht, dass sie sich überhaupt die Mühe gemacht hatte, sich anzuziehen, und nicht immer noch in ihrem Nachthemd und Morgenmantel war. Aber für eine Frau, die ihr gesamtes Erwachsenenleben unter dem öffentlichen Blick der Gesellschaft verbracht hatte, war es für sie ebenso selbstverständlich wie das Atmen, sich der neuesten Mode entsprechend anzuziehen, Kleidung, die aus den besten Stoffen und Drucken hergestellt wurde, die man für Geld kaufen konnte, mit passenden Haarschmuck und bestickten Schuhen. Daher war diese unübliche Ungepflegtheit alarmierend und hatte zweifellos ihre verständliche Frustration und ihr Selbstmitleid noch verschärft, da sie damit kämpfte, sich mit ihrer zunehmenden Blindheit abzufinden.

Obwohl sie nicht ganz blind war, hatte sie ihr zentrales Gesichtsfeld bei beiden Augen verloren. Sie erklärte, es wäre gewesen, als wäre ein Tropfen schwarzer Tinte auf die Iris geträufelt, so dass Licht und Sicht nur an einem schmalen Band am äußersten Rand ihres Sehvermögens existierten. Das hieß, dass die Dinge, die sie am meisten liebte, schreiben, lesen und sticken, ihr nicht mehr möglich waren.

Eine ihrer größten Freuden war ihre Korrespondenz mit ihren vielen Freunden gewesen, hier in England und auf dem Kontinent, was es ihr erlaubt hatte, sich über den politischen und gesellschaftlichen Wirbel der feinen Gesellschaft auf dem Laufen zu halten, einer Gesellschaft, deren Teil sie bis zum Tod ihres Gatten, des Admirals, und dem damit verbundenen Verlust des Einkommens aus seinen Ämtern gewesen war. Doch selbst nach seinem Tod und ihrem Umzug auf den Kontinent wegen ihrer beschränkten Verhältnisse war sie keine Einsiedlerin gewesen und wurde mit offenen Armen von der englischen Gesellschaft im Ausland aufgenommen. Und dann schwand ihre Sehkraft immer mehr.

Da wurde ihre Suche nach Christopher ein hektischer Kampf gegen die Zeit. Sie war entschlossen, ihn zu sehen, sich sein schönes Gesicht auf ewig in ihr Gedächtnis zu graben, bevor die Schwärze ihn ihr vollends raubte und sein Lächeln und diese braunen Augen auf ewig für sie verloren waren.

Und jetzt war sie hier, in einer Welt weit fort von den Salons der Gesellschaft, der englischen wie der italienischen, nicht länger in der Lage, die Gesichtszüge eines Menschen zu erkennen; wo sich das Gesicht befand, sah sie nur Dunkelheit. Ihr einziger Kontakt mit der Außenwelt wurde durch ihre Korrespondenz aufrechterhalten - die Christopher ihr laut vorlas, und durch die Briefe, die sie schickte - nachdem sie sie ihrer Gesellschafterin, Fran, diktiert hatte, die sie niederschreiben musste. Doch Fran konnte nur auf Englisch und Schulfranzösisch schreiben. Der größte Teil der Korrespondenz erforderte ein hohes Maß an Fähigkeit in der französischen Sprache, was hieß, dass sie darauf warten musste, dass Christopher freie Zeit hatte, um ihre Augen zu ersetzen und für sie zu schreiben.

Carlo hätte Christopher nicht warnen müssen, obwohl er für die Besorgnis des Mannes dankbar war, denn es erforderte keine überragende Intelligenz zu sehen, was ihren letzten Anfall von Selbsthass ausgelöst hatte. Sie mochte wie das Abbild der Gelassenheit erscheinen, wie sie blicklos aus dem Fenster starrte, die Hände locker in den Schoß gelegt, doch das im Raum verstreute Papier erzählte eine andere Geschichte.

Seiten frisch geöffneter Briefe waren vom Himmelbett bis zum Frisiertisch und über den Fenstersitz verstreut. Pergament lag auf der Bettdecke, dem türkischen Teppich und den Polstern des Fenstersitzes. Wachssiegel war erbrochen oder abgerissen worden, einige Seiten waren so zerknüllt, als ob sie zu einem Ball zusammengedrückt und weggeworfen worden wären, nur, um zurückgeholt und hastig wieder geglättet zu werden. Zum Glück war keiner in Stücke gerissen worden. Das war in der Vergangenheit vorgekommen, und Christopher hatte mit Frans Hilfe einen ganzen Abend damit verbracht, den Brief einer von Kates vielen treuen Freundinnen, noch dazu einer Herzogin, zusammenzusetzen.

Kates selbstlose Gesellschafterin saß am Feuer und häkelte, und als er den Raum durchquerte, sah sie auf und wollte etwas sagen, aber er legte einen Finger an die Lippen und bedeutete ihr auch, sitzen zu bleiben. Beide wechselten einen vielsagenden Blick, Fran ging so weit, resigniert zu lächeln, bevor sie die Augen zu der Balkendecke verdrehte, was bedeutete, dass ihre Herrin in besonders übler Laune war.

„Ich weiß, dass du da bist", sagte Kate und wandte den Kopf von der Aussicht ab. „So ist das mit der Blindheit. Wenn ein Sinn nachzulassen beginnt, werden die anderen schärfer." Sie hielt ihm die Wange hin, um seinen Kuss zu erwarten und lehnte sich dann wieder mit gerümpfter Nase in die Kissen. „Du stinkst nach Pferd und Männerschweiß."

„Ja, das muss ich wohl. Danke, dass du mich daran erinnerst, dass ich vor dem Essen noch baden und mich umziehen muss. Aber ich wollte zuerst zu dir kommen. Wenn du jedoch vorziehst, dass ich gehe …"

„Nein! Bleib hier", befahl sie und wischte die Papiere vom Fenstersitz, damit er sich neben sie setzen konnte. „Und es war keine Kritik. Ich glaube nicht, dass es eine Frau gibt, die bei deinem Duft nicht schwach wird. Er wäre es wert, ihn auf Flaschen gezogen zu werden."

Christopher setzte sich nicht sofort dorthin, wo sie ihm bedeutete. Stattdessen ging er in die Hocke, um die Blätter aufzuheben, die sie auf den Boden gefegt hatte.

„Fran, seid so nett, mir zu helfen, den Rest dieser Briefe zu sammeln, die wie Blütenblätter verstreut sind…"

„Ich habe dich zum Erröten gebracht! Ich kann es in deiner Stimme hören", neckte Kate ihn und fügte mürrisch hinzu: „Ich weiß nicht, warum du so schüchtern geworden bist, seit du wieder in England bist, obwohl dir die Wirkung, die du auf Frauen hast, nur zu gut bewusst ist, und du auch kein Problem damit hattest, sie zu deinem Vorteil zu nutzen, wenn es dir passte. Englische Rosen unterscheiden sich nicht von italienischen Blüten, weißt du."

„Cristoforo hatte diese Wirkung auf Frauen. Christopher nicht."

„Unsinn!"

Christopher lachte und richtete sich auf. Er überreichte Fran einen Stapel Papier, um ihn ihrer eigenen Sammlung hinzuzufügen, und kehrte zum Fenstersitz zurück. „Fühlst du dich nach diesem Ausbruch ein wenig besser?"

„Mach keine Witze. Natürlich fühle ich mich nicht besser. Aber du bist jetzt hier. Obwohl ich dich gestern am meisten gebraucht hätte. Doch was bedeuten meine Bedürfnisse, was bedeutet es, einer alten Dame ein paar Briefe vorzulesen, im Vergleich zu den Bedürfnissen und Nöten der *Stolzen Mary*? Zweifellos dachte sie nicht einmal daran, dir zu danken, weil du ihr so kurzfristig zur Verfügung standest? Sie erwartet einfach, dass du alles tust, was sie sagt. Ich frage mich, ob sie überhaupt weiß, dass du ein eigenes Zuhause hast, Menschen, die sich um dich kümmern, dich hier genauso brauchen – *mehr* – als sie es jemals könnte oder würde –"

„Du bist unvernünftig und ungerecht."

Kate fuhr hoch. „Unvernünftig? Ungerecht? *Ich?*"

„Ja. Sie war sehr besorgt, ob es dir keine Ungelegenheiten bereiten würde, wenn ich eine weitere Nacht bliebe, und ...“

„So?“ Kate hob eine Schulter, ohne besänftigt zu sein. „Sie macht sich unnötig Sorgen um deine *Tante*.“

„... du vergisst“, fuhr er fort, wobei er ihre Betonung des Wortes *Tante* ignorierte, „dass es nicht Mary war, die mich zu Teddys Vormund oder zum Verwalter von Abbeywood gemacht hat, sondern ihr Ehemann.“

„Abgesehen von der Heirat mit Mary war es Geralds einzige anständige Tat als Baron, dich zum Vormund dieses Kindes zu ernennen. Der abscheuliche Trottel war eine traurige Enttäuschung für seinen Vater. Sein Geschnüffel, seine Feigheit und sein unglückliches Äußeres waren die Schuld seiner Mutter. Du hättest einen großartigen Baronet abgegeben ...“

„Das führt zu nichts, Kate“, unterbrach Christopher gleichmütig und unterdrückte einen verärgerten Seufzer. „Ebenso wenig wie das Wiederkauen der Vergangenheit, was hätte sein könne, wenn die Planeten und Sterne anders gestanden hätten. Wir können nur da weitermachen, wo wir heute stehen.“

„Gerald hat dich nur zu Teddys Vormund ernannt, um sich einen gehässigen Witz auf Roxtons Kosten zu erlauben!“

Das erschreckte ihn. Ihre Gereiztheit ließ sie in unbekannte Gewässer abdriften und er fragte sich, woher dieses plötzliche Bedürfnis nach Geständnissen kam. Er überdachte seine Reaktion gut und sagte mit aller Geduld, die aufzubringen ihm möglich war:

„Ja. Ich denke, du hast recht. Es war Gehässigkeit, die ihn dazu brachte, mich und nicht den Herzog zu benennen, weil er sich dafür rächen wollte, dass er aus dem Schoße der Roxtonfamilie verstoßen worden war. Welch bessere Rache hätte er finden können, als seinen niedrig stehenden und unwissenden Nachbarn zum Vormund seiner Tochter zu machen und festzulegen, dass sie die Verwandten ihrer Mutter nicht besuchen dürfte. Jedoch ist die unbeabsichtigte Folge dieser Bestimmung, von der ich denke, dass sie Gerald nie in den Sinn gekommen wäre, dass ich es für ein Privileg halte, Teddys Vormund zu sein.“

„Wie kannst du immer so philosophisch sein? So verzeihend? Du siehst immer eher das Gute als das Schlechte. Und was die Geduld angeht!“ Kate schnaubte spöttisch. „Nun! Von *mir* hast du *die* nicht.“

„Nein“, antwortete er und wandte sich zur Tür, als Carlo mit weit aufgerissenen Augen auf Zehenspitzen mit einem Tablett Kaffeegeschirr ins Zimmer schlich. „Meine Eltern haben mich Duldsamkeit gelehrt. Eine höchst notwendige Eigenschaft für einen Landwirt. Fran, wenn Ihr Euch um die Kaffeekanne kümmern würdet, ich will die Blätter sortieren und hoffentlich wenigstens einen ganzen Brief zusammenbringen. Und während ich meinen Kaffee schlürfe, um mich wachzuhalten, lese ich ihn dir vor", sagte er zu Kate, die, wie er bemerkte, noch immer die Fäuste geballt hatte, „doch nur, wenn du es Fran erlaubst, dir die Haare zu bürsten und zu frisieren, damit sie besser zu deinem schönen Gesicht passen."

„Kein Wunder, dass du ein gefeierter Cicisbeo warst. Du weißt immer, was du zu einer Frau sagen musst - in jeder Lage!"

„Nicht in *jeder* Lage", antwortete Christopher nachdenklich. „Ich weiß nie, was ich zu Mary sagen soll... Das hat mich zuerst überrascht; mich in ihrer Gegenwart sprachlos zu finden. Und dann wurde mir klar, dass ich sie liebe, und deshalb muss alles, was ich ihr sage, einen Sinn haben. Es ist wichtig, dass ich aufrichtig bin. Genauso wichtig ist es, dass ich dir gegenüber aufrichtig bin, weil du weißt, dass ich dich auch liebe - auf eine andere Art, wie du verstehst, aber ..."

„Oh, um Himmels willen! Lass es einfach! Ich *hasse* es, wenn du - wenn du *du* bist."

„Mylady! Nein! Jetzt war ich lange genug ruhig!", verkündete Fran und stellte die Kaffeetassen grob zurecht, so dass sie auf dem Tablett klirrten. „Ihr könnt Mr. Bryce nicht weiter derart beschimpfen, nach allem, was er für Euch getan hat. Ihr liebt ihn doch, warum seid Ihr so grausam? Ich weiß, dass Ihr nicht absichtlich unfreundlich und gedankenlos seid, aber ..."

„Das geht dich nichts an, Fran, und niemand hat dich um deine Meinung gebeten. Geh zurück in deine Ecke und zu deiner Häkelei und überlasse mich meinem - meinem *Elend*."

„Liebe Güte", murmelte Christopher. „Fran, Silvia und Carlo dürften alle ein paar harte Tage hinter sich haben ..."

„Ein paar harte Tage? Fran, Silvia und - und *Carlo*? Was weißt du schon? Was wissen sie? Ich bin die Unglückliche, die blinde Närrin, die ..."

„Obwohl sie niemals daran zweifeln würden, dass sie deine Diener sind, würde ich zu vermuten wagen, dass nicht einmal der pompöse Sir Gerald, wenn er mit einer so treuen und selbstlosen Gesellschafterin wie Fran gesegnet gewesen wäre, die jetzt seit zehn Jahren bei dir ist, ihr befohlen hätte, *in ihre Ecke zurückzukehren* ..."

Einen Moment herrschte Stille. Kate starrte ihn an und wünschte sich von ganzem Herzen, sie könnte in sein Gesicht schauen, die Liebe in seinen feuchten braunen Augen sehen, Augen, die so sehr wie die seines Vaters waren, und seine feine gerade Nase und sein Lächeln, die ihn ihr so ähnlich machten. Sie hatte es gewusst, seit sie ihn zum ersten

Mal gesehen hatte. Nicht an dem bedeutsamen Tag, an dem sie ihm beim Diner gegenübergesessen hatte, als er ein Junge von gerade fünfzehn Jahren war, sondern am Tag seiner Geburt, als sie ihn endlich, erschöpft und überwältigt, im Arm gehalten hatte und sich vormachte, dass sie ihn nie, niemals aufgeben, sondern lieber sterben würde. Alles Erinnerungen jetzt, seine Geburt, dieses Abendessen, diese Augen, sein Lächeln, ihre gerade Nase ...

Jetzt verließ sie sich auf seine Stimme, um ihr zu sagen, was sie wissen musste, um sie zu beruhigen und zu besänftigen. In seinem Tonfall lag nie Verachtung oder Belehrung, nur Geduld, riesige Mengen von Geduld. Er war immer so duldsam und verzeihend ihr gegenüber, und in allem, so sehr er sich bemühte, es zu verstecken, lag der Kummer über ihre traurige Lage.

Ein schwelender Scheit im Kamin knallte, knisterte und fiel auseinander und riss sie wieder in die Gegenwart zurück, zu den Geräuschen, wie Fran die silberne Kaffeekanne hob und die heiße, schwarze Flüssigkeit in eine kleine Porzellantasse goss und Christopher in ihrer Nähe mit Papier raschelte, beständig, beruhigend und so dringend notwendig für ihr Glück.

„Oh Gott, warum verzeihst du mir immer alles? Warum bin ich *ständig* so undankbar?", platzte sie mit einem schaudernden Seufzer heraus. „Ich *hasse* mich so sehr!"

Christopher hob die Schöße seines Rocks und setzte sich neben sie. Er ergriff eine ihrer Hände und war froh, dass sie sie ihm nicht entzog, obwohl sie ihr Gesicht abgewandt hielt. Er rutschte auf dem Kissen herum, wenn sie schließlich entschloss, ihn anzusehen, sollte es für sie bequem sein.

„Kate", sagte er leise und drückte ihre Finger. „Kate. Ich habe Mary meinen Namen gesagt."

Daraufhin drehte sie sich zu ihm um, schockiert.

„Was? Deinen *Geburt*snamen?"

„Ja."

Kate war so ungläubig, dass sie es laut aussprechen musste. „Du hast Mary gesagt, dass du als Kind Cavendish genannt wurdest?"

„Ja. Ich dachte, es wäre Zeit."

Kate brach in Tränen aus.

# DREIZEHN

Christopher saß auf dem Fenstersitz in der Sonne, den Arm um sie gelegt, und sie lehnte sich an seine Schulter, während er ihr die überraschenden Ereignisse der letzten Nacht berichtete, wobei er absichtlich den Kuss ausließ. Er war daran interessiert, was Kate ihm über Marys lang verloren geglaubten Cousin erzählen konnte.

„Evelyn Ffolkes ist ein Schurke", sagte Kate als Tatsache, nicht als Urteil. Sie setzte sich auf, was Christopher erlaubte, nach seiner Kaffeetasse zu greifen. „Und er hat den schlechtesten Zeitpunkt gewählt, um von den Toten zurückzukehren."

„Das ist wohl eine Untertreibung, meine Liebe!", sagte Christopher mit einem kurzen Auflachen, als ihm das Bild von Mary und ihrem Cousin vor Augen stand, auf ihrem Bett zusammengekuschelt, so sehr in ihr Gespräch vertieft, dass sie seine Anwesenheit vergessen hatten. „Aber da Mary sich über das Wiedersehen gefreut hat, kann ich ihr zuliebe nicht böse auf ihn sein. Verärgert. Frustriert. Misstrauisch ob seiner Motive. Mit Sicherheit ..." Er nippte an seinem Kaffee und gönnte sich einen Moment, um die bittere Süße der warmen, sirupartigen Flüssigkeit zu genießen. Er hoffte, er würde sich bald nicht mehr so müde fühlen. Im warmen Licht der Morgensonne machte sich bemerkbar, dass er in der Nacht zuvor sehr wenig geschlafen hatte. „Also, was kannst du mir über Marys Schuft von Cousin erzählen?"

Kates übertriebenes Selbstmitleid hatte sich in Luft aufgelöst, zusammen mit ihrer trotzigen Stimmung, seit sie wusste, dass Christopher den gewaltigen Schritt unternommen hatte, Mary die Tatsachen um seine Geburt anzuvertrauen. Vielleicht hatte er ihr nur den Namen verraten, den sie ihm als Säugling gegeben hatte, noch nichts von seiner Illegitimität, aber es war ein Anfang. Es hatte eine Zeit gegeben, als Christopher sich geweigert hatte, die Tatsachen zu glauben oder ihre Existenz wahrhaben zu wollen. Das änderte sich in Italien, als sie ihn aufgesucht hatte. Seine eigenen Lebenserfahrungen hatten es ihm ermöglicht, besser mit der Wahrheit über sich selbst und über sie umzugehen. Alles, was sie jemals gewollt hatte, war, ein Teil seines Lebens zu sein, so klein dieser auch sein mochte, und als die Antwort auf ihre Gebete kam, war es fast schon zu spät gewesen.

Diese neue und faszinierende Wendung der Ereignisse auf Abbeywood beschäftigte jetzt ihre Gedanken und reichte aus, um ihr Interesse an ihrer Korrespondenz zu verringern, obwohl Fran pflichtbewusst die verstreuten Seiten in die richtige Reihenfolge und zu ganzen Briefen sortierte.

„Ich weiß viel *über ihn* durch die Briefe seiner Mutter", erzählte Kate Christopher. „Evelyn war ein musikalisches Genie. Wirklich begabt, und das nicht nur, nach Meinung seiner Mutter. Andere lobten seine Kompositionen und sein Spiel. Aber seine Mutter befürchtete, seine musikalische Virtuosität würde seine Bereitschaft beeinträchtigen, zu heiraten und ihr Enkelkinder zu schenken. Und sie hielt seine bevorzugte Beschäftigung für den Neffen eines Herzogs für ungeeignet. Sie war ein hochmütiges Geschöpf, neigte zu Theatralik, die Enkelin eines Herzogs und die Schwester eines anderen, und nicht nur irgendeines Herzogs, sondern von *M'sieur le duc de Roxton* ...“

„Deines alten Verehrers?"

„Ja", antwortete sie gleichmütig, und obwohl kein Hauch von Missbilligung in seinem Ton lag, fühlte sie immer noch ein wenig Unbehagen, als sie über ihr leichtfertiges Verhalten in ihrer Vergangenheit sprach, etwas, das sie zu jener Zeit nie gestört hatte. „Mein alter Verehrer, wie du ihn nennst, war *damals* nicht alt. Und nur, dass du es weißt, Roxton und ich waren lange vor seiner Heirat ein Liebespaar ...“

„... und als er schließlich heiratete, änderte sich dieser große Schurke völlig für seine schöne junge Frau. Ja, ich erinnere mich, dass du mir von ihrer Liebesgeschichte erzählt hast - eine Art Märchen. Du und alle anderen Bekannten hätten sich nicht mehr für das Paar freuen können. Ich wollte schon immer die Heldin einer solch märchenhaften Liebesgeschichte kennenlernen. Insbesondere *Mme la duchesse*, denn du sagst ja, dass Mary ihr recht ähnlich sehe."

„Das habe ich von anderen gehört. Ich muss Lady Mary Cavendish erst noch kennenlernen, obwohl ich ihre Großmutter Augusta recht gut kannte." Kate schauderte leicht. „Auch sie war eine sehr schöne Frau, aber mit einem Herzen aus Stein."

„Du wirst Mary kennenlernen, und ich hoffe, schon bald. Aber du warst dabei, mir von Evelyn Ffolkes' Mutter zu erzählen, der Schwester von *M'sieur le duc de Roxton*?"

Aber Kate ließ sich nicht von ihrer eigenen Geschichte ablenken und sagte hastig: „Roxton und ich waren nicht nur einmal, sondern zweimal Liebende ..."

„Es ist vollkommen in Ordnung für mich, das nicht zu wissen."

„... und es ist das zweite Mal, von dem du - und die feine Gesellschaft - wissen, weil wir uns nie bemühten, unsere Affäre zu verheimlichen. Die meisten Adligen mit Mätressen sehen keine Notwendigkeit dazu; Berichte in den Nachrichtenblättern darüber sind extrem banal. Aber das erste Mal, als wir ... *zusammenkamen* ..."

„Ein Liebespaar wurden", stellte Christopher grinsend fest. „Du sprichst nicht mit Teddy, Kate. Vielleicht vergisst du, dass ich fast vierzig Jahre alt bin?"

Kate schüttelte lächelnd den Kopf, sagte aber ernst: „Eine Frau vergisst nie den Tag, an dem sie Mutter wird. Unabhängig von den Umständen. Jener Tag ... Es ist mir, als wäre es gestern gewesen ... ich wünschte immer noch, es wäre gestern gewesen ..."

Christophers Mund wurde bei der Trauer in ihrer Stimme trocken. Er räusperte sich.

„Mary sagte, die Geburt ihrer Tochter wäre der glücklichste Tag ihres Lebens gewesen. Ich kann mir nicht vorstellen, wie sie es ausgehalten hätte, wenn sie gezwungen gewesen wäre, Teddy mit drei Monaten aufzugeben."

„Sie hätte es nicht ertragen. Ich konnte es fast selbst nicht. Ein fürsorglicher Liebhaber half mir, den Schmerz zu stillen - nun, zumindest, mich von meiner Trauer abzulenken. Natürlich konnte sich Roxton nicht in meine Situation einfühlen, aber er hatte Mitgefühl. Ich weiß nicht, ob er die Tiefe meines Kummers ganz erfasste, aber er sah, welch zerbrechliches Geschöpf ich war und wir schafften es, unsere Affäre geheim zu halten. Er half mir einzusehen, dass mein Leben mit ein paar Veränderungen auf erträgliche Weise weitergehen könnte. Und dies zu einer Zeit, als mein Kopf voll wirrer Gedanken war, mich umzubringen."

„Kate! Guter Gott! Nein! *Warum?*"

Sie streckte ihre Hand aus und als er sie ergriff, drückte sie seine Finger und ihr Lächeln wurde vor Freude über seine Besorgnis breiter, und sollte ihm zeigen, dass solche dunklen Gedanken der Vergangenheit angehörten.

„Roxton hatte diese Gabe, alles unverblümt in Perspektive zu rücken. Wer ihn nicht gut kannte, wer seine hochmütige Arroganz nicht verstand, hielt ihn für gefühllos und selbstsüchtig, was er bis zu einem bestimmten Grad auch war - warum auch nicht? Er war ein Herzog, um Himmels willen! Aber er war nicht so arrogant gegenüber denen, die ihm wichtig waren. Weit gefehlt ... Er sagte, wenn ich mich umbringen würde, würde ich niemals die Freude und Ernüchterung erleben, die mit dem Aufwachsen der Nachkommen einhergingen. Sah ich nicht, dass ich das Beste aus zwei Welten hätte - den Vorzug, mein Kind in einer liebevollen Familie aufwachsen zu sehen, die alle Verantwortung übernahm, während ich keine zu tragen hatte. Mein Leben würde selig unberührt bleiben. Er war wie immer zynisch. Und hatte recht, so wütend es mich auch machte!"

Sie seufzte, schüttelte sanft den Kopf und holte tief Luft, als wollte sie diese Erinnerungen beiseiteschieben. Fran tauchte an Christophers Schulter auf und bot ihm mehr Kaffee an, dazu eine Tasse für Kate, die er vorsichtig in ihre Hände drückte, bevor er beiläufig sagte:

„Mary erzählte mir auch, dass die glücklichste Zeit in ihrem Leben die Jahre waren, die sie als junges Mädchen bei *M'sieur le duc* und *Mme la duchesse* verbracht hat ...“

„Oh, ja! Das hatte ich vergessen.“ Sie nahm einen Schluck von ihrem Kaffee, neckte ihn und sagte mit trügerischer Süße: „Cousin Evelyns Rückkehr von den Toten hätte in Bezug auf deine langwierigen Werbung um Lady Mary zu keinem ungünstigeren Zeitpunkt kommen können, wenn sie endlich begonnen hat, dir einiges aus ihrer Vergangenheit anzuvertrauen, so langweilig die auch sein mag. Ich prophezeie mit Sicherheit ...“

„Nun, Kate, sie ...“

„... dass Teddy einundzwanzig sein wird, bevor ihr beide euch zum ersten Mal küsst!“

„Wie reizend“, unterbrach er ironisch und hoffte, dass seine Abruptheit ihn nicht verraten würde. „Sage mir, was du über die Zeit, die sie bei den Roxtons lebte, weißt.“

„Ich erinnere mich, wie ich über einen Brief von Roxton laut gelacht habe, in dem er sich beschwerte, dass mit dem Alter die Erkenntnis käme, dass er an Schärfe verlöre. Er müsste zugeben, dass er weniger erschreckend wäre als sein Ruf. Dass er zwar noch immer einen Diener oder einen Schmeichler mit einem Blick zum Schweigen bringen könnte, es aber zunehmend schwer würde, das bei seinen Söhnen und jüngeren Verwandten zu tun.“ Kate schnaubte. „Natürlich hatte seine Frau sich nie von seiner kalten Arroganz täuschen lassen. Und er fragte sich, ob ihre bedingungslose Liebe ihn über all die Jahre hatte weich werden lassen. Ich wusste, dass das rhetorisch gemeint war, denn wenn es um Antonia ging, war er immer butterweich. In einem seiner Briefe erwähnte er Mary besonders. Er nannte sie eine Flamme, die nicht gelöscht werden könnte. Er sagte, sie hätte eine unersättliche Neugier und einen unersättlichen Geist, der für einen alten Aristokraten furchtbar ermüdend war, der nicht daran gewöhnt war, seine Allwissenheit von einer zwölfjährigen Göre in Frage gestellt zu sehen. In Wahrheit war er insgeheim erfreut, weil das Mädchen ihn anbetete. Ähnlich, wie Teddy dich anbetet. Schüttele nicht den Kopf, denn du weißt, dass es stimmt!"

„Alles, was ich getan habe, ist, zu versuchen, Teddy das beste Beispiel dafür zu geben, wie ein Vater sein sollte, und mein Vorbild ist mein Vater, der der beste aller Männer war. Während Sir Gerald ein erbärmlicher Vater war. Doch wer kann ihn tadeln, wo er Sir George als Vorbild hatte?"

„Dein Vater war ein großartiger Mann – und ich meine Henry, nicht George. Du hättest dir keine besseren Eltern wünschen können, mein Junge. Und ich bin sehr dankbar dafür, jeden Tag, glaube mir ..."

„Kate, ich ..."

„Teddys Überschwang und Lebensfreude, ihr Herz aus Gold und ihr Optimismus erinnern mich an ihre Mutter als junges Mädchen, als sie bei den Roxtons lebte", sagte Kate, die das Gespräch schnell von Christophers Geburt abbringen wollte, da für einen Tag genug über dieses schmerzhaft emotionale Thema gesagt worden war. „Ich hoffe, dass in ihrem Leben nichts geschieht, um das zu ändern."

„Nicht, wenn ich in dieser Angelegenheit etwas zu sagen habe. Ich werde mich bis zum letzten Atemzug dagegen wehren, dass ihr erlaubt wird, einen Mann wie ihren Vater zu heiraten, denn ich habe keinen Zweifel daran, dass Sir Gerald Marys Überschwang und Optimismus einen Dämpfer aufgesetzt hat. Aber wir sprachen über Marys Cousin", sagte er in einem ruhigeren Ton. „Was kannst du mir noch über Mr. Evelyn Ffolkes erzählen?"

„Zum einen ist er nicht Mr. Ffolkes, sondern Lord Vallentine und Erbe von Stretham-Ely."

„*Er* ist ein Earl?", schnaubte Christopher. „Aber das musste natürlich sein, nicht wahr!"

Kate ignorierte Christophers ungläubigen Sarkasmus.

„Er wird es sein, sobald seine Identität überprüft ist. Der Titel ist seit einigen Jahren unbesetzt, in der Annahme, dass Evelyn tot wäre, und weil der nächste in der Erbfolge, ein viel älterer Cousin, die Last des Titels nicht tragen wollte und ihn daher ablehnte, bis nicht die erforderlichen sieben Jahre verstrichen wären, um Evelyn offiziell für tot zu erklären. Und jetzt ist Evelyn innerhalb der sieben Jahre zurückgekehrt, er kann erben, was zu Recht sein ist. Das hat sich doch alles recht ordentlich ergeben, meinst du nicht?"

„Roxton wird seine Freude darüber, einen weiteren adligen Cousin wieder zu seiner Familie zu zählen, kaum beherrschen können. Und könnte Mary befehlen, sich ihnen allen in Treat zur Feier seiner Rückkehr anzuschließen."

„Oh. Das könnte problematischer werden."

„Problematisch? Inwiefern?"

Sie streckte ihre Kaffeetasse aus, die Christopher ihr abnahm und an Fran weiterreichte, lehnte sich wieder in die Kissen zurück und sammelte ihre Gedanken über vergangene Ereignisse, wohl wissend, dass Christopher fasziniert zuhörte.

„Es bleibt die Tatsache, dass Evelyn mit einer völlig unpassenden Frau durchbrannte, weshalb er von der Familie ins Exil geschickt wurde, und er wurde, soweit ich weiß, noch nicht offiziell daheim willkommen geheißen." Kate zuckte die Achseln und sinnierte: „Ich schätze, sein Tod bedeutete, dass man ihm nicht verzeihen musste. Seine übereilte Ehe brach seiner Mutter das Herz ..."

„Ja. Das musste sie wohl. Maria erzählte mir ein wenig von der Flucht ihres Cousins, und dass sie es war, die ihm und seiner Braut half, aus Frankreich zu entkommen."

„Das hat sie getan? Wie rührig von ihr, und auch ungewöhnlich, sich den Wünschen der Familie entgegenzustellen."

„Sie sagte, das Mädchen hätte es verdient, geheiratet zu werden."

„Ja. Das würde ich auch sagen ..."

„Und ich war davon ausgegangen, dass Roxton, wenn sein Cousin den Titel eines Earls erben würde, einen Weg finden würde, über die Kränkung, die der Familie durch die unpassende Ehe und die Flucht zugefügt worden war, hinwegzusehen, vor allem nach so langer Zeit und dem Tod der Frau."

„Oh, zweifellos, außer einer kleinen, aber bedeutsamen Tatsache, von der ich sicher bin, dass sie Mary völlig unbekannt ist. Sie kann nicht gewusst haben, dass dies bereits das zweite Mal war, dass er eine Entführung versuchte. Das erste Mal wurde von *M'sieur le duc de Roxton* vereitelt. Siehst du, Evelyn hat versucht, mit Deb Roxton durchzubrennen, als sie kaum mehr als ein kleines Mädchen war ..."

„*Was*? Mit der derzeitigen Herzogin?"

„Ja, genau mit ihr. Die ganze schmutzige Geschichte wurde rasch unter den Teppich gekehrt. Aber das ist der Grund, warum ich skeptisch bin, ob Marys Cousin ein warmer Empfang bei seinen Roxton-Verwandten erwartet. Du siehst jetzt, warum ich ihn einen Schurken nenne."

„In der Tat." Christopher erzählte ihr nichts von Evelyns Spionage-aktivitäten für Englands Herrn der Spione oder den Drohungen, die er ihm gegenüber ausgesprochen hatte, die er bestenfalls als hohl ansah, aber nach einigem Nachdenken äußerte er sich skeptisch darüber, warum Evelyn sich entschieden hatte, auf Abbeywood aufzutauchen, während er genauso leicht an Brycecombs Tür hätte klopfen können, um Antworten über Sir Geralds Spionageaktivitäten zu erhalten.

„Es ist also ein Zufall, dass er sich entschieden hat, auf Abbeywood von den Toten zurückzukehren, einem abgelegenen Landsitz, wo seine direkte Cousine, noch dazu eine Witwe, zufällig wohnt, oder sind seine Motive etwas komplizierter?"

Kate war skeptisch. „Ich bezweifle, dass es ein Zufall ist, mein Junge." Als Christopher mit den Zähnen knirschte und einen ange-spannten Zug um den Mund bekam, fügte sie hinzu, was seinen Verdacht auf einen Hintergedanken bestätigte: „London und die Gesell-schaft wären ein viel geeigneterer Ort für ihn gewesen, um seine Rück-kehr anzukündigen, besonders für jemand mit einem solchen theatralischen Temperament."

„Theatralisches Temperament? Ha!" Christopher dachte daran, wie Evelyn mit seinen wild abstehenden Haaren seine Rückkehr in Sir Geralds großem Nachthemd verkündet hatte und so völlig wie ein Gespenst ausgesehen hatte: „Dem Mann trieft das Drama aus jeder Pore."

„Ich hätte gedacht, seine beste Vorgehensweise, um seinen Anspruch auf den Titel von Stretham-Ely zu sichern, wäre es, mit seinem herzogli-chen Cousin Frieden zu schließen", argumentierte Kate.

„Warum belästigt er dann Mary hier?", fragte Christopher ruhig.

Eine Frage, auf die er und Kate eine Antwort wünschten, was aber auf einen anderen Tag würde warten müssen. Jetzt war Teddy an der Tür und verlangte nach Aufmerksamkeit. Und als Christopher lächelte und sie heranwinkte, lief sie durch das Zimmer, um sich von Kate in eine Umarmung schließen zu lassen.

TEDDYS BESUCHE BRACHTEN KATE IMMER IN EINE BESSERE Stimmung. Sie verlor ihre Selbstbezogenheit und ihre Frustration über ihre nachlassende Sehkraft. Solange Teddy im Mittelpunkt der Aufmerksamkeit stand, war Kate wieder mehr ihr altes Selbst. Jetzt war das Diner vorbei und sie waren im Salon, gesättigt durch eine von Silvias köstlichen italienischen Mahlzeiten. Kate und Teddy spielten Schach, Teddy bewegte die Figuren für sie beide, während Kate elegant dort saß, einen hellen Spitzenfächer über ihrem tiefen, viereckigen Ausschnitt bewegte, als wäre sie in der Oper. Sie trug eines ihrer vielen Samtkleider, Haare frisiert und geschickt von Fran geschminkt, und sah jeden Zoll wie die Frau eines Lord-Admirals aus.

Etwas früher, während Carlo ihnen nach dem Essen den Kaffee servierte, hatte Christopher wie versprochen mit Teddy Menuett getanzt und Fran hatte ausgerufen, dass sie nie einen besseren Tänzer gesehen hätte als Mr. Bryce. Dazu hatte Kate im Spaß bemerkt, dass sie das auch nicht hätte, und sah sich dann von Christopher aus ihrem Stuhl ziehen lassen, um mit ihm zu tanzen. Teddys Ermutigung ließ sie zustimmen. Und als sich alle wieder niederließen und Christopher auf seiner Mandora spielte, nickte er Teddy zu, dass es eine gute Gelegenheit wäre, ihr Geschenk zu überreichen.

„Oh, was ist das, Kind?", fragte Kate, als Teddy ihr ein Päckchen in den Schoß legte.

Sie betastete das Päckchen, bemerkte, dass es mit einem blauen Seidenband umwickelt war, vermutlich einem von Teddys Haarbändern, und lächelte das Mädchen an, das an der Armlehne ihres Sessels stand; sie wünschte, sie könnte das eifrige Lächeln und helle Leuchten der Augen in dem kleinen, herzförmigen Gesicht, das von einer Fülle roten Haares umrahmt wurde, sehen.

„Es ist für Euch. Etwas, um Euch zu helfen, und es ist auch etwas dabei, das Euch helfen soll, mich besser zu erkennen", sagte Teddy mit kaum verhohlener Begeisterung und schaute Christopher an, der sie ermutigend anlächelte.

„Weiß dein Onkel Bryce, was es ist?", fragte Kate.

Teddy schüttelte den Kopf, fügte dann aber schnell hinzu, weil die alte Dame blind war und wahrscheinlich die Bewegung ihres Kopfs nicht gesehen hatte: „Nein. Es ist auch für ihn eine Überraschung."

„Oh, gut!", sagte Kate und zog an dem Band. „Eine Überraschung für uns alle dann."

„Es ist eine Überraschung für alle außer meinem Onkel Dair", fügte Teddy hinzu, nicht so selbstbewusst wie zuvor, als sie ihr Geschenk überreicht hatte. „Weil ein Teil des Geschenks von ihm stammt. Den anderen Teil habe ich selbst gemacht. Ihr werdet sehen! Ich meine ..."

„Ja, das werde ich", unterbrach Kate sie und wickelte die Verpackung auf.

Darin lag ein poliertes Vergrößerungsglas mit Messinggriff, das für Kate keinen Nutzen hatte, da ihre Sehkraft nicht *schwach*, sondern *verschwunden* war. Doch natürlich war es der Gedanke, der zählte. Sie hielt es hoch und gab vor, durch die Linse zu sehen, lächelte und dankte

Teddy, hielt ihr dann eine Wange hin, damit das Mädchen sie küssen konnte.

„Danke, mein Schatz. Das ist das perfekte Geschenk für alte, müde Augen, um Zeitungen zu lesen. Und ich bin mir sehr sicher, dass dein Onkel Bryce es bald auch benutzen wird, denn er …"

„Nun aber, Kate! Ich hoffe, du willst nicht andeuten, dass ich alt werde?", sagte Christopher und tat so, als wäre er beleidigt. „Nein! Darauf wird hier niemand antworten."

Aber Teddy war die Einzige, die nicht lächelte. Sie sah beunruhigt zu Christopher, doch als er sie weiter anlächelte, hatte sie genug Mut, sich wieder zu Kate zu wenden und hastig zu gestehen:

„Onkel Dair war sich *sehr* sicher, dass eine Lupe einer Person mit schlechtem Sehvermögen helfen würde. Deshalb hat er sie mir für dich gegeben. Ich habe versucht, ihm zu erklären, dass nicht alle blinden Menschen gleich sind, dass es bei Euch anders wäre, aber Oma war dort und sagte, es wäre ungezogen, älteren Menschen zu - zu widersprechen. Doch Oma kennt dich nicht und Onkel Dair auch nicht. Und ich wollte ihn nicht enttäuschen, weil es ein sehr großzügiges Geschenk war, nicht wahr?" Sie schob ihre Hand in Kates und sagte dicht an ihrem Ohr: „Ich weiß, dass die Lupe Euch nicht helfen kann. Es tut mir leid."

Kate legte eine Hand an Teddys Wange und zog sie näher, um sie zu küssen.

„Das weiß ich, mein Kind. Und es ist eine sehr feine Lupe und eine schöne Geste von deinem Onkel Dair. Wir werden ihm nicht das Gegenteil sagen und wenn du ihn das nächste Mal siehst, wirst du ihm von mir danken. Versprochen?"

„Versprochen."

„Aha! Ich sehe, dass du dort eine weitere Überraschung für Kate hast, Teddy", verkündete Christopher, der über Kates Schulter in das ausgepackte Paket blickte und hoffte, die Aufmerksamkeit auf das zweite Geschenk zu lenken.

„Mama hat mir geholfen", sagte Teddy stolz und beobachtete Kate beim Entfalten und ließ dann die Finger über ein Stück besticktes Tuch gleiten. „Aber nur mit dem Ausschneiden und dem Vernähen der Kanten. Es ist eine Tasche, aber eine besondere Tasche. Darf ich sie Euch zeigen?"

„Ja, bitte", sagte Kate und hielt die Tasche hoch.

Christopher legte seine Mandora beiseite und kam mit Fran an die Vorderseite von Kates Stuhl, um das birnenförmige Stück Stoff besser zu sehen. Es war in der Tat eine Tasche, mit zwei langen Bändern aus Köper an jeder Seite des schmalsten Endes, die, wenn sie um die Taille gewickelt und gebunden waren, die Tasche mit der offenen Seite nach oben an der Seite der Trägerin über ihren Unterröcken, aber unter dem Kleid versteckt, befestigten. Jede Kante der Öffnung war mit einer Ranke aus Weinblättern und Blüten bestickt. Die Stickerei war sehr schön, doch Christopher konnte sehen, dass die Arbeit nicht an Marys Niveau heranreichte. Trotzdem war es ein schönes Stück und es hatte viele Stunden gebraucht, um es anzufertigen und zu besticken.

„Was für eine feine Tasche das ist, Teddy", lobte Christopher. „Perfekt für Kates Taschentuch, Etui, und den Schlüssel zu ihrer Teedose. Was meint Ihr, Fran?"

„Dass Miss Teddy wirklich schön stickt, Mr. Bryce", sagte Fran und schenkte dem Mädchen ein Lächeln. „Und dass Mylady nie wieder ihr Taschentuch verlieren wird!"

„Oh, aber Ihr habt noch nicht alles gesehen!", rief Teddy aus, alle Sorge wegen der unpassenden Lupe war verschwunden, als sie die Tasche umdrehte, um die Rückseite zu zeigen, die auch bestickt war und wo sie ihre Initialen in der Ecke angebracht hatte. „Ich habe diese Seite ganz allein ohne Hilfe von Mama gemacht!", sagte sie voll Stolz und schaute zu Fran und Christopher, bevor sie sich Kate zuwandte. „Das bin ich", sagte sie, ergriff Kates Hand und führte die Fingerspitzen der alten Dame über die Oberfläche ihrer Handarbeit. „Jetzt könnt Ihr mich sehen. Gefällt es Euch?"

Kates Fingerspitzen glitten über jede Erhebung der Stickerei, zuerst ergab sie keinen Sinn für sie, obwohl sie sich anstrengte zu verstehen, was sie berührte. Und dann erklärte Teddy es ihr, als sie ihre Finger noch einmal über den Stoff führte, und da verstand sie es.

„Onkel Bryce sagte, dass Ihr meine Sommersprossen oder mein Lächeln nicht sehen könnt, wohl aber meine roten Haare. Also habe ich ein Gesicht gestickt, mit Augen, Nase und Mund und roten Haaren. Aber dieses Gesicht ist mein Gesicht, weil es mit kleinen Knoten aus rotem Faden bedeckt ist. Das sind meine Sommersprossen. Und wenn Ihr mit Euren Fingern entlang der Linie dieser Stiche hier streicht, könnt Ihr mein Lächeln fühlen. Seht Ihr? Ich meine, könnt Ihr es fühlen, Kate?"

Als Kate nickte, aber nichts sagte, und auch weder Christopher noch Fran sprachen, fragte sich Teddy, ob etwas mit diesem Geschenk nicht in Ordnung wäre. Sie alle starrten auf die Tasche und ihre Stickereibemühungen, als ob etwas nicht stimmte, oder es war nicht das, was sie erwarteten, und niemand sagte ein Wort. Sie begann zu ahnen, dass es eine dumme Idee war, obwohl ihre Mutter ihr versichert hatte, dass Kate es lieben und ihr Geschenk sehr rücksichtsvoll finden würde. Aber jetzt war Teddy nicht mehr so sicher, dass ihre Mutter Recht gehabt hatte. Und als Kate eine Hand vor den Mund schlug und ihre Schultern zu beben begannen, war Teddy davon überzeugt, dass es das Schlimmste war, das sie hatte tun können, ihr eigenes Porträt zu sticken. Das hieß, bis Christopher ihr einen Arm um die Schultern legte und einen Kuss auf ihr Haar drückte und sagte, dass sie das klügste Mädchen wäre, dass er kennte. Und dann zog Fran sie in die Arme, mit Tränen in den Augen, und sagte, sie wäre ein liebes, süßes Kind, das Mylady sehr glücklich gemacht hätte. Teddy war etwas beruhigt durch ihr Lob, aber erst als Kate ihre Augen getrocknet und ihr einen Kuss auf die Wange gegeben hatte, fühlte sie sich vollkommen erleichtert.

„Ich werde sie immer in Ehren halten, mein Schatz", sagte Kate mit einem feuchten Lächeln zu ihr. „Und es wird meine allerliebste Tasche sein. Ich glaube, ich werde deine Briefe darin aufbewahren und wenn Onkel Bryce sie laut vorliest, kann ich dich spüren, wenn ich dein Lächeln und deine - deine Sommersprossen anfasse ..."

„Ja, das habe ich auch gedacht, denn ich fahre sehr bald nach Cheltenham, um Oma zu besuchen." Teddy runzelte die Stirn und rümpfte die Nase. „Ich wünschte nur, ich hätte zwei Taschen mit Gesichtern gemacht –"

„Damit ich auch eine tragen kann?", schlug Christopher eifrig vor, doch mit völlig neutralem Gesichtsausdruck. Er hob Kates Geschenk auf und hielt sich die Tasche an die Hüfte, das gestickte Gesicht nach außen. „Siehst du, sie passt mir perfekt."

Das ließ Teddy erst stutzen und dann laut herauslachen, und Christopher gab ihr noch mehr zu lachen, als er herumwirbelte und sich vor ihr verbeugte, die Tasche noch immer festhaltend. Ihr Kichern und seine Vorführung hellten die Stimmung im Raum beträchtlich auf.

„Was machst du mit Teddys Geschenk, du unartiger Junge?", wollte Kate gut gelaunt wissen.

„Dummheiten!", erklärte Teddy ihr. „Jungs tragen keine solchen Taschen, Onkel Bryce. Und das weißt du."

„Mit Sicherheit nicht!", stimmte Kate lachend zu.

„Ich könnte eine neue Mode anfangen ..."

„Eher einen Aufruhr auslösen", murmelte Kate. „Jetzt gibt mein Geschenk sofort zurück."

Christopher reichte die Tasche Teddy, die sie an Kate weitergab, und fragte: „Warum zwei Taschen, wenn nicht eine für mich ist?"

„Die andere war für Mama, um sie aufzumuntern, weil Oma sie dieses Jahr nicht in Cheltenham haben will. Oma sagte, da ich jetzt zehn bin, ist es höchste Zeit, dass ich sie allein besuche, und dass Mama fortbleiben soll. Und Oma möchte, dass ich zwei Wochen früher zu ihr komme als üblich. Ich weiß, dass Mama nicht sehr glücklich ist, zurückzubleiben, aber sie hat trotzdem ein tapferes Gesicht aufgesetzt und gesagt, wie glücklich ich mich schätzen könnte, Oma bei diesem Besuch ganz für mich zu haben.“

„Dann müssen wir sehen, ob wir den Wünschen von Lady Strathsay nachkommen können“, sagte Christopher, wohl wissend, dass Mary ihr Bestes tun würde, um ihre Enttäuschung vor ihrer Tochter zu verbergen, und sich fragte, wie er Teddys Besuch verzögern konnte, ohne dass Mary sich den Zorn der Gräfin zuzog. „Obwohl ich vielleicht nicht die Zeit erübrigen kann, dich früher nach Cheltenham zu bringen, da es eine Versammlung der Anteilseigner der Stroudwater Navigation gibt ...“

„Oh, aber du wirst keinesfalls belästigt werden, Onkel Bryce, da Oma jemand Besonderes schicken wird, um mich in einer großen Kutsche abzuholen.“

„Jemand Besonderes in einer großen Kutsche! Liebe Güte, wie deine Oma dich verwöhnt, Teddy“, gurrte Kate mit versteckter Ironie, die an eine Zehnjährige verschwendet war, bei Christopher jedoch ein angespanntes Lächeln auslöste, der Kates vernichtende Meinung über die hochnäsige Gräfin von Strathsay kannte.

Er wunderte sich jedoch, warum Mary ihm von diesem Befehl ihrer Mutter nichts erzählt hatte. Er wusste, dass vor zwei Tagen ein Brief der Gräfin eingetroffen war - er hatte ihn Mary gegeben. Doch sie hatte kein Wort über den überraschenden Inhalt verloren. Vielleicht wusste sie nicht, wie sie ihm am besten sagen sollte, dass sie dieses Jahr nicht nach Cheltenham gehen würde und dass er auch nicht gebraucht würde. Schließlich hatte er ihre Kutsche immer zu Pferd von und zu dem Badeort begleitet und sich erst von der Kutsche getrennt, wenn er sie sicher vor der Tür der Gräfin sah. Und doch schien es nun, als würde auch er von der Gräfin ausgeschlossen. Wenn dies jedoch ihre Strategie war, wäre sie zum Scheitern verurteilt. Er hatte die Absicht, diese große unbekannte Kutsche und ihre Insassen bis zum gemieteten Stadthaus der Gräfin zu begleiten; andernfalls würde er seine Pflichten als Vormund nicht erfüllen.

Wer dieser besondere Mensch sein würde, was eine „große Kutsche“ ausmachte, und wann beide auf Abbeywood ankommen sollten, sollte Christopher zu seiner großen Überraschung schon am nächsten Tag erfahren.

Nicht eine, sondern zwei grosse Reisekutschen standen auf dem Vorplatz zu den Ställen von Abbeywood. Wäre es irgendwo anders im Königreich gewesen, wären die Unterseiten und die Räder beider mit genügend Schlamm bespritzt worden, um die allgemeine Aussage zu bestätigen, dass die Straßen in diesem Teil Englands, wenn sie als solche bezeichnet werden konnten, die schlechtesten im Königreich waren. Doch es war nicht Schlamm, sondern Kalk, der die Kutschen überzog, von Straßen, die eher tiefe Fahrspuren waren, die sich auf den steilen Hängen der Hügel nach oben wanden und dann in der gleichen tückischen Art in die Täler führten. Man konnte zu Recht annehmen, dass Kutschen, Karren und selbst Menschen zu Pferd die langsamste Reise in England hinter sich hatten. Es war nur gut, dass die Landschaft malerisch genug war, um in jeder Jahreszeit Ablenkung von einer unbequemen Reise zu bieten, außer vielleicht, wenn es einen Regenguss gab, in dem weder Reiter, noch Reisender, noch Lasttier mehr als fünf Fuß weit vor seinem Gesicht sehen konnte.

Die Kutschen waren ausgespannt und der klebrige Kalk rasch abgewaschen worden, um zu vermeiden, dass er den Lack wegätzte. Und da das Gepäck vom Dach abgeladen war, nahm Christopher an, dass die Reisenden in der Dämmerung des Vorabends angekommen waren. Was auch gut war, da es ihnen, ihren Kutschern und Vorreitern und ihren Pferden eine Nacht verschafft hatte, um sich vom Tag zuvor zu erholen. Ungeachtet der Entfernung seit dem letzten Pferdewechsel, ob fünf Meilen oder zehn, erforderte das Reisen in den Cotswolds viel Kraft und Ausdauer.

Diese beiden Eigenschaften würde auch Christopher sehr nötig haben, da er beim ersten Morgengrauen eine Nachricht erhalten hatte, dass er nach dem Frühstück auf Abbeywood erwartet würde. Mr. Philip Audley, der Sekretär seiner Gnaden, des Herzogs von Roxton, verlangte seine sofortige Anwesenheit. Luke hatte die Nachricht überbracht und dem Zug um seinem Mund und dem Ausdruck seiner Augen nach zu urteilen war der junge Diener gar nicht von dem Aufruhr erfreut, der durch die Ankunft der adligen Stadtleute hervorgerufen wurde, schon gar nicht von der Unannehmlichkeit, sein Zimmer mit einem oder mehreren der Diener dieser hohen Herren teilen zu müssen.

Christopher stieg auf dem gepflasterten Hof vor den Ställen ab und übergab Luke die Zügel, der beide Pferde schweigend zu ihren Boxen führte. Überall herrschte reges Treiben. Stalljungen und die Vorreiter der Besucher waren mit Füttern, Tränken und Putzen eines Stalles voller Pferde beschäftigt, während der örtliche Hufschmied die Runde machte und die Hufeisen kontrollierte. Christopher fand den Stallmeister des Anwesens im Gespräch mit einem der zu dem Besuch gehörenden Kutscher. Der Stallmeister versicherte dem Squire dass alles und jeder gut versorgt wäre; Pferde, Vorreiter und Kutscher hätten Platz zum Schlafen und wären gefüttert und getränkt. Christopher gab ihm die Erlaubnis, den Männern drei Quarts Apfelwein zum Abendessen auszuschenken und ein paar Dorfburschen zu rufen, um die Stallungen auszumisten, Zaumzeug und Geschirr zu putzen und die Kutschen für ihre Weiterreise – in wie vielen Tagen genau? – vorzubereiten.

Der Kutscher des Besuchs hatte die Informationen, nach denen Christopher suchte. Seine Lordschaft unterbrach seine Reise hier auf Abbeywood für zwei weitere Nächte und würde dann zu seinem endgültigen Ziel weiterreisen - dem Badeort Cheltenham.

Christopher verbrachte dann ein paar Minuten im Gespräch über die Reise der Besucher durch das Tal und ging dann widerwillig ins Verwalterbüro. Er hoffte, Mr. Audley nicht auf ihn wartend zu finden. Das war Wunschdenken. Ebenso der Gedanke, dass der übereifrige Sekretär seit seinem vorigen Besuch eine Unze intelligenter Demut in sich entdeckt haben könnte.

„HABT IHR ES ENDLICH GESCHAFFT, ZU UNS ZU STOSSEN, MR. Bryce", verkündete der Sekretär seiner Gnaden von Roxton und stellte das Offensichtliche mit genau dem Tonfall säuerlicher Überlegenheit fest, der Christopher mit den Zähnen knirschen ließ.

Christopher warf Timothy Deed einen Blick zu, der an seinem üblichen Platz am Ende des Schreibtisches saß, doch der Stapel von Journalen vor ihm war so hoch, dass nur seine Augen zu sehen waren. Doch das war alles, was Christopher brauchte, um mitzubekommen, wie die käferähnlichen Brauen des Mannes sich hoben und dann zusammenzogen, was seinen Gedanken Ausdruck verlieh und Christopher das Gesicht zu einem Lächeln verziehen ließ. Er fragte sich, wie viele Stunden lang Timothy bereits die Anwesenheit des pompösen Philip Audley hatte ertragen müssen.

„Gibt es etwas Erheiterndes, das Ihr mit uns teilen wollt?", fragte Philip Audley mit solch übertriebener Höflichkeit, dass es als Tadel gemeint war.

„Nicht mit Euch, Mr. Audley. Wie war Eure Reise? Angenehm?"

Das untypische Geplauder des Squires verwirrte den Sekretär und lenkte ihn von seinen Gedanken ab, was genau Christophers Ziel war.

„Was? Meine Reise? Was ist mit meiner Reise?"

„Mit den zwei Kutschen unten im Hof darf ich annehmen, dass Eurem Hinterteil der Luxus samtbezogener Polster zuteilwurde?

„Meinem - meinem *Hinterteil?* Ich verstehe nicht ..."

Mr. Deed schnaubte in seine Journale.

„Euer Gesäß ..."

„Ich weiß, was ein Hinterteil ist!" Der Sekretär schüttelte sich, als ob er einen schlechten Geschmack aus dem Mund vertreiben wollte. „Ich vergesse immer, wie grobschlächtig Ihr Männer aus der Provinz seid. Zweifellos glaubt Ihr nicht, dass es die Höhe schlechter Manieren ist, bestimmte Teile der Anatomie in ihrer grundlegendsten Form zu erwähnen, sondern, dass diejenigen von uns, die in zivilisierteren Grafschaften und unter zivilisierteren Menschen wohnen ...“

„Wollt Ihr andeuten, dass Lady Mary unzivilisiert wäre, Mr. Audley? Und dass, wo Mylady die Tochter einer so streng korrekten Dame wie der Gräfin von Strathsay ist. Wirklich!"

„Ich habe keine so abfälligen Behauptungen über Mylady gemacht!"

„Gut. Ich möchte nicht einmal, dass Ihr annehmt, sie auch nur zu kennen. Was also sagtet Ihr gerade über Euer Hinterteil?"

Timothy Deed schlug schnell seine Hand vor den Mund, um nicht ein zweites Mal ein schnaubendes Gelächter hören zu lassen. Doch als Christopher einen völlig neutralen Gesichtsausdruck beibehielt, nahm der Sekretär an, dass der Squire sich nur wie ein Provinzbewohner verhielte und sagte mit einem Schnüffeln, wobei er sein Kinn aus seiner Krawatte hob:

„Natürlich hat man mir einen Sitz drinnen, in der ersten Kutsche, angeboten, bei seiner Lordschaft und Mylady. Was für den Vertreter seiner Gnaden von Roxton nur angemessen war."

„Was für eine Ehre für die anderen Insassen der Kutsche, Eure hohe Person als Reisebegleiter zu haben. Dennoch bevorzuge ich den Sattel und frische Luft. Und das restliche Gefolge seiner Lordschaft und Myladys?", fragte Christopher, der wusste, dass der Sekretär eine Neigung zu gesellschaftlichen Nichtigkeiten hatte, die seinen Status als etwas Besseres erscheinen ließen. „Sie wurden - natürlich - in die zweite Kutsche verwiesen?"

„Lady Fitzstuarts Zofe reiste mit uns, da nur genug Raum für Lord Shrewsburys Kammerdiener, meinen Diener und Lord Vallentines Diener in der zweiten Kutsche war, wegen des zusätzlichen Gepäcks, das wir bei unserem Halt, um Lord Vallentines Diener im *Two Greyhounds* abzuholen, mitnehmen mussten", erklärte Philip Audley, als ob diese Anordnungen für jeden von größtem Interesse sein müssten.

Christopher nickte ernst. Wie es sich ergab, war dies das eine Mal, dass er Interesse an der Vorliebe des Sekretärs für gesellschaftliche Einzelheiten hatte. Er hatte die Informationen, die er brauchte, erhalten, ohne danach direkt zu fragen. Er wusste nicht nur, dass einer der Besucher der Herr der Spione, Lord Shrewsbury, war, sondern dass er von seiner Enkelin, Lady Fitzstuart, der Frau von Lady Marys Bruder, Major Lord Fitzstuart, begleitet wurde. Er freute sich auf das Zusammentreffen mit beiden, doch die Aussicht, stundenlang mit Audley eingesperrt zu sein, während er ihre Bekanntschaft machen könnte, brachte ihn zu dem Entschluss, seinen armen Gehilfen Audleys verwaltungstechnischen Unannehmlichkeiten zu opfern.

„Wenn Ihr alles habt, was Ihr braucht, Mr. Audley, überlasse ich Euch Mr. Deeds fähigen Händen."

„Nein! Nein, ich habe nicht alles. Beileibe nicht! Seine Gnaden hat mich mit einer Liste von Fragen geschickt. Und ich selbst habe eigene Fragen, und Ihr, Mr. Bryce, müsst sie zu meiner Zufriedenheit beantworten. Daher muss ich darauf bestehen, dass Ihr hierbleibt, bis ich meinen Pflichten meinem Dienstherrn gegenüber nachgekommen bin und Ihr Eure als Verwalter erledigt habt. Habe ich mich deutlich ausgedrückt, Sir?"

Timothy Deed schaute von dem dünnlippigen Sekretär zu seinem Dienstherrn und wusste, wer diesen Kampf der Halsstarrigkeit gewinnen würde, bevor er begann. Es war immer Mr. Bryce, selbst, wenn der Sekretär sich für den Sieger hielt. Der Squire hatte seinen Umhang noch nicht abgelegt, war auch noch nicht weiter in die Schreibstube hineingegangen, sondern stand nur bei der angelehnten Tür, lauter Zeichen für seine Absichten. Mr. Deed lächelte in sich hinein und senkte die Augen auf das oberste Journal, die Ohren wie immer weit offen.

„Ausgezeichnet, Mr. Audley. Aber warum solche Eile?", fragte Christopher gleichmütig und verbarg seine Überraschung über den verzweifelten Unterton des Sekretärs, der direkt unter der Oberfläche seiner Hochnäsigkeit lauerte. „Da wir das Vergnügen Eurer bemerkenswerten Feststellungen für eine ganze Woche haben werden, bin ich sicher, dass die Fragen Seiner Gnaden bis später am Tag oder bis morgen warten können?"

Es war nicht ungewöhnlich, dass Christopher den kleinen Mann in seiner gepflegten Perücke und der makellosen schwarzen Kleidung köderte und es dauerte gewöhnlich mehrere Stunden, manchmal einen Tag, bis der Sekretär gereizt reagierte. Und selbst dann war Audley so einseitig und stumpf auf seine Ziele konzentriert, dass er Christophers spöttische Antworten für die Erwiderungen eines Dummkopfes hielt und daher seine Fragen mit lauterer Stimme wiederholte, als ob der Squire auch schwerhörig wäre. Das führte unweigerlich dazu, dass Christopher sich auf einsilbige Antworten beschränkte, nur, um die Unterhaltung so schnell wie möglich hinter sich zu bringen. Doch nicht heute. Mr. Philip Audley war von Beginn an aufgebracht und das machte Christopher stutzig.

„Leider kann ich dieses Mal keine ganze Woche bleiben. Ich habe - das heißt, *Seine Gnaden* hat - Geschäfte andernorts ..."

„Andernorts? Wo anders? Innerhalb eines Umkreises von zwanzig Meilen um Abbeywood gibt es doch sicher nichts, was für den Herzog interessant sein könnte?"

„Sir! Ihr habt keine Kenntnis von den Gedanken Seiner Gnaden oder seinen geschäftlichen Angelegenheiten, also könnt Ihr nicht wissen, dass ..."

„Das ist richtig. Doch ich kenne diese Gegend und dies ist mein Bereich, nicht seiner. Und wenn der Herzog hier Geschäfte hat, habe ich ein Recht, davon zu erfahren."

Die Kiefer des Sekretärs mahlten einige Sekunden lang, doch kein Wort kam aus seinem Mund. Unfähig, eine Antwort zu geben, nahm er sein Terminbuch auf, das offen auf dem Tisch lag, wo er gesessen hatte, und starrte seine eigene Handschrift an, unfähig, sie zu lesen. Er murmelte eine Antwort, etwas über eine Besprechung mit jemandem in Stroud, von dem Christopher noch nie gehört hatte, über ein Thema, über das der Sekretär nichts weiter sagen konnte, da es in einem versiegelten Brief stand, der nur von diesem Menschen gelesen werden durfte, und sagte nach einem Räuspern: „Wenn Ihr mir den Schlüssel zur Teekiste aushändigen würdet, werde ich dafür sorgen, dass er Mrs. Keble überbracht wird."

Christopher runzelte bei dieser plötzlichen Änderung des

Gesprächsthemas die Stirn und war von der Bitte verwirrt. Der Sekretär hatte sie so klingen lassen, als wäre es das Natürlichste auf der Welt, was es sicherlich nicht war, und alle drei in der Schreibstube des Verwalters wussten es.

„Den Schlüssel zur Teekiste? Welches Interesse könntet Ihr an diesem Schlüssel haben?"

„Ich habe kein Interesse daran, Mr. Bryce!", fauchte der Sekretär. „Mrs. Keble benötigt den Schlüssel, und daher werdet Ihr ihn herausgeben ..."

„Nein. Das werde ich nicht. Mrs. Keble hat kein Recht, Euch die Ohren mit ihren Beschwerden oder ihren Forderungen zu füllen."

„Das hat sie nicht! Ich meine, es ist keine - keine Beschwerde. Die Gäste wollen Tee ..."

„Lady Mary hat einen Schlüssel, und nur sie ist berechtigt, ihn zu benutzen. Mrs. Keble weiß das, weiß es seit zwei Jahren und Ihr ebenso. Nun, wenn das all Eure unmittelbar unerfüllten Wünsche sind, kann Mr. Deed Euch weiterhelfen ..."

„Mr. Bryce, Ihr werdet diesen Schlüssel an mich als Vertreter Seiner Gnaden herausgeben, oder ..."

Christopher machte einen langen Schritt auf den Sekretär zu, der sich instinktiv hinter den Schreibtisch zurückzog, das Terminbuch an seine Brust gepresst, als ob es ein Schild wäre.

„Oder was, Mr. Audley? Wollt Ihr ihn mir wegnehmen? Das glaube ich nicht. Wenn es Euch weniger wie einen elenden Wurm fühlen lässt: selbst wenn Seine Gnaden, der höchstedle Herzog von Roxton, hier mit der gleichen Forderung vor mir stünde, würde ich ihm die gleiche Antwort geben." Christopher lächelte dünn. „Obwohl ich vielleicht ein wenig *höflicher* wäre. - Mr. Deed! Solltet Ihr mich in der nächsten Zeit benötigen, findet Ihr mich im ummauerten Garten, wo ich glaube, dass Lady Mary derzeit etwas Luft schnappt."

Mit dieser Ankündigung wandte Christopher sich ab, wobei die Schöße seines schweren Rocks an seinen gestiefelten Beinen rauschten, und verließ sie, den Sekretär mit halb offenem Mund und Mr. Deed, der sich hinter dem Berg von Journalen auf seine arthritischen Beine erhoben hatte und sich anstrengte, durch das Fenster mit Blick auf den ummauerten Garten Stimmen zu hören. Nur zwei Gärtner waren in Sichtweite und er konnte sie nicht hören, geschweige denn Lady Mary überhaupt sehen oder hören. Der Gehilfe des Verwalters nahm wieder seinen Platz ein und wunderte sich zum zigsten Mal über die Hellsichtigkeit des Squires, wenn es um Lady Mary ging.

MARY GENOSS TATSÄCHLICH DIE FRISCHE LUFT UND SCHLENDERTE über den Kiesweg, der parallel zur Südwand verlief, wo sich seit langem eine Jalapeños-Pflanze an einem Gitter über die Trockenmauer rankte und voll kopflastiger roter Blüten war. In diesem Teil des geschlossenen Gartens gab es ein Gewächshaus und einen Obstgarten mit Orangen-, Pfirsich- und Aprikosenbäumen. Auf der anderen Seite des Pfades waren Beete mit duftendem, blassrosa Phlox, kornblumenblauen Astern und lavendelblauen Margueriten. Überall waren Farben und Düfte des Herbstes.

Hinter diesen Blumenbeete befanden sich Marys Bienenstöcke, und noch weiter dahinter die großen Gemüse- und Kräutergärten, die das Haus mit ihren Erzeugnissen versorgten, und deren Parzellen bis zur Backstube und der Apfelweinkelterei hinter der Küche reichten. Vier Gärtner arbeiteten auf den Parzellen, während zwei Dienstmädchen in Körben Gemüse für die Köchin sammelten. Ein anderes Mädchen war im Hühnerstall damit beschäftigt, Eier zu holen. Die Molkerei befand sich direkt hinter einer niedrigen Trennmauer, nach einem kurzen Weg durch ein Törchen.

Und während in dieser Gegend des Anwesens so viele Diener ihren täglichen Aufgaben nachgingen wie im Haus, gab der Garten Mary doch ein Gefühl der Ruhe, das sie im Haus nie fand. Dies war ein Bereich, den Sir Gerald nie aufgesucht hatte, da er ihn als das Reich seiner Diener betrachtete, in dem ein Gentleman nichts zu verloren hatte. Nicht einmal ein Spaziergang im Ziergarten mit seinen Hecken und sorgfältig gestutzten Büschen konnte ihn locken. Wenn er sich nicht in seiner Bibliothek, dem Esszimmer oder im Bett aufhielt, war er jagen, schießen oder ritt als der Herr seines Gutes über seine Ländereien.

Und daher hatte Mary die Ruhe zu tun, was sie zwischen den Kräuter-, Gemüse- und Blumenbeeten wollte, Spaziergänge, ihre Bienen, die Hühner und die Molkerei. Und hier zwischen den hohen Steinwänden, fand sie immer einen Ort, in der Sonne oder im Schatten, je nach Jahreszeit, um sich hinzusetzen und ihre Briefe ohne Unterbrechung zu lesen.

Sie hatte ihre Besucherin in diesen Teil des Gartens gebracht, nicht nur, weil dies ihr liebster privater Raum war, sondern weil er eben und am nächsten zum Haus gelegen war, und daher einen einfachen Spaziergang bot. Doch vor allem waren sie nach draußen gegangen, weil sie spürte, dass ihre Schwägerin ihr etwas Wichtiges mitteilen wollte, das sie andere nicht hören zu lassen wünschte. Sie fragte sich, ob es Neuigkeiten aus Barbados waren, von ihrem Bruder über ihren Vater, aber sie wollte nicht raten. In der Tat konnte sie kaum denken, oder überhaupt glauben, dass ihre Schwägerin die Reise nach Abbeywood gemacht hatte.

Es war am Abend zuvor gerade bei Abenddämmerung gewesen, als Mrs. Keble sie mit der Nachricht überraschte, dass zwei Kutschen durch das Tor gefahren wären. Evelyn, frisch rasiert und präpariert und weniger einem Gespenst als sich selbst ähnlich, sprang von seinem Stuhl am Feuer auf, wo sie ein Schachspiel genossen hatten, überhaupt nicht überrascht. Er verkündete, dass Lord Shrewsbury endlich angekommen wäre, und es würde auch langsam Zeit. Und während Hilfe aus dem Dorf angestellt, die Wünsche der Köchin nach Zutaten erfüllt und die Gästezimmer gelüftet, abgestaubt und bereitgemacht worden waren, so dass Mary das Gefühl hatte, Abbeywood wäre bereit, Besucher willkommen zu heißen, hatte sie keinen Gedanken daran verschwendet, dass ein Gast nicht in der Lage sein könnte, die Treppe in den ersten Stock und zu seinem Schlafzimmer hinaufzusteigen.

Mary war beschämt gewesen, Lady Fitzstuart kein Bett im Erdgeschoss anbieten zu können. Doch da die Gäste nur drei Nächte bleiben wollten und die junge Lady Fitzstuart den Arm ihres Großvaters hatte, auf den sie sich stützen konnte, lächelte sie nur freundlich, es wäre keine Unbequemlichkeit, und sie meinte es auch so. Rory wünschte nur, ihr Mann wäre bei ihr und nicht in der Karibik. Er hätte sie mit Leichtigkeit nach oben tragen können, wie er es im ersten Monat ihrer Ehe getan hatte, als sie sich in Fitzstuart Hall aufgehalten hatten, dem Stammsitz der Earls of Strathsay. Sie hoffte, der bestellte Schwebestuhl würde in ihrem neuen Heim eingebaut sein, bis ihr Mann wiederkäme.

Alle murmelten angemessen zustimmend und wollten eine junge Frau, die erst knappe zwei Monate verheiratet gewesen war, als ihr Ehemann gezwungen wurde, sie für längere Zeit zu verlassen, nicht beunruhigen. Und niemand wollte sich laut darüber äußern, wann Major Lord Fitzstuart voraussichtlich wiederkommen könnte. Obwohl Lord Shrewsbury die Frage beantwortete, die in jedermanns Gedanken war, dass es nämlich keine Neuigkeiten gab, da vom Major bisher kein Brief eingetroffen wäre, wechselte Lord Shrewsbury dann mit Rücksicht auf die Damen das Thema.

Erst, nachdem Teddy der gesamten Gesellschaft gute Nacht gewünscht hatte und mit ihrer Mutter zum Fuß der Treppe ging, wo ihr Kindermädchen wartete, fragte sie mit besorgtem Flüstern nach Lady Fitzstuarts deutlichem Hinken und warum sie einen Stock zum Gehen brauchte. Sie fragte sich, ob ihre neue Tante eine Verletzung erlitten hatte, woraufhin Mary ihr erklärte, dass Onkel Dairs Frau mit einem schiefen Fuß geboren worden war, aber dass eine so kleine Unannehmlichkeit ihre freundliche und sanfte Natur oder ihre Schönheit nicht schmälerte, oder? Teddy stimmte zu, dass Tante Rory, wie Lady Fitzstuart Teddy gebeten hatte, sie zu nennen, so hübsch und so zart war wie eine von Omas kostbaren Porzellanfiguren.

Und jetzt benutzte Teddys Tante Rory ihren Gehstock und stützte sich leicht auf Marys Arm, um einen Spaziergang zwischen den Blumenbeeten in der kräftigen Morgenluft zu genießen. Beide Damen trugen kurze Mäntel mit Wollschals, die über ihre Schultern drapiert waren, weiche Lederhandschuhe und hatten Halbstiefel unter ihren gesteppten Petticoats.

„Du musst enttäuscht sein, uns dieses Jahr nicht nach Cheltenham zu begleiten, Mylady."

„Mary. Ich werde immer Mary sein, und du wirst immer Rory sein. Du bist mit meinem Bruder verheiratet, was uns jetzt zu Schwestern macht." Mary lächelte und legte ihre Hand über Rorys. „Ich hatte noch nie eine Schwester, und ich bin so sehr froh, dass ich jetzt eine habe."

„Ich auch! Und obwohl ich meinen Bruder sehr liebe, gab es Zeiten, in denen ich mir eine Schwester wünschte, der ich mich anvertrauen könnte – all diese kleinen Dinge, von denen Brüder – Männer - keine Ahnung haben können. Doch nachdem ich nicht einmal eine Mutter hatte, an die ich mich wenden konnte, musste der arme Harvel zuhören, er hatte keine Wahl." Rory sah Mary an und fügte mit einem leichten Tonfall hinzu: „Du hattest mehr Glück, da du eine Mutter hattest, die dir bereitwillig zuhörte."

„Ich wünschte, das wäre wahr", sagte Maria unverblümt, aber ohne Groll. „Und das musst du auch denken, oder du hättest es nicht gesagt. Aber ich bin mir auch sehr sicher, dass du, da du ebenso weise wie schön bist, meine Mutter völlig durchschaut hast, selbst in der kurzen Zeit, seit du sie kennst. Und was du nicht über sie weißt oder verstehst, dürfte Dair dir anvertraut haben."

„Ja. Das hat er. Ich hätte nicht so tun sollen, als wäre es anders. Verzeih mir."

„Da gibt es nichts zu verzeihen. Du warst höflich oder hast versucht, meine Gefühle nicht zu verletzen. Aber wir Fitzstuarts waren immer unverblümt - oder zumindest verletzend wahrheitsliebend. Manchmal halten Leute das für gefühllos. Doch *das* könnte der Wahrheit nicht fernerliegen. Ich glaube, unsere traurige Kindheit hat meine Brüder und mich leicht verletzlich gemacht. Und deshalb versuchst du, die meinen Bruder kennt und ihn sehr liebt, meine Gefühle zu schonen." Mary lächelte bei einer Erinnerung, ihre Lavendelaugen leuchteten auf, und fügte trocken hinzu: „Dair reagierte mit seinen Fäusten auf Verletzungen, Charles zog sich in seine Bücher zurück und ich ...? Ich blieb still und fügsam - der Weg eines Feiglings, schätze ich, aber zumindest blieben meine Meinung und meine Gefühle meine Sache." Mary blieb stehen und sah Rory ins Gesicht. „Jetzt musst du mir verzeihen. Ich *fühle* mich ein wenig verletzt, weil meine Mutter mich nicht in Cheltenham haben will. Zu jeder anderen Zeit - und ich denke, du wirst mich nicht für eine pflichtvergessene Tochter halten, weil ich das sage - wäre ihr Befehl, fortzubleiben, eine Erleichterung, wenn ich nicht Teddy allein schicken müsste. Es wird nicht das erste Mal sein, dass wir getrennt sind. Ich habe sie bei zahlreichen Gelegenheiten auf Befehl meines Mannes mit ihrem Kindermädchen allein gelassen, und dann konnte sie nicht mit uns nach Treat zu eurer Hochzeit fahren ... Aber ich kann Teddy einen Besuch bei ihrer Oma nicht verbieten. Und die Trennung fällt mir leichter, weil du sie begleitest."

„Oh, ich wusste, dass wir dazu bestimmt sind, gute Freundinnen und Schwestern zu werden, seit Alisdair mir anvertraute, dass wir den gleichen Hang zu brutaler Offenheit haben!", erwiderte Rory mit einem fröhlichen Lächeln. „Ich dachte, er meinte es ironisch, aber jetzt sehe ich, dass dein Bruder dich kennt. Und ich bin sehr froh, dass Lady Strathsay uns bat, hier Halt zu machen und Teddy abzuholen, um sie nach Cheltenham zu bringen, denn das hat es uns ermöglicht, uns besser kennenzulernen und Teddy in ihrem Heim zu sehen. Obwohl ich gestehe, dass ich durch Alisdair ein wenig über deine Tochter weiß, der ein sehr stolzer Onkel ist. Es scheint, dass er und seine Nichte die Liebe zur freien Natur teilen. Ich frage mich jedoch, wie sie es aushalten wird, nur mit der Gesellschaft ihrer Großmutter auf ein Stadthaus beschränkt zu sein ..."

„Das bereitet mir auch Sorge", grübelte Mary und fügte dann hinzu, um unerwünschte Befürchtungen zu unterdrücken und sich selbst zu Fröhlichkeit zu zwingen: „Ich bin sicher, dass meine Mutter sie herumführen wird. Lady Strathsay lässt sich gerne sehen. Und Teddy weiß, wie man sich benimmt, besonders, wenn sie ein fischbeinverstärktes Mieder und Reifröcke trägt. Doch gibt es einen besonderen Grund, warum du in Cheltenham gebraucht wirst?", fuhr sie fort und wechselte geschickt das Thema, da Gespräche über ihre Mutter immer die Macht hatten, sie zu verunsichern. Sie setzten ihren Spaziergang fort. „Ich hoffe, ihr macht keinen Besuch in der Stadt, weil es deinem Großvater nicht gut geht - oder fühlst du dich nicht wohl?"

„Oh nein! Uns - Grand und mir - geht es wirklich gut. Mein Bruder und seine Frau sind dort, wegen Sillas Gesundheit. Ihr fehlt eigentlich nichts. Schwanger zu sein ist ein völlig natürlicher Zustand und die Ärzte sagen, dass ihre Schwangerschaft sich gut entwickelt. Silla ist nur ... noch *eigener* mit ihren Wünschen und Bedürfnissen geworden. Und Harvel möchte ihr gefällig sein und alles in seiner Macht Stehende tun, um sicherzustellen, dass sie das Beste von allem hat, aber dabei reibt er sich auf. Daher wollen Grand und ich ihn aufheitern. Und um ehrlich zu sein, ich könnte Ablenkung gebrauchen, auch wenn sie nur darin besteht, Sillas Forderungen und unbegründeten Ängsten zu lauschen.“

„Ja. Ich verstehe – die Ängste deines Bruders und deine... vor allem deine, ich weiß, wie verzweifelt du auf Nachrichten von Dair warten musst. Habt Ihr auch nur *ein* Wort gehört, seit ihr von seiner sicheren Ankunft erfahren habt?“ Als Rory den Kopf schüttelte, sagte Mary mit geübter Zuversicht, von der sie hoffte, dass sie ihre Ängste verbarg: „Bald wird ein Brief mit genaueren Einzelheiten eintreffen. Dair war noch nie ein großer Briefschreiber, aber er wird dir vor allen anderen schreiben, weil er dich so sehr liebt.“

Rory nickte energisch, das Kinn gesenkt und den Blick auf den Kiesweg gerichtet. Mary konnte ihr Gesicht nicht sehen, die Spitze der Haube ihrer Schwägerin versperrte ihr den Blick. Und als sie stumm blieb, ahnte Mary, dass sie weinte.

„Oh Liebes, ich habe dich beunruhigt, und das war nicht meine Absicht!“

Rory hob ihren Kopf, damit Mary ihre Miene sehen konnte, und weit davon entfernt, sich aufzuregen, lächelte Rory breit, und es war ein solches Leuchten in ihren klaren blauen Augen, dass Mary blinzelte. Doch sie hatte keine Zeit, um über einen möglichen Grund für Rorys Strahlen nachzudenken, obwohl sie sich später über ihre eigene Begriffsstutzigkeit wunderte.

„Oh, Mary, ich bin so glücklich! Ich wollte es schreiben, aber die Gelegenheit zu haben, es dir persönlich zu erzählen, und dass du die erste bist, die es erfährt, ist so viel besser! Ich habe keiner Seele davon erzählt, weder Opa noch Harvel oder meiner Patin Herzogin, und schon gar nicht Silla, weil sie immer noch über mich verärgert ist, weil ich ihr die Aufmerksamkeit stahl, als ich Alisdair heiratete.“

„Lady Grasby ist eine selbstsüchtige, dumme Gans von einer Frau“, stellte Mary verärgert fest, die Worte entschlüpften ihrem Mund, bevor sie sich aufhalten konnte. „Oh, Rory, ich ...“

„Ich stimme dir zu. Grand ebenso, und Harvel auch. Aber wir müssen mit ihr leben, so gut wir können. Dass sie endlich schwanger ist - und man kann nur hoffen, dass es ein Erbe wird - hat viel dazu beigetragen, meines Großvaters Temperament in ihrer Nähe zu besänftigen. Er hofft auf einen Jungen – wir alle tun es –, um den Titel über Harvel hinaus zu sichern.“

„Ja. Das ist das allerwichtigste. Und ich hoffe für Lord Shrewsburys Seelenfrieden sehr, dass es ein Junge wird - aber ich habe dich unterbrochen. Du sagtest, ich wäre die erste, die erfährt ...?“

Rory kicherte über Marys eifrige Frage und den offensichtlichen Mangel an Verständnis, worauf sie anspielte. Doch sie bezähmte ihre Heiterkeit rasch, weil sie nicht selbstgefällig wirken wollte, und sagte ruhig:

„Ich glaube, ich werde es Alisdair erst sagen, wenn er zurückkehrt, denn so sehr meine Nachricht ihn glücklich machen wird, er wird sich unnötig um mich sorgen. Und er hat in Barbados genug, worum er sich Sorgen machen muss. Außerdem, da es nichts gibt, was er aus so großer Entfernung tun kann, wozu nützt dann solche Sorge? Doch Ehemänner können nicht anders, oder?" Rory beugte sich zu Mary, als ob sie nicht belauscht werden wollte, und sagte schmunzelnd: „Ich weiß, ich bin selbstsüchtig und boshaft, aber ich möchte ihn bei seiner Rückkehr überraschen, damit ich sein Gesicht selbst sehen kann. Mary. Oh Mary. Kannst du es nicht erraten? Ich bin *enceinte*."

Marys erschrockene Überraschung sagte Rory, was sie vermutet hatte, dass nämlich ihre Schwägerin keine Ahnung gehabt hatte, welche Neuigkeit sie für sie hatte. Aber Marys Schrecken wurde sofort von Freude abgelöst. Sie zog Rory in eine Umarmung, so überglücklich, dass sie gleich Tränen von ihren Wimpern blinzeln musste. Rory hatte ihr die Antwort auf die allerwichtigste Frage gegeben, ohne auch nur gefragt werden zu müssen.

„Ich bin vierzehn Wochen schwanger, also bin ich so sicher, wie ich sein kann, dass dieses Baby bleiben wird."

„Dair wird begeistert sein! Und ich fühle mich geehrt, weil du es mir als Erstes anvertraut hast."

„Ich hoffe, du wirst dich doppelt geehrt fühlen, weil ich mir sehr wünsche, dass du die Patin unseres Babys wirst ..."

Mary schnappte nach Luft. „Wirklich? Ich? Patin?"

Rory nickte. „Natürlich. Ich weiß, dass Alisdair das auch wollen würde. Bitte. Du musst ja sagen."

„Oh, ja! Das tue ich gerne!"

Rory lächelte und küsste Marys gerötete Wange. „Gut. Ich bin froh, dass das geregelt ist. Ich möchte, dass unser Baby eine Patin hat, die so schön ist wie meine eigene, denn Patin Herzogin ist die beste Patin, die ich mir jemals hätte erhoffen können. Und ich weiß, dass du genauso liebevoll und freundlich und weise bist wie sie."

Als Mary ihre Stimme wiederfand - denn sie hatte die Worte ihrer Schwägerin als überwältigend berührend empfunden - dankte sie ihr und fragte dann: „Wird deine Familie nicht enttäuscht sein, dass du ihnen diese wunderbare Neuigkeit nicht so bald wie möglich mitgeteilt hast?"

„Ich habe vor, es ihnen zu sagen", erklärte Rory. „Aber nach unserem

Aufenthalt bei Harvel und Silla."

„Du meinst, Lady Grasby würde es übelnehmen, wenn du sie wieder in den Schatten stellst?"

„Oh, du verstehst es wirklich", sagte Rory mit einem Lächeln der Erleichterung. „Irgendwie ahnte ich das. Und während Grand und mein Bruder von der Nachricht begeistert sein werden, werden sie doch in der nettesten Art großes Aufhebens um mich machen, weil die Schwangerschaft irgendwie meine - meine Fähigkeit zum *Gehen* beeinträchtigen könnte. Und während Silla sich gerne so verhätscheln lässt, tue ich das nicht."

„Und Cousine Herzogin...?"

„Ich werde ihr und den Roxtons schreiben, sobald ich es meiner Familie erzählt habe, was ich am letzten Tag unseres Aufenthalts in Cheltenham tun werde. Doch es gibt eine Person, der ich es sagen muss, wenn ich meine freudige Nachricht allgemein bekanntgebe, und so bald wie möglich, oder sie wird sich ewig gekränkt fühlen. Ich hoffe, du kannst mir raten, wie ich das ohne große Aufregung erledigen kann ...“

„Du denkst an meine Mutter.“

„Ja. Lady Strathsay muss es erfahren. Doch ich fürchte mit deprimierender Sicherheit, dass ich, wenn ihr meine Schwangerschaft erst bekannt ist, endlose gute Ratschläge von ihr zu hören bekommen werde. Du wirst nicht verletzt sein, liebe Mary, wenn ich dir sage, dass Mylady die Quelle vieler unerwünschter Ratschläge gewesen ist, seit ich ihren Sohn geheiratet habe.“

Mary seufzte und sah die Bank unter einer Rosenlaube kurz vor ihnen, sie nahm Rory dorthin mit und setzte sich mit ihr.

„Möchtest du wirklich meinen Rat?", fragte sie ihre Schwägerin.

„Ja, sehr sogar."

„Dann werde ich ihn dir offen und ohne Hintergedanken sagen. Erzähle meiner Mutter deine wunderbaren Neuigkeiten keinesfalls, solange du in Cheltenham bist", sagte Mary unverblümt. „Du hast recht mit deiner Besorgnis. Sobald sie von deiner Schwangerschaft erfährt, werden ihre sogenannten Ratschläge nicht enden. Ich entschuldige mich, dass ich ein so schlechtes Bild male, aber du musst mir in dieser Angelegenheit vertrauen. Und bis Dair sicher zu Hause ist, würde ich dir raten, wieder unter dem Dach deines Großvaters zu leben, wo du dich am wohlsten fühlten wirst. Ich würde sagen, benutze deinen kostbaren Ananas als Grund, nach Talbot House zurückzukehren, doch meine Mutter würde das als Spielerei abtun. Also benutze die Ausrede, dass Talbot House einen Schwebestuhl hat. Was, wenn du darüber nachdenkst, gar keine Ausrede ist, sondern eine Notwendigkeit sein wird, wenn dein Baby wächst und damit auch der Druck auf deinen

Knöchel. Und eine hochschwangere Frau ist nie ganz sicher auf ihren Füßen, kann daher nicht leicht Treppen hinauf- und hinabgehen, ganz gleich, dass du dazu einen Gehstock hast. Wenn du stürzen würdest, könnte sich keiner von uns das verzeihen, und meine Mutter würde nur noch grässlicher werden."

„Das ist eine großartige Idee", stimmte Rory zu. „Ich muss die Wahrheit nicht ein kleines bisschen dehnen und Harvel wird begeistert sein, mich zu Hause zu haben. Vor allem wenn sein Baby kommt, denn ich bin ziemlich sicher, dass Silla es nicht wird stillen wollen, sondern es an eine Amme weitergeben wird, sobald es zu quengeln beginnt. Was mir die Gelegenheit geben wird, Zeit mit meiner Nichte oder meinem Neffen zu verbringen, da ich sehr wenig Ahnung von Babys im Allgemeinen habe." Sie sah Mary an und fragte leise: „War Lady Strathsay dir ein Trost, als du mit Teddy schwanger warst?"

Mary schauderte ein wenig. „Nein. Meine Mutter war voller Ratschläge, und als ich ihre Unterstützung am meisten brauchte, als ich meinen Säugling selbst nähren wollte, stimmte sie Sir Geralds Widerspruch zu und behauptete, da ich das Unglück gehabt hätte, eine Tochter zu gebären, wo doch mein Mann dringend einen Sohn brauchte, wäre das Mindeste, was ich tun könnte, ihn nicht länger zu belasten, als unbedingt nötig. Das Stillen würde nur alles verzögern und ich hätte die Pflicht, so bald wie möglich wieder schwanger zu werden."

Rory war entsetzt, aber sie musste die Frage trotzdem stellen. „Und was hast du getan?"

„Was ich getan habe?", fragte Mary und riss sich aus ihrer Gedankenverlorenheit. „Ich war jünger als du und viel naiver. In der Tat denke ich, dass ich ziemlich dumm war. Oder zumindest unwissend und sehr fügsam."

„Du hast nur deine Pflicht als Ehefrau erfüllt, getan, wovon du dachtest, es würde deinem Mann und deiner Mutter gefallen."

Mary lächelte und berührte Rorys Hand. „Ja. Du *bist* viel klüger als ich jemals in deinem Alter war. Und wie jeder weiß, habe ich gegenüber meinem Mann versagt, indem ich den Rest unserer Ehezeit unfruchtbar blieb. Ich hatte nie ein weiteres Baby, obwohl ich sehr früh in der Schwangerschaft, die eintrat, kurz nachdem ich Teddy bekam, eine Fehlgeburt hatte. Der Arzt war der Meinung, dass die Möglichkeit bestünde, dass ich nicht wieder empfangen würde, und so kam es dann auch." Sie hielt seufzend inne, schüttelte dann solche melancholischen Gedanken ab, um fröhlich zu sagen: „Aber du, meine liebe Schwester, bist klug und entschlossen und würdest dich nie überreden lassen, auch wenn es dein Mann wäre, der solche Forderungen an dich stellte. Aber Dair ist überhaupt nicht wie Sir Gerald, und deine Ehe ist absolut nicht wie meine. Deine ist eine glückliche Ehe und ihr beide werdet großartige, liebevolle Eltern sein."

„Danke für dein Vertrauen in uns. Und ich sollte mir keine unnötigen Sorgen machen, weil ich nicht das Geringste über Babys weiß, weil Alisdair ein weit besserer Vater ist, als sein Vater es je war. Er ist so freundlich und geduldig mit Jamie, dass ich sicher bin, er kann es mich lehren, oder mich zumindest dabei unterstützen, beim Umgang mit einem Säugling weniger nervös zu sein. Oh! Oh, liebe Güte! Ich habe dich verärgert", verkündete Rory entschuldigend, als Mary sich kerzengerade mit fest zusammengepressten Lippen aufsetzte. „Hätte ich Jamie nicht erwähnen dürfen? Spricht man in der Familie allgemein nicht über ihn? Ich dachte - als seine Schwester - und da wir hier im Garten allein sind, würdest du nichts dagegen haben. Wenn du Alisdair mit Jamie und Jamies Halbbrüdern sehen könntest - sie alle verehren deinen Bruder und bei Jamies kleinstem Bruder, einem Säugling, weiß er genau, wie er mit ihm umgehen muss, wie er ihn halten und trösten muss, dass er es mühelos erscheinen lässt. Er ist ein so natürlicher Vater ..."

„Davon musst du mich nicht überzeugen, Rory", unterbrach Mary sie ruhig mit einer Falte zwischen den Brauen und tat ihr Bestes, ihre Gedanken in Worte zu fassen. „Mein Bruder ist ein liebevoller Onkel für Teddy und hat eine natürliche Art und Weise, mit Kindern umzugehen. Ich kann ihn nur dafür loben, dass er sein Bestes tut, um Jamie ein guter Vater zu sein, während die meisten Männer in solchen Umständen und so jungem Alter ihre illegitimen Nachkommen nicht anerkennen würden, geschweige denn, sich anstrengen, Teil der Familie ihrer Mutter zu sein. Und nach dem, was ich von Cousine Herzogin über die Familie Banks gehört und nachdem ich die Großeltern beim Hochzeitsfrühstück beobachtet habe, wird der Junge in einem anständigen und liebevollen Heim großgezogen ... Es ist nur so, dass Dair nie mit mir über Jamie gesprochen hat. Ich frage mich, ob es daran lag, dass Sir Gerald Dairs Offenheit über die Existenz eines leiblichen Sohns so verurteilte? Sowohl mein Mann als auch meine Mutter betrachteten die Familie Banks als unter ihrer Würde. Daher kann ich meinem Bruder keine Schuld daran geben, dass er meine Meinung nicht kannte; ich habe nie zu meiner eigenen Verteidigung das Wort ergriffen, warum sollte ich das für ihn tun? Weshalb ich mich frage, was er von mir denken muss. Habe ich mich verständlich ausgedrückt?"

Rory legte den Kopf schräg und dachte einen Moment nach, dann lächelte sie. „Ja. Ich glaube schon. Dair fürchtet sich ein wenig vor dir, weißt du."

Diese Offenbarung ließ Mary in Lachen ausbrechen.

„Wirklich? Dair fürchtet sich - vor *mir*? Aber wie kann das sein? Ich bin eine Maus und er, er ist ein Löwe!"

„Aber selbst Mäuse können die größten und wildesten Geschöpfe in Angst und Schrecken versetzen. Nicht, dass er wirklich Angst vor dir hat, aber er bewundert deine Selbstbeherrschung."

„Meine - *meine Selbstbeherrschung*?" Mary glaubte nicht, dass sie etwas Derartiges besäße, doch sie glaubte, was Rory ihr sagte. „Liebe Güte! Ich hatte keine Ahnung. Was für seltsame Leute wir sind. Leider haben wir nie über unsere Gefühle oder unsere Bewunderung füreinander gesprochen, wie es manchmal bei Brüdern und Schwestern ist, vor allem, wenn sie von klein auf nicht zusammengelebt haben. Ich war zwölf, Dair zehn und Charles acht, als wir unser gemeinsames Schulzimmer in Fitzstuart Hall verließen. Die Jungen gingen nach Harrow und ich nach Treat, um bei meinen Cousins zu leben." Sie lächelte und drückte Rorys behandschuhte Hand. „Aber seit ich Witwe geworden bin, lerne ich, besser darin zu werden, meine eigenen Gedanken und Meinungen auszusprechen, wie ich es gerade jetzt bei dir über meine Mutter und meinen Mann getan habe, etwas, was ich nie gewagt hätte, als ich noch verheiratet war, weil ich es beiden gegenüber für illoyal gehalten hätte."

„Darf ich fragen, da deine Mutter dir abriet, Teddy zu nähren, ob Lady Fitzstuart keines ihrer Kinder gestillt hat?"

„Was? Meine Mutter einen Säugling nähren?" Mary gab ein undamenhaftes Schnauben von sich und sah, wie Rory schmunzelte. „Bitte lass sie dir nicht predigen, es zu unterlassen, wenn du gerne stillen möchtest. Wenn ich je das Glück haben sollte, wieder zu heiraten und noch ein Kind zu bekommen, würde ich tun, was ich will ..."

„... und stillen?"

„Ganz sicher. Ist es nicht das Natürlichste auf der Welt, wenn eine Mutter ihr eigenes Kind nähren möchte?"

Rory stieß einen kleinen Seufzer der Erleichterung aus und ihre Schultern sackten nach unten. „Oh, gut. Ich bin so froh, dass wir uns darüber einig sind, obwohl Silla es nicht tun will, und andere wie sie Ammen beschäftigen, aber ich könnte es nicht. Ich möchte so gerne mein Kind stillen."

„Dann musst du das auch tun und nicht zulassen, dass irgendjemand es dir ausredet. Dair wird deinen Entschluss sicher unterstützen. Ich hoffe nur, dass er vor diesem glücklichen Ereignis zurückkehrt, aber ich bin sicher, dass er das tun wird", fügte Mary eilig hinzu, als Rorys Lächeln zum ersten Mal, seit sie in den Garten herausgekommen waren, wankte und sie besorgt aussah. „Unsere Mutter hatte nicht viel mit uns zu tun, bis wir aus den Windeln heraus waren und unsere ersten Schritte machten. Aber ich verstehe auch warum. Sie war in den ersten vier

Jahren ihrer Ehe fast ununterbrochen schwanger und verabscheute jede Minute davon", fuhr sie fort, um Rory von ihren Grübeleien darüber, wann ihr Mann aus Barbados zurückkehren könnte, abzulenken. „Obwohl keine ihrer Schwangerschaften an sich besonders unangenehm war. Und als wir als kleine Kinder aus dem Babyzimmer herauskamen, das sie selten besuchte, und Gouvernanten und Tutoren übergeben wurden, pflegte sie ins Schulzimmer zu kommen, um unsere Handschrift zu begutachten, um uns abzuhören und vor allem, um darauf zu achten, dass uns die Manieren und die Haltung adliger Kinder gelehrt wurden. Wir fürchteten ihren Spott alle sehr, Charles am meisten. Der arme Charlie nässte zweimal seine Röckchen ein, als es ihm nicht gelang, schnell genug zu addieren und sie ihn einen enttäuschenden Dummkopf nannte."

Mary gluckste bei einer lebhaften Erinnerung, die plötzlich vor ihrem inneren Auge auftauchte. Nicht an den armen Charlie, sondern an Dair.

„Eines Tages kletterte Dair aus dem Fenster, als er hörte, dass unsere Mutter auf dem Weg wäre. Er war damals erst sieben Jahre alt. Ich wollte ihm so gerne folgen, aber das tat ich natürlich nicht. Er blieb die ganze Zeit draußen, während sie im Schulzimmer war, und wir alle gaben vor, nicht zu wissen, wo er wäre. Sie ahnte nie, dass er auf dem Sims unter dem Fenster saß. Wie hätte sie das auch können, da es draußen schneite? Es war nicht die Angst, die ihn dazu trieb, seinen Hals auf dem Sims vor einem Fenster im zweiten Stock zu riskieren, denn, wie du weißt, ist mein Bruder furchtlos. Es war Abneigung. Kannst du dir vorstellen - ich bin sicher, dass du es kannst! - dass er es vorzog, zu erfrieren oder sich ein Bein zu brechen, statt zuzuhören, wie unsere Mutter über die Pflichten und Verantwortung des Erben eines Earls dozierte? Er war nur ein kleiner Junge, der mit seinem Bruder Ritter spielen, auf Bäume klettern und sein Lieblingspony reiten wollte. Keiner von uns hatte eine Ahnung, was ein Earl war, geschweige denn, dass Dair einer sein wollte!"

„Er hätte es gehasst, so belehrt zu werden, und noch mehr, in einem Schulzimmer eingesperrt zu sein!"

„Ja. Das hat er. Und es brauchte zwei Sitzwannen voll heißem Wasser, um ihn so weit aufzutauen, dass er erklärte, er würde es wieder tun, nur würde er beim nächsten Mal auch von dem Sims springen, denn als er dort draußen saß, während der Schnee um ihn herum fiel, seine Zähne klapperten und seine Zehen blau wurden, konnte er doch noch die Stimme unserer Mutter hören. Charlie lachte, und ich auch. Armer Dair!"

Trotz der Ungeheuerlichkeit der hartherziger Behandlung der Gräfin von Strathsays ihrer Kinder, ertappten sich Mary und Rory dabei, so sehr zu lachen, dass, als ihre Träumerei unterbrochen wurde, es bei beiden ein paar Augenblicke dauerte, bis sie sich wieder gefasst hatten. Beide Frauen tupften sich die Tränen aus den Augen und steckten dann schnell die Taschentücher wieder in die Täschchen, bevor sie aufschauten, um zu sehen, wer zu ihnen in den Garten gekommen war. Die Sonne ließ sie blinzeln und daher war ihr Besucher nur als Silhouette zu sehen und nicht gleich zu erkennen. Sie erhoben sich von der Bank, um ihn zu begrüßen, er erkannte schnell ihr Problem, als beide Frauen eine behandschuhte Hand hoben, um ihre Augen vor dem Sonnenlicht zu schützen. Daher trat er weiter in die Laube und den Schatten und sie kamen zu ihm.

Mary lächelte Christopher an und trat einen Schritt näher, um mit ihm zu sprechen und ihre Schwägerin dem Squire vorzustellen. Rory lächelte nicht und antwortete auch nicht auf die Vorstellung. Sie hielt eine Hand auf dem Griff des Gehstocks, als ob sie ihn für mehr brauchte als die übliche Stütze. Und es war nicht aus Müdigkeit, sondern weil sie einen Schock des Erkennens erlebt hatte, so stark, dass sie sprachlos war. Sie blinzelte und dachte, sie hätte sich getäuscht. Doch das tat sie nicht. Aber wie konnte das sein? Hier vor ihr stand ein Gentleman mit einem Schopf kastanienbrauner Locken und einem Paar feuchtbrauner Augen, die ihr so bekannt waren wie ihre eigenen. Und doch hatte sie ihn in ihren ganzen zweiundzwanzig Jahren noch nie getroffen. Er mit Sicherheit ein Fremder. Doch sie wusste, wer er war.

So sicher sie auch war, dass ihr Name Aurora Christina Talbot Fitzstuart war, sie wusste, dass dieser Gentleman, der mit Lady Mary sprach, eng mit der Herzogin von Roxton verwandt sein musste – Cousin oder Bruder, und nichts weiter entfernt als das – die Ähnlichkeit war zu auffällig. Deb Roxton und dieser Mann hatten die gleichen Haare, und seine Augen waren ihre Augen.

Beide Brüder der Herzogin waren verstorben. Der eine, Lady Marys Ehemann, Sir Gerald, hatte seiner Schwester absolut nicht ähnlich gesehen. Der andere, ein Musiker, war vor vielen Jahren in Paris gestorben, und daher hatte Rory ihn nie getroffen und hatte keine Ahnung von seinem Aussehen. Doch hier war ein dritter Bruder, davon war sie überzeugt. Was Rory sich fragen ließ, ob Deb Roxton die Existenz von Mr. Bryce aus Brycecomb Hall überhaupt bekannt war. Und wenn möglich noch verblüffender war die Tatsache, dass diese ausgeprägte Ähnlichkeit Lady Mary in den letzten paar Jahren doch hätte ins Gesicht springen müssen, und doch, wie hatte ihr diese Verbindung nicht auffallen können?

Rory konnte es kaum erwarten, Mr. Bryce besser kennenzulernen.

# FÜNFZEHN

„Ihr habt Glück, in einem so malerischen Teil des Königreichs zu leben, Mr. Bryce", sagte Rory mit einem Lächeln, als der Squire sich aus seiner Verbeugung aufrichtete. „Und nicht nur die hügelige Landschaft in aller Pracht des Herbstes, sondern die malerischen Cottages in den kleinen Gärten, die die Dorfstraßen säumen und ebenso angenehm fürs Auge sind wie die Herrenhäuser. Ich fragte mich, warum das so war, und mir kam der Gedanke, dass es daran liegen müsste, weil jedes Haus, unabhängig von Größe oder Bauweise, aus dem gleichen unverwechselbaren Ananas-farbigen Stein gebaut ist."

„Ananasfarben? Ich habe noch nie zuvor gehört, dass unsere einheimischen Steine mit einer solch exotischen Frucht verglichen wurden, Mylady. Ihr meint sicher das Fruchtfleisch?"

In Rorys Gesicht bildeten sich Grübchen. „Allerdings! Lady Mary wird Euch erklären, dass ich ein bisschen von der Ananaszucht besessen bin. Natürlich ist dieses Gelb meine Lieblingsfarbe."

Christophers Blick wanderte über sie, von ihrem blonden Haar mit gelben Seidenbändern zu dem kleinen, in Form einer Ananas gehäkelten Täschchen, das an ihrem behandschuhten Handgelenk hing. Dann schaute er ihr wieder in die klaren, blauen Augen mit einem Lächeln.

„Wenn ich so kühn sein darf, die Farbe steht Euch ausgezeichnet."

„Oh, vielen Dank, Mr. Bryce", antwortete Rory mit einem raschen Knicks und warf Mary einen Blick zu, deren Wangen rote Flecken zeigten und die den Squire nicht einmal angeschaut hatte, seit sie die notwendige Vorstellung erledigte hatte; noch hatte er zu ihr hingesehen. „Und ich werde mit meiner Antwort ebenso kühn sein, denn ich freue mich, Teddys Onkel Bryce kennenzulernen. Beim Essen gestern Abend sprach sie von kaum etwas anderem als von Euch und ihrem Besuch in Eurem Haus. Nicht wahr, Mylady?"

„J-ja. Das ist richtig. Teddy liebt Besuche in Brycecomb Hall."

„Euch besuchen und das beste Essen auf der Welt zu bekommen, war, wie sie sich mir gegenüber ausdrückte", schwärmte Rory. „Ich kann mich nicht daran erinnern, welche Gerichte es genau waren, aber sie waren alle italienischen Ursprungs und für mich, wenn auch nicht für meinen Großvater und Lord Vallentine, die im Ausland gelebt haben, ebenso exotisch wie meine Ananas."

„Aha! Nichts ist so exotisch wie die Ananas, Mylady", antwortete Christopher mit einem Lächeln. „Aber was ich sagen werde, wenn ich so kühn sein darf, ist, dass ich wie Ihr mit Eurer Ananas auch ein wenig besessen bin – von allem Italienischen. Vor allem aber vom Essen. Weshalb ich immer das Gelb der Steine in den Cotswolds nicht mit Ananas, sondern mit der goldgelben Pasta, die man in Lucca isst, verglichen habe. Und das Geheimnis, warum diese Pasta so goldgelb ist, liegt laut meiner italienischen Köchin im Teig, der auch Eier enthält."

„Wie faszinierend", antwortete Rory mit echter Begeisterung.

Sie mochte den Squire und verstand, warum ihre kleine Nichte mit solcher Zuneigung von ihm sprach. Er hatte ein aufrichtiges Lächeln, und es lag Freundlichkeit in seinen Augen. Obwohl sie auch einen Hauch von Traurigkeit in ihnen entdeckte. Aber was sie in diesem Moment interessierte, war die Interaktion – oder deren Fehlen – zwischen ihrer Schwägerin und dem Squire. Es war, als gäben sie sich die größte Mühe, einander auszuweichen, und das fand Rory *sehr* interessant. Da sie Sinn für Romantik hatte, beschloss sie, eine Idee weiterzuspinnen, die sich in ihrem Kopf formte, und versuchte, Mary ins Gespräch zu ziehen, indem sie mit geübter Lässigkeit sagte:

„Magst du diese goldgelbe Pa-*Pasta* ebenso gern wie Teddy, Mary?"

„Ich muss sie erst noch probieren, daher kann ich nichts dazu sagen."

„Erst noch probieren? Du hast sie noch *nie* gekostet?" Rory war überrascht, aber sie betonte es ein bisschen übertrieben mit einem dramatischen nach Luft Schnappen und einem Blick zu Mr. Bryce. „Hat nicht Mr. Bryce, oder wenn nicht er, dann Teddy, dich mit den Gerichten mit goldgelber Pasta seiner italienischen Köchin verlocken können?"

Rory war nicht so undurchsichtig, wie sie es vermutete, weil Mary den schleichenden Verdacht hatte, dass ihre Schwägerin sie dazu verleiten wollte, eine unbedachte Bemerkung zu machen. Rorys Lächeln war fast selbstgefällig, als ob sie ganz zufällig etwas entdeckt hätte und nur sie davon wüsste. Mary hoffte, dass dieses etwas nicht ihre unbestreitbaren, aber verwirrten Gefühle für den Squire waren, Gefühle, die sie die halbe Nacht wachgehalten hatten. Sie schämte sich zuzugeben, dass ihre Gedanken, statt sich auf Evelyns Rückkehr von den Toten und darauf, was das für die Familie bedeuten würde, zu richten, von diesem Kuss erfüllt waren und von der Frage, ob Christopher Bryce sie jemals wieder würde küssen wollen.

„Das kann leicht korrigiert werden, indem man die Einladung nach Brycecomb Hall annimmt, Mylady", antwortete Christopher und unterbrach Marys Gedanken, bevor sie etwas Unverbindliches und Höfliches als Antwort aussprechen konnte. „Diese Einladung besteht jetzt seit – wie vielen Jahren ...?"

Mary wurde scharlachrot, als ob der Squire ihre Gedanken lesen könnte und vergaß ihre Begleiterin so weit, dass sie leise sagte: „Ihr wisst genau, warum ich nicht in der Lage war, eine solche Einladung anzunehmen. Sir Gerald und Eure Tante ..."

Christopher hielt ihren Blick fest.

„Ich glaube, es war meine Tante, die die Einladung aussprach."

„Die Sir Gerald in meinem Namen ablehnte!"

Christopher zog eine Augenbraue hoch, wie um seinen Worten Nachdruck zu verleihen, und sagte ruhig: „Das ist aber jetzt schon weit über zwei Jahre her ...?"

Mary sah ihn weiterhin an, sich dessen bewusst, dass Rory mit weit aufgerissenen Augen neben ihr stand, und suchte verzweifelt nach einer passenden Antwort, die nicht undankbar klingen würde, doch sie wusste, dass es unfreundlich gewesen war, die Einladung der alten Dame ohne gute Entschuldigung so lange unbeantwortet zu lassen. Aus irgendeinem Grund hatte sie angenommen, wenn sie Teddy erlaubte, Brycecomb Hall zu besuchen, wann immer diese es wünschte, hätte sie damit ihre Verantwortung, als Nachbarin einen Besuch abzustatten, erfüllt. Warum, wenn sie sich doch ihrer Verantwortung gegenüber Pächtern und Nachbarn in der unmittelbaren Nähe von Abbeywood bewusst war, hatte sie es versäumt, die Fahrt über Land nach Brycecomb zu einem Besuch anzutreten? Sie hatte keine Antwort darauf, und je mehr sie darüber nachdachte, desto unglücklicher wurde sie über ihre Rücksichtslosigkeit und die Vernachlässigung ihrer Pflicht.

Das Schweigen dehnte sich lange genug, dass Christopher sich über sich selbst ärgerte, weil er Mary in diese Lage gebracht hatte und er sagte daher erklärend zu Rory, in der Hoffnung, Mary zu helfen:

„Meine Tante lebt sehr zurückgezogen und hat selten Besuch. Während sie im Allgemeinen gesund ist, schwindet ihr Sehvermögen, und wie Ihr sicher verstehen könnt, wird sie manchmal von ihrer zunehmende Behinderung überwältigt und ist dann keine sehr gute Gesellschaft."

„Ja, ich kann ihre Frustration verstehen", sagte Rory ohne Groll. „Bis sie nicht akzeptiert, dass die Dinge so sind, wie sie sind und nicht, wie sie sein sollten, wird sie unglücklich bleiben."

„Ach du liebe Güte, Mylady, ich meinte nicht - ich spielte nicht an auf …", unterbrach Christopher beschämt, das Gesicht jeder natürlichen Farbe beraubt bei dem Gedanken, dass er unabsichtlich auf Rorys Hinken angespielt hatte, wenn das doch der letzte Gedanke in seinem Kopf gewesen war. „Ich meinte *verstehen* ganz allgemein, ich hätte in tausend Jahren nicht daran gedacht …" Er unterbrach sich selbst und verbeugte sich förmlich vor Rory. „Nehmt bitte meine Entschuldigung an, Mylady. Ich würde mir nie anmaßen, Euch so gut zu kennen, dass ich mir erlaubte, eine Bemerkung zu machen oder …"

„Bitte, Mr. Bryce, Ihr braucht Euch nicht zu entschuldigen", antwortete Rory mit einem Lächeln und legte eine behandschuhte Hand auf seinen Ärmel. „Ich weiß, was Ihr gemeint habt und hatte Eure Bemerkung auch in keiner anderen Weise als der beabsichtigten aufgefasst. Und, um ganz aufrichtig zu sein, ich bin froh, dass wir offen darüber reden. Es macht mir nicht das Geringste aus, über meine Behinderung zu sprechen. Ich bin seit Geburt lahm, also habe ich nie einen anderen Zustand kennengelernt. Doch für Eure Tante, die mit perfekter Sehkraft geboren wurde, ist der Verlust größer, und daher ist es verständlich, dass sie leidet und ihre Stimmungen wechselhaft sind. Zweifellos bieten Teddys Besuche ihr eine Atempause und Ablenkung von trüben Gedanken.

„Und jetzt, Mr. Bryce", fügte sie mit einem Lächeln hinzu und streckte mit einem Blick zu Mary ihre Hand aus, „müsst Ihr mich entschuldigen, wenn ich wieder nach drinnen gehe. Ich bin für einen Morgen genug gelaufen. Doch ich hoffe, Euch sehr bald wiederzusehen. Am Frühstückstisch wurde davon gesprochen, dass wir morgen, wenn es keinen Regen gibt, ein Picknick machen könnten. Ich würde gerne mehr von Eurer schönen Landschaft sehen. Mein Großvater schlug vor, dass wir einen Besuch in einer Eurer Mühlen machen, natürlich mit Eurer Erlaubnis. Er - Lord Shrewsbury - und Lord Vallentine waren von der Aussicht, eine Tuchmühle zu inspizieren, überaus begeistert. Denn keiner von ihnen, ebenso wenig wie ich, ist je in einer gewesen. Opa sagte mir, diese Mühlen wären das neueste Wunder moderner Manufaktur. Und da ich eine Liebe zur Wissenschaft und zur Mechanik habe, würde ich sehr gerne sehen, wie solche Einrichtungen die Wasserkraft nutzen." Sie lachte perlend. „Mein Mann sagt, dass meine unersättliche Neugier eine meiner liebenswertesten Eigenschaften ist - Nein, du bleibst, liebe Schwester", sagte sie zu Mary, als ihre Schwägerin Anstalten machte, sich ihr anzuschließen. „Du und Mr. Bryce habt zweifellos viel zu besprechen, nicht zuletzt die Vorbereitungen für das Picknick."

Bevor einer von ihnen das Gegenteil beteuern konnte, drehte Rory sich um und spazierte davon, selbst überrascht durch ihre Fähigkeit, ohne Unterbrechung zu schwatzen, und das nur, weil sie eine weitere verblüffende Entdeckung gemacht hatte, die, wenn es möglich war, noch erstaunlicher war als Mr. Bryces unheimliche Ähnlichkeit mit der Herzogin von Roxton. Nämlich, dass der Squire und ihre Schwägerin ineinander verliebt waren. Das bezweifelte sie keinen Augenblick.

Rory war stolz darauf, eine außergewöhnlich gute Beobachterin der menschlichen Natur zu sein. Ihre Behinderung hatte dazu geführt, dass sie den größten Teil ihres jungen Lebens während der Teilnahme an gesellschaftlichen Veranstaltungen ignoriert worden war, weil sie nicht tanzen konnte. Und weil sie nicht tanzen konnte, hatte sie viel Gelegenheit und Zeit gehabt, dabeizusitzen und Menschen zu beobachten. Und durch ihre Beobachtung lernte sie viel über ihre Mitmenschen, etwa wie an feinen Zeichen zu erkennen war, ob sie glücklich, traurig, verwirrt, gekränkt, stolz und vor allem, ob sie verliebt waren.

Und während sie überzeugt war, dass der Squire in Lady Mary verliebt war und es wusste, und dass ihre Schwägerin die Gefühle des Squire teilte, fragte sie sich, ob Mary sie sich bereits selbst eingestanden hatte. In Gesellschaft des Squires war sie so schüchtern gewesen, dass es fast an Unbeholfenheit grenzte, und als sie mit ihm sprach, hatte sie ihm kaum in die Augen sehen können. Was ihn betraf, mochte er in Marys Anwesenheit unbefangen erscheinen, doch Rory hatte den Ausdruck in seinen braunen Augen gesehen, als er ihre Schwägerin ansah.

Sie blieb an der Wegkreuzung stehen, und bevor sie den Pfad einschlug, der zum Haus und außer Sichtweite des Paares führte, hielt sie an und schaute über ihre Schulter zurück. Und dann war da die Art, wie der Squire Marys Schal gerichtet hatte. Er hatte sich gebückt, um ihn aufzuheben, als er hinter Mary zu Boden gerutscht war und sich dann große Mühe gegeben, ihn ihr so umzulegen, dass er nicht wieder herunterrutschen würde. Und als Mary sich umwandte und den Kopf zu ihm hob, waren sie so dicht beieinander, dass Rory den Atem anhielt in der Erwartung, dass sie sich küssen könnten; glücklich, dass ihre Intuition über das Paar sich bestätigte. Doch dieser intime Moment dauerte nur eine Sekunde, der Kuss kam nicht zustande, als ein Diener hinter einer Laube auftauchte und direkt auf sie zu kam. Mary wandte sich sofort ab, die Schultern hochgezogen, und machte ein paar Schritte zurück, um Abstand zwischen ihnen zu schaffen. Und er, der langsamer reagierte und noch ganz im Augenblick gefangen war, ließ seinen Blick länger als höflich auf Mary verweilen, nur, um zu Bewusstsein zu kommen, als der Diener seine Nachricht wiederholte. Rorys Lächeln wurde breiter angesichts der Zerstreutheit des Squires, doch es erstarb, als sie, nachdem man sie zum Morgenzimmer gewiesen hatte, ihren Großvater begeistert zu Lord Vallentine sagen hörte:

„Kann nicht sagen, dass ich überrascht bin. Ihr seid kein Narr. Sie auch nicht. Ihr beide habt Stammbäume, so lang wie mein Arm, daher werden alle mit dieser Verbindung sehr einverstanden sein. Nicht zuletzt Roxton, der vor Erleichterung aufseufzen wird, dass er ihr keinen Mann suchen muss; sie ist zu jung, um Witwe zu bleiben. Ich hoffe, dass das auch den Bruch zwischen Euch heilt. Nun, Ihr gehört ja beide zur Familie, und Ihr seid sein nächster Verwandter als Cousin, alles in allem. Und für Roxton geht die Familie über alles." Er packte Evelyns Hand und schüttelte sie energisch. „Denkt an meine Worte, mein Junge - Lady Mary zu heiraten ist die beste Entscheidung, die Ihr je getroffen habt. Meinen Glückwunsch."

Bis Christopher ins Morgenzimmer geführt wurde, waren die beiden Lords wieder allein, nachdem Rory von Teddy geholt worden war, die ihr zeigen wollte, was sie für den Aufenthalt bei ihrer Groß-mutter in Cheltenham in ihre Kiste gepackt hatte. Ein Diener wurde vor die Doppeltüren gestellt, damit die drei Männer nicht gestört würden, und als Christopher eine Tasse Tee oder Kaffee ablehnte, kam Lord Shrewsbury gleich zum Thema.

„Also, Squire Bryce von Brycecomb Hall, Lord Vallentine sagt, er würde Euch sein Leben anvertrauen. Das ist allerdings ein hohes Lob, wenn man bedenkt, dass Ihr beide Euch erst vor zwei Nächten kennen-gelernt habt. Doch da Ihr Euch immer als treuer Diener der Krone erwiesen habt, neige ich dazu, ihm zuzustimmen. Das heißt, dass ich Euch vertraue, und Euch zu vertrauen bedeutet, dass alles, was ich in diesem Raum sage, hier bleibt, unter uns. Leben - viele Leben, vielleicht Tausende von Leben - hängen davon ab. Und ebenso steht Euer feiner Hals auf dem Spiel. Habe ich mich klar ausgedrückt, Sir?"

„So klar wie der wolkenlose blaue Himmel, Mylord", antwortete Christopher. „Obwohl, warum Lord Vallentine mir vertrauen sollte, weiß ich nicht, denn ich habe mir noch keine feste Meinung über ihn gebildet."

„Ha!" Shrewsbury schaute zu Evelyn. „Ihr hattet recht. Bäuerlich aufrichtig."

Evelyn nippte an seiner Tasse Tee, bevor er in nonchalantem Ton sagte: „Aus welchem Grund wir ihm vertrauen." Seine blauen Augen musterten den Squire von oben bis unten, und dann sagte er etwas, das Christopher verblüffte. „Und weil, wie Ihr selbst sagtet, Sir, die Familie über alles geht und unser Squire sozusagen zur Familie gehört ..."

Christopher reagierte langsam, weil er über die Verwandlung des Gespenstes von Abbeywood staunte. Verschwunden war die wilde Mähne grauer Haare, die mit Pomade gezähmt und aus Evelyns sauber rasiertem Gesicht mit einer breiten weißen Satinschleife zurückgebunden waren. Ohne den Bart war das Gesicht des Edelmannes eher noch hagerer, wenn das möglich war, seine Nase länger und sein Kinn kantiger. Und nachdem sein Körper sich jetzt nicht länger in den Falten von einem von Sir Geralds großen Nachthemden verlor, sondern in einem grauen Samtanzug mit Silberfäden steckte, wurde deutlich, dass an seinem schlanker Körper keine Unze Fett war. Wenn es einen Ausdruck gab, um Evelyn, Lord Vallentine, zu beschreiben, war es unauffällige Eleganz.

„Wie bitte?", antwortete Christopher, der aus seiner Gedankenverlorenheit auftauchte, um schließlich Evelyns Worte über Familie zu hören. „Ich habe keine Ahnung, wovon Ihr ..."

„Oh, versucht nicht, es abzustreiten! Nicht, nachdem ich unserem Herrn der Spione gegenüber Eure Unverblümtheit gerade gelobt habe." Evelyn lachte spöttisch. „Außerdem seid Ihr leicht zu durchschauen. Ihr seid erschrocken, aber nicht wegen der Tatsache, sondern dass ich überhaupt Wissen über Eure Abstammung habe."

„Wissen?"

Evelyn hob eine mit Spitzenrüschen verzierte Hand. „Wie es Euch beliebt. Doch vielleicht sollte ich Euch im Zweifelsfalle für unschuldig halten, da Ihr so von der Gesellschaft zurückgezogen lebt und nie die legitimen Nachkommen Eures Erzeugers getroffen habt. Außer natürlich dem stumpfen Gerry, der bei allem großmäuligen Stolz darüber, ein Cavendish zu sein, nicht wie einer aussah. Er war das lebende Abbild seiner biederen Mutter. Während Ihr - ah! Niemand kann leugnen, dass Ihr ein Cavendish seid." Als Christophers Hände sich zu Fäusten ballten, setzte er sich auf und seine blauen Augen blitzten triumphierend. „Also *wisst* Ihr, dass ich über *Eure* Blutsverwandtschaft mit ..."

Christopher schnitt ihm das Wort ab und wandte sich an den alten Mann: „Was hat dieses Gespräch mit der Krone zu tun, Mylord?"

„Kommt schon, Mr. Bryce, kein Grund, beleidigt zu sein", stellte Lord Shrewsbury mit einem herablassenden Lächeln fest. „Seine Lordschaft sprach mit den besten Absichten von diesen Beziehungen. Eure niedere Abstammung ist zwar unglücklich, aber nichts, was Euch in der

Vergangenheit, ob Ihr im Ausland oder in dieser ländlichen Gegend Englands lebtet, behindert hätte. In der Tat, nach dem, was man mir sagt, habt Ihr das Beste aus Euren ländlichen Wurzeln gemacht. Hurra dafür, sage ich! Und man muss Euch loben, dass Ihr in Euren eigenen Kreisen geblieben seid und nicht wie viele Eurer Bastardbrüder vergebens versucht habt, Euch bei vornehmen Verwandten einzuschmeicheln, um Beziehungen zu erlangen, die Euch von Rechts wegen nicht zustehen.“

„Wenn Ihr nach mir geschickt habt, um mich zu beleidigen, ist dieses Gespräch jetzt zu Ende“, stellte Christopher fest. „Ich würde meine Zeit lieber damit verschwenden, Mr. Audleys Kritik zuzuhören, als über Leute zu sprechen, von denen ich absolut nichts weiß.“

„Beleidigt *Ihr* nicht *meine* Intelligenz!“, warf Shrewsbury kalt ein. „Ich weiß *alles* über Euch. *Alles.* Sir George - Euer Vater - und ich waren die besten Freunde. Ich kannte auch Eure Mutter - sehr gut.“ Er hielt Christophers Blick stand und wagte es zu grinsen. „Ja, im biblischen Sinne. Wenn Ihr nicht so sehr wie ein Cavendish aussehen würdet, könnte ich Euch für einen meiner Bastarde halten. Also reden wir nicht um die Tatsachen herum. Ihr mögt die Herzogin von Roxton nicht persönlich kennen, aber Ihr könnt die Verwandtschaft nicht leugnen. Ihr seid blutsverwandt, wie auch immer verdünnt. Sie ist Eure Halbschwester. Und weil Ihr verwandt seid, und weil sie mit dem ersten Herzog des Königreichs verheiratetet ist und weil ihm Blutsverwandtschaft, Familie, Loyalität der Verwandtschaft gegenüber alles bedeuten, werdet Ihr uns dabei helfen, dafür zu sorgen, dass Ehre und Ruf ihres Herzogs nicht gefährdet und sie nicht beunruhigt wird. Habe ich mich klar ausgedrückt?“

Wenn der Herr der Spione gehofft hatte, Christopher einzuschüchtern, würde er eine Enttäuschung erleben. Er hätte ihn mit solchen groben Worten und der Erwähnung seines Bastardblutes vielleicht aus der Fassung bringen können, als Christopher viel jünger und viel weniger seiner selbst sicher war, aber nicht mehr an diesem Tag. Und dies war nicht London, und er war kein Mitglied von Shrewsburys Club oder gesellschaftlichen Kreisen; ihm war es auch nicht wichtig, das zu sein.

Hier im Tal hatte noch niemand je einen Herzog gesehen, geschweige denn, wäre einem in Fleisch und Blut begegnet, und keiner konnte behaupten, mit einem verwandt zu sein, wie dünn das Blut auch wäre. Und Christopher lag an der guten Meinung und dem Respekt dieser Leute. Ein wohlwollender Grundherr und ein gerechter Dienstherr für die zu sein, die auf seinem Land und in seinen Mühlen arbeiteten, war fast so wichtig für ihn wie die drei Frauen in seinem Leben, die er liebte: Kate, Mary und Teddy. Er schuldete keinem Mann Loyalität außer seinem Herrscher. Seine Blutsverwandtschaft zu adligen Männern und Frauen, denen er nie begegnet war, hatte für ihn wenig Bedeutung. Das war nur wichtig, solange es für seine Mutter eine Rolle spielte. Und es spielte nur eine Rolle, wenn Mary und ihre Tochter von irgendetwas betroffen sein könnten, was den Roxtons, und damit ihnen, die geringsten Unannehmlichkeiten bereitete.

„Ihr glaubt, weil ich zur linken Hand mit den Roxtons verwandt bin, würde das ausreichen, dass ich den Wunsch hätte zu helfen, den unbefleckten Ruf des Herzogs aufrecht zu erhalten?" Christopher deutete mit einem Rucken seines Kopfes in Evelyns Richtung. „Er mag mir sein Leben anvertrauen wollen, aber er scheint sich in meinem Charakter geirrt zu haben, wenn er Euch sagte, ich könnte durch Drohungen oder Bitten zur Mitarbeit veranlasst werden, nur, weil die Herzogin und ich den gleichen verabscheuungswürdigen Erzeuger haben."

„Ich habe seine Lordschaft gewarnt, dass Ihr nicht aus solchen Gründen nachgeben würdet", sagte Evelyn mit einem Seufzen, keineswegs von Christophers Unverblümtheit gekränkt. Er setzte sich auf und stellte seine Teetasse auf ihre Untertasse. „Ich war absolut dafür, Euch aus unseren Überlegungen herauszuhalten, denn alles in allem seid Ihr ebenso stur wie Roxton. Nichts als Ehre und Wahrheit und das Rechte zu tun wird meinen edlen Cousin überzeugen, und Ihr haltet Euch an die gleichen verdammt hohen Prinzipien. Ich frage mich, ob solche tief verwurzelte und hartnäckige Tugend eine Folge davon ist, von prinzipienlosen Wüstlingen gezeugt worden zu sein? Der Wunsch, die Sünden eines arroganten und skrupellosen Vaters wiedergutzumachen und all das ... *M'sieur le duc de Roxton*, mein Onkel, war der unerträglichste, arroganteste Edelmann, der je auf der Bühne des Adels herumstolzierte und ein Zuchthengst, bis meine Tante ihn zähmte. Und was Sir George betrifft, allen Berichten zufolge wusste er, wie man eine Frau unter der Bettdecke befriedigte."

„Haben diese vulgären Familienerinnerungen irgendeinen Sinn?", unterbrach Christopher grob.

„Was ich Seiner Lordschaft erklärt habe, ist, dass wir, um Euch dazu zu bringen, an unseren Plänen teilzuhaben, an Eure niederen Instinkte appellieren müssen", fuhr Evelyn fort, als ob Christopher ihn nicht unterbrochen hätte. Er wanderte zu der Stelle, wo Christopher in der Tür stand, hob den Kopf, um ihm in die Augen zu sehen, und sagte ganz leise: „Ihr werdet uns Eure Hilfe nur anbieten, weil Ihr bis über beide Ohren in Cousine Mary verliebt seid - und sie *begehrt*. Ihr habt seit Jahren mit ihr schlafen wollen - vermutlich seit dem ersten Mal, als

Ihr Eure Augen auf ihre wohlgerundete Lieblichkeit legtet. Aber Eure Ehre, und die Achtung, die Ihr vor ihr habt - was nur richtig und angemessen ist - verbietet Euch, auch nur eines der flammenden Haare auf ihrem Kopf - oder sonst wo - zu berühren." Als Christopher knallrot wurde, lächelte er selbstgefällig. „Da. Seht Ihr. Ich *kenne* Euch."

Dann ging Evelyn fort und ließ sich mit gekreuzten Beinen auf dem Fenstersitz nieder, um in hörbarem Näseln hinzuzufügen, sodass Shrewsbury wieder in die Unterhaltung miteinbezogen wurde: „Ihr wollt doch Lady Mary keinen Kummer bereiten. Und den hätte sie, *großen* Kummer, wenn irgendein Skandal, irgendwelche Anschuldigungen unwahrer, grausamer oder erschreckender Art gegen den Herzog erhoben würden, einen Mann, den sie unendlich respektiert. Und jeder Skandal, der den Herzog betrifft, wird auch seine Frau und seine Mutter belasten. *Mme la duchesse* erwartet im neuen Jahr ein freudiges Ereignis - lieber Gott! Ich fiel fast vom Stuhl, als Mary mit diese verblüffende Nachricht anvertraute - und in ihrem Alter ist eine Schwangerschaft sehr gefährlich für Mutter und Kind. Ein Skandal um ihren Sohn würde ihr unnötige Sorgen verursachen, und es besteht die Gefahr einer Fehlgeburt ...“

„Ja! Schon gut! Schon gut!", unterbrach Christopher, von Evelyns theatralischen Übertreibungen höchst verärgert. „Ihr habt meine Aufmerksamkeit und meine Zusammenarbeit. Sagt mir einfach, was Ihr von mir wollt und lasst es uns hinter uns bringen!"

Evelyn lächelte dünn und wandte sich an Shrewsbury. „Seht Ihr? Er wird uns helfen. Oder zumindest Eurem Vorschlag nicht in die Quere kommen."

„Und was schlagt Ihr vor, Mylord?", fragte Christopher.

„Sollte nicht Eure erste Frage sein, welcher Tat der Herzog von Roxton beschuldigt wird?", fragte Evelyn zurück.

„Spielt das eine Rolle? Meine Meinung hat für das gewünschte Ergebnis wenig zu bedeuten." Als Evelyn schmollte und das Gesicht verzog, fügte Christopher mit einem entnervten Seufzer hinzu: „Na gut. Ich tue Euch den Gefallen. Was wirft man dem Herzog vor?"

# SECHZEHN

Christophers Ungläubigkeit war im scharfen Spott seiner Frage zu hören.

„Verrat? *Roxton*? Niemals. Ich mag den edlen Herrn nicht persönlich kennen, und um ehrlich zu sein, ich habe nie viel Angenehmes über ihn erfahren. Ihn bewundern, ja. Ihn mögen, nein. Nachdem ich die letzten beiden Jahre oder länger mit ihm zu tun hatte, habe ich durch seine Korrespondenz und die Briefe, die seine Verwandten meiner, äh, Kate geschrieben haben, eine Vorstellung von ihm bekommen. Und es gibt eines, was der Herzog *nicht* ist, nämlich ein Verräter an seinem König und seinem Land.“

„Und dennoch ist sein Verwandter, der Bruder eines meiner besten Agenten, ein Verräter und ist nach Frankreich geflohen, bevor wir ihn festnehmen konnten! Also liegt es nicht außerhalb des Bereichs der Möglichkeit“, sagte Shrewsbury. „Doch Ihr habt recht mit Eurer Abwehr. Der Herzog ist nicht mehr ein Landesverräter, als ich das bin. Dennoch, nach außen hin und wegen der Dinge, derer er beschuldigt wird, gibt es Leute in der Gesellschaft, die die Anschuldigungen glauben werden, sollten sie zu Tage kommen. Und sie werden sie nicht nur glauben, seine politischen Gegner werden auch zumindest ein Gerichtsverfahren verlangen. Und es ist unerheblich, dass es von den Lords durchgeführt werden wird. Alles wird in den Zeitungen erscheinen und der Schaden ist dann angerichtet. Der Mob ist immer grausam und wahllos. Doch ein solches Szenario kann ich nicht zulassen.“

„Aber ein Gerichtsverfahren würde den Herzog von den Vorwürfen reinwaschen“, widersprach Christopher. „Und so, wie ich den Mann einschätze, denke ich, dass er die Gelegenheit begrüßen würde, öffentlich seine Unschuld zu erklären und die, die ihn verleumdet haben, der Gerechtigkeit zuzuführen."

„Ja", stimmte Shrewsbury zu und knirschte mit den Zähnen. „Es ist genau diese aufgeblasene starrköpfige Arroganz, die ich von Roxton erwarte, und genau das, was um jeden Preis verhindert werden muss."

Christopher sah zu Evelyns hinüber, um dessen Reaktion abzuschätzen, aber da dieser Adlige brav schwieg und durch seine ausbleibende Antwort offensichtlich dem Herrn der Spione zustimmte, überwältigte ihn die Neugier.

„Wenn also Roxton kein Verräter ist und dennoch des Verrats bezichtigt werden könnte, was oder wer hat es für angebracht gehalten, ihm die Schuld zu geben? Oder ist er einfach in etwas verwickelt worden, was er nicht verursacht hat? Schließlich", fügte Christopher mit einem ironischen Lächeln hinzu, „habt Ihr einmal Sir Gerald für fähig gehalten, für die Franzosen zu spionieren, als er in der Tat glaubte, England zu dienen. Der Mann war ein Trottel ..."

„... und Euer Bruder. Seine Existenz muss eine tägliche Quelle der Kränkung für Euren Stolz gewesen sein, dass ein solcher Dummkopf den Titel geerbt hatte *und* mit Lady Mary verheiratet war", reizte Evelyn Christopher.

Bevor Christopher antworten konnte, sagte Shrewsbury: „Ihr habt Recht, Mr. Bryce. Es ist so ein Fall, in dem jemand in etwas verwickelt wurde, das er selbst nicht verursacht hat. Doch während Sir Gerald dämlich genug war, den Haufen Mist zu glauben, den man ihm vorgesetzt hat - dass er zu den Kriegsanstrengungen gegen die amerikanischen Rebellen beitrüge, indem er Informationen an die Franzosen weitergab - ist Roxton hingegen kein Idiot. Beileibe nicht. Er ist einer der intelligentesten Männer, die ich je getroffen habe. Sein Fehler ist es, den Menschen, die ihm am nächsten stehen, zu sehr zu vertrauen. Ich andererseits vertraue niemandem - nun, nicht unbegrenzt. Außer meiner Enkelin. Sie ist mein genaues Gegenteil."

„Lady Fitzstuart ist eine beachtliche junge Frau, auf die Ihr sehr stolz sein müsst", sagte Christopher und als das Schweigen sich dehnte, sah er Evelyn an, der bei der längeren Nachdenklichkeit des alten Mannes die Schultern hob.

„Ja. Das ist sie. Und dieser sympathische Schurke, den sie geheiratet hat, sollte besser zurückkommen, und zwar *subito*!", knurrte Shrewsbury mit untypischer Offenheit. „Seine Braut einfach so sitzen zu lassen ... Wer hat denn so etwas schon gehört! Und sie ist ein so liebes Wesen ... Doch sie wird es so lange ertragen, wie sie muss, weil sie ihn liebt. Äh!

Was weiß ich schon! Mr. Bryce? Habt Ihr es geschafft herauszufinden, wer unter uns der Verräter ist?"

„Hier? Auf Abbeywood?"

„Ja. Hier auf Abbeywood! Wo sonst?", verlangte Shrewsbury mit fehlgeleiteter Wut zu wissen.

Shrewsbury wünschte, Rory hätte nie geheiratet. In seinen dunkelsten, geheimsten Momenten wünschte er ihrem Mann den Tod, damit sie wieder frei sein würde, für immer bei ihm zu leben. Aber sobald ihm diese Gedanken kamen, hasste er sich selbst, weil er Rory mehr als alles andere auf dieser Erde liebte, und er wollte, dass sie glücklich war. Und sie war am glücklichsten mit Dair. Der Mann liebte sie mit Leib und Seele. Und würde sie Witwe, müsste sie buchstäblich verwelken und sterben. Und er würde mit ihr sterben, wenn es dazu käme. Daher betete er jeden Tag um die sichere Heimkehr ihres Mannes, und er betete nie um etwas.

„Ihr könnt doch nicht glauben, dass ich die ganze Strecke wegen Lady Marys Gesellschaft oder wegen der Euren gekommen wäre, wie?", sagte er barsch und unterdrückte seine finsteren Gedanken, um Christopher anzustarren, ohne ihn wirklich wahrzunehmen. Er atmete tief durch und wartete, bis er sich auf den Squire konzentrieren konnte, bevor er in einem ruhigeren Ton hinzufügte: „Ihr habt einen klugen Kopf auf den Schultern. Ich habe Eure Berichte über den schwachköpfigen Gerry gelesen. War eine unterhaltsame Lektüre. Daher glaube ich, dass Ihr denken könnt. Aber vielleicht seid Ihr ein wenig zu sehr wie seine Gnaden von Roxton und neigt dazu, einem Mann eher zu vertrauen, als ihm zuzutrauen, dass er ganz einfach zu Täuschung imstande ist. Anders als Roxtons Cousin hier", fügte er mit einem Nicken in Evelyns Richtung hinzu, „der aussieht, als könnte er keiner Fliege etwas zuleide tun, obwohl er im Zweifelsfalle einer Katze den Hals umdrehen würde, um an die Sahne zu kommen. Nicht wahr, Mylord?"

„So ist es, Mylord. Und ich habe die Kampfnarben, um meine kaltblütige Loyalität zu beweisen."

Shrewsbury gluckste, als Evelyn seine verstümmelte Hand hochhielt und dann mit einem der Fingerstümpfe über die Narbe strich, die die Ecke seiner linken Augenbraue durchzog und sein Auge nur knapp verfehlte, als ob er betonen wollte, wie weit er im Dienste des Herrn der Spione gegangen war. Er beendete diese Demonstration der Untergebenheit mit einer übertriebenen Verbeugung vor dem alten Mann.

„Alles für König und Vaterland ... Soll ich Silvanus jetzt aus seinem Zweifel über den Verräter in unserer Mitte erlösen?"

„Nein! Nein! Lasst ihn raten. Ich möchte eine Bestätigung seiner Intelligenz, und Eurer Informationen."

Christopher musterte Evelyn stirnrunzelnd. „Ihr wisst, wer er ist?"

„Ganz sicher. Mit den Worten unseres Herrn der Spione: Ihr könnt doch nicht glauben, dass ich die ganze Strecke wegen Lady Marys Gesellschaft oder wegen der Euren gekommen wäre." Er grinste. „Das ist nicht ganz wahr. Ich bin gekommen, um Mary zu besuchen, aber in einer Angelegenheit, die damit gar nichts zu tun hat ... Also, Silvanus, wer unter uns ist der Verräter, und warum?"

Christopher hätte diesem Adligen die Überheblichkeit herausschütteln mögen und er wollte dieses lächerliche Spielchen unter Spionen beenden. Als ob er ohne diese Störung seines Tages nicht genug zu tun gehabt hätte. Roxtons pedantischer, hochnäsiger Sekretär musste sich fragen, wo er bliebe.

„Philip Audley", sagte er flach und gab sich innerlich einen Tritt, weil er nicht früher zu diesem Schluss gekommen war. „Er ist der Verräter, und wenn ich zum Wetten neigte, würde ich darauf setzen, dass er zwei Herren dient – einem Engländer und einem Franzosen."

Evelyn und Shrewsbury warfen sich einen überraschten Blick und starrten Christopher dann so erstaunt an, dass er sich in seiner Vermutung bestätigt fühlte. Sie waren so überrascht, dass sie nicht sprachen, daher erklärte er es ruhig,

„Wenn Ihr Euch erinnert, habe ich bereits vor einiger Zeit den Verdacht auf den Sekretär gelenkt. Ich sagte, der Mann hat die Gelegenheit und die Mittel, aber ich war mir über seine Motive im Unklaren. Und daher habe ich mein Misstrauen als unbegründet abgetan. Ich glaubte auch, dass mein Urteil durch meine starke Abneigung gegen den Mann beeinflusst sein könnte. Ich hätte auf meinen Instinkt hören sollen. Doch im Nachhinein ist man immer klüger, nicht wahr, Mylord? Sir Gerald hat mir einmal anvertraut - und ich habe Euch diese Information weitergegeben - dass er hoffte, indem er eng mit Eurem Agenten zusammenarbeitete, einem Agenten, dessen Namen er mir nie nannte, eine besondere Belobigung zu erhalten. Er prahlte damit, dass er sicher wäre, dass seine Arbeit für die Regierung ihn als eine Art Meisterspion dastehen und dass dies irgendwie den Herzog von Roxton als inkompetent und unwissend in Staatsangelegenheiten erscheinen lassen würde. Ich hatte damals keine Ahnung, was er meinte; Ich dachte, der Wein spräche aus ihm. Aber jetzt verstehe ich es. Sir Gerald arbeitete eng mit Philip Audley unter der edlen Nase Seiner Gnaden zusammen, und er fand die Täuschung und die kleinlichen Hinterzimmermanöver berauschend. Darf ich fragen, wie Ihr entdeckt habt, dass Audley ein Spion der Franzosen ist?"

„Er begann seine Karriere als Agent der Krone. Und ich habe es nicht entdeckt. Ich wusste, dass einer meiner Agenten ein verräterischer Hund war, aber ich hatte keinen schlüssigen Beweis für die Identität des Mannes", antwortete Lord Shrewsbury offen.

„Aber, wenn Audley als einer Eurer Agenten anfing, dann wurde er in den Haushalt des Herzogs geschickt, um ihn auszuspionieren?" Christopher runzelte die Stirn, ihm gefiel die Vorstellung nicht. „Aber ist der Herzog nicht einer Eurer engsten Freunde?"

Shrewsbury wischte Christophers moralische Empörung im Namen des Herzogs beiseite.

„Jeder Mensch hat seinen Preis und seine Achillesferse. Roxtons Mutter ist Französin. Und die Mutter seines Vaters war es auch. Das gibt ihm eine gewisse Sympathie für die Bourbonen. Ich musste sicherstellen, dass er dieser Sympathie nie zum Nachteil unseres Königs nachgab."

„Also schickte Audley Euch Berichte über Roxton und seine Familie?"

„Genauso, wie Ihr Sir Gerald und seine Familie ausspioniertet", entgegnete Shrewsbury mit einem dünnen Lächeln.

„Zu meiner Verteidigung sollte ich erwähnen, dass Ihr mich dazu erpresst habt, Eure Augen und Ohren zu ersetzen. Wie hat Audley sich verraten?"

„Das hat er nicht. Lord Vallentine versorgte mich mit dem Namen des Verräters über eigene Kanäle, während er als Agent im Ausland war."

Christopher hob seine Brauen in Evelyns Richtung. „Ihr wart auch Agent zweier Herren", stellte er als Tatsache, ohne ihn zu verurteilen, fest.

„Ja. Wenn es sein musste", gestand Evelyn. Er setzte ein schiefes Lächeln auf, das eher eine Grimasse war als ein Grinsen. „Zweifellos könnt Ihr die schwierigen Umstände nachvollziehen, die einen oft zu solchem Vorgehen zwingen, das wir, wenn wir hier zu Hause wären, nie in Betracht ziehen würden."

Christopher senkte verstehend den Kopf und dachte an seine Zeit als Cicisbeo und wusste durch das Lächeln und Funkeln in Evelyns Augen, dass dieser sich genau auf dieses Leben bezog. Natürlich wusste er davon. Shrewsbury musste ihm anvertraut haben, dass Christopher vom englischen Konsul in Florenz, der einer von Shrewsburys Helfern war, dazu angeworben worden war, seine italienischen Herren auszuspionieren. Doch keiner der Gentlemen erwähnte das laut und Evelyn sagte, um weitere Erklärungen über das Doppelspiel des Sekretärs zu bieten:

„Audley ließ Gerry glauben, dass sie den Franzosen mit falschen

Schätzungen über die Anzahl englischer Truppen und Nachschub fütterten, um die amerikanischen Rebellen irrezuführen. Während die Zahlen in Wahrheit völlig richtig waren. Es war in der Tat ein doppelter Bluff. Und er war wirksam, weil die Franzosen ihren eigenen Agenten im Inneren hatten, der die von Sir Gerald geschickten Informationen überprüfte."

„Der Agent im Inneren, der für die Franzosen arbeitete, und Audleys Komplize, ist der Cousin des Herzogs, Charles Fitzstuart, nicht wahr? Als jüngerer Bruder des Kriegshelden Dair Fitzstuart wurde er nie verräterischer Aktivitäten verdächtigt."

„Ganz genau. Aber woher wisst Ihr das?", fragte Lord Shrewsbury.

„Was Ihr sagen wollt, ist, wie könnte ich, ein Squire, der irgendwo in der Provinz lebt, wissen, wenn doch schon die Gesellschaft keine Ahnung, hat, dass einer der Verwandten des Herzogs - in der Tat der Schwager Eurer Enkelin - ein Verräter ist?", fragte Christopher glatt. „Oh, sorgt Euch nicht, dass die Augenbinde der Täuschung von den Augen der Gesellschaft geglitten sein könnte. Ich bin sicher, dass der größte Teil der Bevölkerung den verbreiteten Unfug glaubt, dass Mr. Fitzstuart als Teil einer englischen Abordnung in Paris ist, die geschickt wurde, um in letzter Minute ein Abkommen mit den Franzosen zu treffen in der Hoffnung, einen Krieg zwischen unseren zwei Nationen zu verhindern. Aber ich habe meine eigenen, sehr zuverlässigen Quellen. Ich bin sicher, dass Ihr nicht vergessen habt, dass Kate regelmäßig mit vielen Freunden in den Kreisen von Gesellschaft und Regierung korrespondiert. Und Tatsache ist, dass ich hier war, als Lady Mary die verstörende Nachricht erhielt, dass ihr Bruder mit der Tochter des Herzog von Kinross nach Paris durchgebrannt wäre."

„Zweifellos habt Ihr ihr Eure breite Schulter angeboten, um sich auszuweinen", witzelte Evelyn.

Christopher ignorierte ihn. Shrewsbury tat dasselbe, indem er Christopher drängte fortzufahren.

„Ich kann noch keinen Fehler an Euren Ausführungen finden, Mr. Bryce. Würdet Ihr eine Vermutung über Audleys Methoden wagen wollen?"

„Ich sollte denken, dass das selbstverständlich ist - nun, das ist es jetzt. Als Sekretär des Herzogs hatte er Zugang zu aller möglichen Korrespondenz, die über den Schreibtisch seines edlen Dienstherrn lief. Ich bin sicher, dass er die Unterschrift des Herzogs ebenso anfertigen kann wie dieser selbst. Und Roxton vertraute ihm, ohne sich je träumen zu lassen, dass der Mann ein Spion war, am allerwenigsten ein Verräter. Und wenn sein Sekretär zu seinen vierteljährlichen Besuchen hierherkam, als Vertreter des Herzogs in seiner Eigenschaft als Mitvormund für

den Nachlass, um die Konten und meine Leitung des Besitzes zu überprüfen, konnte Audley sich mit Hilfe des leichtgläubigen Sir Geralds
mit einem örtlichen Spionagering in Verbindung setzen."

Shrewsbury verschränkte die Arme und hob den Kopf. „Und was
lässt Euch annehmen, dass ein Spionagering ausgerechnet von hier aus
arbeitet?"

Christopher zögerte nicht mit seiner Antwort. „Warum nicht? Wenn
ich Franzose wäre und einen Weg finden wollte, gefährliche Informa-
tionen über Englands Kriegsanstrengungen über den Kanal zu schmug-
geln, welchen besseren Weg gäbe es als eine unverdächtige
Handelsroute? Eine große Menge feines Tuch, vor allem in Stroudwater
Scharlachrot, wird von Stroud in die Levante geschickt. Die East India
Company übernimmt die Verschiffung aus dem Hafen, aber von hier
aus werden die Stoffballen mit Ochsengespannen transportiert. Und
Stroud liegt auch am Kreuzweg der alten Wege für den Viehtrieb von
Wales nach England und auf die Märkte Londons. Aber mein Geld setze
ich auf den Stoffhandel. Notizen, Brief und Ähnliches, sicher in Tuch
eingerollt, ohne dass jemand etwas davon ahnt, schon gar kein Zöllner,
außer denen, die wissen, in welchen Schiffen und welchen Ballen sie
suchen müssen."

„Daran könnte etwas sein, Squire Bryce, und es ist ein Punkt, den
ich genauer untersuchen lassen möchte. Es könnte sich auch als nützli-
cher Weg erweisen, um unseren französischen und amerikanischen
Feinden falsche Informationen zuzuspielen."

„Aber es ist nicht die Methode, mit der Audley Sir Gerald den Franzosen gefährliche Dokumente zukommen ließ, nicht wahr?", fragte
Christopher, neugierig, mehr zu erfahren.

„Nein. Charles Fitzstuart schrieb codierte Briefe an eine in Paris
lebende Tante, die von einem amerikanischen Agenten abgefangen
wurden. Und Sir Gerald hatte hier in diesem Haus einen Komplizen,
dem er die Dokumente anvertraute, die auf Papierfetzen geschrieben
wurden und dann als *billet doux* versteckt wurden, im Futter von dem
Korsett von ..."

Christopher holte hörbar Atem. „Mrs. Keble!"

„ Ja. Die Haushälterin, Mrs. Keble", bestätigte Lord Shrewsbury.

„Gott, was für ein Narr war ich!", stellte Christopher mit einem
verärgerten Schnauben fest. Er strich sich mit der Hand über den
Mund. „Audley war immer furchtbar lästig mit pedantischen Fragen
und kleinlichen Beschwerden über Beträge in den Journalen, was garan-
tierte, dass ich seine Gesellschaft so weit wie möglich mied. Das was
schlau von ihm. Ich habe ihm nicht über die Schulter gesehen und er

hatte Zeit, Treffen abzuhalten und seinen Aktivitäten nachzugehen, ohne Verdacht zu erwecken."

„Seid nicht zu streng mit Euch selbst", sagte der alte Mann wohlgelaunt. „Audley ist ein Meister in diesem Spiel. Er hat den Herzog zum Narren gehalten und auch mich. Er hat Sir Gerald hinters Licht geführt, aber das war nicht besonders schwer. Wenn Vallentine hier nicht gewesen wäre, hätte Roxtons Sekretär sehr wohl bis Ende des Krieges weiter Information weitergeben können. Was Mrs. Keble betrifft, so war Gier ihr Untergang. Sie versuchte, Audley mit dem zu erpressen, was sie über seine Aktivitäten wusste. Er hat sich ihren Bluff nicht gefallen lassen und sie meiner Abteilung gemeldet."

„Ich nehme an, sie hat durch ihre Verbindung mit Sir Gerald von Audleys Aktivitäten erfahren?", fragte Christopher.

„Verbindung? *Verbindung?* Ha. Ihr habt eine sittsame Art, das auszudrücken, Silvanus!", spottete Evelyn. „Gerry hat seine Haushälterin bei jeder sich bietenden Gelegenheit besprungen, laut Audley. Glücklicher Gerry, würde ich sagen", fügte er mit einem schmutzigen Grinsen hinzu. „Mrs. Keble ist ein stattliches Frauenzimmer, wohl wert, sich mit ihr zu befassen. Und gut für Mary, dass ihre Haushälterin sich willig von einem solchen verschwitzen Fettkloß besteigen ließ. Gab ihr etwas Ruhe …"

„Seid Ihr immer so vulgär?", beklagte Christopher sich und hob dann eine Hand. „Nein. Antwortet nicht." Und er sagte, bevor Evelyn etwas erwidern konnte: „Ich vermute, Ihr habt einen Plan, um Audley und Mrs. Keble sobald wie möglich in Gewahrsam zu nehmen?"

„In Gewahrsam?", wiederholte Shrewsbury mit einem kurzen Blick auf Evelyn. „Äh, ja. Ja! Oh ja! Der Grund, warum ich Euch hergerufen habe. Ich möchte das so schnell wie möglich erledigt wissen, mit dem geringstmöglichen Aufhebens und ohne unseren Damen Unannehmlichkeiten zu verursachen. Und es versteht sich von selbst, aber ich sage es trotzdem, ohne dass Audley eine Ahnung hat, dass wir ihm auf die Spur gekommen sind."

„Es sei denn, Ihr habt etwas dagegen, was Ihr, wie ich weiß, nicht haben werdet, da Ihr Audley ebenso sehr aus loswerden wollt wie wir, sieht der Plan für alle von uns - einschließlich Audleys — vor, morgen bei einer Eurer Mühlen zu picknicken", warf Evelyn ein. „Mir wurde gesagt, dass diese Manufakturen nicht nur architektonische und mechanische Wunderwerke sind, sondern dass Ihr auch eine Mühle mit den größten, wasserradgetriebenen Turbinen von ganz England besitzt - faszinierend! Eine besondere Freude für alle! Und das Mädchen sagte mir, es wäre nicht weit von hier, wenn wir den Weg durch den Puzzlewood nähmen.

Bezaubernd! Also nicht zu anstrengend für die Ladys, und etwas für sie und das Mädchen, worauf sie sich freuen können."

„Teddy. Ihr Name ist Teddy", sagte Christopher betont.

„Teddy. Ich dachte, sie hieße Theodora?", antwortete Evelyn mit vorgetäuschter Unsicherheit.

„Ja, aber sie mag es nicht, so genannt zu werden. Daher tut es niemand."

„Liebe Güte, wie ernst Ihr Eure Pflichten als Vormund nehmt, Silvanus", höhnte Evelyn. „Ich wage zu behaupten, dass Ihr als Junggeselle ein zehnjähriges Mädchen als Last betrachtet, die Ihr gut entbehren könntet, daher werdet Ihr erleichtert sein zu erfahren, dass Ihr sie bald loswerdet."

„Sie ist kein Last und ..." Christopher runzelte die Stirn. „Was meint Ihr damit: *sie bald loswerden?*"

„Ihr habt nicht gefragt, warum er es tat", sagte Evelyn glatt, um einer Antwort auf Christophers Frage auszuweichen. „Ihr habt uns das wer und wie erklärt, aber *warum* wohl ist Audley zum Verräter geworden, was meint Ihr?"

Christopher hob eine Hand. „Jede Menge Gründe", sagte er abwehrend, da er sich nicht von Evelyns Randbemerkung über Teddy ablenken lassen wollte. „Da ich Teddys Vormund bin, schuldet Ihr mir eine Erklärung, warum Ihr eine solche Bemerkung über ihre Wohlergehen macht."

„Alles zu seiner Zeit, Mr. Bryce", riet Shrewsbury. „Aber nicht jetzt. Jetzt müssen wir uns den Ladys im Foyer anschließen." Er nickte dem Hausmädchen zu, das seinen Kopf hereingesteckt hatte, um Zeichen zu geben, dass das Mittagsmahl zum Servieren bereitstünde. Und als sie verschwand, drehte er sich mit einem zufriedenen Händeklatschen zu Christopher um. „Verräter zu fangen macht mir immer Appetit! Kein Wort zu irgendjemanden und Ihr müsst Audley weiter so behandeln, als wäre alles in Ordnung."

„Und die Haushälterin?", fragte Christopher, als er den beiden Adligen durch den Raum folgte.

„Sie wird unter Bewachung gestellt, sobald wir zu unserem Picknick aufgebrochen sind. Es gibt noch ein paar Fragen, die sie beantworten muss."

„Schade, dass Ihr mir nicht erlauben werdet, sie zu - äh - *verhören*, Sir."

„Ha. Ich kann mir Eure Verhörmethoden von hübschen Weibern vorstellen!", antwortete Shrewsbury mit einem tiefen Glucksen auf Evelyns Einwand. „Und wenn ich zwanzig Jahre jünger wäre, würdet Ihr nur die Reste bekommen ... tut mir leid, mein Junge. Nicht dieses Mal.

Obwohl ich Euch nicht gerne ein erstklassiges Stück Hintern vorenthalte, würde man Euch vermissen, wenn Ihr nicht am Picknick teilnehmt, nicht zuletzt die liebe Lady Mary."

Christopher verdrehte bei dem vulgären Wortwechsel die Augen und biss sich auf die Zunge, um sich daran zu hindern, eine Bemerkung zu machen. Doch es reichte, um seine Gedanken von Teddy abzulenken und er fragte:

„Also warum hat Audley alles aufs Spiel gesetzt und sein Land verraten?"

Die beiden Adligen blieben direkt an der Tür stehen und drehten sich einmütig um, um Christopher anzuschauen. Shrewsbury sagte nüchtern:

„Audley ist der zweite Sohn eines zweiten Sohnes, daher war es nie wahrscheinlich, dass er das große Gemäuer oder den Titel erbt. Aber sein Onkel schickte ihn nach Eton, was ihm ein übersteigertes Gefühl des Selbstbewusstseins gab. Und nach Cambridge, und dann, da er über keine Mittel verfügte und nur beschränkte Aussichten hatte, zwang dieser Onkel ihn, eine Stellung als Sekretär anzunehmen, zuerst bei einem Flottenadmiral; doch dann sicherte seine Verbindung zu Charles Fitzstuart ihm die Stellung bei Roxton."

„Verbindung?", fragte Christopher.

„Audley und Fitzstuart waren zusammen in Cambridge."

„Charles Fitzstuart hat Audley für die amerikanische Sache *angeworben*?"

Shrewsbury schüttelte den Kopf über Christophers Erstaunen, aber es war Evelyn, der die Frage beantwortete.

„Umgekehrt, Silvanus."

Christopher war verwirrter denn je. „Audley ist ein *Revolutionär*?"

„Nein. Er ist ein gieriger Opportunist", fauchte Lord Shrewsbury. „Ihm liegt nicht mehr an den Rebellen als an den Männern des Königs. Er ist nur daran interessiert, seine Schatullen mit französischen Livres zu füllen."

„Charlies Motive sind etwas feiner", sagte Evelyn. „Er hat *Ideale*. Audley, wie seine Lordschaft richtig erklärt, ist ein rotznasiger, arroganter Opportunist und er hat es geschafft, uns alle zu täuschen, nicht zuletzt seinen Freund und Mitverräter Charles Fitzstuart, seinen hermelintragenden Dienstherrn, den Herzog und den guten alten, leichtgläubigen Gerry."

„Der Schurke wird bald seinen verdienten Lohn erhalten", sagte Shrewsbury und knirschte befriedigt mit den Zähnen. „Im Moment müssen wir noch unser Brot mit dem Schuft teilen, ohne dass uns übel wird und so tun, als wäre die Welt völlig in Ordnung. Und morgen wird sie das auch sein!"

Er drehte sich um und ging hinaus in den Flur zur großen Halle, Evelyn und Christopher folgten ihm.

Christopher war nicht so zuversichtlich wie der Herr der Spione. In der Tat hatte er eine tiefe Ahnung, dass das Picknick und der Besuch seiner Tuchmühle nur eine List war, um eine finsterere Absicht seitens des Earls und seines willigen Helfers Lord Vallentine zu verbergen. Wenn Lord Vallentine sich für die Arbeit einer Tuchmühle interessierte, wollte Christopher seinen Dreispitz als Ganzes schlucken!

Doch als der nächste Tag sich als frisch und klar und ohne ein Anzeichen von Regen erwies, schob Christopher alle Bedenken beiseite, während er die Picknickgesellschaft von Abbeywood in der Tuchmühle von Brycecomb willkommen hieß. Jeder, angefangen vom Herrn der Spione bis zu den Dienern, die den Wagen mit Teppichen, Möbeln und Esswaren für das Picknick begleiteten, waren bester Laune, diesen Herbsttag im Sonnenschein verbringen zu können. Doch was Christopher vergessen ließ, dass Audley mit zu der Gesellschaft gehörte, war Lady Mary. Sobald man ihr von ihrer Stute heruntergeholfen hatte, löste sie sich von der Gruppe und kam direkt auf ihn zu, die Röcke ihres Reitkleids aus smaragdgrünem Samt über einen Arm gelegt. Ihr Lächeln war strahlend und es war nur für ihn.

# SIEBZEHN

„Ist das nicht ein herrliches Wetter für unser Picknick?", verkündete Mary und hob ihren Kopf, um Christopher unter dem Rand ihrer Strohhaube hervor anzusehen. „Ich freue mich so, Euch hier vorzufinden, Mr. Bryce."

„Und ich bin froh, dass Ihr mich gefunden habt, Mylady." Christopher verbeugte sich förmlich vor ihr, war aber unfähig, sein Schmunzeln zu verbergen: ihr Lächeln war ansteckend. Er stand vor einer ausgewählten Gruppe seiner Mühlenarbeiter, die sich alle feingemacht hatten, um die edlen Besucher zu begrüßen, die ihre Arbeitsstätte besichtigen wollten, eine Premiere für die Mühle. Er runzelte die Stirn und täuschte Verwirrung vor. „Wo sonst hättet Ihr mich zu finden erwartet?"

„Als Ihr heute Morgen nicht auf Abbeywood ankamt, fragte ich mich, ob Ihr abgehalten worden sein könntet - dass vielleicht Eure Tante nicht wohl ist?", antwortete sie, ohne eine Sekunde zu zögern und ohne zu erkennen, dass er sie neckte. „Aber ich hätte mir denken sollen, dass Ihr uns hier erwarten würdet. Heute seid Ihr Squire Bryce, nicht wahr?"

„Heute und jeden Tag bin ich Squire Bryce. Nur an ein paar Tagen alle zwei Wochen übernehme ich die Rolle Eures Verwalters."

„Ja. Ja, natürlich. Natürlich", antwortete Lady Mary, aus der Fassung gebracht von seinem Lächeln und dem Augenzwinkern und ihren eigenen banalen Antworten. Was für eine dumme Bemerkung: *Heute seid Ihr Squire Bryce*!? Natürlich war er das!

Sie senkte rasch den Kopf, bevor sie an den Mühlenarbeitern vorbei auf das beeindruckende Gebäude hinter ihnen schaute und sich innerlich ausschimpfte wegen ihrer Unfähigkeit, ihm zu sagen, was sie wirklich dachte. Vielleicht war sie so aufgeregt, weil sie hier zum ersten Mal aus ihrem eigenen Reich fort und mitten in seinem war? Das könnte ein Grund dafür sein ...

Was sie hätte sagen *sollen*, war, dass er heute nicht wie der Verwalter von Abbeywood in zerknitterten Rock und Krawatte gekleidet war, sondern als stolzer Mühlenbesitzer und Mann von Vermögen. Sie hätte anerkennen sollen, dass er sich Mühe mit seinem Äußeren und seiner Kleidung gegeben hatte und dass ihn das noch besser aussehen ließ. Der dunkle Anzug aus feinem Wollstoff, die polierten Stiefel, das Haar unter einem schwarzen Filzdreispitz gezähmt und die weiße Krawatte zu einem eleganten Knoten unter dem kantigen, rasierten Kinn gebunden, war er der Inbegriff eines wohlhabenden Gentlemans. Und wenn seine Kleidung durch ihren Schnitt und ihre Farbe Zurückhaltung bei der Darstellung seines wirtschaftlichen Erfolgs zeigte, waren sein prachtvolles Heim, diese Mühle und ihre Umgebung und das Ackerland ringsum lauter Beweise für Squire Bryces Fleiß und Innovation als größter Arbeitgeber im Tal, und das hatte Lord Shrewsburys noch nicht zwanzig Minuten zuvor verkündet, als die Picknickgesellschaft aus der Dunkelheit des Puzzlewoods in den Sonnenschein des Talgrunds gelangt und sich in einem malerischen Tal wiedergefunden hatte.

Teddy wies ihre Mutter auf das weitläufige jakobinische Herrenhaus aus goldgelbem Stein hin, das im Park stand, und sagte, dass dort Onkel Bryce, Kate, Carlo und Silvia lebten, und war es nicht wie ein Haus aus einem Märchen mit seinen gedrehten Schornsteinen und glänzenden Fenstern? Mary hatte zustimmend genickt, sprachlos, da sie fand, dass das Herrenhaus das schönste in den Cotswolds sein müsste, wenn nicht in ganz Gloucestershire.

Lord Shrewsbury verkündete, dass ein so prachtvolles Steingebäude und die Beweise für den Fleiß, die über die darum liegende Landschaft verstreut waren, ein greifbares Zeugnis für den Wohlstand und Unternehmergeist des gewöhnlichen Mannes wären und was in einer Wirtschaft, die nicht von tyrannischen Königen gefesselt würde, erreichbar wäre; er beendete seine Rede mit der Bemerkung über den Fleiß und den Erfindergeist des Squire.

Der Sekretär des Herzogs hatte erwidert, ohne es an Respekt gegenüber seiner Lordschaft mangeln zu lassen, dass für ihn die Mühle, die hohen, giebelgeschmückten Hütten der Weber und die Reihen von Häuschen der Pächter, die hinter der Mühle standen - dem Beweis von Fleiß und Innovation, von dem seine Lordschaft gesprochen hatte - eine Schande in einer ländlichen Umgebung wären, die sonst würdig gewesen wäre, ein Gemälde zu schmücken. Dass, hätte das Land seinem edlen Dienstherrn, dem Herzog, gehört, solche Abscheulichkeiten wie

Fabriken und Arbeiterhütten nie das Licht des Tages erblickt hätten. Evelyn hatte gekontert, indem er sagte, Audley wäre ein intellektueller Heuchler, eifersüchtig auf andere Menschen seines Standes, die die Motivation hatten, sich in der Industrie die Hände schmutzig zu machen, etwas, was ein Sekretär mit mehr Gehirn als Rückgrat aus Prinzip niemals tun würde.

Audley hatte begonnen, einen Widerspruch zu stottern, und Evelyn hatte den Sekretär weiter gereizt. Eine Diskussion brach unter den drei Männern aus über den Verdienst, oder dessen Mangel, es den niederen Ständen zu erlauben, mehr Reichtum anzuhäufen als die ihnen höher Gestellten, eine Debatte, die Teddy nicht verstand, die sie aber verärgerte, da sie sie als Angriff auf ihren Onkel Bryce auffasste. Mary versicherte ihr rasch, dass die Gentlemen keine Beleidigung beabsichtigt hatten und lenkte sie ab mit der Frage, ob sie den Zweck dieser seltsamen Rahmen - der Spannrahmen - kennen würde, die mit Stoff bedeckt am Hügel hinter der Mühle standen.

Und Rory, als ihr Großvaters den Wink, von seinem Monolog über das notwendige Übel von Handelsfürsten, um den Wohlstand des Königreichs zu sichern, abzulassen, nicht bemerkte, unterbrach diesen mit einer Bemerkung über die Gewächshäuser, die hinter der Gartenmauer des großen Hauses sichtbar waren. Ob Mr. Bryce ihr vielleicht erlauben würde, mit seinem Obergärtner zu sprechen über seine Methoden, Früchte in einem Tal anzubauen, das sicher tiefhängende Wolken und damit kalte Morgenstunden an den meisten Tagen des Jahres erlebte. Was ihr Opa wohl meinte?

Und so setzte die Picknickgesellschaft - die Pferde mit ihren Reitern und der Wagen mit allem Nötigen für das Picknick - den Weg zur Tuchmühle in gedämpftem Schweigen fort, überquerte eine entzückende Steinbrücke zu einem Treidelweg, der dem schnell fließenden Fluss folgte und der sie direkt vor die Tore der Mühle führte.

Mɪᴛ Lᴀᴅʏ Mᴀʀʏ ᴀɴ sᴇɪɴᴇʀ Sᴇɪᴛᴇ ᴛʀᴀᴛ Cʜʀɪsᴛᴏᴘʜᴇʀ ᴠᴏʀ, ᴜᴍ den Rest der Picknickgesellschaft zu begrüßen, die abgestiegen war und ihm entgegenkamen. Der Wagen fuhr den Treidelweg weiter entlang, geführt von einem von Christophers Arbeitern, zu einem malerischen Fleckchen am Fluss, das Schatten und guten Zugang zum Wasser bot, um dort Tee zu kochen.

Während das Personal aus Abbeywood sich daran machte, das Picknick zu organisieren, versammelten sich Christophers Gäste vor den zweiflügeligen Toren der Mühle, begierig darauf, sich die Geheimnisse der Tuchherstellung erklären zu lassen. Die Arbeiter, die das Privileg erhalten hatten, die hohen Besucher zu begrüßen, lüpften ihre Mützen und knicksten zur Begrüßung, als sie vorgestellt wurden. Bevor sie das Gebäude betraten, erklärte Christopher ihnen die Einzelheiten der Lage der Mühle, sodass seine Gäste Verständnis für den Aufbau bekämen und wie die Zähmung der Kraft des Flusses lebenswichtig für den Betrieb der Maschinen in der Mühle war.

Das Gebäude, in dem die Maschinerie untergebracht war, wirkte fast ebenso prachtvoll wie das Herrenhaus des Eigentümers. Noch kein Jahr alt und in kastenförmiger Bauweise bestand auch dieses aus dem einheimischen gelben Stein. Es war fünf Stock hoch, mit langen Reihen Fenstern in jedem Stockwerk, um so viel Licht wie möglich einzulassen, und noch größeren Fenstern, die im Giebeldach eingelassen waren. Es stand etwas abseits vom Fluss und war mit ihm durch einen Kanal verbunden, der Wasser von einem gekrümmten Wehr ableitete. Der ungefähr dreihundert Meter lange Kanal war mit Schleusentoren ausgestattet, um den Fluss des Wassers zu kontrollieren, das direkt unter der Mühle hindurchfloss, wo, von außen unsichtbar, das schnell fließende Wasser auf ein riesiges Wasserrad fiel. Die Drehung dieses mächtigen Rades erzeugte die notwendige Kraft, um die Gänge, Wellen und Riemenantriebe in jedem Stockwerk anzutreiben, um die Maschinen der Mühle in Bewegung zu setzen.

Teddy fragte, wohin das Wasser ginge, nachdem es das Rad angetrieben hätte. Und Christopher lobte sie für eine so kluge Frage und erklärte allen, dass das Wasser in einen weiteren Kanal flösse, um wieder zum Fluss zu gelangen. Er deutete dann flussabwärts, und aller Köpfe drehten sich in diese Richtung, wo etwa fünfhundert Yard weiter Weberhäuschen unter Giebeln das rechte Ufer säumten. Der Fluss setzte dann seinen Weg fort, verschwand hinter einer weiten Biegung, um sich dann durch den hügeligen Flickenteppich aus Ackerfläche, Weiden mit grasenden Schafen und Herden von Milchkühen zu winden, die alle Squire Bryce gehörten.

Christopher gab dann einen kurzen Abriss der speziellen Verfahren, die dazu gehörten, um Wolle zu Garn und dann in Tuch zu verwandeln. Er erklärte, wie alle diese Schritte miteinander verbunden waren, wobei keiner davon wichtiger war als der andere. Es war ebenso wie bei denen, die für ihn arbeiteten. Sie verließen sich aufeinander und schließlich auf ihn, so dass sie durch ihre Zusammenarbeit in der Lage waren, kommerziellen Erfolg zu erzielen und sich den Wohlstand aus ihren Bemühungen zu teilen.

Als die Arbeiter ernst nickten und die Gäste begieriger denn je waren, die Mühle zu besichtigen, entschuldigte sich Christopher zunächst, sollte seine große Begeisterung seine Gäste überrascht haben, aber er versicherte ihnen, dass sie von allem, was sie in der Fabrik zu sehen bekämen, nicht gelangweilt werden würden. Alle stimmten zu und dann wandte er sich um, bot Lady Mary seinen angewinkelten Arm, um sie nach drinnen zu begleiten. Aber sie weigerte sich, nicht, weil sie ihm ihren Arm nicht reichen wollte, sondern weil das Protokoll etwas anderes verlangte.

„Mr. Bryce, Lady Fitzstuart als Frau meines Bruders, hat den Vorrang", sagte sie leise und beugte sich zu ihm, so dass nur er es hören würde. „Ich bin die Tochter eines Earls, aber sie ist die Frau des Erben dieses Titels. Sie hat bei dieser Gelegenheit das Vorrecht auf Euren Arm."

„Danke, Mylady", antwortete er. „Ich möchte natürlich niemanden beleidigen." Und bevor er sich abwandte, um zu Rory zu gehen, sagte er neben ihrem Ohr: „Bei allem Respekt für sie, aber ich wünschte, es wäre anders, denn Ihr werdet sicher wissen - Ihr müsst es wissen - dass ich nur Euch meinen Arm anbieten möchte."

Mary schaute in seine braunen Augen auf und sah, dass er es ernst meinte. Sie schluckte und lächelte. „Ja. Ja, *jetzt* weiß ich das, und - und nichts könnte mich mehr erfreuen."

Er lächelte und zwinkerte ihr zu. „Oh, ich glaube, ich könnte Euch noch mehr erfreuen, wenn Ihr es mir erlauben würdet - Lady Fitzstuart!", verkündete er hörbar, wandte sich ab und ging mit langen Schritten auf Rory zu, den angewinkelten Arm bereit. „Wenn Ihr mir die große Ehre erweisen würdet, Euch begleiten zu dürfen ..."

Mary blieb zurück, leicht schwindelig von dem Unterton in diesem Zwinkern und der gleichzeitigen Bemerkung. Daher brauchte sie ein paar Augenblicke, um zu reagieren, als er sich von ihr abwandte, bis ihr klar wurde, dass ihr Cousin Evelyn neben ihr stand. Sie hatte keine Ahnung, wie lange schon, sie war so in dem Moment mit dem Squire gefangen gewesen, und hoffte nun, dass er ihren Wortwechsel nicht gehört hatte.

Aber Evelyn musste die gesprochenen Worte nicht hören, um die Bedeutung hinter ihrer Unterhaltung zu verstehen. Die Nähe des Paares, ihr geflüstertes Gespräch und Christophers Augenzwinkern zusammen verschafften Evelyn eine gute Vorstellung davon, wie die Dinge zwischen ihnen lagen. Es verstärkte seine Vermutungen aus der Nacht, in der er vor ihnen aufgetaucht war und sie ihn für einen Geist gehalten hatten. Doch während er sich sicher war, Christophers Gefühle für seine Cousine zu kennen, war er bis zu diesem Moment nicht überzeugt gewesen, dass diese Gefühle erwidert wurden. Er brauchte jedoch keine weitere Bestätigung, und als er Mary ohne weitere Worte seinen Arm bot, lächelte er in sich hinein, als er sah, dass sie immer noch abgelenkt genug war, um es ihrem Blick zu erlauben, dem Squire mit Blicken zu folgen, als er Rory in die Mühle führte, beide in ein leichtes Gespräch vertieft.

Kaum war die Picknickgesellschaft in der Mühle, als Evelyn sich von der Gruppe löste. Er hielt Mary nahe der Treppe zurück, die einen Stock nach unten ging, dorthin, wo das Wasserrad stand, und wo das Geräusch rauschenden Wassers direkt unter ihren Füßen zu hören war.

Alle anderen waren weitergegangen, um sich um Christopher zu versammeln, der mit Hilfe des Meisters der Fabrik die innere Funktion der Maschinen, die diesen und die beiden Stockwerke darüber füllten, erklärte. Dieses technische Wunderwerk wurde Wasserrahmen genannt, erfunden von einem Mr. Arkwright, und konnte weit besser als jeder Mann oder jede Frau mit einer einzigen Spindel spinnen, insgesamt 96 Garnstränge gleichzeitig. Daraufhin hörte man von den Gästen Ausrufe des Erstaunens über die eingebauten Maschinen und die sie Bedienenden, die entlang des Ganges durch das Stockwerk aufgereiht standen.

Christopher erklärte, dass, um die Ausführungen des Meisters über dem Geklapper der Maschinen hörbar zu machen und das Gehör der Besucher zu schonen, alle Wasserrahmen in diesem Stock angehalten worden wären. Er ermutigte alle, sich frei in diesem Stockwerk der Fabrik zu bewegen, um sich die Maschinen anzusehen, und wenn sie genug gesehen hätten und zum Weitergehen bereit wären, würde er sie in die oberen Stockwerke mitnehmen, um die Wasserrahmen und ihre Bediener beim Arbeiten zu beobachten.

Während die Besucher angemessen beschäftigt waren, sprach Evelyn mit Mary, ohne befürchten zu müssen, belauscht zu werden, oder Aufmerksamkeit auf ihre Unaufmerksamkeit zu lenken. Jedoch zog er es trotzdem vor, auf Französisch mit ihr zu sprechen, falls doch andere Ohren für ihr Gespräch offen wären. Er kam direkt auf den Punkt, da er sehen konnte, dass sie immer noch zerstreut und nicht erfreut darüber war, dass er sie von der Gruppe weggeführt hatte, doch sie musste ihm zuhören, da das, was er zu sagen hatte, ihrer beider Zukunft betraf.

„*MA CHÉRIE*, ICH REISE AB. MARY? MARY, HÖRST DU MIR ZU? ICH reise von hier ab."

Mary riss ihren Blick von der Picknickgesellschaft los. Er hatte ihre ungeteilte Aufmerksamkeit erlangt. „Du reist ab? Aber du bist gerade erst angekommen, Eve. Warum?"

„Staatsangelegenheiten ..."

„... als Agent der Krone? Ich dachte, du wärest kein Spion mehr.“

Er bestätigte oder dementierte ihre Vermutung nicht.

„Ich muss dieses Eine noch erledigen, bevor ich meine unverzeihliche Vergangenheit hinter mir lassen und mich auf den Weg in meine Zukunft machen kann.“

„Nun gut. Dann musst du wohl gehen. Aber wann wirst du zurückkehren?“

„Hierher? Ich werde nicht ...“

„Nicht zurückkehren?“ Marias violette Augen weiteten sich ängstlich. „Du kommst nicht nach Abbeywood zurück?“

Evelyn lächelte, er verstand ihre Gefühle besser, als sie selbst es tat. Um seine Vermutung zu bestätigen, sagte er grob: „Nach Abbeywood? Warum sollte ich in diese gottverlassene Ecke des Königreichs zurückkehren, wo nur ignorante Trottel leben ...“

„Es ist nicht gottverlassen! Und er ist nicht - sie sind nicht ignorant“, erwiderte Mary hitzig und errötete plötzlich wegen ihres Versprechers. Sie senkte ihre Stimme. „Siehst du die Schönheit nicht, die uns hier im Tal umgibt? Hier gibt es einen Frieden und eine - eine *Harmonie*, die sonst nirgendwo existiert. Und selbst, wenn du die Natur nicht zu schätzen weißt, diese Mühle ist mit Sicherheit ein Beweis für den Willen der Menschen, die hier leben, ihre Existenz zu verbessern, indem sie solche Wunder der Handwerkskunst benutzen. Wie kannst du sie da ignorante Trottel nennen?“

Evelyn ignorierte ihren Ausrutscher, obwohl er davon nicht überrascht war. Und obwohl er einen neutralen, wenn auch leicht skeptischen Ausdruck trug, neckte er sie gnadenlos.

„Oh, wie schnell du vergisst, *ma belle cousine*! Aber ich habe es nicht vergessen. Als Gerry noch lebte, konntest du es kaum erwarten, dieser ländlichen Idylle den Rücken zu kehren und bei jeder Gelegenheit nach London zu fliehen. *Damals* war nichts von der Schönheit oder Harmonie dieses Ortes zu hören. Und jetzt komme ich nach fünf Jahren in der Wildnis des Auslands zurück und stelle fest, dass du dich in ein malerisches Fleckchen verliebt hast, dem du früher nicht schnell genug entkommen konntest! Ah! Aber ich denke, das hat vielleicht weniger mit der Landschaft, sondern mehr mit der Gesellschaft zu tun.“

„Ja! Ja, du hast Recht“, stimmte Mary zu, so empört, dass sie völlig missverstanden hatte, auf wen er anspielte. „Es *war* die Gesellschaft, und du weißt, *du* weißt, was mein - wie meine - *Ehe* - war, wenn du eine solche Gefangenschaft so nennen willst! War es da erstaunlich, dass ich fliehen wollte, egal wohin.“

„Aha! Aber es ist nicht der abscheuliche Gerry, über den ich spreche, *chérie*.“

Maria geriet ins Wanken und blinzelte. „Nicht Gerald? Ich verstehe nicht ...“

Eves Augen leuchteten auf und er grinste. „Nein? Ich bin sicher, dass er – Squire Backwater – das tut.“

„Nenn ihn nicht so!“, gab sie zurück, zu verärgert, um von seiner Unterstellung in Verlegenheit gebracht zu werden.

Evelyn lehnte eine seidene Schulter an die weiß getünchte Ziegelwand, spöttischster Laune, mit hochgezogenen Augenbrauen. „Also, wie möchtest du, dass ich deinen Squire nenne, *ma chérie*?“

„Er ist nicht *mein* Squire. Er ist Teddys Vormund und hat immer nur das Beste für sie im Sinn. Und er schenkt Abbeywood als Verwalter großzügig seine Zeit, wo es jetzt für mich offensichtlich ist, dass er besser daran täte, sie in seinen Mühlen zu verbringen und auf seinen eigenen Ländereien, bei seinen eigenen Leuten. Doch er findet die Zeit, um Geralds Buchhaltung zu führen, die in einem so beklagenswerten Zustand ist, dass es ein Wunder darstellt, dass Teddy und ich noch nicht gezwungen waren, unsere eigenen Kleider zu verkaufen, um essen zu können.“

„Hast du dich je gefragt, warum das so ist?“

„Was? Warum wir noch Kleidung haben?“

„Ja. Du hast mir gesagt, dass du die großzügige Leibrente, die Roxton dir anbot, als du zur Witwe wurdest, abgelehnt hast. Also wo kommt dein Nadelgeld her, das Geld für deine Kleidung, wenn nicht von deinen Verwandten?“

„Ich brauche keine Leibrente. Ich bin eine ausgezeichnete Näherin und ändere und flicke meine Kleider mehrmals. Außerdem ist es in diesem Tagen selten, dass ich in Gesellschaft gehe und ein neues Kleid brauche ...“

„Jede schöne Frau braucht ein neues Kleid ... Squire Back... Bryce würde mir zustimmen. Ich bin sicher, wenn du ihn bitten würdest, dich mit jeder Menge an Kleidern zu versorgen, würde er es tun, wenn er es nicht sogar bereits tut.“

Mary schnappte nach Luft.

„*Wenn er es nicht sogar bereits tut*?“, wiederholte sie. „Evelyn! Ich verstehe dich heute nicht. Es scheint, dass du dir absichtlich Mühe gibst, mich zu quälen! Und warum du bei jeder Gelegenheit so unhöflich zu Mr. Bryce bist ...“

„Ich bin eifersüchtig.“

„Eifersüchtig? *Eifersüchtig* auf - auf – *Mr. Bryce*?“

„Er sieht verdammt gut aus und ist verdammt schlau. Und hier, in diesem speziellen ländlichen Flecken, ist er sein eigener Herr. Seine Arbeiter benehmen sich ihm gegenüber, als wäre er Louis XIV selbst.

Das ist kein Wunder, denn die mühelose Leichtigkeit, mit der er sich bewegt, lässt ihn zwischen seinen Leuten hervorstechen. Und dann ist da die kleine Tatsache, dass er ein Gesicht hat, das es wert wäre, in Marmor gehauen zu werden, was alle Frauen an seinem Ärmel hängen lässt, dich eingeschlossen, *chérie*. Nein! Schüttele nicht den Kopf. Ich habe gesehen, wie du ihn anschaust, auch, wenn du es nicht kannst."

„Eve, ich ..."

„Aber er kann nur hier, unter seinen Dorfbewohnern, Louis sein. Er würde in London nie gedeihen, nicht, weil er nicht so aussähe oder sich so benehmen könnte, sondern weil er niemals einer von uns sein kann. Welcher Tropfen adligen Blutes auch durch seine Adern rinnt, es ist nur der Hauch des wahren Blutes und für immer beschmutzt."

„Hauch? Beschmutzt? Ich verstehe dich nicht. Wie kann er das sein? Was weißt du über ihn, was ich in den acht Jahren, seit er unser Nachbar ist, nicht entdeckt habe?"

Evelyn kniff sie in die Wange. „Du begreifst es wirklich nicht, nicht wahr? Du bist für das, was ich in dem Moment erfasste, als ich ihn sah, blind. Doch das liegt daran, dass du völlig arglos bist, *ma chérie*. Du nimmst die Menschen, wie du sie antriffst, glaubst, was man dir sagt. Ich wünschte, ich könnte sein wie du. Nicht, dass ich glaube, dass er sich im Geringsten um seine unfeine Abstammung kümmert. Aber du, *ma chérie*, du solltest wirklich aufpassen. Du bist die Tochter Lord Fitzstuarts und Urenkelin von König Charlie ..."

„Ich versichere dir, ich bin mir durchaus bewusst, was ich meinem Namen und meiner Abstammung schuldig bin - die Briefe meiner Mutter sind eine ständige Erinnerung daran und dann ist da die Tatsache, dass ich an Teddy denken muss und an unsere Zukunft und wieder heiraten muss", stellte Mary hölzern fest, hielt ihre Gefühle fest im Zaum und hoffte, dass die Farbe in ihrem Gesicht und das Zittern ihrer Hände im Vergleich zu dem heftigen Pochen ihres Herzens ungleich minimal wären. „Um die Wahrheit zu sagen, es gibt kaum etwas anderes, worüber ich nachdenke, da ich jetzt dreißig geworden bin, was heißt, dass meine Aussichten, wieder zu heiraten, täglich abnehmen."

„*Ma chérie* - Mary - ich kam mit einem einzigen Ziel im Kopf nach Abbeywood, nur um mich mit *ihm* konfrontiert zu sehen. Und müsste ich nicht unmittelbar nach unserem herrlichen Picknick im Schatten dieses unternehmerischen Gebäudes abreisen, hätte ich mir nichts mehr gewünscht, als diese Unterhaltung allein mit dir in deinem hübschen Wohnzimmer zu führen. Aber die Zeit ist gegen mich. Was ich möchte, das du während meiner Abwesenheit tust, ist, über eine Zukunft nachzudenken ..."

„Über eine Zukunft nachdenken?"

„… mit mir.“

„Eve?“ Marys Augen wurden groß und ihre Lippen öffneten sich. Schließlich fand sie ihre Stimme wieder „Worum bittest du mich?“

„Oh, ich denke, du weißt sehr gut, was ich dich frage. Aber ich habe keine Lust, meine Absichten hier zu erklären, in dieser Fabrik, und in Gegenwart der werten Squires. Daher werden ich nicht hier vor aller Augen vor dir auf mein Knie niederlassen, nicht, bevor ich in einem Monat wiederkomme. Daher, meine liebste Mary, gebe ich dir einen Monat Aufschub, damit du ernsthaft über das Angebot nachdenken kannst, das ich dir machen möchte, und darüber, was es für uns beide bedeutet. Ich hoffe, du wirst erkennen, dass es die richtige Wahl ist, die logischste Wahl, für zwei Cousins, deren Familien eng miteinander verbunden sind und die einander von klein auf kennen. Aber“, fügte er mit einem Achselzucken hinzu, „wenn du in einem Monat, auf meine Frage hin die Ehre ablehnst, werde ich wissen, dass es aus den besten Gründen geschieht und deine Entscheidung akzeptieren.“

Marys Augen füllten sich mit Tränen und ihr Herz begann lauter zu pochen, als ihr angesichts der Aussicht einer Ehe mit ihrem Cousin eine große Last von den Schultern fiel. Ihre Mutter wäre vor Glück ekstatisch, ebenso wie ihre weitere Familie. Sie würde nicht einfach einen Mann heiraten, sondern den Erben eines Earls und das hieße, sie würde Gräfin werden. Sie könnte wieder mit hoch erhobenem Kopf die Salons der Gesellschaft betreten. Sie würde mit offenen Armen auf allen möglichen Bällen, Routs und Soireen empfangen werden. Sie würde an den besten Tischen sitzen, gekleidet in die feinsten Seiden und Brokate, und Kutschen, Tragsessel, Häuser und jede Menge Diener zu ihrer Verfügung haben. Evelyn war reich, und er war großzügig. Ihr und Teddy würde es nie wieder an etwas fehlen. Ihre Tochter hätte einen Earl zum Stiefvater und würde eine Mitgift bekommen, die dem hohen Stand ihrer Mutter entsprach, und wenn die Zeit für sie käme zu heiraten, würde es ihr nicht an passenden Bewerbern fehlen. Eine Ehe mit Evelyn würde all ihre Probleme lösen.

Und dann, ebenso schnell, wie die Last sich von ihren Schultern gehoben hatte, fiel sie wie ein Stein wieder auf sie herunter. Aber sie blieb nicht dort liegen, sie drückte weiter nach unten, bis sie auf ihrer Brust liegen blieb. Ohne zu wissen, warum, fühlte sie sich von einer großen Traurigkeit übermannt. Sie hätte wahnsinnig vor Freude sein sollen, einen Heiratsantrag von ihrem engsten Cousin zu erhalten, den sie liebte, seit sie Kinder waren. Es war ein Traum, der wahr wurde. Oder nicht? Warum fühlte sie sich dann so elend? Sie war elend und wurde von Schuldgefühlen verzehrt und es verwirrte sie so sehr, dass sie plötzlich üble Kopfschmerzen bekam.

Bekümmert schaute sie an Evelyn vorbei in das Stockwerk der Fabrik, wo Teddy, Lord Shrewsbury, Rory Fitzstuart, Mr. Philip Audley und der Fabrikmeister sich jetzt am Fuße der zweiten Treppe versammelt hatten und nach oben gehen wollten, um die oberen Stockwerke der Mühle zu erkunden.

Anscheinend gab es eine Diskussion, in deren Mittelpunkt Rory stand. Mary wurde klar, dass ihre Schwägerin anbot, zurückzubleiben, da ihre Behinderung sie daran hinderte, die Treppen ebenso gut wie alle anderen hinaufzusteigen und ihr langsames Vorankommen mit ihrem Gehstock nur alle aufhalten würde. Ihr Großvater wollte nichts davon hören, dass sie verzichtete, dann fand sich eine Lösung, die Mary rasch ihre Augen trocknen und lächeln ließ. Natürlich! Während die anderen voraus gingen, Teddy die Treppen mit dem Fabrikmeister hinaufstieg, Mr. Philip Audley nur einen Schritt hinter ihnen, gefolgt von Lord Shrewsbury, der Rorys Gehstock trug, hob Christopher Bryce Rory mühelos auf seine Arme. Und als sie bequem dort saß, machte Christopher sich daran, dem Rest der Gesellschaft nach oben zu folgen.

Doch einen gestiefelten Fuß bereits auf die unterste Stufe gesetzt, schaute er zufällig über seine Schulter, über den Raum hinweg zu ihr. Sein Blick war ruhig und seine schönen Züge ausdruckslos, sodass sie seine Gedanken nicht ablesen konnte. Doch sie wusste, dass er ihr Benehmen für unverzeihlich rüde halten musste. Dazu hatte er jedes Recht, sie konnte es ihm nicht übelnehmen. Sie und Evelyn hatten die Arroganz, sich in eine vertrauliche Unterhaltung zu vertiefen und kein Interesse an seiner Manufaktur zu zeigen, wo es für jeden, der Augen hatte, offensichtlich war, dass die Mühle eine Quelle großen Stolzes für ihn war. Sie hatte ihn verletzt, das wusste sie, und sie hatte den dringenden Wunsch, ihm nachzugehen, es ihm zu erklären, ihn um Verzeihung zu bitten und sich für ihr Verhalten zu entschuldigen.

Aber sie tat nichts davon. Denn, als sein Blick ihrem begegnete, obwohl es nur einen winzigen Moment dauerte, und er weder ein Wort sagte noch durch seinen Ausdruck verriet, was er dachte, machte sie eine erstaunliche Entdeckung. Sie war davon so erschrocken, dass ihr Atem stockte und ihr schwindelig wurde. Sie lehnte sich mit dem Rücken an die Wand, um nicht nach vorn zu fallen, ihre Knie wurden weich und sie fühlte sich unsicher auf den Beinen. Ihr war so schwindelig, dass sie meinte, gleich ohnmächtig zu werden. Sie wusste, sie würde nicht ohne zu schwanken durch den Raum gehen können. Doch es gab Eines, dessen sie sich sicher war. So genau sie wusste, dass der Montag auf den Sonntag folgte, erkannte sie ohne jeden Zweifel, dass sie liebte, tief und unsäglich, aber den falschen Mann.

# ACHTZEHN

Von allen Orten und Gelegenheiten, zu zahllos, um sie zu zählen, an denen sie zusammen gewesen waren, musste es dieser Ort sein, eine Tuchmühle, und ein Heiratsantrag eines anderen, damit Mary zu der erstaunlichen Erkenntnis gelangte, dass sie Mr. Christopher Bryce liebte und ihn immer geliebt hatte.

Von dem Moment an, als er ihr anlässlich seines Besuchs bei ihrem Ehemann zuerst vorgestellt worden war, hatte er in ihr ein undefinierbares Gefühl erweckt, das in ihre nagte und bohrte und nicht loslassen wollte. Sie hatte ihr Bestes getan, um dieses Gefühl zu unterdrücken, mit jeder Faser ihres Seins, da sie verheiratet war. Und weil sie verheiratet war und weil ihre Mutter sie dies von klein auf gelehrt hatte, glaubte sie, dass einen Mann zu begehren, der nicht ihr Ehemann war, verrucht war, und es für eine verheiratete Frau, die auch noch Mutter war, auch unnatürlich und abscheulich wäre.

Doch die Aussagen ihrer Mutter über weibliches Verlangen und die Ehe hatten sie verwirrt und verstört zurückgelassen. Denn die Zeit, die sie bei ihrer Cousine, der Herzogin von Roxton, gelebt hatte, hatte ihr eine andere Welt gezeigt, eine, die allen Überzeugungen widersprach, die ihre Mutter äußerte. Sie hatte den liebevollen Ton erlebt, der zwischen dem Herzog und der Herzogin herrschte, wie unbefangen sie vor der Familie waren. Sie hielten sich oft an den Händen, küssten sich zärtlich und konnten lange Stunden beieinandersitzen, sich in der Gesellschaft des anderen wohlfühlen, ohne ein Wort zu sagen. Vor allem waren sie immer freundlich zueinander. Es war selbst für ein so junges

Mädchen wie Mary offensichtlich, dass das Herzogspaar einander innig liebte.

Doch in ihrer Ehe mit Sir Gerald hatte sie nichts davon erlebt, was sie emotional und körperlich so kalt ließ, dass sie dachte, sie wäre unfähig, Intimität zu genießen, und sich fragte, ob sie überhaupt begehrenswert wäre. Und solange ihr Mann lebte, fand sie es nicht schwer, ihre natürlichen Neigungen und Gefühle zu unterdrücken.

Als sie zur Witwe wurde, folgte sie demselben Weg weiter, verzehrt von der Sorge über ihre unsichere Zukunft, blind für alle Möglichkeiten, wenn es um Liebe und alle ihre körperlichen Ausdrucksformen ging. Sie war so an die Anwesenheit des Squire auf Abbeywood gewöhnt, dass sie versäumt hatte, ihn in einem anderen Licht zu sehen, jedes Gefühl, das sie einmal für ihn empfunden hatte, war lange verschüttet und es war unwahrscheinlich, dass es aus den Tiefen ihres empfindungslosen Herzens wieder auftauchen könnte.

Und dann hatten sie sich in ihrem Schlafzimmer geküsst, den Funken des Verlangens, das sie bei jener ersten Begegnung empfunden hatte, wieder angefacht. Und jetzt, in diesem Moment, als sie zuschaute, wie Christopher sich abwandte und, Rory auf dem Arm, die Treppe hinauf verschwand, wusste sie ohne jeden Zweifel, dass sie ihn liebte. Und sie wusste, dass er sie liebte. Er hatte es ihr gesagt, aber jetzt glaubte sie ihm. Diese Gedanken verursachten ihr ein glückliches Kribbeln. Sie wollte zu ihm gehen, es ihm sagen, damit er wusste, dass seine Liebe hundertfach erwidert wurde. Und dann, von weit hinter ihren Gedanken, hörte sie eine Stimme, die sie rief, und die Wärme, die mit der Liebe und dem Wissen kam, dass sie geliebt wurde, schwand, ließ sie kalt und von einer unerklärlichen Verwirrung und einem spürbaren Aufruhr überwältigt zurück.

Und mit dem Bewusstsein kehrte die Wahrheit zurück. Wie konnte sie Christopher sagen, dass sie ihn liebte, wenn sie nicht frei war, ihren Gefühlen nach zu handeln? Sie musste und würde Evelyns Heiratsantrag annehmen. Sie konnte nicht guten Gewissens Evelyn und die Ehre, die er ihr erwies, zurückweisen. Es war die richtige Entscheidung für ihre Zukunft sowie für Teddys. Es wurde von ihr erwartet, gut zu heiraten, und zwar einen Mann aus ihren eigenen gesellschaftlichen Kreisen. Evelyn und sie passten gut zueinander. Sie kamen aus der gleichen Familie und dem gleichen gesellschaftlichen Umfeld. Sie hatten eine gemeinsame Vergangenheit und sie mochten einander. Es würde die Partie der Saison werden!

Und daher wusste sie, dass sie nach einem Monat, wenn Evelyn sie bitten würde, seine Frau zu werden, seinen Antrag annehmen würde, ungeachtet des Wissens, dass die Liebe, die sie für ihn empfand, ein völlig anderes Gefühl war als das, was sie für Christopher hatte. Die Liebe zu ihrem Cousin war sicher, vertraut und berechenbar. Sie wusste genau, was sie erwartete. Was sie für Christopher empfand, war etwas ganz anderes, etwas, das sie verwirrt, atemlos und in einem tosenden Meer unvorhergesehener Möglichkeiten schwebend zurückließ.

Und mit dieser Wahrheit kam die Aufrichtigkeit. Sie wusste mit deprimierender Sicherheit, dass sie die Tochter ihrer Mutter war. Die Stimme der Gräfin ertönte in ihren verwirrten Gedanken und predigten über das Thema Ehe: Es konnte keine Zukunft für den Sohn eines ländlichen Squires und der Tochter eines Earls geben. Jeder wusste, dass eine Stute, die mit einem Esel gekreuzt wurde, ein Maultier hervorbrachte, einen Ausgestoßenen, der weder Pferd noch Esel war. Die Tochter eines Squire mochte in den Adel einheiraten, aber die Töchter des Adels heirateten nie unter ihrem Stand.

Daher traf sie mit schwerem Herzen und tiefer Trauer in der Seele die Entscheidung, dass es für den Seelenfrieden aller Beteiligten das Beste wäre, nicht ihrem Herzen zu folgen. Und damit gelangte sie wieder an den Beginn des Kreises. Sie blieb taub und gefühllos zurück. Es brauchte einige Augenblicke, bis ihr klar wurde, dass es Evelyns Stimme war, die sie rief, und dass er nicht weit fort war.

Er stand immer noch neben ihr und fragte, ob es ihr gut ginge, und ob sie den anderen nach oben folgen wollte, um den Rest der Mühle zu besichtigen. Sie schüttelte den Kopf. Sie würde lieber einen Moment ruhig auf der Stufe sitzen. Und daher setzte er sich neben sie.

„Gib mir deinen Fächer, *ma chérie*", befahl er sanft. Als sie ihn ohne nachzudenken aus einer unter ihren Röcken befestigten Tasche zog, nahm er ihn, klappte ihn auf und fächelte damit wie eine Frau. Er fächerte kühle Luft über ihr gerötetes Gesicht, und als er ihre Aufmerksamkeit hatte, sagte er leise: „Dieser Monat, den ich fortbleibe, ist mein Geschenk an dich, um ihn zu verleben, wie du willst."

„Ein Geschenk?" Mary blinzelte ihn verständnislos an, aber er wusste, dass er ihre ganze Aufmerksamkeit hatte.

„Ja. Ich mag mich so egozentrisch aufführen wie Narziss, doch als Agent der Krone bin ich gut ausgebildet in Täuschung und im Erkennen einer Täuschung. Ich kann die tiefsten Gefühle eines Menschen erraten, ihre geheimen Wünsche, die gegen sie verwendet werden können." Er hörte auf, sie zu fächeln und lächelte sanft. „Ich bin weder blind noch gefühllos. Ich sehe, dass der Squire dein Blut erhitzt, und das ist nichts Schlechtes - Mary! Schüttele nicht den Kopf und wende dich nicht ab. Sieh mich an!" Als sie seinem Blick offen begegnete, sagte er mit einer Unverblümtheit, die sie schockierte: „Wenn du deine Gefühle für diesen Mann nicht befriedigst, wirst du dich immer fragen, wie es hätte sein können, und das wird uns beiden schaden. Ich möchte eine Frau, die mir tatsächlich und in Gedanken treu ist. Ich möchte auch eine Frau, die etwas vom Ehebett versteht. Ich fand Jungfräulichkeit nie erstrebenswert. Sexuelle Unerfahrenheit ist unglaublich mühsam."

„Aber - ich habe ein Kind! Wie kannst du ...“

„Gerry war ein Schwein. Ich könnte wetten, dass er nie an deine Bedürfnisse gedacht hat und nur sich selbst befriedigte. Das ist keine Liebe. In der einfachsten Form ist es eine tierische Paarung zum Zwecke der Fortpflanzung; in der egoistischsten, eine Selbstbefriedigung männlicher fleischlicher Gelüste."

„Bitte, Eve. Ich möchte nicht - wie kannst du mit mir über solche Din...“

„Vielleicht, weil ich wie er war - nun, vielleicht nicht so ekelhaft und sicherlich nicht so abstoßend, aber als ich viel jünger war, interessierte mich nur meine Musik. Ich habe mich keinen Deut um die Bedürfnisse der Frauen, mit denen ich schlief, gekümmert. Nicht einmal bei Dominique."

„Oh, Eve! Aber sie war deine Frau!“

„Und du warst die Frau des gefräßigen Gerrys. Was meine Aussagen bestätigt. Aber seit dem Tod der armen Dominique habe ich jede Menge Erfahrung mit Frauen gesammelt. Ich bin sicher, mein Liebesleben würde dein prachtvolles Haar vor Schock weiß werden lassen. Aber ich bereue nichts, ich muss oder will meine Neugier, was andere Frauen betrifft, nicht weiter befriedigen. Du jedoch, *ma chérie*, hast keine Erfahrung damit, was es bedeutet, sich zu lieben, und ...“

„Aber sicher würde es doch als mein Ehemann deine Aufgabe sein, mir verständlich zu machen - mir *zu zeigen* - was es bedeutet, sich zu lieben?“

„Doch da bleibt noch immer das Dilemma deines unerfüllten Verlangens nach dem würdigen Squire ...“

„Eve! Ich - ich - wie kannst du wissen ...“, begann Mary zu stottern; alle Farbe war aus ihren Wangen gewichen.

„Weshalb ich dir diesen Monat schenke. Du verdienst es, zu wissen, wie es ist, geliebt zu werden, die Erfahrung, die Liebe zu genießen. Du musst die Erinnerung an das, was du unter den Händen deiner Bestie von Ehemann gelitten hast, auslöschen. Außerdem, in Anbetracht der faszinierenden Vergangenheit deines Squire in den italienischen Staaten bin ich sicher, dass er alles in seiner Macht Stehende tun wird, um sich als idealer Liebhaber zu erweisen."

Mary starrte Evelyn verwundert an. „Und du wärest mit einem solchen Arrangement zufrieden?"

„Wenn am Ende des Monats deine - ähm - *Neugier* in bester Weise befriedigt ist und du meinen Heiratsantrag annimmst, hätte ein solches Arrangement Vorteile für uns beide."

„Und was ist mit ihm? Er ist ein so ehrenhafter Mann ... ich kann mir nicht vorstellen, dass er dem zustimmt."

Daraufhin warf Evelyn den Kopf zurück und lachte. Mary verstand nicht, was ihn so erheitern sollte.

„Oh, er hat sich äußerst erfolgreich in diesen würdigen Squire verwandelt, das steht fest. Niemand hier in der Provinz kann sich auch nur vorstellen, dass er etwas anderes sein könnte als das, was er der Welt vorspielt. Und ich habe keinen Zweifel daran, dass er genau so den Rest seiner tristen Tage verbringen möchte. Doch das macht seine Vergangenheit als höchst begehrter Cicisbeo ..."

Mary rümpfte die kleine Nase. „Cic—*cicisbeo*? Was bedeutet dies Cicisbeo? Und woher weißt du das über ihn? Hast du ihn ausspioniert, als er im Ausland lebte?"

„Aha! Ich habe zu viel gesagt. Das musst du ihn fragen." Er tippte Mary mit ihrem Fächer spielerisch unter das Kinn, reichte ihr diesen dann zurück und stand auf. Während er ihr beim Aufstehen half, sagte er lächelnd: „Und wenn er dich so sehr achtet, wie ich das annehme, und weil er lästig prinzipientreu ist, wird er dir alles gestehen wollen. Du musst daran denken, dass du, wenn du fragst, eine Antwort erhalten könntest, die dich wünschen lassen könnte, dass du es nicht getan hättest! Jetzt lass uns unsere Picknickgesellschaft einholen, bevor unsere Begleiter uns vollständig verlassen!"

Als Mary und Evelyn zu den anderen zurückkehrten, hatten diese sich am Fuß der Treppe versammelt, und es fand eine ausgiebige Diskussion darüber statt, ob man in die untere Etage absteigen sollte, um das Wasserrad zu besichtigen.

Christopher warnte sie, sich nicht von dem donnernden Geräusch erschrecken zu lassen. Dies war völlig normal und wurde von dem rauschenden Wasser verursacht, das durch einen engen Kanal geleitet wurde, um von dort auf das Wasserrad herabzufallen, sodass das fallende Wasser die Schaufeln des Rades antrieben und es zwang, sich zu drehen. Er betonte, dass das ohrenbetäubende Geräusch so stark war, dass eine Unterhaltung unmöglich war; selbst einander auf kurze Entfernung anzuschreien, wäre sinnlos. Er sagte, es sei außerordentlich wichtig für sie alle, die Anweisungen zu befolgen, nicht herumzulaufen und genau das zu tun, was er gesagt hatte. Vor allem müssten sie die gesamte Zeit gut aufeinander achten. Er sagte dies mit einem Lächeln zu Teddy, die ihm aufmerksam zuhörte, die Augen weit aufgerissen und der Mund halb offen. Als sie gehorsam nickte, zwinkerte er ihr zu und fuhr dann fort, der Gruppe zu erklären, dass er hoffte, dass der Lärm und seine Anweisungen ihre Freude an dem Wunderwerk, das Mr. Smeatons Wasserrad darstellte, nicht schmälern würde.

Alle machten sich bereit, um die Stufen hinabzusteigen, Teddy hielt Christophers Hand und Rory war glücklich, den Arm ihres Großvaters ergreifen und ihren Gehstock benutzen zu können, da es nur etwa ein Dutzend Stufen waren, die sie leicht bewältigen konnte. Doch Lord Shrewsbury überraschte sie, und alle hielten inne und schauten ihn an, als er ernst sagte:

„Ich glaube, es wäre das Beste, wenn die Damen und das Kind hierbleiben. Ich bin wegen des Lärms besorgt, er könnte für die weibliche Empfindsamkeit zu groß sein. Im Lichte dessen, wie Mr. Bryce uns warnte, dass man über den Lärm hinweg nicht sprechen oder hören könnte, was, wenn eine von Euch ohnmächtig würde und es unmöglich wäre, um Hilfe zu rufen? Seid Ihr nicht auch meiner Meinung, Vallentine?"

„Ich könnte Euch nicht mehr zustimmen, Mylord! Schon hier dringt ein so erschreckender Krach durch den Boden, dass es mich nicht wundern würde, wenn der Lärm da unten ungeheuer schlecht für weibliche Nerven wäre."

„Aber - Grand!", flüsterte Rory erstaunt. „Wie kannst du mich für so schwächlich halten, dass ich beim Geräusch eines Wasserrads ohnmächtig werde?" Sie drückte seinen Arm. „Du musst doch wissen, wie sehr ich mir wünsche, eines in Betrieb zu sehen, vor allem das Werk Mr. Smeatons." Sie wandte sich bittend an Christopher. „Mr. Bryce, Mr. Smeaton ist doch der führende Ingenieur dieses Landes, nicht wahr? Und am berühmtesten für seinen Turm in Eddystone Rocks."

„Das stimmt, Mylady", stimmte Christopher, beeindruckt von Rorys Wissen, zu. „Der Leuchtturm wurde in der Tat von ihm entworfen und hat seither viele Schiffe und viele Leben gerettet." Er lächelte sie an und sagte zu ihrem Großvater: „Mylord, ich habe eben Mr. Smeaton ausgewählt, um dieses Wasserrad unter unseren Füßen zu entwerfen und zu bauen, weil ich glaube, dass es die beste und effizienteste Kraftquelle ist, die man heutzutage kennt. Für seine Forschungen zur Mechanik von Wasserrädern und Windmühlen wurde er mit der

Copley-Medaille ausgezeichnet. Jeder, der ein großes Interesse an der Wissenschaft hat, sollte die Gelegenheit nicht verpassen, selbst eines von Smeatons Rädern in Betrieb zu sehen.“

„Siehst du, Grand! Mr. Bryce hat eines der besten - wenn nicht *das* beste - Wasserräder des Landes! Und wir haben in den oberen Stockwerken gesehen, wie es all diese Wasserrahmen antreibt, um Garn so viel schneller zu spinnen, als es von einer Frau am Spinnrad erledigt werden kann. Wie viele Spindeln mehr pro Rahmen, Mr. Bryce?“

„Sechsundneunzig oder ein wenig mehr, Mylady.“

„Ist das nicht eine erstaunliche Anzahl, Opa? Ein solches Wasserrad muss wirklich ein Wunderwerk sein! Also siehst du, warum ich die Gelegenheit, es persönlich zu besichtigen, nicht verpassen darf.“

Lord Shrewsbury tätschelte ihre Hand mit einem Lächeln und schien in seiner Entscheidung zu schwanken, als Mr. Philip Audley seine Stimme erhob und zu der Diskussion beitrug, als gehöre er dazu und wäre persönlich angesprochen worden.

„Meine liebe Lady Fitzstuart“, sagte der Sekretär des Herzogs von Roxton mit einem herablassenden Lächeln und einem Seufzer der Resignation und schüttelte sogar leicht den Kopf. „Was ist die Besichtigung eines Wasserrads im Vergleich zu Eurer Gesundheit und Sicherheit? Ich möchte mich bescheiden der Auffassung Lord Shrewsburys anschließen, dass er hier berechtigte Sorge hat. Ich befürchte, dass eine Maschinerie, die die Kraft hat, solch lärmende Geräte anzutreiben und mit solcher Geschwindigkeit, lauter als der stärkste Donnerschlag sein muss. Und schreckt man bei einem Donnerschlag nicht vor Angst zusammen?“ Er schnüffelte arrogant in Richtung Christophers, ohne diesen anzusehen, seine Nasenflügel bebten vor Verachtung, als er sich umschaute und zu den anderen sagte: „Es steht uns gut an, nicht wahr, christliche Barmherzigkeit zu zeigen und Mr. Bryce seinen Mangel an Gefühl zu verzeihen, den er bewies, indem er vorschlug, dass die Damen in Tiefen hinabsteigen sollen, die für sie eine Hölle wären, nur um ein so erschreckendes Gerät zu besichtigen. Denn sicher zeigt ein solcher Vorschlag einen deutlichen Mangel an Sensibilität und eine Unwissenheit über die zarten Empfindungen von weiblichen Wesen weit über seinem Stand. Er vergisst das, da er von Frauen aus Bauersfamilien umgeben ist, die von der Wiege an wie Maultiere dazu erzogen werden, lange und hart zu arbeiten. Solche Frauen teilen die Stumpfheit ihrer Herren; kein Lärm ist laut genug, um sie zu erschrecken. Und zweifellos ist das der Grund, warum sie sich für diese Fabrikarbeit gut eignen. Doch wir, die wir unser ganzes Leben lang die zerbrechliche Schönheit und Zartheit der Damen höchsten Ranges achten, deren Beste Ihr, meine liebe Lady Fitzstuart und meine liebe Lady Mary, seid, wissen sehr wohl, wie Ihr behandelt zu werden habt und würden es nie dulden, Euch solchen Unannehmlichkeiten auszusetzen. Und ich kann mit Sicherheit sagen, dass mein hochgeehrter Dienstherr, Seine Gnaden von Roxton, mir hierin sicherlich zustimmen würde."

Er endete mit einem selbstgefälligen Lächeln und einer Verbeugung vor jeder der Angesprochenen.

Die unmittelbare Reaktion auf diese umständliche und verächtliche Rede war ehrfürchtiges Schweigen. Alle verdauten noch die Worte des Sekretärs und fragten sich, was sie zur Erwiderung auf die offene Herablassung des Mannes, um nicht zu sagen, die Frechheit, den völligen Mangel an Manieren und die offene Unverschämtheit gegenüber ihrem Gastgeber sagen sollten, als zum allgemeinen Erstaunen ein temperamentvoller Widerspruch ertönte, nicht von Rory oder ihrem Großvater oder dem Squire, sondern von Lady Mary. Und ihre Empörung war so groß, dass sie nicht bemerkte, wie leidenschaftlich sie den Squire verteidigte, er jedoch sehr wohl und alle anderen auch.

Diese Mary, Lady Mary Cavendish, die immer sorgfältig ihre Worte wählte, die kerzengerade stand, distanziert und hochmütig denen gegenüber war, die sie nicht kannte, und in der Gegenwart ihrer Mutter nie aus ihrem Schatten trat. Diese selbe Mary trat jetzt aus eben diesem Schatten heraus, die Worte stürzten ihr aus dem Mund, ihre Hände gestikulierten wild, ihre violetten Augen blitzen, feucht und wild. Diese Mary war für alle eine Offenbarung, jedoch nicht für Evelyn und nicht für Christopher. Es hätte beide Männer überrascht zu wissen, dass sie eine innere Befriedigung teilten - Evelyn, weil er während ihrer gemeinsamen Kindheit diese Mary hatte aufblitzen sehen, als sie zusammen aufwuchsen, und er daher wusste, dass sie noch irgendwo in ihr existieren musste, und Christopher, weil er immer geglaubt hatte, dass Mary unter ihrem hochmütigen Äußeren nur darauf wartete, auszubrechen und erkannt zu werden - seine echte Mary.

„Wer seid Ihr, Sir, dass Ihr zu glauben wagt, mich oder meine Schwester, Lady Fitzstuart, zu kennen?", verkündete Mary mit einer Stimme, die vor unterdrücktem Zorn zitterte. Und mit jedem Wort, das sie aussprach, wurde diese Stimme stärker und selbstbewusster, niemand sonst sprach und alle hatten ihre Blicke auf sie gerichtet. „Wer seid Ihr, um so herabsetzend über Mr. Bryce zu sprechen? Ihr kommt hierher im Auftrag meines Cousins Roxton, und wir haben Euch nur deshalb seit Jahren auf Abbeywood geduldet, weil Ihr das Werkzeug des Herzogs seid. Doch diese schlichte Tatsache habt Ihr in Eurer Arroganz einfach übersehen. Mein Cousin würde nie, nicht in hundert Leben, die Arbeit seiner Pächter verachten, die von Tagesanbruch bis zur Dämmerung für ihn arbeiten und danach streben, ihren Lebensunterhalt zu verdienen.

Er ist bescheiden und intelligent genug, um zu wissen, was er ihnen und sie ihm schulden. Und dafür achten sie ihn nur umso mehr. So, wie Mr. Bryce seine Mühlenarbeiter schätzt und ein fairer und gerechter Herr ist.

„Doch Ihr, Mr. Audley, seid so arrogant, ihn und die guten, hart arbeitenden Menschen dieses Tals herabzusetzen, während es solche Leute sind, denen Ihr dankbar sein solltet. Habt Ihr nie einen Gedanken daran verschwendet, wer Eure Kleidung anfertigt, Euer Essen zubereitet, Euch mit Papier und Federn und Tinte versorgt, die Ihr als Sekretär Seiner Gnaden verwendet? Sind diese guten Leute derartig unter Eurer Würde, nur, weil sie von einfacher Herkunft sind? Ich versorge meine Bienenstöcke, füttere meine Hühner und sammele ihre Eier. Ich buttere und drehe Käseräder. Das sind notwendige Arbeiten auf einem bewirtschafteten Gut. Sie erfordern auch den Gebrauch meiner Hände, dieser *feinen Hände*, von denen Ihr glaubt, sie wären nur geeignet, um zu sticken und Klavier zu spielen, weil ich eine Lady bin. Und dennoch haltet Ihr solche bäuerlichen Fähigkeiten, die ich ausübe, nur der Frauen und Töchter von Bauern für würdig, die ihr beleidigend *Maultiere* nanntet? Bin ich dann auch ein Maultier, Mr. Audley? Nein! Sagt nichts. Ich habe keine Zeit für Eure katzbuckelnden Plattitüden.

„Ich bin sehr stolz darauf, zum Erfolg von Abbeywood beizutragen. Und wenn ich die Wahrheit gestehen soll, ich habe viel mehr Befriedigung darin gefunden, hier im Tal unter seinen Menschen zu leben und zu arbeiten - ja, zu *arbeiten*, Mr. Audley - als dabei, in feiner Seide in den Salons der Gesellschaft herumzustolzieren. Und außerdem würde mein Cousin Mr. Bryce nie mit solcher Herablassung behandeln, wie Ihr es Euch anmaßt, Sir! Ihr glaubt, weil ich all diese Jahre geschwiegen habe, dass ich Euer verabscheuungswürdiges Verhalten billige? Ihr glaubt, ich sehe, höre, *fühle* nicht, wie Ihr Euer Bestes tut, um seine Zeit als Verwalter auf jede Weise unangenehm und erniedrigend zu gestalten? Er wollte immer nur, dass Abbeywood gedeiht, damit mein Neffe ein Erbe antreten soll, das einen Wert hat, etwas, worauf mein Ehemann nie einen Gedanken verschwendet hat. In der Tat bin ich ziemlich sicher, dass Sir Gerald beabsichtigte, den Besitz völlig auszuplündern, damit Jack nichts bleiben würde. Und doch hat Mr. Bryce es in nur zwei Jahren geschafft, meinem Neffen, einem Jungen, der nicht einmal sein Verwandter ist, eine lohnende Zukunft zu verschaffen.

„Und das wisst Ihr, Mr. Audley. Es springt Euch jedes Mal ins Gesicht, wenn Ihr Euch einen Stuhl heranzieht, um die Journale, die Mr. Bryce und sein Gehilfe, Mr. Deed, so sorgfältig führen, zu prüfen. Ihr habt über jedem Plus und Minus gebrütet, jede Rechnung kontrolliert in der Hoffnung, einen Fehler in ihren Abrechnungen zu finden. Und das nicht, weil Euch ein Jota an dem Besitz gelegen ist. Ihr mögt vielleicht nach dem Lob Seiner Gnaden für Eure Anstrengungen in seinem Auftrag gieren, doch ich bin mehr denn je überzeugt, dass Euer kleinliches Verhalten von einem verbitterten und unzufriedenen Charakter beherrscht wird. Ihr hätte so viel mehr erreichen können, wenn Ihr nur bescheidener und stolz auf Eure Leistungen wäret, und wir hätten Euch dafür umso mehr geachtet."

Sie holte tief Luft und hob den Kopf, den Blick noch immer auf den mit rotem Gesicht dastehenden Sekretär gerichtet, hielt ihre Hände locker vor sich und straffte ihre Schultern.

„Ich werde Seiner Gnaden schreiben, um Euch von Euren Pflichten auf Abbeywood entbinden zu lassen. Mein Cousin kann jemand anderes an Eurer Stelle ernennen, obwohl ich das auch für unnötig halte und ihm das mitteilen werde. Jetzt gebt mir ein Zeichen, dass Ihr alles verstanden habt, was ich sagte und entschuldigt Euch dann bei Mr. Bryce. Danach könnt Ihr uns für eine Zeit des ruhigen Nachdenkens am Mühlenteich verlassen, bis das Picknick bereit ist."

Der Sekretär verbeugte sich sofort gehorsam mit niedergeschlagenen Augen vor ihr, aber als er zögerte, sich an Christopher zu wenden und dasselbe zu tun, knurrte Shrewsbury ihn an, sich zu bewegen. Er murmelte eine knappe Entschuldigung an den Squire, verbeugte sich und schritt aus der Mühle, ohne jemanden anzusehen. Evelyn folgte ihm zur Tür und blockierte kurz den Ausgang.

„Richtig so, dass Ihr mit eingekniffenem Schwanz davonschleicht. Aber geht nicht zu weit fort. Shrewsbury und ich haben einige Fragen, die auf Antworten warten."

Philip Audley sah in Evelyns blaue Augen und es lag keine Zerknirschtheit in seinem Blick oder in seiner Stimme. In der Tat lag ein Anflug von Drohung in seinem Tonfall und aller Schein von herablassender Demut war verschwunden.

„Seid versichert, Mylord, dass ich nicht weit fortgehen werde. Ich habe meine eigenen Fragen, die ich bei dieser Diskussion stellen möchte. Wenn Ihr mir jetzt aus dem Weg gehen wolltet? Ich habe festgestellt, dass ich nicht atmen kann, wo die Luft von solch patrizischer Selbstgerechtigkeit verpestet ist."

Evelyn schlug ihm auf den Rücken. „Gut. Bald werdet Ihr das auch nicht mehr müssen!", und warf den Kopf mit einem harten Lachen zurück, trat mit einer übertriebenen Verbeugung zum Abschied von der Tür fort, was den Sekretär verstörte, wie es Evelyns Absicht gewesen war.

Mary beobachtete sie, und da sie ihren feindseligen, geflüsterten Wortwechsel nicht hörte, lächelte sie über die Theatralik ihres Cousins und seufzte dann erleichtert. Sie war überrascht von der Woge der Ruhe, die sich nach diesem untypischen Ausbruch über sie legte. Sie hatte erwartet, sich zumindest sehr unbehaglich zu fühlen. Doch das tat sie nicht. Als der beleidigte Sekretär nach draußen verschwand, trat ihre Zofe in den Raum und ließ Mary mit einem Nicken in ihre Richtung wissen, dass das Mittagsmahl zum Servieren bereit wäre. Daher drehte sie sich zu ihrer Tochter, die sie fragend ansah, unsicher, ob ihre Mutter noch zornig wäre. Es war ihrer Aufmerksamkeit nicht entgangen, dass Teddy zweimal zu Christopher hinübergeschaut hatte, als ob sie seine Bestätigung suchte, dass ihre Welt noch in Ordnung wäre. Dies vertiefte nur Marys Gefühle. Denn mit Sicherheit war er für ihre Tochter der einzige Mann, der je wirklich ein Vater für sie gewesen war.

Als Mary lächelnd ihre Hand ausstreckte, ergriff Teddy sie eifrig. Dann zog sie sie in ihre Arme, wandte sich an Rory und sagte:

„Wärest du äußerst enttäuscht, wenn ich dich bitten würde, deine Neugier bis nach unserem Essen aufzuschieben? Ich bin sicher, eine Pause und Erfrischungen werden dich - und alle anderen - beleben", fügte sie mit einem Blick auf den kleinen Raum hinzu, vorsichtig, um niemanden merken zu lassen, dass sie eine verschleierte Anspielung auf Rorys Schwangerschaft machte. „Wenn wir uns gestärkt haben, könnten wir Smeatons Wasserrad unsere volle Aufmerksamkeit widmen. Was sagst du dazu, Teddy? Sollen wir etwas von der besonderen Erdbeerkonfitüre der Köchin mit unseren Gästen teilen?"

„Erdbeer? Wirklich?"

„Ja, und eingelegte Walnüsse, weil ich weiß, dass Lord Vallentine sie besonders gerne mag."

Sie schaute über Teddys Kopf hinweg zu Evelyn, der jetzt neben dem Squire stand, und widerstand der Versuchung, Christopher anzusehen, lächelte ihren Cousin an, als er die Brauen hob bei ihrem verstohlenen Hinweis darauf, dass er eben diese Walnüsse als Geist aus ihrer Speisekammer gestohlen hatte.

„Und die eingelegten Gurken?", fragte Teddy. „Hast du an die eingelegten Gurken gedacht, denn die mag Onkel Bryce am liebsten."

Mary sah in Teddys zu ihr aufschauendes, lächelndes Gesicht und küsste sie auf die Stirn.

„Ja! Ich habe daran gedacht. Er hatte es uns beim Diner gesagt. Und ja, ich habe die Köchin ein Glas davon einpacken lassen."

Teddy strahlte und zog ihre Schultern hoch, viel selbstbewusster als zuvor seit dem untypischen Ausbruch ihrer Mutter. Sie sah zu Christopher hinüber, um seine Reaktion zu sehen, aber er hatte keine Gelegenheit zu antworten, weil Evelyn ihn in die Rippen stieß, um seine Aufmerksamkeit zu erregen.

„Eingelegte Gurken, Silvanus?", schnurrte er und verzog das Gesicht. „Bin froh, dass die Walnüsse nur mir gehören. So wie sie, in einem Monat. Und dennoch biete ich meinem Gegner gern eine faire Chance. Das macht es viel lohnender, etwas zu bekommen und zu behalten. Nach dem Essen, bevor Ihr anfangt, uns mit Wasserrädern zu langweilen, lasst uns beide einen Spaziergang machen. Ihr werdet hören wollen, was ich vorzuschlagen habe, glaubt mir."

# NEUNZEHN

„Hier wären wir also auf unserem Spaziergang. Was wollt
Ihr also?"

Christopher blieb am ersten Schleusentor stehen, drehte sich um
und blickte den Weg zurück, der dem Kanal folgte, der rauschendes
Wasser vom Mühlenhaus wegführte. Er und Evelyn waren weit genug
von der Picknickgesellschaft entfernt, um nicht gehört werden zu
können, aber doch immer noch in Sichtweite, um ein Auge auf die
Gäste und die Diener, die sich um sie bemühten, zu haben. Und
während die Picknickgesellschaft stattlich um einen Tisch saß, der
schwer mit Silber, Porzellan und einem Bankett beladen war, das dem
Speisesaal jeden Lords Ehre gemacht hätte, genossen die Arbeiter der
Mühle, die Spinner aus den Hütten und ihre Familien ein bescheidenes
Festmahl für sich weiter unten am Bach.

Seine Arbeiter schätzten die wenigen Stunden der Ruhe und Erho-
lung im Freien und Lammeintopf, Brot, Pastinakenkuchen und Apfelwein, die er zur Verfügung gestellt hatte, aber was sie noch mehr
genossen, war diese Gelegenheit, die Adligen aus solcher Nähe zu beobachten. Das Dorf an Markttagen war so weit, wie die meisten von ihnen
in ihrem Leben gekommen waren. Daher waren der Pfarrer und seine
gute Frau und die örtlichen Squires und ihre Familien das höchste auf
der gesellschaftlichen Leiter, was sie je gesehen hatten, und auch nur aus
der Ferne. Nicht einmal Lady Mary Cavendish, von der alle wussten,
dass sie die Lady mit dem höchsten Rang im Tal war, hatte sich jemals
auf diese Seite des Puzzlewoods begeben. Zu entdecken, dass sie so
schön war, wie allgemein berichtet wurde, mit glänzendem, hellrotem

Haar in der gleichen Farbe wie eine Flamme, nicht sehr groß und mit einer feinen, zarten Nase und großen Augen, war wirklich sehr befriedigend.

In der Tat war es ein großer Genuss, sie und ihre adligen Begleiter am Picknicktisch zu beobachten, und Christopher wusste, dass noch wochen-, wenn nicht monatelang darüber gesprochen werden und es auf immer im kollektiven Gedächtnis verbleiben würde. Großeltern würden ihren Enkel von dem Tag erzählen, als Gentlemen und Ladys mit einer Haut so weiß wie frischer Schnee und alle in reich bestickte Samt- und Seidenstoffe gekleidet, für ein Picknick zur Mühle gekommen waren. Die Ladys mit gefärbten Straußenfedern in ihren breitkrempigen Seidenstrohhüten, wie sie hinter flatternden Fächern lächelten, und die Gentlemen mit Spitzen um ihre Handgelenke, wie sie Messer und Gabel benutzen und aus Pokalen tranken, die sofort wieder von Dienern gefüllt wurden, die herumliefen, um jeden Wunsch zu erfüllen.

Es war ein schönes Idyll und eines Gemäldes würdig. Die Wärme der Sonne tauchte die herbstlichen Farben des Waldes auf den Hügeln hinter ihnen in ein goldenes Licht, die hochedle Gruppe, die am Bach picknickte, wirkte so außer Kontext mit der Umgebung, dass man sie für Elfenlords und Feenköniginnen hätte halten können, die für das Mahl aus ihren Verstecken gekommen waren. Doch da graue Wolken von Nordosten heranzogen, sagte Christopher Regen voraus, bevor das Licht in der Dämmerung verblassen würde. Und er musste seine Gäste vor ihrer Rückkehr nach Abbeywood noch zu einem Besuch beim Wasserrad mitnehmen, einem Ritt, der mindestens eine Stunde dauern würde, da es bergauf ging. Und wenn der Regen käme, würden die Wege sich in Schlamm verwandeln, und bei Einbruch der Nacht würde die Rückkehr unmöglich werden.

Daher steigerte Evelyns Wunsch, ihn unter vier Augen zu sprechen, nur Christophers Besorgnis. Er hatte wirklich keinen Wunsch zu hören, was Marys Cousin zu sagen hatte, noch konnte er erraten, worum es sich handelte, obwohl er sich fragte, ob es mit Philip Audleys bevorstehender Inhaftierung wegen Verrats zu tun haben könnte, und er seine Zusammenarbeit bei einem Plan, um den Sekretär in Gewahrsam zu nehmen, wünschte. Was das anging, schaute er zu Audley hinüber, wie er Lord Shrewsbury gegenübersaß, ein Glas Wein und ein zweites Stück Birnentarte genoss und entweder keine Ahnung hatte, dass er entlarvt worden war oder so arrogant war zu glauben, dass er selbst den Herrn der Spione Englands überlistet hätte und daher selbstgefällig geworden war. Christopher hielt Audley des Letzteren für schuldig.

Also was wollte Evelyn von ihm?, fragte er sich, schaffte es, seine

Bedenken beiseite zu schieben und sich seiner Lordschaft zu widmen, ohne seine Gedanken preiszugeben. Und dann verwirrte Evelyn ihn.

„Schaut sie Euch an", sagte Evelyn und lehnte seine Schulterblätter an das Holzschott des Schleusentors, während er sein langes Kinn in Richtung der Picknickgesellschaft hob. „Zwei der schönsten Blumen im Königreich und Gott sei Dank ist keine von beiden ein hohlköpfiges Schmuckstück. Aber mein Cousin Dair hätte wohl auch nichts weniger als ein seltenes Juwel geheiratet. Und Lady Fitzstuart ist so selten, wie man nur eines finden kann. Was unseren Rubin angeht, nun, da sind wir parteiisch, nicht wahr? Ha. Ich wusste immer, dass Feuer unter diesem Eis ist! Man kann nicht solches Haar besitzen und keine leidenschaftliche Natur dazu. Sie ...“

„Hört zu, Vallentine oder Stretham-Ely oder wie auch immer Ihr Euch nennt - Apollo von mir aus! Wenn Ihr mich hier herausgebracht habt, um von Eurer Cousine zu schwärmen und davon, was sie Euch bedeutet, werde ich dem hier ein Ende bereiten. Dort oben sind Regenwolken und die Ladys möchten Smeatons Wasserrad sehen, bevor ...“

„Sie hat eine recht hübsche Rede gehalten, nicht wahr?", fuhr Evelyn fort, als hätte Christopher nicht gesprochen.

„Ja ... allerdings.“

„Die Art von Rede, die ein Parlamentarier im Haus von sich gibt, wenn er von ganzem Herzen an das glaubt, was er sagt, voller Überzeugung, die von verletzter Empörung getragen wird. Ich war sehr erfreut, dort zu sein und sie zu hören. Ich wusste immer, dass sie es in sich hat, aber es hat mich doch überrascht. Sie hat mehr mit ihrer Cousine - meiner Tante Antonia - gemeinsam, als ihr bewusst ist. Wenn sie nur Tante Antonias Lebendigkeit übernehmen würde ... ich schätze, das wäre nach zehn Jahren des Lebens mit Gary zu viel verlangt. Einer meiner ersten Gedanken war, dass sie nie eine so leidenschaftliche Rede gehalten haben hätte, würde Gerry noch leben. Er war im übertragenen wie im wörtlichen Sinne überwältigend, und ihre Mutter ...“ Evelyn schauderte. „Kälter als ein Reptil. Doch mein zweiter Gedanke war, dass ich damit falsch liegen müsste. Ich vermute, dass Mary, selbst wenn Gerry noch lebte, einen Weg gefunden hätte, um sich aus dem Eisblock herauszuhacken, in den die beiden sie gesperrt hatten. Doch das hätte ihr wohl nicht geholfen, oder hättet Ihr das? Denn Ihr seid einer dieser verdammt prinzipientreuen Kerle wie unser Cousin Roxton. Ihr beide würdet Euch großartig verstehen. Vermutlich wäret Ihr bei der ersten Begegnung misstrauisch und würdet einander für arrogante Bigotte halten, und Ihr hättet beide recht!“

„Ihr habt noch nie in Eurem Leben eine direkte Antwort gegeben, wie?“

Evelyn lachte auf seine lästige, schrille Art.

„Wo wäre der Spaß dabei? Es gefällt mir zu gut, in der metaphorischen Wunde unerfüllter Liebe herumzustochern. Es ist nur schade, dass ich nicht länger während meiner Predigten meine Bratsche spielen kann. Das wäre eine dramatische Begleitung zu Euren Gefühlen! Ich habe das getan, wisst Ihr. Bin auf hohen Absätzen herumstolziert, die Bratsche unter dem Kinn, endlose Unterhaltung und feuchte Augen für mein Publikum bereitet - meist Frauen, aber es waren die andern Musiker, die meine Kompositionen zu schätzen wussten. Leicht wie Baiser, aber dennoch köstlich." Er seufzte schwer. „Leider sind diese berauschenden Tage vorbei, fort, wie meine beiden Finger!" Er lachte wieder und schüttelte den Kopf. „Aber lasst uns nicht um *meinetwillen* rührselig werden. Ich bin hier, um über *Euch* und meine Cousine zu reden ..."

„Ich werde sicher nicht mit Euch über Lady Mary sprechen."

Evelyn gab Christopher einen freundlichen Schlag auf die Schulter. „Lasst die Sturheit und haltet den Mund, Squire Backwater. Der Regen zieht auf und ich habe etwas zu sagen."

„Und das habt Ihr noch nicht?"

„Touché. Jetzt schweigt und hört zu. Und ich werde mich Euch zuliebe deutlich ausdrücken, denn ich fürchte, dass es die einzige Art ist, wie Ihr begreifen werdet, was ich Euch anbiete." Er sah Christopher und an und, als er feststellte, dass er dessen ganze Aufmerksamkeit hatte, fuhr er fort. „Ich sagte im Mühlenhaus, dass Mary in einem Monat die meine sein wird. Ihr könnt sicher nicht missverstanden haben, was ich damit meinte, oder? Doch nur für den Fall, dass Ihr es nicht glaubt oder mich für fähig haltet, mich bei meiner eigenen Cousine wie ein Schuft aufzuführen, lasst mich Euch versichern, dass ich beabsichtige, um ihre Hand anzuhalten. Ich bin zuversichtlich, dass sie meinen Antrag annehmen wird. Ich mag in diesen Tagen etwas zerzaust sein, und mir fehlen ein paar Finger, aber ich bin dennoch ein recht guter Fang. Zu mir kommt der Titel eines Earl und ein großes Gemäuer irgendwo im Norden. Könnte eine hübsche, kleine Jungfrau direkt aus dem Schulzimmer heiraten - und viele Mamas würden ihre Töchter für einen Titel und einen Stammbaum wie meinen opfern - wenn ich das wollte, aber ich will nicht. Daher könnt Ihr Euch diese finsteren Blicke sparen. Ich interessiere mich nicht für Jungfrauen. Aber für Mary. Und ich weiß, dass Ihr Euch auch für sie interessiert, Silvanus - mächtig interessiert, und zwar seit Jahren, schätze ich. So. Sagt mir: Was habt Ihr vor, in dieser Sache zu unternehmen?"

„Dieser Sache? *Welcher Sache?*"

Evelyn warf einen Arm hoch und verdrehte die Augen. „Wegen

dieses absolut großartigen Antrags, mit dem Mary meine Gräfin würde, deshalb."

Christopher holte tief Luft und schluckte. Es war das einzige sichtbare Zeichen von Emotionen, das er sich angesichts dieser Nachricht, die sein Leben zu zerstören drohte, erlaubte.

Natürlich. Das war keine Überraschung. Aber es laut ausgesprochen zu hören ... Das machte es real. Es ergab auch durchaus Sinn. Eine adlige Cousine und ihre adliger Cousin. Kindheitsfreunde - heimliche Liebende - die mit anderen verheiratet gewesen waren und jetzt frei, einander zu heiraten. Ein romantisch passendes Ergebnis. Warum dachte er, dass es anders kommen könnte? Er hatte immer gewusst, dass Mary wieder - und gut - heiraten würde. Doch ein kleiner Teil von ihm, und wenn auch nur von der Größe seines kleinsten Zehs, glaubte an die Möglichkeit, dass sie, wenn sie es tat, aus Liebe heiraten würde, und zwar ihn. Er liebte sie. Sie liebte ihn. Es war zwischen ihnen unausgesprochen geblieben, und dennoch wusste *er* es, und *sie* auch. Es war ein Gefühl, ein Empfinden, das immer bei ihm war. Und so hatte er es sich erlaubt, davon zu träumen, wie er sie fragte, und in seinem Traum hatte sie immer ja gesagt. So einfach war es.

Aber jetzt ...

Dieser Traum war nur ein Tagtraum und würde es bleiben. Es war besser so. Und je früher er es wusste, desto besser war es. Am besten, er würde einfach sein Leben weiterleben. Er hatte so viel zu tun. Vielleicht würde er Kate zu einem Urlaub mit ans Meer nehmen, sie die salzige Luft in ihren Haaren und auf ihrer Haut spüren lassen, den Sand unter den Füßen. Sie hatte das Meer immer geliebt ...

Mary sollte in einem Monat ihren Cousin heiraten ... Sie würde die Gräfin von Stretham-Ely werden, das Tal verlassen, um an irgendeinem anderen Ort zu leben, nur nicht hier ...

Innerlich wandte er sich ab, um die Wand anzuschauen, sein Magen zog sich zusammen und sein Kopf dröhnte, er rollte sich zu einer Kugel zusammen. Und dann brach die Wand zusammen, ließ ihn in tiefer Schwärze zurück. Was er noch immer auf dem Boden zusammengerollt, oder schwebte er? Alles, was er wusste, war, dass er von Nichts umgeben war. Er spürte nichts. Er dachte nichts. Ihm war nichts zu sagen geblieben, nichts zu tun, zu wollen oder zu brauchen. Auf ewig. Er fragte sich, ob er verrückt würde. Er wusste, dass er wie taub war ...

Mit übermächtiger Anstrengung zwang er seinen Körper zu einer Reaktion. Und während er innerlich in dieser emotionslosen Leere blieb, sich in der Finsternis wand, schaffte er es, seine Glieder zum Gehorsam zu zwingen, um eine förmliche Verbeugung vor Evelyn auszuführen.

Und als er sich aufrichtete und dem Blick des Adligen begegnete, achtete er darauf, nicht zu blinzeln oder wegzuschauen, sondern ihm direkt in die eisblauen Augen zu sehen. Und dann hörte er von irgendwo aus der Ferne seine eigene Stimme in seinen Ohren hallen, ausdruckslos, distanziert und kalt. Und alles, was er tun wollte, war, in seiner Verzweiflung den Mond anzuheulen.

„Ich wünsche Euch Glück, Mylord. Sie verdient - sie verdient es, glücklich zu werden - Eure Gräfin zu werden. Danke, dass Ihr - dass Ihr es mir hier gesagt habt, abseits von - abseits von - Wenn Ihr mich entschuldigen wollt, ich muss mich um die Mühle kümmern ..."

„Nein! Nein, das werdet Ihr nicht!" Evelyn packte ihm am Rockärmel. „Lauft mir nicht weg, Silvanus! Ich bin noch nicht fertig mit Euch."

Christopher schwankte und starrte auf die Finger, die seinen Arm festhielten, ohne zu wissen, was er tun sollte. Aber er wusste eines, das er wollte und von dem er wusste, dass es in seiner Macht stand, nämlich Abstand zwischen sich und diesen Mann zu bringen und das schnell, bevor er etwas tat, was er bedauern könnte. Der einzige Gedanke, der ihn aufhielt, war das Wissen, dass sie auf höherem Grund am Schleusentor standen und er sich daher in voller Sicht nicht nur seiner Arbeiter und ihrer Familien, sondern auch der um den Tisch Sitzenden befand. Mary saß mit dem Gesicht zu ihm und Teddy war unten am Bach und schaute den Dorfkindern zu, die Angeln ins Wasser warfen. Und beide konnten ihn und Lord Vallentine in scheinbar freundlicher Unterhaltung sehen.

Er riss seine Gedanken und seinen Arm los.

„Aber ich bin mit Euch fertig, Mylord. Und ich habe Euch meinen Glückwunsch ausgesprochen. Jetzt muss ich zu meinen Gästen zurück."

Evelyn verstellte Christopher den Weg. Mit beiden Armen ausgestreckt und die Handflächen flach auf dem Rahmen des Schleusentors gab es für Christopher keinen Ausweg, es sei denn, er drehte sich um und ging zum anderen Ufer. Doch dann würde er an der falschen Seite des Kanals landen. Er musste an Evelyn vorbeikommen und er wollte ihn nicht aus dem Weg stoßen aus Angst, er könnte fallen und in das rasch fließende Wasser stürzen; er würde mit Sicherheit ertrinken. Daher wartete er mit einem Blick auf das strömende Wasser unter ihren Stiefeln.

„Ich habe sie nicht gefragt - noch nicht", sagte Evelyn zu ihm. „Sie kennt meine Absichten. Sie hat einen Monat Zeit, um darüber nachzudenken. Aber dann", fügte er hinzu und schob seine Unterlippe vor, „steht es frei, mich abzulehnen, wenn das ihr Wunsch ist."

Das brachte Christopher dazu, stolpernd aus dem Abgrund benommener Verzweiflung aufzutauchen, um mit ungläubigem Zorn zu schnauben:

„Ablehnen, Euch zu heiraten? Ihren engsten Cousin? Den sie seit ihrer Kindheit kennt? Ihr bietet Ihr Sicherheit, Wohlstand und den Titel einer Gräfin. Oh, und eine Ehe, die völlig anders wäre als ihre erste. Euch zurückweisen? Ha. Das glaube ich nicht! Sie ist zu wohlerzogen, von der Wiege an dazu bestimmt, ihren eigenen Wert und den Euren zu kennen. Wenn Ihr auch nur einen Augenblick glaubt, sie würde einen Heiratsantrag von Euch nicht annehmen, dann seid Ihr innerlich ebenso lädiert wie äußerlich! Das ist ein Bündnis adliger Familien, das von allen aus ganzem Herzen begrüßt werden wird. Ihre Hexe von Mutter wird im siebten Himmel sein. Das sollte wenigstens ihrer Quälerei ein Ende bereiten; und keinen Tag zu früh. Und was auch immer Eure früheren Indiskretionen angeht, wird man sie vergessen. Roxton wird Euch mit einem kräftigen Schlag auf den Rücken beglückwünschen. Bravo! Ihr werdet der Held der Stunde sein!"

Evelyn verdrehte die Augen und sah verlegen aus. „Ich weiß. Ich weiß. Aller Erwartungen der Familie erfüllt und so weiter."

Christopher trat drohend einen Schritt auf ihn zu. „Ihr solltet das besser aus den richtigen Gründen tun, Apollo, oder sonst helfe mir Gott ..."

„... und Ihr werdet jeden Knochen in meinem edlen Körper brechen? Mich zusammenschlagen? Mich fordern?" Anstatt zurückzuschrecken, musterte Evelyn ihn grinsend von oben bis unten. „Ich schätze, Ihr würdet gern alles drei tun. Doch zu meinem Glück sind wir nicht vom gleichen gesellschaftlichen Stand. Also wird es wohl kein Duell geben, nicht wahr? Außerdem habe ich Euch nicht hierhergebracht, um Euch mit der Nachricht über unsere bevorstehende Verlobung zu reizen, sondern, wie ich Euch früher in unserer völlig offenen Unterhaltung sagte, um Euch vorzuwarnen und Fairness anzubieten."

„ ‚Fairness?' Das hier ist kein Spiel! Ich werde mich nicht dazu aufstacheln lassen, um irgendeine perverse Erheiterung zu bieten."

Jetzt war Evelyn an der Reihe zu schnauben. „Nein? Und ich dachte, Ihr wäret verliebt in M..."

„Natürlich bin ich in sie verliebt! Ihr wisst, dass ich sie liebe. Seit acht *qualvollen* Jahren. Und jetzt habt Ihr mich dazu gebracht, es laut auszusprechen. Bravo, Mylord!"

Evelyn musterte Christopher kühl und sagte betont: „Also wiederhole ich es, Silvanus: Was habt Ihr vor, deshalb zu unternehmen?"

Christopher warf eine Hand in die Luft. Er wollte über den Bach zu der Picknickgesellschaft schauen, um zu sehen, ob Mary noch dort war. Stattdessen starrte er auf das rauschende Wasser hinab. Er neigte nicht zu dramatischen Gesten und bis vor einem Moment hätte er sich auch eines hitzigen Ausbruchs nicht für fähig gehalten. Andere Menschen - Kate - benahmen sich so; er war immer übermäßig pragmatisch und phlegmatisch gewesen. Sein Vater hatte immer gesagt, ein guter Landwirt brauchte Geduld; müsste warten können und das sanftmütig. Doch nicht heute. Und, wie es schien, nicht wenn seine Gefühle für Mary auf dem Spiel standen. Während die innere Leere, das Nichts, ihn zu verschlingen drohte, holte er tief Luft, wollte, dass dies Gespräch enden möge und sagte leise: „Was meint Ihr, was ich dagegen tun könnte?"

„Aha! Jetzt kommen wir der Sache schon näher! Ich sage Euch, was ich Mary gesagt habe. Ich verreise für einen Monat. Ein paar unerledigte Angelegenheiten für Shrewsbury zu Ende bringen. Was geschieht, während ich fort bin, ist mir höchst gleichgültig. Höchst wichtig ist nur, was geschieht, wenn ich zurückkomme. Also beauftrage ich Euch, Euch um sie zu kümmern, während ich fort bin. Ihr werdet Ihr Cicisbeo sein …"

„*Was* soll ich sein?"

„Oh, hört doch zu! Der Regen zieht auf. Ihr wisst sehr wohl, wovon ich spreche."

„Ich werde keine solche Rolle bei ihr spielen!"

„Warum denn nicht? Ihr habt es in Lucca oft genug getan. Ein halbes Dutzend Mal, in der Tat."

„Das war etwas völlig anderes. Das kann man nicht vergleichen."

„Das stimmt. Mary hat keinen verständnisvollen älteren Ehemann, um den Dritten beim Kartenspielen abzugeben, oder Euren Lebensunterhalt zu finanzieren, oder ein Auge zuzudrücken, wenn seine viel jüngere Frau die Nacht mit ihrem Liebhaber verbringt. Und die arme Mary ist weit weniger erfahren im Schlafzimmer als Eure früheren Auftraggeberinnen."

„Niemals!"

„Und wir werden nichts zu Papier bringen, nicht in diesem Land. Die Leute würden es nicht verstehen. Was in Lucca eine völlig akzeptable Vereinbarung ist, würde hier als ungeheuer schmutzig betrachtet werden. Männer hier fühlen sich von solchen Arrangements entmannt, aber ich nicht! Also, Silvanus, wird dies eine mündliche Abmachung zwischen Gentlemen sein. Doch in jeder anderen Hinsicht bin ich einer solchen Vereinbarung durchaus nicht abgeneigt."

„Euer Verstand *ist* zerrüttet, wenn Ihr glaubt, ich würde darauf eingehen!"

Evelyn täuschte Überraschung vor. „Aber warum solltet Ihr ablehnen? Ich gebe Euch die Erlaubnis, der Liebhaber meiner zukünftigen
Frau zu sein - vier Wochen lang uneingeschränkten Zugang zu ihrer
Person zu haben. Das ist die Frau, die Euch acht Jahre lang auf Erlösung
warten ließ - ihr benutztet das Wort *quälend* - und Ihr wollt eine solche
goldene Gelegenheit ablehnen? Euer Verstand ist zu Brei geworden,
Silvanus! Liebe Güte, früher habt Ihr Euch nie gegen einen Vertrag
gewehrt ...“

„Das war etwas anderes! *Ich* bin anders! *Sie* ist anders!“

„Ja. Die Liebe ändert alles, nicht wahr? Umso bedauerlicher ...“
Evelyn schaute Christopher wieder von oben bis unten an und sagte
lässig, wobei sein Tonfall im Gegensatz zu dem harten Glitzern in seinen
Augen stand: „Dann tut es aus Liebe, Silvanus. Macht sie vier Wochen
lang glücklich. Verschafft Ihr etwas von der reichlichen Erfahrung
körperlicher Liebe, die ihr als der ausgehaltene Liebhaber der Frauen
anderer Männer sammeln konntet. Schenkt ihr eine verruchte Vergangenheit. Etwas, das sie hin und wieder gleichzeitig erröten und lächeln
lässt, wenn sie als Gräfin in meinem Gemäuer im Norden über ihrer
Stickerei sitzt.“

„Sie würde einem solchen Arrangement niemals zustimmen! Sie ...“

„... muss es nicht wissen. Doch was sie weiß, ist, dass ich nichts
dagegen habe, wenn sie eine kurze, heiße Affäre hätte - mit Euch. Ich
habe ihr die Erlaubnis gegeben.“

„Wir großmütig von Euch!“

Evelyn seufzte und winkte mit der Hand ab. „Das finde ich auch.“

Christopher war versucht, ihn in den Kanal zu werfen. Seine Augen
wurden schmal. „Warum tut Ihr das? Warum quält Ihr mich? Oder
sollte ich das Offensichtliche fragen: Was habt Ihr davon?“

„Ich möchte wirklich, dass sie glücklich ist. Aber Ihr habt recht,
wenn Ihr misstrauisch seid. Ich bin nicht selbstlos. Meinetwegen könnt
Ihr Eure körperlichen Frustrationen aufstauen, bis Ihr platzt. Aber wenn
Mary sich entscheidet, mich zu heiraten, dann will ich sie für mich
haben, mit Leib und Seele.“ Sein Mund zuckte. „Und sie sollte das ein
oder andere über die Liebe wissen, dank Euch. Was heißt, dass ihre
Gedanken nicht dazu abschweifen, was hätte sein können - mit Euch.
Sie soll es wissen, und es wird mir - oder ihr – nicht mehr das Geringste
bedeuten.“

„Nein.“

Evelyn stieß einen kleinen, resignierten Seufzer aus und stieß sich
von dem hölzernen Kreuzpfosten des Schleusentors ab, um sich aufzurichten. Er bürstete sich die Hände ab und, nachdem er an den Spitzen
beider Handgelenke gezupft hatte, sah er Christopher ins Gesicht. Er

sah die Sturheit in dem harten Zusammenpressen des starken Kiefers. Aber dann schaute er zufällig in die feuchten braunen Augen des Squire - Augen, die ihn an Deborah Roxton erinnerten - und sie waren ein Fenster zu einer anderen Geschichte. Hier standen in großen Buchstaben Konflikt, Verzweiflung und Unsicherheit zu lesen, ein Zeichen dafür, dass der Squire einen inneren Kampf von epischen Ausmaßen ausfocht. Also appellierte Evelyn an ihn auf eine Weise, von der er wusste, dass sie es Christopher ermöglichen würde, ernsthaft über sein Angebot nachzudenken.

„Nun gut. Wie Ihr wollt", sagte er mit einem Achselzucken vorgetäuschter Gleichgültigkeit. „Ihr habt noch immer einen Monat. Einen Monat, um das zu schaffen, was Ihr in den acht Jahren, seit Ihr Euch kennt, nicht fertiggebracht habt. Ihr habt einen Monat, um sie davon zu überzeugen, dass Ihr der bessere Mann seid und sie Euch heiraten sollte."

Dann drehte Evelyn sich um und ging zu der Picknickgesellschaft zurück. Christopher folgte ihm in ein paar Schritten Abstand und ging zur Mühle hinüber, wo der Maschinist wartete, um mit ihm zu sprechen. Keiner der beiden Männer sprach je wieder mit irgendjemandem über diese Unterhaltung.

CHRISTOPHER BRACHTE ES FERTIG, SEINEN GÄSTEN DAS Wasserrad vorzuführen und sie alle rechtzeitig, bevor die Regenwolken hereinzogen, um den Himmel zu verdunkeln, auf den Weg zu schicken, während die Dorfbewohner sich beeilten, den Stoff auf den Rahmen einzusammeln und nach drinnen zu bringen, bevor der Himmel sich öffnete.

Der Wagen, beladen mit Picknickzubehör und den Dienern von Abbeywood, die ihn begleitet hatten, fuhr Richtung Heimat ab, gerade, als die Picknickgesellschaft wieder die Mühle betrat, um Smeatons Wasserrad in Funktion zu sehen.

Die Ladys, weit davon entfernt, von dem Lärm verstört zu sein, waren begeistert, obwohl sie die Hände über die Ohren schlugen bei dem dröhnenden Geräusch des rauschenden Wassers, das auf die Schaufeln des gewaltigen Holzrades fiel und es beständig weitertrieb. Niemand sprach. Niemand wäre gehört worden, selbst wenn er es versucht hätte. Und als Mr. Bryce das Zeichen gab, kehrten alle in das obere Stockwerk zurück, glücklich und zufrieden, dass ihr Besuch in der Mühle nun vollständig war und sie alle eine wundervolle Zeit verlebt hatten. Rory hielt den Maschinisten auf und war in ein Gespräch über die natürlichen

Kräfte von Wasser und Wind vertieft, die verschiedene Räder treiben und damit Energie produzieren konnten, bis ihr Großvater sie sanft an die Aussicht erinnerte, dass die ganze Gesellschaft bis auf die Haut durchnässt werden könnte, wenn sie nicht sofort aufbrächen.

Nach vielen Verabschiedungen und Dankesbezeugungen umarmte Teddy ihren Onkel Bryce lange, da sie im Morgengrauen zu ihrem einmonatigen Aufenthalt bei ihrer Großmutter in Cheltenham abreisen würde, dann machten die Ladys und Teddy sich, begleitet von zwei der Stallknechte des Guts, auf den Heimweg. Evelyn, Lord Shrewsbury und Mr. Audley blieben zurück, der Herr der Spione hatte zur Entschuldigung angegeben, dass er mit dem Squire über Angelegenheiten der Krone zu sprechen hätte, und so stellte keine der beiden Damen weitere Fragen und sie ritten ahnungslos davon. Die Gentlemen sollten sie im Puzzlewood einholen.

Doch kaum waren die Pferde außer Sicht, denn die Gentlemen hatten geduldig darauf gewartet, dass die Ladys nicht mehr zu sehen sein würden, als Philip Audley sich an Lord Shrewsbury wandte und mit herablassendem Lächeln und seinem üblichen, verächtlichen Schnüffeln in Christophers Richtung sagte:

„Ich kann nur annehmen, dass Ihr mich gebeten habt, zurückzubleiben, weil diese Angelegenheiten mit Mr. Bryce Abbeywood betreffen. Und niemand kennt das Anwesen besser als ich …“

„Oder die Haushälterin!“, unterbrach Evelyn mit einem Schnauben.

Der Sekretär blinzelte. „Verzeihung, wie bitte, Mylord?“

Evelyn kramte in einer Rocktasche und holte einen kleinen Keramikzylinder heraus. Den ließ er vor Audleys Augen baumeln. „Erkennt Ihr das?“

„Nein. Aber es scheint ein billet doux zu sein, Mylord.“

„Gebt dem Mann einen *macaron*.“

Jetzt war Lord Shrewsbury an der Reihe zu schnauben. Er schüttelte den Kopf und sagte zu Evelyn: „Er ist kälter als ein Eisschrank im Januar, nicht wahr?“

„Und wo er hingeht, gibt es nur Feuer und Schwefel, daher wird er viel Eis brauchen“, witzelte Evelyn.

„Wenn Ihr meine Zeit nicht weiter benötigt, habe ich noch Arbeit zu erledigen“, stellte Christopher fest und unterbrach die privaten Träumereien zwischen dem Herrn der Spione und seinem Untergebenen.

„Äh? Kein Interesse daran, zu sehen, wie dieser Dorn in Eurem Fuß seinen gerechten Lohn bekomme?“, fragte Shrewsbury enttäuscht.

Christopher beäugte den Sekretär, der hoch aufgerichtet dastand und noch nicht ins Schwitzen geraten war. Der Mann wirkte unberührbar und unangreifbar. Er hatte die kleingeistige Arroganz dieses

Mannes immer wieder ertragen, alles im Namen von dessen herzoglichem Auftraggeber, und wusste, dass der Sekretär, wäre er selbst Herzog, ein überheblicher Tyrann gewesen wäre, vor allem seinen Dienern gegenüber. Er war auch ein Opportunist und ein mutmaßlicher Verräter an seinem Königs und seinem Land. Wenn es wahr war, verdiente er alles, was Shrewsbury für ihn geplant hatte, und noch mehr. Doch Christopher hatte nicht den Wunsch, ihn leiden zu sehen oder Zeuge seiner Demütigung zu werden, daher schüttelte er den Kopf.

„Nein."

„Nun gut. Wir benötigen jedoch Eure uneingeschränkte Mitarbeit. Eure Mühle wird für Angelegenheiten der Krone beschlagnahmt ..."

„*Die Mühle*? Wozu denn das? Ich habe Arbeiter drinnen, und ..."

Evelyn unterbrach Christopher mit einer abweisenden Handbewegung. „Behaltet Euren Stoff, Squire. Nur für heute Abend. Und nur das unterste Stockwerk." Er lächelte gezwungen. „Eure Vorführung von Smeatons Wasserrad war äußerst aufschlussreich. Ich war zuerst skeptisch, aber seine Lordschaft hatte recht. Niemand kann Euch dort unten schreien hören ..."

„*Schreien*?" unterbrach der Sekretär, wurde aber ignoriert.

„Ihr habt das von langer Hand geplant!", knurrte Christopher.

„Ja, das stimmt", antwortete Evelyn mit einem selbstgefälligen Lächeln. „Aber wir haben es auch geschafft, den Ladys einen schönen Ausflug zu bieten, nicht wahr, Mylord?"

„Allerdings. Ah! Und hier kommt Eure Eskorte, Audley!"

Der Sekretär warf einen Blick über seine Schulter. Zwei stämmige Männer standen im Eingang der Mühle und traten auf Shrewsbury Wink hin ins Licht hinaus und kamen nach vorn. Hinter ihnen kamen zwei Männer gleicher Größe. Der Sekretär starrte den Herrn der Spione an.

„Ich verstehe nicht. *Meine* Eskorte?"

„Euer Spiel ist aus, Mendacius", raunte Evelyn leise am Ohr des Sekretärs. „Am besten, Ihr kommt ruhig mit. Macht besser keine Szene. Mrs. Keble hat es getan und sie haben sich mit ihr befasst, und es war nicht schön ..."

„Mrs. Keble? Mit ihr befasst? Nicht *schön*?" Philip Audley riss die Augen auf und dann schwand jede Farbe aus seinem Gesicht. Er schaute wild umher, zuerst zu Shrewsbury, dann zu Evelyn, zu den beiden Männern, die jetzt in seinem Rücken standen und dann schließlich zu Christopher, und er überraschte alle, als er diesen anflehte.

„Bryce! Ihr könnt doch nicht glauben - das ist empörend! Ihr wisst, wer ich bin. Ich bin der Sekretär des Herzogs. Ich bin unberührbar. Sie haben kein Recht, mich anzufassen! Ihr könnt nicht zulassen, dass ..."

„Audley, zeigt zum ersten Mal in Eurem Leben so etwas wie Demut. Und um Himmels willen, sagt die Wahrheit."

Mit diesen Worten wandte Christopher sich auf dem Absatz um und ging auf sein Haus zu; trotz der Geräusche eines Handgemenges und Kampfs hinter sich schaute er nicht zurück.

# ZWANZIG

FÜNF TAGE KAMEN UND GINGEN, BEVOR MARY DEN GEHILFEN DES Verwalters fragte, ob er eine Nachricht von Mr. Bryce erhalten hätte. Das hatte Mr. Deed nicht. Zwei weitere Tage vergingen - zwei Tage, die Christopher normalerweise auf Abbeywood verbracht hätte, diesmal aber nicht. In zwei Jahren hatte er keinen Tag versäumt. Mary rief Mr. Deed erneut in ihren Salon. Der kleine Mann war ebenso verwirrt wie sie über das Ausbleiben des Squire.

Sie ging zu einem Spaziergang in den Garten, den wollenen Schal fest um ihre Schultern gezogen, und setzte sich dann an ihren Schreibtisch, um dem Squire eine kurze Nachricht zu schicken, die sie im Kopf formuliert hatte, während sie die frische Luft genoss. Sie fragte sich, ob seine Tante unwohl oder er selbst krank geworden wäre. Obwohl sie Letzteres für unwahrscheinlich hielt; er war so stark und gesund wie ein preisgekrönter Hengst am Renntag, und sie hatte nie gehört, dass er einen Tag seines Lebens krank gewesen wäre. Sie fragte, wann er demnächst nach Abbeywood kommen würde, da sie bestimmte Einzelheiten wegen eines Besuchs in Treat nach Weihnachten mit ihm besprechen wollte; ihre Cousine, die Herzogin, würde im neuen Jahr ihr Kind zur Welt bringen.

Nachdem der Brief geschrieben und die Tinte getrocknet war, fragte sie nach Luke. Doch dann hatte sie Bedenken, ihn abzuschicken und wollte Luke schon entlassen, als der junge Mann sie überraschte.

„M'lady, der Herr hat gesagt, wenn Ihr fragen würdet, sollte ich es Euch zeigen.“

„Fragen? Was fragen, Luke?“

„Danach, wo der Herr ist. Danach, wo er ist, Mr. Bryce."

Mary fuhr hoch. Sie hoffte, dass sie nicht rot wurde.

„Du weißt, wo er ist?"

Luke nickte.

„Und er hat dich gebeten, mich zu ihm zu bringen?"

Luke nickte erneut.

Mary holte tief Luft und stand dann entschlossen auf.

„Dann bring mich hin."

Luke zögerte. Und das machte Mary besorgt.

„Was gibt es? Er ist doch nicht krank, oder?"

Der junge Mann schüttelte den Kopf.

„Nein, M'lady. Aber man muss zu Eurem Puzzlewood reiten, dann gehen - lange gehen - durch den Wald. Mylady wird Stiefel und Umhang brauchen."


In Stiefeln und Umhang, die Kapuze über ihrem Haar, sass Mary im Damensitz auf ihrem Reittier, während Luke die Stute tief in den Puzzlewood führte. Etwa auf halber Strecke ließ er Mary absteigen. Er band die Stute an und nahm sie auf einem geheimen Pfad abseits des ausgetretenen Weges mit, einem Pfad, der so geheim nicht war, da er von wandernden Gesellen, Wilderern und Reisenden, die die Cotswolds durchwanderten, benutzt wurde. Bestimmte Markierungen an Baumstämmen zeigten die Strecke. Und während Mary wenig Vorstellung davon hatte, wo sie sich im Verhältnis zur weiteren Landschaft befand, da der Baldachin aus verwirrten Ästen hoch über ihr nur wenig Licht hereinließ, spürte sie die Steigung unter ihren Füßen und wie der Winkel der Bäume sich änderte, so dass ihr bewusst war, dass sie den Kamm entlanggingen.

Und dann ließen die Baumwipfel einen milchig-blauen Himmel erkennen und sie fand sich auf einer Felsnase wieder, wo eine kühle Brise ihre Wangen kühlte, und sah über den Talboden hinaus. Unter ihr lag Brycecomb Hall mit all seiner honigfarbenen Pracht, links davon die Mühle und die Weberhütten, und zwischen beiden floss der Fluss gewunden und verdreht wie das lose Haarband einer Riesin.

Luke wartete, bis Mary sich von der Aussicht abwandte und führte sie dann einen kurvenreichen Pfad wieder im Schutze des Waldes hinab. Jetzt stiegen sie ins Tal ab. Mehr als einmal überließ sie ihre behandschuhte Hand dem festen Griff des jungen Mannes, damit er ihr über besonders steile Kalksteinfelsen helfen sollte oder über die glatten Trittsteine, die durch schnell fließende Bäche führten. All das schweigend, nur das Geräusch der gestörten Laubschicht unter ihren Füßen und das Plätschern des Wassers über Felsen war zu hören, der Wald war ohne die Vögel, die vor dem Winteranbruch in wärmere Gegenden geflogen waren, unheimlich still.

Und dann, es schienen Stunden vergangen zu sein, obwohl es weniger als eine war, öffnete sich der Wald zu einer kleinen Lichtung. Und am Rande dieser Lichtung, etwas abseits des Bachs, stand ein Wildhüterhäuschen mit rauchendem Schornstein. Doch es war kein gewöhnliches Cottage, denn obwohl es aus dem gleichen gelben Stein erbaut war wie die einheimischen Cottages, hatte dieses eine Fassade mit Säulen und erinnerte Mary an italienische Zierpavillons, alberne Einfälle von Gentlemen, die in den Parks vieler großer Landsitze zu finden waren. Treat hatte ein paar solcher Gebäude über sein weitläufiges Gelände verstreut, ebenso ihr Elternhaus Fitzstuart Hall. Doch das Gebäude war nur von vorübergehendem Interesse, den am Bach, mit einer Angelrute über dem Wasser, stand der Squire in Hemdärmeln und Stiefeln, den treuen Jagdhund an seiner Seite.

„Mylady.“

„Mr. Bryce.“

Christopher hatte seine Angelrute beiseitegelegt, hatte aber seinen Platz am Ufer nicht verlassen. Mary ging zu ihm, blieb aber in ein paar Fuß Entfernung stehen. Beide waren sich der Anwesenheit des anderen sehr bewusst, aber auch, dass sie nicht allein waren, und das Schweigen dehnte sich. Und dann setzte Lorenzo sich mit gespitzten Ohren auf. Die Bewegung reichte aus, um Marys Blick von Christopher fort zu seinem vierbeinigen Begleiter wandern zu lassen, während sie die behandschuhten Hände fest vor sich verschränkt hielt.

Ihr Unbehagen gab Christopher eine Ausrede, um sich zu bewegen, und er wandte sich an Luke, der von einem Fuß auf den anderen trat, den Blick respektvoll auf das Moos unter seinen Schuhen gerichtet.

„Luke. Bring Lorenzo nach Hause und gib dies Carlo, für die Gesellschafterin von Mylady.“

Christopher hielt ihm einen Brief hin, den er aus seiner Westentasche gezogen hatte. Er war nicht versiegelt, aber das war auch nicht nötig. Lukas konnte nicht lesen. Carlo konnte kein Englisch lesen. Es bliebe Fran überlassen, ihre Herrin darüber zu informieren, dass er ein paar Tage, vielleicht länger, fortbleiben würde. Obwohl er eine Zeile hinzugefügt hatte, die nur für Frans Augen bestimmt war, nämlich dass Luke wüsste, wo er zu finden war, wenn er dringend gebraucht würde.

Der junge Mann nahm den Brief und rief Lorenzo bei Fuß, als er
mit einem raschen Blick auf Mary zögerte. „Werdet Ihr Mylady nach
Hause begleiten?"

„Wenn sie zurückkehren möchte. In der Zwischenzeit weißt du, was
du sagen sollst."

„Jau. Ich werde Euch nicht im Stich lassen, Herr."

Mary sah zu, wie Luke, neben dem Lorenzo einher trottete, wieder
im Wald verschwand, dann drehte sie sich zu Christopher um.
Vorsichtig schob sie die Kapuze über ihren Haaren zurück und legte sie
um ihre Schultern, fragte dann:

„Was soll er denn sagen?"

Christopher schloss die Lücke zwischen ihnen und lächelte sie an.
„Nichts. Nichts soll er sagen."

„Oh!" Mary lächelte ihn an, hob dann aber fragend das Kinn.
„Warum habt Ihr Euch seit dem Picknick von Abbeywood
ferngehalten?"

„Warum habt Ihr so lange gebraucht, um nach mir zu suchen?"

„Ich - ich wusste nicht, dass Ihr hier seid. Ich dachte - ich dachte,
vielleicht wäret Ihr krank geworden, oder Eure Tante, oder - oder vielleicht wart Ihr verärgert über das, was ich in der Mühle gesagt hatte -
dass ich Euch vielleicht in Verlegenheit gebracht hätte."

„Ihr denkt zu viel, Mylady."

Mary nickte und seufzte resigniert über die Wahrheit in seinen
Worten. „Ja. Das stimmt." Sie begegnete seinem Blick. „Also warum,
wenn es nicht aus den Gründen war, die ich genannt habe, seid Ihr fortgeblieben?"

„Weil, Mylady - Mary", murmelte er und nahm ihr Gesicht sanft
zwischen seine Hände und senkte seinen Mund bis zu einem Zoll zu
ihrem, „ich an der Schwelle des Wahnsinns stehe. Ich kann an nichts
anderes denken, als dich zu küssen."

„Ja? Mir geht es genauso", hauchte sie überrascht und hob sich in
Erwartung seines Kusses auf die Zehenspitzen, die Hände an die Vorderseite seiner Wollweste gedrückt, um Halt zu finden. „Und wenn Ihr
mich nicht küsst", gestand sie scheu, als sie ihm ihren Mund überließ,
„*werde* ich wahnsinnig werden."

ALS SIE SICH VONEINANDER LÖSTEN, WAR SIE DESORIENTIERT UND
verwirrt, weil er es gewesen war, der ihren heißen Kuss unterbrochen
hatte. Er wollte sie unbedingt weiter küssen, sie aufheben und in das
Häuschen bringen und dort auf dem Bett ungezügelt leidenschaftlich

lieben; sich in diesem Liebesspiel verlieren, wo bewusste Gedanken und körperliches Begehren eins waren, wo jede Zurückhaltung in den Wind geschlagen wurde und wo sie nackt und erschöpft in einem Gewirr von Gliedern und Laken liegenbleiben würden, zutiefst befriedigt.

Dieser Augenblick würde kommen, daran zweifelte er nicht, aber noch nicht, nicht, bis er sicher war, dass sie bereit wäre, die seine zu werden, mit Körper und Seele. Und wenn er ehrlich mit sich selbst war, fürchtete er sich mehr als nur ein wenig vor der Aussicht, sie in das Liebesspiel einzuführen. Denn er war überzeugt davon, dass sie noch nie geliebt hatte. Zehn Jahre Ehe mit einem egoistischen, selbstzufriedenen Schwein von einem Mann, der sie in ihrem Schlafzimmer einsperrte, konnte sie nur mit Angst und Abscheu vor dem körperlichen Akt zurückgelassen haben.

Während für ihn, der einmal mit erfahrenen Frauen geschlafen hatte, die Liebe immer unkompliziert gewesen war, wenn auch manchmal am Rande des mechanischen. So sehr, dass er, nachdem er Lucca verlassen und dieses Kapitel seines Lebens beendet hatte, er mit keiner Frau mehr geschlafen hatte. Nicht, bis Mary seine körperliche Lust wiedererweckt hatte, nur, um sie wieder zu unterdrücken, da sie verheiratet und daher unerreichbar war. Er wollte sie seit so vielen Jahren lieben, dass es jetzt eher ein Traum als eine Möglichkeit zu sein schien. Und jetzt, da der Traum wahr werden sollte, erhielt dies eine völlig neue Bedeutung. Mit Mary würde es völlig anders sein. Er liebte Mary entgegen jeder Vernunft. Und so drohte der Gedanke daran, mit ihr zu schlafen, ihn zu überwältigen und zu lähmen. Um seiner selbst wie um ihretwillen musste er es langsam angehen, um jede Bewegung und Reaktion zwischen ihnen bewusst zu erleben. Mary zu lieben würde nichts Oberflächliches sein.

Daher ließ er sie los, trat zurück und lächelte. Er nahm ihre Hand, schob den Rand ihres Handschuhs zurück, um die bloße, weiße Haut ihres Handgelenks zu enthüllen und küsste sie dort, bevor er sich aufrichtete und ihr in die Augen lächelte. Er hielt ihre Hand.

„Komm. Lass mich dir meine bescheidene Behausung zeigen."

„Das Cottage stand hier, bevor mein Vater es zu einer Angelhütte umbaute", erklärte Christopher, als er auf den flachen Stufen stand, die zur Vordertür führten. „Der Wildhüter des Anwesens lebte einige Zeit hier und dann, nachdem mein Großvater seine Entdeckungen gemacht hatte, baute er für den Wildhüter ein anderes Häuschen auf der entgegengesetzten Seite des Waldes und behielt dieses für sich. Doch es war mein Vater, der die Kolonnade vorn hinzufügte, um dem Gebäude ein italienisches Aussehen zu verleihen, einen dritten Raum anbaute und die Fundamente für den Heizmechanismus veränderte.

„Entdeckungen?“

„Mein Vater war Antiquar und ein Sammler römischer Artefakte. Sein Vater hatte schon vor ihm die Überreste einer römischen Villa direkt hinter diesem Cottage gefunden. Zweifellos hatte dies das Interesse meines Vaters an allem Römischen geweckt. Es gibt Münzen, Töpfe und verschiedene Geräte drüben in der Hall. Sie sind alle gezeichnet und katalogisiert ...“

„Von Eurem Vater?“

Christopher schüttelte den Kopf und grinste bei einer Erinnerung.

„Nein. Mein Vater konnte nicht gut zeichnen. Meine Mutter war die Künstlerin in der Familie. Er bezog sie - uns beide - in seine Leidenschaft für Antiquitäten mit ein. Sie fertigte treu und fleißig Zeichnungen all seiner Funde an und hatte sogar die Geduld, mir zu erlauben, mit ihr zu zeichnen.“

„Du hattest eine glückliche Kindheit.“

Das war eine Feststellung, der Christopher bereitwillig zustimmte. „Ja. Sie liebten mich beide sehr, so wie du Teddy. Und sie waren ein gut zueinander passendes Paar. Einige ihrer glücklichsten Erinnerungen waren an dieses Cottage hier ...“

„Cousine Herzogin würde sich sehr für die Sammlung deines Vaters interessieren“, sagte Mary, als sich Schweigen zwischen ihnen ausbreitete. „Sie liest die römischen und griechischen Schriftsteller im Original und ich habe keinen Zweifel, dass sie auch die Münzen datieren könnte.“

„Dann werde ich Ihrer Gnaden sicher die Sammlung zeigen, wenn sie einmal zu Besuch kommt“, witzelte Christopher und packte diese fantastische Vorstellung in den gleichen Korb wie die Existenz von Feen und Elfen. „Die Einheimischen hielten die Reste der römischen Villa für die Ruinen eines uralten Königreichs der Feen...“

„Der Feen?“

„Ja. Und ohne andere Wissensquelle als ihre eigenen Überlieferungen, warum sollten sie etwas anderes annehmen?“, fragte Christopher vernünftig. „Für sie ergab das absolut einen Sinn. Doch mein Großvater ließ seine Männer - die, die sich nicht aus Aberglauben davor fürchteten, die Feen zu verärgern - den Platz aufräumen. Was sie entdeckten, war keine Reihe winziger, vom Feenvolk erbauter Gebäude, sondern die Überreste einer römischen Villa mit Säulen und vielen Räumen. Der größte Teil der Steine war entfernt worden, zweifellos anderswo benutzt, doch der Grundriss der Mauern und ein Mosaikfußboden blieben, ebenso Terrakotta-Töpfe und einige Münzen. Möchtest du sehen, wo sie sich befand?"

„Oh ja, bitte! Ich habe noch nie eine römische Villa gesehen, obwohl ich mehrmals in Bath war, und dein Vater hat dir sicher gesagt, dass es von den Römern besetzt gewesen ist. Hat dein Großvater je Bath besucht?", fragte sie; ihr war bewusst, dass sie plapperte, nur, weil er wieder ihre Hand ergriffen hatte und diese schlichte Geste vermochte, sie mit Glück zu erfüllen. „Das Königsbad wird von einer Thermalquelle gespeist und man kann das Wasser trinken. Doch es schmeckt ziemlich faulig und hat so einen Geruch ... oh! Doch natürlich weißt du das", fügte sie plötzlich verlegen hinzu. „Du hast in den italienischen Staaten gelebt ..."

„Was nicht unbedingt bedeutet, dass ich irgendetwas über die Römer weiß", entgegnete er milde. „Aber doch, ja", fügte er mit einem Lächeln über seine Schulter hinzu, während er sie durch ein hölzernes Tor führte, das in einen Torbogen eingelassen war, über dem schwer eine alte Kletterrose rankte. „Die Münzsammlung meines Vaters faszinierte mich und führte mich auf den Weg dorthin. Ebenso wie diese Ruine und die Thermalquelle. Hier sind die Grundmauern, aber der Mosaikboden ist ..."

„Aber hier ist doch gar nichts", unterbrach Mary ihn enttäuscht und starrte auf die kleine, rechteckige Lichtung, die außer einer Lage Herbstlaub leer war. Sie hatte alte, behauene Steine oder doch zumindest Fundamente erwartet.

„Es ist noch alles da, aber mein Vater ließ die Fundstelle abdecken, um die Fundamente vor dem Wetter und Plünderern zu schützen."

„Und die Mosaikfliesen?"

„Aha! Die zeige ich dir gleich. Aber komm zuerst, und sieh dir die Quelle unseres eigenen Thermalwassers an. Und da ist auch ein Badebecken."

„Ein Badebecken? Wurde das auch von den Römern erbaut?"

Er schüttelte den Kopf. „Nein. Es ist ein natürliches Becken. Es liegt da, wo das heiße Wasser der Quelle in den Bach fließt ... hier! Hier ist die Quelle."

Er schob einen Vorhang aus verwirrten Wurzeln und Ranken beiseite, die sich an ein großes, herausragendes Stück Fels klammerten, das zu der Böschung direkt hinter dem letzten Stück des Umrisses der Villa gehörte. Hier war ein kleiner Teich. Obwohl dieser Teich anders war als jeder, den Mary je zuvor gesehen hatte, denn von seiner Oberfläche stieg Dampf auf und sie bezweifelte nicht, dass das Wasser sehr heiß, vielleicht kochend heiß, war. Sie zog einen Handschuh aus und hielt ihre Hand über das Wasser, fasziniert, dass solche intensive Hitze von der Erde ausstrahlte, ohne dass ein Feuer sie erhitzen müsste. Sie zuckte zusammen, als ihre Handfläche vom Dampf versengt wurde und zog sie rasch zurück, doch nicht schnell genug für Christopher, der sie um die Taille fasste und hoch und weghob, da er dachte, sie hätte sich verbrüht.

„Zeig es mir!", befahl er, packte ihr Handgelenk und drehte ihre Hand um, um die Innenseite zu untersuchen. Sein Seufzer der Erleichterung war hörbar. „Gott sei Dank. Ich hätte es mir nie verziehen, wenn du dich verbrüht hättest! Deine Hand würde sich von einer solchen Verletzung nie erholen ..." Erleichtert tat er das Natürlichste von der Welt und drückte seine Lippen in ihre Handfläche. „Du bist für mich das Kostbarste auf der Welt."

„Wirklich?", fragte Mary erstaunt.

„Ja. Das bist du. Aber du weißt das doch sicherlich?"

„Das bin ich noch nie für jemanden gewesen."

Er lächelte. „Doch, das bist du - für Teddy."

„Oh ja, für Teddy. Aber sie ist meine Tochter und ich bin ihre Mutter. Zwischen Mutter und Kind ist das eine Selbstverständlichkeit."

„Ja. Meine Mutter hatte die Gewohnheit, mir zu sagen, wie sehr sie mich liebte. Aber was ist mit deiner eigenen Mutter?"

Maria schluckte und schaute zur Seite. „Nein. Nicht für meine Mutter."

„Das hätte ich nicht sagen sollen ..."

„Das ist völlig in Ordnung, Mr. ... Christopher. Es ist die Wahrheit. Wäre ich ein Junge gewesen, wäre ich der Erbe und das hätte eine Schwangerschaft weniger bedeutet, die sie ertragen musste." Jetzt lächelte sie. „Ich bin froh, dass deine Mutter dir gegenüber so empfand wie ich für Teddy."

„Ja. Ja, so fühlten sie beide. Was die Situation umso herzzerreißender machte ..."

„Herzzerreißend?"

„Lass mich dir zeigen, warum ich dich hierhergebracht habe", sagte er und wechselte energisch das Thema. „Mein Großvater glaubte, dass diese heiße Quelle zuerst von den Sachsen und dann von den Römern benutzt wurde, wahrscheinlich ein Ort, um ihren heidnischen Göttern zu huldigen."

„Also könnte das Gebäude, das dein Großvater entdeckte, ein Tempel gewesen sein?"

„Das dachte er. Doch ebenso, wie der Tempel dem Verfall überlassen wurde, versandete auch die Quelle und ging verloren. Mein Großvater grub sie auf, aber es war mein Vater, der die thermischen Eigenschaften nutzte, um das Cottage zu heizen. Er baute ein Wehr und eine Pumpe, dann ließ dann eine Reihe von Rohren legen. Hier ist die Pumpe, und dieses Ventil kann den Wasserfluss im Sommer abschließen und durch dieses dickere Rohr direkt in den Bach leiten. Doch den größten Teil des Jahres fließt das Wasser durch diese Reihe paralleler Rohre, die unter den Fundamenten des Cottages hindurchlaufen, um den Boden und damit das Innere zu heizen. Die Rohre leiten dann das Wasser wieder in den Bach zurück, wo es in den Teich fließt, bei einem anderen Wehr, das mein Vater gebaut hat.

„Komm", sagte er, nahm ihre Hand und führte sie zurück durch das überwucherte Tor, am Cottage vorbei und stromabwärts, wo seine Angelrute noch auf dem Weidenkorb lag, in dem sich seine Köder befanden. „Hier ist der Teich. Das heiße Wasser wird unter der Oberfläche zugeführt und bis es das Wehr erreicht, ist es noch immer heiß, aber nicht kochend. Das eiskalte Wasser des Bachs hilft, die Hitze zu verteilen und die Temperatur angenehm für ein Bad zu machen."

Er hockte sich nieder, tauchte die Fingerspitzen in den Teich und bedeutete Mary, das Gleiche zu tun. Sie tat es und lächelte ihn an.

„Oh! Es hat die Temperatur von Badewasser! Wie genial von deinem Vater und Großvater! So einfallsreiche Herren. Jetzt sehe ich, woher du deinen Unternehmergeist und dein Interesse an allem Mechanischen geerbt hast. Sie wären stolz auf deine Tuchmühle gewesen und hätten Smeatons Wasserrad sicher sehr bewundert."

Christopher gab ein hartes Auflachen von sich und schüttelte den Kopf. „Ich wünschte, sie würden noch leben, um dich das sagen zu hören. Doch meine Mutter würde sagen, dass meine unersättliche Neugier, ganz zu schweigen von meiner Hartnäckigkeit, jedes Problem, das ich sehe, lösen zu wollen, ausgesprochen typische Eigenschaften von *ihr* waren. Aber ja, meine Liebe zum Basteln mit der Mechanik und mein Interesse an der römischen Antike wurde mir sicher von Squire Bryce Senior eingeflößt. Der im Übrigen Henry Christopher hieß ..."

„Weshalb du Christopher genannt wurdest und nicht bei deinem Taufnamen Cavendish? Konnten deine Eltern sich nicht entscheiden, wie sie dich nennen wollten?"

„So ähnlich", antwortete er. „Jetzt lass mich dir das Cottage und das Mosaik zeigen."

Mary folgte ihm wieder zum Cottage, eine Falte zwischen den Brauen, denn dies war das zweite Mal, dass er das Thema gewechselt hatte, als die Unterhaltung zu persönlichen Dingen, vor allem zu seinen Eltern, gewandert war. Ihre Stirn glättete sich und ebenso ihre Gedanken, als er sich auf die Bank unter dem Portikus vor der Vordertür setzte und seine Reitstiefel auszog. Sie schaute zu, wie er sie beiseitestellte und dann mit seinen Zehen in den schwarzen Strümpfen wackelte. Aus einem unerfindlichen Grund hatte diese schlichte Handlung die Macht, ihre Wangen vor Verlegenheit rot werden zu lassen. Sie tadelte sich innerlich für eine so lächerliche Reaktion auf eine derart harmlose Handlung, wie die unbeschuhten Füße eines Mannes anzuschauen. Sie konnte nur vermuten, dass es daran lag, weil nicht jeden Tag, eigentlich an *keinem* Tag, ein Mann seine Schuhe in weiblicher Gesellschaft auszog. Es war in der Tat ein zutiefst intimer Akt, so intim wie das, was jetzt geschah, als sie neben ihm auf der Bank saß und er sich auf ein Knie vor ihr hinunterließ und ihre Halbstiefel aufschnürte und ihr auszog.

Dann öffnete er die Vordertür und hielt sie weit auf, um sie vor sich eintreten zu lassen. Sie stand einen Augenblick da und schaute über die Lichtung zum Bach und weiter zu dem Wald in seinen herbstlichen Farben. Sie hatte keine Ahnung, warum sie zögerte, ahnte aber unbewusst, dass sich ihr Leben mit dem Betreten des Cottages für immer ändern würde.

Christopher wartete weiter. Er musste nichts sagen. Sie las in seinem sanften Lächeln, dass er sie bat, ihm zu vertrauen. Das tat sie. Sie erwiderte das Lächeln, nahm die Hand, die er ihr hinhielt und trat in die Wärme des Cottages. Er schloss die Tür, schob den Riegel vor und schloss die Welt aus. Sie waren nun allein, um zu tun, was ihnen gefiel, und das gefiel ihnen sehr.

# EINUNDZWANZIG

„Oh! Es ist warm! Der Boden ist warm.“

Marys Erstaunen und Entzücken entlockte Christopher ein breites Lächeln, ein Lächeln, das womöglich noch breiter wurde, als sie ihre Röcke hob, um auf die Steinplatten hinabzusehen und ihre Zehen in den weiß gewirkten Strümpfen wackelten. Sie lächelte ihn an.

„Das ist Magie! Und ich hätte gedacht, hier müssten Zauberkräfte am Werk sein, wenn du mir nicht die Thermalquelle und die Rohre gezeigt hättest, die dein Vater verlegt hat.“ Sie knöpfte ihren Umhang auf und er nahm ihn ihr ab und hängte ihn an einen Pflock an der Wand neben seinen eigenen Rock. „Oh, wie wundervoll!“ Sie ging im Raum umher, ganz auf die Wärme unter ihren Füßen konzentriert. „Der ganze Boden ist warm. Und das erwärmt wieder den Raum. Man könnte den ganzen Winter hindurch hierbleiben, ohne Feuerholz oder Kohlen oder eine Bettflasche zu brauchen. Selbst wenn man monatelang eingeschneit wäre, würde es niemals kalt.“

„Ja. Aber du vergisst einen wesentlichen Punkt, auf den wir achten müssten, um den ganzen Winter zu überstehen.“ Als sie stehenblieb und ihn fragend ansah, lachte er. „Ich schätze, es muss ein männlicher Gedanke sein, und für solche Leute, die kochen und so viel ans Essen denken wie Männer. *Nicht* ans Essen zu denken ist ein Luxus, den sich nur wenige leisten können.“

Mary wirkte verärgert. „Vielleicht kann ich nicht kochen, aber ich weiß, wie man ein Menü zusammenstellt ...“

„... und Bienen züchtet, Eier sammelt und Käseräder dreht.“

„Jetzt machst du dich über mich lustig!“

„Nein. Gar nicht. Ich habe nur mit dir gescherzt. Das ist ein Unterschied.“

Maria dachte einen Moment darüber nach und gab dann zu: „Ja, natürlich. Verzeih mir. Es liegt daran, dass ich - dass ich solches *Scherzen* nicht kenne. Wir wurden als Kinder dazu erzogen, nicht so leichtfertig zu sein. Meine Mutter fand, es wäre vulgär und unter der Würde für die Kinder eines Earls, derartige - derartige Fröhlichkeit zu zeigen. Obwohl ich zugeben muss, dass mein Bruder Dair trotz meiner Mutter immer ein Schlingel war. Er hörte auf nichts, was sie sagte. Und ich erkenne Scherze, wenn ich sie höre“, fügte sie ernsthaft hinzu und errötete, weil er sie mit einem verständnisvollen Lächeln ansah. „Cousine Herzogin ist die witzigste Person, die ich kenne.“

Christopher schnappte dramatisch nach Luft und legte in gespieltem Entsetzen eine Hand auf seine Brust. „Aber sie, Mylady, ist eine Herzogin und kann daher tun, was ihr beliebt.“

Mary kicherte. „Also bist du meiner Mutter begegnet!“

„Das würde ich gern.“

Marias Lächeln erstarb. „Ich möchte nicht, dass du sie kennenlernst.“

„Warum?“

Mary betrachtete ihn trostlos. Er hatte das liebevollste Lächeln und die freundlichsten Augen und sie war sicher, dass er der fürsorglichste Mensch war, dem sie je begegnet war. Sie wollte ihn nur küssen und nicht mehr über ihre Mutter reden. Über ihre Mutter zu reden war eine Ermahnung an das, was kommen würde, und sie wollte nicht an die Zukunft denken, sie wollte nur an hier und jetzt mit ihm denken.

„Weil sie kein netter Mensch ist, du aber schon.“

„Danke. Trotzdem würde ich sie eines Tages gern kennenlernen.“

„Lass uns nicht über sie sprechen, nicht hier.“

„Wie du möchtest.“

Zum ersten Mal, seit sie das Cottage betreten hatte, nahm sie ihre Umgebung wahr und wurde ausreichend abgelenkt, um den Gedanken an ihre Mutter und an die Zukunft, die sie für sich selbst geplant hatte, in ihren Hinterkopf zu verbannen und sich umzuschauen. Da stand ein kleiner, rustikaler Esstisch mit einem Kerzenleuchter und zwei Stühlen daran. Er stand in der hintersten Ecke, gegenüber befand sich ein Bett mit einer hohen Matratze, das in die Wand eingelassen war, ganz in französischem Stil. Es war von Kopf- bis Fußende in die Nische einge-bettet, doch die Gardinen, die von beiden Enden zugezogen werden konnte, waren nicht aus schwerem Samt, um Kälte abzuhalten, sondern aus durchsichtiger blauer Seide, die Licht einließ und es, wenn man im Bett lag, ermöglichte, aus dem Fenster mit seinem Blick zum Bach zu schauen. Eine große Truhe, ein kleines Bücherregal und ein Ohrensessel ergänzten die Einrichtung. Es gab keinen Kamin, doch durch den beheizten Fußboden war keiner notwendig.

„Es tut mir leid, wieder wegen des Essens zu drängen, aber ich bin fast am Verhungern, und es gibt Eintopf ...“

„Ich habe auch Hunger.“

Maria folgte Christopher in den nächsten Raum und fand sich in einer Küche wieder, die für ihre kompakte Größe gut ausgestattet war, komplett mit Kaminherd, Arbeitsbank, Regalen mit verschiedenen Behältern und die notwendigen Geräte für das Kochen aller Arten von Gerichten, und ein Waschbecken neben einer Tür, die nach draußen und zu einem Küchengarten und dem Holzstapel führte. Ein schwerer Topf hing über den Kohlenfeuer zum Warmhalten, und als Christopher vorsichtig den Deckel hob, um den Inhalt umzurühren, verbreitete sich ein Schwall köstlicher Küchendüfte in der Luft und erinnerte Mary daran, dass sie seit dem frühen Morgen nichts mehr gegessen hatte, und da auch nur eine Scheibe Brot mit Butter. Und an den vorherigen Tagen hatte sie ihren Appetit verloren, weil sie sich wegen der Entscheidung, die sie über ihre Zukunft treffen musste, Sorgen machte, und weil ihrer Gedanken ganz und gar von Christopher in Anspruch genommen worden waren.

Und jetzt stand sie in der Küche seines Cottages und schaute ihm zu, wie er ihr Abendessen bereitete.

„Kann ich etwas tun?“

„Den Tisch decken? Du findest Besteck und Becher dort drüben im Schrank. Auch eine Tischdecke und Servietten. Und in dem Terrakottatopf neben dem Becken ist ein Laib frisches Brot. Oh, es gibt auch Wein, aber der befindet sich im nächsten Raum. Was mich daran erinnert, dass ich dir das Mosaik zeigen muss, bevor wir uns setzen. Doch zuerst koste das hier und sage mir, ob es mehr Salz braucht, oder vielleicht eine Prise Pfeffer?“

Er hielt den Kochlöffel über den Topf mit einer Hand darunter und sie nahm vorsichtig einen kleinen Schluck von der kräftigen Brühe und aß dann den kleinen Fleischbrocken. Sie ließ den Geschmack auf ihrer Zunge zergehen, überrascht von seiner Intensität und Fülle und davon, wie viel Aroma in einem so kleinen Bissen war. Der Geschmack war seltsam vertraut und doch köstlich anders.

„Was ist das?“

„*Stufato di coniglio con carote e cipolle* oder, wie du es wohl besser kennst, *ragoût de lapin aux carottes et aux oignons*.“

„*De lapin* –Kaninchen...? Kanincheneintopf mit Zwiebeln und Karotten? Aber ich kann nicht feststellen, welche Kräuter du benutzt hast. Salz oder Pfeffer braucht es jedoch nicht. Es ist perfekt so, wie es ist."

„Gut. Silvia wird sich freuen. Ich bin ihrem Rezept so gut gefolgt, wie ich konnte. Was die Kräuter und Gewürze angeht, ist das ein Geheimnis zwischen Silvia, mir und dem Topf." Er ließ den Löffel wieder in den Eintopf sinken und legte den Deckel darauf. „Lass mich dir das Mosaik zeigen, danach können wir essen."

„Und du hast diesen Kanincheneintopf ganz allein gemacht?"

„Und auch das Kaninchen in der Falle gefangen, wenn du es ganz genau wissen willst."

„Ist diese Silvia dieselbe, von der Teddy mir erzählt hat – die Frau von Carlo?"

„Ja. Genau die. Silvia ist meine italienische Köchin und Haushälterin. Ich habe sie und ihren Mann Carlo mitgebracht, als ich mit meiner - Tante aus Italien zurückkehrte. Sie standen in ihren Diensten, bevor sie in meine traten."

Mary schaute zu, wie er einen Kerzenleuchter von der Arbeitsbank nahm, den schweren Vorhang beiseiteschob, der die Küche von dem dritten Raum trennte und darin verschwand. Als sie ihm nicht gleich folgte, steckte er seinen Kopf wieder in die Küche.

„Hier wird der Wein aufbewahrt. Und hier ist auch das Mosaik. Du wirst den Boden etwas kühl finden."

Die Temperatur des Fußbodens in diesem dritten Raum stand im deutlichen Gegensatz zum Rest des Cottages. Er war kalt, doch die Temperatur war vergessen, als Christopher die Kerze tief zum Boden senkte. Der gesamte Bereich außer dem äußersten Rand auf drei Seiten war mit winzigen, geometrischen Steinchen in Gelb, Braun, Rot und Schwarz bedeckt. Im Ganzen betrachtet bildeten diese Steinchen den Kopf einer Frau, vielleicht einer Göttin. An der vierten Wand verschwand das Mosaik unter dem Mauerwerk und als Mary sich orientierte, vermutete sie, dass diese Wand über einen Teil der Fundamente der Villa errichtet worden war. Christopher bestätigte ihren Verdacht.

„Mein Vater wollte das Mosaik erhalten, sich aber auch daran erfreuen. Daher fand er diesen Kompromiss. Anstatt die gesamte Villa wieder zu vergraben, ließ er diesen Teil des Bodens offen und schützte ihn vor dem Wetter, indem er diesen dritten Raum an das Cottage anbaute. Auf diese Weise konnte er herkommen und sich daran erfreuen, wann immer es ihm gefiel. Es wird auch als Kühlraum für Wein und Vorräte benutzt."

„Hast du vor, die Villa ausgraben zu lassen? Es scheint ein solcher Jammer, etwas so Schönes zu verstecken, wenn es andere gibt, Gelehrte und ähnliche Leute, die die Gelegenheit, es zu studieren, zu schätzen wüssten. Man weiß nie, aber dieser Ort könnte genauso wichtig sein wie der in Bath, vor allem, weil hier diese natürliche Thermalquelle ist. Und die Römer liebten solche Quellen an ihren Kultstätten."

„Für jemanden, der behauptet eine erbärmlich schlechte Erziehung erhalten zu haben, weißt du mehr über die römische Antike, als dir bewusst ist! Hier, diese dekantierte Flasche Rotwein wird gut zu dem Eintopf passen."

„Ich war immer eine ausgezeichnete Zuhörerin", sagte Mary stolz und folgte Christopher zurück in die Küche. Sie sammelte Gabeln, Löffel, Teller, Gedecke und Tischwäsche. „Und Cousine Herzogin und der Herzog diskutierten oft über römische Geschichte - und die einzelnen Gelehrten insbesondere. Natürlich hatte ich keine Ahnung, wovon sie sprachen, aber ich hörte zu, und es verbesserte mein Französisch."

Christopher füllte eine große Portion Eintopf in zwei Schalen. „Sie sprachen immer Französisch?"

„Außer dienstags. Dienstags sprachen sie ausschließlich Italienisch."

„Als kannst du auch Italienisch sprechen?", fragte Christopher sie in der Sprache von Dante.

„*Poco* – Aber nicht genug, um mich mit deinen Dienern zu unterhalten."

Christopher trug die Schalen in den Hauptraum und stellte sie auf den Tisch, den Mary gedeckt hatte. Dann kam er mit der Karaffe zurück und füllte ihren Becher zur Hälfte. Bevor er sich setzte, hob er seinen Becher zu ihrem und schaute ihr in die Augen.

„Willkommen in meinem bescheidenen Cottage, Myla..."

„Mary", unterbrach sie lächelnd und hob ihr Glas. „Hier wird es immer Mary sein. Und du wirst immer Christopher sein. Soll ich das Tischgebet sprechen?"

Christopher spürte, wie ihm bei der sanften Art wie sie seinen Namen aussprach unfreiwillig die Röte in die Wangen stieg, er nickte und nahm schnell Platz. Nach dem Tischgebet aßen sie in geselligem Schweigen, Mary machte nur eine Bemerkung über die Köstlichkeit von Silvias geheimem Rezept für Kanincheneintopf, bevor sie im Plauderton fragte:

„Magst du mir etwas über dein Leben im Ausland erzählen?"

Christopher hielt inne, während er ein Stück Brot von dem Laib abbrach und schaute sie an.

„Was du willst. Aber würdest du mir eine Frage beantworten, die ich dir seit deiner Ankunft unbedingt stellen wollte?"

„Selbstverständlich."

„Hast du die Stickerei an der Taufmütze für das Baby deines Cousine beendet?"

Mary schaute ihn an, als hätte er Fieber. „Ist das wirklich deine Frage oder machst du wieder Scherze?"

Er schüttelte lachend den Kopf. „Das ist wirklich meine Frage."

Sie lehnte sich mit einem selbstzufriedenen Lächeln zurück. „Ja, allerdings. Und es zu meiner Zufriedenheit zusammengenäht, so dass ich nur noch die Seidenbänder anbringen muss. Teddy sagt, dass es meine bisher beste Arbeit sei."

„Daran habe ich keinen Zweifel. Teddy hat ein gutes Auge. Deine Cousine wird entzückt sein. Ein sehr passendes Geschenk für ein herzogliches Baby und eines, das die Eltern in Ehren halten werden. Sicher wird es ein Familienerbstück. Ich hoffe, du zeigst es mir, bevor du es deiner Cousine schickst."

„Das tue ich sehr gerne. Was mich an eine Frage erinnert, die ich habe, wegen Teddy und der Taufe ..."

Christopher schaute auf, als er die letzten Reste des Eintopfs aus seiner Schüssel mit einem Stück Brot auftupfte, und wartete darauf, dass sie weitersprach.

„Ich habe vor, bei der Taufe von Cousine Herzogins Baby dabei zu sein, und ich möchte, dass Teddy mit mir kommt. Cousine Herzogin ist meine Cousine ersten Grades. Sie war wie eine zweite Mutter für mich - eigentlich war sie mir eine bessere Mutter als meine eigene. Und es geschieht nicht jeden Tag, dass eine Herzogin einen Erben zur Welt bringt und noch seltener ist es, dass diese Herzogin, die zweimal Herzogin ist, Mutter zweier herzoglicher Häuser sein wird. Das allein ist ein Grund zum Feiern. Aber was ich vor allem möchte, ist, dass Teddy etwas Kontakt zu meiner Roxton'schen Familie bekommt, damit sie sieht, was sie ihrer Mutter bedeuten. Ist das eine so unmögliche Bitte?"

„Nein."

„Oh?" Maria beugte sich vor. „Dann wirst du nichts dagegen haben, dass Teddy mich begleitet?"

Christopher füllte ihren Weinkelch wieder auf. Er ließ sie keinen Moment aus den Augen.

„Warum sollte ich das? Sie sollte bei einer so wichtigen Gelegenheit dort bei dir sein. Aber hast du je daran gedacht, Teddy nach ihren Wünschen zu fragen? Und muss ich dich daran erinnern, dass Teddy dich zur Hochzeit ihres Onkels Dair in Treat begleiten sollte? Ich hatte meine Erlaubnis erteilt, dass sie an diesem bedeutsamen Ereignis teilnehmen sollte. Dein Bruder ist ihr Lieblingsonkel. Es war eine Krankheit, die sie von diesem glücklichen Tag fernhielt, nicht ich."

„Danke, daran musst du mich nicht erinnern. Und es war eine

große Enttäuschung für uns alle, dass sie krank wurde. Doch damals war ich mehr um ihre Gesundheit besorgt, als dass mir ihre Teilnahme an Dairs Hochzeit wichtig gewesen wäre ...“

„Und du bist trotzdem gefahren, hast sie in der Obhut ihres Kindermädchens zurückgelassen und es noch dazu geschafft, dich von Straßenräubern überfallen zu lassen.“

Mary starrte ihn mit offenem Mund an.

„Ich ließ sie zurück, weil der Arzt mir versicherte, dass sie das Schlimmste überstanden hätte. Ich wäre nie gefahren, hätte sie noch Fieber gehabt. Aber ich wusste, dass du nach Buckinghamshire kommen würdest, um sie abzuholen, daher tat ich es ruhigen Gewissens. Und um bei der Wahrheit zu bleiben, sie hat vor allem nach *dir* verlangt, als sie krank war.“ Mary rümpfte ihre kleine Nase. „Was hat der Überfall auf unsere Kutsche mit irgendetwas hier zu tun?“

„Du hättest verletzt werden können - oder Schlimmeres! Belästigt. Angeschossen. Getötet. Und was wäre dann aus Teddy geworden - und - und aus mir! Hättest du nur einen Tag gewartet, würde ich Eure Kutsche nach Hampshire begleitet und dich sicher nach Treat gebracht haben. Aber nein, du bist allein gereist, mit nur deiner Mutter als Begleitung. Zwei schutzlose Frauen ohne männlichen Beschützer, in der Tat ohne jeglichen Schutz.“

„Mutter wollte nichts davon hören zu warten. Wir waren schon durch Teddys Krankheit aufgehalten worden.“

„Du hättest darauf bestehen müssen.“

„Ja. Das hätte ich wohl.“

„Wenn du und Teddy irgendwohin reist, reite ich nicht immer neben eurer Kutsche her, so weit wie ich kann?“

„Ja, das tust du“, antwortete sie im gleichen leisen Ton.

Sie sagte es mit einem leisen Lächeln, das sie nicht unterdrücken konnte, weil sein beherrschter Zorn wegen ihres Wohlergehens für sie ungemein wichtig war. Denn nachdem er sie jetzt daran erinnert hatte, fiel ihr auf, dass er sie immer auf ihren Reisen begleitet hatte, ob es nach Bath war oder noch weiter, wenn sie nach Treat fuhr. Er war so sehr ein Teil ihres und Teddys Lebens geworden, wie der ergebenste ihrer Diener, dass sie ihn und seine Dienste als selbstverständlich zu betrachten begonnen hatte. Doch ihrer Zofe und Teddys Kindermädchen zumindest hatte sie immer Dankbarkeit gezeigt und sie wurden gut bezahlt. Christopher erhielt keinen Lohn, und wenn sie ihm gedankt hatte, war dies oberflächlich, weil sie seine Anwesenheit bestenfalls als Störung, schlimmstenfalls als Einschränkungen ihrer Freiheit angesehen hatte. Sie hatte bis jetzt die Alternative nicht in Betracht gezogen: Dass ihm an ihr lag und er um ihre Sicherheit besorgt war. Sie fühlte sich beschämt. Er hatte jeden Grund für seinen Zorn, aber dieser Zorn und diese Besorgnis hinterließen bei ihr ein tiefes Gefühl der Befriedigung, was das Lächeln verursacht hatte. Doch dieses Lächeln erstarb, da sie von etwas beunruhigt wurde, das er zuvor über Teddys Wünsche gesagt hatte.

Als er wieder zum Tisch zurückkam, nachdem er ihre Abendmahlzeit abgeräumt und stattdessen eine Kaffeekanne und zwei Becher hingestellt hatte, fragte sie offen:

„Was meintest du damit, ob ich *daran gedacht hätte, Teddy zu fragen, was sie will?*"

Er schaute beim Einschenken des Kaffees auf und blieb stumm, bis er einen Becher vor sie gestellt hatte, zusammen mit der Zuckerdose, einem kleinen Milchgießer aus Steingut und einem Löffel. Dann setzt er sich wieder.

„Genau das. Hast du Teddy je gefragt, ob sie deine Roxton-Verwandten besuchen möchte?"

„Nein. Ebenso wenig wie meine Mutter mich je gefragt hat. Sie geht dahin, wo ich hingehe - nun, das tat sie, sofern ihr Vater etwas nicht anderes bestimmte. Ebenso wie du ihre Reisen beschränkst, tat er das auch."

„Ah, aber ich führe nur *ihre* Wünsche aus, nicht meine."

„Ihre Wünsche?" Mary klang ungläubig.

„Ja. Und, verzeih meine Unverblümtheit, aber Sir Gerald legte ihr nur aus Gemeinheit Beschränkungen auf. Er benutzte Teddy und dich als Mittel, um sich am Herzog von Roxton dafür zu rächen, dass dieser ihn verbannt hatte."

„Das weiß ich nur zu gut, Mr. - Christopher!", stellte Mary verärgert fest. „Aber es gab nicht viel, was ich dagegen hätte unternehmen können, oder? Wenn du die Wahrheit hören willst, ich tadele Roxton ebenso sehr wie meinen Mann für meine Verbannung aus der Familie. Als er Sir Gerald verbannte, verbannte er auch mich und er hätte über die Folgen nachdenken müssen, bevor er seinen Beschluss fasste. Doch was geschehen ist, ist geschehen. Also sage mir bitte, inwiefern du die Wünsche meiner Tochter ausführst?"

Christopher nippte an seinem Kaffee, stellte dann den Becher ab und starrte ihn gut fünf Sekunden an, bevor er antwortete.

„Sir Gerald hat ihr allen möglichen Unsinn in den Kopf gesetzt, ebenso wie mir - über Roxton. Erinnerst du dich, dass ich dir sagte, er habe mir weisgemacht, von der herzoglichen Familie verbannt worden zu sein, weil er entdeckt hätte, dass der Herzog sich an dich heranmachen wollte ..."

„Ja, ich erinnere mich gut genug daran, danke", antwortete Mary und wurde tiefrot. „Und ich habe dir diese Vorstellung ausgeredet."

„Ja. Und bevor du mir Kaffee ins Gesicht schüttest, denke daran, dass ich nie glaubte, du wärest damit einverstanden gewesen. Und du hast mir deutlich erklärt, wie sehr der Herzog an seiner Herzogin hängt."

„Und Teddy? Welchen Unsinn hat Sir Gerald seiner Tochter über meine Cousins erzählt?"

„Du musst bedenken, dass Teddy nur ein Kind ist ..."

„*Christopher*. Du sprichst mit ihrer *Mutter*."

„Weshalb ich zögere, es dir zu erzählen. Jeder andere würde eine solche Geschichte als lächerlich von der Hand weisen. Aber du wirst mir glauben, weil du weißt, wozu dein Mann fähig war und weil du mir vertrauen kannst."

Mary streckte ihre Hand über den Tisch aus. „Das tue ich. In allem."

Christopher lächelte gezwungen. Zu jeder anderen Zeit wäre ihr Vertrauen in ihn eine große Freude gewesen, aber das, was er ihr zu sagen hatte, war keine, daher ergriff er ihre Hand, schaute ihr in die violetten Augen und sagte ruhig:

„Du weißt, wenn ein kleines Kind etwas von einem Erwachsenen erzählt bekommt, vor allem von einem Elternteil, und das Gesagte oft genug wiederholt wird, ganz gleich, wie fantastisch es ist, führt die Autorität hinter dieser Geschichte zu einer Authentizität, die nie hinterfragt wird. Ich hatte gehofft, sie würde dieser Vorstellung entwachsen - oder zumindest sich bei dir vergewissern, dass es nicht wahr ist. Ich konnte Teddy beruhigen, aber da ich dem Herzog nie begegnet bin, waren meine Versicherungen für sie doch leere Worte. So sehr ich wollte, dass sie sich an dich wenden sollte, um dich zu fragen, ob irgendetwas Wahres an der Geschichte wäre, ließ sie mich doch versprechen, es dir nicht zu erzählen."

„Warum? Teddy und ich hatten nie Geheimnisse voreinander."

„Dieses hat sie bewahrt, weil ihr Vater als Teil der Geschichte erzählte, dass du von dem Ungeheuer verzaubert worden wärest und sie sich daher nicht darauf verlassen könnte, dass du ihr hierüber die Wahrheit erzählen könntest."

„Ungeheuer? Verzaubert?" Marys Finger zuckten in seiner Hand. „Was für eine schreckliche Geschichte hat dieser Mann meiner Tochter in den Kopf gesetzt? Es kann doch kaum schlimmer sein als das, was er dir gegenüber wegen Roxton und mir andeutete?"

„Es ist nicht schlimmer, aber umso verabscheuungswürdiger, weil Teddy ein leicht zu beeindruckendes Kind ist, und seine Tochter. Und er hat ihr diese Geschichte nicht nur einmal erzählt, sondern bei mehreren Gelegenheiten, um ihre Angst zu schüren."

„Angst? Von meinen Cousins?"

„Vor allem vor dem Herzog. Teddy denkt - sie *glaubt* - dass der Herzog zaubern könnte und dass er ein Ungeheuer ist, das in der Gestalt eines Edelmannes lebt. Dass ihr Vater die Wahrheit entdeckt hätte, weshalb er auf seine Güter verbannt wurde. Und dass dieses Ungeheuer dich mit einem Zauber belegt hätte, der nicht gebrochen werden könnte. Dass es dieser Zauber ist, der dich zwingt, deine Roxton-Verwandten zu besuchen."

„Oh, aber das ist ein solcher Unsinn!", platzte Mary heraus, bevor sie sich zurückhalten konnte.

„Ja. Aber Teddy glaubt, dass es wahr ist."

„Natürlich. Es ist das, was ihr Papa ihr erzählt hat. Schrecklicher, verabscheuungswürdiger Mann!"

Sie schaute vom Tisch auf, wo ihre Hände verschränkt lagen, erschrocken, ihre innersten Gedanken laut ausgesprochen zu haben, wo sie doch nie zuvor öffentlich illoyal gewesen war, *denn gute Ehefrauen, Töchter eines Earls, benahmen sich anders.* Aber wieder war dies die Stimme ihrer Mutter, und sie hatte genug davon, auf diese innere Stimme zu hören, vor allem, wenn es um Christopher ging. Sie wollte offen, ehrlich und *sie selbst* sein bei ihm, vor allem hier im Cottage.

„Er war es – all das, was ich ihn gerade nannte", stellte sie fest. „Sir Gerald war nicht nur abscheulich und verabscheuungswürdig, er war grausam und absolut egozentrisch. In jeder Hinsicht."

Christopher wusste, dass sie sich nicht nur auf Sir Geralds Verhalten gegenüber seinem einzigen Kind bezog, sondern auch, wie er sie als seine Frau behandelt hatte, aber er entschied sich, dies vorerst zu ignorieren, indem er sagte: „Er warnte Teddy, dass der Herzog, das Ungeheuer, sie, wenn sie jemals nach Treat führe, in einem seiner Türme einsperren und ihr nie erlauben würde, dich je wiederzusehen."

„Lieber - Gott! Ich hielt es nicht für möglich, ihn noch mehr zu verabscheuen, aber ich tue es jetzt", murmelte sie und entzog ihm ihre Hand, schob ihren Stuhl zurück und stand auf.

Sie musste herumgehen, um ihre Wut und ihren Groll abzuarbeiten. Das tat sie, indem sie vor der Bettnische hin und her ging, die Arme um sich geschlungen. Christopher beobachtete sie und wartete darauf, dass sie sprechen würde; er konnte an ihrer starrköpfigen Miene sehen, dass sie mehr zu sagen hatte, und das tat sie, als sie mitten im Schritt erstarrte und sich ihm zuwandte.

„Glaubst du, es besteht die Möglichkeit, dass sie sich in Buckinghamshire selbst krank gemacht hat, um eine Entschuldigung zu haben, nicht zu Dairs Hochzeit nach Treat zu fahren?"

„Ja."

„Du weißt, wie sehr sie es hasst, eingesperrt zu sein, dass sie viel lieber im Freien ist. Sie ist ihrem Onkel Dair so ähnlich. Zu denken, dass sie, wenn sie nach Treat führe, in einem Turmverlies landen würde ... dieses Ungeheuer! Sie muss entsetzliche Angst gehabt haben."

„Sie war mit Sicherheit sehr erleichtert, als ich kam, um sie nach Hause zu holen."

Mary bedeckte kurz ihr Gesicht mit den Händen, ließ diese dann an ihre Seiten fallen, zu Fäusten geballt. „Warum habe ich ihre Angst nicht gesehen? Wie konnte ich zulassen, dass er ihr eine so grässliche Lüge in den Kopf setzte? Wie konnte er seine eigene Tochter so teuflisch missbrauchen?"

„Du hast es selbst gesagt. Er war egozentrisch. Für ihn spielte nichts außer seinen eigenen Wünschen eine Rolle, ohne Rücksicht auf irgendjemand anders, einschließlich seiner Frau und seiner Tochter."

„Ihr Leben sollte so anders werden als meines. Dazu war ich fest entschlossen. Ihre Tage sollten voller Liebe, Lachen und Hoffnung sein, und er - und er - hat das alles für sie *ruiniert*."

„Das darfst du nicht denken", sagte er, nahm Mary in die Arme und hielt sie fest, weil sie weinte. Er ließ sie weinen, erst, als sie still wurde, sprach er. „Sie wird geliebt und du hast ihr eine wundervolle Kindheit geschenkt. Es gibt nicht viele Kinder, am wenigsten Mädchen, denen erlaubt wird, überall in der Gegend herumzustreifen. Du verstehst ihre Bedürfnisse, dass sie frei sein muss, um nach draußen zu gehen, zu reiten, mit den Dorfkindern zu spielen, Brycecomb Hall zu besuchen, wann immer sie mag. Du kannst dir nicht vorstellen, wie willkommen ihre Besuche hier sind; sie erhellen die sonst einsamen Tage meiner Mutter, so sehr, dass sie und der Rest des Haushalts noch mindestens drei Tage danach guter Laune sind. Und für mich ist das Allerbeste, dass ich an ihrem Leben teilhaben durfte. Dafür muss ich dir danken."

Mary holte zittrig Luft und nickte. Aber sie schaute ihn nicht an, sondern legte ihre feuchte Wange auf seine Brust und sagte mit einem tiefen Seufzer: „Jeden Abend danke ich Gott im Gebet, dass du Teil ihres Lebens bist, denn wenn jemals jemand ein Vater für sie war, dann bist du es."

Christopher küsste sie auf den Kopf, nahm dann ihr feuchtes Gesicht in seine Hände und lächelte in ihre violetten Augen.

„Danke. Jetzt trockne deine Wangen und wir denken heute Abend nicht mehr an Sir Gerald, oder Ungeheuer, oder sogar an Teddy. Es ist zu spät am Tag, als dass ich dich mit zum Angeln nehmen oder du im warmen Wasser des Bachs baden könntest, daher müssen wir uns so gut wir können hier in der Wärme des Cottages amüsieren. Soll ich für dich spielen?"

„Spielen?"

„Meine Mandora – eine Art Laute. Ich habe in Lucca gelernt, sie zu spielen."

„Oh, ja! Das würde mir sehr gefallen. Aber ich fürchte, heute Abend wäre ich ein sehr schlechtes Publikum. Dein Eintopf, der Wein und ein Kopf voller unwillkommener Gedanken haben mich müde gemacht."

„Dann werde ich dich in den Schlaf spielen." Er sah sie zum Bett schauen und schaffte es, ruhig zu sagen: „Neben dem Becken stehen Krug und Waschschüssel, Seife, Handtuch und Zahnpulver. Während ich unser Abendessen weggeräumt und den Kaffee gekocht habe, habe ich den Krug mit heißem Wasser gefüllt, das jetzt lauwarm sein sollte. Leider kann ich dir keine Haarbürste bieten, aber da ist ein Kamm. Und du kannst das hier über deinem Hemd tragen", fügte er hinzu und hielt ihr ein Kleidungsstück aus Brokat hin, das er aus der großen Kiste an der Wand genommen hatte, neben der, wie Mary jetzt bemerkte, das Instrument mit den vielen Saiten lehnte, das Christopher eine Mandora genannt hatte. „Es ist einer meiner Morgenmäntel, daher wirst du die Ärmel umschlagen müssen. Brauchst du Hilfe mit den Schnüren deines Mieders?"

„Meines - meines Mieders?", wiederholte Mary, erschrocken, eine solche Frage gestellt zu bekommen und in so unbefangener Weise. Kein Mann hatte sie das je gefragt oder ihr geholfen, ihr Korsett aufzuschnüren. Doch sie tadelte sich sofort für ihre erschrockene Antwort. Er wollte ihr nur helfen und sie hatte durchaus die Absicht, die Nacht mit ihm zu verbringen, daher war es lächerlich, das als skandalös zu empfinden. „Du bist doch nicht dreizehn! Nimm dich zusammen und beweise ein bisschen Mut, du lächerliches Geschöpf!", murmelte sie in sich hinein, schnappte sich den Morgenmantel und rauschte in die Küche, wobei sie über ihre Schulter hinweg sagte: „Nein, vielen Dank! Ich komme zurecht!"

Als sie zurückkam, waren die Decken aufgeschlagen und die durchsichtigen Vorhänge am Bett zurückgezogen. Nur zwei Kerzen brannten noch in ihren Leuchtern, eine auf dem Tisch, eine auf der Kiste neben Christopher, der mit gekreuzten Beinen im Schatten auf der anderen Seite des Raums im Sessel saß und leise die Saiten der Mandora zum Klingen brachte. Er hatte gespielt, seit sie in der Küche verschwunden war, um sich auszuziehen, zu waschen und ihre Haare zu lösen. Sie war jetzt in Hemd und Strümpfen und trug Christophers Brokat-Morgenmantel, der auf dem Boden hinter ihr her schleppte, ihre Haare hingen in einem einzigen dicken Zopf über ihren Rücken und waren mit einem Band befestigt.

Als er nicht aufschaute, sondern sich weiter auf seine Finger konzentrierte, die an den Saiten zupften, eilte sie zum Bett hinüber, ließ dort den Morgenmantel herabgleiten und legte ihn rasch über die Rückenlehne eines Stuhls. Doch als sie versuchte, ins Bett zu kommen, stellte sie fest, dass sie nicht sehen konnte, wo der Vorhang sich öffnen ließ und empfand einige Sekunden lang Panik, bevor sie den Vorhang weit genug am Saum hochhob, um sich darunter hindurch zu ducken. Dann kletterte sie auf die Matratze und zog die Decke bis zum Kinn hoch. Sie lag so steif da, dass sie ihre Umgebung völlig vergaß, nur, dass sie in einem fremden Bett in einem Cottage am Rande des Puzzlewoods lag und bei einem Mann, der nicht ihr Ehemann oder ihr Liebhaber war und der es zufrieden schien, auf der anderen Seite des Raums seine Laute zu spielen.

Doch während sie auf sein sanftes Zupfen der Saiten lauschte, entspannten sich ihre Schultern; ebenso ihre um die Bettdecke geklammerten Finger, und ihr Kopf sank in die weichen Daunen des Kopfkissens. Die Musik war leise und melodisch und sehr beruhigend. Sie wurde sich auch des Duftes von Lavendel, gemischt mit einem anderen Blütenduft - Rosen vielleicht? - bewusst. Die Bettwäsche schien damit getränkt zu sein. Auch das beruhigte sie. Bald wurde ihr ganzer Körper schlaff, ihre Augenlider fielen herab, sie drehte den Kopf auf dem Kissen und fiel in einen tiefen Schlaf.

CHRISTOPHER BEHIELT SIE IM AUGE, SCHAUTE NUR SCHNELL WEG, wenn sie ihm einen Blick zuwarf, um zu sehen, ob er ihre vergeblichen Versuche beobachtete, die Stelle zu finden, an der sich der Vorhang öffnete. Er beglückwünschte sich dazu, sein Gesicht ausdruckslos halten zu können, obwohl er innerlich laut lachte. Er war sich sicher, dass seine Schultern von selbst zitterten. Er fand ihre Prüderie liebenswert, aber aus Angst, sie zu beleidigen, würde er es nie wagen, ihre gescheiterten Versuche, einen Hauch von Anstand in dem zu bewahren, was für sie die bizarrsten Umstände sein mussten, zu bemerken.

Er war sich bewusst, dass sie an dem heikelsten Punkt ihrer wachsenden Vertrautheit angekommen waren und er hätte um nichts in der Welt ihre Fortschritt dadurch gefährdet, dass er das mittlerweile erreichte Gleichgewicht zwischen ihnen gestört hätte. Er war sich über der Behandlung, die sie von ihrem grobschlächtigen Ehemann erlitten hatte, nicht ganz sicher und wollte daher lieber übervorsichtig sein. Und wenn er eines über sich selbst gelernt hatte in all den Jahren, die er im Ausland verbracht hatte, vor allem, als er als Cicisbeo angestellt gewesen war, dann, dass er über unendliche Geduld verfügte; Mary würde ihn auf ihre Weise und zu ihrer Zeit wissen lassen, was sie von ihm wollte, und damit war er zufrieden. Er würde dann ihre Bedürfnisse befriedigen, ohne Fragen zu stellen, aber nicht an diesem Abend.

Sie schlief schon und auch er war müde. Daher spielte er noch eine Weile länger auf den Saiten der Mandora, nahm dann eine Wolldecke aus der Kiste, zog sie im Sessel über sich und schlief ein. Als er wachgerüttelt wurde, war sein erster Gedanke, überhaupt nicht geschlafen zu haben, doch die verbleibenden Ringe der flackernden Kerze sagten ihm, dass mehr als zwei Stunden vergangen waren, seit er sich im Sessel zusammengerollt hatte.

Mary stand in Hemd und Strümpfen vor ihr. Er fragte sich, ob sie schlafwandelte oder in ihrem halb wachen Zustand desorientiert und von der unbekannten Umgebung verwirrt war. Sie wiegte sich sanft von einer Seite zur anderen, zerzauste Haare fielen ihr über Gesicht und Rücken, der Zopf hatte sich gelöst, das Band irgendwo in den Laken verloren. Das seidene Zugband des Hemdes hatte sich gelockert und den Ausschnitt so erweitert, dass ein bauschiger Ärmel über ihre linke Schulter gerutscht war und die sahnige Weiße ihres Dekolletés und eine pralle, perfekte Brust sehen ließ.

Wenn Christopher halb geschlafen hatte, war er jetzt hellwach, als er ihre ätherische Lieblichkeit im sanften Licht der Kerzen betrachtete. Er warf die Decke ab und wollte sie um sie legen, um sie dann ins Bett zurückzubringen, da er überzeugt war, dass sie keine Ahnung hatte, wo sie war. Daher war er überrascht, als sie den Kopf schüttelte und ihn aufhielt, als er gerade die gefaltete Decke um ihre Schultern legen wollte. Sie nahm sie ihm aus den Händen und ließ sie in den Sessel fallen.

„Komm ins Bett", verlangte sie schläfrig und ergriff seine Hand. „Ich möchte, dass du mich wärmst."

Er zögerte nicht, ihrem Befehl zu folgen.

# ZWEIUNDZWANZIG

Mary erwachte in Christophers Armen, er noch immer in Hemd und Hosen unter der Decke. Es war vor dem Morgengrauen, also kuschelte sie sich ein und erfreute sich an der Wärme seines gegen ihren Rücken, ihr Hinterteil und ihre Oberschenkel gekrümmten Körpers. Er teilte ihr Kissen, sein Gesicht verlor sich im Gewirr ihrer Haare und mit einem über ihren Körper ausgestreckten Arm hatte er sich des seidenen Knotens bemächtigt, der ihren Strumpf über ihrem Knie festhielt, und dort im Schlaf Halt gefunden.

Als sie ihre Augen das nächste Mal öffnete, war sie allein und es war später Vormittag. Die Fensterläden waren weit geöffnet, erlaubten es dem Tageslicht, das Cottage zu durchfluten und mit den Geräuschen des Waldes zu erfüllen, von Herbstlaub, das in der Brise raschelte und - Pfeifen? Nein, das kam aus dem nächsten Zimmer. Es ließ sie sich hastig aufsetzen und sich die Haare aus dem Gesicht streichen. Und dann stapfte Christopher aus der Küche herein, zwei Becher Tee in den Händen. Er stellte sie auf den Tisch, zog die durchsichtigen Vorhänge beiseite und reichte ihr einen Becher. Dann setzte er sich am Fußende auf die Matratze. Er war in Hemdärmeln, ohne Weste oder Krawatte, und das Hemd war nicht zugeknöpft und klaffte am Hals weit auf. Doch sein Gesicht war frisch rasiert und das Haar glatt zurückgekämmt, als wäre er schwimmen gewesen. Er bestätigte das, als er, nachdem er an seinem Tee genippt hatte, sagte:

„Du musst verzeihen, wenn ich übermäßig nach Sandelholzseife rieche. Der Nachteil daran, einen ständigen Vorrat von heißem Wasser aus einer Thermalquelle zu haben, ist, dass es einen mineralischen Geruch hat. Nicht so abstoßend wie das Wasser in Bath, weil der Bach die Wirkung verdünnt, aber ich fürchte, er ist doch merklich ...“

Sie nippte an ihrem Tee und schaute ihn dann überrascht an. Das hatte nichts mit dem Mineralwasser zu tun. Er hob eine Augenbraue und sagte es an ihrer Stelle.

„Nach acht Jahren wäre es nachlässig von mir, wenn ich nicht wüsste, wie du deinen Tee trinkst.“

„In zehn Jahren Ehe hat sich Sir Gerald nie die Mühe gemacht, das oder sonst etwas über mich zu lernen. Aber sprechen wir nicht von ihm ...“ Sie trank wieder von ihrem Tee und fragte sich laut: „Verdeckt Sandelholz wirklich den mineralischen Geruch? Ich kann keines von beidem riechen.“

„Liegt es daran, dass du so weit weg bist?“

„Möchtest du, dass ich mich davon überzeuge, ob das stimmt oder nicht?“, fragte sie lässig, obwohl das Leuchten in ihren Augen ihre Mühe verriet, spielerisch zu klingen.

Er hob das Kinn, legte seine Kehle bloß und legte den Kopf einladend zur Seite. „Wenn du so freundlich sein willst, wäre ich dir sehr verbunden ...“

Sie nahm einen weiteren Schluck Tee, stellte dann den Becher zur Seite und krabbelte über das zerdrückte Bettzeug, um sich neben ihn zu knien. Sie legte eine Hand auf seine Schulter, um Halt zu finden, und beugte sich vor, um an seinem Hals zu schnuppern. Und als sie das tat, schloss sie die Augen und erlaubte ihren anderen Sinnen, sich dem unterzuordnen. Sie holte tief Luft und erhaschte einen Hauch von Sandelholz und Bergamotte. Doch da war noch etwas, etwas, das man nicht in der Seife oder in einem von einem Parfümeur sorgfältig zusammengestellten Duft finden konnte. Es roch absolut nicht übel und das Fehlen jeden mineralischen Geruchs erweckte in ihr den Verdacht, dass er die ganze Zeit die Absicht gehabt haben mochte, sie in seine nächste Nähe zu locken. Seine Absicht war ihr gleichgültig. Alles, was für sie eine Rolle spielte, war es, seinen Duft einzuatmen, einen angenehmen, durch und durch männlichen, würzigen Duft - den gleichen eigenen Duft, der ihre Sinne in ihrem Schlafzimmer zu überwältigen gedroht hatte, als sie darangegangen waren, einen Geist zu fangen.

Diese Episode schien jetzt ein Leben lang her zu sein, doch damals wie jetzt auch erwachte dieses tief innerliche Pochen und wollte sich nicht unterdrücken lassen. Sie schwankte, fühlte, wie ihre Knie weich wurden und dann öffneten sich ihre Augen unter schweren Lidern, als er sie festhielt, die Hände um ihre Taille gelegt, nachdem er seinen Becher schnell auf den Steinplatten abgestellt haben musste.

Da war ein Moment, vielleicht nicht mehr als zwei, in dem sie einander in atemloser Erwartung anschauten. Und im nächsten gaben Hemmungen und Zurückhaltung dem Verlangen nach. Wenn für sie sein Geruch bereits unglaublich berauschend war, reichte die Berührung seiner Hände an ihrer Taille, um eine Welle des Begehrens durch jeden seiner Nerven zu schicken. Diese so verlockende weibliche Rundung war die Brücke zwischen der weichen Rundheit ihrer bezaubernden Brüste über und der Breite ihrer Hüften und der süßen Feuchte, die zwischen ihren Schenkeln liegen musste. Und das einzige Hindernis, um das warme, weibliche Fleisch dieses üppigen Geschöpfs zu kosen, war ein Hemd aus feinster Baumwolle, und das stellte überhaupt kein Hindernis dar.

Er hatte genug von Zurückhaltung. Er hatte sich in Gedanken und Handeln so lange zurückgehalten, dass er begonnen hatte, sich zu fragen, ob er mehr Mönch als Mann war. Er zog sie an sich, seine Hände glitten über ihre Hüften, um ausgebreitet Halt an der festen Rundung ihres Hinterteils zu finden und sie reagierte, indem sie sich an seinen harten, schlanken Körper presste, die Arme um seinen Rücken gelegt, um sich festzuhalten. Aneinander geklammert genossen sie einen leidenschaftlichen Kuss, der sie bald über das Bett rutschen ließen, bis sie an das gepolsterte Kopfteil stießen. Als es nicht weiterging und sie von großer Dringlichkeit ergriffen wurden - oder war es Erleichterung? –, endlich eine Lust stillen zu dürfen, die seit Jahren in ihnen brannte, waren sie bald hektisch dabei, sich gegenseitig zu entkleiden. Als alle Kleidung am Boden gelandet war, fielen sie nackt zwischen Kissen und Decken, ein Gewirr erhitzten Fleisches und fieberhafter Küsse und gaben sich ihrem überwältigenden Verlangen hin.

Ihre Küsse waren nicht weniger hungrig als seine. Ihre Zärtlichkeiten nicht weniger intim. Doch als ihre Berührung sich zwischen seine Beine verirrte, um seine harte Länge zu erforschen, zwang er sich, eine solch angenehme Folter zunächst zu verhindern, aus Angst, nach so vielen Jahren der Abstinenz seine Erlösung nicht, bis zu ihrer eigenen hinauszögern zu können. Er war nicht so in diesem Augenblick befangen, dass er jede Einsicht verloren hatte. Sein größter Wunsch war es, sie die Liebe genießen zu lassen, und das mit ihm. Seine eigenen Bedürfnisse waren zweitrangig, denn er wusste, wenn sie in seliges Vergessen stürzte, würde auch er das tun.

Er entzog sich sanft und zögernd ihrer Berührung, glitt im Bett nach unten und küsste sie dabei von ihrem Mund bis zu ihren Brüsten, während er ihre Rundungen liebkoste. Und als er die pochende Stelle zwischen ihren Schenkeln streichelte, schnappte sie überrascht nach Luft, hielt ihn aber nicht zurück. Stattdessen fand ihre Hand seine und gemeinsam fanden sie einen Rhythmus, der sie jenseits jeder Vernunft brachte. Und als er annahm, dass sie dicht am Abgrund ihres Höhepunkts wäre, erlaubte er seiner Zunge das letzte Vergnügen. Doch diese sinnliche Extravaganz war sein Verderben, ebenso wie das ihre. Denn trotz ihres Hungers nach Erlösung erstarrte ihr Geist und dann auch ihr Körper. Ihre Panik war so groß, dass sie ihn fortstieß und wegkroch, die Decke mit sich ziehend, um ihre Blöße zu bedecken. Sie lehnte sich gegen das Kopfteil, zitternd, unbefriedigt, Geist und Körper in Aufruhr. Sie schlang die Arme um ihre bestrumpften Knie, wandte sich von ihm ab zum Fenster, das Profil in einer zerzausten Mähne roter Haare verborgen.

Er setzte sich fassungslos auf. Er war zu schnell zu weit gegangen. Natürlich war er das. Sie hatte vor jener Nacht in ihrem Schlafzimmer noch nie leidenschaftlich geküsst. Und jetzt war er hier und führte sie, ohne nachzudenken in die Freuden oraler Stimulation ein. Ihre Reaktion ließ ihm keinen Zweifel daran, dass sie zuvor nichts von deren Existenz gewusst hatte. Er fragte sich, ob sie je etwas mehr als einen mechanischen Beischlaf erlebt hatte. Und das ließ ihn darüber nachdenken, ob sie jemals Erfüllung gefunden hatte, mit oder ohne ihren Ehemann. Da er wusste, welche Erziehung sie in den Händen einer kaltherzigen und gefühllosen Mutter erlebt hatte, war es zu viel erwartet, dass ein Gespräch über das Ehebett je zwischen Mutter und Tochter stattgefunden hätte. Und da er wusste, wie eitel ihr Ehemann gewesen war, würde jedes Vergnügen bei der Liebe eigennützig und ganz sicher nicht beidseitig gewesen sein.

Als er Mary jetzt ansah, wie sie aus dem Fenster starrte, wollte er nichts mehr, als sie in die Arme schließen und ihr versichern, dass ihre Reaktion und ihr Mangel an Erfahrung nichts waren, dessen sie sich schämen musste. Unwissenheit in sexuellen Dingen war bei adligen Ehefrauen nichts Ungewöhnliches; in der Tat wurde dies in vielen hohen Kreisen ermutigt. Ebenso wie die selbstsüchtigen Gelüste adliger Ehemänner. Auf diese Weise wurde die arrogante Ignoranz des Ehemannes nie in Frage gestellt und daher musste er sich nicht damit abgeben, die Bedürfnisse seiner Frau zu erfüllen. Und dann gab es gelegentlich einen Ehemann, dem das Vergnügen seiner Frau in- und außerhalb des Schlafzimmers wichtig war, der jedoch aus welchem Grund auch immer nicht in der Lage war, ihre Bedürfnisse zu erfüllen, und daher einen Gentleman in seinem Haus aufnahm, der dies konnte. Und Christopher wusste das, da er neun Jahre lang dieser Gentleman gewesen war, und zwar in vier verschiedenen adligen Häusern.

Er zog Mary nicht in die Arme und sprach seine Gedanken nicht aus. Er blieb auf der anderen Seite des Betts, die Decke über seine schmerzende Männlichkeit gelegt, und wartete, dass Mary das Schweigen brechen würde; er konnte sehen, dass es sie drängte, das zu tun. Ihre Demütigung war keine Überraschung, doch was sie ihm schließlich gestand, entsetzte ihn.

Endlich wandte sie ihren Blick vom Fenster ab und warf ihm an den Kopf: „Ich weiß, was du denken musst!"

„Ja? Das bezweifle ich. Aber sage es mir bitte."

„Du denkst, dass ich für eine Frau meines Alters erbärmlich unwissend bin."

„Nicht erbärmlich. Dass du absichtlich in Unwissenheit gehalten wurdest, ist kaum deine Schuld. Und es ist auch kein besonders ungewöhnlicher Umstand."

„Und das soll heißen?"

„Es gibt Frauen, die ihr ganzes Leben keine Intimität irgendwelcher Art, geschweige denn körperliche Lust mit einem Liebhaber erleben."

„Du meinst die Frauen, die ihr Leben in einem Kloster verbringen? Nonnen?"

Er lachte auf, unterdrückte es aber rasch, aus Angst, dass sie ihn für unaufrichtig halten könnte.

„Nun ja, diese Frauen gibt es. Sie legen freiwillig ein Keuschheitsgelübde ab. Aber ich bezog mich auf Frauen deiner gesellschaftlichen Kreise. Frauen von Adligen, deren Ehemänner es vorziehen, sie aus dem ein oder anderen Grund in Unwissenheit zu halten, aber gewöhnlich, weil sie egoistisch sind."

„Mir wurde gesagt, nur Männer müssten ihre fleischlichen Gelüste befriedigen. Frauen nicht. Dass solche - solche *Gefühle* zu haben, unwürdig und animalisch wäre und nur Dirnen und leichte Mädchen sich so benähmen. Ehefrauen - gute Ehefrauen - halten ihre Gedanken rein und ihre Körper zur Fortpflanzung bereit."

Christopher wusste, dass es die Gräfin gewesen sein musste, die den Kopf ihrer Tochter mit solchem Unsinn vollgestopft hatte, aber er sprach es nicht aus, weil er sehen konnte, dass sie mehr zu sagen hatte, als sie ihre Knie losließ und ihn mit solcher Ernsthaftigkeit betrachtete, dass er es nicht wagte zu lächeln oder sie zu unterbrechen.

„Aber ich wusste sofort, dass diese Argumente falsch waren, denn warum heiraten sonst manche Paare aus Liebe und bleiben verliebt, wenn sie nicht in jeder Weise zueinander passen? Meine Cousine heiratete einen Herzog, der den Ruf eines echten Wüstlings hatte, bevor er sie traf. Und dennoch wurde er nach der Hochzeit ein hingebungsvoller Ehemann und Vater. Sie liebten einander zutiefst und fanden Freude an der Gesellschaft des anderen, daher schien es nur natürlich, dass sie die Liebe um ihrer selbst willen genossen." Sie zuckte mit den Schultern, leichte Röte auf den Wangen. „Selbst als Mädchen von fünfzehn wusste ich, dass es einen guten Grund geben musste, den sexuellen Akt als *sich lieben* zu bezeichnen."

„Weise - für ein junges Mädchen, das selbst herauszufinden und trotz der absurden Vorstellungen, die ihr eine Frau eingehämmert hatte, die offensichtlich nie *geliebt* hatte."

„Oh, meine Mutter war es nicht, die mir sagte, dass gute Ehefrauen ihre Gedanken rein und ihre Körper bereit zur Fortpflanzung zu halten hätten. Obwohl ich sicher bin, dass sie das glaubte. Nein, meine Mutter war viel bestimmter. Sie hasste den Geschlechtsakt. Und das weiß ich, weil mein Kindermädchen mir das als Grund nannte, als die Ehe meiner Eltern unerträglich wurde und mein Vater uns verließ. Zu jener Zeit verstand ich nicht, was sie meinte, doch ich werde nie vergessen, was sie mir erzählte ... Und später, als ich heiratete, fragte ich mich, ob ich tatsächlich wie sie wäre."

„Du bist absolut nicht wie diese Frau!", knurrte Christopher.

Mary lächelte, und von seinem zornigen Widerspruch getröstet, rutschte sie weiter über das Bett, um ihm näher zu sein, und fragte neugierig: „Aber du hast sie nie getroffen, woher weißt du das also?"

„Ich kenne sie nicht, aber ich kenne dich."

„Oh! Aber ... gerade eben ... meine Reaktion - meine dämliche Reaktion auf - auf ..."

„Das war nicht dämlich. Es war eine instinktive Reaktion auf eine neue und völlig unbekannte Erfahrung. Und wenn es dir nicht gefällt, werde ich nie wieder ..."

„Oh, ich wollte wirklich nicht, dass du das denkst. Es mag durch meine Unwissenheit so gewirkt haben, aber um ehrlich zu sein ..." Sie errötete und sah zur Seite, bevor sie ihn unter ihren Wimpern hervor mit einem scheuen Lächeln ansah. „... es gefiel mir eher zu gut. Ich war sehr überrascht, dass du mich so selbstlos verwöhntest ..."

„Selbstlos? Glaube mir, Lust zu bereiten ist nicht selbstlos. Es verschafft mir große Befriedigung, dich glücklich zu machen. Darum geht es doch, wenn man sich *liebt* - einander Freude zu bereiten, einander zu befriedigen; einander glücklich zu machen."

Mary kam ihm noch näher und streckte ihre Hand aus, die er gerne fest ergriff.

„Dann ist es nur gerecht, wenn du mir zeigst, wie ich dir auch Freude bereiten kann."

Er küsste ihre Finger und lächelte sie an. „Wenn du das möchtest."

Sie schaute in seine feuchten braunen Augen und las darin nur

Verständnis und das ließ ihr Tränen in die Augen steigen. „Ich möchte dich lieben - dass wir uns lieben, sehr."

„Dann sind wir schon zwei. Aber alles zu seiner Zeit. Jetzt sollten wir uns anziehen und frühstücken. Ich dachte, wir könnten unten am Bach essen. Ich habe uns eine Forelle gefangen und vorbereitet, die am besten im Freien zubereitet wird –"

„Er - Sir Gerald - er war es, der mir sagte, dass nur Dirnen und leichte Mädchen sich so animalisch benehmen", gestand sie hastig, ihren Blick in seinen gesenkt. „Er sagte mir, als gute Ehefrau müsste ich still-liegen. Er sagte, ich dürfte mich nicht bewegen oder drehen und ich müsste an etwas anderes denken, während er sich meines Körpers bediente. Ich sollte nicht sprechen, aufschreien oder Widerstand leisten. Er sagte, es wäre sein Recht als mein Ehemann, mich zu nehmen, wie und wann er wollte. Er sagte, sein einziges Interesse dabei, in meinem Schlafzimmer zu sein, wäre die Pflicht, mich zu schwängern. Er hat sich nie vor mir ausgezogen. Er hat mich nie gebeten, mein Nachthemd auszuziehen. Er hat mich nie geküsst oder in einer Art berührt, die mir das Gefühl gab, etwas anderes zu sein als nur ein Mittel zu einem Zweck."

Sie schluckte und gab einen leichten Seufzer von sich, ihre Finger krampften sich in seiner Hand zusammen. Doch er blieb stumm, denn er konnte sehen, dass sie noch nicht am Ende war. Daher hielt er seinen Blick stetig auf ihre Augen gerichtet und er zuckte nicht zusammen und zeigte keine Emotion. Äußerlich war er so ruhig wie der stillste See; innerlich war er ein tobendes Meer aus Zorn, Ungläubigkeit und Kummer um ihretwillen.

„Er pflegte beide Türen zu verriegeln - doch ich hatte keinen Ort, an den ich hätte laufen können", fuhr sie milde fort und erzählte, was ihr geschehen war, als wäre es einer anderen passiert. „Und er kam nur zum Bett, wenn ich ihm den Rücken zuwandte. Er pflegte dann mein Nacht-hemd hochzuschieben und mich zu besteigen wie ein Hengst eine Stute. Wenn er fertig war, dankte er mir, entriegelte beide Türen und ging. Lieber Gott! *Dankte mir*, als ob ich ihm eine Tasse Tee angeboten hätte! Jeder Besuch war gleich. In zehn Jahren Ehe, nicht einmal, wenn er betrunken war, hat er mich anders genommen. Ich *hasste* diesen Mann.

„Aber was hätte ich tun können? Ich war mit ihm verheiratet, im Guten wie im Schlechten. Ich war seine Ehefrau, und als mein Ehemann war es sein Recht, in mein Schlafzimmer zu kommen, wann immer es ihm gefiel und in welchem Zustand er auch sein mochte. Und da mir von klein auf Gehorsam eingebläut worden war, stellte ich nichts davon in Frage. Doch instinktiv wusste ich, dass die Art, wie er sich in unserem Schlafzimmer aufführte, nicht - nicht - *normal* war, auch nicht bei Paaren in arrangierten Ehen. Doch ich schämte mich zu sehr, um mich jemandem anzuvertrauen. Daher versuchte ich, nicht darüber nachzudenken, niemals, nicht einmal, während es geschah. Und ich möchte nie wieder an seine Besuche denken oder darüber sprechen!"

Sie hielt inne, als ob sie eine Reaktion von ihm erwartete. Doch Christopher konnte kaum atmen, am wenigsten einen zusammenhängenden Satz bilden, und als er es schaffte, ein paar Worte herauszubringen, kamen sie in einem heiseren Flüsterton heraus, seine Kehle war so rau wie seine Gefühle.

„Ich - ich bezweifle das - nicht. Wir - wir werden nie wieder - darüber sprechen - es sei denn, du willst es."

„Gut. Und ich werde es nicht wollen", stellte sie nachdrücklich fest und nachdem sie sich jetzt zuversichtlicher fühlte, weil sie sich ihm anvertraut hatte, wurde ihr Geständnis empört. „Es war leicht, meine natürlichen Gefühle und Neigungen in mir sterben zu lassen, nicht zu erwarten, geliebt zu werden, weil meine Mutter mich nie geliebt hat, warum also sollte mein Mann anders sein? Sie sagte mir deutlich, dass sie mir grollte, weil ich nicht als Junge geboren worden war. Meine Geburt, davon ist sie überzeugt, war der Grund für alle späteren Probleme mit meinem Vater. Sie hat mich vielleicht nie geliebt, aber ich liebe Teddy von ganzem Herzen. Daher wusste ich seit Teddys Geburt, dass ich nicht ganz wie sie sein konnte. Teddy ist das einzig Gute von Sir Gerald. Daran zu denken, dass ein so süßes, liebenswertes Kind auf so kalte, berechnende und *gefühllose* Art und Weise gezeugt wurde, bricht mir das Herz. Doch wenigstens weiß ich, dass ich ein Herz habe! Dass ich sie überhaupt habe, ist das einzig Gute und Gesunde, was je aus meiner Ehe entstanden ist. *Das einzige.* Wenn Teddy nicht wäre, würde ich wirklich glauben, dass jede Liebe, die ich zu geben habe, vor langer Zeit erstorben wäre. Und ohne dich hätte ich nie geglaubt, mich für begehrenswert halten zu können. Doch du begehrst mich, nicht wahr ...?"

„Sehr. Ich glaube nicht, je eine Frau so begehrt zu haben wie dich, Mary."

Sie griff nach seinen Fingern und drückte sie an ihre heiße Wange, bevor sie ihn auf den Handrücken küsste.

„Und ich dich ..." Sie schnüffelte Tränen zurück und überraschte ihn dann durch ein perlendes Lachen. „Und nicht in hundert Jahren - *niemals* - hätte ich es für möglich gehalten, dass ich mich in einem Cottage wiederfinden würde, *nackt im Bett* mit dem gutaussehenden Squire von Brycecombe Hall!"

„Gutaussehend? Bin ich das?"

Mary gab ihm einen verspielten Stoß. „Oh, du *weißt*, dass du das bist! Du *weißt*, dass alle Frauen, jung oder alt, in einem Umkreis von zwanzig Meilen weiche Knie bekommen und zu albern lächelnden Schulmädchen werden, wenn sie dich nur sehen!"

Er hob eine Augenbraue. „Nur zwanzig Meilen?"

Sie schnappte sich das nächstbeste Kissen und warf es ihm an den Kopf; er fing es auf und zog sie dann geschickt in seine Arme. Sanft strich er ihr das Haar aus dem Gesicht und fragte:

„Und lasse ich auch deine Knie weich werden, Mary?"

Sie kuschelte sich in seine Arme. „Jedes Mal, wenn ich dich sehe. Zweifelst du daran? Aber ich habe mich bei dir nie wie ein albernes Schulmädchen benommen."

Er lachte leise. „Nein. Das warst - das *bist* du nie. Was auch gut so ist, sonst hätte ich dich nicht halb so gern." Er kniff sie ins Kinn. „Das ist eine Lüge. Ich könnte dich nicht mehr lieben ..."

Da küsste sie ihn auf den Mund und entzog sich ihm nach ein paar Augenblicken, und er ließ sie gehen. Sie hüpfte vom Bett, hob ihr Hemd von dem Haufen Kleider auf und schlüpfte hinein. Er wagte nicht zu blinzeln, aus Angst, er könnte träumen und wenn er blinzelte, wäre sie fort. Sein größtes Verlangen war, sie wieder ins Bett zu ziehen und zu lieben, doch die Erinnerung an ihr erschütterndes Geständnis kühlte seinen Eifer schneller als ein Krug Eiswasser. Alles zu seiner Zeit, und jetzt war nicht der Moment dafür. Ein hungriges Knurren sagte ihm, dass sein Magen diese Meinung teilte.

„Frühstück?", fragte er beiläufig, als er ihrem Beispiel folgte und seine Unterhosen anzog. Als sie nicht sofort antwortete, drehte er sich um, hielt immer noch sein Hemd in der Hand, und sah, wie sie ihn eindringlich musterte. „Jetzt lass deine Knie nicht bei meinem Anblick weich werden", neckte er sie und zwinkerte ihr zu. „Es sei denn, du möchtest, dass ich dich nach draußen zu unserem Frühstücksplatz *trage*."

Sie schüttelte den Eindruck seines faszinierenden Anblicks in seiner Nacktheit ab, all diese schlanken, männlichen Muskeln, und das alles gehörte ihr, und hob ihr Näschen mit einem Schnüffeln, das, wie sie hoffte, ihr eigenes Verlangen verbarg.

„Meine Knie sind absolut kräftig genug, um mich zum Frühstück zu tragen, wo wir bei deiner köstlich zubereiteten Forelle über alles Mögliche sprechen werden. Und dann möchte ich, dass du mir das Angeln beibringst, denn das habe ich noch nie gemacht. Und wenn es noch mehr Ruinen zu entdecken gibt, möchte ich die auch sehen. Und dann möchte ich vielleicht in deinem warmen Bach baden. Danach wäre ich dann bereit, ganz weich in den Knien zu werden, denn ich möchte sehr gerne, dass wir uns lieben."

CHRISTOPHER ÖFFNETE EIN AUGE UND FAND MARY VOR, WIE SIE im Bett neben ihm saß, die Bettdecke zurückgeschlagen. Sie bewunderte ihn. Sie war so vertieft, dass sie nicht merkte, dass er wach war, bis er ihr die Decke aus den Händen zog, um seine Blöße zu bedecken.

„Ich kann nicht schlafen, während du mich beobachtest", sagte er schläfrig.

„Nein? Dann sage mir, was du während der letzten halben Stunde getan hast, wenn du nicht geschlafen hast?"

„Du schaust mich seit einer *halben Stunde* an?"

Sie kicherte schuldbewusst und kuschelte sich neben ihn. „Ich schaue dich gern an - vor allem, wenn du schläfst - und nackt bist."

Er schob sich zur Seite, um einen Arm um sie zu legen und sie an sich zu ziehen.

„Ich schaue dich gern an, aber es gibt noch etwas, das ich noch lieber mit dir tue."

„Oh? Nur eines?", fragte sie mit vorgetäuschter Enttäuschung.

Er ließ sich nicht zum Narren halten. Ihre körperliche Reaktion sprach Bände. Sie schmiegte sich in schelmischer Erwartung seiner Erwiderung an ihn. Und als er nicht sofort antwortete, rieb sie sich noch mehr an ihm. Und dann drehte er sich in ihrer Umarmung um, zuerst, um sie anzusehen, dann, um sich auf den Rücken zu drehen und sie mitzuziehen, so dass sie über ihm zu liegen kam, was sie noch mehr kichern ließ. Sie gab vor, sich zu wehren, aber er ließ sich nicht abschrecken und bald saß sie über ihm, ihre Mähne roten Haares fielen in wilder Unordnung herab und kitzelten ihn im Gesicht.

Sie setzte sich auf und lächelte ihn an, er erwiderte das Lächeln und in diesem einzigen Moment wunderte er sich, wie fünf kurze Tage allein ihre Beziehung für immer verändert hatten. Es war, als wären sie seit Jahren Freunde und Liebende, so vertraut und unbefangen waren sie miteinander. Es war so, wie er es sich erträumt hatte, und wie er hoffte, dass ihr Leben weitergehen würde, wenn sie wieder in die Welt außerhalb dieses Cottages im Wald zurückkehren würden.

Er wollte nicht über eine Alternative nachdenken, denn wenn er es seinen Gedanken erlaubte zu wandern, gab es dort einen Schatten, diese dicke, schwarze Wolke, die über ihnen hing, die sehr reale Möglichkeit, dass ihre gemeine Zeit ein Ende haben könnte; dass dieses Idyll nur das Vorspiel zu ihrem Leben mit einem anderen war; dass diese Mary, *seine Mary*, ihm auf immer genommen werden könnte.

„Und wirst du mir sagen, was dieses eine ist?", murmelte sie und beugte sich vor, um ihn zu küssen. „Oder soll ich raten?"

Er riss sich aus seinen Gedanken und erwiderte grinsend ihren Kuss. „Was wäre Erheiterndes daran, es dir einfach zu sagen? Rate.“

„Nun gut. Ich nehme die Herausforderung an.“ Sie beugte sich weiter vor, um ihm ins Ohr zu flüstern, ihr sanftes Schnurren an seinem Hals regte all seine Sinne an. „Doch vielleicht möchte ich es dir lieber zeigen?“ Sie glitt geschmeidig wie eine Katze an seinem Körper hinab und schwebte über ihm. In ihren Augen stand ein entschieden mutwilliges Glitzern. „Deine Antwort scheint mir förmlich ins Gesicht zu starren.“

„Du kleines Luder!“, erwiderte er liebevoll. „Er ist zu selbstzufrieden und kann es nicht erwarten!“

Und mit einer leichten Bewegung setzte er sich auf, rollte herum und ließ sie unter sich gleiten, während sie wieder nach Luft schnappte, kicherte und einen schwachen Versuch unternahm, sich zu wehren. Jetzt lag sie zwischen den Decken und schaute zu ihm auf. Und er war an der Reihe, ihr ins Ohr zu flüstern.

„Wenn du es genau wissen musst, du lüsternes kleines Ding, dann ist es Tee - dir eine Tasse Tee machen. Aber auch das kann warten ...“

Und wie sie es getan hatte, glitt er an ihren Rundungen entlang, geschmeidig wie eine Katze, und sie holte tief Atem. Er schwebte nicht länger über ihr.

Er hatte das Cottage aufgeräumt, eine Kanne Tee gemacht und das letzte Brot geröstet, bis sie vom Bad in dem warmen Wasser des Wehrs zurückkam. Sie fand ihn, wie er unter dem Portikus saß und auf sie wartete. Es war Mittag und das erste Mal in mehr als einem Tag, dass sie das Cottage verlassen hatten.

Sie hatte ihre Haare in einem Zopf um ihren Kopf gewunden, um ihre unordentliche Mähne aus ihrem Gesicht zu halten, und trug die Röcke, das Mieder und die Stiefeletten, in denen sie angekommen war. Die Säume waren mit Schlamm und Wasser befleckt, das Mieder zerknittert und die Stiefeletten abgestoßen. Sie trug kein Korsett. Vor einer Woche hätte er sich nie vorstellen können, dass Lady Mary Cavendish es sich je erlauben würde, öffentlich so ungepflegt zu erscheinen. Es wäre auch für sie undenkbar gewesen. Doch als er sie beobachtete, wie sie den Weg auf ihn zu kam, hatte sie nie schöner ausgesehen als so zerzaust. Es war etwas an ihr, das unter die Oberfläche ging - die königliche Art ihrer Haltung, hoch aufgerichtet und immer korrekt. Es war ein Leuchten, ja, ein zufriedenes Leuchten, eine Art von Selbstbewusstsein. Das war es! Sie sah selbstbewusst und zufrieden aus, und das strahlte aus ihr heraus. Er lächelte in sich hinein, als er seinen Tee trank, über die kleine Rolle, die er bei ihrer neuen Selbstsicherheit und ihrem Glück gespielt hatte.

Sie nahm den Becher und die Scheibe Toast, die er ihn anbot, küsste ihn zum Dank und saß dann in geselligem Schweigen da, schaute auf den rotgoldenen Anblick, wie Enten am Ufer des Bachs und in den Flecken von goldenem und weißem Kreuzkraut watschelten. Doch dann erwischte sie ihn völlig unversehens, als sie ihm eine Frage stellte, die ihn überraschte und ihn seinen Becher mitten im Schluck so heftig vom Mund reißen ließ, dass der Tee über die Vorderseite seines Hemdes spritzte.

„Was ist ein- ein *Cicis–bo?*"

„Ein Cicisbeo?", wiederholte er und sprach das Wort
richtig aus, als er sich darauf konzentrierte, den Tee von der Vorderseite
seines Hemdes zu wischen, bevor es zu schlimme Flecken davontrug;
dies half auch, seine Überraschung über ihre Frage zu verbergen. *Wo
kam das nur her?* Er musste nicht lange warten, um es herauszufinden.

„Oh, so spricht man es aus? Und du warst ein - einer dieser
Cicisbeos ...?"

„Der Plural ist Cicisbei."

„Evelyn sagte mir, dass du einer dieser Cicisbeis warst, während du
im Ausland lebtest?"

Christopher nippte an dem, was von seinem Tee übrig war. Er hatte
sich gefragt, wann die Erwähnung ihres edlen Cousins in ihre gemeinsame Zeit eindringen würde. Und der Mann hatte die Stirn gehabt, ihr
von seiner Vergangenheit zu erzählen! Oder zumindest so viel anzudeu-
ten, dass es ihre Neugier genug erregte, um ihn danach zu fragen. Nun
gut. Er hatte ihr ohnehin davon erzählen wollen, aber nicht so bald,
nicht hier im Cottage. So viel zu den besten Plänen. Er aß sein Stück
Toast auf und sagte dann, um das Unvermeidliche hinauszuzögern:

„Ich muss frische Vorräte besorgen, wenn wir länger hier bleiben."

„Du willst weg?"

Er hörte ihre Angst und schüttelte den Kopf.

„Nein. Ich würde ewig mit dir hierbleiben, wenn das möglich wäre.
Aber wir brauchen Essen und vielleicht hättest du gerne Kleidung zum
Wechseln? Das heißt, wenn du bleiben möchtest ...?"

„Oh ja. Teddy wird noch zwei Wochen lang nicht nach Hause kommen, und Evelyn sagte, ich hätte einen Monat Zeit ...“

Sie unterbrach sich. Sie wollte nicht an die Zukunft denken. Sie wollte nicht über die Zeit mit Christopher hier hinausdenken. Und das würde sie nicht, noch nicht. Also kehrte sie zu ihrer ursprünglichen Frage zurück in der Hoffnung, das Gespräch und ihre Gedanken auf das Hier und Jetzt zurückzulenken.

Aber für Christopher betraf ihre Frage alles andere als das Hier und Jetzt.

„Und warst du ein Cicisbeo?“

„Ja.“

„Willst du mir davon erzählen?“

„Ich hatte vor, das zu tun, nur jetzt noch nicht. Aber nachdem du gefragt hast ... Was hat dein Cousin dir erzählt?“

„Nicht viel außer diesem Wort. Obwohl er sagte, du wärest begehrt gewesen, was, wie ich annehme, bedeutet, dass du sehr gut in dem warst, was diese Cicisbei tun ...“ Sie hielt inne, als Christopher hart auflachte, doch als er keine weitere Bemerkung machte, fügte sie leise hinzu: „Er sagte auch, du würdest es mir sagen, wenn ich fragte, aber ich sollte vorsichtig mit dem sein, was ich mir wünschte. Und daher kann ich nur annehmen, dass das, was du in dieser Eigenschaft getan hast, nicht für die Augen und Ohren einer Dame bestimmt ist ...?“

„Keiner englischen Lady, das ist sicher. Die Engländer haben wenig Verständnis für solche Arrangements und werden es wohl auch nie haben. Doch die Italiener sind weit pragmatischer und da es unter der Aristokratie der italienischen Staaten und Fürstentümer eine akzeptierte Praxis darstellt, ist die Stellung eines Cicisbeos, wenn auch nicht bei allen hoch angesehen, doch eine Tatsache des Lebens. Und daher fehlt es nicht an jungen Gentlemen, die sich um eine solche Stellung in einem adligen Haus bemühen.“

„Und während du in den italienischen Staaten lebtest, hast du dich darum beworben und eine solche Stellung erhalten?“, fragte Mary und versuchte zu begreifen, was er ihr sagte.

„Ah, mein Weg zu einem solch offiziellen Posten war anders als bei den meisten. Ich muss dich zuerst mit zurück zu meinen ersten paar Jahren außerhalb des Tales mitnehmen. Ich war achtzehn und im Ausland, ohne jegliches Einkommen oder Freunde, an die ich mich hätte wenden können. Nicht, dass ich zu diesem Zeitpunkt meines Lebens um Hilfe gebeten hätte ... ich erlebte harte Zeiten, die erforder- ten, dass ich meinen Lebensunterhalt verdiente. Um die Wahrheit zu sagen, ich war nicht ich selbst. Ich hatte unwillkommene Neuigkeiten erhalten - die für mich schockierend waren - die mich von zu Hause hatten weglaufen lassen. Und ich ließ davon meinen Gemütszustand bestimmen. Du musst bedenken, dass ich sehr jung war, daher überschritt rationelles Denken oder Handeln meine Fähigkeiten. Infolgedessen benahm ich mich ziemlich dumm und selbstzerstörerisch. Um es ganz offen zu sagen: Ich ließ mich auf eine Vereinbarung mit einer Frau ein, die mich im Austausch für bestimmte Gefälligkeiten ernährte und kleidete –"

„Du warst ihr Liebhaber?"

„Das ist eine höfliche Art, es auszudrücken. Ich war ihr Liebhaber, und dann kamen andere. Bald bot sie meine - *Dienste* - anderen Frauen an ..."

„Wie alt warst du, als du diese interessanteste Karriere begonnen hast?"

„Achtzehn."

„*Achtzehn*? Du warst nur ein - ein Junge!"

„So? Ja, ich schätze, schon. Aber ich hatte den Jungen zurückgelassen, hier zu Hause. Und als ich zwanzig Jahre alt geworden war, hatte ich in so vielen Betten geschlafen – wenn ich diesen Euphemismus verwenden darf – dass ich aufhörte zu zählen. Und ich wurde für dieses Privileg bezahlt."

Mary schnappte nach Luft, als ihr der volle Gehalt dessen, was er ihr anvertraute, zu dämmern begann. Ihre violetten Augen wurden rund und sie konnte das ganze Ausmaß dieser Enthüllung kaum fassen.

„Ich habe nie - nie gehört, dass es so einen - so einen *Beruf* gibt. Frauen wenden sich aus einer Vielzahl von Gründen der Prostitution zu und überlassen ihre Körper Männern gegen finanzielle Entschädigung - aber Männer? Gibt es wirklich Männer, die - die das ..." Sie schaute ihn ratsuchend an. „Gibt es da einen entsprechenden Ausdruck?"

„Mehrere. Kavalier. Page. Gigolo. Um nur drei zu nennen", sagte er milde. „Um diese schmutzige kleine Episode auf ihren Höhepunkt zu bringen, als ich ungefähr zwanzig war, wurde eine adlige Dame auf mich aufmerksam. Ja, sie bezahlte mich als ihren *Kavalier*, doch dann gefiel ich ihr sehr und sie überredete ihren Ehemann, mich als ..."

„... Gigolo anzustellen?"

Christopher lachte laut. „Oh, mein Liebling, du drückst es so höflich aus. Als ob ich als Tanzmeister oder Klavierlehrer angestellt worden wäre! Aber nein, nicht als ihre bezahlte Hure oder Liebhaber, Kavalier, nenn es, wie du willst, sondern als ihr Cicesbeo. In der Tat eine hohe Ehre."

„So?"

„Ja. Und sehr ungewöhnlich für einen Ausländer, eine solche Position zu erreichen. Es ist bei adligen Ehepaaren üblich, einen jungen

Adligen unter ihresgleichen auszuwählen. Doch da diese adlige Dame, und wichtiger noch, ihr Ehemann, zur Aristokratie gehörten - er war ein Conte und Mitglied des regierenden Rates - wurde eine Ausnahme gemacht. Jedoch musste ich eine intensive Ausbildung durchlaufen, bevor ich diese Stellung offiziell antreten konnte."

„Ausbildung? Das verstehe ich nicht. Welche Art von Ausbildung? Im Schlafzimmer?"

Christopher hörte den Unterton von Verwunderung in ihrer Frage und er lächelte in sich hinein und erklärte geduldig: „Nein. Nicht im Schlafzimmer. Ein Cicisbeo ist viel mehr als der Liebhaber einer Frau. Er erfüllt viele zeremonielle Funktionen, so dass das Schlafzimmer fast zweitrangig wird. Ich hatte eine Reihe von Tutoren und wurde in Benehmen, Fechten, Tanz, Musik, der Kunst der Konversation und Sprachen ausgebildet. Ich musste ein gewisses Maß an Bildung erreichen, bevor ich als der männliche Begleiter der Contessa in der Gesellschaft auftreten konnte. Aber ich war kein völliger Trottel vom Lande und lernte schnell. Ich konnte fechten und kannte ein paar grundlegende Tanzschritte und wenn ich auch in Harrow nicht der fleißigste Schüler gewesen war, war ich doch nicht ganz dumm."

„Harrow?" Maria wiederholte sich und griff etwas auf, das ihr vertraut war. „Meine Brüder gingen nach Harrow."

„Ja. Dair und Charles kamen viele Jahre nach mir."

Sie runzelte die Stirn. „Du hast mir nie gesagt, dass du nach Harrow geschickt wurdest."

Er lächelte. „Du hast nie gefragt. Vielleicht, da du jetzt es tust", sagte er neckisch, um ihre Stimmung zu erhellen, „macht es mich zu einem akzeptableren Liebhaber, Mylady?"

Doch Mary wollte sich nicht beschwichtigen oder von der Richtung ihrer Fragen ablenken lassen.

„Sei nicht dumm, Christopher! Also während du in der Kunst, ein vornehmer Begleiter zu sein, geschult wurdest, hast du auch mit dieser Frau geschlafen?"

„Das war Teil der Vereinbarung."

„Und ihr Ehemann wusste von dieser ... *Vereinbarung*, und es war ihm recht?"

„Ohne seine Zustimmung und Unterschrift zum Vertrag hätte ich nicht der Cicisbeo seiner Frau sein können."

„Tatsächlich? Ein schriftlicher Vertrag? Wie zivilisiert, wirklich."

Doch er ließ sich nicht von ihrer kühlen Höflichkeit täuschen. Das war nur Lack, und ein dünner obendrein. Mit jeder Offenbarung, die er über seine Vergangenheit machte, gab es kleine Veränderungen in ihrer Haltung, bis sie kerzengerade mit den Händen leicht im Schoß gefaltet und den Kopf hoch erhoben dasaß. Das war die Haltung, die sie einnahm, wenn sie mit ihm als Verwalter verhandelte und er in ihren Salon gerufen wurde, um Bericht über seine Arbeit abzulegen. Das war ihr Schild der Gleichgültigkeit, den sie herausholte, um sich vor Umständen und Gefühlen zu schützen, die außerhalb ihrer Kontrolle lagen. Aber das würde er nicht dulden. Nicht jetzt. Nicht, nachdem sie so weit gekommen waren und auf so vertrauten Fuß miteinander standen. Da er nicht in der Lage zu sein schien, sie in bessere Stimmung zu bringen, versuchte er es gerade heraus.

„Mary. Liebste. Dir ist klar, dass mein Leben als Cicisbeo buchstäblich ein anderes Leben vor langer Zeit war. Und dass ich seitdem ein Jahrzehnt hier zu Hause als Squire Bryce gelebt habe.“

„Und du hast eine vertragliche Vereinbarung mit diesem Paar akzeptiert, das dich aufgenommen und dich als Liebhaber der Frau erzogen hat?“, fragte Mary langsam und ignorierte seinen Kommentar, als sie versuchte, alles zu verstehen. „Und nachdem du die schönen Künste deines - deines *Berufs* erlernt hattest, bist du gemeinsam mit ihr in die Gesellschaft gegangen, und jeder wusste, dass du der bezahlte Geliebte dieser Adligen warst.“

„Ein Cicisbeo ist mehr als ein Liebhaber. Wie ich dir erklärt habe, ist diese Stellung mehr die eines vertrauten, männlichen Begleiters. Es weniger zu nennen, bedeutet, eine Vereinbarung zwischen einem Ehemann, seiner Frau und ihrem Liebhaber zu verunglimpfen, die ein lang geübter Brauch im italienischen Adel ist. Er ist so weitverbreitet, dass er einfach zu ihrem Leben gehört. Wenn Einladungen zu Bällen und Gesellschaften und Opernnächten verschickt werden, erhalten alle drei – Mann, Frau und Cicisbeo – jeweils eine formelle Einladung, und alle drei nehmen gemeinsam teil. Niemand zieht die Augenbrauen überrascht oder ungehalten hoch. Jeder steht solchen Vereinbarungen zivilisiert und höflich gegenüber.“

„Oh, ich bin sicher, dass sich deinetwegen mehr als ein paar Augenbrauen hoben und dass es eine ganze Menge weicher Knie unter den Damen gab!“, rief Mary ihm ins Gesicht, aller Anschein von ruhiger Neugier war verflogen. „Ich hoffe, dein Vertrag lief viele Jahre, sonst wäre all der gute Unterricht verschwendet gewesen!“

„Mary, der Vertrag mit der Contessa war nicht mein einziger.“

Sie setzte sich noch aufrechter hin. „Du warst ein Cicisbeo bei mehr als einer Dame?“

„Nicht gleichzeitig. Ein Vertrag ist exklusiv, aber nur für zwei Jahre verbindlich, manchmal höchstens drei.“

„Wie viele Verträge hast du gehabt?“

„In zehn Jahren? Vier.“

„Vier? Du warst der offizielle Liebhaber, Begleiter, nenne es, wie du willst, von vier verschiedenen adligen Damen?"

„Ja." Als ihre Hände sich in ihrem Schoß zu Fäusten ballten, sagte er leise, aber fest: „Ich habe dir schon gestanden, in meiner Vergangenheit viele Geliebte gehabt zu haben, und dennoch kränkt es dich am meisten, dass ich vor allem der Cicisbeo von vier adligen Damen war. Doch als Mitglied der feinen Gesellschaft ist dir sicher bekannt, dass englische Adlige außereheliche Affären haben, sich Mätressen halten und praktisch ein von ihrer rechtmäßigen Ehefrau getrenntes Leben führen."

„Aber das ist anders! *Sie* sind anders! *Du* bist anders!"

Er missverstand die Bedeutung ihrer Worte völlig und sagte mit einem verwirrten Stirnrunzeln ob ihres Kummers:

„Wieso? Die Promiskuität eines Engländers wird nicht verurteilt. In der Tat wird er für seine sexuelle Fähigkeit und häusliche Geschicklichkeit gelobt. Und doch, weil es in der italienischen Gesellschaft die Frau ist, die sich mit der Zustimmung ihres Mannes einen Geliebten nimmt, wird eine solche Vereinbarung von unwissenden Engländern verurteilt?"

„Ach, was interessieren mich die Gewohnheiten meiner Standesgenossen oder der Italiener, was das angeht!", warf Mary ihm abwehrend an den Kopf. „Ich bin nicht blind für das, was um mich herum vor sich geht. Ich habe einen Bruder, der ein uneheliches Kind hat – einen süßen Jungen – und sogar meine Mutter erkennt seine Existenz an, weil er ihrer Ansicht nach ein Symbol für die Männlichkeit ihres Sohnes ist. Wehe, wenn ihre Tochter sich jemals einen Liebhaber nehmen würde …"

„Ein bisschen spät, um sich wegen ihrer gute Meinung Sorgen zu machen", murmelte Christopher mit einem Augenzwinkern.

„Touché!", erwiderte sie und verblüffte ihn, indem sie ein Gesicht zog, das ihn so an Teddy erinnerte, wenn sie eine ihrer frechsten Laune hatte, dass er in Gelächter ausbrach. Das machte sie nur empört und sie schoss auf die Füße, um ihm ins Gesicht zu sehen. „Es ist nicht leicht für mich, das, was du mir über deine Vergangenheit – über dein Leben als – dein Leben in Italien – erzählt hast, mit dem Squire Bryce von Brycecomb Hall, den ich kenne, in Einklang zu bringen. Ich ahnte immer, dass deine Zeit im Ausland dazu beigetragen hat, dich von anderen Männern abzuheben, und ich meine nicht nur Männer hier im Tal. Und jetzt, da ich deine Vergangenheit kenne, bin ich noch weniger überrascht, warum du dich entschieden hast, sie geheim zu halten. Du hast recht daran getan. Niemand würde es verstehen, und selbst diejenigen, die weit großherziger denken, würden dein Leben als Cicisbeo ziemlich schockierend finden – die meisten würden es verurteilen. Sage mir: warst du glücklich mit deinem Leben in den italienischen Staaten?"

„Glücklich? Zuerst nicht, nein. Ich fühlte mich erbärmlich. Aber wie ich sagte, das lag ganz allein an mir. Jedoch fand ich schließlich einen gewissen Sinn darin und damit auch Glück."

„Und diese Frauen und ihre Ehemänner, waren sie glücklich mit dir?"

„Ja, ich vermute, das müssen sie wohl gewesen sein. Ich habe mich bemüht, mein Möglichstes zu tun, um meine vertraglichen Verpflichtungen nach besten Kräften zu erfüllen."

„Aber natürlich hast du das. Ich habe nie erlebt, dass du bei etwas, das du tust, anders als fleißig und gewissenhaft warst."

Aus einem unergründlichen Grund fühlte Christopher, wie sein Gesicht bei ihrem nachdrücklichen Lob heiß wurde. „In der Tat?"

Diesmal verdrehte Mary die Augen.

„Musst du das fragen? In den acht Jahren, in denen wir uns kennen, bist du nie von deinem gegenwärtigen Leben als Squire of Brycecomb Hall abgewichen. Du hast dich immer als fleißiger Gutsbesitzer und Gentleman präsentiert, der das Land und das Tal liebt. Du kümmerst dich um das Wohlergehen deiner Pächter, du hast Abbeywood gerettet, *und* du warst immer für Teddy und mich da, auch wenn ich deine Haltung manchmal als selbstherrlich empfunden habe. Nein! Versuche nicht, es abzustreiten. Und ich meinte jedes Wort von dem, was ich in der Mühle sagte, und tue es immer noch.

„Aber es gibt einen Aspekt deines Lebens, der die Frauen des Tales beständig verwirrt. Es ist nichts, worüber ihre Männer normalerweise nachdenken würden, aber von Zeit zu Zeit werden ihre Frauen ihnen die Frage stellen. Möglicherweise haben sie gar ihre Ehemänner gebeten, die Wahrheit über dich zu herauszufinden. Aber da ich nicht mit ihren Gesprächen vertraut bin, kann ich nicht mit Sicherheit sagen, ob dies der Fall ist. Was ich weiß, ist, dass dein fortgesetztes Junggesellendasein und das anscheinende Desinteresse am schönen Geschlecht, selbst wenn jemand unverhohlen versucht, dein Interesse zu erwecken, eine ständige Quelle für den Klatsch im Dorf wie in den adligen Familien des Bezirks ist. Und selbst wenn die Frauen nicht direkt mit mir sprechen, bin ich nicht blind für ihre bewundernden Blicke und ihre Enttäuschung, wenn du dich nicht mehr als nur oberflächlich mit ihnen beschäftigst. Sie stehen dir ebenso ratlos gegenüber wie ich früher."

„Ratlos?"

Sie schmollte. „Hast du wirklich keine Ahnung oder machst du dich über mich lustig?"

Er zog sie näher zu sich, bis sie zwischen seinen Knien stand, und hielt ihre beiden Hände fest.

„Ich bin auch nicht blind. Ich bin mir bewusst, dass meine Rückkehr ins Tal unter unseren Nachbarn Erstaunen ausgelöst hat, nur hätte ich gedacht, dass nach fast einem Jahrzehnt das Interesse an meinem unverheirateten Zustand abgenommen haben sollte."

„Abgenommen?", schnaubte Mary. „Solange ein gutaussehender Junggeselle mit Vermögen keine Frau hat, wird es immer Interesse geben und absurde Gerüchte die Runde machen."

„Absurde Gerüchte?"

„Ja. Das Absurdeste ist, dass du, während du im Ausland warst, Papist wurdest, zum Priester geweiht wurdest, ein Keuschheitsgelübde für deinen Glauben ablegtest und als Spion für den Kaiser des Heiligen Römischen Reiches hierher zurückkehrtest. Und das wäre der Grund, warum du kein Interesse am schönen Geschlecht hättest."

Christopher Schultern bebten vor unterdrücktem Gelächter.

„Ein Papist, ein Priester, ein Spion und *kein Interesse* an Frauen? Liebe Güte, was für ein trübsinniger Kerl ich bin!"

„Pfarrer Beasleys Frau sagt, du seiest mehr Mönch als Mann. Und selbst ich, die nicht besonders geschickt darin ist, die verschleierten Anspielungen in einer Unterhaltung zu erfassen, wusste sofort, dass sie damit nicht deine kirchlichen Neigungen meinte!"

„Kirchliche Neigungen?", wiederholte er. „Oh, mein Liebling, du weißt Worte sehr gut zu gebrauchen! Und ebenso die nette Pfarrersfrau."

Maria blickte ihn scharf an. „Du hast nicht vor, mir noch mehr welterschütternde Geheimnisse mitzuteilen, oder?"

Christopher zuckte zusammen und schmunzelte dann. „Darüber, dass ich ein heimlicher Priester bin?" Er drückte ihre Hände. „Wir haben gerade sechs Tage zusammen verbracht, und uns bei jeder Gelegenheit leidenschaftlich geliebt – das ist nicht sehr mönchisch, oder? Und ich weiß nicht, ob es welterschütternd ist oder nicht, aber du bist die erste Frau, mit der ich seit zehn Jahren geschlafen habe."

Mary starrte ihn mit offenem Mund an. „*Zehn? Zehn* Jahre? *Du* hast *zehn* Jahre lang mit keiner Frau geschlafen?"

„Ich sehe, dass diese Enthüllung welterschütternd *ist*", murmelte Christopher und sammelte sich dann. „Meine Gründe sind einfach und sollte dich nicht überraschen. Ich habe zwischen meinem achtzehnten und meinem dreißigsten Lebensjahr einen Überfluss weiblichen Fleisches genossen. Und während mein Geist und mein Körper beteiligt waren, war mein Herz es nicht. Daher, als ich mich von diesem Stand zurückzog, fasste ich den Entschluss, keusch zu bleiben. Ich habe diese Wahl nicht bereut. Keuschheit würde den meisten Männern nicht gefallen, aber mir tat sie gut. Ich habe inzwischen entdeckt, dass ich einen Charakter habe, der verlangt, dass ich Verstand, Körper *und* Herz einer

Sache widme, andernfalls bin ich unzufrieden. Ich habe diese persönliche Philosophie beim Betrieb meines Gutes, meiner Mühlen und meiner Tätigkeit als Verwalter von Abbeywood in die Praxis umgesetzt. Und sie ist der Grund, warum ich, als ich mich verliebte und die Liebe meines Lebens nicht frei für mich war, mich mit einem Leben als Junggeselle abfinden konnte."

Er ließ den Satz in der Luft hängen und fragte sich insgeheim, ob sie erkannte, dass er von ihr sprach. Das verstand Mary, doch ihre Gefühle zu äußern fiel ihr nach einem so ernsten Geständnis und einer solchen Erklärung nicht leicht. Und dann sagte sie etwas, das ihn wünschen ließ, er hätte nie an ihrer Fähigkeit zum Verständnis gezweifelt.

„Und während du dich mit einem Leben als Junggeselle abfandest, war sie - die Frau, die nicht frei war, um bei dir sein zu können - entschlossen, dass sie, obwohl sie die Frau eines Mannes war, der niemanden außer sich selbst lieben konnte, ihrem Herzen nicht erlauben würde, dahinzuwelken und zu sterben. Sie wollte an der Hoffnung festhalten. Und ihr Herz welkte nicht dahin, denn als sie ihren Nachbarn, den unverheirateten Squire, kennenlernte, stellte sie fest, dass er ein Mann von Prinzipien und gütig war, ein Mann, den sie bewundern konnte, hätte lieben können, wenn ihr Leben anders verlaufen wäre." Ihre Augen wurden groß und sie sagte ein wenig atemlos: „Bist du nicht ebenso wie ich ein wenig von Ehrfurcht erfüllt, dass diese beiden trotz aller Widrigkeiten schließlich ein Liebespaar wurden?"

„Ja", sagte er schlicht. „Mary. Ich bitte dich nicht, mein Leben zu akzeptieren, wie es war, oder auch nur, es zu verstehen. Es gibt weit tiefere Gründe, als ich dir hier erklären kann, warum ich als Junge aus dem Tal fortlief. Doch ich würde doch denken, dass meine Vergangenheit, insbesondere meine Erfahrungen als Cicisbeo, mich mit einer einzigartigen Einsicht ins Leben ausgestattet haben, sodass ich die Wünsche und Bedürfnisse von Frauen - deine Wünsche und Bedürfnisse vor allem - besser verstehen kann, und ich meine nicht nur als rücksichtsvoller Liebhaber."

„Obwohl du das bist, sehr", unterbrach sie mit einem Ernst, der ihn erröten ließ. „Und ein wunderbarer Lehrer... Ich war immer verwirrt von Frauen, die es wirklich genießen, mit einem Mann zu schlafen. Aber ich konnte es nie über mich bringen, nach solch intimen Dingen zu fragen. Jetzt weiß ich, warum Deb so glücklich ist in ihrer Ehe mit Julian." Als ob sie fürchtete, gehört zu werden, flüsterte sie: „Und warum sie ständig schwanger ist."

„Ist sie das?"

Maria nickte und sagte mit einem schüchternen Lächeln, das ihn im

Gegenzug zum Lächeln brachte: „Du hast mich sehr glücklich gemacht."

„Und du hast mich zum glücklichsten aller Männer gemacht", antwortete er und küsste sie sanft auf die Stirn und sagte: „Alles, worum ich bitte, ist, dass du jetzt erkennst, dass das Leben, das ich jetzt führe, das echte Leben ist, das Leben, das ich für den Rest meiner Tage führen will. Nicht meine Vergangenheit, sondern die Art, wie ich mein gegenwärtiges und zukünftiges Leben wähle, sollte uns wichtig sein."

„Aber das versuche ich doch, dir zu erklären", sagte sie mit einem leicht verärgerten Seufzer, der ihn ein Grinsen unterdrücken ließ. „Deine Vergangenheit spielt wirklich keine Rolle für mich; wichtig ist der Mann, den ich vor mir sehe."

„Und wen siehst du vor dir, Mary?"

„Ich sehe Cavendish Christopher Bryce – denn das ist dein Name. Das hast du mir selbst gesagt. Ich verstehe nicht, warum du den Namen, den du bei deiner Geburt erhalten hast, nicht benutzt, aber ich bin mir ziemlich sicher, dass das mit den Gründen zu tun hast, aus denen du fortliefst. Und während diese ein Geheimnis bleiben, stört mich das auch nicht sehr, denn auch sie gehören der Vergangenheit an. Für mich wirst du immer Christopher sein." Sie berührte seine Wange, strich dann mit einem Lächeln sanft die Locken zurück, die in seine Stirn fielen und küsste ihn. „Aber vor allem", murmelte sie, „sehe ich einen bemerkenswerten Mann. Ich sehe den Mann, den ich liebe."

Ein weiterer Tag und eine Nacht vergingen, bevor die Speisekammer des Cottages so kahl war, dass Christopher keine andere Wahl hatte, als nach Hause zurückzukehren, um Nachschub zu holen, oder er hätte Brennnesselsuppe kochen müssen. Er war mehr als eine Woche von zu Hause fort gewesen und während er sich mit der Tatsache tröstete, dass Luke nicht mit einer Nachricht von Kate hergekommen war, in der sie ihn um seine Rückkehr bat, war er seltsam beunruhigt, nichts von ihr gehört zu haben. Seit seiner Rückkehr nach Brycecomb Hall vor zehn Jahren war er nie mehr als drei Nächte in Folge von zu Hause fort geblieben. Also war es überraschend, dass er mehr als sieben weggewesen war und kein Wort von ihr gehört hatte.

Mary war sehr dafür, dass er nach dem Wohlergehen seiner Tante schauen sollte; schließlich war sie alles, was er an Familie hatte und verließ sich völlig auf ihn. Außerdem plante sie, während er fort war, etwas zu waschen und die Kleidungsstücke auf den warmen Bodenplatten des Cottages zu trocknen und zöge es vor, dass er nicht anwesend wäre, während sie das tat. Und während ihre Kleidung trocknete, würde sie eines seiner Ersatzhemden tragen, das sie in der Kleiderkiste gefunden hatte. Er lachte leise über ihre Prüderie - schließlich hatte er sie so oft nackt und in all ihrer kurvigen Pracht bewundert, dass sie für immer in seinem Gedächtnis eingraviert war.

„Aber das ist etwas anderes", widersprach sie errötend und sagte leise, als ob man solche Themen nicht in gemischter Gesellschaft ansprechen sollte, wenn überhaupt: „Ich will mein Hemd und meine Strümpfe waschen."

„Oh ja. Ganz richtig", antwortete er, ohne über ihre Ernsthaftigkeit zu schmunzeln. „Ich könnte Luke mit einer Nachricht nach Abbeywood schicken, um zu holen, was du brauchst...? Obwohl das vielleicht Mrs. Keble aufschrecken würde, wenn sie das nicht schon ist, und sie dann fragen könnte, wo du bist. Obwohl der Junge nicht antworten würde, und das wäre für alle unangenehm."

„Mrs. Keble ist nicht mehr in Abbeywood", sagte Mary zu ihm. „Während wir die Mühle besichtigten, kamen mehrere Männer mit der Nachricht, dass ihre Mutter - oder war es ihr Vater? - krank geworden wäre. Obwohl Jane sich nicht ganz sicher war; alles, was sie sagen konnte, war, dass die Männer mehr nach Schlägern als nach Begleitern aussahen. Und wir alle wunderten uns, warum Mrs. Keble fünf solcher Schläger brauchen sollte, um sie nach Cirencester zu begleiten. Jane sagte, die Frau war in einem Augenblick in Tränen aufgelöst und im nächsten derart betrunken, dass man ihr in die Kutsche helfen musste. Armes Wesen."

Schläger im Dienste des Herrn der Spione, die wahrscheinlich der Haushälterin genug Alkohol eingeflößt hatten, um sie fügsam zu machen, war Christophers Vermutung. Eine böse Sache, und er war froh, dass Mary nichts davon gesehen hatte.

Sie folgte ihm zur Tür, doch er blieb stehen, bevor er sie öffnete und schaute sie stirnrunzelnd an.

„Kommst du hier allein zurecht? Ich werde mehrere Stunden fort sein. Vielleicht kann ich nicht vor Einbruch der Dunkelheit zurückkehren."

Sie hob sich auf Zehenspitzen und küsste seine Wange. „Ja. Absolut. Und wenn du jetzt nicht gehst, werde ich keine Zeit haben, meine Kleidung zu trocknen, bevor du zurückkommst."

Er zog sie an sich, die Hand in ihren schmalen Rücken gedrückt, und küsste sie rasch.

„Geh nicht weiter als bis zum Wehr. Und bleibe auf dieser Seite des Baches. Ich möchte dich nicht erschrecken, aber es gibt Zigeuner um diese Jahreszeit und – „

„Dummchen! Zigeuner würden es nicht wagen, Hand an mich zu legen aus Angst vor den Folgen."

Christophers Blick schweifte über sie, von dem frei fließenden Gewirr ihrer langen roten Locken zu den fleckigen weißen Strümpfen, die schon bessere Tage gesehen hatten. Sie war so fern vom Aussehen der Tochter eines Earls, dass nur wenige, geschweige denn die Zigeuner, ihr geglaubt hätten, ganz gleich, wie herrisch ihr Verhalten und ihr Tonfall sein mochten. Er erinnerte sie nicht daran, dass die Straßenräuber, die die Kutsche ihrer Mutter auf dem Weg zur Hochzeit ihres Bruders überfallen hatten, sich keinen Deut darum geschert hatten, als sie eine Gräfin und ihre Tochter ausraubten und dass darauf die Todesstrafe stand. Er machte keine weitere Bemerkung und, nachdem er sie erneut geküsst hatte, öffnete er die Tür.

Und dort, auf dem Portikus, die Hand zum Klopfen erhoben, stand Luke, und hinter Luke stand ein schlaksiger Riese von einem Mann mit der Haut in der Farbe gebräunten Karamells. Christopher hatte keine Ahnung, wer dieser Fremde war. Aber Mary kannte ihn. Sie war so schockiert, dass sie erbleichte und nach hinten wankte, eine Hand vor Unglauben an ihrer Kehle gepresst. Es war der Ehemann ihrer Cousine, der Herzog von Kinross.

# TEIL II

## DIE FAMILIE

# VIERUNDZWANZIG

Am Vortag, kurz vor Einbruch der Dämmerung, bogen zwei
Wagen unter dem Bogen des Torhauses ein und fegten die geschotterte
Auffahrt zum Eingang von Brycecomb Hall hinauf. Das jakobinische
Herrenhaus zeigte sich bei Sonnenuntergang in all seiner Pracht, als das
sanfte Leuchten der untergehenden Sonne den gelben Stein des
Gebäudes wie tiefgoldenen Honig wirken ließ. Besuchern fiel dies
immer auf, selbst jenen, die das Haus auch zu anderen Tageszeiten
besucht hatten. Den Insassen der Kutsche ging es nicht anders. Sie alle
stiegen aus, traten auf festen Boden und streckten ihre Gliedmaßen nach
einem langen Tag der Reise in großer Geschwindigkeit. Dann hielten sie
ein paar Augenblicke inne, um die malerische Umgebung zu bewundern. Das sagte viel über die Schönheit des Anwesens, denn diese
Männer und Frauen waren keine gewöhnlichen Besucher. Sie waren es
gewöhnt, in so palastartigen Gebäuden zu wohnen, dass sie wie eigene
Königreiche waren, und ihre opulente Pracht ging über die wildesten
Vorstellungen aller außer dieser wenigen Privilegierten hinaus.

Und dann raffte die Herrin dieses Gefolges eine Handvoll ihrer zart
bestickten Samtröcke unter ihrem pelzgefütterten Umhang und rauschte
am Arm ihres Gatten nach drinnen, dicht gefolgt vom Arzt der Familie.
Ebenso folgte der Haushofmeister des Paares ins Haus, die Zofe, zwei
Kammerfrauen und der Kammerdiener ihres Mannes. Ein Diener führte
die beiden Kutschen und die acht livrierten Vorreiter zu den Ställen an
der anderen Seite des Hauptgebäudes. Hier hatten sich Diener versammelt, um den Berg von Gepäck abzuladen und Stallburschen warteten,
um auszuspannen und die Kutschen vom Kalkstaub zu reinigen und

sich um die mehr als ein Dutzend Pferde zu kümmern, während der Stallmeister des Hauses die Kutscher und Vorreiter empfing und dafür sorgte, dass sie genug Apfelwein und eine warme Mahlzeit bekamen und bei den Stallungen untergebracht wurden.

Die Gäste, die durch die schwere Vordertür eingetreten waren, wurden in der großen Eingangshalle von einer Reihe schweigender Diener und einem nervösen Carlo empfangen, der ihre Ankunft erwartet hatte, seit die Nachricht durch einen Diener des Gasthofs *The Bear* überbracht worden war, dass sich zwei Kutschen auf dem Weg nach Brycecomb befänden. Nach Meinung des Gastwirts (und jeder schloss sich ihm an, da er in seiner Jugend in einem großen Haus in Bath angestellt gewesen war), war der Besitzer beider und Insasse einer der Kutschen ein Herzog. Er wusste das wegen der Krone über dem Schild und unter dem oberen Rand des Wappens, das auf den schwarz lackierten Türen jeder Kutsche prangte. Fünf sichtbare Erdbeerblätter um die Krone standen für einen Herzog, darauf hätte der Gastwirt seinen guten Eckzahn verwettet, er war sich sicher.

Vom Treppenabsatz im ersten Stock beobachtete Kates Gesellschafterin Fran diese Ankunft, blieb außer Sicht, aber in Hörweite der Gespräche. Fran hatte von ihrer Herrin Anweisung erhalten, alles zu berichten, was sie sah und hörte, und war zunächst überrascht, dass französisch statt englisch gesprochen wurde, und dann erstaunt, als Carlo in seiner Muttersprache angesprochen wurde. Während sie nur bruchstückhaft Italienisch verstand, brachte die Neugier sie doch ans Geländer, um auf diese unerwarteten, doch so faszinierenden Gäste hinab zu spähen, sich zu fragen, wie weit sie gereist sein mussten und ob sie tatsächlich Gäste aus dem Ausland wären, die ihre Herrin kannte.

Die kleine Lady, die am Arm eines hochgewachsenen, schlaksigen Gentleman hereingerauscht war, schob die Kapuze ihres Umhangs von ihren Haaren zurück, die in Zöpfen mit Bändern und Perlenkopfnadeln nach oben frisiert waren. Ihre Zofe trat vor, um ihr den Umhang vollends abzunehmen und Frans Mund war nicht der einzige, der offen stehen blieb beim Anblick des Kleides der Lady aus reichem, dunkelblauem Samt mit silbernen Schnüren. Auch die Dienstboten starrten und senkten dann schnell die Augen auf die Dielen. Carlo starrte am längsten von allen, denn diese faszinierende kleine Lady hatte ein herzförmiges Gesicht, äußerst ungewöhnliche grüne Augen, schräg wie die einer Katze, und einen üppigen Busen. Doch es war die Rundung ihres Leibes, die er am deutlichsten anstarrte. Dann jedoch erinnerte er sich an seine Manieren und hob seinen Blick wieder zu ihrem Gesicht, wo er sah, dass sie nicht in der ersten oder zweiten Jugendblüte stand und dass ihr blondes Haar an den Schläfen leicht von silbernen Fäden durchzogen wurde. Das lenkte ihn jedoch nicht von ihrer Schönheit ab, denn Carlo fand, sie wäre die fesselndste, elfenhafteste Kreatur, die er je gesehen hatte. Und sie sah aus, als wäre sie im letzten Drittel einer Schwangerschaft.

„Ihr müsst bitte diesen großen Überfall entschuldigen, aber wir sind gekommen, um M'sieur Bryce zu sehen", verkündete Antonia, Herzogin von Kinross. „Und Ihr werdet uns bitte zu ihm bringen, *immédiatement.*"

Carlo schaute den sonnengebräunten Riesen an, der neben ihr stand, als ob er ihm ihre französischen Worte übersetzen sollte. Doch da dieser damit beschäftigt war, seinen Umhang und seine Handschuhe mit Hilfe seines Kammerdieners abzulegen, fing er Carlos wortloses Flehen nicht auf. Daher verbeugte Carlo sich erneut und zuckte mit den Schultern und Antonia wiederholte ihren Satz, diesmal in Englisch. Als sie darauf die gleiche unverbindliche Antwort erhielt, wandte sie sich zu ihrem Mann und sagte auf Italienisch:

„Ich muss mich irren. Ich dachte, in diesem Haus würde eine zivilisierte Sprache gesprochen."

Das Gesicht des kleinen Mannes leuchtete auf und er vergaß sich so weit, dass er sprach, ohne direkt angesprochen worden zu sein, was das Gefolge des Herzogs und der Herzogin dazu veranlasste, nach Luft zu schnappen, doch das herzogliche Paar blieb unbeeindruckt. Alles, woran ihnen lag, war, so schnell wie möglich mit Christopher Bryce zu sprechen.

„*Sì! Sì, Signora*! Carlo spricht die zivilisierteste Sprache der Welt. Ich stehe zu Euren Diensten!"

„Es scheint, dass deine Vermutung richtig war, Schatz", witzelte Jonathon, Herzog von Kinross. Er wandte sich an Carlo. „Die Duchessa hat einen langen Weg zurückgelegt, um *Signore* Bryce zu sehen, also seid ein guter Mann und lasst uns nicht im Flur herumstehen. Geht einfach voraus und dann könnt Ihr uns so einen besonderen Kaffee holen, den Eure Landsleute so gut zubereiten."

„Aber, *Signore*, *Signore* Bryce, er ist nicht hier. Das versichere ich Euch auf meine Ehre."

Antonia und Jonathon wechselten einen Blick und dann sagte sie mit großer Geduld: „Er ist nicht hier, weil er nicht hier ist, oder weil er zu dieser Zeit nicht im Haus ist und zurückkehren wird?"

Carlo schob seine Unterlippe vor und wollte gerade antworten, als Silvia aus einem Dienstbotengang gestürzt kam. Sie warf einen Blick auf Antonia, der für einen winzigen Moment auf deren Bauch hängen blieb, dann warf sie entzückt die Arme hoch.

„*Signora*! *Signore*! Willkommen! Willkommen! Ihr alle seid höchst willkommen. Carlo", tadelte sie ihren Mann, „warum warten diese guten Leute darauf, dass man sie in ihre Zimmer führt? Ihre Kisten werden abgeladen, während ich hier spreche, und daher wirst du bitte die gute Lady und ihre Damen und den Gentleman in den Ostflügel begleiten. Dieser andere Gentleman, der wie ein *dottore* aussieht, kann das Zimmer am Ende des Ganges haben ..."

„Es ist von höchster Wichtigkeit, dass ich ein Schlafzimmer in der Nähe Ihrer Gnaden bekomme, damit ich jeden Moment gerufen werden kann", beharrte der Arzt mit einem Schnüffeln. „In ihrem heiklen Zustand und zu diesem späten Zeitpunkt kann alles Mögliche geschehen! Und daher ist es ungemein wichtig, dass ich in Rufweite und bereit bin, zu jeder Zeit."

„Ich mag Eure Beflissenheit, Pratt, aber Ihre Gnaden käme besser ohne Eure überschwängliche Aufmerksamkeit zurecht. Das geht ihr auf die Nerven", klagte Jonathon. Er sah zu Antonia hinab und sagte augenzwinkernd: „Sag mir noch einmal, Liebste, warum habe ich Roxton erlaubt, mich zu überreden, dass sein eigener Hausarzt uns auf dieser Reise begleitet?"

„Du hast nichts dergleichen getan", erwiderte Antonia ohne Groll. „Du und mein Sohn habt es gemeinsam entschieden und es mir dann als *fait accompli* vorgesetzt, dass ich Treat nicht verlassen dürfe, wenn er nicht mit uns käme. Welche Wahl hatte ich? Aber ich glaube, du hast meinem Sohn nur zugestimmt, damit er sich keine übermäßigen Sorgen machen würde, während ich fort bin." Auf ihren Wangen erschienen Grübchen. „Dafür danke ich dir. Aber ich danke dir nicht dafür, dass du ihm zugestimmt hast."

„Ach! Also hast du meinen listigen Plan durchschaut! Das hätte ich wissen müssen. Aber um die Wahrheit zu gestehen", gab Jonathon verlegen zu, „bin ich derjenige, der große Bedenken hat."

Antonia schaute ihn an und berührte leicht seinen Ärmel. „Ja, und es tut mir leid", sagte sie leise auf Französisch, wohl wissend, dass er zerfressen war vor Sorge um sie; seine erste Frau war im Kindbett gestorben, ebenso wie ihr kleiner Junge. „Aber habe ich dir nicht tausendmal gesagt, dass ich viel stärker bin, als ich aussehe? Und unser Kleines ist das auch. Ich brauche M'sieur Doktor hier nicht, um mir das zu sagen, obwohl ich weiß, dass seine Anwesenheit ein Trost für dich ist. Aber bitte, sein Zimmer muss so weit wie möglich von meinem entfernt sein, ohne dass man ihn gleich zu den Pferden ins Stroh schickt."

Sie sagte diesen letzten Satz über ihre Schulter zum ihrem Haushofmeister und als dieser vertrauenswürdige Diener verstehend nickte, wandte sie sich um, um Silvia und Carlo freundlich anzulächeln und sprach beide gleichermaßen an.

„Ich möchte Eurem Haushalt keine Unannehmlichkeiten bereiten, doch leider kann ich es nicht ändern und es ist sehr notwendig. Unser *maggiordomo Signore* Gallet, der Herr im schwarzen Mantel mit den intelligenten Augen, den Ihr hinter meinem Rücken seht, wird alles zur Zufriedenheit aller arrangieren. Ihr müsst Euch um nichts Sorgen machen. Er spricht mehr fremde Sprachen als ich, was etwas heißen will. Doch was ich im Moment am dringendsten möchte, ist, mit *Signore* Bryce zu sprechen, doch Ihr sagt mir, Euer Herr sei nicht hier?"

„Nein, *Signora*. Aber Luke weiß, wo er ist."

Carlo warf seiner Frau einen verblüfften Blick zu. Dies war ihm neu. „Er weiß es? Silvia, warum hast du mir das nicht gesagt?"

„Es ging dich nichts an."

„Ging mich nichts an? Alles hier geht mich etwas an!"

„Dies nicht."

„Und doch scheint es jetzt, dass es mich *sehr wohl* angeht!"

„Bitte!", forderte Antonia. „Ihr könnte Euch später streiten. Jetzt hört mir bitte zu." Sie wandte sich ausschließlich an Silvia. „Dieser Luke, man kann ihn holen, ja?"

„*Sì, Signora*. Aber ich weiß nicht, ob Euch das viel helfen wird", sagte Silvia entschuldigend. „Er weiß, wo der Herr ist, aber es will es nicht sagen, niemandem. Sein Mund ist fester geschlossen als eine Kaninchenfalle!"

Antonia sagte eifrig: „Mir wird er es sagen. Jetzt möchte ich mich bitte in meine Zimmer zurückziehen, um zu baden und die Kleider zu wechseln. Und das *bébé* hätte gerne vor dem Abendessen etwas zu knabbern, wenn das nicht zu viel Mühe macht?"

Silvia strahlte und klatschte in die Hände. „Natürlich. Natürlich! Silvia wird Euch einen Teller mit etwas Wunderbarem und eine Tasse ihres speziellen Milchkaffees machen. Das *bambino* wird es sehr genießen, das versichere ich Euch."

Carlo entließ die Diener, damit sie ihren Pflichten nachkommen konnten - es gab viel zu tun. Dann wandte er sich zur Treppe, um die Besucher in ihre Räume zu führen, doch Antonia hatte Silvia zur Seite genommen, daher blieb er stehen und wartete und Jonathon, der gute Doktor und ihre Dienerschar folgten seinem Beispiel. Antonia blickte die Treppe hinauf, wo Fran sich über das Geländer lehnte, so fasziniert, dass sie vergessen hatte, dass sie außer Sichtweite bleiben sollte, und sagte vertraulich:

„In diesem Haus lebt noch jemand. Ich möchte, dass Ihr ihr eine Nachricht von mir überbringt. Und Ihr müsst es sein, der es Eurer Herrin sagt. Versteht Ihr?" Als Silvia nickte, fuhr sie fort. „Sagt ihr, dass Antonia sie gern sehen möchte. Doch nur, wenn sie mich sehen mag."

Als Silvia ihrem Blick dorthin folgte, wo Fran sich über das Geländer beugte, dann Antonias Blick begegnete und verständig nickte, lächelte Antonia. „*Bene*. Wir verstehen einander. Doch ich will Eure Herrin heute Abend nicht stören. Morgen früh reicht auch noch. Sie braucht Zeit, um über meine Bitte nachzudenken. Und ich brauche Zeit, um mich von der Reise zu erholen. Die Straßen in dieser Grafschaft sind sehr schlecht. Doch wenn Ihr diesen Luke findet, schickt ihn in meine Zimmer hinauf. Ich werde nicht vor dem Morgen wieder herunterkommen, es sei denn, Euer Herr kommt zurück, dann könnt Ihr mich zu jeder Stunde wecken. Ja?"

Silvia versank in einen Knicks und strahlte. „*Sì, Signora*. Es soll alles so gemacht werden, wie Ihr es wünscht. Ihr habt unsere uneingeschränkte Unterstützung."

Antonia erwiderte das Lächeln der Frau. „Ja, das weiß ich. *Grazie*."

„Es sieht so aus, als wäre der Junge nicht zu finden", verkündete Jonathon und schloss die Verbindungstür zu einem Raum, der mit ihren Reisekoffern und Habseligkeiten vollgestopft war, und in dem nur eine Ecke ihm als Ankleidezimmer diente. „Er könnte auf Abbeywood sein", fügte er hinzu und stapfte in seinem seidenen Morgenmantel und Hausschuhen aus marokkanischem Leder durch das Schlafzimmer, „was, wie mir gesagt wird, im nächsten Tal liegt."

Antonia schaute von dem Buch auf, das sie las, auf und legte es lächelnd mit den Seiten nach unten auf die Wölbung ihres Bauches. Sie lehnte sich in die Kissen zurück. „Dann komm zu Bett, es ist spät. Am Morgen werden wir den Jungen finden, oder seinen Herrn, oder beide."

Sie hatten in dem kleinen Wohnzimmer neben ihrem Schlafzimmer zu Abend gegessen. Und während Antonia saftige Lammscheiben in einer köstlichen Pilzsauce und einer Vielzahl von frischem Gemüse genoss, hatte Marc Gallet dafür gesorgt, dass die Küche sich bewusst war, dass sein Herr, der Herzog von Kinross, kein Fleisch irgendeiner Art aß. Silvia und ihre beiden Küchenhilfen hatte diese überraschende Nachricht anstandslos akzeptiert und Jonathon kam in den Genuss einer von Silvias mit Gemüsen gefüllten Nudelgerichte in einer gehaltvollen Käsesauce.

Und während das herzogliche Paar starken Kaffee und Feigenplätzchen am Kamin genoss, machten sich die beiden Zimmermädchen Antonias unter Aufsicht ihrer Zofe daran, das Himmelbett abzuziehen und frisch mit der eigenen Matratze der Herzogin, frischen Laken, Kissen und Decken, die sie aus Crecy Hall mitgebracht hatte, für die

Nacht vorzubereiten. Die kupferne Badewanne vor dem Kamin hinter einem Gobelinwandschirm wurde mit heißem, duftenden Wasser gefüllt und ein goldgeränderter Spiegel auf den Frisiertisch gestellt, zusammen mit einer Reihe von Kristallfläschchen, Bürsten mit silbernem Griff und Haarbändern. Der kleine Stapel von Büchern, den Antonia mitgebracht hatte, wurde auf ihren Nachttisch gelegt und ihr Fußschemel aufgeklappt und an ihren Ohrensessel gestellt, für den Fall, dass sie ihre Füße hochlegen und am Feuer lesen wollte, bevor sie zu Bett ging.

Michelle legte einen schweres Umhangtuch aus indischer Seide und zwei Gobelinkissen in den Sessel, dann trat sie zurück, um einen prüfenden Blick durch den Raum schweifen zu lassen, der jetzt mit den persönlichen Dingen der Herzogin gefüllt war, auf die sie nicht verzichten konnte. Zufrieden, dass der eichengetäfelte Raum jetzt dem Schlafzimmer ähnelte, das ihre Herrin mit ihrem Mann in ihrem Heim in Hampshire teilte, zog sie sich hinter den Wandschirm zurück, um den Kammerfrauen zu helfen, Antonia fürs Zubettgehen vorzubereiten.

Nach dem Kaffee schlüpfte Jonathon nach draußen, um einen Stumpen zu rauchen. Er schlenderte in der nächtlichen Luft zu den Ställen hinüber und fand dort seinen Haushofmeister im Gespräch mit dem Stallmeister. Sie waren dann zusammen durch einen Innenhof zum Haus zurückgewandert und hatten Jonathons Erwartungen für die nächsten paar Tage besprochen, wobei Marc Gallet milde bemerkte, dass es in Anbetracht der Dringlichkeit der Situation und der Notwendigkeit, dass Ihre Gnaden beide so schnell wie möglich nach Treat zurückkehren müssten, unabdingbar wäre, den Aufenthaltsort von Christopher Bryce ohne Verzögerung herauszufinden. Wollte Seine Gnaden, dass er beim ersten Morgenlicht eine Suchmannschaft losschickte?

„Nein, nicht beim ersten Morgengrauen. Ich müsste mich Euch anschließen, und ich möchte nicht, dass die Herzogin im Morgengrauen geweckt wird. Sie braucht ihren Schlaf. Wenn der schwer fassbare Mr. Bryce nicht bis zum Frühstück gefunden wird, dann ja, dann schicken wir die Hunde los, um ihn aufzuspüren.“

Marc Gallet nahm dies anstandslos zur Kenntnis und entbot Seiner Gnaden eine gute Nacht, und ließ Jonathon allein, um seinen Stumpen zu Ende zu rauchen.

Nach sieben, fast acht Monaten als Herzog fühlte Jonathon sich noch immer unbehaglich, wenn er mit seinem Titel angesprochen wurde. Außer, wenn er mit seiner Frau zusammen war, denn sie war jeder Zoll eine Herzogin, und daher musste er für sie der Herzog von Kinross sein - zumindest in der Öffentlichkeit. Wenn sie allein zusammen waren, pflegte er der Kaufmann zu sein, in den sie sich verliebt und den sie geheiratet hatte, und das gefiel ihnen beiden so.

Als er daher zu dem riesigen Himmelbett zu ihr herüberkam, schleuderte er seine Lederpantoffeln fort, zog den seidenen Morgenrock aus und ließ ihn auf den Boden fallen, und sprang nackt ins Bett. Antonia ließ ihn keinen Moment aus den Augen und kicherte, als er sich neben ihr ausstreckte und dann legte sie sich auf seine Seite. Und wie sie es immer taten, wenn sie miteinander sprachen, sprach er Englisch und sie ihre französische Muttersprache.

„Hast du mich vermisst, als ich nördlich der Grenze war?"

„Zweifelst du daran?"

„Nein. Aber ich höre gerne, dass du es sagst."

„*Certainement*. Ich habe dich vermisst – *sehr vermisst*. Ich habe - *alles an dir* vermisst." In ihren Wangen zeigten sich Grübchen. „Hat *M'sieur le duc de Kinross* nackt in *Écosse* geschlafen, während er von seiner Herzogin fort war?"

„Ich besitze gar kein Nachthemd, Schätzchen. Das weißt du. Ich hatte auch noch nie eines. Und ich habe nicht vor, damit anzufangen, nur weil ich ein verdammter schottischer Herzog bin! Doch ich habe mich unter ein Bärenfell gekuschelt und mich damit in den Schlaf gewiegt, dass ich die Tage gezählt habe, bis ich hier bei dir sein würde." Er setzte sich auf, streckte seine Hand aus und lächelte, als sie ihre Hand in seine legte. „Von dir getrennt zu sein, war unerträglich. Himmel, was hatte ich mir dabei gedacht, mich davon zu überzeugen, dich zurückzulassen? Nie wieder."

„Niemals. Ich könnte es auch nicht ertragen." Antonias Augen füllten sich mit plötzlichen Tränen. „Und schau dir an, was dich bei deiner Rückkehr erwartet - eine - eine *grosse femme laide*!" Ebenso schnell wischte sie ihre Wimpern ab und entschuldigte sich. „Verzeih mir. Wie du siehst, bin ich nicht ich selbst."

Jonathons Blick verweilte liebevoll auf ihrem schwangeren Bauch, und dann beugte er sich vor und küsste sie. Er fing ihren Blick ein. „Ich sehe, was andere sehen: Eine schöne Frau, die, wenn möglich, durch das Kind, das sie trägt, noch schöner wird. Und ich sehe, was andere nicht das Recht haben zu sehen: meine Frau. Eine äußerst begehrenswertes, sinnliches Geschöpf, das ich mit jeder Faser meines Körpers liebe." Er küsste sie erneut und fragte dann schüchtern: „Darf ich?"

Sie wusste, was er meinte, ohne fragen zu müssen, und nickte.

Er zog die Decke weg und glättete die Falten ihres durchscheinenden Seidennachthemds, so dass ihre Schwangerschaft deutlich sichtbar wurde. Sein schüchternes Lächeln verwandelte sich in Entzücken, als er seine große Hand leicht auf ihren Bauch legte und zärtlich über seine Rundung strich. Die Straffheit ihrer Haut, die so fest gespannt war wie das Fell über einer Kesseltrommel, hörte nie auf, ihn zu verwundern, ebenso wie die Tatsache, dass sie sich außer dort, wo das Baby in ihr wuchs, kaum verändert hatte - und das trotz ihres Ausrufs, dass sie unglaublich fett wäre. Das war sie nicht. Er hatte die Veränderungen vergessen, die im Körper einer Frau während einer Schwangerschaft vor sich gehen. In der Tat hatte er versucht, nach Emilys Tod im Kindbett vor so vielen Jahren überhaupt nicht über Schwangerschaft nachzudenken, dass er sich wunderte, jetzt so ruhig daran denken zu können.

Als er von Antonia die Nachricht erhalten hatte, dass sie schwanger wäre, war er zunächst begeistert gewesen. Er hatte es erwartet. Er hatte sich gewünscht, dass sie ein Kind hätten. Er war eine Woche lang wie auf Wolken gegangen und hatte jedes säuerliche Gesicht, das ihn in der angestammten Heimat der Herzöge von Kinross am Ufer des Loch Leven begrüßte, angelächelt. Und als er seinen Verwandten diese Nachricht mitteilte, hatte das viel Jubel ausgelöst, und es wurde darauf getrunken, dass ihr neuer Herzog einen Erben haben würde. Und da war er von der Ungeheuerlichkeit dessen, was Antonias Schwangerschaft für sie und letztendlich auch für ihn bedeutete, ergriffen worden. Er hatte sich gefühlt, als wäre er von einem herrenlosen Holzkarren in der Brust erwischt worden, mit voller Kraft, und das hätte ihm alle Luft auf den Lungen gedrückt.

Ein Erbe ...

Vor sechzehn Jahren hatte seine erste Frau Emily ihr Bestes getan, um ihm einen Sohn zu schenken, und sie und das Kind waren bei der Geburt gestorben. Es hatte Jahre gedauert, bis er sich mit dem Tod der beiden abgefunden hatte, und dann, als er nichts mehr fühlte, zwang er sich, dieses traumatische Erlebnis zu vergessen. Doch jetzt, als er seine ausgebreitete Hand auf Antonias Leib legte, erfüllte die Vergangenheit seine Gedanken und er konnte nicht anders, als sich an den schrecklichsten Tag in seinem Leben zu erinnern.

Emilys Schwangerschaft war ereignislos gewesen. Es hatte keinen Grund zu der Annahme gegeben, dass etwas nicht in Ordnung sein oder gar schiefgehen könnte. Es war ihre zweite Schwangerschaft. Die Geburt der dreijährigen Sarah-Jane war lang und schmerzhaft gewesen, wie alle ersten Geburten, doch Emily hatte sie damals erschöpft, doch glücklich überstanden. Und so erwarteten sie die Geburt ihres zweiten Kindes aufgeregt und freudig. Die Wehen begannen gut, doch am Ende des zweiten Tages jammerten Emilys indische Diener voller Verzweiflung und der englische Arzt von der East India Company klärte ihn darüber auf, dass Mutter und Kind wahrscheinlich nicht beide überleben würden. Er müsste eine Entscheidung treffen: Mutter oder Kind.

Wie konnte er eine solche Wahl treffen? Das würde er nicht tun.

Emily und das Baby würden beide leben. Daran glaubte er fest. Der Arzt musste sie retten. Und wenn er es nicht konnte, dann würden die indische Hebamme und ihre Helfer es schaffen. Doch die Entscheidung wurde ihm abgenommen. Das Kind war ein Junge, in jeder Hinsicht perfekt, doch er kam tot auf die Welt und dann, schien es, gab die erschöpfte Mutter bei der Nachricht, dass ihr Kind tot geboren worden war, einfach auf. Später äußerte der Arzt die Meinung, dass sie innerlich verblutet sein müsste.

Sie wurden auf dem englischen Friedhof von Hyderabad beigesetzt, und er blieb mit dreiundzwanzig als Witwer mit einer mutterlosen, dreijährigen Tochter zurück. Und nun war er hier mit einer Frau, die nur einige Wochen vor der Geburt stand, und noch dazu in einem Alter, in dem Geburten mit größtem Risiko verbunden waren. Emilys Tod war traumatisch gewesen, aber sollte Antonia etwas zustoßen, würde er jeden Lebenswillen verlieren.

Plötzlich wurde ihm kalt und er zog die Decke über sie beide. Er legte sich wieder zurecht, kuschelte sich an sie und ließ sein Ohr und seine Hand leicht auf ihrem Leib ruhen. Dort blieb er liegen, zufrieden, sich kaum dessen bewusst, dass Antonia seine Locken streichelte, während sie weiter in ihrem Buch las.

Er döste. Wie lange, wusste er nicht. Und dann fühlte er, wie er wachgerüttelt wurde. Das Rütteln geschah an seinem Ohr, lange genug, dass er sich auf den Rücken drehte und seine Frau anschaute. Sie hatte ihr Buch weggelegt und lag zurückgesunken an dem Berg aus Kissen, ihr Gesicht war zu einer Grimasse verzogen. Er setzte sich auf und wollte fragen, ob er etwas tun könne, um ihr zu helfen, sich wohler zu fühlen, als sie seine Hand packte und sie unter die Decke schob und auf ihren Bauch drückte, wo sein Ohr gelegen hatte. Er fragte sich warum, doch dann fühlte er die gleiche rüttelnde Bewegung, doch diesmal kam und ging sie und dann war dort plötzlich eine große Welle der Bewegung und all das geschah unter seiner Handfläche. Er brauchte einige Sekunden, um zu reagieren und zu begreifen, was er da erlebte und dann starrte er Antonia voller Staunen an und sein Gesicht verzog sich zu einem Grinsen.

„Hast du das gespürt? Ja? Sie hat sich bewegt! Sie hat nach mir getreten. Ich könnte wetten, das war ihr Fuß. Jetzt fängt sie schon wieder an! Himmel, sie ist eine rechte Akrobatin!"

Antonia lachte, in seiner jungenhaften Aufregung hatte er alle Bedenken vergessen. „Glaubst du, dieses Baby ist irgendwie getrennt von mir? Natürlich spüre ich es, alles, du dummer Mann. Ich schätze, sie hat genug von dieser Enge. Und ich kann es ihr nicht übelnehmen, dass sie sich nach so vielen Monaten des Zusammengerolltseins strecken will und mir das klar macht."

Jonathon fiel mit einem selbstzufriedenen Lächeln, den Händen hinter seinem Kopf, auf die Kissen zurück und schaute zu dem gefältelten Betthimmel auf.

„Ich sehe schon, dass sie eine anmutige Tänzerin sein wird, eine großartige Reiterin, die mit ihren männlichen Verehrern einen Zaun nach dem anderen überspringt. Und sie wird viele davon haben, weil sie das Ebenbild ihrer göttlichen Mama sein wird. Also wird sie imstande sein müssen, sich zu verteidigen. Fechtunterricht wäre nicht schlecht. Wenn sie weiß, wie man einen Degen benutzt, wird sie in der Lage sein, all diese jungen Hunde, die versuchen werden, sich an sie heranzumachen, auf sicherem Abstand zu halten."

„Tanzen, Reiten *und* Fechten? *Parbleu*! Während du diese Liste aufstellst, warum fügst du nicht Unterricht im Schießen mit einer kleinen Pistole dazu? Dann wäre es nicht nötig, diesen armen Welpen mit dem Degen zu begegnen. Sie kann sie einfach erschießen und dann ist das erledigt. Nicht, dass ich glaube, dass du als ihr vernarrter Papa solche Männer überhaupt erst in ihre Nähe lassen wirst."

Jonathon setzte sich wieder auf und küsste Antonias Hand schnell.

„Kapitale Idee! Vergiss all die Jahre der Fechtübungen. Schießunterricht ist eine viel bessere Verwendung für ihre Zeit. Und das wird ihr Zeit geben, über ihren Büchern zu sitzen, denn ich habe große Pläne, um sie in allen möglichen gelehrten Fächern und Sprachen unterrichten zu lassen. Liebe Güte ... Schatz, was habe ich jetzt gesagt, um dich zu betrüben? Oder kommen dir nur von allein die Tränen als eines der Wunder, ein Kind zu erwarten?"

Antonia schüttelte den Kopf und tupfte rasch ihre Wimpern trocken. Doch diesmal wollten ihre Tränen nicht so schnell versiegen und sie griff nach einem ihrer spitzenbesetzten Taschentüchern auf dem Nachttisch.

„Soll ich Michelle dir etwas heiße Milch bringen lassen? Tee? Kaffee? Nein ...?"

Als Antonia die Herrschaft über ihre Stimme wiedergewonnen hatte, schluckte sie und sagte: „Du sagst *sie* und *Tochter*, als ob das Geschlecht dieses Kindes schon bekannt wäre. Das ist es aber nicht. Vielleicht möchtest du mir einen Gefallen tun, weil du weißt, wie sehr ich mir eine kleine Tochter wünsche? Aber wenn du einen Sohn möchtest, solltest du das sagen. Und du solltest es auch sagen, weil du einen Sohn brauchst. Vielleicht vergisst du, dass du Herzog bist, und ein Herzog muss einen Sohn als Nachfolger haben. Obwohl ich sicher bin, dass Monseigneur eine Tochter genauso willkommen geheißen hätte, weil er mich liebte, war er doch so glücklich, dass ich ihm einen Sohn schenkte, der das Herzogtum von ihm erben konnte. Er war ebenso überglücklich, als Henri-Antoine geboren wurde. Das ist bei allen Männern so."

„So? Nun, bei mir nicht!", stellte Jonathon kategorisch fest. „Ich möchte ebenso gern eine Tochter wie du."

„Ich liebe dich dafür, dass du das sagst. Und du sagst es mit solcher Überzeugung, weil du weißt, dass dieses Kind mein letztes sein wird. Es ist selbstsüchtig, mir eine Tochter zu wünschen, wenn die Bedürfnisse des Herzogtums an erster Stelle stehen sollten. Du hast eine Tochter und keine Söhne. Du bist der letzte deiner Familie. Wenn du keinen Sohn hast, stirbt das Herzogtum mit dir. Darauf muss ich mich konzentrieren—"

„... aber tief in deinem Herzen wünschst du dir eine Tochter."

Antonias grüne Augen füllten sich wieder mit Tränen und sie nickte. „Ich bin eine treulose Frau, dass ich solche Gedanken hege ..."

„Unfug! Schatz, am allerwichtigsten ist, dass unser Kind gesund ist", erwiderte er lebhaft. „Viel wichtiger für mich ist, dass du diese Qual gut überstehst. Welches Geschlecht das Kind auch haben mag, ich werde nicht glücklich oder zufrieden sein und es wird keine Feier geben, bis ich nicht weiß, dass du gesund und wohlauf bist. Und ich werde dein Leben nicht aufs Spiel setzen, um das des Kindes zu retten, also verlange das nicht von mir - niemals. Und wenn das selbstsüchtig ist, dann soll es eben sein. Doch ich kann dein Herz bei einer überaus wichtigen Angelegenheit erleichtern", fügte er hinzu und lächelte sie an. „Die Zukunft des Herzogtums ist gesichert, ob du mir nun einen Sohn oder eine Tochter schenkst."

Antonia bemühte sich, sich in den Kissen aufzusetzen. „Oh? Ist ein lange verschollener Verwandter aufgetaucht, um seine Ansprüche anzumelden, während du in Schottland warst?"

„Nein. Nichts dergleichen."

„Du hast diesen Ausdruck auf deinem Gesicht – selbstzufrieden und geheimnisvoll –, der mir sagt, dass du mich in irgendeiner Weise ausgetrickst hast."

„Das Lob dafür steht mir nicht zu. Meine schottischen Anwälte teilten es mir mit, ganz selbstverständlich, wie eine Nebensache. Sie sagten fast entschuldigend, sollte das Undenkbare geschehen und du mir nicht den ersehnten Sohn, sondern eine Tochter schenken, wäre doch nicht alles verloren. Und als ich mir die Hände vor Freude über das, was sie mir sagten, rieb, nahmen sie fälschlicherweise an, dass es daran lag, dass ich an das Herzogtum dachte, während ich dachte, dass, sollte Gott uns unseren Wunsch erfüllen, wir beide das haben könnten, was wir so verzweifelt wollen: eine Tochter."

Antonias Augen wurden groß und rund.

„Du möchtest wirklich eine Tochter?"

„Hast du gerade nicht zugehört? Schatz, ich möchte eine zweite Tochter. Ich möchte eine Tochter mir dir haben. Es ist wundervoll, Sarah-Janes Papa zu sein. Ich habe sie, seit sie drei Jahre alt war, ohne Mutter großgezogen. Ich weiß, wie es mit Mädchen ist. Haare, Tee-Partys und Konversation. Kann mir keine bessere Art vorstellen, meine Zeit zu verbringen."

„Aber du sagst, unsere Tochter sollte lernen zu fechten und mit der Pistole zu schießen, eine gute Bildung bekommen und viele Sprachen lernen."

„Französisch, Englisch, Gälisch und Italienisch sollte für eine Frau in ihrer Position fast ausreichen. Und sie wird ihren Kopf für etwas Besseres benutzen müssen, als nur ihre Haare wachsen zu lassen, aber das ist eine Belastung, von der ich sicher bin, dass sie bewundernswert damit umgehen wird, denn Mädchen sind immer klüger als Jungen. Jungen brauchen zu lange, um erwachsen zu werden. Den größten Teil der Zeit sind wir ungeschickte Trampel. Es ist ein Wunder, dass Frauen etwas mit uns anfangen können, bevor wir nicht mindestens im dritten Jahrzehnt stehen. Die Spartaner machten es richtig und hielten ihre Männer von den Frauen fern, bis sie dreißig wurden. Aber vor allem will ich eine Tochter, weil es dich glücklich machen wird. Und dein Glück ist alles, was für mich wichtig ist."

Antonia musste nicht weiter von seiner Liebe und Hingabe über-zeugt werden, und jetzt glaubte sie ihm auch den Wunsch nach einer Tochter. Doch sie war noch immer verwirrt, wie eine Tochter kein Hindernis beim Fortbestand des Kinross-Herzogtums sein könnte und das sagte sie, als sie das stirnrunzelnd zu verstehen suchte.

„Wie kam es, dass deine Anwälte dir sagten, dass das Kinross-Herzogtum trotzdem eine Zukunft haben würde, wenn wir eine Tochter und keinen Sohn bekommen?"

„Weil, du Liebe meines Lebens, ein schottisches Herzogtum kein englisches Herzogtum ist. Ein englisches Herzogtum kann den Titel nur in der männlichen Linie vererben, daher ist ein Sohn notwendig. Doch ein schottisches Herzogtum schreibt vor, dass der Titel auf *leibliche Erben* übergeht. Es ist nicht festgelegt, ob männlich oder weiblich, wenn also ein Herzog - ich - ein einziges Kind hat und dieses Kind eine Tochter ist, erbt sie und wird die nächste Herzogin von Kinross sein, und nach ihr erbt ihr Sohn den Titel. Ist das nicht klug! Also, meine Liebste, Frau von nicht einem, sondern zwei Herzögen und Mutter eines Herzogs, solltest du einem weiblichen Kind das Leben schenken, wirst du auch die Mutter einer Tochter sein, die eines Tages aus eigenem Recht Herzogin sein wird.“

Antonia schnappte nach Luft, dann erschienen die Grübchen: „Das gefällt mir wirklich *sehr*.“

„Ja, das dachte ich mir. Machen wir es uns jetzt bequem und schlafen. Du vergisst, warum wir hier sind, und morgen wird kein angenehmer Tag, für keinen von uns.“

Er küsste sie, streckte dann die Hand aus und löschte die Kerze auf dem Nachttisch, und in der Dunkelheit schmiegte er sich an sie.

Doch Antonia hatte das Morgen nicht vergessen. Sie hatte nur in ihren Hinterkopf verbannt, was sie den ganzen Weg von Hampshire in die Cotswolds gebracht hatte, und versucht, nicht über die Aufgabe nachzudenken, die vor ihr lag. An diesem Abend konzentrierte sie sich darauf, in den Armen des geliebten Mannes zu liegen und auf das Kind, das sie trug; wenn alles gut ginge, würden sie ein gesundes Mädchen haben. Doch während sie in den Schlaf sank, beschäftigten sich ihre Gedanken nicht mit der lang ersehnten Tochter, sondern damit, wie sie ihrer Cousine Mary die verstörende Nachricht über ihre innig geliebte Tochter, Theodora Charlotte, allgemein nur als Teddy bekannt, beibringen sollte.

# FÜNFUNDZWANZIG

Antonia wurde von ihren Kammerfrauen angekleidet, als Michelle mit der Nachricht von unten zurückkam, dass der Junge Luke Wort gehalten und *M'sieur le duc* direkt zum Squire geführt hatte. Sie waren nun alle in das Haus zurückgekehrt, und bei ihnen war die Cousine von *Mme la duchesse*, Lady Mary. Als Michelle innehielt, um Atem zu holen, schaute Antonia von ihrer Begutachtung des Sitzes des Ausschnitts ihres Schlupfmieders auf, das ihren üppigen Busen hielt. Sie ließ sich ihre Gedanken nicht anmerken, sondern fragte ruhig:

„Mary ist jetzt auch hier?“

„Ja, *Mme la duchesse*. Sie gehörte zu der Gruppe, die mit *M'sieur le duc* von dem Cottage im Wald zurückkehrte. Also muss man annehmen, dass sie bei M'sieur Bryce war, weil ...“

„Nein, Michelle. Man nimmt nichts dergleichen an.“

„Aber ihre Röcke sind alle schmutzig und ihre Haare völlig zerzaust, daher scheint es, dass Lady Mary die Dienste ihrer Zofe nicht mehr zur Verfügung gehabt hat, seit ...“

Michelle hielt mitten im Satz inne und biss sich auf die Zunge, da Antonia sich aufgerichtet hatte und einen Ausdruck in den grünen Augen trug, den Michelle sehr gut kannte, aber selten sah: Eine Warnung - wenn sie es wagen sollte, ihre Begründung in dieser Weise fortzusetzen, würden ihre Annahmen Folgen haben, gleich, ob sie sich als wahr erwiesen oder nicht.

Daher wich Michelle aus und endete vorsichtig: „... seit vielen Stunden, die sie auf einem langen Spaziergang verbracht hat.“

„Dann wird Lady Mary sich über ein Bad und Kleider zum Wechseln freuen, während ich Lady Paget besuche." Sie wandte sich an ihre Kammerfrauen. „Kleidung für Lady Mary zu finden, sollte kein Problem sein, wir sind uns sehr ähnlich, abgesehen von diesem Baby, obwohl ihr mich bei ihr entschuldigen müsst, dass ich ihr kein Korsett anbieten kann. Ihre Zofe wird eines in ihrer Reisekiste mitbringen. Lady Marys Zofe ist auf dem Weg hierher, ja?", fragte sie Michelle, als sie einen Fächer vom Schminktisch nahm und das seidene Band über ihr Handgelenk gleiten ließ.

„Beim ersten Licht wurde ein Diener mit Anweisungen losgeschickt, *Mme la duchesse*. Man sagte mir, Abbeywood wäre nicht weit von hier, daher sollten Lady Marys Reisekiste und ihre Zofe hier sein, bis es Zeit zum Souper ist."

„*Bon*. Morgen müssen wir nach Hampshire zurückkehren. Aber jetzt gehen wir einen Besuch machen. Oh, und Michelle", fügte Antonia leise hinzu, während eine der Kammerfrauen ihr einen seidenen Schal um die Schultern legte, „wie immer bist du für alles taub, was du zu hören bekommst."

Michelle knickste. „Wie immer, *Mme la duchesse*."

Sie folgte Antonia aus dem Schlafzimmer und über den Flur, wo ein Diener darauf wartete, sie in einen Flügel des Hauses zu führen, der so abgeschlossen war, dass er in zehn Jahren von nur einem Gast besucht worden war, und dieser Gast war die Tochter der Nachbarn, Teddy.

DIE GESELLSCHAFTERIN DER LADY BEGRÜSSTE ANTONIA IN DEM kleinen Salon, den sie zu ihrem persönlichen Gebrauch benutzte. Er war von dem großen Schlafzimmer ihrer Herrin, das auch als Wohnzimmer diente, durch einen schweren Brokatvorhang getrennt. Dieser machte es leichter für Fran, das Klingeln der kleinen Handglocke Myladys zu hören. Wenn sie nicht gebraucht wurde, diente ihr dieses Zimmer als Zuflucht, vollgestopft mit persönlichen Dingen, die sie in einem ganzen Leben gesammelt hatte, größtenteils in der Zeit, die sie mit ihrer Herrin in den italienischen Staaten verbracht hatte. Ihre beiden wertvollsten Besitztümer waren ein Singvogel in einem Zierkäfig und eine rote Katze, die in der Sonne auf dem Tagesbett zusammengerollt lag, beides Geschenke des Herrn, Squire Bryce.

Fran versank in einen zittrigen Knicks und streckte nervös die Hände vor sich aus. Sie war noch nie in Gegenwart einer Herzogin gewesen und die majestätische kleine Schönheit, ganz in Samt und schwere Seide gekleidet, war genauso, wie sie sich eine Herzogin vorgestellt hatte, obwohl die fortgeschrittene Schwangerschaft noch immer ein Schock war, der sich deutlich auf ihrem langen Gesicht abzeichnete und sie ihre einstudierte Begrüßungsrede vergessen ließ.

Antonia machte es der Frau sofort einfach, indem sie sich vorbeugte und lächelnd auf Englisch sagte: „Es war für mich auch eine große Überraschung.“

Fran musste wider Willens nervös kichern, wurde dann ernst und sagte vertraulich: „Euer Gnaden sind sich der - *Schwierigkeiten* - Myladys bewusst?“

„Ja.“

„Ich hoffe, Ihr haltet mich nicht für unverschämt, Euer Gnaden, wenn ich Euch bitte zu verstehen, dass es Zeiten gibt, wenn Mylady über alle Maßen frustriert und nicht mehr sie selbst ist. Diese Ausbrüche haben nichts zu bedeuten, doch wenn man nicht an sie gewöhnt ist, können sie erschreckend sein. Ich bitte bereits im Voraus um Verzeihung, wenn Euer Gnaden irgendwie gekränkt werden sollte ...“

„Ich werde in keiner Weise gekränkt werden.“

Fran nickte, knickste erneut und ließ Antonia, der Michelle dichtauf folgte, durch den Vorhang in einen großen, langen Raum folgen, in dem die meisten Vorhänge vorgezogen waren, um das Tageslicht fernzuhalten.

„Mylady sitzt lieber im Dunkeln“, sagte Fran entschuldigend. „Ihre Augen ...“

„Erzähle keinen Unfug, Fran! Das hat nichts mit meiner Blindheit zu tun“, gab Kate zurück. „Frauen eines bestimmten Alters sehen im Schatten am besten aus. Jetzt lauf und hole den Tee ...“

„Kaffee für mich“, unterbrach Antonia sanft.

„Tee für mich und Kaffee für die Herzogin“, berichtigte Kate, blieb aber im tiefen Schatten eines Fenstersitzes. „Kommt näher, Euer Gnaden. Ich kann immer noch Teile von Euch sehen, wisst Ihr, nur nicht Euer Gesicht. Doch das muss ich nicht sehen, weil Eure zarten Züge sich für immer in mein Gedächtnis eingegraben haben. Aber verzeiht mir. Ich habe Euch nicht mit einem Knicks begrüßt, der Euch dem Rang nach zusteht, als Ihr den Raum betreten habt. Ich bin es nicht mehr gewöhnt, doch man sollte einer Herzogin immer den Respekt erweisen, der ihr gebührt.“

Sie machte deutlich Anstalten, in einen tiefen Knicks zu versinken, in Anerkennung des hohen Rangs ihrer Besucherin, doch noch bevor sie sich halb aus dem formellen Gruß erheben konnte, hatte Antonia die ältere Frau an den Ellenbogen gefasst und wollte sie nicht loslassen.

„Nein! Nein! Das ist zwischen uns absolut unnötig“, sagte Antonia in hastigem Französisch. „Hat Eure Haushälterin Euch nicht gesagt, dass Antonia mit Euch sprechen wollte? Und deshalb bin ich als Antonia hier. Wir kenne uns seit zu vielen Jahren, um auf so formellem Fuß zu verkehren. Ich habe nie die große Freundlichkeit vergessen, die Ihr mir erwiesen habt, als ich zuerst in dieses Land kam, allein und trostlos, um mit einer Verwandten zu leben, die mich nicht wollte. Ohne Euch wäre ich noch viel trauriger gewesen. Setzen wir uns und machen wir es uns gemütlich", fuhr sie im gleichen lebhaften Ton fort, obwohl sie sich bewusst war, dass ihre Gastgeberin zitterte und sich auf die Lippe biss, als koste es sie beträchtliche Mühe, ihre Gefühle fest unter Kontrolle zu halten. „Michelle! Lege die Kissen zurecht und öffne all diese Vorhänge. Ich weiß, Ihr könnt mich nicht so gut sehen, wie Ihr solltet", sagte sie sanft zu Kate, „doch ich möchte Euch sehr gern sehen, Mylady ..."

„Es ist Kate. Es war immer Kate", platzte sie heraus, ohne zu bemerken, dass sie sich an Antonias Arm klammerte, als wäre es ein Rettungsfloß auf rauer See.

„Wie lange ist es her, dass wir uns gesehen haben?", fragte Antwort im Plauderton, obwohl sie die Antwort kannte.

„Zwölf Jahre. Wir haben uns zuletzt in Rom gesehen."

„Ach ja, Monseigneur und ich waren auf dem Heimweg von Konstantinopel nach Paris–"

„... wo euer ältester Sohn gelebt hatte. Er war bei euch, und ebenso euer jüngster Sohn."

„Henri-Antoine", sagte Antonia zu ihr. „Er feierte seinen fünften Geburtstag in Rom."

Als Kate sich gesetzt hatte und die Vorhänge zurückgezogen waren, um Licht einzulassen, breitete Antonia ihre Röcke aus und setzte sich in den Fenstersitz. Michelle machte einiges Aufhebens, um ein paar Kissen zurechtzuschieben, sodass ihre Herrin bequem sitzen konnte und zog sich dann zu einem Stuhl auf der anderen Seite des großen, türkischen Teppichs zurück, wo sie sitzen blieb, dicht genug, um bei Bedarf zu helfen, aber weit genug, um nicht den Anschein zu erwecken, als würde sie lauschen.

Antonia, der bewusst war, dass ihre Zeit nun begrenzt war, da der Squire zurückgekehrt war, und Mary ebenfalls, war wenig dazu geneigt, Zeit mit Geplauder zu verschwenden. Doch sie berücksichtigte die Tatsache, dass die Frau, die jetzt an ihrer Seite saß, mittlerweile eine Einsiedlerin war und keine Besucher empfing. Also nahm sie sich einen Moment Zeit, um sie in ein Gespräch zu verwickeln, von dem sie hoffte, dass sie sich dabei wohlfühlen würde, besonders da das letzte Mal, als sie sich gesehen hatten, harte Worte gefallen waren.

„Du siehst gut aus, Kate", sagte sie wahrheitsgemäß. „Das Silber in deinen Haaren steht dir. Und wie ich sehe, hast du nichts von deinem - wie sagt man es in Englisch - *sens de l'esthétisme vestimentaire* verloren."

Kate lächelte zum ersten Mal, seit Antonia ins Zimmer gekommen war. „Kleidergeschmack? Danke. Ja, ich versuche noch immer, so gut wie möglich auszusehen, selbst wenn ich keine Besuche empfange."

„Du denkst nicht daran, gelegentlich nach London zu kommen, Freunde zu sehen, vielleicht die Oper zu besuchen? Du musst doch nichts sehen können, um den schönen Gesang zu hören ..."

„Ha! Und das von einer Frau, die sich drei Jahre lang mit ihrem Kummer eingeschlossen hat. Ich glaube nicht, dass du am besten in der Lage bist, mir guten Rat anzubieten, nicht wahr, meine Liebe?"

„Nein? Aber ich habe Erfahrung aus erster Hand mit egoistischem Selbstmitleid, und welche Last das für unsere geliebten Menschen ist, vor allem für einen besorgten Sohn."

Kates Finger zuckten in ihrem Schoß und krampften sich um den schweren Seidendamast ihrer Röcke.

„Warum bist du hier, Antonia? Warum kommst du zu mir, nach all diesen Jahren? Ich habe respektvoll Abstand von deinem Eheleben mit *M'sieur le duc de Roxton* gehalten. Er und ich schrieben uns, aber ich bin ganz sicher, dass du alles darüber wusstest und damit einverstanden warst, sonst hätte er das nicht getan. Ein Wort von dir und er hätte mir nie ein weiteres Wort geschrieben! Er war dir so ergeben, liebte dich so sehr. Gott, solche einzigartige Hingabe eines solchen Mannes zu haben ist für die meisten Frauen der Stoff, aus dem die Träume sind. Du hattest das von ihm, und noch viel mehr, aber selbst du, die große Schönheit unserer Zeit, hast es gewagt, an ihm zu zweifeln, als ich ihn das einzige Mal um seine Hilfe bat. Und wie hast du auf meine Bitte reagiert? Du warst so dumm, das Schlimmste von uns beiden zu vermuten? *Schäme dich.*"

„Ja. Ich war sehr dumm", gab Antonia kleinlaut zu. „Aber du irrst dich, wenn du glaubst, ich hätte je seine Treue oder seine Liebe angezweifelt. Als wir heirateten, wusste ich, dass er sein vergangenes Leben aufgegeben hatte, seine Geliebten - dich. Doch seine Vergangenheit war sehr schwarz. Als du daher eigens nach Rom gereist kamst, um ihn zu sehen, als wir dort waren, als du seine Hilfe erbatest, um deinen Sohn zu finden, als du so verzweifelt glaubtest, dass dein Sohn für dich auf ewig verloren sein könnte und dass du ihn wegen deines nachlassenden Sehvermögens nie wieder erblicken könntest - *naturellement* ließ das die Frage in mir aufkommen, ob ihr beide mir ein großes Geheimnis vorenthieltet."

„Kleine Närrin! Du weißt so gut wie ich, dass Monseigneur nie die Vaterschaft irgendwelcher Bastarde anerkannt hat, ob sie es waren oder nicht. Also war die Vorstellung, dass wir heimlich einen gemeinsamen

Sohn hätten und *M'sieur le duc* die Existenz des Jungen vor *dir* verbarg, einfach lächerlich.“

„Ja. Das stimmt“, antwortete Antonia traurig und ihre Schultern sanken herab. Sie seufzte. „Ich hätte nie an ihm oder an dir zweifeln sollen.“

„Selbst, wenn du es für wahr hieltest - und lass uns einen Moment ins Reich der Märchen abtauchen und sagen, es wäre wahr gewesen - wie kannst du glauben, dass ich dir eine so monumentale Nachricht vorenthalten würde?“, fuhr Kate in gemäßigtem Ton fort, da Antonias ehrliches Geständnis viel dazu beitrug, ihre Feindseligkeit zu dämpfen. „Ich kenne dich besser, als du denkst. Obwohl du so jung warst, als ihr heiratetet, warst du stark genug, die Wahrheit akzeptieren zu können, wenn ich dir anvertraut hätte, dass Roxton und ich einen gemeinsamen Sohn hatten. Ich glaube, du wärest mit der Nachricht besser zurechtgekommen als ich. Ebenso wie mit seiner schändlichen Vergangenheit, in aller Ruhe und mit einer Selbstverständlichkeit, sicher im Wissen, dass du die große Liebe seines Lebens warst und nichts sich je zwischen euch stellen könnte.“

Kate wandte den Kopf ab und schluckte schwer, Antonia spürte, dass sie noch nicht damit fertig war, sie wegen ihres schlechten Urteilsvermögens bei einer Gelegenheit, die sich mehr als ein Jahrzehnt zuvor ereignet hatte, auszuschimpfen. Daher schwieg sie stille, das einzige Anzeichen für ihr Unbehagen war die Art, wie ihre Finger an den geschlossenen Falten ihres Fächers zupften. Ihre Intuition half ihr sehr. Nach einigen Sekunden wandte Kate sich wieder ihr zu, die Wangen von Tränen befleckt. Es bedurfte der ganzen Selbstbeherrschung Antonias, um ihr nicht ein spitzengesäumtes Taschentuch anzubieten und sich um sie zu kümmern.

„Mir ist es gleich, was du denkst oder ob das deine Gefühle verletzt, aber ich vermisse ihn“, stellte sie angriffslustig fest. „Ich vermisse *M'sieur le duc de Roxton* jeden Tag. Wir waren nur kurze Zeit ein Liebespaar, aber mehr als das, wir waren seit Jahren beste Freunde, bevor du in sein Leben gewirbelt kamst. Und wir haben uns bis zu seinem Tod Briefe geschrieben. Er verstand mich wirklich und seine Briefe brachten mich immer zum Lachen. Ich weiß nicht, wie er es anstellte, aber er kannte immer den besten Klatsch über die besten Leute! Doch er war sehr gut dabei, den Unterschied zwischen Klatsch und dem Bewahren eines Geheimnisses zu kennen. Er hat mich oder meinen Sohn nie an jemanden verraten - außer an dich. Und das hätte er nie getan, wenn du es nicht von ihm verlangt hättest. Er hat sein Versprechen mir gegenüber gebrochen, und du hast mich gedemütigt. Ich wusste nie, dass er eine Schwäche hatte, aber als er mich die schmerzlichste Episode meines

Lebens erzählen ließ – dass ich gezwungen war, mein einziges Kind, ein Kind, das von einem Geliebten gezeugt worden war, aufzugeben – wusste ich damals, dass du seine größte Schwäche von allen warst!"

„Was du sagst – alles – ist wahr, und es tut mir wirklich leid, dass ich dir solchen Kummer bereitet habe. Es ist eine Episode, auf die ich nicht stolz bin. Aber du musst wissen, dass ich dich oder deinen Sohn niemals an irgendjemanden verraten würde. Das habe ich auch bisher nicht. Und ich möchte nicht, dass du mich weiter hasst ..."

„Ich hasse dich nicht, du dummes Mädchen! Und es ist etwas Wahres an dem, was du sagst", gab Kate widerwillig zu. „Ich habe kein Recht, mich so elend zu fühlen. Ich lebe, werde bestens versorgt und habe den fürsorglichsten aller Söhne."

„Ich freue mich darauf, ihn kennenzulernen."

„Du wirst meinen, es ist nur der Mutterstolz, der aus mir spricht, aber er ist wirklich ungewöhnlich", sagte Kate mit einem warmen Lächeln. „Du wirst verstehen, was ich meine, wenn du ihn siehst. Er ist so weit von den gewöhnlichen Cotswolds-Squires entfernt, dass er ebenso gut auf dem Mond leben könnte, als für einen von ihnen gehalten zu werden. Vielleicht gehe ich nicht mehr aus, aber ich erinnere mich lebhaft an meine Besuche hier, als ich viel jünger war. Der Mann meiner Schwester, eine gute Seele und ein feiner Mann in seiner Art, der auch Christopher ein guter Vater war, war ein eher stumpfer, unbeholfener Mensch, der sich in einem Ballsaal nicht besser bewegen konnte, als er hätte fliegen können. Während mein Sohn eine vornehme Haltung hat, mit natürlicher Anmut ..."

„Er ist wie du", stellte Antonia schlicht fest.

„Oh, das ist nett von dir, es zu sagen, meine Liebe. Vielleicht hat er das von mir geerbt, sein Vater hatte, soweit ich mich erinnere, zwei linke Füße ..." Kate hielt inne und seufzte, dann schüttelte sie innerlich die Vergangenheit ab und sagte trocken: „Christopher ist trotz all seiner Talente entschlossen und recht zufrieden, den Rest seiner Tage hier in dieser ländlichen Ödnis zu verbringen, als Squire Bryce. Und daher muss ich mich hier auch zufriedengeben."

„*Est-ce une si mauvaise chose*? Kate, dieser Ort ist es ein sehr hübscher Teil des Königreichs mit all den Häusern aus buttergelben Steinen und einer Landschaft, die auf und ab geht wie ein Bettlaken, das im Wind flattert, so anders als das, was ich gewohnt bin. Sicher, die Straßen hier sind grauenhaft und es ist weit entfernt vom Leben in der Nähe Londons. Und ich muss zugeben, dass ich nicht ein Wort von dem verstehe, was die Landbewohner hier sagen, wenn sie überhaupt etwas sagen, weil man mir sagte, dass nur wenige von ihnen sprechen und wenn sie es tun, nur ein oder zwei Worte. Aber wenn dein Sohn hier glücklich ist und er es genießt, Squire eines nicht unbeträchtlichen Anwesens zu sein, was willst du für ihn vom Leben mehr?"

„Was du sagen willst, ist: Squire in einem malerischen Hinterwald zu sein ist mehr, als der Bastardsohn einer ehebrecherischen Beziehung zwischen einem kleinen Baron und der Frau eines Admirals vom Leben erwarten kann ...“

„Ich meinte nichts dergleichen! Ich meinte ...“

„Antonia, du magst von meiner Unverblümtheit beleidigt sein, aber es ändert nichts an der Wahrheit in dem, was ich sage. Als Bastard hat mein Sohn nur wenige, wenn überhaupt Rechte. Er ist ein gesellschaftlicher Paria. Er gehört nicht zu unserem Stand, doch gehört er auch nicht zum Landadel. Und seine Nachbarn, wenn sie je von seiner wahren Abstammung erführen, würden ihn danach mit Sicherheit meiden. Und ich muss für immer seine Tante Kate bleiben!“

Antonia öffnete mit einem Zucken des Handgelenks ihren Fächer, ihre Aufregung zeigte sich darin, wie heftig sie ihn bewegte.

„Jetzt bin ich an der Reihe, unverblümt mit dir zu sprechen, denn obwohl ich ihn noch nicht getroffen habe, scheint mir das, was du über die gesellschaftliche Stellung deines Sohnes und seine Geburt sagst, vielmehr dich mehr zu stören als ihn. Wie alt ist er – fünfunddreißig, vierzig?“

„Er wird im neuen Jahr vierzig Jahre alt. Ich erinnere mich an den Tag, als wäre es erst gestern gewesen.“

„Ich zweifle nicht daran, Kate. Mütter vergessen nie die Geburtstage ihrer Kinder. Also ist dein Sohn jetzt fast vierzig und lebt hier als wohlhabender Squire. Was das Leben zu sein scheint, das er sich wünscht, ja? Und nach dem, was mein Sohn mir sagt, ist dein Sohn nicht nur ein erfolgreicher Landwirt, sondern er besitzt auch Tuchmühlen. Und Jonathon sagt mir, dass dein Sohn einen ausgezeichneten Verstand für Geschäftliches hat, was hohes Lob von ihm ist, da er ein Kaufmann war, bevor er Herzog wurde ...“

„Jonathon—?“

„*M'sieur le Duc d'Kinross*, mein Mann. Er war Ostindienhändler, bevor die Herzogskrone ihm unerwartet zufiel. Er sagte mir, es wäre keine kleine Leistung, wie dein Sohn den Zustand von Abbeywood zum Guten verändert hätte, noch dazu in so kurzer Zeit. *M'sieur le duc* sagt auch, dass dein Sohn ein Finanzgenie wäre und dass er beabsichtigt, ihn wegen seiner Pläne für seine Ländereien in Schottland um Rat zu bitten. *Voilà!* Du hast jeden Grund, stolz auf ihn zu sein. Ja?“

„Ich bin stolz auf ihn“, antwortete Kate mit einem zitternden Lächeln, sehr über dieses Lob erfreut. „Vor allem möchte ich, dass er glücklich ist. Ist das nicht das, was jede Mutter sich für ihr Kind wünscht? Glücklich zu sein. Und ich meine nicht die Art von Glück, die er aus seinen Leistungen und seiner Entscheidung, sein Leben hier zu leben, erreichen kann. Ich weiß, dass er zufrieden ist, auch wenn ich nur damit versöhnt bin. Es ist sein persönliches Glück, das mir die größten Sorgen macht. Ich fürchte, seine Illegitimität ist ein Hindernis, das hier nicht überwunden werden kann, denn er wird nie die einzige Frau heiraten können, an der ihm etwas liegt, an der ihm je etwas gelegen hat. Er hat sie nicht gefragt, und das ist wohl am besten so, da sie keine andere Wahl haben wird, als ihn zurückzuweisen."

„Warum? Wenn er sie liebt und sie ihn liebt, was soll sie dann aufhalten? Warum sollte sie ihn nur wegen seiner Geburt ablehnen? Hat er es ihr gesagt?"

„Nein."

„Wenn sie ihn liebt, sollte seine Illegitimität ihr nicht wichtig sein!"

„Oh. Aber für ihre Familie würde es eine große Rolle spielen. Sie legen großen Wert auf ihre Abstammung, besonders ihre Mutter."

„Sie ist also viel jünger als er?"

Kates Lippen zuckten, als sie die Besorgnis in Antonias Tonfall hörte. „Würde das eine Rolle spielen? Dich hat es nicht gestört ..."

Antonia schloss ihren Fächer mit einem Knall und beugte sich zu Kate vor, interessierter denn je. „Aber ich hatte keine Eltern, die mich hätten aufhalten können."

Kate schnaubte. „Als ob ein elterlicher Widerspruch auch nur den geringsten Einfluss gehabt hätte, dich davon abzuhalten, Monseigneur zu heiraten!"

Antonias grüne Augen leuchteten mutwillig auf. „Du hast recht."

„Sie ist zehn Jahre jünger und war verheiratet, aber jetzt Witwe ..."

„Eine Witwe?" Antonia wiederholte das Wort. „Also steht es ihr frei zu heiraten, wen sie mag. Ihre Eltern können sie nicht davon abhalten, welche Einwände sie auch immer haben mögen."

„Wenn es nur so einfach wäre", sagte Kate mit einem Seufzer des Bedauerns.

Doch sie freute sich insgeheim über Antonias Antwort. Ihr anzuvertrauen, dass Christopher Mary liebte, war ein berechnender Schritt. Sie wusste, dass es Antonia widerstreben würde zu denken, dass wahre Liebe von irgendeinem Hindernis getrennt werden könnte. Die Herzogin war eine schamlose Romantikerin, die alle Widerstände überwunden hatte, sogar die des Edelmannes selbst, um den Herzog von Roxton zu heiraten, der fast zwei Jahrzehnte älter gewesen war als sie selbst.

Kate wollte auch herausfinden, ob Antonia wusste, dass es ihre Cousine Mary war, in die Christopher verliebt war. Ihren Antworten zufolge schien es nicht so zu sein. Was hieß, dass Lady Mary entweder keine Ahnung hatte, dass Christopher sie liebte oder dass sie ihn nicht liebte. Oder die dritte Möglichkeit war, dass das Paar, obwohl sie sich liebten, wussten, dass ihre Sache hoffnungslos war. Die Tochter eines Earls heiratete nicht unter ihrem Stand, ein Squire nicht darüber. Niemand brach diese Regel. Wenn doch, wurden sie in der Gesellschaft ausgestoßen und geächtet. Das war das Letzte, was Kate für das Paar wollte.

Sie war auch romantisch veranlagt und sie wusste, dass das Paar einen Fürsprecher brauchte, wenn es je hoffen wollte, überhaupt zu heiraten. Und sie war fest entschlossen, dass Antonia dieser Fürsprecher sein sollte. Immerhin hatte die Herzogin in ihren eigenen Ehen nicht einen, sondern zwei Skandale überwunden. Mit einem viel älteren ersten und dann einem viel jüngeren zweiten Ehemann dürfte sie einer Ehe ihrer direkten Cousine mit Christopher gegenüber offen sein. Und mit der Unterstützung der Herzogin von Kinross würde die Ehe geduldet werden. Die feine Gesellschaft und noch wichtiger, Marys Familie, würden die Verbindung dann doch sicher akzeptieren müssen?

Sie näherte sich dem Fenstersitz und streckte die Hand aus, um Antonias seidenbedeckten Arm zu ergreifen, in der Absicht, ihr anzuvertrauen, dass ihr Sohn Lady Mary liebte. Doch sie vereitelte ihre besten Pläne, als sie eine überraschende Entdeckung machte, eine, die ihre Gedanken sofort in eine andere Richtung lenkte.

Sie schaute schließlich ihren Gast so gut sie in Anbetracht ihrer Behinderung konnte eindringlich an. Und während Antonias Gesichtszüge verschwommen waren, konnte sie die hoch aufgetürmte Fülle blonden Haares wahrnehmen, die Antonias Gesicht umrahmte und die Üppigkeit ihres bestickten Samtkleides und das gepolsterte Oberteil mit eng anliegenden Ärmeln und dem tiefen Ausschnitt, das vorn über ihren Brüsten mit Haken und Ösen geschlossen war und über sich über der Rundung ihres Leibes auf beiden Seiten wölbte

„Liebe Güte! Du bist schwanger!", platzte Kate ungläubig heraus. Ihr Schock war so groß, dass sie ihre Gedanken weiter aussprach. „Geschieht dir recht, wenn du einen so viel jüngeren Mann heiratest, noch dazu einen so männlichen!"

Weit entfernt, daran Anstoß zu nehmen, zeigten sich Antonias Grübchen wieder.

„Ja, ich zahle jede Nacht für meine Sünden."

„Ha! Ich bezweifle nicht, dass dein Bedürfnis nach Buße tiefgreifend ist, du verruchtes Geschöpf", scherzte Kate und tätschelte liebevoll Antonias Hand. „Die Nachricht von deiner Hochzeit war monatelang das einzige Gesprächsthema in jedem Brief, den ich aus London erhielt. Dass du einen zehn Jahre jüngeren Mann geheiratet hättest, noch dazu einen Herzog, reichte für einige Matronen zu stöhnen, als ob der Himmel herabgestürzt wäre! Aber dies! Du hast deine guten Neuigkeiten sehr gut verschwiegen."

„Ich habe mir dabei keine Mühe gegeben. Und ich schäme mich nicht, in meinem Alter noch ein Kind zu bekommen, weil ich mir dieses Kind sehr wünsche, genau wie er - er vielleicht noch mehr. Aber ich litt sehr unter Morgenübelkeit und daher wurde beschlossen, dass ich am besten während der Zeit meiner Schwangerschaft in Crecy Hall bleiben sollte."

„Wann soll das Kind kommen?"

„Es sind noch fünf Wochen bis zu meinem Kindbett, obwohl Michelle sagt, es wären eher drei und sie hat vermutlich recht. Doch ich vermute, es könnte noch früher sein. Julian kam drei Wochen zu früh und Henri-Antoine, wie du weißt, kam auch früh."

Kate runzelte die Stirn und da sie noch immer Antonias Hand hielt, drückte sie ihre Finger und sagte in zorniger Besorgnis: „Was also machst du um Himmels willen hier, dass du meinen Frieden störst, du dummes Mädchen? Du solltest in Hampshire sein, in deinem eigenen Haus, in deinem eigenen Bett, und nicht hier in der Landschaft herumzigeunern!"

„Ja. Das ist alles wahr. Aber dies kann nicht warten. Ich brauche deine Hilfe. Aber ich brauche noch mehr die Hilfe deines Sohnes."

Es blieb Antonia erspart, Kate eine weitere und ausführlicherer Erklärung zu geben, die sie dann für Christopher und Mary hätte wiederholen müssen, da Fran mit dem Tee hereinkam. Christopher folgte ihr eine Minute später und er war alles, was Kate über ihn gesagt hatte, und mehr noch. Nachdem die Vorstellung erledigt war, kümmerte sich Christopher darum, die Teetassen für Fran auszuteilen, was Antonia Zeit gab, ihn prüfend zu mustern, und es gab ihm auch einen Moment Zeit, seine Überraschung zu verbergen, die er bei seiner ersten Begegnung mit Antonia empfand, weil sie und Mary sich in ihrer Gestalt, wenn auch nicht in ihren Farben, so ähnlich waren.

Als Christopher zum Teewagen zurückkehrte, um seine eigene Tasse zu füllen, hatte Antonia Gelegenheit, Kate ihren ersten Gedanken mitzuteilen. Sie flüsterte hinter ihrem Fächer:

„Er sieht sehr gut aus und sieht dir sehr ähnlich."

„Als er geboren wurde, glaubte ich das auch, aber später fragte ich mich, ob mir das nur einbildete, weil ich es mir wünschte", flüsterte Kate zurück und lächelte dünn. „Doch meine Einbildung wurde bestätigt, als ich ihn wiedertraf; er war ungefähr fünfzehn. Ich brach fast zusammen."

„Das bezweifle ich nicht. Aber es sind seine Augen, Kate, die mich faszinieren…"

„Weil die Cavendishs solche Augen haben."

„*Bon Dieu*! Das stimmt!", zischte Antonia und ihre grünen Augen wurden über dem gefältelten Rand ihres Fächers groß. „Meine Schwiegertochter hat die gleichen Augen."

„Ja. Und zweifellos hat sie auch diesen strengen Blick der Cavendishs perfekt erlernt", murmelte Kate und lehnte sich zurück, um einen Schluck Tee zu nehmen. „Das ist das einzige Gute, das ich durch meine Blindheit gewonnen habe. Der Cavendish-Blick mag mich noch immer treffen, aber ich muss ihn nicht länger wahrnehmen. Diese sanften, aber vorwurfsvollen braunen Augen könnten Metall schmelzen …"

„… und Herzen."

„Kannst du das bezweifeln? Zu viele, um sie zu zählen, als er im Ausland lebte, und wenn die Frauen hier die geringste Chance bekommen hätten, wären überall in dieser Grafschaft gebrochene Herzen verstreut! Eine üble Angelegenheit."

Beide Frauen glucksten gleichzeitig, und das löste einen Kicheranfall aus, der Christopher zum Stehenbleiben veranlasste. Es war sehr lange her, seit er Kate so spontan und laut hatte lachen sehen. Er nippte mitten auf dem Teppich an seinem Tee und genoss den Moment, und erlaubte ihnen, auch den ihren zu genießen, bevor er zu ihnen hinüberging. Doch das Lachen erstarb so plötzlich, wie es begonnen hatte, als Fran seine Träumerei unterbrach, um anzukündigen, dass Lady Mary hier wäre, um die Herzogin von Kinross zu sehen. Bevor Kate antworten konnte, stand Mary vor ihnen. Sie fiel vor den Füßen ihrer Cousine in einer Wolke aus seidenen Röcken in einem respektvollen Knicks zusammen.

„*Mme la duchesse*, Ihr könnt in Eurem Zustand nur aus einem Grund die Reise den ganzen Weg hierher riskiert haben", sagte sie atemlos auf Französisch. Sie erhob sich, küsste Antonias linke Wange leicht, dann ihre rechte. „Überbringt mir die schlechten Nachrichten: wer ist es - Dair oder mein Vater? Aber bitte, ich flehe Euch an, sagt nicht, dass es beide sind!"

# SECHSUNDZWANZIG

„Du siehst in meinen Kleidern sehr gut aus, ma petite“, antwortete Antonia milde und musterte Mary von oben bis unten anerkennend. „Du solltest diesen Lavendelfarbton öfter tragen. Er passt gut zu deinen Augen und deinem Haar. Mylady, hat meine Cousine nicht die gleiche prachtvolle Haarfarbe wie unsere *grand-mère* sie hatte?“

Sie hatte dieses banale Gespräch in der Hoffnung begonnen, dem Squire einige Momente Zeit zu geben, um sein Gefühl für Zeit und Ort wiederzugewinnen. Denn kaum war Mary durch den Raum gefegt, als Christophers Blick sich auf sie richtete und dort hängen blieb, als ob sie die einzige Person im Zimmer wäre. Antonia kannte den Gesichtsausdruck eines innig verliebten Mannes, und hier war er und stand gut lesbar für alle Welt auf sein Gesicht geschrieben. Sie hätte sich selbst vor ihr Schienbein treten mögen, weil sie nicht mehr auf Kates Hinweise bezüglich der Identität der Frau, die ihr Sohn liebte und heiraten wollte, geachtet hatte. Nun ja! Dies war eine interessante Wendung der Ereignisse, die nicht einmal sie hätte vorhersagen können. Jetzt blieb ihr nur, die Gefühle ihrer Cousine zu entdecken, und sie musste nicht lange warten, bis diese deutlich wurden.

„In der Tat hat sie die Haare deiner Großmutter geerbt, *Mme la duchesse*“, stimmte Kate zu. „Und wie Augusta diese Konkurrenz gehasst haben würde, zu denken, dass es eine andere, viel jüngere Schönheit mit der gleichen feuerroten Mähne gäbe.“ Sie wandte sich direkt an Mary. „Ich will Eurer Großmutter gegenüber nicht respektlos sein, Mylady, aber ich war Augusta Fitzstuarts beste und vermutlich einzige Freundin, daher kannte ich sie besser als jeder andere.“

„Das ist sehr wahr", stimmte Antonia zu. „Und diese Frau verdiente deine Freundschaft nicht."

Mary schaute von Antonia zu der Frau, die direkt neben ihr saß und machte eine verblüffende Entdeckung. Sie war so überrascht, dass sie sich umdrehte und Christopher ansah, bevor sie sich wieder zu Kate wandte und sagte: „Oh! Wie geht es Euch, Mylady. Ich hätte Euch überall erkannt. Ihr seht Eurem Neffen sehr ähnlich. Oder, besser gesagt, Chris- Mr. Bryce sieht Euch sehr ähnlich. Ich freue mich so, Euch endlich kennenzulernen."

„Verzeihung, Mylady", sagte Christopher und trat vor. „Ich hätte Euch gleich miteinander bekanntmachen sollen. Dies ist meine ..."

„Noch nicht. Das ist nicht der richtige Zeitpunkt", zischte Kate und packte Christophers Handgelenk.

„Das ist Kate, Lady Paget. Meine - Tante", erklärte Christopher und drückte Kates Hand sanft. „Lasst mich einen Stuhl für Euch holen", fuhr er gewandt fort und trat beiseite, um Mary eine Sitzgelegenheit zu beschaffen.

Unbewusst folgte Marys Blick ihm, und trotz ihrer Sorge und Gedanken daran, warum ihre Cousine den ganzen Weg bis nach Gloucestershire gereist war, um sie aufzusuchen, flogen ihre Gedanken wieder zurück zu dem Cottage, wo sie sich immer noch zu sein wünschte, zusammen mit Christopher. Echtes Bedauern spiegelte sich in ihren Augen. Ihre gemeinsame Zeit war nur allzu kurz gewesen und sie hatte keinen Wunsch, jene Welt hinter sich zu lassen und diese wieder zu betreten. Doch hier waren sie beide, frisch geschrubbt, mit gewaschenen Haaren, sie in die exquisiten Röcke ihrer Cousine gekleidet, während er in seinen schlichten Reithosen und dem dunklen Wollrock mit silbernen Knöpfen jeden Zoll den wohlhabenden Squire darstellte. Ach, warum hatten sie nicht ein paar Wochen mehr zusammen gehabt, um die Gesellschaft des anderen und den Körper des anderen zu genießen ...

„Mary? Mary!? Was deinen Bruder und deinen Vater angeht ...", sagte Antonia leise und ließ den Satz in der Luft hängen, während sie ihre Cousine scharf beobachtete.

Und da war es - *dieser Blick*; Mary war genauso verliebt in den Squire; warum hatte sie gedacht, dass es anders sein könnte? Sie wartete darauf, dass Mary ihre Aufmerksamkeit wieder auf sie richtete und war nicht erstaunt, als die Frau sie anblinzelte, als käme sie gerade erst wieder zu Bewusstsein.

„Was das angeht, gibt es keine Neuigkeiten. Julian erhielt einen Brief Alisdairs, der die Familie offiziell über den Tod eures Vaters informierte. Und wie ich, die einen geliebten Onkel beweint hat, bin ich sicher, dass du bereits alle Tränen vergossen hast, die du für deinen Papa hattest. Doch nach all diesen Monaten des Wartens kann es nicht als Schock gekommen sein. Und du hast den Brief des Herzogs, in dem er dir sein Beileid ausspricht, gelesen, ja?"

„Nein, Cousine Herzogin. Ich habe in dieser letzten Woche keine Briefe gesehen", antwortete Mary wahrheitsgemäß, bevor sie weiter über die Folgen dieser Aufrichtigkeit nachdachte.

„Eine Woche?" Antonia warf einen heimlichen Blick auf Christopher, der einen Stuhl für Mary brachte. „Du hast seit einer Woche keine Briefe bekommen?"

„Ich - ich - das heißt - ich habe vielleicht Briefe bekommen, ich habe nur keinen davon gelesen." Sie sank auf den Stuhl, ohne zu bemerken, dass Christopher ihn dorthin gestellt hatte, und legte die Hände in den Schoß. „Also ist Vater tot und Dair hat Beweise dafür?"

„Ja, *ma petite*. Es ist so, wie wir befürchtet haben. Und dein Bruder ist jetzt auf dem Weg nach Hause."

Maria nickte. Sie fühlte sich wie betäubt. Doch sie hatte keine Tränen mehr für einen Vater, den sie nicht mehr gesehen hatte, seit sie zwölf war und der seine Familie verlassen hatte. „Ich bin froh. Nicht, dass er tot ist. Aber, dass Dair jetzt sein Erbe antreten kann. Und dass er auf dem Weg nach Hause ist. Er muss hier bei seiner Frau sein. Hat Rory die Nachricht erhalten?"

„*M'sieur le duc* hat ihr geschrieben und einen Brief deines Bruders beigelegt. Daher, ja, ich bin sicher, dass sie es inzwischen weiß." Antonia setzte sich wieder auf dem Fenstersitz zurecht, die Schultern durchgedrückt, und legte leicht eine Hand auf ihren runden Leib. Sie warf wieder einen Blick auf Christopher, der weiter hinter Marys Stuhl stand, und sagte dann stirnrunzelnd: „Es sieht dir nicht ähnlich, deine Briefe nicht zu lesen. Vor allem die meines Sohnes und deiner Mutter ... Geht es dir nicht gut, *ma petite*?"

„Nein. Es geht mir gut. Nur ... ich bin in letzter Zeit viel spazieren gegangen - und habe nachgedacht."

„Spazieren gegangen? Und *nachgedacht*?", wiederholte Antonia ungläubig. „Und dieses Spazierengehen und Nachdenken hast du im Wald getan, ja?"

Wieder schaute Antonia zu Christopher und dieses Mal erwischte sie ihn dabei, wie er sie mit diesem Cavendish-Blick ansah, über den Kate so gespottet hatte. Doch in diesem Blick lagen weder Unverschämtheit noch Selbstgefälligkeit und sie wusste es gut. Ihre Schwiegertochter hatte die gleichen braunen Augen und wenn sie jemanden mit diesem Blick - dem Cavendish-Blick - anschaute, hieß das einfach, dass sie sich darüber im Klaren waren, dass die Person, auf der dieser Blick ruhte, alles andere als gerecht war, dass sie damit nicht einverstanden war und dass diese Person ihr Verhalten ändern sollte oder es Konsequenzen geben würde. Deb benutzte das mit großer Wirkung bei ihren Kindern; einmal hatte sie diesen Blick selbst bei ihrem Mann benutzt und zu sehen, wie Julian sich unter dem Blick seiner Frau wand hatte Antonia in einen Kicheranfall ausbrechen lassen, was weder ihrer Schwiegertochter noch ihrem Sohn gefallen hatte.

Und jetzt stand Christopher Bryce da und tadelte sie schweigend, weil sie mit Mary nicht fair umging. Er hatte natürlich recht. Sie spielte mit ihr und dies war weder der Ort noch die Zeit für solches Geplänkel. Weit davon entfernt, wegen seines tadelndes Blicks gekränkt zu sein, mochte Antonia ihn dafür nur umso mehr. Die Romantikerin in ihr sah, dass er es tat, um Mary in gewisser Weise zu beschützen, aber weil er nicht in der Lage war, das offen zu tun, tat er das einzige, was er tun konnte, ohne unhöflich zu sein. Wie schade, dass Kate dies nicht beobachten konnte!

„Ihr habt durchaus recht, M'sieur Bryce", sagte Antonia, erwiderte seinen Blick und neigte den Kopf in Anerkennung seiner Warnung. Und als er sich leicht vor ihr verbeugte und respektvoll den Blick senkte, die Wangen leicht errötet, fuhr Antonia fort, aber jeder scherzhafte Tonfall war aus ihrer Stimme gewichen. „Dieses Spazierengehen und Nachdenken ist für den Grund meines Hierseins unerheblich. Wenn du deine letzten Briefe nicht gelesen hast, dann kannst du auch keinen Brief deiner Mutter gelesen haben, was ich am meisten befürchtete. Und deshalb musste ich herkommen, entweder, um dich über den wahren Stand der Dinge zu informieren oder, wenn du noch nicht wusstest, was geschehen ist, damit du die Nachrichten wenigstens von einer nahen Verwandten erfährst und nicht in einem Brief. Doch versprich mir eines, Mary."

„Ja, Cousine Herzogin. Natürlich."

„Dass du allem, was ich dir erzähle, genau zuhörst, dabei aber im Hinterkopf behältst, dass sie in keiner Weise wirklich zu Schaden gekommen ist. Dass sie in Sicherheit ist und wohl versorgt und sie weiß, dass ich losgefahren bin, um dich zu holen und ..."

Maria erhob sich halb aus ihrem Stuhl. „Ist - ist meiner Mutter etwas zugestoßen?"

„Deiner Mutter?" Antonia schüttelte den Kopf und Mary setzte sich wieder. „Nein, Mary. Deine Mutter erfreut sich bester Gesundheit, trotz ihrer ständigen Klagen über das Gegenteil. Aber sie hat etwas sehr Dummes getan - einige, *wir*, würden sagen - etwas sehr Böses -, das jetzt unser aller Anstrengung erfordert, um es wieder in Ordnung zu bringen. Und ich beziehe M'sieur Bryce und Lady Paget auch mit ein, weil Teddy ganz besonders nach ihnen verlangt hat. *Naturellement* es ist ihre Mama, die sie am meisten braucht."

„Teddy? Was ist mit Teddy passiert?" Es war Lady Paget, die damit herausplatzte und sie packte Antonia am Arm. „Ich kann nicht sehen, was ihr alle denkt, also musst du es mir sagen, Antonia. Sage mir, dass diesem süßen Kind nichts zugestoßen ist!"

„Sie ist nicht krank, Kate", antwortete Antonia und tätschelte die Hand der älteren Frau. Sie wandte sich wieder Mary zu, die steif auf ihrem Stuhl saß, die Hände fest in ihrem Schoß zusammengepresst und wusste, dass ihre Cousine alles in ihrer Macht Stehende tat, um sich zu beherrschen. „Mary, meine Liebe, das ist die Wahrheit. Teddy ist nicht krank und auch nicht verletzt. Aber deine Tochter ist ein wenig verängstigt, weil sie an einem fremden Ort ist und verlangt nach dir, ihrer Mutter. Und nach Euch", fügte sie zu Christopher gewandt hinzu. „Teddy möchte, dass ihr Onkel Bryce kommt und sie abholt und nach Hause bringt. Und ich habe ihr mein Wort gegeben, dass das geschehen wird. Und ich breche nie mein Wort, schon gar nicht einem Kind gegenüber. Daher werden wir alle morgen früh im Morgengrauen aufbrechen, damit das so bald wie möglich ausgeführt werden kann."

„Wo ist meine Tochter, Cousine Herzogin?", verlangte Mary in einem heiseren Flüstern zu wissen. „Was hat meine Mutter mit ihr gemacht?"

„Zuerst werde ich dir sagen, wo Teddy ist. Sie ist in meinem Baumhaus ..."

„*Baumhaus?*", platzten Christopher, Mary und Kate einstimmig heraus.

„Genau. Das Piratenschiffbaumhaus meiner Enkelkinder. Jetzt lasst mich erklären, wie es dazu kam, dass sie dort ist, damit du dir nicht zu viele Sorgen machst."

„Wie kannst du mir sagen, ich solle mir keine Sorgen machen, wenn du sagst, Teddy wäre verängstigt und in deinem Baumhaus und verlangt nach mir und ihrem Onkel Bryce?", wollte Mary wissen, jeder Anschein von Selbstbeherrschung war verflogen. „Oh Gott, ich hätte darauf bestehen müssen, mit ihr nach Cheltenham zu fahren. Ich hätte nie zustimmen dürfen, dass sie allein meine Mutter besucht. Ich hätte ..."

„Mary, die Zeit für *hätte* und *sollte* ist vorbei", sagte Antonia sanft, aber bestimmt. „Das führt zu nichts. Du musst mir erlauben ..."

„Ich wusste, dass Mutter etwas im Schilde führte. Ich hatte ein Gefühl, eine - eine *Vorahnung*, dass dieser Besuch zu nichts Gutem führen würde. Sie bestand so sehr darauf, dass ich zu Hause bleiben sollte, dass meine Anwesenheit nur eine unnötige Einmischung in Teddys Wohlergehen darstellen würde. *Einmischung?* Wie kann sie sagen, dass eine Mutter - ich - eine unnötige Einmischung in das Leben meines Kindes wäre?"

„Ich denke, *ma petite*, das kannst du aus den Erfahrungen deiner Kindheit recht gut beantworten, ja? Deine Mutter hat immer in dem ignoranten Glauben gehandelt, beste Absichten zu haben, wenn sie es in der Tat einem falschen Gefühl von Stolz und Selbstgefälligkeit erlaubt hat, ihre Handlungen zu bestimmen. Das hat, wie du weißt, zu katastrophalen Folgen für dich und deine Brüder geführt. Eure Mutter *war* eine unnötige Einmischung in euer Leben, auf die ihr alle hättet verzichten können, und das ist eine große Tragödie für sie und für euch. Sie hat versucht, dasselbe mit Teddy zu tun, und jetzt müssen wir alle zusammen uns bemühen, die Folgen dieser Einmischung zu beseitigen. Meint ihr nicht auch?"

Maria starrte Antonia an, und die Traurigkeit im Blick ihrer Cousine trieb ihr Tränen in die Augen, die Wahrheit ihrer Worte traf sie wie einen Schlag, so dass sie gezwungen war, die Hand vor den Mund zu schlagen, um ein Schluchzen zu unterdrücken, das ihr entweichen wollte. Sie drehte sich auf dem Stuhl um und schaute Christopher über die Schulter hinweg an, streckte ihm eine zitternde Hand entgegen, die er bereitwillig festhielt.

„Ich hätte darauf bestehen sollen, dass Ihr die Kutsche nach Cheltenham begleitet. Vielleicht, wenn Ihr dort gewesen wäret, hättet Ihr diese Dummheit meiner Mutter verhindern können."

„Vielleicht. Aber ich zweifle daran", sagte Christopher sanft zu ihr. Er wollte ihre Hand küssen, seine Lippen auf ihre Stirn drücken, um sie zu beruhigen. Aber er tat es nicht. Zögernd ließ er sie los, sich des auf ihnen ruhenden Blicks der Herzogin nur zu bewusst. Und doch konnte er nicht anders, als Mary etwas Trost zu bieten, indem er ihr die Hand auf die Schulter legte und mit einem ermutigenden Lächeln hinzufügte: „Wir wissen ja noch nicht, welcher Art die Einmischung deiner Mutter war. Und wir wissen auch nicht viel darüber, was dagegen unternommen wurde. Obwohl ich mir sehr sicher bin, dass *Mme la duchesse* alles in ihrer Macht Stehende getan hat, um es Teddy so bequem wie möglich zu machen, bis wir kommen können."

„Ja. Ja, natürlich. Ich bin töricht ..."

„Nein. Niemals töricht. Die bedingungslose Liebe einer Mutter ist niemals töricht Ma-Mylady", versicherte Christopher ihr. „Kate wird mir zustimmen. Nicht wahr, Kate?"

„Willst du uns alle zum Weinen bringen, du grässlicher Mensch?", fragte Kate und wühlte in den Lagen ihrer Röcke nach der Tasche, in der sich ihr Taschentuch befand. Antonia gab ihr das ihre. „Jetzt mach dich nützlich und lass Fran für uns alle eine frische Tasse Tee oder

Kaffee einschenken! Und lass die Herzogin weiter erzählen, was mit Teddy passiert ist - oh, und bevor ich vergesse, es dir zu sagen, das liebe Kind erinnert mich so sehr an dich, meine Liebe", sagte sie zu Antonia. „Nicht ihr rotes Haar und die Sommersprossen, die ich entzückend finde, sondern ihre überschwängliche Liebe zum Leben und die Art, wie sie in allem und jedem das Gute sieht! So ein kleiner Wirbelwind der Freude - liebe Güte!", fügte sie hinzu, als sie einen Tränenausbruch hörte, von dem sie nur vermuten konnte, dass er von Mary stammte. „Verzeiht mir, meine Liebe. Christopher wird Euch sagen, dass ich dazu neige, laut auszusprechen, was immer mir in den Kopf kommt. Und das begann erst mit meiner Blindheit, seit ich nicht mehr in der Lage bin, etwas aus dem abzuleiten, was ich bei den Menschen meiner Umgebung sehe. Ich bitte um Verzeihung ..."

„Diesmal sind es Tränen des Glücks, Kate", antwortete Antonia. „Und deine Idee, dass wir mehr Tee und Kaffee brauchen, ist gut. Ich fürchte, meine Kleine bewegt sich und das ist vielleicht der Grund, warum ich mehr Erfrischungen brauche. M'sieur Bryce", sagte sie mit einem vielsagenden Blick zu seiner Hand auf Marys Schulter und dann zu ihm hinauf: „Bitte holt Mary eine Tasse Tee." Sie lächelte Mary an, die ihre Augen trockentupfte, streckte ihr die Hand hin und war erfreut, als Mary sie ergriff. „Und während du deinen Tee trinkst, *ma chérie*, werde ich dir von Teddy erzählen, ja?"

Und als sie ihre ungeteilte Aufmerksamkeit hatte, erzählte Antonia ihnen die Geschichte, wie es dazu gekommen war, dass Teddy in ihrem eigenen Piratenschiff-Baumhaus am Ende ihres Gartens in Crecy Hall wohnte.

„Lady Fitzstuart übergab Teddy in die Obhut ihrer Großmutter in deren Stadthaus in Cheltenham und versprach, die beiden nach ein oder zwei Tagen zum Nachmittagstee aufzusuchen", erzählte Antonia ihnen. „Doch als sie zwei Tage später zur Wohnung der Gräfin kam, war das Haus verschlossen und Rory erfuhr, dass die Gräfin und ihre Enkelin von Cheltenham nach Hampshire gereist wären.

„Die Gräfin sagte Teddy, sie hätte eine besondere Überraschung für sie, eine, die dafür sorgen würde, dass sie endlich ihren Platz bei ihren hochgestellten Verwandten würde einnehmen können. Sie würden in einem Haus wohnen, das weit größer wäre als jedes, das dem König gehörte. Es wäre voller prachtvoller Räume mit Marmor, Gold und Spiegeln. Es gäbe dort Kronleuchter, die so hell leuchteten wie die Sonne, und ein Theater, in dem die Kinder Stücke für ihre Eltern aufführten, und einen Ballsaal, der so groß wäre, dass selbst ein geschrienes Wort nicht am anderen Ende hörbar wäre. Und um diesen Palast herum lägen hunderte Hektar von Parkland, voller Rehe und übersät mit Seen voller Fischen, Fontänen, die Wasser in die Luft schössen, und Pfauen, die auf den terrassenförmigen Rasenflächen ihre Räder schlügen.

„Charlotte war fest davon überzeugt, dass Teddy ganz begeistert war, diesen Ort besuchen zu können und ihr viele Fragen gestellt hätte. Nicht einmal hätte das Kind gejammert oder darum gebeten, nach Hause gebracht zu werden. Daher war Charlotte sich sicher, dass das, was sie tat, im besten Interesse ihrer Enkelin wäre. Sie sagte, ihr einziger Wunsch sei es gewesen, Teddy mit ihren Cousins bekannt zu machen und umgekehrt. Sie hätte die bevorstehenden katastrophalen Folgen ihres Handelns nicht voraussehen können, sonst hätte sie nie, in ihren Worten *in tausend Jahren nicht*, Teddy nach Treat gebracht.“

„Gegen den Willen ihrer Mutter und ihres Vormunds“, entgegnete Mary. „Ich bin mir völlig sicher, dass meine Mutter das nicht am Ende ihres Satzes hinzugefügt hat!“

„Nein. Das hat sie nicht. Sie wusste, dass Teddys Vormund nie seine Zustimmung zu einem Besuch Teddys in Treat geben würde“, erwiderte Antonia, den Blick auf Christopher gerichtet, der noch immer ruhig neben Marys Stuhl stand. „Was der Grund ist, warum sie Teddy ohne Eure Erlaubnis mitnahm.“

„Cousine Herzogin, es gibt einen guten Grund, warum Mr. Bryce es für das Beste hielt, dass Teddy auf Abbeywood bliebe ...“

„Ich zweifle nicht daran, dass es ein guter Grund ist“, unterbrach Antonia herrisch, die grünen Augen noch immer auf den Squire gerichtet. „Doch du wirst mir erlauben, zu Ende zu erzählen, wie Teddy in meinem Baumhaus gelandet ist. M'sieur Bryce kann sich dann alle Zeit der Welt nehmen, um mir ein paar beunruhigende Fakten aus diesem Vorfall zu erklären, nicht zuletzt, warum ein Kind davon abgehalten werden sollte, seine direkten Cousins kennenzulernen.“

„Ich stehe Euch zur Verfügung, um alle und jede Frage über Teddys Vormundschaft zu beantworten, *Mme la duchesse*“, antwortete Christopher mit ausgesuchter Höflichkeit.

„Um die Geschichte fortzusetzen - und dieser Teil, Mary ist sehr verstörend, also stelle bitte deine Teetasse weg ...“

Mary streckte ihre Tasse auf der Untertasse aus in der Erwartung, dass ein Zimmermädchen sie ihr abnehmen würde, doch es war Christopher, der dies tat. Und dabei kam er zwischen ihrem Stuhl und dem Fenstersitz zu stehen, womit er in der Tat Antonia den Blick auf sie versperrte. Und mit dem Rücken zur Herzogin wartete er kurz, bevor er die Tasse aus Marys Hand nahm, was sie zu ihm aufschauen ließ. Und dort fing er für einen Moment ihren Blick ein und lächelte ihr beruhigend zu, während ein Finger ihr Handgelenk streichelte. Sie erwiderte das Lächeln, bedeckte kurz seine Hand mit ihrer, um ihn wissen zu lassen, dass sie diese Geste, die seine Zuneigung erklärte, verstand, senkte dann ihre Wimpern und lehnte sich zurück, den Rücken kerzengerade und die Hände wieder im Schoß.

Wenn Antonia sich ärgerte, dass der Squire so unhöflich gewesen war, ihr den Rücken zu kehren, zeigte sie es nicht. Und sie wartete, bis er wieder neben Marys Stuhl stand, bevor sie mit ihrer Erzählung der Ereignisse in Treat bei Teddys Ankunft mit ihrer Großmutter fortfuhr.

„Charlotte sandte einen Postreiter, um *M'sieur le ducs* Haushalt auf ihre Ankunft vorzubereiten. Als die Kutsche ankam, wurden sie daher in Empfang genommen und sie und Teddy direkt zur Herzogin geführt, die mit ihren Kindern im Ballsaal war. Regen bedeutete, dass sie nicht im Garten herumlaufen konnten, daher, wie sie es üblicherweise an regnerischen Tagen zu tun pflegen, wurden die Spielstunden im Ballsaal mit ihren Handwägen und Spielsachen verbracht.

„Wie Ihr Euch vorstellen könnt, gab es mit vier lebhaften Kindern und ihren verschiedenen Kindermädchen und Tutoren großen Lärm. Wegen der Neuankömmlinge hörte er völlig auf. Und, wie Charlotte erzählen wird, verstanden sich alle prächtig und Teddy wurde von Deborah und ihren Kindern mit offenen Armen aufgenommen; es wurde viel Aufhebens um sie gemacht. Charlotte und meine Schwiegertochter setzten sich zum Tee. Wie Deborah es schildert, beglückwünschte Charlotte sich selbst zu dem Erfolg ihres Planes, ihre Enkelin mit ihren Roxton-Verwandten bekannt zu machen und dass sie diesen Plan vor Jahren hätte ausführen sollen, als dann *M'sieur le duc* eintraf. Wie es bei meinem Sohn um diese Tageszeit üblich ist, wollte er die Stunde vor dem Diner mit seinen Kindern verbringen. Es geschah bei der Ankunft meines Sohnes, dass dieses geplante Zusammentreffen der Cousins eine schreckliche Wendung nahm."

Antonia hielt inne und starrte Christopher an, weil er bei dieser Offenbarung tief durchatmete und mit der Hand über seinen Mund wischte, als ob er bereits ahnte, was kommen würde.

„M'sieur, lasst mich Euch sagen, dass, obwohl wir am meisten um Teddys Wohl besorgt sind, sie nicht die einzige ist, die es betroffen hat", sagte Antonia streng und wandte sich direkt an Christopher. „Meine Enkelkinder sind erschrocken und verängstigt. Meine Schwiegertochter ist verwirrt und erschüttert. Und mein Sohn, nun", sagte sie mit einem zornigen, verärgerten Schulterzucken, „ich bezweifele nicht, dass gerade Ihr Euch vorstellen könnt, wie zutiefst erschüttert er ist; er fragt sich, was er getan hat, um eine derart entsetzte Reaktion bei einem Kind auszulösen, das er noch nie in seinem Leben gesehen hat."

„Cousine Herzogin, du kannst nicht Chris- Mr. Bryce im Mindesten die Schuld an Roxtons ..."

„Bitte! Mary. Nein. Du musst mir erlauben, zu Ende zu sprechen, dann kannst du reden."

„Antonia, ich hoffe, du weißt, was du sagst", warnte Kate leise. „Für mich kommt es gefährlich eine Anschuldigung nahe, dass Christopher irgendwie zu tadeln wäre, nicht nur für die missliche Lage des lieben Kindes, sondern auch für das Unrecht, das deinem Sohn angetan wurde. Und wenn das der Fall ist, widerspreche ich deinem Ton und solchen Andeutungen aufs Schärfste!"

„Kate, *Mme la duchesse* hat jedes Recht, zornig zu sein", sagte Christopher milde. „Und wenn ich an diesem Punkt nicht mehr sagen werde, damit sie uns den Rest erzählen kann, gibt es ein Körnchen Wahrheit an dem Vorwurf gegen mich."

„Nein! Ich werde nicht glauben ..."

Kate und Mary platzten einstimmig damit heraus, und Mary war daraufhin zunächst überrascht, dann verlegen, zu Kates innerer Freude, dass Lady Mary bereit war, ihren Sohn offen in Schutz zu nehmen, und sie beide schwiegen sofort wieder und schauten auf ihre Hände hinab, was es Antonia ermöglichte, sich für ihren Ausbruch taub zu stellen und weiterzusprechen.

„Von hier an konnte Charlotte nicht vernünftig weiter berichten, was tatsächlich vorfiel. Sie war zu erregt - ist immer noch zu erregt - um darüber zu sprechen und hat sich in Treat in ihr Bett zurückgezogen, aus dem sie noch nicht wieder aufgetaucht ist. Wenn ich das Schlechteste von ihr annehmen sollte, könnte ich sagen, dass ihre Besorgnis nicht ausschließlich Teddy gilt ..."

„Ihre Besorgnis ist egoistisch, wie immer", stellte Mary sachlich fest. „Teddy hat sie in Verlegenheit gebracht, und was ihr daher jetzt die größten Sorgen bereitet, ist ihre eigene Position und was Roxton und die anderen von ihr denken werden. Sie denkt mit Sicherheit nicht an das Wohlergehen ihrer Enkelin."

„Ganz genau, Mary", antwortete Antonia mit einem leichten Heben ihrer Brauen, denn sie war es nicht gewöhnt, dass Mary so aufrichtig und offen illoyal gegenüber ihrer Mutter war. Als Mary nichts weiter sagte, fuhr sie fort und wandte sich dabei ausschließlich an sie. „Deborah erzählt mir, dass, als mein Sohn Teddy vorgestellt wurde, deine Mutter Teddy von hinten schubste und sie anwies, dass sie einen Knicks machen sollte, aber das Kind war nicht in der Lage, sich zu bewegen oder zu sprechen, egal wie oft Charlotte darauf bestand, dass sie *M'sieur le duc* den angemessenen Respekt entgegenbringen sollte. Teddy konnte sich nicht bewegen. Teddy war überfordert - wie drückte Deborah es aus? - und hatte eine Art Anfall ..."

„Oh, mein Gott, nein", unterbrach Maria in ängstlichem Flüstern, mit der Faust im Mund.

„Ja, einen Anfall. Ihr Körper begann, unkontrolliert zu zittern und in ihren Augen stand ein Ausdruck, den Deborah als *schieres Entsetzen* bezeichnete. Ja. Das sind die Worte, die sie gebraucht hat", fuhr Antonia ruhig fort. „Alle fragten sich, was da geschah, nicht zuletzt mein Sohn, der, wie du weißt, ein liebevoller Papa ist. Er versuchte, sie zu beruhigen, sie zu fragen, was geschehen wäre. Doch je mehr er versuchte, mit ihr zu sprechen, ihr gut zuzureden, und auf sie zukam, desto mehr wich Teddy vor ihm zurück und wurde nur noch erregter. Sie vermied es, ihn anzusehen, hielt die Augen auf den Boden gesenkt, und das eine Mal, als mein Sohn seine Hand auf ihren Arm legte und sie bat, ihn anzusehen, stieß sie einen Schrei aus. Deb konnte keinen Sinn in ihren Worten finden, doch sie sagte immer und immer wieder, dass sie sich nicht einsperren lassen würde."

„Mein armer, armer Liebling", murmelte Mary, Tränen liefen über ihre Wangen.

„Natürlich, als Teddy zu schreien begann, fingen alle meine Enkelkinder an zu weinen und das Baby auch. Im Ballsaal herrschte Chaos. Und diese Chaos war so groß, dass Teddy, während mein Sohn, meine Tochter und die Kindermädchen ihr Bestes taten, die Kleinen zu beruhigen, weglief, und mehrere Diener hinter ihr her geschickt wurden."

„Das muss ihr noch mehr Angst gemacht haben, dass livrierte Diener sie verfolgten", unterbrach Mary. „Sie muss schon verängstigt genug gewesen sein. Das war gedankenlos ..."

„Ich bin sicher, dass du dir denken kannst, dass mein Sohn und seine Frau nicht klar denken konnten, da sie sich um vier verschreckte Kinder und ein Baby kümmern mussten. Außerdem kannst du dir, besser als jeder andere hier, gut vorstellen, dass ein Kind – oder wer auch immer - das sich in einem Ort wie Treat verstecken will, fast unmöglich zu finden ist. Also entwischte Teddy mit Leichtigkeit."

„Ich erinnere mich, als sie Jungen waren - Julian und Evelyn - liefen sie fort und spielten Verstecken und erwarteten, dass ich sie finden sollte. Ich fand sie nie. Es gab zu viele Zimmer und so viele Verstecke, in denen ich hätte suchen müssen. Nach einer Stunde gab ich gewöhnlich auf."

„Eine Stunde? Ich hätte mir gar nicht die Mühe gemacht und darauf gewartet, dass sie mich suchen kämen!", gab Antonia zurück und erinnerte sich an die erste Zeit ihrer Ehe, als sie mit Monseigneur Verstecken gespielt hatte. Sie war einfach in die Bibliothek gegangen und hatte sich dort mit einem Buch zusammengerollt. Er hatte sie eine halbe Stunde später dort gefunden, und weil er sie so schnell gefunden hatte, belohnte sie ihn dort auch sofort und bald liebten sie sich auf dem Kartentisch ...

„Ein Gang sieht wie der andere aus", fuhr Mary fort. „Es ist leicht, sich zu verirren und keine Ahnung zu haben, wo man ist oder zu wissen, welche Tür oder welches Fenster unverschlossen ist, das nach draußen führt in die frische Luft und Freiheit. Für ein Kind, für Teddy, muss ein solches Haus sich anfühlen, wie in einem Labyrinth im Garten gefangen zu sein. Doch Teddy fand eine unverschlossene Tür und die Freiheit, nicht wahr, Cousine Herzogin?", fragte Mary ängstlich. „Weil sie jetzt in Sicherheit im Piratenschiff-Baumhaus ist?"

Antonia schüttelte ihre Erinnerungen ab und lächelte beruhigend.

„Ja, *ma chérie*. Das tat sie. Teddy ist ein findiges und robustes Kind. Ich bezweifle, dass viele Kinder - wenn überhaupt eines - die Geistesgegenwart und den Mut gehabt hätten, sich in einem so fremden Ort zurechtzufinden. Sie ging zum See und einer der Ruderer war so nett, sie über den See zum Pavillon zu rudern. Und als sie in Crecy ankam, fand sie das Baumhaus. Natürlich hatte mein Sohn all seine Diener drinnen und draußen darauf aufmerksam gemacht, dass Teddy vermisst wurde, und *M'sieur le duc de Kinross* tat in Crecy dasselbe. Die Diener hatten alle Anweisung, sich ihr nicht zu nähern oder sie zu erschrecken, und wenn sie um Hilfe bäte, sie ihr zu gewähren und es dann zu berichten. So entdeckten wir, dass sie nach Crecy übergesetzt hatte und fanden sie schließlich im Baumhaus. Wir verstehen immer noch nicht, wie sie von dem Pavillon wissen konnte, noch weniger, dass es am Ende meines Gartens ein Baumhaus gibt."

„Das habe ich ihr erzählt", gab Mary zu. „Es war eine meiner Gutenachtgeschichten. Sie bat mich immer, ihr Geschichten über meine liebsten Menschen und meine Lieblingsorte zu erzählen. Und eine Geschichte, die sie mich oft wiederholen ließ, war die über meine Patin, von der ich ihr erzählte, dass sie eine Feenkönigin wäre, die in einem wunderschönen alten Haus an einem See wohnte, das der Feenkönig für sie erbaut hätte. Der Feenkönig hatte seiner Königin auch einen schönen Pavillon gebaut, damit sie einen Ort hatte, um Teegesellschaften zu geben und den Schwänen beim Vorbeischwimmen zuzuschauen, aber vor allem, damit sie alle Bücher lesen konnte, die sie liebte. Ich erzählte Teddy, dass das Haus der Feenkönigin ein sehr glücklicher Ort wäre, wo Kinder immer willkommen wären, so willkommen in der Tat, dass die Feenkönigin am Ende des Gartens ein Piratenschiff-Baumhaus gebaut hatte. Und hier würden die Kinder in den Wolken segeln und so tun, als wären sie Piraten auf hoher See. Teddy wünschte sich sehr, eines Tages ein solches Baumhaus zu besuchen.“

„Was für eine wundervolle Gutenachtgeschichte, Mylady“, rief Kate mit einem Seufzer aus und schnüffelte. Als die Antwort darauf Stille war, fügte sie hinzu: „Kein trockenes Auge im Raum ...? Stimmt das, mein Junge?“

„Ganz genau, Kate“, antwortete Christopher leise.

Antonia blinzelte ihre Tränen von den Wimpern und lächelte Mary an.

„Ich bin froh, dass du ihr von Crecy erzählt hast, *ma chérie*, denn es scheint, dass sie sich dort tatsächlich sicher fühlt. Und mit mir spricht sie auch, da ich die Feenpatin ihrer Mutter bin.“

„Aber wie unterhältst du dich mit dem Kind, wenn sie oben auf einem Baum ist und du zu schwanger, um eine Leiter hinaufzusteigen?“, frage Kate unverblümt.

Auf Antonias Wangen erschienen Grübchen. „Das war sehr schlau von mir. Ich habe Teddy erlaubt, in meinem Baumhaus zu leben, unter einer Bedingung: Dass sie jeden Abend nach unten kommt, um im Haus zu schlafen.“

„Und das tut sie?“ Mary war überrascht.

„Natürlich. Ich habe ihr mein Wort gegeben, dass sie in das Baumhaus zurückkehren kann, wann immer sie will. Ich breche mein Wort nicht. Jeden Abend bei Sonnenuntergang kommt sie hinein, um zu Abend zu essen und in einem warmen Bett zu schlafen. Und jeden Morgen bei Sonnenaufgang kehrt sie ins Baumhaus zurück. Ich habe ihr den zusätzlichen Anreiz geboten, auf Scipios und Cordelias Babys aufzupassen. Also seht ihr, ich bin ein Genie, ja?“

„Scipio? Cordelia?“, fragte Christopher mit hochgezogener Augenbraue. „*Babys*?“

„Oh! Ja! Ja, du bist ein Genie, Cousine Herzogin! Was für eine fantastische List!“, verkündete Mary und fühlte sich weit weniger besorgt, als sie gewesen war, seit sie erfahren hatte, dass ihre Mutter Teddy nach Treat entführt hatte. „Teddy liebt Tiere, Hunde ganz besonders.“ Sie drehte sich auf dem Stuhl zu Christopher um, der mit einer Hand auf der Vorderseite seiner Weste dastand, und lächelte ihn an. „Scipio und Cordelia sind die Whippets von *Mme la duchesse*. Teddy würde dem Angebot, ein Auge auf die Welpen zu halten, nicht widerstehen können. Ihr wisst, wie sehr sie sich einen eigenen Hund wünscht.“

„Ha! Und ob! Darum bittet sie täglich“, antwortete Christopher, bedeckte Marys Hand mit seiner und lächelte zu ihrem nach oben gewandten Gesicht hinab. „Aber sie kennt auch die Abneigung ihrer Mutter gegen vierbeinige Unholde ...“

„Ich habe Lorenzo nie einen Unhold genannt, und dass wisst Ihr!“, erwiderte Mary liebevoll.

„Nein, aber nur, weil Ihr in der Gegenwart des armen Lorenzos so versteinert seid, dass Ihr kein Wort herausbringt“, antwortete Christopher grinsend.

„Armer Lorenzo? Oh! Das ist so unfair. Außerdem könnt Ihr überhaupt nicht wissen, was ich denke!“

„Glaubt Ihr?“

„Was ich glaube, ist, dass Ihr beide diese Unterhaltung später fortsetzen solltet, und an einem anderen Ort“, unterbrach Antonia scharf, in der Hoffnung, dem Paar seine Umgebung wieder zu Bewusstsein zu bringen. Und um sie nicht weiter in Verlegenheit zu bringen, fuhr sie glatt fort: „Und es tut mir sehr leid, dir das zu sagen, Mary, aber ich habe Teddy versprochen, dass sie sich einen der sechs Welpen aussuchen darf. Daher wirst du deine Angst vor Hunden überwinden müssen, denn sie wird den Welpen bekommen, ohne Rücksicht auf deine Einwände.“

„Ja, *Mme la duchesse*“, antwortete Mary gehorsam, sehr kleinlaut, da ihr klar wurde, dass sie die Grenzen des Anstands mit Christopher in Gegenwart ihrer Cousine weit überschritten hatte und sich jetzt für ihr Verhalten würde rechtfertigen müssen. „Und wenn ein Welpe Teddy helfen wird, ihre Angst zu überwinden, dann ist es nur fair, wenn ich meine auch überwinde.“

„*Bon*. Der Welpe wird sie von ihrer Furcht ablenken, *ma petite*, aber sie kann sie nicht überwinden, bevor wir nicht wissen, was dazu geführt hat, dass sie diese unnötige und unvernünftige Angst vor meinem Sohn, dem Herzog, überhaupt hat, ja? Was für mich noch immer ein Rätsel ist, so wie für uns alle. Und doch habe ich das Gefühl, Mary, dass du oder M'sieur Bryce, die einzigen sind, die vielleicht eine Antwort darauf geben können.“

Mary wollte antworten, doch als Christopher sanft ihre Schulter drückte, schwieg sie und ließ ihn sprechen.

„Ich bin wohl derjenige, der das am besten beantworten kann, *Mme la duchesse*“, sagte er fest, den Blick direkt auf Antonia gerichtet. „Während Lady Mary ihrer Tochter Märchen über schöne Orte und glückliche Menschen erzählte, bot Sir Gerald seiner Tochter eine viel düsterere Fabel dar, eine Fabel über ein Ungeheuer, das in der Gestalt eines gutaussehenden Herzogs auftrat. Er erzählte ihr diese Geschichte immer wieder, seit sie noch ganz klein war. Und er warnte sie, dass dieses Ungeheuer ihre Mutter mit einem Zauber belegt hätte, so, wie den Rest der Familie, und daher sähen sie ihn nicht, wie er wirklich war - ein Ungeheuer, teils Bär, teils Wolf, mit Fangzähnen und einem schwarzen Herzen. Sir Gerald warnte Teddy, dass sie, wenn sie jemals sein Haus besuchen würde – ein Haus, das das Ungeheuer ebenfalls mit einem Zauber belegt hatte, so dass es wie ein glänzender Palast erschien, aber in Wirklichkeit eine dunkle Burg voller unsäglicher Schrecken war – in einem der Türme eingesperrt werden würde, um dort zu verrotten, bis sie eine alte Jungfer wäre und sie würde ihre Mutter oder ihr Zuhause nie wiedersehen."

„Ach, das arme, liebe Kind", sagte Kate mit einem zitternden Seufzer. „Kein Wunder, dass sie entsetzliche Angst hat!"

„Wusstest du von dieser absurden Geschichte, Mary?", fragte Antonia.

„Ja, Cousine Herzogin", gab Mary zu. „Aber erst seit sehr kurzer Zeit. Ich hatte keine Ahnung, dass Sir Gerald Teddy den Kopf mit solch grausamem Unsinn vollstopfte."

„Und Ihr, M'sieur Bryce, wann habt Ihr entdeckt, dass Sir Gerald seiner Tochter solch schädlichen Unsinn erzählte?"

„Als Teddy in Buckinghamshire krank wurde und ihre Mutter zu Lord Fitzstuarts Hochzeit nach Treat fuhr. Sie fürchtete, ihre Mutter könnte nicht zurückkehren, und als ich sie fragte, warum, vertraute sie mir die Geschichte von dem Ungeheuer an."

„Ich verstehe. Jetzt wird mir klar, warum ein zehnjähriges Kind, das meinen Sohn in seinem ganzen Leben noch nicht gesehen hat, sich die Lunge aus dem Leib schreit und wegläuft, um sich in einem Baumhaus zu verstecken und um keinen Preis herabkommen will! Warum habt Ihr nichts getan, um diese schrecklichen Lügen über *M'sieur le duc* zu entlarven?"

„*Mme la duchesse*, Märchen, ob sie schön oder grausam sind, sind für die, die daran glauben, keine Lügen", sagte Christopher geduldig. „Sie sind für Kinder wie für Erwachsene gleichermaßen sehr real. Es gibt viele Leute, die die Existenz von Feen, Zwergen, Kobolden und Geistern für wahr halten. Unser Tal ist voll von solchen Geistern und Geschichten. Lady Mary hat Teddy schöne Geschichten von einer Feenpatin erzählt und ihr Vater eine Geschichte über ein als Herzog verkleidetes Ungeheuer. Man kann nicht eine Geschichte als völligen Unsinn abtun, ohne dass dies auch für die anderen gilt. Was erzählt man dem Kind dann? Dass ihre Eltern sie angelogen haben? Dass es keine Feenpaten und Ungeheuer gibt ..."

„Genau das hättet Ihr ihr sagen müssen!"

„Ich glaube nicht, dass der Herzog ein Ungeheuer ist, aber wie hätte ich Teddy das Gegenteil sagen können, wo ich Euren Sohn noch nie getroffen habe? Teddy ist ein kluges Kind. Hätte ich die Geschichte ihres Vaters einfach zur Lüge erklärt, hätte sie mich sofort gefragt, wie ich das tun könnte, nachdem ich den Herzog nie selbst getroffen habe. Ich hätte ihr alles Mögliche versichern, ihr aber keinen Beweis für das Gegenteil bieten können."

Antonia setzte sich kerzengerade auf, unbequem, wie das durch ihre Schwangerschaft war, und ihre grünen Augen blitzten vor Ärger.

„*Mon Dieu*! *Je suis incroyablement furieuse*. Also glaubte das Kind weiter, dass mein Sohn, ein Mann von höchsten Prinzipien, ein liebender Ehemann und Vater, ein Ungeheuer wäre. Seine Familie, seine Pächter, seine Arbeiter und Diener lieben ihn und keiner weiß ein böses Wort über ihn zu sagen. Und dennoch glaubt Teddy, dass er dieses Ungeheuer ist, das sich in der Haut eines Herzogs versteckt, und es wurde nichts unternommen, um diesen Glauben zu zerstreuen? *Incroyable. Et vous l'avez laissée y croire*."

„Ich habe nichts getan, um sie darin zu bestärken", stellte Christopher höflich, aber bestimmt fest. „Aber wie ich sagte, ich konnte die Geschichte nicht als Unsinn entlarven, denn das zu tun, hätte die Wahrheit hinter Lady Marys Geschichte von der guten und freundlichen Feenpatin, die an einem glücklichen Ort lebt, in Frage gestellt. Welche, wenn Ihr es recht bedenkt, nicht so weit von der Wahrheit entfernt ist, nicht wahr? Und weil Teddy die Geschichte ihrer Mutter glaubte, konnte sie bei Euch Zuflucht suchen."

„Aber wenn Ihr beide Geschichten als bloße Märchen dargestellt hättet, würden wir vielleicht jetzt gar nicht in dieser Klemme stecken, *hein*? Teddy würde die Existenz eines Ungeheuers und einer Feenpatin in Frage gestellt haben. Doch sie hätte die letztere nicht gebraucht, wenn sie nicht an das erstere geglaubt hätte! Was mich zu der Annahme veranlasst, dass Ihr, M'sieur Bryce, glaubt, dass die Geschichte Sir Geralds über meinen Sohn ein Körnchen Wahrheit enthalten mag - dass er in gewisser Weise ein Ungeheuer ist?"

„*Mme la Duchesse*...", begann Christopher, wurde aber unterbrochen.

„Cousine Herzogin, du bist zu Recht zornig, weil es dein Sohn ist, der von Sir Gerald verleumdet wurde", unterbrach Mary mit untypischer Unverblümtheit. „Doch wenn du die Situation mit einem kühlen Kopf betrachtest, kannst du doch sicher kaum überrascht sein, dass Teddys Vater ihr solche schwarzen Ideen über Roxton in den Kopf setzen würde? Dein Sohn hat Sir Gerald aus der guten Gesellschaft verbannt; das einzige, was ihm etwas bedeutete, war der Name Cavendish und seine Stellung unter seinen Standesgenossen als Cousin des Herzogs von Devonshire und als Bruder der Herzogin von Roxton und damit Schwager ihres Herzogs. Er hat mich nur geheiratet, weil ich deine Cousine bin. Gesellschaftlicher Stand und Verbeugungen und Kratzfüße vor seinen hochrangigen Verwandten waren sein Lebensinhalt, und Roxton hat ihm das weggenommen. Selbst hier im Exil in den abgelegenen Cotswolds verbrachte er seine Tage damit, seinen adligen Freunden und Verwandten zu schreiben, seine Gedanken waren weit fort in den Salons der Londoner Gesellschaft. Er war verbittert und wütend und hat deinem Sohn nie verziehen. Seinem einzigen Kind zu verbieten, jemals ihre Verwandten zu besuchen, war Teil seiner Rache, ebenso, wie er dieses böse Märchen in den Kopf seiner Tochter setzte, damit sie sich ein Leben lang vor Roxton fürchten würde. Dass er Teddy benutzte, um Rache zu üben, ist abscheulich, aber es überrascht mich nicht und sollte auch dich nicht überraschen."

Antonia nahm sich einen Moment Zeit, um Mary zu antworten, die beiden Frauen musterten einander mit festem Blick, dann lächelte sie verloren, nicht länger zornig.

„Mary, ich habe dir das noch nie gesagt, aber ich habe es immer sehr bedauert, dass ich den Wünschen deiner Mutter nachgab und dich zurückließ, als Monseigneur und ich Henri-Antoine mit uns nach Konstantinopel nahmen, um seinen Bruder zu besuchen. Wenn Du bei uns gewesen wärest, hättest du diesen Mann nie geheiratet. Aber das hast du und wir mussten mit den Folgen leben. Doch du ... du musstest mit ihm leben, und das haben wir nicht zur Genüge bedacht, nicht wahr? *S'il vous plaît, pardonnez-moi, ma chérie.*"

Sie blickte Christopher an, sprach aber zu Mary:

„Und du hast recht. Mein Sohn handelte impulsiv, wie junge Männer es oft tun. Zu jener Zeit, denke ich, tat er es, um seine Autorität zu behaupten, doch er dachte nicht genug an die Konsequenzen seines Handelns für dich und deine kleine Tochter. Ich bin sehr sicher, dass er mir zustimmen und sich meiner Bitte um Entschuldigung anschließen würde. Und jetzt sitzen wir hier in einer Lage, die äußersten Feingefühls bedarf, um sie in Ordnung zu bringen. Ich muss auch Euch um Verzeihung bitten, M'sieur Bryce. Denn auch wenn wir uns gerade erst kennengelernt haben, ist mir klar, dass Euch Teddys Wohlergehen am Herzen liegt. Das Kind liebt und vertraut Euch ebenso wie seiner Mutter, und daher muss auch ich Euch vertrauen. Daher muss ich hoffen, dass Ihr einen Weg finden werdet, um Teddy und die Familie aus dieser misslichen Lage zu erlösen, ja?"

Christopher senkte den Kopf zur Antwort auf Antonias Entschuldigung und lächelte.

„Ich habe den Ansatz einer Idee, *Mme la duchesse.* Aber ich möchte vorher mit Lady Mary sprechen, um sicher zu sein, dass sie zustimmt.

Ich hoffe, das wird den Fluch durchbrechen, der in Teddys Augen den Herzog als Ungeheuer gefangen hält."

Mary wirbelte auf ihrem Stuhl herum und schaute zu Christopher auf. „Oh, ja! Wenn Teddy glaubt, dass der Zauber gebrochen ist, wird sie keine Angst mehr vor Roxton haben. Ihr seid so klug!"

„Es überrascht mich nicht, dass du das denkst", scherzte Antonia augenzwinkernd und fügte hörbarer hinzu: „Ihr habt die zweitägige Reise nach Treat, um Euch einen passenden Plan auszudenken. Jetzt muss ich mich ausruhen. Und was dich angeht, Mylady", sagte sie leise zu Kate und drückte ihre Hand, „werde ich dich in der Kutsche ausschimpfen. Zweifellos war diese Unterhaltung, wenn auch nicht ihr Inhalt, Musik in deinen Ohren. Und du weißt sehr gut, warum, und jetzt weiß ich es auch!"

# SIEBENUNDZWANZIG

Gerade, als Antonia sich an die Vorstellung gewöhnte, dass Mary in einen Squire aus den Cotswolds verliebt war und Jonathon dies anvertraut hatte, um ihn zu bitten, sich während der Rückreise nach Treat einen Eindruck von diesem zu verschaffen, verwirrte ihre Cousine sie mit einer Eröffnung, die so überraschend war, dass ihr einen Moment lang die Worte fehlten.

Es war der zweite Tag der Reise, der Herzog und die Herzogin von Kinross, ihre Gäste und ihr Gefolge waren seit einer Stunde unterwegs, da sie nach dem Frühstück im *Castle Inn* in Marlborough, wo sie eine ereignislose Nacht verbracht hatten, aufgebrochen waren. Die Herzogin, Lady Mary, Lady Paget, Antonias Zofe Michelle und Lady Pagets Gesellschafterin Fran besetzten den ersten Wagen, während der Haushofmeister der Kinross', Lady Marys Zofe, Antonias zwei Kammerfrauen und, sehr zu seiner Bestürzung, der Arzt des Herzogs von Roxton, die zweite besetzten. Jonathon, Christopher und Jonathons Kammerdiener waren alle zu Pferd, ritten neben den Kutschen, mit den livrierten Vorreitern als Vor- und Nachhut.

An einem bestimmten Abschnitt der Strecke ritten Jonathon und Christopher Seite an Seite und waren in ein Gespräch vertieft, und als sie an Antonias Wagen vorbeikamen, blieb Marys Blick an den beiden Männern haften. Antonia, die ihr gegenüber saß und sie beobachtete, wusste, auf welchen der Gentlemen Marys Aufmerksamkeit gerichtet war. Doch sie sagte nichts und wartete, da sie aus der Art, wie Mary mit dem Fächer in ihrem Schoß herumspielte, erkannte, dass ihre Gedanken

rastlos herumirrten, und dass sie sehr bald aus ihrer Gedankenverlorenheit herausfinden und ihre Überlegungen würde mitteilen wollen.

Wie sie geahnt hatte, wandte Mary sich vom Fenster ab und dem
Innenraum der mit Seide ausgeschlagenen Kutsche zu, wo Lady Paget in
der anderen Ecke saß und aus dem Fenster starrte. Neben Mary saß
Antonias Zofe, den Kopf mit geschlossenen Augen an die gepolsterte
Kopfstütze gelehnt, und neben ihr die Gesellschafterin der alten Dame,
Fran, die ihre Nase in einem kleinen Band mit Gedichten vergraben
hatte, den Antonia ihr geliehen hatte. Und da saß ihre Cousine, die
Hände unter ihrem Bauch verschränkt, als ob sie ihr Kind vor jedem
Holpern auf der Straße beschützen wollte. Doch ihr Blick lag deutlich
auf Mary.

„Evelyn lebt, *Mme la duchesse*.“

Antonia war von der förmlichen Anrede durch ihre Cousine überraschter als von der Offenbarung selbst. Sie ahnte, dass es für Mary vielleicht einfacher wäre, ihre verwirrten Gefühle auf diese Weise zu
gestehen.

„Ja, *ma chérie*. Dein Bruder Alisdair hat es mir erzählt.“

„Wusstest du auch, dass er ein Spion ist?“ Als Antonia nickte, fuhr
Mary fort. „Er ist nach Abbeywood gekommen. Du wirst erschrecken,
wenn du ihn siehst. Er ist sehr verändert, zumindest äußerlich, wenn
nicht innerlich, und sein Haar ist vorzeitig ergraut, er ist nur noch Haut
und Knochen. Ihm fehlen Glieder von zwei Fingern, weshalb ich mich
frage, ob er überhaupt noch seine Bratsche spielen kann. Doch trotzdem
ist er noch immer der gleiche Evelyn, an den ich mich erinnere, mit den
gleichen exzentrischen Lebenseinstellungen.“

„Ich bin sehr froh, dass er lebt, dass er endlich zu Hause und noch
immer Evelyn ist. Ich hoffe, er wird nach Treat kommen, um mit
meinem Sohn Frieden zu schließen und mich zu sehen und seine Eltern
zu besuchen.“

Mary schaute in Antonias klare, grüne Augen und beugte sich vor,
um laut zu flüstern: „Er will mich bitten, ihn zu heiraten.“

Antonia hob ihre gewölbten Brauen ein wenig. „So? Was meinst du
mit *er will mich bitten* - dass er das noch nicht getan hat?“

„Er hat mir einen Monat gegeben, um über meine Zukunft nachzudenken, und dann will er mich fragen.“

„Eine weise Entscheidung. Mir scheint, du hast viel worüber du
nachdenken musst, *ma petite*.“

Mary schaute wieder aus dem Fenster, auf die Landschaft aus
Hecken und Herbstbäumen, die ganz verschwommen wirkte. Sie holte
tief Atem, drehte sich wieder zu Antonia um und begegnete deren
stetigem Blick.

„Ich weiß, was *du* jetzt denken musst ...“

„Ich glaube nicht, dass das möglich ist, weil ich gar nichts denke. *Deine* Gedanken und Handlungen werden darüber bestimmen, was ich denke.“

„Aber ich kann mir vorstellen, was du denken musst, nachdem Seine Gnaden dir erzählt hat ...“ Sie schaute zu Lady Paget hinüber, doch da diese noch immer ihr Gesicht dem Fenster zugewandt hatte und zu dösen schien, sah sie wieder Antonia an und fügte in einem Flüsterton hinzu, der so laut war, dass sie gerade noch über dem Lärm der Kutschenräder zu verstehen war: „... wie er uns allein im Cottage gefunden hat und ...“

„Mary, *M'sieur le duc* hat mir nichts über ein Cottage erzählt. Und das ist die Wahrheit.“ Antonia wagte zu lächeln. „Doch das muss ich nicht wissen, oder? Denn es ist für mich und vermutlich für jeden um uns herum, offensichtlich, dass du und M'sieur Bryce mehr als ein - äh - *vorübergehendes Interesse* - aneinander habt.“

Mary errötete. „Es war nicht geplant. Es passierte einfach. Ich kann es nicht erklären. Ich bin – er ist – Oh! Ich weiß es nicht! Ich weiß es nicht!“

„Alles, was ich weiß, Mary, ist, dass es Zeit für dich ist, darüber nachzudenken, was *du* willst. Und das wird in der Tat schwierig sein. Nicht, weil du keinen Verstand, keine eigene Meinung oder geheime Wünsche hast, sondern weil du darüber nachdenken musst, was du dir für den Rest deines Lebens wünschst.“

„Es wäre einfach, Evelyn zu heiraten, weil wir uns sehr, sehr gern haben“, stellte Mary fest, als wollte sie sich selbst überzeugen. „Eine solche Ehe wäre das Richtige und Vernünftige für mich, weil ich Gräfin würde, und Teddy einen Earl als Stiefvater bekäme, und er sich gut um uns beide kümmern würde. Eine solche Verbindung würde jeder in unserer Bekanntschaft begrüßen.“

„Das stimmt. Du würdest Gräfin von Stretham-Ely und die Gesellschaft dich mit offenen Armen aufnehmen. Es wäre die Partie der Saison.“

Mary runzelte die Stirn. „Du möchtest gern, dass ich Evelyn heirate? Das würde meine Mutter sicher sehr glücklich machen, mich endlich zu dem gesellschaftlichen Rang erhoben zu sehen, den sie für die Tochter eines Earls für angemessen hält - und jetzt die Schwester des neuen Earls of Strathsay.“

„Was ich möchte, ist unwichtig. Und du wirst deine Mutter nie glücklich machen, egal welche Wahl du triffst. Manche Leute werden unglücklich geboren. Sie sehen nie die Freude, die vor ihren Augen ist und werden das auch nie. In Wahrheit genießen sie es, sich elend zu fühlen. Wie deine Mutter. Mein einziger Rat an dich ist, dass du dir darüber im Klaren sein sollst, eine einzigartige Gelegenheit zu haben, die unter den Frauen unseres Standes selten ist - du hast eine Wahl. Du kannst wählen, wie du dein Leben gestalten willst. Doch das hat Folgen, die du zu akzeptieren bereit sein musst. Und bevor du deine Wahl triffst, sei ganz sicher, dass du alles, was es zu wissen gibt, weißt über ..."

„Er hat mir alles über sein Leben in Lucca erzählt", unterbrach Mary sachlich, und als Antonia lächelte, erkannte sie, dass Antonia im Allgemeinen gesprochen hatte und gar nicht über Christopher. Sie war so verwirrt, dass sie nicht sprechen konnte.

„Ich freue mich, das zu hören", stellte Antonia fest. „Ich bin mir seiner Gefühle für dich sicherer als deiner für ihn. Natürlich möchte er dir alles anvertrauen. Aber ..."

Sie warf einen Blick zu Kate, die neben ihr saß, sah, dass ihre Augen geschlossen und ihr Mund schlaff waren, daher vermutete sie, dass sie schliefe, und fuhr fort: „... es wäre weise, ihn zu fragen, ob das alles ist, was er dir anvertrauen möchte, oder ob es weitere Dinge gibt ..."

„Weitere Dinge? Was für andere Dinge, Cousine Herzogin? Weißt du von etwas, das er mir sagen sollte ..."

„... vorausgesetzt, dass deine Wahl auf ihn fällt", endete Antonia glatt, ohne auf Marys Unterbrechung einzugehen. Ihr Lächeln wurde breiter und sie ließ ihren Fächer elegant flattern und sagte mit einem Funkeln in ihren grünen Augen: „Ich glaube, Mary, es wird Zeit, dass du weniger die pflichtbewusste Tochter bist und mehr die Mary, die weiß, was sie braucht, um glücklich zu sein. Und wenn du das weißt, komm und sage es mir, und dann werde ich dir sagen, was ich denke."

DIE KUTSCHEN FUHREN NICHT NACH CRECY HALL, SONDERN bogen durch das kunstvolle schwarz-goldene Eisentor, das den Eingang zum herzoglichen Anwesen von Treat bildete. Da es fast Zeit zum Diner war, dachte Antonia, es würde am besten sein, zuerst den Herzog zu sehen, der sie alle zum Essen begrüßen würde und zu besprechen, was getan werden sollte, um Teddys Ängste zu beseitigen und dafür zu sorgen, dass sie endgültig aus ihrer Zuflucht im Baumhaus herabkommen würde.

Nachdem alle drinnen waren und sich ihrer Umhänge, Hüte, Handschuhe und Muffs entledigt hatten, wurden die Gäste in den Salon neben dem Speisesaal geführt, wo man ihnen Erfrischungen servierten, während sie auf die Ankunft von Herzog und Herzogin warteten. Es war zu spät am Tag, um sich zum Diner umzuziehen. Doch da nur Angehörige der Familie anwesend waren, war Antonia sich sicher, dass ihr Sohn und seine Frau sich nicht im Geringsten daran stören würden, dass sie alle von der Reise leicht zerzaust und erschöpft waren, sondern nur glücklich und erleichtert sein würden, sie wieder zu Hause zu sehen.

„Und vor allem, dass du und das Kleine sicher und gesund wieder zurück seid, Liebste", fügte Jonathon hinzu und küsste seine Frau auf die Stirn. Er nahm ein Glas von einem Tablett, das von einem herumstehenden, livrierten Lakaien gehalten wurde und reichte es Christopher. „Trinkt aus. Ihr seht aus, als könntet Ihr eine ganze Flasche brauchen, nicht nur ein Glas. Es ist die Größe dieses Gebäudes, nicht wahr? Hat mich fast umgeworfen, als ich das erste Mal hierherkam. Dieses edle Gemäuer muss der größte Palast Englands im Privatbesitz sein, wenn nicht auf dem Kontinent." Er beugte sich zu Christopher und sagte vertraulich: „Es ist nur gut, dass die Familie ihr vergoldetes Marmorkönigreich als große Last der Verantwortung und nicht als Darstellung ihrer Einbildung ansieht. Erspart mir die Mühe, ein paar aufgeblasenen Leuten die Luft abzulassen und der ein oder anderen hochgereckten Nase einen Schlag zu versetzen. Von den Schmeißfliegen, die sie umkreisen, kann man nicht das Gleiche sagen. Aber die Hauptsache ist, dass der Herzog, trotz all seiner pompösen Selbstgerechtigkeit, ein feiner Kerl ist. Ich denke, Ihr werdet ihn mögen."

„Aber wird er mich mögen, Euer Gnaden?", erkundigte sich Christopher ernst, obwohl sein schiefes Grinsen die Ernsthaftigkeit seiner Frage Lügen strafte.

„*Naturellement*, M'sieur Bryce", antwortete Antonia für ihren Mann. „Er ist der Sohn seiner Mutter, und mein Sohn mag daher eigentlich jeden. Kate, willst du ein wenig mit mir herumgehen?", fragte sie Lady Paget, die sich noch immer an Christophers Arm festhielt, seit er ihr geholfen hatte, aus der Kutsche zu steigen.

Antonia nahm Kates Arm und schlang ihn um ihren eigenen, und die beiden Frauen entfernten sich ein wenig von der Gruppe.

„Dies ist das erste Mal, dass du seit deinem Aufenthalt kurz vor meiner Heirat mit Monseigneur wieder hier bist, ja?" Als die ältere Frau nickte, aber zu überwältigt war, um zu sprechen, verstand Antonia. „Ich erinnere mich an diesen Tag, als wäre es gestern gewesen. Du saßest mit Monseigneur am Kopf der Tafel, dir gegenüber ein dummes Mädchen, das sein Bestes tat, um Monseigneurs Blicke zu erhaschen ..."

„Aber er hatte nur Augen für dich. Es war, als ob ihr zwei die einzigen Menschen am Tisch wäret!"

Antonia seufzte. „Ja. Es war immer so, auch mit der Familie. Wir waren manchmal ziemlich unhöflich, denke ich."

Kate tätschelte Antonias Hand. „Aber ich mag deinen neuen

Herzog. Ich vermute, er ist ebenso gutaussehend, wie seine Stimme annehmen lässt, und ebenso arrogant selbstbewusst. Trotz seiner täuschend umgänglichen Art dürfte er Narren nicht gut ertragen. Und er liebt dich sehr. Ich kann das in seiner Stimme hören, meine Liebe. Du warst zweimal gesegnet."

„Ja. Ich weiß das, und ich nehme es nie als selbstverständlich hin. Wir drei verstehen uns tatsächlich sehr gut."

„Drei?"

„Monseigneur, Kinross und ich. Wir werden immer zu dritt sein."

Kate lächelte und verstand. „Natürlich. Ich bin froh für dich." Sie drückte Antonias Hand und fügte in einem atemlosen Flüsterton hinzu: „Weißt du, meine Liebe, ich habe in der Kutsche ein wenig gerechnet und bin ziemlich sicher, dass dein neuer Herzog jünger ist als mein Sohn!"

Antonia kicherte hinter ihrem Fächer. „Ja. Das ist er. Ich bin ebenso unglaublich empörend wie eh und je, nicht wahr?"

Kate gab ein schnaubendes Lachen von sich und die beiden Frauen gingen weiter durch den Raum, die Köpfe zusammengesteckt und ins Gespräch vertieft.

Christopher beobachtete sie weiterhin, sehr erleichtert und erfreut, dass Kate glücklicher aussah als seit Jahren, zweifellos, weil die Herzogin sie beruhigt hatte und sie willkommen hieß. Aber er wusste auch, dass es nicht zuletzt darauf zurückzuführen war, dass Kate wieder zu der eleganten Umgebung und den Menschen hohen Standes zurückgefunden hatte, einem Milieu, in dem sie die meiste Zeit ihres Lebens verbracht hatte. Er war so abgelenkt, dass er sich nicht bewusst war, dass Mary gekommen war und neben ihm stand. Und als er sie schließlich bemerkte, lächelte er und sagte:

„Wünschst du dir ebenso wie ich, dass wir direkt zum Baumhaus gegangen wären?"

„Oh ja. Ich weiß, dass Teddy in Sicherheit ist, aber ich fühle mich hier ängstlicher, so nahe bei ihr, als ich es vor der Abfahrt von Brycecomb war."

„Dennoch macht dir noch etwas näherliegendes Sorgen ..."

„Wie hast du das erraten?"

„Das habe ich nicht. Ich kann immer sehen, wenn du besorgt bist, aus der Art und Weise, wie du deine Hände so vor dir hältst, und die rechte Hand die Finger der linken drückt. Es ist besonders deutlich, wenn du mir etwas sagen möchtest, von dem du denkst, dass es mich verletzten könnte, und du innerlich darum kämpfst, die richtigen Worte zu finden. Aber das wirst du nicht, weißt du - mich verletzen."

„Liebe Güte! Du hast meine Gewohnheiten richtiggehend studiert, nicht wahr?" Sie schaute zu ihren Händen hinunter, obwohl sie wusste, dass er recht hatte. Während sie ihre Finger voneinander löste und sie hinter ihrem Rücken versteckte, gluckste Christopher leise. Sie schmollte und gab seinem Arm mit ihrer Schulter einen liebevollen Schubs. „Na gut! Ich gebe es zu", gestand sie leise, da sie nicht wünschte, von jemandem belauscht zu werden. Sie lehnte sich weiter an seinen Arm. „Ich mache mir Sorgen um dich - hier unter meinen Verwandten."

„Das rührt mich. Aber ich hoffe, das liegt nicht daran, dass du glaubst, ich wäre in diesen hohen Kreisen fehl am Platze?"

„Nein. Gar nicht. Es liegt nur daran, dass du nicht hier bist, weil du hier sein willst, sondern weil dich die Umstände dazu gezwungen haben. Wenn nicht Teddy in diesem Baumhaus säße, wärest du vielleicht nie hergekommen. Und um die ganze Wahrheit zu gestehen, fühle ich mich oft unter meinen Roxton-Verwandten fehl am Platze, und ich bin ihre Blutsverwandte! Du hast jetzt meine Cousine und ihren Mann kennengelernt und gesehen, wie sie sich verhalten. Ich habe nicht ein Zehntel ihrer Kaltblütigkeit."

„Ich neide ihnen ihren Platz in der Welt nicht und er flößt mir auch keine Ehrfurcht ein. Ich mag deine Cousine, die Herzogin, und ich mag ihren Ehemann noch mehr. Er mag ein Herzog sein, aber nimm ihm seinen Hermelin ab und er spricht geradeaus und ohne Umschweife und kennt den Wert eines Hektars und den Wert des Mannes, der den Boden für ihn bestellt. Ich respektiere ihn mehr dafür als für die Tatsache, dass er mit einem alten schottischen Titel belastet wurde. Ich hoffe, dass ich den gleichen Respekt für deinen Cousin Roxton haben kann, ungeachtet der Tatsache, dass er Eigentümer dieses ehrfurchteinflößenden Leuchtturms von *noblesse oblige* ist. Doch vor allem ist mir am wichtigsten, wie sie dich behandeln."

„Mich?"

Christopher musterte sie einen Augenblick, seine Miene verriet nichts von seinen Gedanken, dann erschreckte er sie, als er mit einem ironischen Lächeln sagte: „Sicher musst du inzwischen wissen, dass ich für dich und für Teddy gern in eine Löwengrube gehen - oder mich hier in diesen erhabenen Hallen aufhalten würde, wenn das von mir verlangt würde."

Maria glaubte ihm und war überwältigt. Sie wusste nicht, was sie sagen sollte. Unbewusst legte sie wieder die Hände zusammen, ihre rechte drückte die Finger der linken.

Christopher ließ sie einen Moment lang seine von Herzen kommenden Worte verarbeiten, leerte sein Weinglas und reichte es einem Diener. Er ließ seinen Blick durch den prachtvollen Raum schweifen, Vergoldungen, Kristallkronleuchter und seidenbezogene Stühle an den bemalten Wänden, und fand alles ein wenig überwältigend, selbst für jemanden, der ein Jahrzehnt damit verbracht hatte, um die Frauen italienischer Aristokraten in deren vergoldeten Lustschlössern herumzutänzeln. Diese verputzten, tortenähnlichen Bauwerke waren im Vergleich zu dieser Monstrosität aus Marmor und Mauerwerk armselige Hütten. Er fragte sich, was dessen illustren Besitzer aufhalten könnte und bemerkte, dass er es eilig hatte, die Höflichkeiten und das Essen hinter sich zu bringen, um seinen Plan auszuführen, der Teddy von ihren Ängsten erlösen sollte.

„Ich wünschte, wir hätten mehr Zeit zusammen in deinem Cottage gehabt", gestand Mary und riss ihn aus seiner Gedankenverlorenheit. „Ich wünschte, ich könnte dir sagen, welche Gefühle du in mir erweckst."

„Das musst du mir nicht sagen, Mary. Ich weiß, was ich dich fühlen lasse. Ebenso, wie du weißt, was du mich empfinden lässt. Aber ich möchte nicht mehr Zeit mit dir in meinem Cottage verbringen."

„Du - du möchtest das nicht?", fragte Mary, sofort untröstlich.

„Nein. Und ich möchte auch nicht weiter dein Verwalter oder dein Nachbar, der Squire, sein."

Marys Herz sank weiter in die Finsternis der Zurückweisung. Sie nickte, seufzte und versuchte, die Fassung zu bewahren. Schließlich, wenn sie ehrlich zu sich selbst war, hatte sie von dem Moment an, als sie das Cottage betrat, gewusst, dass ihre Zeit dort endlich war. Doch es war so viel schwerer zu akzeptieren, dass ihre Affäre - in Ermangelung eines besseren Wortes - zu Ende war, als er es so aussprach. Trotzdem versuchte sie, sich zu fassen, da dies weder der Ort noch der Zeitpunkt war, zusammenzubrechen.

„Ich gebe zu, dass es nicht leicht war, dich in einem Moment als Verwalter, damit als meinen Untergebenen, in meinem Haus zu haben, und im nächsten als Squire, und damit als meinen Nachbarn. Solche gesellschaftlichen Probleme verursachen mir immer Kopfschmerzen!"

Er beugte sich zu ihr und sagte mit einem Leuchten in seinen Augen: „Ich kann dich davon heilen."

Mary schaute ihn mit weit aufgerissenen Augen an. „Das kannst du?"

Er wusste, dass sie keine Ahnung haben würde, worauf er anspielte, und war daher nicht überrascht von ihrer Ungläubigkeit. Doch es war ihre Reaktion auf das, was er als nächstes sagte, die ihn am meisten interessierte und sein Herz rasend pochen ließ.

„Ja. Heirate mich."

Seine schlichte Erklärung wurde von Lachen irgendwo weit hinten im Raum unterbrochen. Doch das Paar, Christopher und Mary, hätte ebenso gut auf einem Gipfel in der Wildnis Snowdonias stehen können, denn sie hörten und sahen nichts außer einander. Christopher behielt einen neutralen Gesichtsausdruck bei, den Blick fest auf sie gerichtet. Mary starrte ihn an, das Gesicht schneeweiß, ihre Unterlippe zitterte. Schließlich schluckte sie und zischte:

„Das darfst du mich nicht fragen! Nicht hier! Nicht jetzt! Es ist unmög...“

„Warum ist es unmöglich? Weil ich ein niederer Squire bin und du die Tochter eines Earls und ich daher nicht das Recht habe, dich zu bitten, meine Frau zu werden?“

„Ja! Nein! Ich betrachte dich nicht als niederen - äh - irgendwas!“

„Was dann? Hättest du anders geantwortet, wenn ich dir die Frage gestellt hätte, als wir nackt zusammen im Bett lagen?“

Marys Gesicht erglühte rosig. „Das ist unfair!“

„Warum? Zumindest im Bett sind wir gleich, und ich würde es nicht anders haben wollen. Und du?“

Mary schüttelte den Kopf. Solange sie im Cottage gewesen waren, solange sie zusammen im Bett gewesen waren, während sie sich liebten, hatte es nur beiderseitigen Respekt und Genuss gegeben. Mit Christopher zu schlafen war eine völlig andere Welt als die Behandlung, die sie unter den Händen ihres eingebildeten Ehemanns, der vom gleichen Stand wie sie war, erfahren hatte. Christopher war das Licht im Gegensatz zu Sir Geralds Dunkelheit. Und er hatte recht. Sie würde es nicht anders haben wollen.

Und hier, in diesem vergoldeten Salon, betrachtete sie ihn nicht anders. Nur, weil sie bekleidet waren und durch unsichtbare gesellschaftliche Regeln zurückgehalten wurden, die bestimmten, dass sein Status in der Gesellschaft geringer war als der ihre, befahl ihr Rang, dass sie nicht unter ihrem Stand heiraten dürfte. Unter ihrem Stand? Was hieß das genau? Und warum sollte ihr ein persönliches Glück versagt sein und die Wahl ihres Partners, wenn ihr Bruder die Tochter eines Kaufmanns heiraten und sie zu sich erheben konnte, ohne dass einer von ihnen geächtet werden würde? Warum fiel es den Frauen zu, sich diktieren zu lassen, dass sie auf der gesellschaftlichen Leiter nach oben, aber nicht nach unten heiraten dürften? Wohin hatte der gesellschaftliche Aufstieg ihrer Mutter sie gebracht? Er hatte mit Sicherheit nicht zu ihrem Glück geführt - zu einer glücklichen Ehe oder einem glücklichen Leben. Das Gleiche konnte man von Marys Ehe mit Sir Gerald sagen.

Und dann, gerade als sie durch die Stärke ihrer eigenen Argumente ihr Gleichgewicht wiederfand und ihm gerade zustimmen wollte, ließ er ihr die Worte im Hals steckenbleiben, als er schlicht fragte:

„Vielleicht möchtest du mich nicht heiraten, weil du mich nicht liebst?"

„Dich nicht lieben?", wiederholte Mary ungläubig, als ob es an ihren Gefühlen für ihn oder daran, dass sie nie auch nur einen Gedanken an eine solche Vorstellung verschwendet hatte, keinen Zweifel geben könnte. Sie hatte es ihm im Cottage sogar gesagt, warum also fragte er sie das jetzt und hier?

„Ich liebe dich und habe dich immer geliebt, seit jenem ersten Tag, als wir einander auf Abbeywood vorgestellt wurden", sagte er schlicht. Dann forderte er sie heraus. „Aber vielleicht muss meine Liebe zu dir auch auf unsere Zeit im Cottage beschränkt bleiben?"

„Du kennst meine Gefühle, und dennoch hast du - hast du die Stirn, mich hier in der Öffentlichkeit zu fragen, ob ich dich liebe?" Mary richtete sich empört zu ihrer vollen Größe auf. „Mein Herz ist nicht wankelmütig, und gerade du solltest das wissen, Mr. Bryce von Brycecomb Hall!"

Christopher verneigte sich mit übertriebener Höflichkeit vor ihr, aber als er sich aufrichtete, bemerkte er, dass sich Schweigen über den Raum gelegt hatte und dass ihre zunächst höfliche, leise Diskussion sich mit jeder dramatischen Äußerung in einen hitzigen Wortwechsel verwandelt hatte, der von allen gehört wurde. Und daher gab er ihr nicht sofort eine Antwort, sondern hielt seinen Mund fest zugepresst. Doch es gab noch einen wichtigeren Grund für sein Schweigen. Neben Mary stand ein Fremder, den Christopher an den vertrauten grünen Augen erkannte - eine Eigenschaft, die er mit seiner Mutter teilte: dies musste Seine Gnaden, der hochedle sechste Herzog von Roxton sein.

„Liebe Güte, Mary. Ich kann mich nicht an das letzte Mal erinnern, als du etwas mit vergleichbarer Überzeugung gesagt hast", spöttelte der Herzog. „Eine so leidenschaftliche Rede verdient eine Antwort. Doch ich wage zu behaupten, Mr. Bryce von Brycecomb Hall würde es vorziehen, sie unter vier Augen zu erhalten, nicht hier, wo deine gesamte Familie und deine Verwandten Zeuge davon werden."

Mary wirbelte in einem Rauschen gesteppter Röcke herum und versank zur Begrüßung sofort in einem Knicks, die Augen auf das Parkett gerichtet, und ließ Christopher von Angesicht zu Angesicht mit Julian, dem Herzog von Roxton, einem von Sir Gerald Cavendish oft verunglimpften Edelmann zurück, mit dem Christopher nunmehr seit zwei Jahren genügend Korrespondenz mit vielen knappen Worten gewechselt hatte, um anzunehmen, dass er den Mann einschätzen könnte.

Doch Christopher verspürte einen deutlichen Ruck. Er wusste nicht, was es war und konnte später nicht in Worte fassen, wie er zu seiner sofortigen Beurteilung gelangte, es war nur ein Gefühl, das er hatte, eine Intuition, ein gewisses, unerklärliches Etwas, das er in diesen Augen sah, was ihm verriet, dass hier ein guter und ehrlicher Mann stand, dem er sein Leben anvertrauen konnte.

Er verbeugte sich respektvoll vor dem Herzog und sagte unverblümt, die Worte kamen aus seinem Mund, bevor er viel darüber hätte nachdenken können und waren daher in ihrer Aufrichtigkeit umso mächtiger: „Ich wünschte, wir hätten uns schon vor Jahren kennengelernt, Euer Gnaden."

Roxton streckt ihm mit einem Lächeln seine Hand entgegen. „Das wünschte ich auch, Mr. Bryce."

# ACHTUNDZWANZIG

Das Diner war fast vorbei, der Pudding stand auf dem Tisch zusammen mit Platten frischer Früchte und Nüsse, als die Herzogin sich endlich ihrer Familie anschloss.

Es war allgemein still im Raum, da Christopher gerade seine Idee skizziert hatte, wie er Teddy von ihrer Angst vor dem Herzog befreien wollte und alle warteten auf Roxtons Antwort. Der Herzog hielt es für eine so ausgezeichnete Strategie, um einem Kind zu helfen, eine tief verwurzelte Angst zu überwinden, dass er sich laut fragte, wie es kam, dass der kinderlose Squire sich so gut in ein Kind hineinversetzen konnte, und ob er vielleicht irgendwo ein halbes Dutzend eigener Kinder versteckt hätte?

Jeder wusste, dass dies ein Scherz sein sollte, doch in Anbetracht des früheren erhitzten Wortwechsels zwischen Mary und dem Squire wagte niemand es, darüber zu lachen und alle machten sich wieder daran zu essen, was auf ihren Tellern war. Alle außer Mary, die sich zum ersten Mal, seit sie zu Tisch gegangen waren, an Christopher wandte und ihn mit der Frage neckte, deren Antwort sie bereits kannte, von der sie aber wollte, dass er ihr das Gegenteil sagen sollte:

„Das ist also das Geheimnis, das Ihr vor mir habt, Mr. Bryce. Ihr habt einen Haufen Blagen in Eurem Haus versteckt - italienischer Abstammung, zweifellos?"

„Da gibt es keine Wunde, in der man stochern könnte", stellte Christopher milde fest, obwohl Mary die Walnussschale in seiner Hand knacken hörte und er seine Faust fest geschlossen hielt. „Ich frage mich, warum ihr darauf besteht?"

„Weil Ihr mir etwas vorenthaltet, etwas, wovon Cousine Herzogin sagt, ich sollte es wissen, wenn ich eine Entscheidung über meine Zukunft treffen müsste."

Christopher schaute an der Tafel entlang zu dem Platz, wo die Herzogin von Kinross in eine Unterhaltung mit Kate und dem Herzog von Kinross vertieft war. Er sah zu, wie Kate laut über die Bemerkung des Herzogs lachte und dann ihren flatternden Fächer über ihren Mund legte, als ob das, was er ihr gerade gesagt hatte, ebenso schockierend wie lustig wäre. Dieser Anblick versetzte ihn zurück in die Zeit, als er fünfzehn war und Kate zum ersten Mal gesehen hatte, ohne zu ahnen, wer sie war. Und wie schockiert, zornig und ungläubig er gewesen war, als man ihm erzählt hatte, sie wäre seine Mutter. Er fragte sich, ob Mary ähnlich reagieren würde und beschloss, dass es keine bessere Zeit gäbe als diesen Augenblick, um das herauszufinden.

„Möchtest du es hier und jetzt erfahren oder kann es warten, bis wir Teddy aus dem Baumhaus befreit haben?"

„Jetzt."

„Warum überrascht mich das nicht?", murmelte er und stieß dann einen fast hörbaren Seufzer der Erleichterung aus, als der Herzog ihr *tête-à-tête* unterbrach.

„Mary, meine Liebe, ich muss dir sagen, dass du dir um Teddy keine Sorgen machen musst", unterbrach Roxton, ohne sich dessen bewusst zu sein, dass das Paar sich flüsternd unterhielt. „Jack und Harry sind bei ihr, deshalb sind sie nicht hier beim Diner mit uns."

„Jack und Harry sind mit Teddy im Baumhaus?"

„Es scheint, dass Jack und Teddy sich sofort angefreundet haben, als sie erfuhr, wer er war, und er sie über Abbeywood ausfragte. Sie hat ihm alles über sein Erbe erzählt, und im Gegenzug hat er seine Bratsche für sie gespielt." Roxton lächelte und schüttelte den Kopf. „Es war Harrys Idee, dass Jack am Fuß der Eiche spielen sollte, in der Hoffnung, dass Teddy das Spiel lästig genug finden würde, um das Baumhaus verlassen zu wollen."

„Oh, aber Teddy liebt Musik", unterbrach Mary. „Und Jack ist ein guter Musiker."

„Ganz genau. Entweder versteht Harry nichts von Musik oder er ist völlig unmusikalisch. Egal. Wichtig ist, dass Teddy Gesellschaft hat. Mit Jacks und Harrys Besuchen am Tag und ihren Nächten, die sie mit den Welpen von Scipio und Cordelia verbringt, hat sie sich gut eingelebt. So gut, in der Tat, dass Frederick und die Zwillinge verlangen, dass das Mädchen, das in ihrem Baumhaus lebt, umgehend von dort ausquartiert wird. Ah! Da bist du ja endlich, mein Liebling", fügte er hinzu, schob seinen Stuhl zurück und erhob sich, als seine Herzogin durch die zwei-flüglige Tür in den Raum gerauscht kam.

Alle erhoben sich, außer Antonia, die von ihrer Schwiegertochter zuerst begrüßt wurde und einen Kuss auf die Stirn bekam. Die Herzogin fragte dann nach ihrer Gesundheit und dem Baby, und erst als sie sich zu ihrer Zufriedenheit davon überzeugt hatte, dass ihre Schwiegermutter wohlauf war, lächelte sie die gesamte Gesellschaft an und bat, sie sollten sich nicht mit Förmlichkeiten aufhalten, sondern ihre Plätze wieder einnehmen. Dann ging sie zum Kopf des Tisches, wo der Herzog noch stand und sagte, nachdem sie ihn auf die Wange geküsst hatte:

„Verzeih meine Verspätung. Ich hatte gerade erst Otto gefüttert, als die Jungen und Julie wieder beruhigt werden mussten, weil sie gehört hatten, dass eines der Zimmermädchen ihrem Kindermädchen erzählte, dass Ihre Gnaden von Kinross zurückgekehrt wäre. Natürlich wollten sie nach unten gehen und Mema selbst sehen, überzeugt, dass das Baby gekommen sein müsste, während sie fort war." Die Herzogin nahm sich ein Stück Apfel vom Teller ihres Mannes und knabberte daran, bevor sie mit einem Lächeln hinzufügte: „Nur gut, dass der arme Otto keine Ahnung hat, wie sehr er von seinen Geschwistern vernachlässigt wird, die denken, dass das einzige Baby auf der Welt Memas wäre! Oh, und bevor ich es vergesse, Charlotte lässt sich entschuldigen, weil sie nicht am Diner teilnehmen konnte. Anscheinend hat sie immer noch grässliche Kopfschmerzen. Vielleicht wird sie zum Souper die Kraft finden, aus dem Bett zu kommen", fügte sie hinzu und wandte sich an Mary, „nachdem sie jetzt weiß, dass du angekommen bist, Mary, Liebes."

„Wenn sie bis zum Souper wartet, wird sie das Haus leer finden", antwortete Roxton. „Wir werden alle drüben im Pavillon von Crecy gebraucht, wo ich durch einen Zauber von einem Ungeheuer zu einem gutaussehenden - ja, gutaussehenden - Herzog verwandelt werden soll, und zwar mit Hilfe von Mr. Bryce. Lass ihn mich dir vorstellen - was ist los, Deb?", wollte der Herzog wissen, besorgt, als seine resolute Herzogin schwankte und nach seinem Oberarm griff. „Liebling, du bist so weiß wie frischgebleichtes Leinen! Hier, setz dich und ..."

„Otto?! Mein Gott!"

„Ich sagte dir, dass du bei diesem Baby früher eine Amme anstellen solltest ..."

Deb schüttelte den Kopf. „Nicht das Baby. Mein Bruder Otto—"

„Deb, Liebling, dein Bruder ist jetzt seit über einem Jahrzehnt tot", begann der Herzog geduldig und wurde unterbrochen.

„Wer seid *Ihr*, Sir?", wollte Deb von Christopher wissen, mit einem Blick auf das Tischende, an dem Antonia saß und deren stilles Lächeln

Deb wissen ließ, dass sie sah, was sie selbst erkannte: Die verblüffende Familienähnlichkeit zwischen ihrer Schwiegertochter und dem Squire.

Christopher verneigte sich vor der Herzogin, die nun eine zitternde Hand vor den Mund geschlagen hatte, aber er sprach zuerst zu Mary und mit einer klaren, starken Stimme, die es jedem am Tisch erlaubte zu hören, was er zu sagen hatte.

„Ich wollte es dir im Cottage erklären und hätte es getan, wenn wir mehr Zeit gehabt hätten. Und da ich dir schon mein Leben in Lucca gebeichtet hatte, dachte ich, dass das genug Enthüllungen wären, die du in diesen wenigen Tagen zu verkraften hattest. Und dann bat Kate mich, ein wenig länger zu warten. Ich habe dir tatsächlich ein Geheimnis zu eröffnen. Doch dieses betrifft auch andere. Es betrifft Kate, die ich um nichts auf der Welt würde verletzen wollen, und andere - Euch, Euer Gnaden", sagte er zu Deb, „und Euch, Euer Gnaden", sagte er zu Roxton, „da Ihr vielleicht nicht wünschen werdet, diese Beziehung anzuerkennen und ich bin mir völlig bewusst, dass das Euer Recht wäre. Aber ich muss und will es dir sagen", sagte er zu Mary, „weil du es wissen musst und ich vertraue darauf, dass du verstehen wirst, dass es sich um einen Umstand handelt, der sich vollständig meiner Kontrolle entzog. Und auch während er mich nicht bestimmt und ich mich damit abgefunden habe, ist es doch ein Makel, der nie beseitigt werden kann. Der Fleck auf meiner Geburt wird mir für den Rest meines Lebens anhaften."

„Makel? Fleck auf deiner Abstammung?", erwiderte Mary ruhig, die neben ihm stand. Sie schaute Deb an und sah, dass diese noch immer die Hand vor ihren Mund hielt. Dann sah sie wieder zu Christopher und in seine Augen und musste dann noch einmal Deb ansehen. Da erkannte sie es und fühlte sich reichlich dumm, dass sie bis jetzt blind dafür gewesen war. Ihre eigenen violetten Augen wurden bei diesem neuen Wissen groß und sie begegnete Christophers Blick und sagte: „Du hast mir einmal gesagt, dass dein Geburtsname Cavendish war. Dass du Cavendish-Blut hättest und die Verbindung *kompliziert* wäre. Aber das ist sie eigentlich nicht, nicht wahr? Sie ist eher simpel, wenn man es weiß. Wenn man die Ähnlichkeit *sieht* ..." Sie unterbrach sich selbst. Sie wollte es ihn selbst sagen hören.

Christopher blickte über den Tisch auf Kate, deren Hand Antonia hielt.

„Kate...?"

„Ich schäme mich nicht. Das habe ich nie", antwortete Lady Paget. „Doch ich bereue einiges. Ich habe anderen erlaubt, mich dazu zu überreden, dich aufzugeben. Ich bedauere, dass ich in deiner Kindheit keine Rolle spielte. Davon abgesehen, bist du zu einem guten, ehrenwerten

Mann herangewachsen, der wert ist, ein Gentleman genannt zu werden, und das ist alles, was zählt. Keine Mutter könnte stolzer sein."

Die Herzogin wollte etwas erwidern, bemerkte aber, dass Christopher noch etwas sagen wollte, klammerte sich daher an den Arm ihres Mannes und schwieg, während der Herzog sie festhielt. Christopher wandte sich an Mary, doch wieder war seine Stimme fest und laut genug, dass jeder hören konnte, dass es ihm ernst war und seine Worte von Herzen kamen.

„Mary - Mylady - ich stehe vor Euch als Squire Bryce, denn das bin ich. Doch was ich Euch noch nicht sagen konnte und was Ihr jetzt wissen müsst, ist, dass ich der leibliche Sohn von Sir George Cavendish und Kate, Lady Paget, bin. Ich wurde in Brycecomb Hall geboren und erhielt den Namen Cavendish Christopher Bryce. Mit drei Monaten wurde ich von Sophie, der Schwester meiner Mutter, und ihrem Ehemann, Henry Bryce, adoptiert und als ihr Sohn und Erbe erzogen. Und diese beiden guten, anständigen Menschen waren in jeder Hinsicht meine Eltern. Als ich als junger Mann von meiner tatsächlichen Abstammung erfuhr - dass Sir George mein Vater und sein Sohn Gerald mein Bruder waren - war es nur natürlich, dass ich mich weigerte, dies zu glauben. Lange Zeit verleugnete ich dieses Wissen, nicht imstande zu akzeptieren, dass mein Blut beschmutzt war, dass ich nicht der war, der zu sein ich geglaubt hatte. Mein Leben wurde trostlos und einige Zeit zügellos. Diesen Teil habe ich dir gestanden und muss ihn hier nicht wiederholen. Und dann fand Kate - meine Mutter - mich und ich - und ich - wurde *erwachsen*."

Er sah zu Kate, deren Kopf in seine Richtung gewandt war, ohne, wie er wusste, sein zärtliches Lächeln erkennen zu können. „Da! Ich habe es laut ausgesprochen, Kate. Meine Mutter. Denn das bist du - meine Mutter - und warst es immer. Und dein Sohn liebt dich. Es ist Zeit, dass die Welt das erfährt, nicht wahr?"

Dann warf er einen Blick über den Tisch und seine schweigenden, gefesselten Zuhörer und sein ironisches Lächeln verschwand, als ihm klar wurde, dass es bei den Ladys nicht ein einziges trockenes Auge gab und dass der Herzog von Roxton und die Herzogin von Kinross beide rote Flecken auf den Wangen hatten. Er holte tief Luft und fuhr fort, entschlossen, dieses Geständnis, das er begonnen hatte, zu Ende zu bringen, und wenn aus keinem andern Grund, dass er es nicht noch einmal würde aussprechen müssen. Er ließ seinen Blick wieder auf Mary ruhen, die rasch ihre Wimpern trocknete, und als sie schließlich zu ihm aufschaute, ihr Taschentuch in ihrer Hand zerknüllt, sagte er:

„Um ganz offen zu sein, werde ich das Offensichtliche aussprechen, damit es keine weiteren Zweifel gibt und dann könnt Ihr mit diesem

Geständnis tun, was Euch beliebt. Durch meine natürlichen Eltern bin ich der Bastardbruder der Herzogin von Roxton, und durch sie Onkel ihrer Kinder, obwohl ich keine Ansprüche daraus ableite, es liegt völlig bei ihren Eltern, darüber zu entscheiden. Ich bin auch der Onkel von Sir John - Jack - Cavendish, und der ehrenwerten Theodora Charlotte Cavendish. Und wenn es mir erlaubt wäre, würde ich zu gerne die Verwandtschaft zu meinem Neffen und vor allem zu meiner Nichte anerkennen, um deren Wohlergehen ich mich nach besten Kräften bemüht habe.

„Es gibt andere Cavendish-Verwandte, die zu zahlreich sind, um sie zu erwähnen und bei denen es mich in keiner Weise interessiert, ob sie mich anerkennen oder nicht. Die einzigen Verwandten - die einzigen Personen - an denen mir liegt, befinden sich hier in diesen marmornen Hallen oder hoch oben in einem Piratenschiff-Baumhaus. Doch am meisten hoffe ich, dass diese Offenbarung kein Jota Unterschied dabei macht, wie *du mich* betrachtest...“

Es herrschte eine ehrfürchtige Stille und was auch immer die tiefsten Gefühle eines jeden über Christopher Bryces Abstammung sein mochten, wandten sich doch aller Augen auf den Herzog, da er das Oberhaupt der Familie war und sie in seinem Hause saßen. Doch es war Mary, die die Stille durchbrach. Sie holte mehrfach leicht Luft und sank auf ihren Stuhl, das Taschentuch auf den Mund gepresst. Christopher goss ihr sofort ein Glas Wein ein, drückte es ihr in die Hand und sagte ihr, sie sollte kleine Schlucke nehmen, was sie auch tat. Dann gab sie ihm das Glas zurück und starrte schmollend unter ihren Wimpern hervor zu ihm auf.

„Dir ist klar, dass du meine Kopfschmerzen hundertmal schlimmer gemacht hast!“

Er schmunzelte verlegen. „Daran habe ich keinen Zweifel.“

„Und was für ein völliger Dummkopf ich war, dass ich nicht sah, was vor meinen Augen lag - deine Augen, in der Tat! Und noch dazu, wo sie eine deiner besten Eigenschaften sind.“

„Eine meiner ...? Sagst du mir die anderen auch noch ...?“

„Nein! Nun - nicht jetzt. *Nicht hier.* Warum? Oh, warum?“, fügte sie in völlig anderem Ton hinzu, laut genug, dass alle es hören konnten, obwohl das nicht ihre Absicht gewesen war. „Warum solltest du so dumm sein zu glauben, dass ich weniger von dir halten würde, wegen dieses Makels, dieses Fleckens auf deiner Abstammung, an dem du überhaupt keine Schuld trägst, du alberner Mann? Ich dachte, du würdest mich besser kennen - *wir* würden einander besser kennen, als eine solche Eröffnung für ein größeres Hindernis zu halten als die Tatsache, dass du ein Cotswolds-Squire bist! Und du kannst mir glauben, wenn ich dir sage, dass für meine Mutter dein verschmutztes Blut nichts ist im Vergleich zu deinen ländlichen Wurzeln! Was meine Familie angeht - diese Familie, und meine Brüder und Seine Gnaden und Cousine Herzogin - ist dein Charakter und deine Zuneigung das Allerwichtigste. Ist das nicht so, *Mme la duchesse?*"

„Genau so, *ma petite*", antwortete Antonia sanft.

Mary ließ ihre Schultern sinken und verbarg überwältigt ihre Gesicht in den Händen. Doch ebenso schnell trocknete sie ihr Gesicht und setzte sich mit einem leisen Schniefen wieder gerade auf. Sie warf einen raschen Blick um den Tisch herum und sah, dass ihre Familie sich in den Stühlen zurückgelehnt hatte und alle vorgaben, alles andere zu tun als zu lauschen, aber in Wirklichkeit genau zuhörten und sie und Christopher beobachteten. Sie wollte aufstehen und Christopher zog ihren Stuhl heraus, bevor einer der livrierten Diener, die an den Wänden standen, ihren Stuhl zuerst erreichen konnte.

„Roxton", sagte Mary und raffte ihre Würde zusammen. „Wenn wir Mr. Bryces Plan, Teddy zu retten, heute umsetzen wollen, müssen wir das in der nächsten Stunde tun, sonst werden wir nicht genug Licht oder Zeit haben, um den Pavillon vorzubereiten ..."

„Wir recht du hast, Mary", stimmte der Herzog zu und erwachte zum Leben. „Ich erzählte dir alles darüber auf dem Weg nach Crecy", sagte er leise zur Herzogin. Er runzelte die Stirn, als sie nicht reagierte. „Geht es dir gut, Deb?"

„Ich glaube schon ... ja! Wirklich. Obwohl ich nicht weiß, was mich mehr überrascht", flüsterte sie ihrem Mann ins Ohr. „Dass ich einen neuen Bruder habe oder dass Cousine Mary und mein neuer Bruder bis über beide Ohren ineinander verliebt sind."

Die anderen Speisenden hatten ihre Servietten beiseitegelegt und machten Anstalten, den Tisch zu verlassen, als Mary sie erstarren ließ, indem sie das Wort ergriff.

„Gibt es etwas, das Ihr Mr. Bryce sagen möchtet, Euer Gnaden? Hat in der Tat irgendjemand hier etwas zu sagen? Oder soll ich annehmen, und das werden auch er und Lady Paget tun, dass Ihr durch Euer Schweigen sein Geständnis akzeptiert und nichts weiter über die Angelegenheit gesagt werden muss. Wir machen einfach weiter wie bisher. Obwohl ich für mein Teil liebend gerne Teddy erklären würde, dass sie einen Onkel hat, wäre es am besten, damit zu warten, bis sie in ein Alter kommt, in dem sie versteht, dass nicht alle Familien auf die gleiche Weise zustande kommen."

„Hört! Hört!", rief Jonathon aus, applaudierte Mary und sagte mit einem Augenzwinkern zu Christopher: „Gut gesprochen, Mylady. Gut gesprochen."

Alle warteten, um zu sehen, welche Antwort Roxton geben und was er tun würde. Er schaute seine Frau an und als die Herzogin ihn anlächelte und seinen Arm drückte, um dann Mary und Christopher anzulächeln, wurde er in seiner Absicht bestätigt. Er trat vor und zum zweiten Mal an diesem Nachmittag streckte er Christopher Bryce seine Hand entgegen.

„Willkommen in der Familie!"

# NEUNUNDZWANZIG

MARY GING AM FUSSE DER URALTEN EICHE AUF UND AB, WÄHREND Christopher die Leiter zum Baumhaus hinaufkletterte. Alles und jeder war im Pavillon bereit. Es lag nun nur noch bei Christopher, Teddy zu überreden, sich ihnen dort anzuschließen.

CHRISTOPHER STECKTE SEINEN KOPF IN DAS BAUMHAUS UND RIEF. „Hallo? Bitte um Erlaubnis an Bord kommen zu dürfen!"

Er hörte ein Scharren von Stiefeln auf den Brettern über seinem Kopf und Stimmen, dann erschien Teddy an der Leiter, die die beiden Ebenen miteinander verband, ihr Gesicht von zerzausten Zöpfen umrahmt. Sie riss die Augen auf. Ihre Ohren hatten sie nicht getäuscht! Es war die geliebte Stimme ihres Onkels Bryce. Als sie die Leiter hinunterstürzte, zog sich Christopher durch die Falltür hinauf in das Baumhaus. Sie ließ ihm keine Zeit, sich aufzurichten. Teddy warf sich mit aller Kraft auf ihn, schlang ihre Arme um seinen Nacken und klammerte sich an ihm fest, als ginge es um ihr Leben, als wäre sie auf hoher See über Bord gefallen und hätte das einzige Rettungsfloß gefunden, das sie vor dem Ertrinken bewahren könnte.

„Na, *das* ist ja eine Begrüßung!", sagte er lachend und streckte eine Hand aus, um sich davor zu bewahren, rückwärts durch die Öffnung zu stürzen, während er den anderen Arm um Teddy legte. Er schaffte es, sie beide aufrecht zu halten und rutschte über die Bretter, um sich mit gekreuzten Beinen am Geländer anzulehnen. „Wie geht es meinem Sonnenschein? Deine Mama und ich haben dich vermisst."

Teddy murmelte etwas in seine Weste, in der sie ihr Gesicht vergraben hatte. Christopher versuchte, sie herauszuziehen, um mit ihr zu sprechen. Doch dann stellte er fest, dass sie weinte. Große, schmerzliche Schluchzer der Erleichterung schüttelten ihren dünnen, kleinen Körper und da Christopher wusste, dass sie völlig erschöpft sein musste, ließ er sie schluchzen. Er strich ihr sanft übers Haar und sagte ihr immer wieder, dass sie in Sicherheit wäre, dass er sie immer beschützen würde und dass ihre Mutter am Fuße der Eiche darauf wartete, sie zu umarmen.

Er blieb mit Teddy auf dem Schoß auf den Brettern sitzen, sie schluchzte nicht mehr, was aber noch immer so verstört, dass sie ihr Gesicht versteckt hielt, als die beiden großen Jungen die Leiter von der oberen Ebene herabkamen. Jack Cavendish und Henri-Antoine waren leicht voneinander zu unterscheiden. Jack hatte die braunen Augen der Cavendishs und einen Schopf dunkel kastanienbraun Locken, während sein bester Freund Harry größer war, noch in seine ausdrucksvolle Nase hineinwachsen musste und für einen Jungen von sechzehn Jahren penibel auf sein Äußeres achtete.

Beiden war es unangenehm, Zeuge dieses emotionalen Wiedersehens zwischen Teddy und einem Gentleman zu werden, den sie noch nie gesehen hatten, von dem sie jedoch wussten, dass es ihr Onkel Bryce sein musste, da sie seinen Namen ausgerufen hatte, bevor sie die Leiter hinabeilte, und sie hatten genug über ihn gehört, um das Gefühl zu haben, ihn bereits zu kennen. Sie schwiegen respektvoll und erwiderten Christophers Nicken.

„Wäret ihr so gut, Lady Mary zu informieren, dass wir in ein paar Minuten unten sein werden. Ihr findet die Familie alle drüben im Pavillon versammelt."

Henri-Antoine brauchte keine weitere Ermutigung, um das Baumhaus zu verlassen. Aber Jack blieb zögernd zurück. Nachdem er seine Bratsche in ihrem Kasten aus der Ecke geholt hatte, wo er sie gelassen hatte, kam er zu Christopher herüber, eine Falte zwischen den Brauen, und warf einen Blick auf Teddy, die ihr Gesicht noch immer in Christophers Weste versteckt hielt.

„Wird sie wieder in Ordnung kommen, Sir? Ich meine, wirklich in Ordnung, wenn Ihr mich richtig versteht ..."

Christopher verstand es, und er lächelte den Jungen an und nickte.

„Oh ja. Danke. Ein bisschen Zauber und Teddy und alle anderen in Treat werden wieder so sein, wie sie waren."

„Zauber, Sir?"

Jack war neugierig. Christopher hoffte, dass Teddy es auch sein würde. Henri-Antoine war es nicht. Von der Falltür, wo er bereits begonnen hatte, die Leiter hinunterzusteigen, doch nun darauf wartete, dass Jack sich ihm anschließen würde, verdrehte er über Christophers Aussage die Augen und bedeutete Jack mit einem Rucken seines Kopfes, sich zu beeilen. Doch als Jack ihn ignorierte, stieß Henri-Antoine einen tiefen Seufzer aus und verschwand ohne ein weiteres Wort die Leiter hinab. Christopher war nur dankbar, dass die Skepsis des Jungen unausgesprochen blieb.

Als Christopher ihm nicht sofort antwortete, dachte Jack, er sollte am besten erklären, was er meinte, damit der Gentleman verstand, dass es ihm ernst war, und noch wichtiger, damit Teddy nicht schlecht von ihm dachte.

„Ich hatte nie das Glück, einen Zauber zu erleben. Ich weiß, dass die Leute hier in der Gegend sagen, Swan Island, wo der König und die Königin der Feen leben, wäre verzaubert, beschützt vom Geist eines alten Einsiedlers. Das Betreten der Insel ist verboten, daher habe ich diese Feen oder den Geist nie gesehen."

„Sie nicht gesehen zu haben hat die Einheimischen nicht daran gehindert, an ihre Existenz zu glauben."

„Das ist wahr, Sir. Aber Harry sagt, es sei mehr Wahres an dem Sprichwort: ‚Sehen ist glauben.'"

„Ich vermute, Harry geht jeden Sonntag zur Kirche?"

Jack lächelte. „Das tut er tatsächlich, Sir. Ich hätte das gleich zu Beginn sagen sollen - ich bin Jack. Ich weiß, wer Ihr seid, Ihr seid Mr. Bryce und ich habe Euch viel zu danken, weil Ihr Euch um mein Erbe kümmert."

„Ich bin froh, dass wir uns endlich kennenlernen, Jack. Und du bist jederzeit herzlich zu einem Besuch willkommen. Ich bin sicher, Teddy würde dir Abbeywood liebend gern zeigen und dich vielleicht zu einem Ritt in den Puzzlewood mitnehmen. Wenn du Glück hast, könntest du vielleicht sogar die ein oder andere Fee sehen. Was meinst du, Teddy?"

Als Teddy nicht gleich antwortete, sondern sich fester ankuschelte, sagte Jack, um die Stille zu füllen:

„Das würde mir gefallen. Und ich würde gerne den Puzzlewood sehen. Teddy erzählte mir von dem Feenvolk, das dort noch vor Zeiten König Arthurs lebt und das die Reisenden davor bewahrt, sich zu verirren. Und über die Geisterarmeen von Rittern und Rundköpfen, die jedes Jahr aus dem Nebel erscheinen, um auf dem alten Schlachtfeld nahe dem Dorfanger zu kämpfen. Und dann ist da der Hauptmann der Ritter, der in der Apfelweinmühle der Tanners spukt, der von einem von Cromwells Soldaten erschlagen wurde, während er schlief, obwohl er die

Mühle hätte bewachen sollen. Die gesamte Familie Tanner wurde abge-schlachtet, mit Ausnahme des jüngsten Sohnes, der sich in einem Kaminschlot versteckt hatte ...“

„Teddy hat dich wirklich mit Geschichten von zu Hause unterhal-ten. Viele verzauberte Orte in unserer kleinen Ecke des Landes, nicht wahr, Teddy?“ Christopher lächelte den Jungen an und sagte augenzwin-kernd: „Und danke, dass du Teddy bis zu meiner Ankunft Gesellschaft geleistet, und sie mit Musik unterhalten hast. Sicher hat Teddy dir gesagt, dass ich ein armseliger Musiker bin, daher muss es eine ange-nehme Abwechslung für sie gewesen sein, einem so talentierten Geiger zuzuhören.“

„Das ist Unsinn, Onkel Bryce! Du bist nicht arm-armselig! Du spielst die Mandora besser als jeder andere.“ Teddy setzte sich auf, strich sich die Haare aus den Augen und wischte sich rasch über das Gesicht. Sie warf einen misstrauischen Blick über ihre Schulter, verlegen, weil Jack sie für ein Baby und eine Heulsuse halten könnte. „Jack spielt eine - eine Bratsche, was etwas völlig anderes ist, aber er spielt sie sehr gut.“

„Dann hoffe ich, er wird sie mitbringen, wenn er uns besuchen kommt.“

„Das werde ich tun, Sir.“ Jack sah Teddy an. „Ich werde Abbeywood eines Tages besuchen ... Das ist ein Versprechen. Doch ich möchte, dass du da bist, um mir all die Plätze zu zeigen, von denen du mir erzählt hast. Ich sehe Euch beide drüben im Pavillon.“ Er verbeugte sich leicht vor Christopher und verabschiedete sich, die Bratsche in ihrem Kasten über die Schulter gehängt, während er die Leiter hinabstieg.

In der folgenden Stille konnte man Stimmen durch die Falltür aufsteigen hören. Es war Mary, die mit Jack sprach. Sowohl Christopher als auch Teddy erkannten ihre Stimme und es verschaffte ihnen beiden ein Gefühl des Trostes, aber auch des Verlangens, zu ihr zu gehen. Christopher musste sich jedoch zuerst versichern, dass mit Teddy alles in Ordnung war und ihr Vertrauen gewinnen, was das Ungeheuer anging, das ihrer Überzeugung nach die wahre Gestalt des Herzogs von Roxton war.

Er sah sie an und strich ihr das verwirrte Haar aus dem Gesicht, um dann sanft zu sagen:

„Teddy, du weißt, dass deine Mama und ich dich sehr lieben und dass wir nie zulassen würden, dass dir etwas Böses zustößt, nicht wahr?“ Als sie nickte, lächelte er und sagte ernst: „Der einzige Wunsch deiner Großmutter, als sie dich herbrachte, war es, dass du deine Cousins kennenlernen solltest. Sie hatte keine Ahnung davon, was dein Papa dir über diesen Ort und den Herzog erzählt hatte, sonst hätte sie dich niemals hierher gebracht.“

„Aber *du* glaubst mir doch, nicht wahr, Onkel Bryce?"

„Oh ja. Und deine Mama auch."

„Du hast es Mama erzählt? Aber sie ist doch auch vom Herzog verzaubert worden und kann die Wahrheit nicht erkennen!"

„Das dachte dein Papa auch. Aber würde es dich überraschen zu erfahren, dass deine Mama immer die echte Wahrheit über den Herzog kannte?"

„Die *echte Wahrheit?*"

„Ja, die echte Wahrheit ... Wäre es für dich in Ordnung, wenn wir über das Ungeheuer reden?"

Sie nickte, fügte aber mit gerunzelter Stirn hinzu: „Jack glaubt mir. Harry nicht."

„Das liegt daran, dass Jack an Zauber glauben will und Harry nicht. Wenn man nicht an Zauber glaubt, kann man auch nicht daran glauben, dass Dinge wie Feen, Zwerge, Ungeheuer oder Zaubersprüche existieren, nicht wahr?"

„Jeder auf Abbeywood weiß, dass es Zauber gibt, sogar der Pfarrer. Jack hat recht. Harry sagt, wenn man es nicht sehen kann, kann es nicht real sein. Er ist wütend, weil ich sagte, der Herzog sei ein Ungeheuer. Aber ich habe mir das nicht ausgedacht. Papa hat es mir erzählt."

„Ja. Aber Harrys Zorn ist verständlich. Er liebt seinen Bruder. Ich wäre zornig, wenn jemand zu mir sagen würde, dass du oder deine Mutter Hexen sind, weil ich weiß, dass das nicht stimmt. Vielleicht weiß Harry auch, dass es nicht stimmt? Immerhin hat er sein ganzes Leben mit seinem Bruder verbracht, kennt ihn also besser als jeder andere - besser als wir und besser als dein Papa. Ich frage mich nur - weil ich auch viel darüber nachgedacht habe -, aber ich frage mich, ob dein Papa es vielleicht irgendwie falsch verstanden hat ... dass der Herzog nicht das Ungeheuer ist, für das du ihn hältst?"

Teddy schaute nachdenklich, eine tiefe Falte zwischen ihren Brauen.

„Aber - aber warum sollte Papa mich anlügen? Er sagte, der Herzog wäre ein Ungeheuer, das in seiner wahren Gestalt große schwarze Augen und einen langen Schwanz wie der Teufel selbst hätte. Papa sagte, ein Blick in seine Augen und ich würde für immer und ewig verhext sein und unter seiner Macht stehen und dass er mich einsperren würde. Ich würde Abbeywood nie wieder sehen!"

Christopher drückte ihre Hand. „Das würde ich niemals zulassen, Teddy. Du sollst immer frei sein", und fügte in gemäßigtem Tonfall hinzu: „Vielleicht hat dein Papa dich nicht angelogen. Vielleicht war es das, was *er* glaubte. Ich frage mich, ob du das als andere Möglichkeit sehen könntest. Wirst du mir bis zum Ende zuhören?" Als sie nickte, fuhr er fort. „Ich frage mich, ob dein Papa vielleicht geglaubt hat, der

Herzog wäre ein Ungeheuer, weil es dein Papa war und nicht der Herzog, der im Bann dieses Ungeheuers stand. Dass dieses Ungeheuer deinen Papa mit einem Zauber belegt hat, um *ihn* glauben zu lassen, dass der Cousin deiner Mama ein verkleidetes Ungeheuer wäre? Glaubst du, das könnte möglich sein?"

Teddy holte tief Luft, während sie darüber nachdachte, was ihr gesagt wurde. Sie zuckte mit den Schultern. „Vielleicht", stimmte sie widerwillig zu.

„Es würde erklären, warum dein Papa nie hierher zu Besuch gekommen ist und warum dein Papa, und nur dein Papa glaubte, der Herzog wäre ein Ungeheuer. Schließlich glauben deine Mama, deine Oma, Jack, dein Onkel Dair, der hier deine Tante Rory geheiratet hat - und sie ist so liebenswürdig, dass sie selbst praktisch eine Fee ist - und *Mme la duchesse*, die die Mama des Duke ist, alle nicht, dass der Herzog ein Ungeheuer sein könnte, nicht wahr?" Als Teddy den Kopf schüttelte, sprach er im gleichen unbeteiligten Ton weiter: „Und seine Frau und seine Kinder lieben ihn sehr. Ich habe gehört, dass du im Ballsaal gewesen wärest, als die Kinder ihren Vater begrüßten. Draußen regnete es und alle spielten drinnen ... Haben sie sich gefreut, ihren Papa zu sehen?"

„Sie lachten alle und Juliet - sie ist das einzige Mädchen - lief zu ihm und er hob sie auf und wirbelte sie herum, immer weiter, wie du es mit mir getan hast, als ich noch klein war. Erinnerst du dich?"

„Ja."

Sie saßen einen Moment still und schwiegen und dann sagte Teddy: „*Mme la duchesse* hat mir einen eigenen Welpen versprochen. Wird Mama mir erlauben, den Welpen mit nach Hause zu nehmen, was denkst du?"

„Deine Mutter hat sich schon einverstanden erklärt."

Teddy rutschte, bis sie Christopher gegenüber saß, die Augen weit aufgerissen und zum ersten Mal lächelnd, seit er ins Baumhaus herauf geklettert war.

„Ja? Oh! Ich kann nicht erwarten, sie dir zu zeigen! Wirst du mitkommen und dir die Welpen mit mir ansehen? Es gibt sechs davon und sie sind alle wundervolle kleine Hunde und *Mme la duchesse* sagte, ich dürfte mir aussuchen, welchen ich haben möchte."

„Das muss eine sehr schwierige Entscheidung gewesen sein."

„Oh ja! Ich glaube nicht, dass ich *jemals* etwas so Schweres entscheiden musste. Aber ich habe mich schließlich für eine schwarze Hündin entschieden, weil sie die Kleinste im Wurf ist, und da sie so klein ist, dachte ich, Mama würde es weniger ausmachen und sie würde weniger Angst vor ihr haben."

„Das war rücksichtsvoll von dir. Hast du dich für einen Namen entschieden?"

„*Mme la duchesse* sagt, dass alle ihre Hunde lateinische Namen erhalten und sie hat eine Liste für mich erstellt. Ich habe Nera gewählt, was schwarz bedeutet. Jack hat einen Hund namens Nero. Nero ist auch ein Whippet und sieben Jahre alt. *Mme la duchesse* sagte, Nera wäre ein sehr guter Name für meinen Welpen. Was denkst du, Onkel Bryce?"

„Bin deiner Meinung. Es ist ein schöner Name, und Silvia und Carlo werden das auch denken. Oh! Und ich hätte fast vergessen, dir zu sagen: Kate ist hier ..."

„Hier in Treat?" Teddy konnte die atemlose Erregung nicht aus ihrer Stimme fernhalten. „Wirklich?"

„Wirklich. Sie ist gekommen, um dich zu sehen, und wurde eingeladen, zu Weihnachten zu bleiben. Wir - deine Mutter, du, Kate und ich - wurden alle eingeladen, als Gäste von *Mme la duchesse* und dem Herzog von Kinross hier in Crecy Hall zu bleiben. Aber es wird Gelegenheiten geben, wenn wir zum großen Haus fahren, um in die Kirche zu gehen, und zu den Weihnachtsfeiern, die für die Kinder und den Rest der Familie veranstaltet werden. Aber nur, wenn es dir recht ist. Natürlich möchte der Herzog sehr gern, dass wir alle an den Zusammenkünften der Familie teilnehmen, aber wenn du lieber hier bleiben willst, ist das deine Entscheidung."

„Magst du ihn, Onkel Bryce? Magst du den Herzog?"

„Möchtest du wirklich wissen, was ich denke?" Als Teddy nickte, lächelte er. „Ja, ich mag den Herzog, Teddy. Ich glaube, er ist ein guter Mann mit einem guten Herzen."

„Warum sollte dann ein Ungeheuer Papa verzaubern, damit er glaubt, der Herzog wäre ein schlechter Mensch, der mich einsperren möchte?"

„Ich wünschte, ich hätte eine Antwort darauf, aber ich kann dir den Grund nicht mit Sicherheit sagen. Vielleicht hat dein Papa das Ungeheuer irgendwie verärgert? Ich weiß aber, dass Ungeheuer gemein sind, weil es ihnen Spaß macht. Sie legen die schlimmsten aller menschlichen Eigenschaften an den Tag: Eifersucht, Stolz, Eitelkeit, Gier, Faulheit und fühlen sich elend, weil sie so sind. Ganz sicher wollen sie nicht, dass Menschen glücklich sind. In der Tat sind sie eigentlich das Gegenteil von guten Feen, die freundlich, liebevoll und großzügig sind und möchten, dass alle glücklich sind ..."

„Genau wie Tante Rory, und *Mme la duchesse* und Mama!"

„Und du."

„*Ich*?" Teddy schob ihre untere Lippe hervor und machte ein Geräusch, das ihre Ungläubigkeit zeigte, ein Geräusch, das ihre Mutter nicht gebilligt hätte, das Christopher aber zum Grinsen brachte. „Onkel Bryce, ich kann keine gute Fee sein, ich bin nicht hübsch genug. Jeder weiß, dass gute Feen Haare in der Farbe von gesponnenem Gold und große, blaue Augen haben und eine Haut so glatt und weiß wie Schlagsahne."

„Nicht die Feen, die ich gesehen habe", stellte Christopher mit Nachdruck fest, was Teddy sich aufsetzen und zuhören ließ. „Die Feen, die ich kenne, haben Sonnenküsse auf den Wangen, und manchmal auch auf der Nase. Und ihr Haar hat die Farbe von gesponnenem Kupfer oder manchmal das gleiche reiche Dunkelrot wie reife Kirschen. Und ihre Augen sind groß, aber nicht blau. Sie haben die Farbe der Glockenblume, die eher violett als blau ist. Diese Feen sind ungewöhnlich und die schönsten von allen."

„Sie müssen aussehen wie Mama."

Christopher fasste sich ertappt an die Nase. „Genau wie deine Mama."

Teddy beugte ihre Schultern vor und lächelte. Christopher erwiderte das Lächeln. Und dann schraken beide auf, als eine geliebte Stimme von der Falltür her im Plauderton sagte:

„Ihr vergesst zu erwähnen, dass Feen Flügel haben. Obwohl ich keine habe, und wünschte, es wäre anders, denn dies ist so hoch, wie ich je in meinem Leben geklettert bin und ich bin ganz sicher, dass ich fallen werde, wenn ihr mir nicht nach oben helft oder mich sofort wieder nach unten bringt!"

Als Mary wieder am Fuss der Eiche auf festem Boden stand, zog sie ihren wollenen Schal enger um ihre Schultern, um die Kühle der Nachtluft abzuhalten, da jetzt die Sonne schon tief am Horizont stand, und schaute in den Baum hinauf, ängstlich darauf wartend, dass Teddy und Christopher zu ihr kommen sollten. Teddy kletterte eilig die Leiter herunter wie jemand, der es gewöhnt ist, dies den ganzen Tag lang zu tun, und fiel freudig in die offenen Arme ihrer Mutter.

Marys Wiedersehen mit ihrer Tochter war für Teddy nicht mehr so emotional anstrengend wie das mit Christopher, und ihre Tochter schien in weit besserem Zustand als sie von einem Kind erwartet hatte, das durch die üblen Lügen ihres Vaters über ihren Cousin Roxton vor Angst außer sich war. Sie wusste, dass dies alles Christophers vorsichtigem Herangehen an die Lage zu verdanken war. Sie hätte ihn zum Dank dafür, dass er auch nur ein Lächeln auf Teddys Gesicht gezaubert hatte, umarmen und küssen mögen, geschweige denn dafür, dass er sie anscheinend davon hatte überzeugen können, dass Roxton gar kein Ungeheuer war, das sie einsperren wollte. Teddy hüpfte neben ihrer Mutter her, die schüchtern den angewinkelten Arm, den Christopher ihr bot, angenommen hatte, und machte sich daran, ihr alles über Cordelias und Scipios Wurf zu erzählen und dass Onkel Bryce den Namen Nera für ihren Welpen ebenso mochte wie *Mme la duchesse* und würde Mama heute Abend mit ihr kommen, um die Welpen zu besuchen und Nera selbst zu sehen?

Sie kamen rechtzeitig zum Pavillon, um mehrere Gärtner dort herumlaufen zu sehen, die letzte Hand an ein Lagerfeuer legten, das mitten zwischen dem Pavillon und dem See auf dem Rasen angelegt worden war. Unter der Aufsicht ihrer Kindermädchen und Tutoren warteten die Roxton-Kinder ungeduldig darauf, dass es entzündet würde, zusammen mit einem halben Dutzend Kindern, die zu den Dienern des Haushalts gehörten und die eingeladen worden waren, an der Feier der Wintersonnenwende teilzunehmen. Alle Erwachsenen versammelten sich auf den Stufen zum Pavillon, in Umhängen, Kapuzen, Pelzmuffs und Handschuhen. Betsy löste sich aus der Schar der oberen Dienerschaft, Marys pelzgefütterten Umhang in den Händen. Christopher legte ihn ihr um die Schultern und befestigte den Verschluss, dann gingen sie weiter, um sich dem Rest der Familie anzuschließen.

Christopher bemerkte, dass Teddy zurückblieb. Daher streckte er ihr lächelnd seine behandschuhte Hand hin und sie ergriff sie eifrig, doch er ging nicht mit ihr die Stufen hinauf zu ihrer Mutter.

„Möchtest du in den Pavillon hinaufkommen oder lieber bei den Kindern am Lagerfeuer bleiben? Ich sehe, dass Jack und Harry bei ihnen sind."

„Wo ist Kate?"

„Sie sitzt dort drüben bei *Mme la duchesse*. Möchtest du dich zu ihnen setzen?"

Teddy schüttelte den Kopf. Christopher sah, dass sie die Gesichter der Erwachsenen betrachtete, und er ahnte, wen sie suchte, weil sie plötzlich still und ruhig war, und Teddy war nie still, es sei denn, sie war krank oder verärgert oder nervös.

„Da ist der Herzog. Er spricht mit dem anderen Herzog. Ich hatte noch nie einen Herzog getroffen, bevor ich hierher kam, und jetzt kenne ich zwei. Gibt es noch mehr Herzöge in der Familie, die ich kennenlernen müsste?"

„Ich glaube nicht. Möchtest du, dass ich mit dir zu ihm gehe? Der andere ist der Herzog von Kinross ..."

„Er ist mit *Mme la duchesse* verheiratet. Ich mag ihn. Wusstest du,

Onkel Bryce, dass er in Indien gelebt hat und deshalb seine Haut so braun ist? Er ist auf Elefanten geritten und hat Affen gehalten und er hat eine Tochter, deren Haare die gleiche Farbe haben wie meine! Und wenn *Mme la duchesse* nicht in der Nähe ist, raucht er St-Stumpen. Er hat mir seine Zunderbüchse gezeigt und wie er den Stumpen anzündet, damit er ihn rauchen kann. Doch er sagte, das sollte unter uns bleiben, weil *Mme la duchesse* das nicht gefallen würde." Teddy neigte nachdenklich ihren Kopf zur die Seite. „Aber ich denke, *Mme la duchesse* weiß von den Stumpen, Onkel Bryce, nicht wahr? Und ich glaube gar nicht, dass sie unzufrieden mit ihm ist. Ich glaube, er hat mit mir gescherzt."

„Da könntest du recht haben."

Teddy holte tief Luft, nickte und sagte entschlossen:

„Ich möchte zum Herzog von Roxton gehen und möchte, dass du mit mir kommst."

„Selbstverständlich."

Hand in Hand gingen sie vor dem Pavillon entlang dorthin, wo die Herzöge von Roxton und Kinross in ein Gespräch vertieft waren und traten in den Kreis warmen Lichts der brennenden Kerzenleuchter und warteten darauf, bemerkt zu werden. Es war Deb Roxton, die sie zuerst sah und rasch ihrem Mann etwas ins Ohr flüsterte. Die Gespräche der Erwachsenen verstummten, die einzigen Geräusche kamen von den Kindern, die unten am Lagerfeuer ungeduldig wurden. Kinross trat zurück, und Roxton, als er Teddy und Christopher sah, ging langsam die Stufen hinunter, um ihnen entgegenzukommen. Er hob die Rockschöße seines samtenen Rocks und setzte sich auf eine der unteren Stufen, sodass sein sich Gesicht auf gleicher Höhe mit Teddys befand, die eine Stufe hinaufgekommen war und jetzt vor ihm stand.

Sie ließ Christophers Hand los, und nachdem sie ihn angeschaute und ein beruhigendes Lächeln erhalten hatte, ging sie weiter und machte einen Knicks, bevor sie tapfer ihre Augen hob, um dem Blick des Herzogs zu begegnen. Und da bemerkte sie, was ihr im Ballsaal entgangen war, nur, weil sie zu verängstigt und erschrocken gewesen war, um etwas anderes zu sehen, als dass der Herzog groß und breit war und über ihr aufragte. Doch jetzt, als sie ihm ins Gesicht sah, stellte sie fest, dass er ein nettes Lächeln und freundliche Augen hatte, die die Farbe von Smaragden hatten. Er hatte die gleichen Augen wie seine Mutter, *Mme la duchesse*, die Teddys Meinung nach die Königin der Feen sein musste, wenn es so etwas gab.

Als der Herzog lächelte und ihr die Hand hinhielt, erwiderte sie das Lächeln und griff vorsichtig nach seinen Fingern. Mehr tat er nicht und blieb ganz still sitzen. Doch das war alles, was es für Teddy brauchte, dass sie einen kleinen Seufzer der Erleichterung ausstieß. Denn obwohl sie dem Wort ihres Onkel Bryce geglaubt hatte, dass der Herzog nicht das Ungeheuer war, als das ihr Vater ihn dargestellt hatte, hatten Berührungen doch ihre eigene Macht, und wenn etwas den Herzog in ein Ungeheuer verwandeln könnte, wäre es das und sie würde sehen, wie er sich vor ihren Augen verwandelte.

Doch als er blieb, wie er war, beruhigte ihr Herz sich. Und als der Herzog sich über ihre Hand beugte, entspannten sich auch Teddys Schultern. Sie warf einen weiteren Blick über ihre Schultern, um sich zu versichern, dass Christopher noch immer dort wäre, dann beugte sie sich mutig vor und legte dem Herzog die Wange auf die Schulter. Er hielt sie locker fest, wollte sie nicht erschrecken oder ihr Unbehagen bereiten, und so blieben sie ein paar Augenblicke, bis Teddy sich aufrichtete und zu den schweigenden Erwachsenen hinter dem Rücken des Herzogs schaute. Sie sah, wie ihre Mutter eine Träne aus dem Auge wischte, dann fröhlich lächelte, und sie lächelte zurück.

Im Pavillon blieb kein Auge trocken.

„Ich bin so froh, dass du und deine Mutter und dein Onkel heute Abend mit der ganzen Familie hier sein könnt, Teddy", sagte der Herzog leise, einen Blick auf Christopher, der wieder an Teddys Seite war. „Denn, weißt du, was für ein besonderer Tag es heute ist?" Als Teddy den Kopf schüttelte, sagte er: „Es ist die Wintersonnenwende. Eine ganz besondere Nacht, die *Mme la duchesse*, meine Mutter, zu feiern begann, als ich ein kleiner Junge war, viel jünger als du – und *das* ist eine sehr lange Zeit her."

„Wintersonnenwende? Ist das die längste Nacht des Jahres?"

„Ja."

„Dann weiß ich etwas darüber, denn unsere Köchin sagt, wenn man zur Wintersonnenwende ein Feuer entzündet, hilft es, das Haus von bösen Geistern zu reinigen, die in dunklen Ecken lauern. Und sie sagt, dass von jetzt an bis zum Frühling die Tage länger werden, bis es Frühling ist und die Sonne scheint und die bösen Geister keinen Ort haben, um sich zu verstecken; dann kommen die guten Geister und bleiben." Sie schaute über ihre Schulter zu dem noch nicht entzündeten Lagerfeuer. „Haben wir deshalb auch ein Feuer?"

„So Ähnlich, ja. *Mme la duchesse* dachte an das antike römische Fest der Saturnalien, aber ich mag die Erklärung der Köchin", antwortete Roxton. „Du bist sehr klug, Teddy. Ich glaube nicht, dass Jack oder Harry in deinem Alter eine Ahnung hatten, warum wir gerade in dieser Nacht ein Feuer anzündeten, und sie fragten auch nicht. Sie rannten nur herum und schauten einem riesigen Feuerball zu."

„Das kommt davon, dass sie Jungen sind. Onkel Bryce wird dir sagen, dass Mädchen schlauer sind als Jungen. Nicht wahr, Onkel Bryce?"

Der Herzog lachte leise, wie auch der Rest der versammelten Erwachsenen, dann fügte Roxton hinzu: „Ich stimme dir und deinem Onkel zu. Genau wie alle hier. Die Frauen in unserer Familie waren immer weit klüger als wir Männer." Er nickte einem livrierten Diener zu, der am Fuße der Stufen mit einer brennenden Kerze bereitstand und sagte dann zu Teddy, wobei er Christopher mit ins Gespräch einbezog: „Ich frage mich, Teddy, ob du uns die Ehre erweisen würdest, das Feuer zu entzünden?"

„Darf Mama auch mit uns kommen?"

„Natürlich. Das ist eine ausgezeichnete Idee."

Roxton schloss sich wieder den Erwachsenen am oberen Ende des Treppchens an und stellte sich zu seiner Frau hinter die Chaiselongue, auf der seine Mutter und Lady Paget saßen, um von dort aus zuzusehen, wie Teddy auf das Feuer zu ging, die brennende Kerze hoch erhoben, ihre Mutter und Christopher einen Schritt hinter ihr. Und während alle, von den Erwachsenen im Pavillon bis zu den Kindern, die im schwindenden Licht auf der Wiese herumrannten, wie verzaubert zuschauten, als Teddy die Flamme an den Holzhaufen hielt, ruhte Antonias Blick auf dem Paar, das an Teddys Seiten stand, insbesondere auf Squire Bryce, der die Hände hinter dem Rücken verschränkt hielt. Trotz des äußeren Anscheins von eleganter Ruhe hielten seine Daumen nicht still und dieses verräterische Zeichen ließ Antonia lächeln.

Sie schaute über ihre Schulter zu ihrem Sohn und hob eine Hand, die er in seine nahm, und sie zupfte ein wenig daran, sodass er sich vorbeugte, um zu hören, was sie ihm sagen wollte.

„Julian, es ist Zeit, an Cornwallis zu schreiben."

Er wusste, worauf sie anspielte, aber er sagte laut und mit Überraschung, obwohl er von ihrer Forderung oder dem Grund dafür überhaupt nicht überrascht war. „Dir ist klar, dass dies die dritte Sonderlizenz sein wird, die ich in acht Monaten von ihm erbitte."

Antonia zuckte mit den Schultern. „Das ist unwichtig. *Wichtig* ist das Glück deiner Familie. Ja?"

„Bin deiner Meinung."

„Und Mary verdient es, glücklich zu sein."

„Auch da teile ich deine Meinung." Er zögerte mit einem Blick über die Frisur seiner Mutter zu Lady Paget. Aber da diese Lady und Deb in einer Unterhaltung vertieft waren, fühlte er sich in der Lage, weiterzusprechen. Daher hockte er sich neben die Chaiselongue und sagte stirnrunzelnd: „Wenn sie ihn heiratet, wird das Folgen haben, die ich - wir - nicht beherrschen können. Es wird Leute geben, die ihr den Rücken kehren werden, auch wenn wir diese Verbindung öffentlich gutheißen ...“

„Julian ...“

„Maman, es gibt nur so viel, was ich – wir – tun können. Es wird Häuser, Gesellschaften, gesellschaftliche Anlässe geben, zu denen sie nicht eingeladen wird, am allerwenigsten willkommen geheißen als Frau eines Squire, geschweige denn als Paar. Und wer weiß, ob sie je wieder bei Hof empfangen wird.“

„Julian, ich weiß das alles, aber ...“

„Und es wird Gerede geben, und nicht in sehr schöner Weise. Ich wäre nicht überrascht, wenn die Nachricht über ihre Ehe in den Zeitungen auftaucht und zum Futter für den Klatsch der Massen wird. Grässliche Schreiberlinge! Und Gott helfe ihnen, wenn je die Wahrheit über seine Geburt herauskommt ...“

„*Assez*, Julian! Das weiß ich alles nur zu gut, *mon chou*. Du machst dir zu viel Sorgen, wie immer. Glaubst du, sie kümmert das? Oder ihn? Vielleicht vergisst du, dass deine eigenen Großeltern, die Eltern deines Vaters, von ihren Familien verstoßen wurden. Die Maman deines Papas - deine französische *grand-mère* - wurde von Louis selbst vom Hof verbannt. Sie kam nie wieder nach Versailles. Monseigneur war ein Junge, bevor die Eltern seiner *maman* einräumten, dass die Ehe überhaupt geschlossen worden und dass dein Papa nicht das Produkt einer Affäre und in der Tat kein Bastard war. *Mon Dieu*. Kannst du so etwas glauben? Es war schrecklich für sie und wirklich schrecklich für euren Papa, der tief von allem betroffen war. Er sah täglich den Kummer, den seine Mutter litt, weil man ihr den Trost und die Gesellschaft ihrer Mutter und ihrer Schwestern versagte. Aber wir, Julian, sind nicht so. Wir unterstützen unsere Familie und ihre Entscheidungen. Und solange Mary ihre Familie hat, und wir ihn willkommen heißen, und sie einander lieben und glücklich sind, dann ist das alles, was wichtig sein sollte, *hein*?“

„Dem widerspreche ich nicht, *ma mère*. Und ich werde der Ehe meinen Segen geben, wenn Mary wirklich ihren Squire heiraten will. Aber warum können sie nicht warten, bis das Aufgebot verlesen ist? Das würde eine angemessene Zeit zwischen dem Tod ihres Vaters und ihrer Hochzeit verstreichen lassen. Es sollte eine gewisse Trauerzeit für seine Lordschaft geben, ganz gleich, was wir alle von Strathsay als Mann hielten. In der Tat würde ich es vorziehen, dass sie bis nach deinem glücklichen Ereignis und der Taufe warten. Dair wird zurück sein und kann an der Hochzeit seiner Schwester teilnehmen. Warum brauchen wir also eine Sonderlizenz?“

Als seine Mutter hinter ihrem Fächer mit funkelnden Augen

kicherte, wurden seine Wangen heiß und er wusste, worauf sie anspielte, aber er konnte es nicht ganz glauben. Er blickte über den Rasen zum brennenden Lagerfeuer und den Silhouetten von Erwachsenen und Kindern, die sich um die leuchtenden orangen Flammen versammelten, konnten aber nicht erkennen, welches der Paare seine Cousine Mary und ihr Squire waren. Er blickte auf seine Mutter zurück, die ihn immer noch amüsiert betrachtete.

„Lieber - Gott! Wie - ich weiß nicht, woher du diese Dinge immer weißt ... Bist du sicher?" Als Antonia zur Antwort die Brauen hochzog, aber nichts sage, fuhr er sich mit der Hand über den Mund. „Wir reden hier über Mary. Und er scheint mir ebenso prinzipientreu zu sein, wie ich es bin. Nach der Lektüre seiner Briefe in den letzten beiden Jahren glaube ich, dass er alle Anzeichen eines haarspaltenden Pedanten zeigt!"

„Ich habe keinen Zweifel daran, dass ihr sehr gute Freunde sein werdet", witzelte Antonia ironisch und ihr Grübchen wurde sichtbar. Sie klappte ihren Fächer mit einem Knall zusammen und drückte das Handgelenk ihres Sohnes. „Ich spreche nicht über ihn als Squire oder dich als Herzog, *mon chou*, oder dass ihr beide sehr darauf bedacht seid, Eure Pflichten zu erfüllen. Ich spreche über euch als *Männer*. Ich bin mir sehr sicher, dass er auch in dieser Hinsicht genauso wie du ist. Genauso wie Monseigneur hatte er einen starken körperlichen Appetit, ebenso wie du, genau wie M'sieur Bryce. Wenn solche Männer sich wirklich verlieben, denken sie nicht an die Folgen, wenn das Verlangen ..."

„Schon gut, Maman. Ich bin überzeugt", unterbrach Roxton knapp und schoss hoch. „Also eine Sonderlizenz. Ich schreibe morgen an Cornwallis."

„*Mon Dieu*! Noch nicht ... *Julian*!"

„Aber du sagtest doch gerade, sie bräuchten eine Sonderl... *Mon Dieu*!" Erst da wurde ihm klar, dass sie ihren runden Bauch umklammerte und ihre Augen fest zugepresst hatte. „Maman!? *Maman*, geht es dir —"

„Jonathon! *Jonathon!* Wo ist Jonathon?"

Die in der Nähe Stehenden hörten die Furcht in Antonias Stimme, sahen, wie der Herzog sich verwirrt umschaute, als hätte er etwas verloren und das Lagerfeuer geriet sofort bei allen in Vergessenheit. Alle umdrängten sie.

„Tretet zurück! Tretet zurück! Gebt ihr Luft zum Atmen!"

Es war Kinross, und er drängte sich an die Seite seiner Frau durch und fiel auf sein Knie. Er konnte sehen, dass sie große Schmerzen hatte. Ihre eine Hand klammerte sich fest um die Armlehne der Chaiselongue, die andere hatte sie ausgestreckt, um sich an Lady Pagets Hand festzuhalten, weil sie menschlichen Kontakt und Beruhigung brauchte.

Antonia atmete ein paar tief durch und öffnete ihre Augen.

„Jonathon, ich brauche – ich brauche – Gabrielle. Bitte lasse sie holen. *Immédiatement!*"

„Sie ist hier, Liebes", sagte Jonathon mit einem beschwichtigenden, aber zittrigen Lächeln, hob ihre Hand und küsste ihre Finger. „Gabrielle ist hier. Sie wusste es. Sagte, deine Söhne wären immer zu früh gekommen, also würde es diesmal auch zu früh sein. Sie ist vor einer Stunde angekommen und richtet sich gerade ein." Er schaute prüfend auf Antonias Gesicht, die Augen voller Sorge und die Stirn in Falten gelegt. „Aber - *es ist* zu früh, nicht wahr?"

Antonia atmete erleichtert auf, da sie wusste, dass ihre frühere Zofe, die ihr bei der Geburt ihrer beiden Söhne beigestanden hatte, rechtzeitig zu dieser Geburt angekommen war. Als sie die Furcht in Jonathons Augen sah, brachte sie ein Lächeln zustande, doch dann hielt sie erneut den Atem an, als eine neue Wehe ihr die Sprache raubte. Als sie wieder sprechen konnte, sagte sie atemlos: „Wir bestimmen diese Dinge nicht, *mon chéri*. Die Kleine hat sich entschieden - es ist Zeit."

# DREISSIG

Kinross, Roxton, Lord Henri-Antoine und Christopher Bryce saßen in einer Reihe auf dem Rand eines Sofa auf einer Seite des Salons, hoch aufgerichtet, die Fäuste auf den Knien und starrten schweigend vor sich hin. Auf der anderen Seite des Raums saß Lady Paget am Kamin, trank Tee und unterhielt sich in gedämpftem Ton mit Deb Roxton, die ihren sieben Wochen alten Sohn stillte, während das Kindermädchen und eine Helferin am mit Vorhang geschlossenen Fenster bei der tragbaren Wiege Lord Ottos warteten.

Lady Mary war mehrmals in den Salon gekommen und wieder gegangen, hatte aber nichts Neues zu berichten, außer dass die Wehen der Herzogin so gut fortschritten wie zu erwarten. Diese Information nahmen die beiden Frauen hin, machte die Männer aber nur ängstlicher, da alles außerhalb ihrer Kontrolle lag. Als Mary zum, wie es den Männer schien, x-ten Male wieder den Gang hinab zu Antonias Schlafzimmer verschwand, konnte Jonathon seine Gedanken nicht länger zügeln und er platzte verärgert heraus:

„Warum warten wir hier und nicht dort - wir sollten wenigstens im Wohnzimmer neben ihrem Schlafzimmer sein, verdammt! Ich kann von ihr aus absolut nichts hören!"

„Ich schätze, das ist der Punkt", antwortete Roxton. „Wir sollen nicht hören, was vor sich geht."

„Warum nicht? Warum kann ich jetzt nicht drin sein? Ich sollte dort drinnen bei ihr sein, nicht hier draußen sitzen wie ein ausgestopfter, preisgekrönter Fasan!"

„Ihr werdet bald genug dort drinnen sein ..."

„So? Werden sie mich hineinlassen, glaubt Ihr das, he? Ihr wart doch von Anfang an drinnen, nicht wahr? Ein lästiger Arzt und ein Haufen Frauen hätten Euch nicht davon abhalten können, zu einer solchen Zeit bei Eurer Frau zu sein!"

„Ich weiß durchaus, dass dies mich nichts angeht, Euer Gnaden ...", begann Christopher und wurde sofort unterbrochen.

„Es scheint, dass es verdammt jeden außer mir etwas angeht, also redet schon!"

„Nach meiner kurzen Bekanntschaft mit ihr würde ich annehmen, dass es *Mme la duchesse* ist, die die Entscheidungen trifft, und daher ist sie es und nicht ihre Leute, die darüber befinden werden, wann Ihr zu ihr kommen dürft - oder nicht."

„Ha! Wisst Ihr, Ihr habt verdammt recht, Bryce. Daran hätte ich nicht gedacht. Danke."

Jonathon war plötzlich weniger beunruhigt, als er es in der vergangenen Stunde gewesen war. Doch dann machte Roxton Christophers beruhigende Worte durch eine unbedachte Bemerkung zunichte.

„Ich weiß, dass ich Euch sagen sollte, dass Ihr Euch keine Sorgen zu machen braucht – dass alles gut gehen wird. Und ich bin sicher, dass es so sein wird. Aber ich kann Euch aus Erfahrung sagen, dass es auch nach fünf Kindern nicht einfacher wird, in den Kulissen statt auf der Bühne zu sein. Jede Geburt ist anders, jedes Kind auch. Also, obwohl ich bei Deb war, habe ich mich bei der fünften Geburt nicht weniger gefürchtet als an dem Tag, an dem ich meinen Erstgeborenen auf der Welt willkommen hieß. Verdammt erschütternde Angelegenheit - und diese Geburt muss die allerschlimmste sein!"

„Warum? Warum ist diese schlimmer?", wollte Jonathon wissen und wandte sich ab, um Roxton anzustarren. „Warum sagt Ihr das? Hat der Arzt Euch etwas gesagt, was er mir vorenthalten hat? Oder *sie*?"

„Nein. Weil es meine Mutter dort drinnen ist, das ist der Grund! Das ändert alles. Deb hat fünf gesunde Kinder zur Welt gebracht, mit so wenig Aufhebens wie möglich. Während meine Mutter zwei Geburten hatte, und keine von ihnen war besonders einfach. Und jetzt steht sie mit fünfzig der nächsten Geburt gegenüber. Zu sagen, dass mich diese Aussicht zu Tode ängstigt ist noch milde ausgedrückt."

Jonathon schoss hoch. „Jesus - ich fühle mich so verdammt nutzlos!"

„Sie ist auch meine Mutter", sagte Henri-Antoine durch zusammengebissene Zähne, seine Finger krümmten sich um den Rand des Sofakissens.

Alle drei Männer starrten auf den Jungen, der seit Beginn von Antonias Wehen im Pavillon vor ein paar Stunden nicht mehr gesprochen hatte. Er war blasser als sonst und biss sich auf die Unterlippe, als ob er sich selbst unter Kontrolle halten wollte. Roxton bereute seinen Ausbruch sofort und zog seinen Bruder liebevoll an sich und küsste seine Schläfe.

„Es tut mir leid, Harry. Natürlich ist sie das", murmelte Roxton an seinem Ohr. „Und wir werden sie auch nicht verlieren. Das weißt du, nicht wahr?"

Henri-Antoine nickte rasch, löste sich dann aus der Umarmung seines Bruders und erhob sich.

„Ich gehe nachsehen, wo Jack und Teddy bleiben."

„Ausgezeichnete Idee. Sag ihnen, sie sollen zum Souper hier zu uns kommen, und wenn Teddy ihren Welpen mitbringen möchte, um ihm ihrem Onkel Bryce zu zeigen, darf sie das gerne tun."

Henri-Antoine nickte, und in einer seltenen Zurschaustellung von Gefühlen packte er Jonathons Schulter.

„Sie kommt schon in Ordnung, Sir. Sie muss. Ich denke, Mr. Bryce hat recht. Maman wird Euch rufen lassen, wenn sie bereit ist."

Jonathon erkannte die liebevolle Geste des Jungen, klopfte ihm auf die Hand und lächelte.

„Danke, Harry. Deine Mutter weiß immer, was das Beste ist – und was zu meinem eigenen Besten ist."

In der Stille, die Henri-Antoines Abgang folgte, sagte Roxton, um das Schweigen zu brechen und ihre Gedanken abzulenken:

„Ich habe einen Brief an Martin geschickt. Er wird morgen Abend hier sein. Ich hatte ihn geschrieben und bereitgehalten, um ihn sofort abschicken zu können, noch bevor Audley abreiste. Bryce! Eine Nachricht von Shrewsbury besagt, dass mein Sekretär ihm bei Nachforschungen behilflich wäre, und dass er mir mehr darüber sagen würde, wenn er uns nach Weihnachten besuchen käme. Ihr wisst nicht zufällig etwas darüber, nein?"

„Euer Gnaden? Über Philip Audley oder Lord Shrewsburys Besuch?"

„Eines davon oder beides. Es ist mir ein Rätsel."

Christopher musste wider Willens lächeln.

„Was ich weiß, Euer Gnaden, ist, dass Ihr ein weit umgänglicherer Mensch seid, als Euer Sekretär."

„So? Das fasse ich als Kompliment auf."

„Das solltet Ihr auch. Bryce hat sich sehr diplomatisch über Euren Sekretär geäußert. Das werde ich nicht. Audley ist ein Mistkäfer", stellte Jonathon unverblümt fest, während er vor ihnen auf und ab ging. Als Christopher auflachte, fügte er hinzu: „Da seht Ihr. Er stimmt mir zu." Er klopfte auf die Vordertasche seines Rocks und atmete erleichtert auf, als er die Umrisse seines silbernen Zigarrenetuis spürte. „Ich muss rauchen ... glaub Ihr, es wird die Ladys stören?"

„Unter den gegenwärtigen Umständen? Nicht im Geringsten", antwortete Roxton.

Jonathon ging zum Kamin, um seinen Stumpen anzuzünden, was Roxton und Christopher einen Vorwand gab, ihm zu folgen und sich den Damen anzuschließen. Die Herzogin hatte das Stillen beendet und der Herzog begrüßte die Gelegenheit, seinen kleinen Sohn in den Arm zu nehmen und mit ihm an der Schulter im Raum herumzugehen und dabei seinen Rücken zu reiben, um seinen Magen zu beruhigen. Dies gab Deb die Möglichkeit, mit Christopher zu sprechen, der vom Teewagen mit einer Tasse Tee für sie, einer für Kate und einer für sich selbst herüberkam.

Wie Deb es immer tat, kam sie gleich zur Sache.

„Wäret Ihr nach Treat gekommen, wenn es nicht um Teddys Problemen gegangen wäre?"

„Vielleicht..." Christopher lächelte über seine Tasse hinweg. „Wenn ich gerufen worden wäre, um Rechenschaft abzulegen."

Deb lachte leise. „Nein, Ihr wäret nicht gekommen! Ihr hättet irgendeine Entschuldigung gefunden. Natürlich hättet Ihr Julian einen langen und detaillierten Brief mit einer höflichen Ablehnung als Postskriptum geschickt."

„Ha! Ha! Also lest Ihr die Korrespondenz Eures Mannes, Euer Gnaden?", fragte Kate mit einem Schmunzeln.

Deb lächelte verschmitzt. „Nur, wenn sie mir unter die Nase gehalten wird und ich gebeten werde zuzustimmen, dass der Briefschreiber der frustrierendste, ärgerlichste Finsterling ist, den Seine Gnaden noch nicht das Vergnügen hatte, kennenzulernen. Natürlich stimme ich ihm zu, aber wenn ich gewusst hätte, dass der Korrespondent mein Bruder war, wäre ich vielleicht nicht so voreilig gewesen. Stimmt es, dass Ihr Laute spielt?", fügte sie rasch hinzu, da sie sehen konnte, dass Christopher sich bei der vertraulichen Bezeichnung unbehaglich fühlte.

„Eine Mandora, Euer Gnaden."

„Die Begabung für Musik muss in der Familie liegen. Und es heißt Deborah. Deb. Ich möchte, dass Ihr mich beim Vornamen nennt. Schließlich sind wir Bruder und Schwester."

Christopher schaute Kate an. „Halbbruder und Schwester. Aber danke."

„Otto und Gerald waren Brüder, aber sie waren meine Halbbrüder. Wir alle haben den gleichen Vater, aber verschiedene Mütter. Abgesehen von der Tatsache, dass Sir George mit ihrer Mutter verheiratet war, sind du und ich durch Blut genauso verwandt wie ich mit Otto und Gerald, und wie du es mit ihnen bist." Deb sah zu Kate. „Ist das verständlich?"

„Völlig verständlich, meine Liebe.“

„Es ist sehr großzügig von Euch, das zu sagen, Euer Gnaden …“

„Christopher! Die Herzogin ist nicht großzügig, sie stellt eine Tatsache fest“, erwiderte Kate verärgert, wandte sich dann an Deb und sagte mit einem Lächeln, während sie eine Hand über das Sofa ausstreckte: „Danke. Ich höre die Aufrichtigkeit in Eurer Stimme. Doch Ihr müsst verstehen, dass mein dickköpfiger Sohn weit länger brauchen wird, um sich an Euer herzliches Willkommen zu gewöhnen als ihr braucht, um ihn in der Familie zu begrüßen.“

„Dickköpfig? Kate! Ich würde nie so anmaßend sein …“

„Nein? Das nimmt dir keiner ab, mein Junge“, unterbrach Kate schmunzelnd. „Wie kannst du nicht anmaßend sein, wenn es dein größter Wunsch ist, in die Familie einzuheiraten?“ Sie wandte sich zu Deb und fragte beiläufig: „Wird er vor Verlegenheit rot oder vor Wut?“

Deb lachte leise. „Ich fürchte, ein wenig von beidem, Mylady.“ Als Christopher mit zusammengebissenen Zähnen den Kopf wandte, fragte sie ihn sanft: „Du hast sie gefragt?“

Er begegnete ihrem offenen Blick.

„Ja.“

„Und sie muss dir erst noch eine Antwort geben?“

„Sie ist im Moment mit etwas weit Wichtigerem beschäftigt, Euer Gnaden. Wenn Ihr mich entschuldigen wollt. Ich sollte besser nachsehen, wie es Kinross geht.“

Er verbeugte sich, wandte sich ab und stellte Tasse und Untertasse ab, bevor er zu Jonathons hinüberging, gerade, als die Tür am anderen Ende des Raums geöffnet wurde und der Arzt hereintrat, gefolgt von Lady Mary. Beide sahen angestrengt aus und ebenso besorgt, obwohl Mary ihr Bestes tat, ihre Besorgnis zu verbergen, aus Angst, alle Beteiligten zu erschrecken. Der Arzt hatte keine solche Bedenken.


Jonathon schleuderte seinen Stumpen ins Feuer und schritt hinüber, um mit dem Arzt zu sprechen, Roxton gab seinen kleinen Sohn in die Obhut seines Kindermädchens und schloss sich Jonathon auf der anderen Seite des Raumes an.

„Nun? Kann ich sie jetzt sehen?“ Als der Arzt einen Moment länger brauchte, als Jonathon ihm zubilligte, um zuzustimmen, beschleunigte sich seine Atmung und er brachte krächzend heraus: „Was? Was? Sagt es mir! Heraus damit!“

„Alles schreitet voran, wie es sollte, Euer Gnaden.“

Jonathon fuhr sich mit der Hand über den Mund und stieß einen tiefen Seufzer aus, so dass man seine Schultern herabsacken sehen konnte.

„Gott sei Dank.“

„Also während Ihre Gnaden einen Moment Ruhe hat, dachte ich, es wäre klug, mich noch einmal zu erkundigen, was, wenn Umstände einträten, die Anlass zur Sorge gäben ...“

„Sorge? Welche Sorge?“

„...Eure Wünsche wären, wenn es zu dem unsäglichen ...“

Jonathon schaute sich um, sah aber nichts. „Unsäglich? Worüber schwätzt Ihr, Pratt?“

„Ihr werdet meine Mutter retten, Pratt, verstanden!“, knurrte der Herzog von Roxton.

Der Arzt duckte sich, schaffte es aber, mit einem leisen Schnauben zu sagen: „Euer Gnaden, meine Frage richtete sich an Seine Gnaden von Kinross. Er ist der Ehemann der Herzogin und damit Ihr gesetzlicher Vertreter, daher liegt es bei ihm ...“

„Seid nicht lächerlich! Ihr werdet das Leben meiner Mutter retten, und das ist das letzte Wort!“

Jonathon fuhr Roxton an.

„Ich mische mich nicht in Eure Ehe, also haltet Euch aus meiner heraus!“ Er trat einen Schritt weiter auf den Arzt zu, ragte drohend über dem kleinen Mann in der braunen Rundperücke auf, der sich nach hinten lehnte, um in das sonnengebräunte Gesicht aufsehen zu können. „Seid Ihr ein Schwachkopf, Pratt? Wir hatten diese Diskussion bereits. Ihr kennt meine Wünsche. Ihr werdet das Leben der Herzogin retten. Wenn es ein Risiko gibt - gleich was - werdet Ihr *sie* retten. Nur sie ist wichtig.“

„Nur, um das klarzustellen ...“

„Oh, um Himmels willen!“

„... schließlich, worauf ich hinweisen muss, trägt sie Euren Erben, und einen Erben zu gebären ist für die meisten Männer von größter Bedeutung.“

„Nun, ich bin nicht die meisten Männer, Ihr *Besserwisser*. Wichtig ist das Leben der Herzogin - *für uns alle*. Verstanden?“

„Verstanden, Pratt?“, fügte der Herzog von Roxton drohend hinzu und stellte sich neben Jonathon.

Der Arzt schaute von einem zornigen herzoglichen Gesicht zum anderen und nickte.

„Vollständig.“

„Also kann ich sie jetzt sehen?“

„Bald, Euer Gnaden. Erlaubt mir, in das Schlafzimmer zurückzukehren und mit Ihrer Gnaden zu sprechen. Ich schicke eine ihrer Damen ...“

Jonathon warf frustriert eine Hand hoch und wandte sich ab und zog an seinen kastanienbraunen Locken, als wollte er sie sich ausreißen.

Der Arzt ging, aber Mary blieb zurück; sie ging zu Jonathon und legte eine Hand auf seinen Ärmel, was ihn dazu brachte, sich umzudrehen und sie anzuschauen. Sie lächelte ihn beruhigend an, ein Blick auf Roxton, um ihn in ihr Gespräch einzubeziehen.

„Es geht ihr so gut, wie es einer Frau in den Wehen gehen kann. Gabrielle und ihre Damen geben ihr die Zuversicht, die sie braucht, um dies hier zu überstehen. Und sie rief Euren Namen ...“

„Ja?“, unterbrach Jonathon hoffnungsvoll.

„...ja, sie wünschte Euch zur Hölle, weil Ihr sie dies durchmachen lasst“, scherzte Mary, deren Lächeln breiter wurde, als Jonathons Gesicht lang wurde. „Zumindest glaube ich, dass es das war, was sie sagte ... Ihr Französisch wird immer schneller, wenn sie aufgeregt ist. Ich glaube, sie fügte noch ein paar *deutlichere* Worte hinzu, um das klar zu stellen, denn ihre Damen schlugen die Hände über die Ohren. Gabrielles Reaktion war es, zu lachen und Cousine Herzogin zu ermutigen, diese Worte so laut zu schreien, wie sie wollte, und wenn sie schon dabei wäre, ein paar weitere *interessante Ausdrücke* hinzuzufügen, die sie in der Pariser Gosse gehört oder die Monseigneur sie gelehrt hatte, und die sie ihr an den Kopf geworfen hätte, als sie mit ihrem Erstgeborenen in den Wehen lag.“

„Hat sie das, beim Jupiter?“, sagte Jonathon mit einem leisen Glucksen und einem Kopfschütteln. „Ich wünschte, ich wäre dort gewesen, um diese Reihe von Flüchen zu hören.“

Roxton war überrascht. „Ich kann mir nicht vorstellen, dass *mon père* ihr eine solche Sprache beigebracht ...“

„Natürlich könnt Ihr das nicht! Sie ist Eure Mutter.“ Jonathon packte Marys Arm. „Geht ein wenig mit mir herum, Mary.“ Er führte sie fort, ans andere Ende des Raums, und blieb außer Hörweite aller anderen stehen, um sofort auf den Punkt zu kommen. „Ihr seid in der Lage, es besser zu beurteilen als alle anderen - was erzählt mir diese dämliche Doktor nicht, he? Und was meint Ihr, was ich deshalb unternehmen sollte?“

Mary nahm sich einen Augenblick Zeit, um eine überlegte Antwort zu formulieren, und es war fast ein Augenblick zu lange für Jonathon, der so angespannt war, dass er zum Kamin hinübergehen wollte, um sich einen neuen Stumpen anzuzünden, nur, um etwas zu tun zu haben. Doch dann sprach Mary, und ihre besänftigende Art und Weise zusammen mit ihrem vernünftigen Rat reichte aus, um die Spannung in

seinen Gliedern zu lindern und er umklammerte sein silbernes Zigarren-
etui nicht mehr ganz so krampfhaft.

„Cousine Herzogin weiß, was Ihr mit Eurer ersten Frau durchge-
macht habt", sagte sie leise. „Und obwohl sie es nicht offen gesagt hat,
habe ich das Gefühl, dass Eure traumatische Erfahrung, Frau und das
Kind zu verlieren, schwer auf ihr lastet. Ich glaube, das ist der Grund,
warum sie es sich versagt hat, Euch bis zu den letzten möglichen
Momenten der Geburt an ihrer Seite zu haben. Um ganz offen zu sein,
und das sollte Euch nicht überraschen", fügte sie hinzu, als sie seinen
unruhigen Blick auffing, „Cousine Herzogin fürchtet sich. Sie fürchtet
um ihr Leben, um das Leben ihres Kindchens und um Euch. Und wer
könnte sie dafür tadeln? Geburten sind für die meisten Frauen entsetzliche Erfahrungen. Seit Harrys Geburt sind sechzehn Jahre vergangen.
Und er wurde unter - unter *schwierigen* Umständen geboren."

„Ich weiß alles über diesen Vorfall", unterbrach er sie brüsk.

Mary nickte, erleichtert, dies nicht weiter erklären zu müssen.

„Dann ist Euch bewusst, dass sie mit Harry nur sehr kurze Zeit
Wehen hatte. Es war fast vorbei, kaum dass es begonnen hatte, und
danach war sie so krank, dass sie sich kaum an etwas davon erinnern
kann. Dazu kommt die Tatsache, dass sie erst achtzehn war, als sie Julian
bekam - das ist fast ein ganzes Leben her ... Daher ist diese Geburt für
sie, als würde sie es zum ersten Mal erleben. Ist es da ein Wunder, dass
sie Angst hat?" Mary drückte seinen Arm. „Was sie jetzt braucht, seid
*Ihr*. Jetzt müsst Ihr mehr denn je tapfer sein, für sie und für Euer Kind."

Jonathons dunkle Augen funkelten. „Also sollte ich das Schlafzimmer meiner Lady erstürmen, und zur Hölle mit dem Arzt und allen
anderen?"

Mary nickte lächelnd. „Zur Hölle mit ihnen allen, Euer Gnaden.
Aber wappnet Euch. Ihr werdet es brauchen wegen der Flüche, die
unvermeidlich auf Euch herunterhageln werden."

Jonathon grinste, klatschte in die Hände und rieb sie sich fröhlich.
„Gut. Freue mich darauf! Danke, meine Liebe."

Er gab Mary einen impulsiven Kuss auf den Kopf, drehte sich auf
dem Absatz um und ging. Ohne ein Wort zu irgendjemanden, nur mit
einem Winken nach hinten, folgte er dem Arzt den Gang hinunter, der
zu dem Schlafzimmer führte, das er mit seiner Frau teilte. Dort angekommen riss er die Tür ohne Vorwarnung oder Formalitäten auf und
stürzte sich ins Gefecht.

Mary kehrte nicht gleich in das Schlafgemach zurück, obwohl sie zu
gerne eine Fliege an der Wand gewesen wäre, um die Gesichter des
Arztes, der Damen ihrer Cousine und Gabrielle de Crespignys zu sehen
und wie ihre Intuition bestätigt würde, wenn Antonia ihren Mann

beschimpfte, nur um dann die Arme um seinen Hals zu werfen und sich um des lieben Lebens willen an ihn zu klammern, erleichtert, dass er endlich an ihrer Seite war und ihm das Versprechen abzunehmen, dass er sie nicht verlassen würde, bevor das Kind nicht geboren wäre.

Mary hoffte, dass ihr Mann bei ihr sein und ihre Hand während der Geburt halten wollte, wenn sie jemals mit mehr Kindern gesegnet würde. Teddy zur Welt zu bringen war eine einsame und erschreckende Erfahrung gewesen, die sie zu wiederholen nicht würde ertragen können, und nicht ohne Christopher an ihrer Seite. Er würde mit Sicherheit bei ihr sein wollen, wenn sie ihr Kind zur Welt brächte ... Ihr *gemeinsames* Kind ... Sie dachte schon an Kinder und musste erst noch seinen Antrag annehmen. Doch sie schuldete es Evelyn, zuerst mit ihm zu sprechen und ihm ihre wahren Gefühle zu erklären und wem ihr Herz gehörte. Sie liebte Christopher - nein, sie war in ihn *verliebt*. Sie liebte Evelyn ebenfalls, aber sie war sich jetzt sehr sicher, dass ihre Liebe zu ihrem Cousin nicht dieselbe war wie die, die sie für ihren Nachbarn empfand.

Sie wagte es, ihren Blick durch den Raum dorthin wandern zu lassen, wo Christopher sich wieder dem Herzog auf dem Sofa zugesellt hatte. Sie lächelte in sich hinein, als sie sie in freundlichem Gespräch miteinander sah. Sie hätte nie geglaubt, dass die beiden sich auf den ersten Blick so gut verstehen würden. Doch es hätte keine Überraschung sein sollen, denn beide legten viel Wert auf Genauigkeit und Aufrichtigkeit, beide waren ehrenhaft und ehrlich, und beide konnten bisweilen ärgerlich pedantisch sein und sie bewunderte und achtete beide gleichermaßen.

Warum hatte sie, als Christopher sie fragte, ihm nicht die Arme um den Hals geworfen und ihn geküsst und zugestimmt und ihm erklärt, dass er sie zur glücklichsten aller Frauen machte? Das hätte eine frei denkende, freigeistige Frau getan. Das hätte auch sie getan, wenn ihre anerzogene Zurückhaltung sie nicht daran gehindert hätte. Dieses ständige Bedürfnis, die Folgen ihres Handelns zu durchdenken, hatte sie offensichtlich jeder Spontaneität beraubt. Wenn sie sich nur erlauben würde, zu sein, wer sie sein wollte, statt der, die man sie zu sein gelehrt hatte ...

„Mary! Wer ist dieser Mensch, der mit dem Herzog spricht?", fragte eine scharfe Frauenstimme an ihrer Schulter.

Mary stieß einen leisen Seufzer der Zufriedenheit aus, den Blick noch immer fest auf Christopher gerichtet. „Der Mann, den ich zu heiraten wünsche."

# EINUNDDREISSIG

„Murmele nicht, Mary! Sagtest du *Harry Wish*? Sagtest du, sein Name wäre Harry Wish?"

Mary wurde schneeweiß. Sie hatte ihre Gedanken ausgesprochen, und niemand anderem gegenüber als ihrer Mutter - der letzten Person, der sie sich je anvertrauen würde. Ihre Schüchternheit ließ sie nervös erröten. Doch die Macht der Gewohnheit hielt ihre Aufregung in Schach. Sie richtete sich auf, hob den Kopf und senkte die Wimpern. Sie raffte ihre Röcke, die sie leicht anhob, versank in einen respektvollen Knicks vor der Gräfin von Strathsay und erkundigte sich dann nach deren Gesundheit, was sie, wie sie hoffte, der Notwendigkeit, die Frage ihrer Mutter zu beantworten, entheben würde.

„Wie geht es dir, Mama? Sind deine bösen Kopfschmerzen abgeklungen?"

„Nein! Aber was bedeuten schon Kopfschmerzen - meine Gesundheit - wenn in dieser Nacht Geschichte geschrieben wird? Man muss sich bei einer solchen Gelegenheit über die eigenen Wünsche und Bedürfnisse hinwegsetzen, um zu wissen, dass man Teil von etwas Größerem war."

„Das verstehe ich nicht. Wenn es dir noch immer nicht gut geht, hättest du im Bett bleiben sollen."

Charlotte Strathsay rollte die Augen und machte einen vertrauten Schnalzlaut mit ihrer Zunge, der Marys Rücken sofort noch straffer werden ließ und ihr eine Ahnung von dem verschaffte, was kommen sollte.

„Die Herzogin von Kinross ist dabei, den Erben eines schottischen

Herzogtums zur Welt zu bringen, Mary", erklärte ihre Mutter, als spräche sie zu einem trotzigen kleinen Kind. „Ihre Gnaden hat einem englischen Herzog bereits einen Erben geschenkt. Sicher kannst selbst du dir ausrechnen, dass deine Cousine durch diese Geburt die Ahnin nicht nur eines, sondern *zweier* verschiedener Herzogtümer in zwei verschiedenen Königreichen werden wird. Nun, *das* ist etwas, dessen man sich rühmen kann!"

„Ich bezweifele, dass irgendetwas davon im Moment für Cousine Herzogin eine Rolle spielt, Mama. Alles, was sie sich wünscht, ist ein gesundes Kind und die Geburt lebend zu überstehen, und das ist, was auch Seine Gnaden wünscht."

„Und woher willst du wissen, was sie wünschen und brauchen, wenn ...“

„Weil es das ist, was jede junge Mutter ...“

„Hör auf, solchen Unsinn zu schwätzen. Du versäumst es nie, mich mit deinen gewöhnlichen Bemerkungen zu überraschen oder zu enttäuschen. Manchmal frage ich mich, ob du überhaupt meine Tochter bist. Du schaffst es immer, etwas von großer Bedeutung zu nehmen und es auf das Alltägliche zu reduzieren. Deine Cousine ist nicht eine *beliebige* Frau, die im Begriff ist, zu gebären, sie ist eine Herzogin."

„Ich weiß das, Mama."

„Dann weißt du auch, dass sie in ihrer erhabenen Position an das Allgemeinwohl des Herzogtums denken muss. Obwohl die liebste Antonia gelegentlich vergisst, wer sie ist, und ihre Position nicht ernst genug nimmt. Schließlich war es ein unnötiges Risiko für sie und das Baby, sich im ganzen Land herumzutreiben, um *dich* zu holen, nur weil *dein Kind* eine Art infantilen Anfall hatte, und sicher auch der Grund, warum sie zu früh ins Kindbett kam. Es wird deine Schuld sein, Mary, wenn dem Erben des Herzogs von Kinross etwas zustößt."

„Meine - meine - *Schuld?*", stammelte Mary und fand einen Augenblick lang keine Worte.

„Ihr seht nicht gut aus, Mylady", stellte Deb Roxton sanft fest und kam herangerauscht, um sich Mutter und Tochter anzuschließen. Sie lächelte Mary freundlich an und sagte dann zu Lady Strathsay: „Vielleicht würde eine Tasse Tee helfen?"

„Ja, ich denke, da habt Ihr ganz recht, meine Liebe. Eine ausgezeichnete Idee", stimmte die Gräfin mit einem Lächeln und einem Seufzer zu, und in einer völlig anderen Stimme, als sie ihrer Tochter gegenüber benutzt hatte; diese Stimme triefte förmlich vor Unterwürfigkeit. „Wenn Ihr so freundlich sein wolltet, ich bin sicher, dass eine Tasse Tee das Pochen in meinen Schläfen im Rahmen des Erträglichen halten wird."

Mary schaute von ihrer Mutter zu Deborah, dann zu Roxton und

Christopher hinüber und sah, dass beide Männer ihr Gespräch abgebrochen hatten und auch diesen Wortwechsel verfolgten.

Obwohl Mary immer diejenige gewesen war, die nachgab, die sich zurücknahm, die kleinliche, öffentliche Kritik ihrer Mutter hinnahm und sich zurechtweisen ließ, weil sie gegen ihre Mutter noch nie gewonnen hatte und es weit einfacher war nichts zu sagen, als eine gegenteilige Meinung auszudrücken, kam das an diesem Abend nicht in Frage. Sie war nicht sicher, was ihren Trotz herausgefordert hatte - ihre große Angst um ihre Cousine, die in den Wehen lag, oder weil Christopher Zeuge des abscheulichen Verhaltens ihrer Mutter wurde, oder weil sie endlich an die Grenzen ihrer Geduld gestoßen war mit der Art, wie ihre Familienmitglieder es hinnahmen, wie ihre Mutter mit ihr sprach, und sich dann für sie einsetzen würden, als wäre sie unfähig, sich selbst zu verteidigen. Was immer es auch war, und sie vermutete, es war eine Kombination aus allem drei - obwohl die Tatsache, dass Christopher Zeuge des demütigenden Verhaltens ihrer Mutter wurde, sie dazu trieb, sich diesmal zu wehren - bei dieser Gelegenheit würde sie sich nicht herabwürdigen lassen.

Trotzdem änderte diese Entschlossenheit nichts daran, dass ihr im Innersten übel war und ihre Knie weich wurden. In Wahrheit fürchtete sie sich jetzt, obwohl sie erwachsen war, ebenso vor ihrer Mutter, wie sie es noch im Schulzimmer getan hatte. Die Aussicht auf ihre Reaktion, wenn ihre mütterliche Autorität angegriffen wurde, war fast ebenso lähmend wie die Herausforderung selbst. Aber dieses Mal hatte Mary nicht die Absicht, einzuknicken, und eine Hand fest um das Handgelenk der anderen geklammert, sagte sie ruhig, aber bestimmt:

„Mama, wenn du eine Tasse Tee willst, werde ich sie dir holen. Deb sollte dich nicht bedienen. Es ist anmaßend und schmeichelt deiner Eitelkeit, sie herumzukommandieren. Deb hat gerade ihr Kind gestillt und könnte selbst eine Tasse Tee gebrauchen, die ich ebenso holen werde."

„Mary, ich habe doch nur versucht ...", begann die Herzogin, hielt dann inne und änderte ihren Satz unter Marys entschlossenem Blick. „Das wäre schön. Danke, Mary. Deine Mutter und ich werden uns ans Feuer sitzen, um unseren Tee zu trinken."

Die Gräfin behauptete sich.

„Du bist offenbar nicht du selbst, Mary, dass du es wagst, in solche schändlichem Ton mit mir zu sprechen, und mit der Herzogin auch. Du musst dich bei uns entschuldigen."

„Nein, Mama. Ich muss mich für nichts entschuldigen. Setz dich an den Kamin, wie Deb vorschlägt, und ich bringe euch den Tee. Dann muss ich zu Cousine Herzogin zurückkehren."

Die Gräfin von Strathsay starrte ihre Tochter an, als wäre sie verrückt, sie zweimal in ebenso vielen Minuten unterbrochen zu haben, und wurde vor Verlegenheit rot. Dann fing sie das Lächeln auf, das die Herzogin von Roxton mit ihrem Herzog wechselte, und war überzeugt, dass sie auf ihre Kosten lachten, weil Mary, die sie nie für besonders klug, aber für gesellschaftlich ungeschickt gehalten hatte, sie mit einem beiläufigen Satz entlarvt hatte, und das in aller Öffentlichkeit.

Charlotte genoss es in der Tat, sich von der Herzogin von Roxton bedienen zu lassen. Es steigerte ihr Selbstwertgefühl und stärkte ihre Einbildung, dass sie ein wichtiges Mitglied des inneren Kreises der Roxtons war. Doch dass ihre Tochter sich erlaubte, die Aufmerksamkeit auf diese Eitelkeit zu ziehen war mehr, als sie ertragen konnte. Für einen Moment war sie fassungslos, ihr fiel keine passende Erwiderung ein, doch sie wusste, dass sie etwas tun musste, um die Welt wieder in die richtigen Bahnen zu lenken.

„Ich werde sitzen, wo ich will, und nicht, wo *du* es mir sagst", gab sie zurück, die behandschuhten Hände fest um die Stäbchen ihres Fächers geklammert. Sie schaute Mary von oben herab an. „Dies ist ein guter Zeitpunkt, um dir klarzumachen, dass ich, weil du nichts getan hast, um die Fantasien deiner Tochter zu zügeln - die einen höchst peinlichen Vorfall auslösten, den ich zu schildern nicht über mich bringe - gezwungen war, um ihretwillen einzugreifen. Wenn ihre Mutter nicht einsieht, was das Beste für sie ist, muss ich als die Großmutter dieses Kindes eingreifen und tun, was ich für richtig halte."

„Sprichst du über Teddy?"

Charlotte verzog das Gesicht, als ob ihre Tochter schwer von Begriff wäre.

„Hast du noch andere Kinder? Nein! Umso schlimmer. Natürlich spreche ich über deine Tochter ..."

„Dann nenne sie bitte bei ihrem Namen. Und ich weiß, was das Beste für sie ist, also ist deine Besorgnis überflüssig."

„Überflüssig? Liebe Güte, vielleicht bist du es, die in einer Fantasiewelt lebt. Dieses Kind ist in keiner Weise normal. Natürlich gebe ich ihr nicht die Schuld daran, ich tadele ihre Eltern - ihren Vater, weil er ihr nicht erlaubte, mit ihren Roxton-Cousins zu verkehren, und dich, weil du dich nicht im Geringsten darum kümmerst, dass sie ihre Zeit damit verbringt, sich mit den ungewaschenen und ungepflegten Bälgern von Schweinebauern und Waldschraten und ähnlichen Leuten herumzutreiben."

„Es kümmert mich. Es kümmert mich sogar sehr. Und da du nie auf Abbeywood warst, woher willst du da wissen ..."

„Ich kenne *sie*. Ich will *diese Leute* nicht kennen, das ist nicht nötig.

Es ist nur gut, dass ich die Weitsicht hatte, mit einer anständigen Schule für junge Damen in Cheltenham zu korrespondieren. Die Direktorin konnte überredet werden, das Kind aufzunehmen, in Anbetracht meines Ranges und wegen ihrer herzoglichen Verwandten. Und du kannst mir danken, dass die Frau nicht verlangte, Theodora zu sehen, bevor sie sie aufnahm, denn ein Blick auf sie und sie hätte angenommen, dass sie die Schwester von Peter, dem Wilden, aufnehmen sollte!"

Mary war entsetzt, beherrschte sich jedoch.

„Du hättest dir nicht so viel Mühe wegen Teddys machen müssen, ohne zuerst mit mir zu sprechen, denn ob und wann sie eine Schule für junge Damen besuchen wird, richtet sich danach, ob sie das möchte und ob sie die Erlaubnis ihres Vormunds, Mr. Bryces, erhält."

„Ach, um Himmels willen, Mary! Wie kannst du ein solcher Dummkopf sein zu denken, dass ein Wichtigtuer aus den Tiefen der Cotswolds irgendetwas bei zivilisierten Menschen zu sagen hat? Roxton amüsiert sich nur mit diesem eingebildeten Bauern und könnte mit einem Fingerschnippen diese lächerliche Vormundschaft beenden. Und nach dem barbarischen Benehmen deiner Tochter bei ihrem ersten Zusammentreffen mit dem Herzog, wo sie sich wie ein ungezähmtes Tier benahm, das gerade seinem Käfig entflohen ist, würde ich denken, dass es jetzt an der Zeit wäre, dem unerträglichen Einfluss dieses Mannes ein Ende zu bereiten. Wenn du zulässt, dass diese Situation so weitergeht, wird sie nicht fähig sein, in gute Gesellschaft aufzutreten - lieber Gott!", fuhr sie mit einem Schnauben fort und schaute sich im Raum um, um sicher zu sein, dass sie Publikum hatte und alle ihr zuhörten und daher genauso entsetzt sein würden wie sie. „Ich war noch nie so schockiert, wie ich es war, als das Kind mir erzählte, dass sie Hosen unter ihren Röcken trüge, damit sie auf Bäume klettern könnte. Wie pervers!"

„Ich habe sie für sie genäht ..."

„Umso dümmer von dir! Das sagt mir, dass du noch hohlköpfiger bist, als ich es für möglich gehalten hätte. Warum solltest du ihr das erlauben ..."

„... aus genau dem Grund, den sie dir nannte. Damit sie auf Bäume klettern kann."

Die Gräfin schauderte vor Abscheu. „Barbarisch!"

„Erlaube mir, das anders zu sehen. Es ist nicht barbarisch. Es *ist* aber barbarisch, ein Kind zu zwingen, stundenlang mit einem schweren Buch auf dem Kopf gerade zu sitzen, um ihr eine gute Haltung anzugewöhnen ..."

„Es war nicht umsonst. Du hältst dich wirklich ausgezeichnet."

„... und sollte das Buch heruntergleiten, mit Schlägen eines Rohrstocks auf die Schultern für die Unachtsamkeit bestraft zu werden. Das, Mama, ist barbarisch."

„Es ist nichts Falsches daran, ein Kind zu erziehen, das wird dir jeder bestätigen. Und wenn du weiter den lächerlichen Launen *deines Kindes* nachgibst, wird es nicht nur heißen, dass sie schwachsinnig ist, sondern du wirst nie imstande sein, sie zu verheiraten. Ich sage dir das zu deinem eigenen Besten, Mary, und zum Besten dieses Kinder. Etwas muss gegen ihr unkonventionelles Benehmen unternommen werden, bevor es zu spät ist und du gezwungen sein wirst, sie für den Rest ihrer Tage im Hinterwald der Cotswolds zu verstecken."

Mary holte tief Luft und richtete sich kerzengerade auf. Es war eine Sache, wenn ihre Mutter sie verunglimpfte - sie war gegen ihre ständigen, verletzenden Anspielungen auf ihre Intelligenz, ihr Aussehen und ihr Verhalten immun geworden - doch ihre Krallen an Teddy zu wetzen war absolut unannehmbar und überschritt die Grenzen ihrer Toleranz.

„Teddy ist nur ein Kind, ein Kind, das gerne im Freien ist. Dair lässt sich nicht in vier Wänden einsperren und Teddy auch nicht."

„Sei doch vernünftig! Dein Bruder hat gerade den Titel eines Earls geerbt. Er kann sagen und tun und im Freien bleiben, wie er will. Teddy ist nur ein Mädchen und muss daher wissen, dass ihr Platz im Salon ist."

„Nein, Mama. Ihr Platz ist dort, wo sie sich wohlfühlt. Und ich bin entsetzt, dass du andeuten willst, dass dein einziges Enkelkind geistige Schwächen hat. Und du hast auch kein Recht, derart abfällig über ihren Vormund zu sprechen."

„Ich müsste überhaupt nicht über eine solche Person sprechen, wenn du deine Pflicht getan und inzwischen wieder geheiratet hättest, oder zumindest einen Heiratsantrag von einem passenden Bewerber erhalten hättest!"

„Du würdest dich wundern, wen man auf dem Land so trifft", scherzte Mary und lächelte, und erfreut über ihren Seitenhieb ging sie so weit, Christopher einen Blick zuzuwerfen.

Die Gräfin sah diesen Blick und wie der gutaussehende Fremde das Lächeln ihrer Tochter mit einem Lächeln und einer leichten Verbeugung erwiderte. Dieser Austausch fand ihr Interesse und vertiefte ihre Neugier, zu erfahren, wer er wohl war. Er war nicht jung, und obwohl seine nüchterne Kleidung einen ernsthaften Charakter andeutete, ließen doch die Qualität des Stoffes, der gute Schnitt, die Politur seiner Schuhe und das Weiß seiner Krawatte und seines Hemdes auf einen Mann von einigem Vermögen schließen. Dass er und der Herzog in freundlichem Gespräch saßen, brachte sie zu der Annahme, dass sie gesellschaftlich ebenbürtig wären. Es war offensichtlich, dass er sich für ihre Tochter interessierte, er hatte diese nicht aus den Augen gelassen, seit sie den

Raum betreten hatte. Also war er vielleicht ein potenzieller Bewerber. Sie beschloss, diese Vermutung auf die Probe zu stellen.

„Zweifellos hast du dadurch, dass du seit Sir Geralds Tod in der Wildnis von Gloucestershire geblieben bist, die Art von Gesindel angezogen, die einen Baronet nicht von einem Barbier unterscheiden könnten. Doch nachdem du jetzt unter deinesgleichen bist", sagte sie und tippte Mary mit ihrem Fächer auf den Arm, „könntest du doch noch einen adligen Gentleman mit Vermögen finden, der deiner Abstammung würdig wäre. Obwohl ich nicht mit angehaltenem Atem darauf warten werde; dein unscheinbares Aussehen und dein Alter sprechen gegen dich, also wirst du dich wohl mit einem Bewerber zufriedengeben müssen, der jenseits der Fünfzig ist und unter Gicht leidet."

Sie beendete ihre Bemerkung, die sie für witzig hielt, mit einem selbstgefälligen Lächeln, das sie an Deb Roxton richtete, als ob die Herzogin ihr in der niederdrückenden Zusammenfassung der Chancen ihrer Tochter, einen neuen Ehemann zu finden, zustimmen würde. Nicht nur fand niemand ihre Bemerkung erheiternd, sondern es entstand ein längeres, verlegenes Schweigen, weil die Gräfin es nur geschafft hatte, sich selbst zu erniedrigen.

Das veranlasste Mary, eine unachtsame Bemerkung zu machen, die die unwillkommene Folge hatte, sie wankelmütig und kapriziös erscheinen zu lassen, und das vor dem einzigen Mann, der ihr wirklich wichtig war. Als ihr dies etwas später klar wurde, bereute sie es zutiefst. Doch in diesem Moment war sie zu zornig, um sich darum zu kümmern, wessen Gefühle sie verletzte, solange sie nur ihrer Mutter ihre Grenzen aufzeigen konnte.

„Ganz zufällig erwarte ich einen Heiratsantrag am Ende des Monats von eben solch einem Adligen. Doch er ist weder alt noch habe ich etwas von Gicht bei ihm bemerkt. Und wenn ich seinen Antrag annehme, werde ich im neuen Jahr Gräfin. Wie du also siehst, Mama, bin ich weder so unattraktiv noch so unwürdig, wie du annimmst."

„Gräfin? Es geschehen doch noch Zeichen und Wunder! Als Tochter des Earls von Strathsay solltest du dich, hoffe ich, nicht mit weniger zufriedengeben", verkündete die Gräfin und widersprach ihren vorherigen Aussagen. „Einen Edelmann zu heiraten, einen Earl, wird sehr hilfreich dabei sein, dich und Theodora wieder gesellschaftsfähig zu machen. Natürlich hast du ihm gesagt, dass du seinen Antrag annehmen wirst, wenn er ihn ausspricht. Doch dies wird nicht geschehen, wenn er entdeckt, dass du dich von einem Bauern beeinflussen lässt, wenn es um das Wohlergehen deiner Tochter geht, daher hoffe ich, dass ihm die derzeitigen Arrangements nicht bekannt sind ..."

„Mr. Bryce ist ein Gentleman von unendlich gesunden Menschenverstand, dem zutiefst an Teddys Wohlergehen gelegen ist. Und du wirst aufhören, ihn als - als einen *Bauern* zu bezeichnen. Er wurde in Harrow erzogen, hat viele Jahre auf dem Kontinent verbracht, ist also ein Mann von ausgezeichneten Manieren und ..."

„Oh! Ich bin ganz sicher, dass er ausgezeichnete Manieren hat und ihm *sehr viel* an deiner Tochter liegt. Dass er Jahre im Ausland unter allen möglichen Fremden verbracht hat, steigert nur mein Misstrauen. Ich bin die Großmutter des Kindes und habe daher jedes Recht, meine Ängste in Worte zu fassen."

„Misstrauen? Ängste? Was um Himmels willen meinst du damit?"

„Das Kind sagt mir, dass ihr Vormund ihr das Menuett beibringt und dass du ihr erlaubst, unbegleitete Besuche in seinem Haus zu machen."

Mary runzelte die Stirn. „Was gibt es beim Tanzen und Besuchen zu misstrauen und zu fürchten? Teddy hat große Freude an beidem."

Die Gräfin lachte ein trillerndes, gezwungenes Lachen.

„La! Du Einfaltspinsel! Wie naiv du bist. Siehst du nicht, dass er Absichten auf sie hat ..."

„*Absichten*?" Mary blinzelte verständnislos.

Ihre Mutter kam näher und zischte ihr ins Gesicht.

„*Jetzt* ist sie ein Kind, aber in zwei Jahren wird sie heiratsfähig sein. Hast du daran *gedacht*? Natürlich nicht! Dieser Niemand von einem Landei könnte sie direkt unter deiner Nase heiraten und ihre beträchtliche Mitgift einsacken - nun, für die Bedürfnisse eines Bauertrottels wäre es eine hübsche Summe. Und da er schon begonnen hat, sie mit Tanzunterricht und unbewachten Besuchen an sich zu gewöhnen, könnte er ihr leicht den Kopf verdrehen und sie würde sich seinen Wünschen fügen. Doch wenn du diesen ungenannten Earl heiratest und Theodora in eine Schule geschickt wird, werden seine Pläne vereitelt und das Kind wäre vor seiner Verlogenheit sicher."

Mary taumelte einen Schritt zurück, als wäre sie geschlagen worden. Als ihr dämmerte, welche Bedeutung hinter den irrwitzigen Unterstellungen ihrer Mutter steckte, erlitt sie einen Schock. Doch sie zwang sich, ihre Stimme wiederzufinden, eine Hand an ihre Kehle gelegt, die sich heiß und eng anfühlte.

„Oh! Du - du böse, böse - *böse* - Frau", stieß sie aus. „Wie - wie kannst du so etwas - wie kannst du solche - *üblen* - Gedanken hegen? Was für eine *abscheuliche* Unterstellung für einen Gentleman - ja, einen *Gentleman* - den du absolut nicht kennst! Wenn du nicht meine Mutter wärest, würde ich dich für den Teufel persönlich halten ..."

„Oh, hör auf mit diesem Drama, Mary! Du bist geradezu lächerlich naiv!", stellte die Gräfin kalt fest, unbeeindruckt von dem Entsetzen ihrer Tochter, aber als die anderen im Raum sich um sie sammelten, wankte ihre arrogantes Selbstsicherheit, allerdings nicht genug, um sie davon abzuhalten, weiterzusprechen, um mit einem Schnauben hinzuzufügen: „Du weißt doch ebenso gut wie jeder hier, dass arrangierte Ehen zwischen Kindern an der Tagesordnung sind."

„Zwischen Kindern, ja! Aber was du andeutest, ist ..."

„... und es ist nicht unüblich, dass Männer viel älter sind als ihre Bräute. Niemand hebt auch nur eine Augenbraue. Ich muss dich nicht daran erinnern, dass du mit achtzehn geheiratet hast ..."

„Nein, daran musst du mich nicht erinnern!"

„... oder an die Ehe deiner Cousine mit einem viel älteren Ehemann."

„Cousine Herzogin und ich waren junge Frauen, keine Kinder von zehn oder zwölf! Doch während ich lächerlich naiv war, wusste *Mme la duchesse* genau, was sie wollte und war weit über das, was in ihrem Alter oder unserem Geschlecht üblich ist, gebildet. Sie war auch sehr verliebt; ich hatte dieses Glück nicht, und war auch nie in Sir Gerald verliebt", erklärte Mary und war so wütend und so voll zornigen Abscheus über ihre Mutter, dass sie es wagte, eine Hand zu heben, um den Herzog daran zu hindern, etwas zu bemerken, als er den Mund öffnete, um etwas zu sagen, da sie noch nicht fertig war. „Ich sage dir, was dich am meisten stört, ist nicht der Altersunterschied zwischen Cousine Herzogin und M'sieur le duc, sondern die Tatsache, dass sie eine liebevolle, glückliche Ehe hatten, etwas, das dir versagt blieb, oder was du dir selbst versagtest, um die Wahrheit auszusprechen. Und wenn du die brutale Wahrheit erfahren willst, *M'sieur le duc de Roxton* war für mich eher ein Elternteil in der kurzen Zeit, die ich hier gelebt habe, als du in all den Jahren unter deinem Dach, Madam!

„Und ich werde dir auch nicht erlauben, abstruse und bösartige Unterstellungen über die Liebe zwischen meiner Tochter und Mr. Bryce zu äußern, einem Gentleman, der Teddy ihr ganzes Leben lang wie eine Tochter liebt und ein weit besserer Vater für sie ist, als ihr eigener es je war! Und wenn du weiter wünschst, Kontakt zu ihr und zu mir zu haben, solltest du es besser über dich bringen, das Gute in Menschen zu sehen, statt sie ständig zu beleidigen, als ob solche hasserfüllten Behauptungen dich besser und anständiger wirken lassen würden, als du bist. Und jetzt werde ich dich mit diesen Gedanken zurücklassen, denn ich muss wieder zu meiner Cousine Herzogin, und - liebe Güte! Wie dumm von mir ...", murmelte sie, als sie sich zu schnell umdrehte und ihr plötzlich schwindelig wurde.

Ohne sich in diesem Moment bewusst zu sein, dass ihre Gefühlsaufwallung sie schwindelig hatte werden lassen, wankte sie mit weichen

Knien zur Seite. Doch Christopher hatte sie schwanken sehen und hielt ihren Fall auf, indem er ihren Arm ergriff und sie festhielt. Er flüsterte ihr zu, dass sie sich an ihn lehnen sollte, und als sie seine ruhige, tiefe Stimme hörte, sah Mary auf und um sich, und als er ihr zuzwinkerte, verließ alle emotionale Aufregung sie und sie war nicht mehr wütend, sondern nur noch erleichtert.

„Danke ... es tut mir leid, dass du so solch ... solch *abscheuliche* und - und *absurde* Behauptungen anhören musstest, und das von niemand anderem als Teddys Großmutter", sagte sie, schaute auf und sah wie zum ersten Mal, dass nicht nur Roxton herangekommen war, neben der Herzogin stand und beide sie besorgt musterten, sondern dass Lady Paget sich vom Sofa erhoben hatte und sich neben dem herzoglichen Paar leicht auf ihren Gehstock lehnte. „Ich würde liebend gerne Entschuldigungen für meine Mutter finden und es auf eine Migräne oder ein Hirnfieber schieben, alles, außer der Feststellung, dass es die traurige Tatsache ist, dass sie ein selbstsüchtiges, *kaltherziges* Weib ist ...“

„Du undankbares Kind! Steh gerade und hör auf mit deinem Theaterspiel. Und wer ist dieser Gentleman, der es wagt, deinen Arm festzuhalten, als gehörtest du ihm?“

„*Es reicht*“, zischte Roxton drohend, was Lady Strathsay ihn in überraschtem Erschrecken ansehen und sofort ihren Mund schließen ließ. „Ihr habt Eure Tochter jetzt zum allerletzten Mal beschimpft und gedemütigt, Charlotte. Sie ist kein Kind mehr, doch ich vermute, Ihr würdet Eure lächerlichen mütterlichen Quälereien fortsetzen, auch wenn sie sechzig wäre! Doch wenn Ihr weiter ein Teil dieser Familie sein wollt, werdet Ihr Euch um ein wenig Demut und Umsicht bemühen und Eure Tochter in Ruhe lassen müssen. Es bleibt mir nichts anderes übrig, als Euch daran zu erinnern, dass Ihr nur durch Heirat, nicht durch Blutsverwandtschaft, Teil dieser Familie seid. Anders als Mary, deren Blutsverwandtschaft ihr ohne Frage Anspruch auf meinen Schutz und meine Großmut gibt, seid Ihr hier nur gelitten und kaum geduldet. Lieber Gott, selbst ihr Ehemann hatte größeren Anspruch auf einen Platz an meinem Tisch als Halbbruder der Herzogin und ich hätte Sir Gerald nicht auf zwanzig Meilen an diesen Ort herankommen lassen! Ein Wort von Eurer Tochter und ich wäre glücklich, Eurer Kutsche nie wieder zu erlauben, durch meine Tore zu fahren. Versteht Ihr *mich*, Madam?“

Die Gräfin sah sich schnell in den stummen Gesichtern um und sah, dass sie alle mit dem Herzog übereinstimmten. Sie verstand, dass er wütend auf sie war, aber nicht warum, weil sie Mary für seinen Zorn verantwortlich machte. Ebenso, wie ihre mütterliche Einbildung bedeutete, dass sie nicht verstehen konnte, warum Roxton ihre Tochter ihr vorziehen würde, wenn sie doch glaubte, im Recht zu sein. Dennoch

wusste sie, wann sie sich der herzoglichen Autorität respektvoll unter-
werfen musste. Daher versank sie in einem Knicks und sagte bescheiden,
den Mund zu einem festen Strich zusammengepresst: „Ja, Euer
Gnaden."

„Gut. Dann will ich nicht länger hören, wie Ihr solche lächerlichen
und absolut verwerflichen Behauptungen über den Gentleman aufstellt,
den Ihr verunglimpft habt. Und jetzt werde ich ihn für sich selbst sprechen lassen, denn ich bin sicher, dass er begierig darauf ist, Euch genau
zu sagen, was er denkt, und Ihr verdient alles, was er Euch an den Kopf
zu werfen gedenkt, Madam."

Als der Herzog Christopher zunickte, ließ Christopher Marys Arm
mit einem Lächeln los, wartete, um sich zu vergewissern, dass sie fest auf
den Beinen stand und nicht mehr gegen Schwindel ankämpfte, und
drehte sich dann um, um die Gräfin zu begrüßen. Er verbeugte sich
äußerst höflich, und die mühelose Anmut, mit der er sich verhielt,
milderte den harten Zug um den Mund der Gräfin. Doch nicht eine
Minute später zeigten sich die Falten wieder und wurden noch strenger,
als er sich aufrichtete und ihren Blick unbeeindruckt erwiderte, sodass
sie die Verachtung auf seinem schönen Gesicht sehen konnte. Das war
jedoch nichts im Vergleich zu der Verlegenheit, die sie ergriff, als er sie
ansprach.

„Eure boshaften und verleumderischen Bemerkungen haben Euch
jeden Rechts auf eine höfliche Vorstellung beraubt, Mylady. Doch um
Eurer Tochter und Eurer Enkelin, Ihrer Gnaden und meiner Mutter
willen, die sich mit Nachsicht den Schmutz angehört haben, der aus
Eurem Mund kam, werde ich Euch genau sagen, wer und was ich bin.
Als Squire Bryce von Brycecomb Hall in Gloucestershire, mit einem
Einkommen von zehntausend im Jahr, bin ich alles andere als ein einfacher Bauer. Und ich habe vor, Eure Tochter zu heiraten, wenn sie mich
haben will."

„Bauer? Gloucestershire? *Squire*?" Die Gräfin blinzelte.
„Zehn*tausend* im Jahr? Aber - aber Ihr seid kein Earl."

„Nein. Und das werde ich auch nie sein", grinste Christopher.
„Doch ich muss derjenige sein, der Hirnfieber hat, denn ich will Eure
Tochter immer noch heiraten, obwohl das heißt, dass ich Euch zur
Schwiegermutter bekomme."

Dieser Scherz wurde von allgemeinem Glucksen begrüßt und vom
lauten Knallen einer Tür unterstrichen, die fest gegen die vergoldete
Verzierung der tapezierten Wand prallte. Ein livrierter Diener jaulte auf
und sprang erschrocken weg, da die Tür ihn nur knapp verfehlt hatte.
Jeder im Raum war ebenso erschrocken und sie wandten sich einmütig
der Tür zu, um zu sehen, wer oder was diesen Aufruhr verursacht hatte.

Und dort stand Jonathon, Herzog von Kinross, schwankend in der Türöffnung, mit weißem Gesicht und starrem Blick, ohne zu blinzeln. Seine Augen waren voller Tränen und seine Wangen waren nass. Er machte einen Schritt ins Zimmer, schwankte, fiel dann in sich zusammen und sank auf die Knie. Und als er sein Gesicht mit den großen Händen bedeckte, wagte keiner auch nur zu atmen.

# ZWEIUNDDREISSIG



M ARY WAR DIE ERSTE, DIE VORWÄRTS EILTE, UND AUCH SIE FIEL IN einem Schwall gesteppter Seidenröcke auf die Knie, reichte Jonathon ihr Taschentuch und legte ihm beruhigend eine Hand auf den Rücken. Alle anderen drängten sich herum und schauten zu ihnen hinab, außer dem Herzog, der zurückblieb und durch die offene Tür schaute. Hätte Deb ihn nicht rasch zurückgehalten, wäre er den dunklen Korridor zu den Zimmern seinen Mutter geeilt, um selbst herauszufinden, warum ihr Ehemann zusammengesunken auf dem Teppich saß.

„Atme, Julian", flüsterte Deb.

Das Gleiche sagte Mary zu Jonathon. Christopher ging zum Teewagen, fand eine Karaffe Zitronenwasser und schüttete etwas davon in einen Becher. Diesen reichte er Mary, die ihn Jonathon gab, um einen Schluck zu trinken, damit er etwas zu tun hätte, um seine Nerven zu beruhigen und fähig würde, mit ihnen zu sprechen. Er trank aus und Christopher nahm ihm den Becher ab, dann wischte Jonathon sich schnell über das Gesicht. Und als er Anstalten machte aufzustehen, war es Roxton, der ihm die Hand hinhielt, während Christopher Mary auf die Beine half.

Noch sprach niemand und aller Augen hingen an Jonathon, warteten darauf, dass er ihnen Nachrichten von der Herzogin erzählte und niemand wagte es, zu fragen oder zu sprechen, aus Angst, dies könnte eine Antwort bewirken, die sie auf keinen Fall hören wollten. Als Jonathon sein Gesicht wieder mit einer Hand bedeckte, bevor er sich die Augen trockenrieb, war das zu viel für den Herzog, der ihn am Ärmel packte und kurz schüttelte.

„Um Himmels willen! Macht diesem quälenden Warten ein Ende, so oder so!"

Jonathon nickte und holte tief Luft, aber dann begann sein Mund zu zittern und wieder war er zu überwältigt, um zu sprechen; er hob die Hand und vergrub dann sein Gesicht in seinem Ärmel. Der Herzog hielt es nicht mehr aus. Er riss sich von seiner Frau los und hatte bereits einen Schritt Richtung Tür gemacht, als Mary das Wort ergriff. Ihre Worte und ihre ruhige Selbstsicherheit hielten ihn auf und er ging zur Herzogin zurück.

„Warte, Roxton! Bitte. Es ist das Recht des Herzogs, uns Nachrichten über seine Frau und sein Kind zu überbringen. Bitte. Gebt Kinross ein paar Momente, um seine Gedanken zu sammeln. Es war für alle ein emotionsgeladener Tag, aber am meisten für ihn und für Cousine Herzogin." Sie berührte Jonathons Hand und lächelte zu ihm auf und sagte zuversichtlich, obwohl sie innerlich zitterte und in Vorahnungen zerrissen war: „Nehmt Euch Zeit, Euer Gnaden ... Ein Mann wird nicht jeden Tag Vater, und dies zum zweiten Mal. Jede Geburt ist ein kleines Wunder, wie Roxton bestätigen wird, doch wir wissen alle, wie besonders diese Geburt für Euch ist, nicht wahr?"

Daraufhin wischte Jonathon erneut sein Gesicht ab und diesmal holte er tief Luft, besah sich die erwartungsvollen Gesichter, die sich um ihn gesammelt hatten, dann breitete sich ein Lächeln auf seinem Gesicht aus. Und bei diesem Lächeln entspannten sich alle im Raum und erwiderten es, selbst Lady Paget, der Christopher die frohe Botschaft ins Ohr flüsterte, dass Seiner Gnaden von Kinross über beide Backen grinste.

Jonathon sah zunächst Roxton an, packte seine Schulter, drückte sie und schüttelte ihm dann die Hand. Er wiederholte das bei Christopher, küsste dann Debs Wange und dann Marys. Und mit dem Kuss auf Marys Wange hob er sie hoch und wirbelte sie an Ort und Stelle durch die Luft, bevor er sie wieder absetzte. Sie trat mit einem atemlosen Lachen einen Schritt zurück und fiel in Christophers Arme.

„Ich muss zu ihr zurück... Sie wird sich fragen, warum ich so lange brauche ... Aber ich musste kommen und es Euch allen sagen", platzte Jonathon schließlich heraus und fand seine Stimme nach einer Reihe von Atemzügen wieder. Dann lachte er und schüttelte den Kopf und plapperte weiter, als hätte er ihnen bereits gesagt, worauf sie alle warteten, und hätte nur noch Details zu ergänzen. „Ich hätte es fast nicht geschafft! Gabrielle schimpfte mit mir; Michelle auch. And Antonia— ah! Was für ein göttliches Geschöpf meine Frau ist! Mary? Mary! Nur gut, dass Ihr nicht dort wart - wie Eure armen, kleinen Ohren gebrannt hätten. Diese letzten paar Anstrengungen ließen sie fluchen wie ein französischer Seemann! Unglaublich! Jetzt entschuldigt mich - Mary, Ihr werdet verlangt. Sie fragte nach Euch. Und Roxton - sie bat, ihre Söhne möchten nur ein klein wenig länger warten." Er grinste verlegen. „Frauen. Müssen sich erste das Gesicht waschen und dann das Haar mit Bändern flechten lassen. Ihre Frauen kümmern sich jetzt um sie. Sie möchte nicht, dass Ihr sie seht, bis sie wieder wie Eure Mutter aussieht, wenn das einen Sinn ergibt ..."

„Durchaus", bestätigte Deb lächelnd. „Nicht wahr, Julian?"

„Sinn? Hölle und Teufel! Nichts davon ergibt einen Sinn für mich!", platzte der Herzog heraus und wischte sich mit der Hand über das Gesicht. „Um Himmels willen, Kinross! Ihr habt uns nicht gesagt, wie es ihr geht. Was das wichtigste ist. Sagt mir, dass es ihr gut geht. Sagt uns allen, dass Maman und ihr Kind es gut überstanden haben und alles in Ordnung ist!"

„Ach! Oh? Habe ich das nicht? Verzeihung. Ja! Muss das natürlich machen ... Harry! Jack! Kommt herein! Kommt herein und hört euch die Neuigkeiten an!", rief Jonathon aus und winkte, als die beiden Jünglinge in den Raum traten, während Teddy vor ihnen einher hüpfte. Er wartete, bis sie sich der Gruppe anschlossen, und sah dann mit einem beruhigenden Lächeln in Henri-Antoines tiefernstes Gesicht. „Alles ist bestens, mein Junge", sagte er sanft. „Deine Mutter hat es großartig gemacht. Sie und das Kindchen haben alles einfach großartig überstanden ..."

„Oh, Gott sei Dank!", verkündete Roxton mit einem schweren Seufzer der Erleichterung und brach prompt auf dem nächsten Stuhl zusammen.

„... und sie möchte euch sehen. Ich schicke jemanden, um dich und deinen Bruder zu holen, wenn sie bereit ist."

„Danke, Sir", antwortete Henri-Antoine und atmete leicht auf. Ein seltenes Lächeln blitzte auf seinem Gesicht auf. „Und ist Mamas größter Wunsch wahr geworden? Habe ich eine Schwester?"

Jonathon sah sich in den eifrigen Gesichtern um und war wieder überwältigt. Er klopfte Henri-Antoine leicht auf die Schulter, bevor er sich räusperte und sich innerlich zusammenriss. Er sah über den Kopf des Jungen hinweg zu Roxton, der immer noch dasaß und die Hand seiner Frau hielt, und wandte sich dann an den Raum.

„*Mme la duchesse* hat mir eine Tochter geschenkt. Das Herzogtum Kinross hat eine Erbin, und sie ist das allerschönste Geschöpf auf Gottes Erde."

Alle brachen in Jubel aus.

DIE NÄCHSTEN TAGE VERGINGEN FÜR MARY IN EINEM GEMISCH aus Geschäftigkeit und Erschöpfung, denn sie überwachte das Kommen und Gehen der Besucher im Schlafzimmer der Herzogin, sorgte dafür, dass Familie und Gäste gleichermaßen über dem herzoglichen Kind gurren konnten, doch dass die frischgebackene Mutter nicht ermüdet wurde und auch Zeit für Antonia und Jonathon blieb, ihr Neugeborenes allein zu genießen und sich kennenzulernen. Gabrielle de Crespigny kümmerte sich um die Bedürfnisse des Säuglings und des Kinderzimmers und seiner Bediensteten, Michelle beaufsichtigte die Zimmermädchen, und der Haushofmeister Marc Gallet brachte den Haushalt bald wieder zu dem normalen Alltagszustand zurück, auch wenn sich ein Neugeborenes im Haus befand.

Am ersten Weihnachtsfeiertag kamen zwei Kutschen des Herzogs von Roxton aus dem großen Haus, um Mary, Christopher, Lady Paget, Teddy, Mme de Crespigny, Marc Gallet und die obere Dienerschaft zum Familiengottesdienst in der Kapelle von Treat abzuholen, gefolgt von einem üppigen Weihnachtsbankett mit Spielen und Geschenken für die Kinder. Es war das erste Mal, dass Antonia mit ihrem Kindchen allein gelassen wurde, nur mit Michelle zur Gesellschaft – sie weigerte sich, ihre Seite zu verlassen – und ohne Jonathon, den sie losschickte, um den Tag mit der Familie zu verbringen, da er seit der Geburt nicht mehr außerhalb ihrer Räume gewesen war, und der ihrer Meinung nach eine Dosis Winterluft brauchte, um einen klaren Kopf zu bekommen, damit sie zu einer endgültigen Entscheidung über die Namen ihrer Tochter für die Taufzeremonie kommen konnten. Außerdem vermissten ihre Enkel, insbesondere Frederick, seine Gesellschaft und wollten die Neuigkeiten über Mema und ihr Baby nur von ihm und keinem anderen hören.

Daher waren die Gänge und Räume von Crecy Hall zum ersten Mal seit sehr langer Zeit still, was Antonia erlaubte, die Ruhe zu genießen und nichts anderes zu tun, als staunend ihre winzige Tochter zu beobachten. Während sie jedoch döste, das Kind in ihre Armbeugte gekuschelt, träumte sie, dass ihr Neffe am Rande der Matratze säße und sie beobachtete. Er saß dort mit überkreuzten Beinen und lächelte in seiner ihm eigenen Art, den Kopf auf eine Seite gelegt wie ein neugieriger Papagei, die strahlend blauen Augen, die denen seines Vaters so ähnlich waren, voll unverhohlenem Mutwillen. Nur das dieses Mal seine Augen glasig waren, er war viel älter und hagerer als in ihrer Erinnerung. Er trug jetzt auch eine Narbe über seiner Augenbraue und der linken Wange. Sie konnte sich nicht daran erinnern, dass seine Haare grau meliert waren, doch hatte er immer eine Perücke getragen oder seine eigenen Locken gepudert.

Mit einem verschlafenen Lächeln streckte sie ihm ihre Hand über die Bettdecke entgegen. Er erwiderte das Lächeln und ergriff ihre Finger, und nachdem er ihren Handrücken geküsst hatte, hielt er sie fest. Wie immer sprachen Tante und Neffe Französisch, ihre Muttersprache.

„Junge oder Mädchen?"

„Eine Tochter."

„Ich verstehe nichts von Säuglingen. Aber sie sieht schön und heiter aus, genau wie du."

„Ich bin froh, dass du hier bist, *mon chou*. Du warst viel zu lange fort."

„Und ich bin froh, dass du glücklich bist und eine neue Familie hast. Du verdienst nichts weniger. Mary sagt mir, dass dein neuer Herzog ein guter Mann ist, und zwar auf seine eigene unbeugsam und einzigartige Weise, nicht unähnlich *M'sieur le duc Roxton*."

„Das ist er und ich liebe ihn; umso mehr, weil er akzeptiert, dass ich auch Monseigneur immer lieben werde. Und wenn meine Zeit kommt, werde ich zu ihm zurückkehren. Bis dahin gehöre ich Jonathon, und er hat mir dieses wundervollste Geschenk von allen gemacht und wir sind sehr glücklich."

„Ich bin zum Mausoleum gegangen, um ihnen allen meinen Respekt zu erweisen. Es ist ein guter Platz für meine Eltern. Es ist gut zu sehen, dass sie Monseigneur Gesellschaft leisten. Ich habe sie um Verzeihung gebeten ... Ich wünschte, mein Leben wäre anders verlaufen - *ich* wäre anders gewesen - ihnen zuliebe. Aber es hilft nichts, sich das Unmögliche zu wünschen, nicht wahr? Das führt nur in den Wahnsinn ..."

„Wünschst du dir, du hättest ihnen gesagt, dass du noch lebst?"

„Mein Vater wusste es. Er wusste es immer. Nach meinem - ähm - *Tod* korrespondierten wir weiter. Ich ließ ihn schwören, Mama nichts zu sagen."

„Das war weise. Deine Mutter hätte Vallentine zu Tode gequält, um zu erfahren, wo du warst. Es war besser für sie, dich zu betrauern und ihn in Frieden zu lassen, als wenn sie sich um dich gesorgt hätte."

„Aha! Also hat *mon père* sich Monseigneur anvertraut und dieser hat es wiederum dir erzählt! Natürlich hätte er das getan. Und dennoch hast du nie ein Wort zu jemandem gesagt, nicht einmal zu deinem Sohn?"

„Es stand mir nicht zu, jemandem etwas zu erzählen. Du wolltest tot sein. *Il n'y avait aucune discussion possible.* Ebenso, wie es mir nicht zusteht, Mary zu verraten, dass dein Heiratsantrag, auch wenn er aufrichtig war, nur deshalb gemacht wurde, damit Christopher Bryce seine Gefühlen folgt und danach handelt, ja?"

„Und wir alle dachten, Monseigneur wäre der Allwissende!"

Auf Antonias Wangen erschienen Grübchen.

„Ich weiß nicht alles. Aber ich kenne meinen Sohn, und M'sieur

Bryces Charakter ist Julians sehr ähnlich. Ehre und Pflicht und das Richtige tun, auch wenn es zu ihrem Nachteil ist, das ist es, was ihnen wichtig ist.“

Evelyn lächelte schief.

„Ich bezweifle nicht, dass sie sich prächtig verstehen. Eine Gesellschaft zur gegenseitiger Bewunderung, sozusagen.“

„*Absolument*. Aber du wusstest das auch, nicht wahr, *mon chou?*“

„Es blieb nur, sie in ein und denselben Raum zu sperren ... Und hat der würdige Squire endlich den Mut aufgebracht, sich Mary gegenüber zu erklären?“

„*Pouvez-vous en douter?* Sie sind verliebt und sie sind Liebende. Und er hat sie gebeten, ihn zu heiraten. Aber sie sind nicht verlobt - noch nicht.“

„Warum denn nicht?!“

„Du warst es doch, der Mary gesagt hatte, du würdest nach einem Monat zurückkommen und sie bitten, dich zu heiraten? Und daher wartet sie wie ein braves Mädchen darauf, dir selbst vom Heiratsantrag ihres Squire zu erzählen. Sie wird ihn erst annehmen, nachdem sie deinen abgelehnt hat. Sie kann auch stur sein. *Mon chou*, sie liebt dich aber ...“

„... in völlig anderer Weise als ihren Squire. Ich weiß es und freue mich. Wirklich. Ich hätte sie geheiratet, sie zu meiner Gräfin gemacht und mich um sie gekümmert, wäre die Sache mit ihm anders ausgegangen. Du wusstest immer von mir und Mary. Wir sind unter deinen Augen aufgewachsen. Unseren ersten und einzigen Kuss haben wir uns in Treat gegeben. Aber ich bin ein schlechter Ehemann. Und das weißt du auch. Oh, sie hätte sich mit mir abgefunden, mich geliebt und meine egoistischen Exzentrizitäten geduldet. Sie ist schließlich ein liebenswürdiges Geschöpf - ein gutes Mädchen, wie du sagst. Aber nach ihrer bedauerlichen ersten Ehe verdient sie einen Mann, der sie nicht nur aus ganzem Herzen liebt, sondern anbetet, der ein hingebungsvoller Ehemann und Vater ihrer Kinder und ihrer Tochter sein wird. Ich wäre ein armseliger Ersatz für den Squire. Christopher Bryce ist ein anständiger Mann, und er ist Marys würdig.“

„All das ist sehr wahr, *mon cher neveu*. Du sprichst aus dem Herzen, denn trotz dem, wie du dich der Welt präsent bist, weiß ich, dass auch du ein guter Mann mit einem guten Herzen bist.“

„Nur für die, die ich liebe. Für andere bin ich ein wahrer Teufel.“ Er küsste ihre Hand erneut und lächelte sie mit einem Blick auf ihre schlafende Tochter an. „Ich hoffe, eines Tages das Privileg zu haben, sie erwachsen zu sehen.“

Antonias Finger umklammerten die seinen und ihre grünen Augen wurden feucht vor Tränen.

„Du verlässt uns wieder." Als er nickte, aber nicht sprach, fügte sie hinzu: „Ich würde dich bitten zu schreiben, doch ich fürchte, das wird nicht möglich sein, nicht wahr?"

„Ich kann dir nichts versprechen, aber ich werde in meiner selbstsüchtigen Art mein Bestes tun, dir Nachricht zu schicken, dass ich lebe, wenn auch nicht mehr. Wenn du Neuigkeiten für mich hast, lasse sie mir über Shrewsbury zukommen. Er weiß, wo ich bin."

Antonia war überrascht, und doch seltsamerweise irgendwie auch nicht, dass er im Dienst des Herrn der Spione stand. Sie machte keine Bemerkung darüber und sagte nur:

„Und Mary? Wirst du dich von ihr verabschieden?"

„Das wäre nicht klug. Aber ich bin kein kompletter Feigling. Ich habe ihr einen Brief geschrieben." Er nahm ein gefaltetes Pergament aus einer Tasche seines Rocks und legte es auf den Nachttisch. „Ich hätte ihn überbringen lassen können, aber ich musste dich selbst sehen, *ma chére tante bien aimée*; um mich davon zu überzeugen, dass du wohlauf, glücklich und zufrieden bist."

Antonia lächelte ihr Kind an, das anfing zu wimmern. „Wie du sehen kannst, bin ich lange nicht mehr so glücklich oder so zufrieden gewesen."

Da erschien Michelle in der Tür, und hinter ihr eines der Kindermädchen. Als sie einen Fremden am Bettrand der Herzogin sitzen sahen, eilten beide Frauen erschrocken herbei. Doch als Evelyn vom Bett aufsprang und eine schwungvolle Verbeugung machte, bevor er einen Finger an seine Lippen legte, damit sie schweigen sollten, blieben sie abrupt stehen und warteten. Als das Baby weiter wimmerte und die Herzogin ihre Tochter sanft wiegte und über ihr gurrte, standen sie in erstarrtem Schrecken vor den Motiven des Fremden da.

Und dann kam der Fremde, noch immer mit dem Finger auf den Lippen, auf Zehenspitzen auf sie zu, die blauen Augen weit aufgerissen und starr, bis die beiden Frauen sich umdrehen musste, um ihn fasziniert verschwinden zu sehen. Und als sie ihm mit den Augen folgten, wirbelte er herum, schnappte sich einen Rand des Gobelinvorhangs und mit einem Augenzwinkern und einem Lächeln riss er vor ihren Nasen den Vorhang vor die Tür.

Der Fremde verschwand, wie er gekommen war, ohne eine Wort zu sprechen und ohne einen Laut, fast wie eine Erscheinung.

Beide Frauen stießen einen Seufzer der Erleichterung aus, als er fort war, das Kindermädchen wagte es, hinter den Vorhang zu spähen, um sicherzustellen, dass der Fremde wirklich verschwunden war. Dann flüsterte sie Michelle laut zu, dass *Mme la duchesse* von einem Geist besucht worden wäre. Woraufhin Michelle, die innerlich bebte und den gleichen Gedanken gehabt hatte, dem Mädchen in hörbarem Zischen klar machte, dass es sich lächerlich benähme und sich um seine Arbeit kümmern sollte.

Daraufhin schaute Antonia auf und sah, dass nur Michelle und das Kindermädchen bei ihr waren, was sie sich fragen ließ, ob sie tatsächlich die gesamte Unterhaltung mit ihrem Neffen nur geträumt hätte. Der Brief auf dem Nachttisch, adressiert an Lady Mary Cavendish, wurde in der Aufregung, die mit der Erfüllung der Bedürfnisse eines Neugeborenen einhergeht, vergessen, bis viele Stunden später.

DREIUNDDREISSIG

Zwei Tage nach Weihnachten, an einem kalten, stillen Wintermorgen, waren Diener, Herrschaft, Kinder, geschätzte Gäste und bevorzugte Pächter beider Haushalte, Treat und Crecy Hall, auf und machten sich bereit für die Taufe und die Feiern zur Geburt der Erbin eines schottischen Herzogtums - Elspeth Henrietta Jane Strang Leven: Elspeth, die schottische Form von Elizabeth, nach der vierten Herzogin von Roxton; Henrietta für Henry, den vierten Herzog, die gemeinsamen Vorfahren von Jonathon und Antonia; und Jane nach Antonias Mutter; formell sollte sie unter dem Titel einer Marchioness von Leven bekannt sein und von ihren liebenden Eltern, Halbbrüdern und der engen Familie einfach Elsie genannt werden.

Die Taufe fand in der Kapelle der Familie Roxton statt, gefolgt von einem feierlichen Diner, das der Herzog und die Herzogin von Kinross in Crecy Hall ausrichteten. Und nach dem Diner sollte getanzt werden. Teddy hatte darum gebeten, dass sie das Menuett zu Ehren ihrer Cousine mittanzen dürfte. Wie hätten Antonia und Jonathon ihr das versagen können, vor allem, da sie dieses Menuett mit ihrem Onkel Bryce tanzen würde, der, wie sie versicherte, der beste Tänzer in ganz England, wenn nicht gar auf der ganzen Welt war.

Teddy war sogar bereit, sich dem Anlass entsprechend zu kleiden und es zu ertragen, in eine Korsett und ihr bestes Winterkleid aus grünem Samt gesteckt zu werden, mit weißen, gewirkten Strümpfen und samtbestickten Schuhen, die Absätze und mit falschen Diamanten besetzte Schnallen hatten. Ihr taillenlanges rotes Haar wurde gebürstet, bis es glänzte und dann geflochten und mit passenden grünen Seidenbändern zusammengebunden. Sie versprach ihrer Mutter, dass ihr Kleid nicht zerknittert werden würde, damit, wenn die Zeit käme, dass Christopher sie auf die Tanzfläche führen sollte, er mit ihr wie mit einer jungen Dame tanzen könnte.

Als junge Dame kam sie die Stufen herab mit ihrer Mutter, um in die wartende Kutsche zu steigen, die sie über die Brücke nach Treat bringen sollte. Christopher und Kate warteten bereits im Foyer auf sie. Als Christopher Mary und Teddy auf dem untersten Treppenabsatz sah, führte er seine Mutter hinüber, um sie zu begrüßen und bemerkte, dass Mary ein Samtkleid im gleichen Lavendelton trug, wie sie es in Brycecomb Hall am Tag des Besuches der Herzogin und des Herzogs von Kinross getragen hatte. Die Farbe passte zu Marys Augen und dem feurigen Rot ihrer Haare. Er wollte ihr sagen, wie schön sie aussah, aber er richtete seine Bewunderung und sein Entzücken auf Teddy, denn er konnte sehen, dass das Mädchen sich viel Mühe gegeben hatte, um so schön wie möglich auszusehen. Er verbeugte sich vor ihr und sie strahlte und machte zur Antwort einen Knicks, was ihrer Mutter ein Lächeln entlockte. Auch Kate machte Teddy Komplimente, und mit einer geschickten Bewegung, die dem Paar nicht entging, nahm sie Teddys Hand und ging mit ihr zum Kamin hinüber, während sie ihr Fragen über ihren neuen Welpen Nera stellte, wann sie sie würde mit nach Hause nehmen dürfen; ob sie schon entwöhnt wäre?

Und so konnten Christopher und Mary ein paar Minuten für sich allein haben, bevor der Herzogs und die Herzogin mit ihrer kleinen Tochter, Gabrielle de Crespigny, Michelle und dem Kindermädchen schließlich nach unten kamen und sich ihnen anschlossen, um zur Kapelle zu fahren.

Es war die erste Gelegenheit, die das Paar seit vierzehn Tagen fand, um allein zu sein, wenn man bei *allein* Kate und Teddy am Kamin und die Schar von Dienern, die an der Eingangstür aufgereiht stand, bereit und darauf wartend, ihnen in pelzgefütterte Umhänge, Handschuhe, Muffs und Hüte zu helfen, vergaß. Sie hatten seit Elsies Geburt nicht viel voneinander gesehen, nicht einmal zu den Mahlzeiten, da Mary ihre Zeit in den Räumen der Herzogin verbrachte. Die wenigen Augenblicke, die sie für sich hatte, teilte sie mit Teddy oder mit der Familie aus dem großen Haus, wenn sie zu Besuch kamen.

Auch Christopher war selten allein. Seine Zeit wurde im großen Haus von Kate beansprucht, die von der Herzogin eingeladen worden war, sich wieder mit dem Haus vertraut zu machen. Er ließ sie mit dem früheren Kammerdiener des alten Herzogs von Roxton und dem Paten des derzeitigen Herzogs, Martin Ellicott, plaudern. Der alte Mann war nur zu glücklich, mit Kate bei Tee und Kuchen zu sitzen und von den großen Tagen mit Monseigneur, über die Leben gemeinsamer Bekannter zu plaudern und, viel wichtiger, sich Anekdoten über *M'sieur le duc de Roxton* und seine vielen, scharfen Aphorismen zu erzählen, was sie beide zum Kichern und zum Kopfschütteln brachte.

Und während Kate so von dem geistreichen alten Gentleman unterhalten wurde, der den Tonfall und die Eigenheiten eines alten Aristokraten hatte, schloss Christopher sich dem Herzog zu einem Ritt durch die parkähnliche Landschaft an, spielte mit ihm Billard und verbrachte Stunden mit ihm eingeschlossen in der Bibliothek. Hier, umgeben von tausenden ledergebundener Bücher, in bequemen Sesseln an einem der beiden Kamine, diskutierten sie über die überraschende Entlarvung von Philip Audley als Verräter, wobei sie beide übereinstimmten, dass der Mann, wenn er sich wirklich des Verrats schuldig gemacht hatte, dies nur um des finanziellen Gewinns getan hatte; der Sekretär hatte keinen idealistischen Knochen in seinem Leib. Eine innere Stimme warnte Christopher, dass es unvorsichtig wäre, Evelyn Ffolkes' Beteiligung an Shrewsburys Spionagenetzwerk zu erwähnen, oder dass der Mann von den Toten zurückgekehrt war; diese Offenbarung überließ er anderen. Doch er war darauf bedacht, dem Herzog die Aufrichtigkeit seines Wunsches, Lady Mary zu heiraten, nahezubringen. Ihre Zukunft und die ihrer Tochter, Eheverträge, Christophers finanzielle Situation und die Zukunft von Abbeywood wurden besprochen und sie waren sich so einig, dass sie das Gefühl bekamen, einander seit Jahren, nicht erst seit Tagen, zu kennen.

Christopher hatte den Segen des Herzogs für die Verbindung, obwohl Roxton sich verpflichtet fühlte, ihn zu warnen, dass eine solch ungleiche Ehe den Prinzipientreuen der feinen Gesellschaft nicht gefallen würde, die eine der ihren, die unter ihrem Stand heiratete, für immer meiden würden. Doch, und das war ihm wichtiger, er wollte, dass Mary glücklich wäre, und wenn ihr Glück davon abhing, Christopher zu heiraten, dann sollte es so sein. In Treat würde das Paar immer willkommen sein. Und dann überraschte der Herzog ihn mit der Neuigkeit, dass er beim Erzbischof eine Sonderlizenz für die Hochzeit beantragt hatte.

Roxton schlug vor, dass die Eheschließung so bald nach der Taufe stattfinden sollte, wie es arrangiert werden konnte. Die ganze Familie war versammelt, warum also zögern? Nicht einmal die Bestätigung des Todes von Marys Vater, des Earl of Strathsay, war Grund genug für eine Verschiebung, bis eine angemessene Trauerzeit verstrichen war. Soweit es den Herzog betraf, der es allgemein mit dem Anstand sehr genau nahm, hatte der Earl eine angemessene Trauerzeit verwirkt, wenn man bedachte, dass er Frau und Kinder verlassen hatte; dazu kam die Tatsache, dass er bereits seit fast sechs Monaten tot war. Dair, Marys Bruder und der nächste Earl, würde zustimmen. Und mit Glück und gutem Wind könnte Major Lord Fitzstuart auch rechtzeitig zurück in England sein, um seinen Segen zu geben und an der Zeremonie teilzunehmen.

Daher kam Christopher in blendender Stimmung aus der Bibliothek, im Wissen, dass er den Segen des Herzogs für seine Ehe mit Mary hatte und die Zeremonie so gut wie arrangiert war. Es fehlte nur noch das Einverständnis der zukünftigen Braut, dass sie ihre Zukunft mit ihm teilen wollte. Es war diese Zukunft, die seine Gedanken beschäftigte, als er und Mary am Fuß der Treppe des Foyers einander gegenüberstanden. Und während sein Kopf ihn daran erinnerte, dass sie ihm bei zahlreichen Gelegenheiten während der Woche, die sie im Cottage verbracht hatten, gesagt hatte, dass sie ihn liebte, und das nicht nur, wenn sie in einem Gewirr nackter Gliedmaßen unter den Decken lagen, und dass er sicher war, dass sie ja sagen würde, wollte sein Herz, das in diesem Moment ungewöhnlich schnell und heftig schlug, immer noch, dass sie sagen sollte, *ja*, sie wollte seine Frau werden.

Doch beide waren so voll nervöser Erwartung, dass keiner von ihnen sprach, jeder wartete darauf, dass der andere anfangen würde. Schließlich kehrte Mary dem Raum den Rücken zu und trat näher. Sie hob ihr Kinn und sagte mit einem zittrigen Lächeln, eine behandschuhte Hand leicht auf die Vorderseite seiner bestickten Wollweste gelegt:

„Ich weiß kaum, wo ich anfangen soll ... es gibt so viel, das ich dir sagen möchte und muss ... Und dich werde es dir *jetzt* sagen, weil ich dich auf meine Antwort auf deinen Antrag schon viel zu lange habe warten lassen, obwohl die Ereignisse - die frühe Geburt von Elsie - sich gegen mich verschworen haben. Du warst so geduldig und ...“

„Mary, ich habe acht Jahre gewartet, um endlich hierher zu gelangen – zu diesem Moment – mit dir, dass ein paar Tage oder sogar Wochen von geringer Bedeutung sind. Wichtig und von größter Bedeutung ist deine Antwort. Und ich muss zugeben, dass es kaum etwas anderes gibt, woran ich denke ...“

„Aber du weißt doch sicher, wie sie lautet?“

„Ich kann es vermuten und ich kann es mir wünschen, aber du musst es mir sagen, damit ich es sicher weiß.“ Er lächelte, als sie verwirrt aussah, beugte sich vor und sagte sanft: „Ja, ich bin pedantisch, aber aus gutem Grund. Du hast deiner Mutter gesagt, dass du den Heiratsantrag eines Earls erwartest ...“

„Ach, *das*! Ich hätte meinem albernen, falschen Stolz nicht erlauben dürfen, die Oberhand zu gewinnen und mich so etwas sagen zu lassen“, unterbrach sie ihn mit einem Schmollen und wurde schuldbewusst rot. „Aber meine Mutter hat eine Art, mir unter die Haut zu gehen, wie ein

Stein in meinem Schuh. Man geht damit, versucht, das Stechen zu ignorieren, aber dann wird es zu lästig, um es zu ertragen und ich musste den Schuh ausziehen und schütteln, um ihn loszuwerden. Oder wie im Fall meiner Mutter, mit einer Erwiderung herausplatzen, von der ich hoffte, dass sie sie zumindest kurz zum Schweigen bringen würde." Sie seufzte. „Es funktioniert nur selten ..."

„Sei nicht so hart mit dir selbst. Ich vermute, sie hat die gleiche Wirkung auf die meisten Leute. Ich schäme mich zuzugeben, dass ich bei ihr selbst die gleiche Taktik anwandte und ein Thema öffentlich machte, das man in besseren Kreisen nicht offen anspricht, und das nur bei zwei Gelegenheiten erwähnt werden sollte: Wenn man über Eheverträge spricht und beim Verlesen eines Testaments. Ich hatte so schlechte Manieren, dass ich mein jährliches Einkommen verkündet habe. Das war vulgär und meine einzige Entschuldigung ist, dass es ebenfalls in dem Versuch geschah, den Vorurteilen deiner Mutter über den Landadel Einhalt zu gebieten. Wir verkehren nicht in den feinsten Kreisen, aber viele von uns haben ein Einkommen, das dem des Hochadels gleichkommt oder es sogar noch übersteigt."

„Würde es dich überraschen zu erfahren, dass ich keine Ahnung von deinem Vermögen hatte und mir auch nie Gedanken darüber gemacht hatte?"

Christopher grinste. „Nein. Wie auch? Dein erster Besuch auf der anderen Seite des Bergrückens in meiner kleinen Ecke der Welt war das Picknick bei meiner Tuchmühle. Obwohl Brycecomb Hall dir einen Eindruck davon verschafft haben muss, dass ich kein unbemittelter Mann bin."

„Ja", antwortete sie wahrheitsgemäß. „Aber mein erster Gedanke, als ich dein schönes Haus sah, war kein vulgärer. Ich war verwirrt, warum ein Mann mit deinem Reichtum, der sowohl Fabriken als auch ein Landgut hat – mit all der notwendigen Zeit und Energie, die für solche Unternehmen benötigt wird – sich bereit erklären würde, die Verwaltung von Abbeywood zu übernehmen. Warum solltest du zwei von vierzehn Tagen fern deiner eigenen Interessen, deines eigene Heims - und deiner Mutter - verbringen?"

„Sicher weißt du, warum? Ich stimmte zu, Verwalter zu sein, nicht, weil Sir Gerald mich darum bat - obwohl mir das eine Verpflichtung auferlegte und ich ein aufrichtiges Interesse daran habe, dass Jack einen Besitz bekommt, der als Erbe etwas wert ist - sondern, um in deiner Nähe zu sein."

„Ach, du lieber Mann!"

„Es gab mir eine legitime Ausrede, nach Abbeywood zu kommen. Es machte mir nichts aus, die Zeit eingeschlossen mit Mr. Deed zu verbringen, mir die Haare über dem beklagenswerten Zustand der Kontenbücher zu raufen oder mich mit einem Haushalt voller unnötiger, schlecht gelaunter und widerwilliger Diener zu befassen. Wichtig war, dass du dort irgendwo im Haus warst und allein dieses Wissen reichte mir. Ich war dort und du auch, und ich wagte zu träumen, dass wir eines Tages unter demselben Dach leben würden, aber anders, in der einzigen Art, die mir wichtig war, als Mann und Frau.“

Mary war so überwältigt, dass sie den Blick abwandte, eine zitternde, behandschuhte Hand vor dem Mund, und ein Schluchzen unterdrücken musste. Sie wusste nicht, ob sie weinen oder lachen wollte oder beides, sie war so voller Freude. Es war die gleiche Art von außergewöhnlichem Glück, das sie in der Hütte empfunden hatte. Aber Freude wie diese rührte nicht von einem Anlass oder einem Ort oder gar der wundersamen Erfahrung, mit diesem Mann zu schlafen, sondern kam aus der Tiefe ihres Herzens, weil sie ihn zutiefst liebte, und, am wichtigsten für sie, weil sie wusste, dass seine Liebe zu ihr genauso tief und hingebungsvoll war. Sie hatte noch nie etwas derartiges erlebt und wollte es mit aller Macht festhalten; es war für sie das Allerwertvollste auf der Welt. Sie musste es ihm sagen, ihn wissen lassen, doch sie war von solch tiefen Emotionen überwältigt, dass sie nicht wusste, wie oder wo sie beginnen sollte.

Christopher sah ihre Bedrängnis in ihrer Unfähigkeit, sich zu artikulieren und lockte sie absichtlich mit einer Bemerkung aus der Reserve:

„Ich weiß von dem bevorstehenden Heiratsantrag deines Cousins.“

Das erlöste Mary von ihrer atemlosen Ehrfurcht, und sie sah erstaunt zu ihm auf. „Das weißt du?“

„Abgesehen von der Tatsache, dass ich weniger Intelligenz besitzen müsste als ein Huhn, um nicht zu erkennen, dass der Earl, über den du zu deiner Mutter gesprochen hast, deine Cousin war, bleibt da noch die Kleinigkeit, dass er es mir gesagt hat.“

„Evelyn hat es dir gesagt? Warum hat er das getan?“

„Das kann nur er mit Sicherheit beantworten, doch wenn ich raten sollte, würde ich auf einen zweifachen Grund tippen. Er mag Konkurrenz, und er kann mutwillig sein, weil er Spaß daran hat. Doch ich unterstelle ihm die besten Absichten. Aber es ist mir egal, dass er beabsichtigt, dir einen Antrag zu machen. Mir ist nur deine Antwort wichtig - die für ihn und die für mich.“

„Er hat mir einen Brief geschickt, und ich habe ihm eine Antwort geschrieben. Ich glaube, er wusste immer, wie meine Antwort lauten würde. Trotz seines egozentrischen, zerstreuten Charakters ist er ein scharfsinniger Beobachter menschlicher Natur.“ Sie lächelte zu ihm auf. „Er hätte mich auch geheiratet. Wenn seine Intuition ihn in diesem Fall getäuscht hätte. Aber das hat sie nicht, nicht wahr? Ich liebe dich von ganzem Herzen, und ...“

„... ich liebe dich von ganzem Herzen.“ Er fing ihre behandschuhte Hand ein, und nachdem er sie an seine Brust gedrückt hatte, küsste er sie und sagte eilig: „Gott weiß, dass ich will, dass du ja sagst, dass du mich heiraten willst, aber ich würde meine Pflicht vernachlässigen, wenn ich dich nicht daran erinnerte, dass du einen Mann mit beflecktem Stammbaum heiratest, der so weit von der *beau monde* entfernt ist, dass es Orte geben wird, an denen du nicht länger willkommen sein wirst, Veranstaltungen, an denen du nicht mehr teilnehmen kannst, und Menschen, die nicht mehr mit dir sprechen werden. Ich habe dem Herzog mein Wort gegeben, dass ich dich an das erinnern würde, was er mir gesagt hat – dass du, wenn du mich, einen als Bastard geborenen Bauern, heiratest, zwar deinen Titel behalten, aber deine gesellschaftliche Stellung unter deinesgleichen verlieren würdest. Und indem ich dich, die Tochter eines Earls heirate, werde ich für immer als Kriecher gebrandmarkt sein, der es gewagt hat, seine Blick auf der Suche nach einer Frau zu hoch zu erheben. Indem ich das tue, ziehe ich dich zu mir in meine Welt herab - nicht viel anders als Persephone, die von Hades entführt wird. Doch selbst ihr war es erlaubt, für einen Teil des Jahres aus der Unterwelt zurückzukehren; dir wird man das nicht gönnen. Es gibt keinen Weg zurück zu ihnen, Mary.“

„Und meine Familie? Was sagte Roxton über sie? Wird er uns den Rücken kehren? Und sie alle?“

Christopher schüttelte den Kopf. „Keineswegs. Er und sie alle werden dich - uns - unterstützen.“ Er lächelte schüchtern und errötete. „Es scheint, dass es der Herzogin gefällt, einen Bruder zu haben, ganz gleich, dass unsere Verwandtschaft auf niederen Zusammenhängen beruht. Doch trotz der Unterstützung der Herzogspaare und der Macht und des Einflusses des Herzogs auf den Adel können wir nicht erwarten, dass er etwas tut, das seine Stellung und seine Autorität untergraben würde.“

„Das erwarte ich nicht. Ich begrüße seine Unterstützung, weil meine Familie für mich das Allerwichtigste auf der Welt ist und ich sehr traurig wäre, wenn ich sie aufgeben müsste. Doch ich würde es tun - ich würde sie aufgeben, um mein Leben mit dir zu verbringen.“

Christopher drückte ihre Hand. „Meine Liebste, ich würde nicht darum bitten oder erwarten, dass du ein solches Opfer bringst - niemals.“

„Das weiß ich. Doch du vergisst, dass ich das schon früher getan habe, und nicht, weil ich es wünschte. Mit Sir Gerald im Exil zu leben war mühsam, aber nicht wegen des Ortes, an dem ich lebte, sondern wegen des Mannes, mit dem ich dort lebte. Ich wage zu behaupten, dass ich, seit ich verwitwet bin, zu der Erkenntnis gelangt bin, dass die gesellschaftlichen Veranstaltungen der Saison, Einladungskarten, der neueste Klatsch und die Londoner Frisuren eine eher banale Art sind, um meine Tage zu füllen. Du weißt, wie sehr ich die alltägliche Führung eines Haushalts und die vielen Aufgaben dabei genieße und wie sehr ich es liebe, in unserer Ecke von England zu leben. Ich könnte mir keine bessere Art vorstellen, ein erfülltes Leben zu haben, als dir zu helfen, deine Träume für deine Tuchmühlen und dein Gut zu erfüllen. Du schaffst etwas Wertvolles und Wunderbares für die Menschen im Tal und ich bin so stolz auf dich. Das Leben in den Cotswolds passt zu mir - zu uns - sehr gut und ich kann es kaum abwarten, dorthin zurückzukehren."

„Als meine Frau?"

Mary stellte sich auf Zehenspitzen, beugte sich vor und küsste ihn. „Als deine Frau."

„Dann ist deine Antwort *ja*", fragte er rhetorisch, seine Hände glitten um ihre Taille und zogen sie an sich, „du willst mich heiraten."

„Wir sollten nicht diejenigen vergessen, deren Segen für unser zukünftiges Glück wichtig ist."

„Wenn du damit Kate meinst - meine Mutter, die Wahrheit ist, dass sie fast daran verzweifelte, ob ich dich je fragen würde. Sie wird überglücklich sein. Was Teddy betrifft ..." Christopher runzelte die Stirn. „Ich habe mich gefragt, wie sie sich fühlen würde, wenn sie mich als Stiefvater bekäme. Es ist eine Sache, ihr Onkel Bryce zu sein, aber wenn ich ihre Mutter heirate, werde ich etwas ganz anderes."

„Nun, ich freue mich über Lady Paget, weil ich sie sehr mag. Und du musst dir nicht wegen Teddy den Kopf zerbrechen. Ich hielt es für das Beste, ihre Meinung zu erfragen, bevor ich dir meine Antwort gebe, denn wenn sie dagegen gewesen wäre, hätte das die Sache verzögert, obwohl das Ergebnis irgendwann schließlich das gleiche gewesen wäre. Doch ich bin glücklich, dir sagen zu können, dass sie nur Gutes über dich als zukünftigen Vater zu sagen hatte und unglaublich aufgeregt bei dieser Aussicht war, fast so glücklich wie ich, dass wir alle als Familie unter einem Dach leben werden."

Christopher blickte über Marys Kopf hinweg durch das Foyer, wo Kate und Teddy am Kamin standen. Wie vorherzusehen war, stand Teddy nicht still, sondern zeigte Kate die Schritte des Menuetts. Christopher wandte seinen Blick wieder zu Mary und sein Stirnrunzeln kehrte zurück.

„Sie hat nichts dagegen, in Brycecomb Hall zu leben?"

Maria schüttelte den Kopf, Heiterkeit leuchtete in ihren Augen auf.

„Anscheinend nicht. Sie meinte, es wäre ja nur für kurze Zeit, denn sie hat vor, nach Abbeywood zurückzukehren, wenn sie Jack heiratet. Sie sagt, das wäre die beste Lösung für alle."

„Lieber - Gott! Was für eine kleine Intrigantin! Weiß *er* davon?"

Mary schüttelte den Kopf. „Noch nicht. Und am besten erfährt er es erst, wenn Teddy *mindestens* achtzehn ist."

Christopher fing an zu kichern, dann kehrte das Stirnrunzeln zurück, als Mary hinzufügte:

„Es gibt noch eine andere Angelegenheit, die Teddy sagt, die ich berücksichtigen müsste, bevor ich zustimme, dich zu heiraten, und wir umziehen, um mit dir in Brycecomb zu leben. Ich verstehe ihren Einwand. Es könnte mich einige Zeit kosten, mich daran zu gewöhnen, vor allem, wenn die Zuneigung zu dir sehr groß ist. In der Tat könnte es sein, dass das unsere Hochzeit verzögern könnte, weil ..."

„Nein, das wird es nicht! Sag mir, was es ist und ich werde mich sofort darum kümmern."

Diesmal kicherte Mary, so groß war seine Verzweiflung, und sie legte kurz ihre Stirn an seine Brust, um ihr Lachen zu beherrschen, bevor sie den Kopf wieder hob und Überraschung mimte.

„Aber wie kannst du so unbekümmert solche Liebe einfach beiseite schieben? Das werde ich dir nicht erlauben. Es wäre unmenschlich!"

Christophers Stirnrunzeln vertiefte sich, als er sich das Gehirn zermarterte, von wem oder was sie sprach. Er musste nicht lange warten, um es herauszufinden, denn Marys Neckerei wurde von ihrer Tochter unterbrochen, die zu ihnen herübergehüpft kam und nach Aufmerksamkeit verlangte, sich laut räusperte, dann aber die Wirkung ruinierte, als sie hinter vorgehaltener Hand kicherte. Das Paar fuhr augenblicklich auseinander, wurde sich der Umgebung bewusst, beide erröteten und fühlten sich unbehaglich. Teddy bemerkte davon nichts, so groß war ihre Aufregung und das Bedürfnis, alles zu erfahren.

„Hast du Ja zu Onkel Bryce gesagt, Mama? Kate und ich warten so darauf. Und hast du Onkel Bryce versprochen, dass du dein Bestes tun wirst, keine Angst mehr vor Lorenzo zu haben, ja?" Bevor ihre Mutter antworten konnte, wandte sie sich an Christopher und fügte ernst hinzu: „Mama wird immer besser mit Hunden. Sie hat Nera gestern schon *ganz* lange auf ihrem Schoß gehalten. Daher bin ich ganz sicher, wenn du sie nur *richtig* mit Lorenzo vertraut machst, wird sie sehen, dass er ein ganz freundliches Tier ist und sich auch daran gewöhnen, ihn in der Nähe zu haben. Seht nur! Da sind Cousine Herzogin und das Baby!"

Alle im Foyer drehten sich zur Treppe um. Dort auf dem Treppenabsatz stand Antonia, Herzogin von Kinross, in eine Wolke aus weißen, seidenbestickten, gesteppten Röcken gekleidet und hinter ihr der Herzog, der über das ganze Gesicht strahlte und seine winzige Tochter in den Armen hielt, die in Lagen weichen Stoffs gewickelt war, ihr Schopf weicher, dunkler Haare von einem schön bestickten, rosa Taufmützchen bedeckt.

Teddy zupfte am Arm ihrer Mutter und als sie sie anschaute, flüsterte sie laut:

„Hast du ja gesagt, Mama? Hast du zugestimmt, Onkel Bryce zu heiraten?"

Christopher schaute sie an und dann mit erhobener Augenbraue zu Mary, sagte aber nichts.

Mary legte lächelnd ihre Hand auf seinen Ärmel: „Mr. Bryce, es gibt nichts auf dieser Welt, das ich mir mehr wünsche, als deine Frau zu sein, daher lautet meine Antwort - ja!"

Sie lächelte Teddy zu, die klatschte und auf der Stelle hüpfte und fand sich im nächsten Moment in die Luft gehoben, da Christopher so überglücklich und erleichtert war, dass er jeden Sinn für Anstand verloren hatte. Er wirbelte Mary mehrfach herum, bevor er sie wieder hinstellte. Aber er ließ sie nicht los. Das wollte sie auch nicht. Ihre Arme schlangen sich um seinen Nacken und hielten ihn fest. Sie genossen den Augenblick, auf den sie so lange gewartet hatten, und die Welt um sie herum verschwand, als sie sich einem langen, anhaltenden Kuss hingaben.

„*Bon.* Jetzt siehst du, Jonathon, warum ich dir sagte, dass diese Taufe nicht das einzige Ereignis in dieser Woche sein würde", sagte Antonia sanft, als sie sich dem sich küssenden Paar am Fuße der Treppe anschloss. „Elsies Patentante wird heiraten, und zwar einen Gentleman, der mir sehr gefällt und das freut mich besonders."

Die Taufe in der Familienkapelle der Roxtons war eine intime Angelegenheit, nur die Familie und die obere Dienerschaft waren anwesend. Elspeth, Marchioness of Leven, zeigte ihr bestes Benehmen und schlief während des gesamten Gottesdienstes in den Armen ihres Vaters. Als sie protestierte, hatte sie alles Recht dazu, denn da wurde ihre Stirn mit Weihwasser besprenkelt. Ihre Paten schworen feierlich, über sie zu wachen und sie im Geiste der Kirche von England zu erziehen, wobei Lord Henri-Antoine hart schluckte und noch strenger aussah, wenn das möglich war. Doch seine Mutter sah, wie stolz er auf diese ihm erwiesene Ehre war und dass er sie mit seiner Cousine, Lady Mary, teilte, und ihre Augen füllten sich mit Tränen, als sie daran dachte, wie stolz ihr geliebter Monseigneur auf ihren Sohn gewesen wäre und er mehr als nur ein wenig eingebildet gewesen wäre, weil dieser ihm so ähnlich sah.

Am Ende des Gottesdienstes wickelten sich alle wieder in ihre Umhänge und stiegen in Kutschen, auf deren Böden eingewickelte heiße Backsteinen lagen, um die winterliche Kälte zu dämpfen. Die kurze Fahrt über die Brücke nach Crecy Hall verlief ereignislos und die Gäste wurden mit heißem Punch und einem warmen Feuer im großen Saal begrüßt, während das Streichquartett seiner Gnaden spielte und alle auf den Beginn des Festessens warteten.

Es verzögerte sich um eine halbe Stunde, da zwei Kutschen, deren eine den Herzog, die Herzogin und ihre kostbares Bündel beförderte und die andere ihre engsten Diener, einen Umweg zum Familienmausoleum machten. Nur Antonia und Jonathon mit Elsie betraten das Grabmal. Sie blieben dort mehrere Minuten, bevor Jonathon und seine Tochter zuerst herauskamen, während Antonia ihnen einige Minuten später folgte. Nichts wurde gesagt. Nichts musste gesagt werden. Und die Gesellschaft setzte ihren Weg nach Crecy Hall fort.

Nach dem Diner tanzte Teddy mit Christopher Menuett und alle applaudierten, nicht zuletzt, weil das Mädchen zwar gut tanzte, aber auch, weil Christopher Bryce diese Kunst elegant und meisterhaft beherrschte. Kate lächelte wissend, während Martin Ellicott sie mit einem fortlaufenden Kommentar über die Reaktionen der verschiedenen Familienmitglieder - die von Ehrfurcht bis zu betroffener Überraschung reichten - über die Fähigkeiten ihres Sohnes auf der Tanzfläche unterhielt.

Dann kam der Moment, in dem das frisch verlobte Paar das Menuett tanzen sollte, Mary war zu glücklich, um Bedenken zu haben, vor ihrer Familie zu tanzen. Sie bedauerte nur, dass ihr Bruder und seine Frau nicht dort waren, um an ihrem Glück teilzuhaben. Das sagte sie zu Christopher, als er sie in die Mitte des Raums führte, als genau in diesem Moment am anderen Ende des Raumes ein Aufruhr entstand, der die Musik und den Tanz unterbrach, bevor sie begonnen hatten.

Alle drehten sich einmütig in die Richtung, aus der die Ablenkung kam und schwiegen verblüfft, als ein großer Mann mit einem vollen, dunklen Bart, der eine weißblonde Nymphe auf den Armen trug, durch die offene Tür kam und auf sie zu schritt. Mary raffte ihre Röcke und lief ihnen entgegen.

„Verzeiht unsere Verspätung. Umgefallener Baum direkt vor dem Tor. Rory sagte, ich solle weiterreiten, aber ich konnte sie nicht zurücklassen, oder?"

„Dair! Dair, ach, Gott sei Dank, du bist endlich zu Hause!"

Alisdair, Major Lord Fitzstuart, der Erbe des Earls von Strathsay, lächelte, was seine Zähne in seinem schwarzen Bart weiß aufblitzen ließ. „Ja, Mary. Und endgültig." Er stellte seine Frau vorsichtig auf die Beine, hielt aber einen Arm um ihre Taille geschlungen, während sein Blick die glücklich lächelnden Gesichter seiner Familie überflog. Er beugte sich zum Ohr seiner Schwester: „Rory sagte mir, du weißt unsere wundervolle Neuigkeit bereits ..."

„Ich bin so glücklich für euch beide", antwortete Maria atemlos und küsste impulsiv seine Wange. Dann schnitt sie unbeabsichtigt eine Grimasse. „Liebe Güte, aber ich glaube, du wirst dich rasieren müssen, bevor das neue Baby kommt."

Rory lachte hinter ihrer Hand über Marys Reaktion auf den Bart ihres Liebsten. „Keine Sorge, Mary. Der neue Earl of Strathsay wird glatt rasiert sein, bevor die Tinte auf seinem Adelsbrief trocken ist." Sie sah zu ihrem Mann auf. „Obwohl ich dich ja als Pirat liebe ..."

Dair zwinkerte seiner Frau zu und sagte dann ernst zu Mary: „Ich würde gerne allen unsere Neuigkeiten mitteilen und dann das neueste Mitglied der Familie kennenlernen, aber zuerst, sagt Rory, gäbe es einen Mann, den ich kennenlernen müsste und dass er auch hier wäre. Sagt, er wäre in dich verliebt. Und du empfändest für ihn dasselbe."

Mary betrachtete Rory mit nicht geringer Überraschung, dass sie fähig gewesen war, diese Schlussfolgerung bei ihrem kurzen Aufenthalt in den Cotswolds zu ziehen. Sie lächelte errötend. „Mir scheint, ich war die letzte, die meine Gefühle bemerkte!" Und bevor ihre Schwägerin antworten konnte, schaute sie über ihre Schulter, weil sie jemanden hinter sich spürte, und dort standen Christopher und Teddy.

Teddy löste sich von Christopher und rannte zu ihrem Onkel, um die Arme um ihn zu werfen. Dair hob sie hoch und küsste sie, dann stellte er sie ab und hielt ihre Hand fest. Er lachte, als sie das Gesicht verzog.

„Sag mir nicht, dass du meinen Piratenbart nicht magst!"

„Doch, Onkel Dair! Aber ich mag ihn nicht küssen! Aber du bist genau der Kapitän, nach dem unser Piratenschiff-Baumhaus gesucht hat. Nicht wahr, Onkel Bryce?"

„Dair, darf ich Mr. Christopher Bryce von Brycecomb Hall in Gloucestershire vorstellen, den Mann, den ich in zwei Tagen heiraten werde. Mr. Bryce, das ist mein ältester Bruder, Major Lord Fitzstuart."

Dair streckte seine Hand aus. „Glückwunsch! Freut mich, Eure Bekanntschaft zu machen und Euch in der Familie begrüßen zu dürfen!"

„Das ist sehr großzügig von Euch. Und, wenn ich das hinzufügen darf, überraschend bedingungslos."

„Großzügig? Mag sein. Aber bedingungslos? Ha! Mary ist meine ältere Schwester. Ich habe ihr Urteil mein Leben lang nicht in Frage gestellt oder ihr Rat angeboten. Werde jetzt nicht damit anfangen. Dass sie Euch heiraten will, Mr. Christopher Bryce von Brycecomb Hall in Gloucestershire, ist für mich Empfehlung genug. Außerdem", fügte er hinzu und lächelte Rory an, „mag meine Frau Euch. Daher werde ich das auch tun." Er sah wieder Christopher an und zuckte plötzlich zusammen, als seine Gedanken eine andere Richtung einschlugen, so sehr, dass er sich im Raum umsah, während der Rest der Familie zu seiner Begrüßung herankam, um die Herzogin von Roxton zu suchen. Als er sie sah, blinzelte er und sah dann Christopher erneut an. „Guter - Gott! Guter. Gott. Das - das ist *unheimlich*." Hat jemand - hat irgendjemand Euch je gesagt wie - wie sehr ihr ...“

„Ja, Mylord, das hat man", unterbrach Christopher mit einem Lächeln und einem Augenzwinkern zu Mary. Er ergriff ihre Hand. „Und das ist eine Geschichte für einen anderen Tag ...“

# EPILOG

„Ich bleibe dabei, dass die Chancen zu meinen Gunsten stehen!", verkündete der Herzog von Kinross.

Antonia schaute von dem Buch auf, das sie las, und lächelte.

„Das hast du mehr als zwei Mal in ebenso vielen Minuten gesagt, *mon chéri*", stellte sie sanft fest und legte *Cassius Dio's History* weg. „Doch ich sagte dir, wie es steht. Und ich irre mich in diesen Dingen nur selten, nicht wahr, Martin?"

Martin Ellicott stellte seine Schachfigur auf das Brett und nickte ernst, obwohl in seinen Augen ein Zwinkern stand. „Ich glaube, Ihr habt bei jeder Geburt in der Familie recht behalten, *Mme la duchesse*."

Antonia lächelte und kuschelte sich an das Kissen auf ihrem Rücken. Sie lehnte sich auf der Chaiselongue in dem hübschen Pavillon am See zurück, die Pantöffelchen hatte sie auf den Marmorboden geworfen und ihre bestrumpften Füße auf seidene Kissen hochgelegt. Als sie ihr Buch geschlossen hatte, in dem ein seidenes Band die Seite festhielt, nahm sie sich einen Moment Zeit, um den Anblick auf die weite Rasenfläche und den ruhigen See zu genießen, wo Enten sich mit ihren Küken ihren Weg durch das Wasser auf das Schilfufer zu bahnten. Die Sonne stand hoch am Himmel und eine kühle Brise bewegte die grünen Spitzen der Weidenzweige. Es war insgesamt ein glückseliger Sommertag, der noch glücklicher wurde durch die fernen Laute ihrer Enkel, die auf dem Piratenschiff-Baumhaus herumkletterten und die näheren Geräusche, wie ihre kleine Tochter vor Entzücken gurgelte, als ihr Papa sie in seiner Armbeuge herumtrug, während er vor der Chaiselongue ihrer Maman auf und ab ging.

„Was meint Ihr, Deborah?", fragt Jonathon die Herzogin von Roxton.

Deb Roxton saß in einem Ohrensessel, ihr jüngstes Kind auf ihren hellen Seidenröcken ausgestreckt, dessen mollige Wangen mit der Zufriedenheit rot leuchteten, die von einem tiefen Schlaf stammt. Sie saß dem Paten ihres Mannes gegenüber, ein Schachbrett auf dem Tisch zwischen ihnen. Sie war sicher, dass Martin sie gleich schachmatt setzen würde, als sie daher aufschaute, trug ihr Gesicht eine Falte der Konzentration zwischen ihren Brauen.

„Das kann ich wirklich nicht sagen. Aber Julian meint, es wird ein Junge."

Der Herzog, der in ihrer Nähe auf dem kühlen Marmor zwischen zwei dicken Säulen saß, während ihm das Haar in die Augen fiel und er an einem Knoten im Seil eines Drachen, der seinem Zwillingssohn Gus gehörte, arbeitete, schaute nicht auf. „Darauf habe ich zehn Pfund gesetzt."

„Zehn Pfund, die Ihr verlieren werdet!", stellte Jonathon schadenfroh fest. „Dein Bruder", sagte er in anderem Tonfall, als er seine Augen aufriss, zu seiner winzigen Tochter sprach und sie unter ihrem molligen Kinn kitzelte, „wird deinen Papa zehn Pfund reicher machen."

„Nein, das wird er nicht", stellte Roxton fest und stand auf. Er strich sein Haar zurück und stieß einen befriedigten Seufzer aus. „Da! Der Knoten ist gelöst und der Drache wieder voll funktionsfähig." Er überreichte ihn dem Diener, der darauf wartete, ihn Lord Augustus in das Baumhaus zurückzubringen. „Sage meinem dritten Sohn, wenn er wünscht, dass sein Papa noch etwas repariert, soll er es mir selbst bringen und sich nicht von dir bedienen lassen, Peter."

„Warum bist du dir so sicher, Julian?", fragte Martin interessiert. „Ich räume ja ein, dass du dich bei deinen eigenen Kindern noch nie geirrt hast, aber hier sprechen wir von der Nachkommenschaft von Lady Mary und Mr. Bryce."

„Er hat vielleicht das Geschlecht unserer Kinder vorausgesagt, *mon parrain*, aber seine Vorhersage fiel bei Rory und Dairs Babys kläglich falsch aus."

„Du illoyales Frauenzimmer, Deb!", warf ihr Roxton liebevoll an den Kopf. Er stand auf und streckte seine langen Beine, die Hände in die schmale Taille gestemmt. „Zwillinge! Wer hätte denn *Zwillinge* vorhersagen können? Sie ist doch eine solche Elfe. Und dazu noch von jedem eines."

„Und du hast zwanzig Pfund verloren ...", sagte Antonia obenhin.

„Das ist nur Onkel Lucians Schuld!", stellte Roxton ohne Groll fest.

„Er hat diese Wetterei bei Julies Geburt begonnen, und hat es, soweit ich mich erinnern kann, nie geschafft auch nur einmal zu gewinnen."

Antonia kicherte. „Nicht einmal. Er würde heute ein gutes Teil ärmer sein."

„Wenn ich eine falsche Annahme korrigieren darf, Julian", warf Martin ein und lehnte sich zurück, nachdem er Debs König Schach geboten hatte. „Diese Tradition, um zehn Pfund zu wetten, begann nicht bei Julies Geburt, sondern mit deiner eigenen. Lord Vallentine wagte es, ein Pfund gegen Monseigneur zu setzen, dass Ihr, *Mme la duchesse*, einen Sohn bekommen würdet. *M'sieur le duc* war von dem Betrag höchst beleidigt und schlug zehn vor. Womit seine Lordschaft sich bereitwillig einverstanden erklärte. Doch damit hatte er sich, wie er selbst herausfand, ausmanövriert, denn dein Vater wettete um zehn Pfund mit ihm, dass deine Mutter ihm einen Sohn und Erben schenken würde, und seine Lordschaft stimmte zu. Erst bei ihrem Handschlag wurde Lord Vallentine klar, was geschehen war. Mit deiner Geburt und dem damit verbundenen Verlust von zehn Pfund war Lord Vallentine entschlossen, sie von deinem Vater zurückzugewinnen; aber es gelang ihm nie."

„*Naturellement.* Monseigneur hat noch nie in seinem Leben eine Wette verloren."

Martin neigte den Kopf. „Das ist sehr wahr, *Mme la duchesse*."

Jonathon kam die Stufen herauf und legte Elsie in die Arme ihrer Mutter, dann streckte er sich neben ihr aus. „Nun, dann werde ich Vallentine etwas erzählen, wenn ich das nächste Mal mit ihm spreche!"

Niemand sagte etwas dazu, doch niemand fand es seltsam. Es war wohlbekannt, dass Kinross seine Frau oft bei ihren Besuchen im Mausoleum begleitete.

Er beugte sich zu ihr und fragte leise: „Und worauf hast du deine zehn Pfund gesetzt, Schatz?"

Antonia lächelte in Elsies schönes Gesicht mit ihren großen blauen Augen unter dem Schopf dunkler Haare und küsste ihre molligen Wangen, bevor sie sie auf ihren Schoß legte, den Kopf von ihrem hochgezogenen Knie gestützt. Sie hielt die Hand ihrer Tochter und wandte sich an ihren Ehemann. „Aber du weißt doch, worauf ich meine zehn Pfund gesetzt habe, Jonathon. Mary und Christopher werden einen Sohn haben. Und ich kenne auch seine Namen. David Henry Renard Bryce. Mary hat es mir gesagt."

„Was? Sie hat dir geschrieben und dir den Namen ihres Sohnes gesagt?" Jonathon war entsetzt. „Warum haben wir dann diese Wette, wenn du weißt, dass es ein Junge ist und du seinen Namen kennst?"

„Weil wir es nicht wissen. Wir warten darauf, dass Jack und Henri-Antoine mit den Neuigkeiten aus dem großen Haus kommen."

„Zumindest sind sie nicht so weit weg und bei weitem nicht in der Nähe der Geburt!", stellte Roxton fest. „Aber sie finden sich immer am richtigen Ort zur richtigen Zeit ein, um die Nachrichten zu überbringen."

„Das stimmt, *mon fils*. Sie waren bei dir, als Julie geboren wurde. Und dann kamen sie mit den Nachrichten hierher." Antonia lächelte wehmütig und beugte sich vor, um die Finger ihrer Tochter zu küssen. „Ich erinnere mich an diesen Tag, als wäre es gestern gewesen, *mon petit chou*." Sie warf Deborah und Martin einen schelmischen Blick zu und hob die Brauen, bevor sie mit einem Seufzer sagte, der im Widerspruch zu dem Leuchten in ihren grünen Augen stand: „Vallentine, er hat an diesem Tag auch zehn Pfund verloren, und heute, Elsie, wird dein armer Papa auch zehn Pfund verlieren."

Jonathon runzelte die Stirn. „Wie? Woher weißt du das?"

„Weil ich es weiß, Liebster. Und da kommen mein Sohn und Jack vom Steg her über die Wiese. Was heißt, dass sie herübergerudert sind, um schneller herzukommen."

Jack und Henri-Antoine schritten tatsächlich über den Rasen, Henri-Antoine mit einem Stück Papier in den Händen, das er hochhielt und den im Pavillon Sitzenden damit zuwinkte. Dies schien Antonias Vorhersage, dass sie Neuigkeiten über die bevorstehende Geburt von Lady Marys und Mr. Christopher Bryces erstem Kind bringen würden, zu unterstützen.

Roxton stellte sich hinter den Stuhl seiner Frau und starrte auf ihren schlafenden vierten Sohn hinunter, eine Hand leicht auf Debs Schulter gelegt. „Alles, was mich interessiert, ist, dass Mary es gut überstanden hat, und das Baby auch."

„Sie hatte bei Teddy keine Probleme ... ich bin zuversichtlich, dass alles gut gegangen ist. Und dem Lächeln der Jungen nach ist das auch so. Also", fragte Deb sie, „ihr habt Neuigkeiten aus Brycecomb Hall?"

Lord Henri-Antoine gab den Brief seiner Mutter. „Ja. Aber wir wissen nicht, was es ist - noch nicht."

Antonia erbrach das Siegel und las die kurze Nachricht, die in Christophers kräftiger Handschrift geschrieben war. Dann faltete sie das Papier wieder zusammen, behielt es in ihrer Hand, sagte aber nichts.

Jonathon setzte sich vor. „Schatz? Nun?"

Antonia neckte ihn. „Wie viel wirst du mir für die in diesem Brief enthaltenen Nachrichten bezahlen?"

Jonathon lehnte sich mit einem verärgerten Schnauben auf der

Chaiselongue zurück. „Oh nein, das wirst du nicht tun! Wenn du dieses Spielchen spielen wirst, sind alle Wetten ungültig!"

Antonia kicherte. „Dann würdest du deine zehn Pfund sparen." Sie reichte den Brief ihrem Sohn und verkündete allen Anwesenden: „Mary hat einen Sohn bekommen. Einen gesunden Jungen, Mutter und Sohn geht es sehr gut."

„Aha! Ich wusste, dass es ein Junge sein würde!" Roxton konnte die Freude nicht aus seiner Stimme abhalten. „Euer Gnaden schuldet Meiner Gnaden zehn Pfund!"

Er reichte die kurze Nachricht an seine Frau weiter, die sie las und dann Martin gab, der in einer Rocktasche nach seiner Brille suchte und sie auf seiner Nasenspitze platzierte. Er schaute über ihren Rand hinweg, die Nachricht noch immer in seiner Hand, um zu sehen, wie der Herzog von Kinross besiegt mit einer Hand über sein Gesicht fuhr und diese dann mit einem verlegenen Grinsen zu seiner Herzogin ausstreckte:

„Antonia - Schatz - ich brauche zehn Pfund."

Die Roxton Family Saga geht in DER SOHN DES SATYRS weiter.

*Erkunden Sie die Orte, Dinge und Geschichte im Zusammenhang
mit* Die stolze Mary *auf Pinterest.*
www.pinterest.com/lucindabrant

*Entwurf des Covers - Kostüme, Schmuck, Models und Fotoshooting.
Sehen Sie, wie das Cover entstand.*
www.youtube.com/lucindabrantauthor
www.lucindabrant.com/blog/proud-mary-cover-reveal

Die Roxton Familiensaga wird fortgesetzt mit
*Der Sohn des Satyrs*